AF289786

Cartagena

Mark Bold

Der lange Weg zur Unsterblichkeit

Roman

Milli

Langsam drehte Frank den Stift zwischen Daumen und Zeigefinger vor und zurück. Die sich ständig wiederholende Bewegung schien ihn in einen Zustand von Trance versetzt zu haben, aber es konnte auch eine Art Selbsthypnose sein, die seine Pupillen größer werden und den Blick leicht verwirrt wirken ließen. Es war jedoch auch möglich, dass er einfach nur nachdachte und so vertieft in den Gedanken war, dass er die Welt um sich herum vergessen hatte. Bereits mehrere Minuten saß er so da, verharrte völlig regungslos – man könnte auch vermuten, er ruhte in sich selbst, wenn man von der Bewegung des Zeigefingers absah – und starrte auf die Spitze des Stifts. Sie war nicht, wie sonst üblich, aus Kohlenstoff, sie bestand aus Metall. Mit dieser alten Silbermine hatte er schon unzählige Zeichnungen und Skizzen angefertigt, und doch saß er auf einmal grübelnd hier, dachte nicht nur über sein Leben, sondern über den Sinn des Lebens im Allgemeinen nach. Alles hatte einen Grund.

Wie automatisch begann er plötzlich, erste feine Linien auf dem Papier zu zeichnen. Es hatte die ganze Zeit vor ihm gelegen und schien nur darauf gewartet zu haben, endlich mit Leben erfüllt zu werden. Doch in diesem Falle hieß das, dem lange überfälligen Tod Millis einen würdigen Rahmen zu geben. Gestern war er sich noch nicht sicher, ob wirklich alles vorbei war. Die vorhergehenden Auferstehungen hatten nie länger als drei Tage auf sich warten lassen, und heute war bereits der vierte. "Time to say goodbye", summte er plötzlich leise, während weitere Linien im Zentrum des Bildes Konturen annahmen. Die Arbeit ging ihm flott von der Hand und das war kein Wunder. Mit diesem Stift hatte er Zeit seines Lebens am liebsten gearbeitet und die schönsten Zeichnungen angefertigt.

Seine Frau hatte ihm dieses besondere Zeichengerät am Heiligabend geschenkt. Es war ihr erstes Weihnachtsfest als Ehepaar gewesen. Seitdem besaß er ihn nicht nur, sondern hatte einen großen Teil seiner Arbeiten damit angefertigt. Oft zierten sie Bücher, die er illustriert hatte, doch sie waren auch häufig in Galerien zu sehen. Die kleinen Preisschilder wiesen im Laufe der Jahrzehnte immer höhere Summen auf.

Einmal hatte er Patricia verraten, wie unverhältnismäßig er es fand, dass Menschen so viel Geld für seine Bilder ausgaben. Zumal er das, was er machte, nicht einmal als Arbeit empfand. Es war vielmehr ein Hobby, eine Leidenschaft, die er studiert und zum Beruf gemacht hatte, und von der sie sehr gut leben konnten. "Ach Schatz, stell dein Licht nicht immer so unter den Scheffel", hatte sie damals schmunzelnd geantwortet. Er wusste, sie war stolz auf ihn, und manchmal hatte er das Gefühl, ihre große Leidenschaft zu sein. Natürlich nicht nur er, sondern auch ihre beiden Kinder und Milli.

Sein Blick verfinsterte sich etwas, als ihm dieser Gedanke kam. Nicht der Kinder wegen. Patrick und Claudia waren schließlich Produkte ihrer Liebe. Selbst heute noch kamen sie jedes Jahr mehrmals zu Besuch, brachten ihre Partner mit und blieben auch meist einige Tage, bevor sie wieder in ihre eigenen Welten zurückfuhren. Das würde auch dieses Jahr so sein, aber er war sich darüber im Klaren, welches Thema vorherrschend wäre. Milli! Er konnte es ihnen nicht verdenken. Sie waren mit ihm aufgewachsen, ohne je zu wissen, wer er wirklich war.

Kurz hielt er mit dem Zeichnen inne. Er war nur einer kurzen Eingebung gefolgt, als er begonnen hatte. Frank zeichnete dieses Bild nur für sich, und wenn es fertig war, würde es in einer der zahllosen Mappen verschwinden, in denen er seine Skizzen seit Jahrzehnten aufbewahrte. Das war er Patricia schuldig, die beim Anblick des fertigen Werkes in

Tränen ausbrechen, seine Motivation aber nicht verstehen würde. Wobei das unwichtig war. Dieses Bild war nur für ihn, für seinen Seelenfrieden und die Hoffnung, die er seit gestern hatte. Heute Morgen war diese Hoffnung zu einem zarten Pflänzchen angewachsen. Es hieß Gewissheit. Diese Gewissheit hatte Patricias Augen trostlos und ihre Stimme matt wirken lassen, als sie beim Frühstück zu der Stelle sah, an welcher Milli immer um Leckereien gebettelt hatte. Zum ersten Mal war Frank dabei aufgefallen, wie alt sie in dem Moment gewirkt hatte. Doch das war ihrem Schmerz über Millis Tod geschuldet. Für ihre 70 Jahre sah Patricia noch verdammt gut aus, wie er fand.

Instinktiv machte sich das schlechte Gewissen in ihm breit. Er sah zur Tür. Sie war zwar geschlossen, aber auf einmal hatte er das Gefühl, es wäre besser, sie von innen abzuschließen. Patricia kam nur selten in sein Atelier, doch ihr jetziges Erscheinen würde unnötige Fragen aufwerfen. Deshalb schloss Frank die Tür ab und ging dann sofort zu den Skizzenmappen. Umständlich holte er einige große Bögen heraus, die schon seit Jahren hier schlummerten und legte sie auf den Tisch. Sollte seine Frau an die Tür klopfen, wäre genug Zeit, die aktuelle Zeichnung unter den alten Skizzen zu verbergen.

Als er mit dieser prophylaktischen Maßnahme fertig war, setzte er sich wieder vor das angefangene Bild – außer einigen Linien enthielt es noch nichts – und betrachtete es eine Weile. Dabei glitten seine Gedanken in die Vergangenheit, zurück zu jenem Tag, als Milli in ihr Leben getreten war. Vielleicht war es seine eigene Schuld gewesen, aber woher hätte er das wissen sollen? Damals arbeitete er an den Zeichnungen für ein Kinderbuch. Patrick war gerade zwei Jahre alt geworden und Patricia erneut mit Claudia schwanger. Mehrmals hatte seine Frau die Kindergeschichten gelesen und ihm begeistert viele Vorschläge gemacht, was er alles illustrieren könnte. In einer dieser Geschichten war es um einen frechen, orangeroten Kater namens Milli gegangen. Als sie zwei Wochen später Freunde auf dem Land besuchten, kam alles, wie es kommen musste. Die Katze des Nachbarn hatte gerade geworfen. Patricia und Patrick wollten die Babys unbedingt sehen. Die blinden hilflosen Kätzchen waren süß, besonders für Leute aus der Stadt. Doch wie auf dem Land oft üblich, sollten die jungen Kätzchen in einen Beutel gesteckt und im Dorfteich ersäuft werden. Bis auf eine. Sie sollte der Katzenmutter zum Säugen bleiben. Für Patricia war das nicht hinnehmbar, und als sie das kleine orangerote Wesen sah, stand fest, sie musste es retten. "Wollen wir Kater Milli zu uns holen?", hatte sie Patrick gefragt und der Junge begeistert genickt. Spätestens jetzt war die Entscheidung gefallen. Sie hatte dem Kätzchen sogar schon den Namen aus dem Kinderbuch gegeben. Außerdem sprach nichts dagegen, einen Mäusefänger im Haus zu haben. Sie wohnten zwar nicht auf dem Land, sondern am Stadtrand, aber ihr Garten war groß und würde dem neuen Mitbewohner genügend Auslauf bieten.

Zwei Monate später hatten sie Milli zu sich geholt und anfangs war alles wunderbar. Das Katerchen lebte sich gut bei ihnen ein und war so verschmust, wie es sein sollte. Tagsüber döste er oft auf Patricias Seite des Ehebetts und im Laufe der Monate stromerte er immer häufiger durch den Garten. Irgendwann brachte er die erste erjagte Maus mit ins Haus und legte sie neben dem Bett ab, bevor er den Rest der Nacht an Patricias Fußende schlief. Sie hatte die tote Maus am Morgen entdeckt und angewidert im Mülleimer entsorgt. Danach hatte sie lange liebevoll auf Milli eingeredet, und als ob er sie verstanden hätte, legte er die Beute von dem Tag an vor der Haustür ab. Das ging so lange gut, bis eines Morgens ein Star auf dem Fußabtreter lag. Während des Frühstücks hatte Milli neben dem Tisch gesessen, ständig zu Patricia nach oben geschaut und gemauzt. Er hatte solange keine Ruhe gegeben, bis sie aufgestanden war und er ihr voller Stolz den Fang präsentieren konnte. Mit steil nach oben gestelltem Schwanz war er vor ihr hergelaufen und hatte sie dann erwartungsvoll angesehen. Anders als bei den Mäusen war ihr Lob ausgeblieben, aber sie hatte auch nicht mit ihm geschimpft, sondern noch am selben Tag ein Halsband mit einem Glöckchen gekauft und es Milli umgebunden. Von da an lagen keine Vögel mehr vor der Tür, aber es lohnte sich nicht, die wenigen Kirschen, die die Stare übriggelassen hatten, noch zu ernten. Trotzdem lebten sie alle mit Kater Milli in friedlicher Eintracht. Er gehörte zur Familie, und das war wahrscheinlich auch der Grund, warum Frank auf die Idee gekommen war, die Zeichnungen von ihm anzufertigen. Es waren sechs Bilder geworden, die er noch hatte einrahmen lassen, um sie seiner Frau zum 25. Geburtstag zu schenken. Er hatte Patricia einfach nur eine Freude machen wollen, denn sie liebte den Kater abgöttisch. Noch am selben Tag musste er sie im Wohnzimmer aufhängen, und dort hingen sie bis heute.

Frank betrachtete wieder den Stift, mit dem er vor wenigen Minuten die Konturen des Kreuzes gezeichnet hatte. Die alten Zweifel an der eigenen Zurechnungsfähigkeit beschlichen ihn erneut, aber eines blieb eine unbestrittene Tatsache: er hatte die Bilder mit genau diesem Stift angefertigt. Der Kater war damals etwa ein Jahr alt und hatte sich bis dahin auch ihm gegenüber völlig normal verhalten. Frank hatte zu dem Zeitpunkt noch keine Ahnung, was für einen unheimlichen Gast er beherbergte. Doch das wusste nur er. Niemand würde ihm die Geschichte glauben, am wenigsten Patricia, obwohl das beste Argument auf seiner Seite war. Keine Katze war jemals so alt geworden wie Milli. Sein Blick fiel auf das fast leere Blatt, und plötzlich tastete er es mit seinen Augen ab. Er erahnte das fertige Bild. Es musste nur noch fixiert werden.

Während er wie in Trance zu zeichnen begann, schweiften seine Gedanken erneut in die Vergangenheit und er stellte sich die wichtigste aller Fragen: Was hatte die plötzlichen Differenzen zwischen dem Kater und ihm ausgelöst? Es gab nur eine brauchbare Erklärung. Als Milli ein Jahr alt geworden war, hatte er Patricia vorgeschlagen, ihn kastrieren zu lassen. "Warum?", hatte sie nur geantwortet und ihre Arme um seinen Hals gelegt. "Das würde dir auch nicht gefallen", hatte sie ihm anschließend zärtlich ins Ohr geflüstert und ihr Becken an ihm gerieben. Die ganze Zeit über hatte Milli neben ihnen gesessen und alles mitbekommen. "Solange sich die Nachbarn nicht darüber beschweren, dass er ihren Katzen nachsteigt, ist doch alles in Ordnung." Wenig später hatte er Patrick zu Bett gebracht und seine Frau das Baby gefüttert. Dann waren sie, früher als gewöhnlich, küssend ins Schlafzimmer gegangen. In der Nacht war ihm zum ersten Mal aufgefallen, wie aufmerksam der Kater ihr Liebesspiel von der Fensterbank aus beobachtet hatte. Frank wusste, wie dürftig diese Hypothese als Erklärung war, und deshalb sprach er sie nie aus. Doch seit diesem Tag verhielt sich Milli ihm gegenüber anders. Das wiederum nur, wenn er allein mit ihm war. Völlig unvermittelt konnte es passieren, dass der Kater die Krallen in seine Hand schlug, wenn er ihn streicheln wollte. Gelegentlich knurrte Milli ihn regelrecht an und stellte die Ohren als Zeichen der Kampfbereitschaft nach hinten. Es kam auch vor, dass er Frank beim Gehen in die Waden zwickte, aber das immer nur so stark wie nötig, um keine sichtbaren Spuren zu hinterlassen. Einmal war er sogar längelang hingefallen und hatte dabei versucht, das Tablett mit dem guten Sonntagsgeschirr – Patricias Eltern hatten es ihnen zur Hochzeit geschenkt – noch im Fallen zu retten. Es war ihm nicht gelungen. Der Kater hatte sich noch während seines Sturzes geräuschlos aus dem Staub gemacht. Das laute Zerschellen des Geschirrs schien dabei Teil seines perfiden Plans gewesen zu sein. Natürlich waren Patricia und die Kinder sofort zu ihm geeilt, und als seine Frau sich aufgeregt erkundigt hatte, was um Gottes Willen geschehen sei, hatte er nur wütend gesagt: "Das siehst du doch. Ich bin hingefallen, weil mir dein Kater ins Bein gebissen hat." Vorwurfsvoll hatte ihn seine Frau angesehen. "Milli macht so was nicht, und das weißt du genau. Schieb deine Tollpatschigkeit nicht auf den armen Kater." Dann hatte sie sich umgedreht und zum Sofa geschaut. "Wenn er das gemacht hätte, würde er dort nicht so friedlich liegen", hatte sie hinzugefügt, sich Franks Bein mit der angeblichen Bisswunde angesehen und ihm dann geholfen, das zerbrochene Geschirr wegzuräumen. "Die kaputten Teile bestelle ich nach, dann merken meine Eltern nichts, wenn sie das nächste Mal hier sind", hatte sie noch versöhnlich gemeint, aber Frank nur noch eine Frage im Sinn: Wie hatte es das Mistviech unbemerkt aufs Sofa geschafft? Es gab nur eine mögliche Antwort. Er musste die Aufregung genutzt, sich in den Flur und von da aus durch die Katzenklappe in der Haustür nach draußen gerettet haben. Von dort aus könnte er ums Haus gelaufen und durch das offene Fenster zurück ins Wohnzimmer gesprungen sein. 'Zeit genug hätte er gehabt', überlegte Frank, aber er gestand sich auch ein, niemand würde ihm diese Theorie glauben. 'Katzen sind in Fell gepresste Blödheit', hatte er irgendwann gehört, doch das schien ein großer Irrtum zu sein. Als sie fünf Minuten später wieder ins Wohnzimmer gekommen waren, lag Milli völlig entspannt auf dem Sofa und leckte sich am Bauch. Patricia war zu ihm geeilt und hatte ihn auf den Arm genommen. "Weißt du, was der Papa Böses gesagt hat?" Scheinbar wusste er es nicht, denn sie erzählte es ihm und sah Frank gelegentlich vorwurfsvoll an. Genau wie der Kater. Frank war sich sicher, ein hämisches Grinsen in dessen Gesicht erkannt zu haben. Aber auch das behielt er vorsichtshalber für sich.

Einmal jedoch hatte er versucht, Patricia zu erklären, was Milli ihm für Fallen stellte und wie hinterhältig er war. Das war zwei Jahre später gewesen. Sie hatte ihm aufmerksam zugehört und dabei immer wieder aus dem Küchenfenster in den Garten gesehen. Dort lungerte der Kater gerade auf der Hollywoodschaukel herum und genoss das Leben. Als er das Wichtigste berichtet hatte, lächelte sie ihn an. "Nehm ich mir zu wenig Zeit für dich, mein Schatz?", war die Frage, die seine Bemühungen mit einem Schlag zunichtemachte. "Nein, natürlich nicht, aber …", stammelte er nur und wusste, er hatte verloren. 'Gegen dieses rote Mistviech ist kein Kraut gewachsen', dachte er und beendete damit das Thema. Patricia hatte nie gesehen, was schon so oft passiert war, und deshalb war sie auch nicht bereit, seinen aberwitzigen Geschichten Glauben zu schenken. "Bei deiner regen Phantasie solltest du es auch mal mit Schreiben versuchen", hatte sie lächelnd vorgeschlagen und anschließend die Kaffeetafel gedeckt. Als Milli eine halbe Stunde später ins Wohnzimmer kam, lief er freudig mauzend auf Frank zu und rieb seinen Kopf zärtlich an seinen Beinen. Patricia hatte bei diesem Anblick nur geschmunzelt. "Jetzt könnte ich auch eifersüchtig sein", war alles, was sie noch bemerkt hatte.

In der folgenden Zeit hatte Frank mit verschiedenen Methoden versucht, sein Verhältnis zu Milli zu verbessern. Manchmal hatte er ihm Spielzeug gekauft, manchmal einfach seine Anwesenheit ignoriert oder ihm gelegentlich die eine oder andere Leckerei zugesteckt. Doch nichts half. Im Beisein Patricias oder der Kinder wirkte das Verhältnis zwischen ihnen normal, aber sobald die anderen den Raum verlassen hatten, setzte der Kater seinen Terror fort. Meist deutete er nur einen Angriff an, legte die Ohren an und verzog das Maul, als wollte er fauchen. Dabei machte er aber nicht das kleinste Geräusch. Oft reichte es sogar, wenn Patricia sich den

Kindern zuwandte. Der Terrorkater nutzte jede sich bietende Gelegenheit. Doch wozu? Diese Frage war immer unbeantwortet geblieben, und Frank begnügte sich irgendwann mit einem Satz. "Weil er es kann", war die Erkenntnis, die alles zu erklären schien.

Doch eines Tages hatte sich die Chance auf Vergeltung geboten und Frank sie affektiv ergriffen. Patricia war mit den Kindern übers Wochenende zu ihren Eltern gefahren. Er hatte sie nicht begleitet, weil er mit seiner Arbeit in Rückstand geraten war und die freien Tage zur Beendigung des Projekts nutzen wollte. Doch er hatte die Rechnung ohne den Kater gemacht, und Milli scheinbar Größeres mit ihm vor. Genau wie jetzt hatte er im Atelier gesessen und die bereits angefertigten Skizzen betrachtet. Sie mussten noch koloriert werden. Er war völlig in seine Arbeit vertieft, als er plötzlich aufschrie. Der Schmerz war dabei nicht so groß, dass er ihn nicht hätte ertragen können. Es war in erster Linie der Schreck gewesen, als Milli ihn in die Achillessehne gebissen hatte. Instinktiv zuckte Frank zusammen und stieß dabei das Wasserglas um, in dem er gerade den Pinsel ausgewaschen hatte. Die rote Flüssigkeit ergoss sich über das Papier und machte mehrere Bilder mit einem Schlag unbrauchbar. Er wusste sofort, wem er das zu verdanken hatte. Der Kater hatte sich geräuschlos ins Atelier geschlichen und attackierte in von hinten. Doch anders als sonst, machte sich der orangerote Teufel nicht aus dem Staub, sondern biss immer wieder mit seinen kleinen, spitzen Zähnen zu. Dabei machte er ein inbrünstig klingendes Geräusch. Er schien in höchste Verzückung geraten zu sein und hatte seine Pfoten mit ausgefahrenen, scharfen sichelförmigen Krallen um Franks Fuß gelegt. Instinktiv zog er das Bein nach vorn, doch das veranlasste Milli nicht, von ihm abzulassen. Mit dem Maul und seinen Krallen hielt er sich am Fußgelenk fest, und Franks Versuche, den Kater unter Schmerzen abzuschütteln, steigerte dessen Kampfeslust noch. Beißend und dabei fauchend packte er immer wieder zu. Der Geschmack des Bluts schien den Kater in einen regelrechten Rausch zu versetzen. Genau wie Frank wollte er die Gunst der Stunde nutzen – Patricias mehrtägige Abwesenheit. Aber er hatte die Rechnung ohne den Wirt gemacht. Auch wenn Frank in dem Moment nicht daran dachte, sich für die jahrelangen Demütigungen und Nötigungen zu rächen, der Kater hatte eine unsichtbare Grenze überschritten. Mit der Willenskraft und der Entschlossenheit eines ums Überleben Kämpfenden beugte sich Frank nach vorn und packte den Kater am Fell. Mit aller Kraft zog er an dem Tier, um es von seinem Fuß wegzuzerren. Es gelang nur unter Mühen und bereitete Frank neue Höllenqualen. Milli hatte nicht vor, von ihm abzulassen und seine scharfen Krallen tief ins Fleisch des Opfers geschlagen. Jeden Zentimeter, den Frank ihn nach oben zog, gruben sie sich tiefer unter die Haut des Schienenbeins und der Wade. Für den Bruchteil einer Sekunde hielt er inne, biss die Zähne zusammen und griff nach Millis Hinterbeinen. Der Kater merkte zu spät, in welch ungünstige Position er geraten war. Mit einem Ruck zog Frank an ihm und schrie dabei laut auf. "Au, du elendes Scheißvieh." Der Kater hing kopfüber und versuchte um sich schlagend wieder Herr der Lage zu werden. Doch Frank hielt ihn weit von sich gestreckt und brüllte völlig unbeherrscht auf ihn ein. "Scheißviech elendes." Dann schleuderte er ihn gegen die Kante des Schreibtischs. Immer und immer wieder. "Du … e … len … des … Drecks … vieh." Bei jeder Silbe drosch er den Körper des Katers gegen die Kante der Arbeitsplatte. Frank brüllte einige Sätze mehr, an die er sich aber nicht mehr erinnern konnte, dann hielt er endlich mit der Bewegung inne. Er keuchte und spürte, wie der Schweiß seinen ganzen Körper benetzte. "Scheiße", keuchte er nur, als ihm klar wurde, das in Fell gepresste Bündel Blödheit musste tot sein. Niemand konnte so etwas überleben. Erst recht kein Kater, egal wie bösartig oder zäh er war.

Kurz stöhnte er auf und sah nach unten. Sein Bein sah zwar schlimm aus, aber es war nur eine Fleischwunde. "Hoffentlich entzündet sich das nicht", murmelte er und zum ersten Mal dachte er wieder an Patricia. "Das glaubt sie mir nie." Diese Erkenntnis war glasklar, und Frank stellte sich die Frage, was er jetzt machen sollte. 'Zuerst die Wunde desinfizieren', riet ihm eine innere Stimme und er setzte den Gedanken sofort in die Tat um. Er packte den toten Kater an den Hinterläufen, nahm ihn mit ins Bad und legte ihn dort in die Badewanne. Dann suchte er im Medizinschrank das Desinfektionsmittel, das Patricia schon der Kinder wegen immer vorrätig hatte. Er tränkte einen Wattebausch damit und reinigte die Wunden. Es brannte wie Feuer. Einige Male fluchte er und sah verbittert zur Katzenleiche. Milli lag reglos in der Badewanne, und der starre Blick seiner toten Augen ließ den Kater völlig irre aussehen. Der Eindruck wurde durch den zertrümmerten Unterkiefer, der völlig unnatürlich von seinem Gesicht abstand, noch verstärkt.

Die notdürftige Versorgung der Wunden war beendet, und Frank überlegte, was als Nächstes zu tun wäre. Millis Leiche musste unbedingt verschwinden. Er wusste, Patricia würde leiden, sehr sogar, aber was sollte er machen? Die Wahrheit war genau das, was er ihr nicht erzählen konnte. Eine Weile dachte er nach, dann kam ihm eine erlösende Idee. Er holte eine alte Kiste und legte den toten Kater hinein. Anschließend ging er mit dem Päckchen in den Garten und stellte es am Komposthaufen ab. Er betrachtete den Ort prüfend und setzte den Gedanken sofort in die Tat um. Er holte aus dem Geräteschuppen einen Spaten sowie eine Schaufel und lief zurück zum Komposthaufen. Hier war der beste Platz, um Milli verschwinden zu lassen. Mit der Schaufel räumte er einen Teil des sich bereits neu gebildeten weichen Humusbodens beiseite und mit dem Spaten hob er ein Loch aus. Er machte es ungefähr einen halben Meter tief. 'Das wird reichen', dachte er, als er damit fertig war und sein Werk betrachtete. Kurz sah er sich um, aber niemand vom Nachbargrundstück interessierte sich für das, was er gerade machte. Das andere Haus stand in ausreichender Entfernung und ansonsten halfen die kleine Mauer sowie die hochgewachsene Hecke, ihn vor neugierigen Blicken zu schützen. Außerdem ging die Sonne bereits unter. Frank holte den toten Kater aus der Kiste und legte ihn vorsichtig am Boden des ausgehobenen Lochs ab. "Tut mir nicht leid für dich. Du hattest deine Chance", flüsterte er und schaufelte das Loch wieder zu. Am Schluss bedeckte er die Stelle mit frischem Humus und Kompostresten, trat einige Schritte zurück und betrachtete das anonyme Grab. Er war zufrieden. Niemand würde jemals hier suchen und selbst ein zufälliges Auffinden durch die Kinder war de facto ausgeschlossen. Er räumte die Gerätschaften in den Schuppen und ging zurück ins Haus. Es lag noch einiges an Arbeit vor ihm, als er die Blutspur auf dem Fußboden sah. Der Kater musste unzählige innere Verletzungen davongetragen haben, und beim Transport vom Atelier ins Bad hatte Frank ihn an den Hinterläufen festgehalten. "Scheiße", fluchte er, war aber zugleich froh, keine Teppiche mit dem Blut des Katers besudelt zu haben. Die wenigen Teppiche, die sie hatten, lagen im Wohnzimmer und neben den Betten.

Lustlos holte er das Wischzeug und begann erneut mit der Arbeit. Das verschaffte ihm Zeit zum Nachdenken. Mehrmals wechselte er dabei das Wischwasser, doch er kam passabel voran. Als er fertig war, stand für ihn fest, was er Patricia wegen Millis Abwesenheit sagen würde. Allerdings hatte er noch keine Erklärung für die Verletzung am Bein. "Unter Umständen bemerkt sie das gar nicht", redete er sich anfangs ein und wusste selbst am besten, wie unwahrscheinlich das war.

Er fand auch dafür eine Lösung und verließ mit dem Fahrrad eine halbe Stunde später das Haus. Er hätte sich die Schürfwunden auch zu Hause beibringen können, aber alles sollte authentisch aussehen.

Als er in jener Nacht in der Badewanne gelegen und seine Wunden behandelt hatte, war ihm klar: die neuen Bilder konnte er bis zum Abgabetermin nicht mehr schaffen. Doch die paar Tage Verspätung waren ein kleiner Preis für den Seelenfrieden.

Franks Lippen erbebten bei dem Gedanken an die damaligen Ereignisse. Er sah das Bild in seiner Phantasie bereits fertig vor sich. Es kam ihm so plastisch und real vor, dass er es nur noch nachzeichnen musste. Das Kreuz war der Schlüssel. Die Erinnerungen trieben ihn an, gaben ihm die Energie, die er brauchte, um gerade dieses Bild ohne weitere Unterbrechung zu Ende bringen zu können. Egal wie lange es dauern würde! "Du hast es in der Hand", motivierte er sich und setzte seine Arbeit wie von Sinnen fort. Während er wie besessen zeichnete, ließen ihn die Erinnerungen erneut alles noch einmal durchleben.

Sein Seelenfrieden war damals ausgeblieben. Das musste er schmerzlich erfahren, kurz nachdem Patricia mit den Kindern wieder zu Hause angekommen war. Dabei war anfangs alles nach Plan verlaufen. Genau wie er es erwartet hatte, betrat Patricia drei Tage später das Haus und hatte vor Entsetzen die Augen weit aufgerissen, als sie ihn sah. "Was ist dir denn passiert?", hatte sie sich besorgt erkundigt und war sofort auf ihn zugekommen.

"Es sieht schlimmer aus, als es ist", hatte er versucht, alles herunterzuspielen und ihr erzählt, auf dem Fahrrad von einem kläffenden Köter verfolgt worden zu sein. "Als er mein Bein zu fassen bekam, bin ich gestürzt, aber hab mir nur ein paar

Schürfwunden zugezogen. Gott sei Dank ist die Töle selbst erschrocken und hat sich aus dem Staub gemacht."

Patricias anschließenden Fragen, wem der Hund gehöre, welche Rasse es gewesen sei und wieso er keine Anzeige erstattet habe, wich er mit der Aussage aus, es sei schon dunkel gewesen, und er hätte in dem Moment Wichtigeres zu tun gehabt, als sich um die Rasse oder andere Fragen Gedanken zu machen. "Die Töle war klein, aber richtig schnell. Ich hab voll in die Pedale getreten", meinte er nur noch.

Doch dann stellte Patricia die alles entscheidende Frage. "Wieso fährst du nachts mit dem Fahrrad?"

Er zuckte mit den Schultern. "Warum, warum. Muss es immer einen Grund geben? Ich wollte mir die Beine vertreten, und es war eine warme Sommernacht."

"Da bin ich einmal nicht zu Hause und schon passiert so was. Wo ist Milli eigentlich? Ich hab gedacht, er begrüßt uns."

"Der wird draußen unterwegs sein", antwortete Frank nur und war froh, die kleinen Konserven mit dem Katzenfutter in der Toilette entleert und die leeren Dosen in den Mülleimer geworfen zu haben. Er hatte genau die Anzahl verwendet, die Milli bis heute Morgen verputzt hätte. Patricia würde sie im Abfall sehen und keinen Verdacht schöpfen.

Frank entschuldigte sich noch bei den Kindern, warum er nicht mit ihnen spielen konnte und humpelte zufrieden ins Wohnzimmer. Trotz der Schmerzen genoss er das Leben, lümmelte sich bequem aufs Sofa und döste ein.

Selbstzweifel

"Mama gibt dir gleich dein Fresschen, mein Süßer", hielt er für einen kurzen Traum, der ein Schmunzeln auf sein Gesicht zauberte. Beim zärtlichen Mauzen änderte sich dieser Ausdruck noch nicht, aber das knirschende Geräusch, als Patricia eine Dose Katzenfutter öffnete, ließ ihn die Augen blitzartig öffnen. "Das kann nicht sein", murmelte er und der Satz seiner Frau: "Die Mama hat dich ganz toll vermisst", galt mit Sicherheit nicht ihm.

So schnell es ihm möglich war, stand er auf. Die ersten Bewegungen schmerzten sehr. Als er endlich in die Küche kam, dachte er zum ersten Mal daran, geisteskrank zu sein. Ein orangeroter Kater schlang gerade gierig die ganze Portion auf einmal herunter und sah Patricia dann mauzend an. "Du scheinst ja richtig ausgehungert zu sein, mein Liebling. Hat dir der Papa nicht genug gegeben?" Dabei lächelte sie Frank an, der völlig entsetzt die Szenerie verfolgte. "Die Dosen sind noch im Mülleimer", war der einstudierte Satz aus seinem vorbereiteten Drehbuch gewesen, der ihm leise über die Lippen kam.

"Was hast du?", fragte Patricia wie nebenbei und streichelte über Millis Rücken. "Du siehst aus, als hättest du ein Gespenst gesehen", ergänzte sie und kraulte den Kopf des Katers. Der genoss es und schenkte Frank keinerlei Beachtung.

"Ach nichts", stammelte Frank nur und ging zurück zum Sofa. Er musste sich dringend setzen und über sein Leben nachdenken. Es schien gerade völlig aus den Fugen geraten zu sein.

"Wo ist denn dein schickes Halsband?", hörte er seine Frau wenig später den *toten* Kater fragen. Dank dieser Worte schöpfte er etwas Zuversicht. 'Das muss ein Sohn von ihm sein', war der einzig logische Gedanke, mit dem sich zwar nicht alles, doch wenigstens das meiste halbwegs erklären ließ. Vielleicht hatte Milli den Katzen in der Nachbarschaft nachgestellt, und aus einer dieser Romanzen war der Kater hervorgegangen, der jetzt in der Küche saß und die zweite Portion verschlang. Doch die ganzen Jahre über hatten sie nie einen zweiten orangeroten Kater zu Gesicht bekommen, und keiner der Nachbarn hatte jemals eine Andeutung darüber gemacht, so ein extravagant farbiges Jungtier im Wurf seiner Katze gehabt zu haben. Außerdem erklärte Franks Theorie nicht, wieso sich das Tier in der Küche mit den Gegebenheiten im Haus auskannte und so vertraulich mit dessen Bewohnern umging. Aber vielleicht hatte Milli seinen Sohn einige Male mitgebracht und niemandem war der Doppelgänger als solcher aufgefallen. 'Wer achtet schon immer auf das Halsband?', fragte er sich, und die Antwort hieß: Patricia. Sie hegte und pflegte dieses Monster, kämmte und striegelte es, spielte mit ihm, wenn es sich langweilte und sah sich scheinbar in der Rolle seiner Mama. "Irgendwie ist sie das auch", murmelte Frank und fasste einen Entschluss, um völlige Klarheit zu erlangen.

Genau in dem Moment kam Patricia mit dem Kater im Arm ins Wohnzimmer und setzte sich neben ihn aufs Sofa. "Er hat drei Dosen leergeputzt", meinte sie stolz und begann, den Kater im Nacken zu kraulen. Als Frank zu ihm sah, wedelte er einige Male mit dem Schwanz, blieb aber ruhig auf Patricias Schoß sitzen und ließ sich verwöhnen. Trotzdem hatte Frank das Gefühl, Milli provozierte ihn. Dem Kater hing die Zungenspitze aus dem Maul und er konnte sich des Eindrucks nicht erwehren, er tat das nur seinetwegen. "Ätsch, Blödmann", schien Millis Gesichtsausdruck zu sagen, der Frank überlegen ließ, wie er den soeben gefassten Entschluss schnellstmöglich in die Tat umsetzen konnte.

Eine Woche später war es so weit. Die Schürfwunden waren größtenteils abgeheilt, und Milli hielt sich im Haus auf. Es regnete in Strömen. Frank wusste, der Kater käme bei dem Wetter nicht heraus. Seine eigene Ausrede, es wäre am besten, den Komposthaufen bei Regen umzugraben, klang zwar nicht sehr glaubhaft, aber diese Dinge überließ ihm Patricia und hinterfragte seine Entscheidung daher auch nicht. Mit Gummistiefeln und in einem großen Regenumhang vor dem Wetter geschützt, begab er sich zum Komposthaufen. Frank war motiviert und guter Dinge. In wenigen Minuten würde er Klarheit haben und sein Leben wieder normal leben können. Mit Milli II, so nannte Frank den Kater in Gedanken, gab es bisher keine Differenzen und er räumte ein, die Gesten und das hämische Grinsen des Tiers nur so gesehen zu haben, weil er es so sehen wollte. Immerhin sah der neue Mitbewohner dem Original zum Verwechseln ähnlich.

Rasch entfernte Frank mit der Schaufel den Kompost sowie den Humus an genau der Stelle, wo er ihn bereits vor einer Woche entfernt hatte. Dann hob er wieder das Loch aus. Kurz bevor er die richtige Tiefe erreicht zu haben glaubte, schaute er sich nochmals um. Niemand war in der Nähe. Weder Patricia noch Milli II. Jetzt spürte er auch, wie sein Herz raste, und einen Moment hielt er inne. Frank atmete tief durch, dann ermahnte er sich, den Rest der Arbeit endlich hinter sich zu bringen. Kraftvoll stach er den Spaten in den Boden und hob das Loch tiefer aus. Er rechnete damit, auf Widerstand zu stoßen, aber noch war es nicht so weit. 'Vielleicht hab ich bei der ganzen Aufregung doch tiefer gegraben, als es mir vorgekommen ist', dachte er und machte weiter. Mit jedem neuen Spatenstich stieg seine Aufregung, und irgendwann gab es nur eine Erklärung. Das Loch vor einer Woche musste er einen halben Meter versetzt gegraben haben. Dabei war er sich vor einer Stunde so sicher gewesen.

Etwas versetzt begann er erneut und schloss mit dem neu ausgestochenen Boden das erste Loch. Beim nächsten machte er es genauso, und die Wut über sich selbst stieg mit jedem Spatenstich. "Das kann doch nicht wahr sein", fluchte er leise und war froh, dass niemand ihn so sah. Es goss in Strömen. Nach dem fünften Loch gab er auf. Er war aus irgendeinem

Grund sicher, das erste Loch war das richtige gewesen. Völlig erschöpft beschloss er, die Arbeit zu beenden. Der Erdhaufen des ersten Lochs musste nur ins letzte eingefüllt werden.

Kraftlos stach er in den matschigen Boden und riss plötzlich weit die Augen auf. Er traute ihnen nicht. Ein metallisch glänzendes Etwas war zum Vorschein gekommen, und der Regen wusch in Sekunden die letzten Zweifel – es könnten auch Hoffnungen gewesen sein – fort. Mit zitternden Fingern griff er nach dem Fundstück und zog es aus dem Matsch. Es war Millis Halsband mit der kleinen Schelle. Irritiert betrachtete er es. "Wie hat er das abbekommen?", murmelte er und betrachtete es lange mit immer noch weit aufgerissenen Augen. Das Halsband war verschlossen und es gehörte eindeutig dem Kater. Jede Verwechslung war ausgeschlossen. Neue Fragen schossen ihm durch den Kopf, doch er wagte nicht, sie auszusprechen. "So was gibt es nicht", flüsterte er nur. "Gibt's doch", hörte er Milli hämisch in Gedanken antworten. Dann begann die grässliche Stimme in seinem Kopf zu lachen. Frank hielt den Beweis schließlich selbst in der Hand.

Angewidert stieß er das Halsband von sich. Es landete neben dem Loch. Hektisch schob Frank es mit dem Blatt des Spatens hinein. Er warf sofort etwas Erde hinterher. Aus irgendeinem Grund hatte er Angst davor, es noch einmal sehen zu müssen. Sein Herz raste und drohte sich zu überschlagen. Mehrmals drosch er sich mit der Faust gegen die Brust und hatte dabei das Gefühl, genau das Richtige zu tun, um keinen Infarkt zu bekommen. Einige Male atmete er keuchend tief durch und stützte sich währenddessen auf dem Spaten ab.

Allmählich konnte er wieder normal denken und sein Verstand begann, eine logische Erklärung zu suchen. "Er war nur bewusstlos", sagte er leise und war mit dieser Erkenntnis einigermaßen zufrieden. Vieles sprach dafür, dass der fiese Kater seine Lektion gelernt hatte, denn seit Patricias Rückkehr gab es keine neuen Angriffe mehr. 'Vielleicht hat sie sein Halsband etwas lockerer eingestellt, und deswegen hat er's verloren', war die Vermutung, mit der er sich hervorragend etwas vorgaukeln konnte. Alle Argumente, die gegen seine Thesen sprachen, verdrängte er und fühlte sich vorerst befreit.

Trotzdem spürte Frank ein gewisses Unbehagen, als er eine Stunde später ins Haus kam und in der Küche von Milli begrüßt wurde. Patricia bereitete gerade das Abendessen zu und sah nur flüchtig zu ihm. "Hast du alles erledigt?", erkundigte sie sich beiläufig.

"Hab ich", antwortete er und ließ zu, dass der Kater seinen Kopf an ihm rieb und dabei schnurrte. Immerhin war das ein Indiz für die Richtigkeit seiner These. Er beugte sich sogar nach unten und knuffte Milli freundlich am Kopf. "Kaufst du ihm wieder ein neues Halsband?", war die Frage, die Patricia mit einem Kopfschütteln beantwortete und den Kater veranlasste, sofort Abstand von ihm zu nehmen. Langsam und mit hoch aufgestelltem Schwanz stolzierte er zu Patricia und rieb seine Flanken laut schnurrend an ihrem Bein. Er schien mit ihrer Antwort sehr zufrieden zu sein und Patricia mit seiner Zuneigung zu belohnen. 'Ich muss aufhören, Milli zu vermenschlichen und in allem, was er tut, einen Sinn zu sehen', dachte Frank und ging ins Bad, um endlich zu duschen.

Wenige Wochen später war er restlos davon überzeugt, dass er den Kater zwar bewusstlos geschlagen, ihn aber nicht getötet hatte. Die jetzige Zeit erinnerte ihn gelegentlich sogar an das erste Jahr mit Milli, und er räumte ein, völlig unverhältnismäßig und überzogen reagiert zu haben. Auch dafür gab es vernünftige Erklärungen. 'Ich war einfach überarbeitet, und auf Grund des ganzen Stresses hab ich alles auf die Goldwaage gelegt', Franks beste Selbstdiagnose. Er empfand ein gewisses Glücksgefühl, sich trotz der verzerrten

Wahrnehmungen – um nichts Anderes konnte es sich gehandelt haben, und wahrscheinlich wollte der Kater nur spielen, als er zu Frank ins Atelier gekommen war – nicht zu einem Psychiater gegangen zu sein. "Der hätte mich doch in die Klapse eingeliefert", gestand er sich leise ein und setzte sein bequemes Leben fort.

Es währte etwa ein weiteres Dreivierteljahr. Den neuerlichen Stein brachte sein eigener Eifer ins Rollen. Patricias Eltern hatten sich für den Sonntag zum Mittagessen angekündigt und seine Frau in der Küche alle Hände voll zu tun. Frank wollte ihr nur unter die Arme greifen, als er begann, im Wohnzimmer für Ordnung und Sauberkeit zu sorgen. Das Abwischen der Bilderrahmen gehörte dazu. Als Millis Bilder an der Reihe waren, fiel ihm bei einer der Zeichnungen eine Veränderung auf. Anfangs war er irritiert und zweifelte an sich selbst, doch er war sicher, die Augen des Katers anders schraffiert zu haben. Aber wie sollte er das überprüfen? Das Original hing eingerahmt und unter einer Glasscheibe geschützt an der Wand. Selbst wenn die Zeichnung auf einem der zahlreichen Fotos, die im Laufe der Jahre bei Familienfeiern aufgenommen worden waren, zu sehen wäre, dürfte dieses spezielle Detail nicht zu erkennen sein. Trotzdem holte er zwei Fotoalben aus der Kommode und blätterte sie hastig durch. Einige Bilder, auf denen die Zeichnungen abgelichtet waren, fand er zwar, aber wie er vermutet hatte, halfen sie ihm bei der Auflösung des Rätsels nicht weiter. "Rede dir nicht wieder was ein!", war der Satz, den er zu sich selbst sagte, und woraufhin er die Alben zurück in die Kommode legte. Doch der Gedanke hatte sich bereits eingenistet. Je öfter er in den folgenden Wochen ins Bewusstsein drang, desto sicherer war sich Frank, die Schraffur der Iris von rechts oben nach links unten ausgeführt zu haben. Genau wie auf den anderen fünf Zeichnungen. Zu neuen

Erkenntnissen verhalf ihm der Verdacht nicht, und die Frage, wer etwas davon hätte, blieb unbeantwortet. Außerdem war ihm unklar, wie der geheimnisvolle Unbekannte es geschafft haben sollte, keine Spuren auf der Zeichnung zu hinterlassen. "Spätestens beim Beseitigen der originalen Schraffur. Das ist total bescheuert und völlig sinnlos", räumte er irgendwann ein. Trotzdem war ein Entschluss in ihm gereift, um dieser wirren Illusion Herr zu werden. Frank musste von allen sechs Zeichnungen Detailfotos machen. 'Damit mir das bei einem anderen Bild nicht nochmal passiert', war die Idee, welche für den nötigen Antrieb sorgte.

Vier Wochen später war sie in die Tat umgesetzt worden, und zufrieden hielt er sechs großformatige Fotos in der Hand. Er verglich sie aufmerksam mit den Originalen. Jeder Strich war auf den Aufnahmen im Detail zu erkennen. "Warum der Aufwand?", erkundigte sich Patricia. "Für mein Bilderarchiv", Franks kurze Antwort, die sogar der Wahrheit entsprach. Nur der Blick des Katers ließ die erneute Vermutung in ihm aufkommen, Milli könnte etwas ahnen. Mit zusammengekniffenen Augen hatte er von Patricias Schoß aus genau beobachtet, was Frank tat. Dabei hatte er langsam, fast wie in Zeitlupe, mit dem Schwanz geschlagen und sein ganzer Körper einige Male gezuckt.

Als Frank die Fotos in sein Atelier brachte und in einem der riesigen Schubkästen verschwinden ließ, bekam er nicht mit, wie Milli ihm geräuschlos gefolgt war. Erst beim Verlassen des Raumes sah er den Kater unter dem Türrahmen sitzen. Abrupt stoppte Frank, und die Blicke der Kontrahenten trafen sich. Die Augen des Katers zeigten dessen Entschlossenheit. Er kniff sie leicht zusammen, und zum ersten Mal seit langer Zeit legte er die Ohren wieder an. Der Kater behielt Frank im Auge und ging langsam einige Schritte nach hinten. Dann drehte er sich blitzschnell um und rannte zurück zu Patricia. 'Hier hätte ich ihn fast getötet', war der helfende Gedanke, um Millis Reaktion als etwas Normales abzutun.

Einige Wochen hielt Franks Illusion noch an, dann wagte der Kater einen erneuten Vorstoß. Er erwischte Frank völlig unvorbereitet an einem Sonntagmorgen. Draußen war es noch dunkel und im Haus herrschte Stille. Patricia und die Kinder schliefen. Am Vorabend waren Freunde zu ihnen gekommen, und Frank hatte auf Grund der guten Stimmung ein oder zwei Gläschen zu viel getrunken. Er war leicht betrunken gewesen, und der starke Drang zu urinieren hatte ihn gegen halb fünf geweckt. Schlaftrunken erhob er sich und taumelte ins Bad. Er verzichtete darauf, das Licht anzumachen. Wozu auch? Er konnte mit verbundenen Augen durchs gesamte Haus gehen, ohne irgendwo anzustoßen. Doch im Moment bereute Frank es gerade, sich letzte Nacht noch zu einem Cognac überredet haben zu lassen.

Zuerst ging er ins Bad. Seine trockene Kehle kratzte, aber auch die leichten Kopfschmerzen trieben ihn an. Er wollte unbedingt in die Küche, um Mineralwasser zu trinken. Zielsicher lief er zur Treppe und wollte gerade den linken Fuß auf die erste Stufe setzen, als ihn etwas am Rücken traf. Der Stoß war kraftvoll genug, um Franks Sturz einzuleiten. Noch während er fiel, wusste er, wem er das zu verdanken hatte. Zwar versuchte er, sich am Geländer festzuhalten, doch das sorgte dafür, dass seine sonst gerade Flugbahn zu einer trudelnden wurde. Sein rechter Arm geriet unter den Körper, als er auf den Stufen aufschlug. Die Elle des Unterarms brach sofort, aber das spürte er in dem Moment nicht. Frank war noch mit Fallen beschäftigt und die Bewegungen reine Reflexe. Sein Aufschrei gehörte dazu und machte das rumpelnde Geräusch seines Sturzes zu etwas Persönlichem. Es weckte auch Patricia, die zu ihm geeilt kam. "Oh, mein Gott", war ihre erste Reaktion, als sie ihrem Mann aufhalf. Instinktiv griff sie nach

28

seiner Hand. Franks kurzer Aufschrei deutete darauf hin, dass etwas nicht stimmte. "Scheiße. Ich glaube, ich hab mir den Arm gebrochen", fluchte er und sah nach oben. An der Treppe stand der Kater und beobachtete das Spektakel in aller Ruhe. "Dein blöder Kater hat mich die Treppe runtergeschupst", sagte Frank mit schmerzverzerrtem Gesicht.

"So ein Quatsch. Als ich aufgeschreckt bin, lag Milli im Bett und hat geschlafen. Du hättest gestern weniger trinken sollen. Ich sag den Kindern Bescheid und fahr dich ins Krankenhaus", erwiderte Patricia.

Zehn Minuten später fuhren sie los und Frank ahnte, wie dürftig seine Beweislage war. Trotzdem unternahm er zaghaft einen zweiten Versuch, um Patricia von seiner Behauptung zu überzeugen. "Auch, wenn du mir nicht glaubst, Milli hat mich von hinten angesprungen und deshalb bin ich gestürzt."

"Ach, Schatz. Wir wissen doch alle, wie tollpatschig du bist." Nachdem sie diesen Satz ausgesprochen hatte, schaute sie kurz zu Frank. Der Blick verriet ihre Güte und das verständnisvolle Lächeln auf ihren Lippen erstickte jedes Gegenargument im Keim.

Frank wusste, Patricia würde ihm jetzt diverse blaue Flecken, die Beule am Kopf, die er sich am Garagentor geholt hatte und den verletzten Daumen vom letzten Jahr vorhalten. "Mal lieber deine Bilder, und lass den Zaun von jemandem reparieren, der mehr davon versteht. Du bist halt Künstler und kein Zimmermann", hatte sie damals gesagt und ihm ein Pflaster an der blutenden kleinen Wunde angebracht. "Warum glaubst du mir nicht?", war Franks letzter zaghafter Versuch, um sie doch noch auf seine Seite zu bekommen.

"Weil er im Bett gelegen und geschlafen hat. Willst du etwa behaupten, Milli wartet bis du aufstehst, schleicht dir nach, um dir in dem Moment in den Rücken zu springen, wenn du die Treppe betrittst?"

"So was in der Art", bestätigte Frank und schöpfte etwas Hoffnung. Sie war verfrüht.

"Und noch während du fällst, kommt er leise zurück ins Schlafzimmer gerannt, legt sich an mein Fußende und stellt sich schlafend. Erzähl das gleich dem Arzt, damit er dich dabehalten kann. Wir kommen dich auch regelmäßig besuchen, keine Sorge, mein Schatz. Du warst betrunken und hast vielleicht schlecht geträumt. So was passiert, wenn man sich einen über den Durst genehmigt. Außerdem ist Milli nur ein süßer Kater und schon deswegen …" Sie beendete den Satz zwar nicht, aber kopfschüttelnd die weitere Diskussion um seine Unfallursache.

Frank gab klein bei. Patricias Gedanken waren folgerichtig. Nur in einem Punkt hegte er Zweifel. 'Milli ist alles andere als ein süßer Kater. Das Drecksviech ist dermaßen gerissen', war die Erkenntnis, mit der er nichts beweisen konnte. Nicht einmal sich selbst gegenüber, denn eines war der Kater nicht – egal ob süß oder hinterhältig –, ein denkender Mensch. Die unbestechliche Logik sorgte dafür, dass Frank an seiner eigenen Wahrnehmung zweifelte. Trotzdem flackerte zum ersten Mal die Idee in ihm auf, den dämonischen Widersacher einfach aus dem Weg zu räumen, um wieder Herr seines Verstandes zu werden.

Frank blieb an diesem Tag gleich im Krankenhaus. Die Fraktur der Elle musste gerichtet und genagelt werden. Die Operation war gut verlaufen, und er drei Tage später wieder zu Hause. Durch den Gipsverband war an Arbeit nicht zu denken. Frank las viel, hörte Musik und ließ sich von Patricia verwöhnen. Sie half ihm beim Rasieren, zerschnitt das Fleisch auf seinem Teller und fuhr die Kinder mit dem Wagen jeden Morgen in die Schulen. Patrick war seit diesem Jahr auf dem Gymnasium. Er nutzte die Gunst der Stunde, um nur noch bis zu Claudias Schule mitgenommen zu werden. Den Rest wollte er lieber laufen. Es war uncool, von den Eltern vor der Schule abgesetzt zu werden. Daran änderte auch die Automarke nichts. Patricia war nicht traurig, sich um eine Sache weniger kümmern zu müssen.

Während der mehrwöchigen Genesungszeit kam es Frank manchmal so vor, als studiere Milli ihn ab und an. Doch selbst Patrick und Claudia lachten, als Patricia beim Abendessen einen Witz über Franks ursprüngliche Unfalltheorie machte. "Du brauchst den Papa gar nicht so schuldbewusst angucken. Deinetwegen müssen wir jetzt wochenlang Eintöpfe und Suppen essen", sagte sie amüsiert in Richtung des Katers, der wie immer neben dem Tisch hockte und beim Essen zusah. Schließlich wurde ihm gelegentlich von Patricia oder den Kindern etwas zugesteckt. Schon deswegen lohnte es sich für ihn, hier zu sein.

Frank machte eine Zeit lang gute Miene zum bösen Spiel, doch allmählich war er selbst davon überzeugt, die eigene Wahrnehmung hatte ihn erneut getäuscht. Beim vermeintlichen Tod Millis war es schließlich auch so gewesen. Der Kater hatte während Franks gesamter sechswöchiger Genesungsdauer nicht einmal aggressiv reagiert. Vorsichtshalber hatte Frank sich aber angewöhnt, immer eine Flasche Mineralwasser auf den Nachttisch zu stellen. Als er endlich eine ausreichend gute Begründung dafür gefunden hatte, was der angebliche Schlag auf den Rücken gewesen sein könnte, stand für ihn fest, dass er sich selbst zuliebe alles daransetzen musste, um nächtliche Spaziergänge durchs Haus zu vermeiden. Ein Buch über den Einfluss des Mondes auf das Leben der Menschen hatte ihn zum Nachdenken gebracht. Auch wenn vieles, was er darin gelesen hatte, nur pure Theorie und sogar am Rande des Aberglaubens anzusiedeln war, so gab es trotzdem unbestrittene Tatsachen, die jeder Vernünftigdenkende akzeptierte. Die Wechselwirkung von Ebbe und Flut war die

Eindeutigste. Aber er hatte auch vom Einfluss des Mondes auf die Ernte der Bauern, den Menstruationszyklus der Frauen und sogar auf die Wirkung von Medikamenten gelesen. Die Mondblindheit und das Mondjahr waren Fakten, die Mondsüchtigkeit eine Realität, denen sich Frank nicht verschließen konnte. Ein Blick in den Kalender hatte ihm bestätigt, in jener Unfallnacht war Vollmond. Allmählich zeichnete sich ein Bild für ihn ab, welches ihm ermöglichte, den Grund seines Sturzes allein bei sich zu sehen. Die Gedankenkette war simpel. Er war angetrunken und es war Vollmond gewesen, die Vermischung von Traumwelt und Wirklichkeit hatte eine eigene Realität geschaffen: seine.

Über die psychiatrischen Aspekte dachte Frank eine Weile nach. Wahnsinn und Genie gingen bekanntlich Hand in Hand. Die Übergänge dieser Geisteszustände waren unzweifelhaft fließend. Sicherheitshalber erkundigte er sich noch bei Patricia, ob ihr irgendwann aufgefallen sei, dass er schlafwandele. Sie hatte nichts Derartiges bestätigt, allerdings auch hinzugefügt, es nicht zu merken, schließlich schliefe sie nachts. Der Sturz könnte jedoch ein Indiz dafür sein, und wenn sie das gemeinsam im Auge behielten, sollte bald Klarheit herrschen.

Mit dem Abnehmen des Gipsverbands begann Franks normales Leben noch nicht. Er hatte zwar das Zeichnen nicht verlernt, aber die sonst gewohnte Geschicklichkeit musste erst wiederhergestellt werden. Es dauerte vier Wochen, in denen er mehrere Portraitzeichnungen anfertigte, um die alte Meisterschaft zurückzuerlangen. Genau wie Kater Milli genoss er das Leben wieder, und gab seiner Frau den Teil der Zuwendungen zurück, auf den sie hatte verzichten müssen. Die Blicke des Katers bemerkte er zwar, zwang sich jedoch, sie nicht zu interpretieren. Vor allem nicht als Eifersucht.

In den folgenden Monaten war Franks Leben in Ordnung. Milli zeigte keine Auffälligkeiten, was Patricias damalige

Einschätzung zu belegen schien. Es war ein Dienstag, als Frank plötzlich die Autoschlüssel suchte. Am Morgen hatte er nicht nur die Kinder zur Schule, sondern anschließend auch Patricia zu ihrer Freundin gefahren. Schon deshalb war er sich sicher, sie bei der Rückkehr auf die Kommode im Hausflur gelegt zu haben. Das machte er immer so. Frank lag gut im Zeitrahmen, als er gegen Mittag zum Termin mit einer neuen Galeristin wollte. Das Treffen war bereits vor Wochen vereinbart worden und hatte für Frank einen hohen Stellenwert. Die Galeristin hatte einen hervorragenden Ruf. Eine Ausstellung bei ihr verhalf den meisten Künstlern, in eine höhere Preisliga aufzusteigen. Doch die ältere Dame hatte auch ihre Schattenseiten. Sie galt als äußerst konservativ und penibel.

Frisch rasiert und gut gekleidet wollte sich Frank auf den Weg machen. Er zog seine Schuhe an und griff in die Schale, in der sein Autoschlüssel immer lag. Die Schale war leer, die Lösung lag auf der Hand. Die Schlüssel mussten noch in der Jacke sein. Doch auch dort fand er sie nicht. Er sah auf die Uhr. Es gab noch keinen Grund zur Panik. Rasch ging er nach oben und schaute in den Taschen der Hose nach, die er heute Morgen angehabt hatte. Sie waren ebenfalls leer. Langsam wurde guter Rat teuer. "Wo könnten die Schlüssel sonst sein?", fragte er sich und ging ins Bad. Vielleicht hatte er sie aus Versehen in der Hand gehabt und auf den Waschtisch gelegt. Er fand nichts und lief wieder nach unten in den Flur. Dort hockte er sich hin, um unter der Kommode nachzusehen. Auch hier fand er sie nicht. Er sah wieder auf die Uhr, und die innere Ruhe verließ ihn. 'Warum muss Patricia gerade heute zu ihrer Freundin?', dachte er ärgerlich. Seine Frau hatte den Ersatzschlüssel an ihrem Schlüsselbund. Es war bereits zu spät, um dort anzurufen und sie herzubitten. "Das kann doch nicht wahr sein", fluchte er und bestellte ein Taxi. Mittlerweile stand fest, er würde es bis zur vereinbarten Zeit nicht mehr schaffen. Deshalb rief er bei der Galeristin an. Die Dame war zwar nicht begeistert, akzeptierte aber seine rechtzeitige Entschuldigung.

Während der Fahrt im Taxi dachte er angestrengt nach, hatte aber keine Idee, wo er hätte noch suchen sollen. Plötzlich kam ihm ein Gedanke, der völlig abwegig war. 'Versteht das Drecksviech, was wir sagen, und könnte wirklich nur auf einen geeigneten Zeitpunkt gewartet haben, um mich als Idioten dastehen zu lassen?' Die Frage ließ Frank an seiner eigenen Zurechnungsfähigkeit zweifeln. Trotzdem lautete seine Antwort Ja. Milli war der Einzige, der alle Details über den heutigen Termin mitbekommen hatte. Frank hatte sich vor wenigen Tagen mit Patricia darüber unterhalten, und während des Gesprächs hatte Milli dösend auf ihrem Schoß gelegen. Doch selbst Frank ging diese These zu weit. "So was gibt's nicht", räumte er murmelnd ein, war sich aber auf einmal sicher, heute Abend eine Antwort präsentiert zu bekommen.

Mit seinem Verdacht hatte er den Nagel auf den Kopf getroffen. "Du bist ja gar nicht mit dem Wagen gefahren", sagte Patricia, als sie Frank die Tür öffnete. Er hatte klingeln müssen, denn genau wie bei ihr, war auch sein Autoschlüssel am Schlüsselbund befestigt. "Die Tür war auch nicht abgeschlossen. Warst du so aufgeregt wegen des Termins? Wie ist es gelaufen?", hakte sie neugierig nach.

"Sie macht die Ausstellung", antwortete Frank glücklich. Bereits während er die Schuhe auszog, sah er das kleine Schlüsselbund in der Schale liegen, die auf der Kommode stand.

"Da hattest du ja Glück, dass du fertig angezogen warst und schon alles dabeihattest, als du die Tür zugezogen hast", stellte sie fest, als sie Franks Blick bemerkte.

"Allerdings", meinte er nur und machte gute Miene zum bösen Spiel.

"Na komm, du alter Schusselkopf, das Essen ist gleich fertig. Ich hoffe, du hast Hunger?"

"Wie ein Löwe. Das Mittagessen ist wegen der Verspätung ausgefallen", antwortete Frank, und der aromatische Duft gebratenen Huhns, der aus der Küche bis in den Flur gezogen kam, ließ seinen Magen knurren. Für ihn stand fest, Patricia nichts über den wahren Grund der heutigen Verspätung zu erzählen. Er wollte sich nicht lächerlich machen. Außerdem misstraute er seiner eigenen Wahrnehmung. 'Bin ich doch verrückt?', fragte er sich und folgte Patricia in die Küche. Er beantwortete die Frage zwar mit Nein, warf damit aber ein neues Problem auf. Seine eigene These von heute Mittag wurde zum Gradmesser Franks geistiger Gesundheit. 'Einen Kater, der jedes Wort versteht, gibt es nicht. Das ist einfach nur verrückt', war die Antwort, die den Teufelskreis schloss.

Die Kinder waren in ihren Zimmern und spielten, als er mit seiner Frau die Küche betrat. Milli erhob sich sofort von Patricias Stuhl und kam mauzend auf ihn zu. Er rieb wie gewohnt seinen Kopf an Franks Unterschenkel und wartete darauf, von ihm im Nacken kurz gekrault zu werden. Patricia lächelte glücklich, als sie das sah. "Du hast auch schon auf den Papa gewartet", sagte sie, hob Milli hoch und drückte ihn sanft gegen ihre Brust. Der Kater schien zufrieden zu lächeln. Frank kam es einmal mehr so vor, als würde er gerade verhöhnt werden. Der Kater zwinkerte mit dem rechten Auge, was Franks Eindruck noch bestätigte. Trotzdem ließ er sich nicht anmerken, was in ihm vorging und setzte sich an den Küchentisch. 'Na warte, du Drecksviech', dachte er, hatte aber keine Idee, wie er es dem hinterlistigen Kater heimzahlen sollte.

In den folgenden Monaten stellte er ab und an fest, dass ihm Sachen fehlten. Sie tauchten auch nicht mehr auf. Irritierend daran war nur, es waren Dinge, die nicht nur einen unmittelbaren Bezug für ihn hatten. Anfangs war es nur der Rasierpinsel gewesen, und das ergab keinerlei Sinn. Trotzdem fragte er zuerst seinen Sohn. Vielleicht hatte der Junge gespielt oder heimlich ersten Flaum abschneiden wollen und dabei vergessen, den Rasierpinsel zurückzustellen. Doch Patrick stritt vehement ab, und Frank gestand sich ein, ihm wäre erster Flaum seines Sohns bestimmt aufgefallen. Sicherheitshalber sprach er im Bett mit Patricia darüber, die nur meinte, soweit sei Patrick noch nicht. Milli bekam alles mit, auch wenn er sich am Fußende zusammengerollt schlafend stellte. Frank wusste, es konnte nur so sein, hakte den Verlust des Dachshaarpinsels aber als Kleinigkeit ab, wegen der sich jedes Zum-Affen-machen verbot. Die Sache war schließlich nicht der Rede wert.

Wenige Tage später waren Patricias neue Topflappen weg, was wahrscheinlich nur einer Ursache geschuldet war. Frank hatte sie am Vortag des Verschwindens benutzt. Seine Frau hatte wegen einer Erkältung das Bett gehütet und er das Kochen übernommen. Als Patricia ihn am nächsten Morgen fragte, wo sie seien, hatte er keine Antwort, registrierte aber das fiese Grinsen des abscheulichen Katers genau. Eine Ehekrise löste der Verlust nicht aus, aber Frank ahnte die Absicht: Milli versuchte einen Keil zwischen sie treiben.

Im Laufe der Zeit verschwanden noch mehr Gegenstände. Der Füller von Claudia, mit dem Frank die Klassenarbeit unterschrieben hatte, gehörte dazu. Seine Tochter hatte sie zusammen mit dem Füller auf den Wohnzimmertisch gelegt. Das kleine Modellauto, das Patrick zusammengebaut, lackiert und ihm stolz auf den Schreibtisch gestellt hatte, damit er es sich ansehen konnte, verschwand ebenfalls spurlos.

Allmählich schien der Kater die Bedeutung der gestohlenen Sachen zu erhöhen. Das Fass kam zum Überlaufen, als Frank eines Morgens sein Portmonee nicht mehr fand. Der Verlust des Geldes war dabei nebensächlich. Der Verlust des Personalausweises, des Führerscheins, der Kfz-Zulassung und seiner Kontokarte jedoch nicht. "So eine Scheiße", fluchte er im Flur und begann, seine Sachen zu durchsuchen. Patricia half ihm. "Was hattest du denn die letzten Tage an?", fragte sie, untersuchte zuerst Franks Hosen in der Schmutzwäsche und anschließend seine Jacketts im Kleiderschrank. Währenddessen sah Frank im Auto nach und hoffte, es wäre ihm nur aus der Hosentasche gefallen und unter den Fahrersitz gerutscht. "Wann hast du's denn zum letzten Mal gesehen oder in der Hand gehabt?", erkundigte sie sich eine Stunde später. "Beim Tanken vor zwei Tagen", antwortete er gereizt und fuhr sofort dorthin. Beim Tankwart war nichts gefunden oder abgegeben worden. Als er wieder zu Hause ankam, sagte ihm Patricia, der Anruf beim Fundbüro hätte nichts ergeben. "Das kann doch alles nicht wahr sein. Dieser Scheißkater!", empörte er sich, und das hatte einen kurzen, heftigen Streit mit Patricia zur Folge. "Lass Milli da raus, und pass auf deine Sachen besser auf!", erwiderte sie und ging ins Wohnzimmer. Der Kater lümmelte zufrieden auf der Couch und bekam von Patricia die Streicheleinheiten, die Frank in den nächsten Tagen verwehrt wurden. Während der Zeit zweifelte er erneut an seiner geistigen Gesundheit. 'Ist das Mistviech dazu überhaupt in der Lage?', dachte er. Die Antwort lautete: Ja und Nein. Das Ja war seinem Hass, das Nein der Rationalität geschuldet. Lange überlegte er, wo der Kater die Sachen versteckt haben könnte. Dabei erinnerte er sich daran, das orangerote Ungeheuer oft auf der Kastanie gesehen zu haben, von der ein Ast fast bis ans Dach des Hauses reichte. Frank stellte sich vor, wie der Kater mit dem Portmonee im Maul vom Dach aus auf den knorrigen Ast sprang und das Diebesgut in sicherer Höhe versteckte. "Möglich wäre es", murmelte er. Frank hatte schon oft gesehen, wie der Kater bei schönem Wetter auf dem Dach herumstolziert war, aber nie herausgefunden, wie er dorthin gelangte. "Vielleicht vom Dach der Garage aus", sinnierte er, wobei das letztlich unwichtig war, denn nur die Fakten zählten. Einer dieser Fakten war, das Frank noch nie auf Bäume geklettert war. Außerdem war die Jahreszeit gerade ungünstig, um den ersten Versuch zu wagen. Es war Winter. Ein Umstand, den er bei aller Wut auf den Kater nicht wegdiskutieren konnte. Es blieb ihm nichts Anderes übrig, sein Unternehmen 'Erstbesteigung' musste aufs Frühjahr verschoben werden, und selbst dann blieb es für Frank ein riskantes Unterfangen. "Der Kerl hat wirklich alle Trümpfe auf seiner Seite", flüsterte er, fasste aber trotzdem den Entschluss herauszufinden, was an seiner Theorie, der Kater verstünde alles was sie sagten, dran war. Es bedurfte nur einer Finte, auch wenn er Patricia dafür anlügen musste.

Nach einigen Tagen hatte Frank eine Idee. Für die Bestätigung seines Verdachts war es notwendig, dass Patricia nicht zu Hause war. Beim Termin mit der Galeristin war es schließlich genauso gewesen. Bei den kleinen Raubzügen zwar nicht, doch die machte der Kater nur, um ihn vor der Familie als minderbemittelten Idioten dastehen zu lassen. Nichts Anderes ergab einen Sinn. 'Der Schlüsselklau hätte nichts gebracht, wenn Patricia hier gewesen wäre. Sie hätte mir einfach ihren gegeben', kombinierte Frank. Die Erkenntnis, wann Milli etwas machte, engte die Handlungsoptionen zwar ein und machte den Plan gegenüber Patricia zu etwas Unmoralischem, aber Frank hatte keine andere Wahl. Er musste seine Frau zu einem Teil dieses perfiden Spiels machen, weil der miese Kater es auch tat.

Der erste Plan

An einem Abend, sie saßen auf der Couch und tranken ein Glas Wein, begann Frank mit der Umsetzung des Plans. Millis Kopf lag auf Patricias Oberschenkel und sie kraulte ihn geduldig. Das zufriedene Dauerschnurren war nicht zu überhören. "Schatz, es gibt vielleicht eine sehr gute Nachricht. Auf die möchte ich mit dir anstoßen", sagte er.

"Was denn für eine Nachricht?"

"Es ist noch nicht ganz sicher, aber wie es aussieht, ist ein Museum für moderne Kunst an einigen meiner Bilder interessiert", log er, ohne dabei mit der Wimper zu zucken. "Die kommen vielleicht in ihre Dauerausstellung, wenn ich mich gegen zwei oder drei Konkurrenten durchsetze", ergänzte er.

"Im Ernst? Das wäre ja wunderbar", erwidert Patricia begeistert und schob Milli behutsam zur Seite. Sie rückte zu Frank und umarmte ihn. "Das freut mich für dich", hauchte sie und löste sich nur langsam aus der Umarmung. Ihre Augen verrieten, wie stolz sie auf ihn war. Wenige Sekunden später schob sie Milli wieder auf seine alte Position und verwöhnte ihn mit ihren Streicheleinheiten. "Bis wann weißt du, ob es klappt?"

"Das steht noch nicht fest. Ich muss mich demnächst mit dem Kurator der Ausstellung treffen, und dann werden wir sehen, wie es weitergeht. Er trifft die Vorauswahl."

"Wann fährst du hin?", hakte Patricia nach.

"Das weiß ich noch nicht. Die müssen ja auch einen Dolmetscher besorgen, schließlich spreche ich kein Italienisch."

"Italienisch? Von welchem Museum sprichst du eigentlich?" Patricia stellte kurz das Streicheln des Katers ein und sah Frank mit großen Augen an. "Spann mich nicht so auf die Folter!"

"Welches Museum für moderne Kunst kennst du in Italien?", stellte Frank sie auf die Probe.

"Nur die Galleria Civica d'Arte Moderna in Mailand. Ist es das?"

Frank nickte nur leicht. "Du weißt aber, dass du es niemandem …"

"Ich weiß. Ich erzähle es niemandem, bevor es nicht ganz sicher ist", schoss es aus ihr heraus. Dann sah sie Milli an. "Papas Bilder kommen nach Mailand, mein Süßer", sagte sie und der Kater wedelte kurz mit dem Schwanz. Dann ging sein Blick zu Frank.

Der registrierte jede Regung des Katers genau und war sich sicher, das Drecksviech hatte alles verstanden. 'Für heute ist es genug', dachte er, und wollte den zweiten Teil der Seifenoper erst aufführen, wenn Patricia einen unaufschiebbaren Termin hätte. In den nächsten Monaten standen mehrere an, und Frank wollte ihr jede Möglichkeit einer rechtzeitigen Absage oder Terminverschiebung nehmen. Er durfte erst so kurzfristig von dem angeblichen Treffen in Mailand erfahren, dass sie keinerlei Handlungsspielraum mehr hatte. Zufrieden griff er nach der Weinflasche und füllte ihre Gläser nach. "Hoffen wir, dass alles klappt", sagte er und stieß mit Patricia an.

In den folgenden Wochen hakte sie einige Male nach, aber Frank hatte nichts Neues in der Angelegenheit zu berichten. Doch er registrierte wohlwollend, wie sie Milli auf dem Laufenden hielt, indem sie ihn streichelte und meinte: "Wir müssen auf Papas großen Tag noch etwas warten, mein Süßer." Ihr Enthusiasmus veranlasste ihn, die Planung voranzutreiben. Dabei entschied er sich für den Geburtstag seines Schwiegervaters. Er fiel in diesem Jahr auf einen Freitag, und das hieß, Patricia würde sofort nach dem Schulschluss mit den Kindern zu ihren Eltern fahren und dort auch übernachten. Normalerweise würde er dabei sein, aber die Angelegenheit hatte für Frank oberste Priorität. Er hatte sich über einige Details Gedanken gemacht, damit für Patricia alles authentisch aussah. Dazu gehörte das Hinterlegen eines Flugtickets, welches er im Servicebüro der Fluggesellschaft abholen sollte.

Die möglichen Abflugzeiten für den schwarzen Freitag – so nannte er ihn in Gedanken – hatte er schon recherchiert und das dafür notwendige Geld im Laufe der Zeit beiseitegelegt. Patricia gegenüber kam er sich wie ein Betrüger vor, denn sie ahnte nicht das Geringste, kaufte das Geburtstagsgeschenk für ihren Vater und kündigte sie alle bereits eine Woche vorher als Übernachtungsgäste an. Ihre Mutter freute sich auf den Besuch und versprach, Franks Lieblingstorte zu machen.

Am Montag fuhr er zum Flugplatz und reservierte das Ticket. Er zahlte die Hälfte in bar an. Der Rest war am Donnerstag bei der Abholung fällig. Er bat die Angestellte, ihn am Donnerstagnachmittag anzurufen und zu sagen, ein Ticket sei für ihn hinterlegt worden und sie müsse die Personendaten vor dem Ausdruck abgleichen. Die Dame sagte das zu und nahm den 20-DM-Schein von Frank entgegen. Alles lief wie am Schnürchen. Er hatte der Angestellten genau vorgegeben, was sie ihm am Telefon mitteilen sollte. Das Einzige, was Frank an seinem Plan missfiel, war der schlechte Ausgang der Seifenoper. Der Kurator der Ausstellung würde sich nicht für ihn entscheiden, zumindest musste er das Patricia sagen, wenn er von seiner Reise zurückkäme. Er wusste, wie enttäuscht sie diese Nachricht aufnehmen würde, aber das Leben ging weiter, und Franks Zweifel an der eigenen Zurechnungsfähigkeit wären endlich Geschichte. 'Zumal es für sie nicht leichter wäre zu wissen, was für ein Monster ihr geliebter Kater ist', dachte er. Das holte einen alten Gedanken aus den Abgründen des Vergessens in sein Bewusstsein zurück. "Er oder ich", murmelte Frank. Diese Quintessenz brachte alles auf den Punkt, und es war immerhin Patricia, um die es in diesem Kampf ging.

Am Donnerstagnachmittag lief alles nach Plan. Gegen 15 Uhr klingelte das Telefon und Patricia nahm das Gespräch entgegen. Frank hielt sich extra im Atelier auf und konnte es kaum erwarten, von ihr gerufen zu werden. Patricias Begeisterung war der Schlüssel zur perfekten Täuschung des Katers. Als seine Frau ihn rief, ging er zu ihr. Ihre Zeichensprache sowie die Freude, die ihrem Gesicht anzusehen war, spielten Frank in die Karten. Aus den Augenwinkeln heraus sah er den Kater, schenkte ihm aber keine Beachtung. Dann nahm er den Hörer, bestätigte seinen Namen und schrieb die Informationen auf, die seine Komplizin – als diese sah er die Angestellte, seit sie das Bestechungsgeld angenommen hatte – ihm durchgab. Er wiederholte jedes Wort laut und deutlich, damit Milli alles hören konnte, mied aber jeden Blickkontakt mit dem orangeroten Teufel.

Als er aufgelegt hatte, sah er Patricia in die Augen. "Ich muss morgen nach Mailand. Tut mir leid, aber du musst mit den Kindern allein zu deinen Eltern fahren."

"Das macht nichts", sagte sie glücklich und fiel Frank um den Hals. "Ich freue mich so sehr für dich."

Er befreite sich aus ihrer Umarmung. "Ich muss unbedingt das hinterlegte Ticket abholen. Am besten, ich fahre gleich los."

Patricia hatte nichts einzuwenden und schlug vor, ihm in der Zwischenzeit den kleinen Koffer zu packen. "Das wäre klasse", meinte er und machte sich auf den Weg.

Als Frank zwei Stunden später wieder zurückkam, war der Koffer gepackt und das Abendessen vorbereitet. Patrick und Claudia wussten bereits, dass er morgen nicht mit zu den Großeltern fuhr, und das war für ihn in Ordnung. Schließlich saß der Kater neben dem Tisch und verfolgte ihr Gespräch genau. Deshalb hatte Frank das Flugticket auffällig auf den Küchenschrank gelegt, bevor er sich an den Tisch setzte.

Später im Bett kuschelte sich Patricia an ihn. Das gefiel dem fiesen Kater ganz und gar nicht. Er sprang leise auf die Fensterbank und beobachtete von dort aus genau, was sie unter der Bettdecke taten. Frank war sich sicher, der Kater kochte innerlich vor Eifersucht.

Am nächsten Morgen fuhr Patricia die Kinder zur Schule. Frank wurde erst wach, als sie zurückkam. Milli hatte ihre Abwesenheit nicht genutzt, um seine nächtlich angestaute Wut an ihm auszulassen. Dafür war er zu clever und hatte seinen Zorn wahrscheinlich schon an Mäusen und Spatzen abreagiert. Trotzdem erschrak Frank, als er die Augen öffnete und genau in die des Katers schaute. Sie schienen zu funkeln und eine Botschaft zu übermitteln: 'Wart's ab, Freundchen!'

Der restliche Vormittag lief in etwa so, wie Frank es sich vorgestellt hatte. Patricia hatte den kleinen Koffer noch mit seinem Rasierzeug und einigen anderen Toilettenartikeln bestückt, ihn in den Flur neben die Kommode gestellt und das Flugticket auf dieselbige gelegt. Da feststand, welches Jackett er anzog, hatte sie seinen Pass bereits in die Innentasche gesteckt. "Jetzt kannst du nichts mehr vergessen", meinte sie, als sie gegen 11 Uhr losfuhr. Frank winkte ihr von der Haustür aus nach.

Er ging wieder hinein und schaute sich im Flur um. Das Ticket lag da, wo es liegen sollte. Trotzdem tat er so, als beachtete er es nicht. 'Perfekt', dachte er und sah zum Kater, der vor einer Minute Patricia mit verabschiedet hatte. "Noch einen Kaffee, dann muss ich los", sagte er mehr zu sich selbst und ging in die Küche.

Er ließ sich Zeit beim Kaffeetrinken und sah oft auf die Uhr. Einige Male kam der Kater herein, schaute ihn kurz an, trollte sich aber sofort wieder. Er war in freudiger Erregung, das verriet sein nach oben gestellter Schwanz. Als er sich irgendwann neben den Tisch setzte und nach oben sah, erkannte Frank das unverkennbare Grinsen. 'Dann los, Sportsfreund', schien der Kater zu sagen.

Frank stand auf, stellte die Kaffeetasse in die Spüle und ging in den Flur. Der Kater begleitete ihn nicht, sondern blieb im Türrahmen stehen und verfolgte das zu erwartende Spektakel von sicherer Entfernung aus. In aller Ruhe zog Frank sich an und tat dann das, was den Kater glücklich machte. Er griff zur leeren Stelle auf der Kommode. "Ich bin mir sicher, dass es hier gelegen hat", sagte er und das veranlasste den stolzen Kater, den Schauplatz mit hoch aufgerichtetem Schwanz zu verlassen. Eine Weile tat Frank noch so, als suche er das Ticket, aber der arrogante Kater nahm davon keine Notiz mehr.

Der Taxifahrer klingelte pünktlich und das lockte das Katzenvieh wieder auf die Bildfläche. Das peinliche Gestammele von Frank wollte er sich nicht entgehen lassen. Als Frank seine Frau gestern gebeten hatte, ihm ein Taxi zu bestellen, hatte Milli schließlich alles mitbekommen. Die Erwartung des Katers war dementsprechend groß. Was jetzt geschah, durfte er nicht verpassen. Er schien glücklich zu sein, als Frank den Koffer nahm und beiläufig zum Taxifahrer sagte: "Schön, dass Sie so pünktlich sind. Wir müssen noch einen Umweg machen. Ich glaube, meine Frau hat ausversehen das Ticket eingesteckt." Wie nebenbei sah Frank den Kater an, nachdem er das gesagt hatte. Milli stand mit weit aufgerissenen Augen da und mauzte vor freudiger Erregung. Dann lief er mit federnden Schritten in die Küche und überließ Frank seinem Schicksal.

Als Frank im Auto saß, wies er den Fahrer an, doch direkt zum Flughafen zu fahren. Er hatte bereits beim Kauf des Tickets darum gebeten, einen Ersatzflugschein auszustellen und ihn im Flughafenbüro zu hinterlegen. Bereits auf dem Weg dorthin wusste er, das Original lag wieder auf der Kommode. Er wusste auch, die Reise nach Mailand war notwendig, um wenigstens den Hauch einer Chance bei Patricia zu haben. 'Wobei die Geschichte immer noch völlig verrückt klingt', dachte er, aber trotzdem zog ein süffisantes Grinsen über sein

Gesicht. Hier und heute ging es in erster Linie um seine innere Reputation, und die wäre wiederhergestellt, wenn Patricia das Ticket morgen auf der Kommode fände. Er hatte alles Nötige getan, um sich selbst zu beweisen, nicht verrückt zu sein. 'Mit so einer Falle hat das Drecksviech nicht gerechnet.' Frank lächelte sardonisch.

Als er Samstagabend nach Hause kam, erwartete ihn eine neugierige Ehefrau. Erstaunlicherweise ließ sich der Kater nicht sehen, um ihn zu begrüßen. Irgendetwas musste also vorgefallen sein.

"Wie ist es gelaufen?", war Patricias erste Frage.

"Ich weiß es noch nicht. Ich war der erste von drei möglichen Kandidaten und jetzt heißt es warten. Aber in Mailand war es schön. Beim nächsten Mal fliegen wir zusammen", erwiderte Frank. Mit dieser Aussage log er nur ein kleines bisschen, wie er selbst fand. Kurz holte er Luft, dann stellte er die für ihn alles entscheidende Frage. "Lag das Ticket auf der Kommode, so wie ich es dir vorhergesagt habe?"

Patricia nickte. "Als du gestern vom Flughafen aus bei meinen Eltern angerufen hast, dachte ich, du bindest mir einen Bären auf, aber das Ticket lag tatsächlich dort. Genau wie du es gesagt hast." Jetzt hielt Patricia kurz inne und sah Frank tief in die Augen. "Was ist los mit dir? Milli hat dir doch nichts getan." Die Enttäuschung war ihrer Stimme deutlich anzuhören.

Als ob er auf ein Stichwort gewartet hätte, betrat der Kater die Bühne und kam mauzend auf Frank zu. Die Show seiner Liebenswürdigkeiten begann. Ausgiebig rieb er erst seinen Kopf und dann den Körper an Franks Beinen. Dann ging er zu Patricia und sprang auf ihren Schoß. Sie tat das, was sie immer tat: Sie streichelte ihn ausgiebig, aber diesmal blieb ihr Blick auf Frank gerichtet. "Warum machst du das? Er lebt jetzt schon zehn Jahre hier und nie hat er jemandem etwas Böses getan. Du hattest doch früher nichts gegen ihn." Liebevoll sah sie den Kater an. "Hast du den Papa geärgert, mein Süßer? Das kann ich mir gar nicht vorstellen. So ein liebes Katerchen wie du macht das doch nicht."

Der Kater richtete sich auf ihrem Schoß auf und rieb seinen Kopf an Patricias Wange. Dabei schnurrte er laut vor Verzückung. Frank wusste, dieser Teil des Plans war gescheitert. Trotz allem war er zufrieden. 'Man kann den Mistkerl doch reinlegen', dachte er und ergab sich vorerst seinem Schicksal. Zwar kam ihm noch der Kastanienbaum in den Sinn, doch diese Beschuldigung behielt er lieber für sich. Patricia würde es nicht glauben, und dem Kater wollte er nicht die Chance geben, sein Versteck zu räumen. 'Kommt Zeit, kommt Rat, kommt Attentat', dachte er und der clevere, süße Kater schien ihm mit seinen Blicken gerade die gleiche Botschaft zukommen zu lassen. "Es ist ja nichts Schlimmes passiert. Die haben mir ohne Probleme ein Ersatzticket ausgestellt. Außerdem, warum sollte ich mir so eine Geschichte ausdenken?"

"Das ist es ja. Ich habe keine Ahnung." Ihr leidender Blick beendete das Thema.

Es war für beide Kontrahenten ein kleiner Sieg, der ihnen zwei Jahre lang half, den Status Quo aufrechtzuerhalten. Der Kater verzichtete auf neue Diebstähle, und Frank tolerierte seine Anwesenheit, schon Patricia und den Kindern zuliebe.

Millis zweite Auferstehung

Neuen Schwung bekam die Angelegenheit durch die Klassenfahrten der Kinder. Obwohl sie in unterschiedliche Schulen gingen, fanden beide Reisen in der letzten

Unterrichtswoche vor Beginn der Sommerferien statt. Patricia hatte sich bereiterklärt, die Klassenlehrerin von Claudia zu unterstützen und die Klasse zu begleiten. Eine Tatsache, die Patrick glücklich zur Kenntnis nahm, denn so entging er dem vermeintlichen Spott seiner Klassenkameraden. Für Frank hieß das, von Montag bis Donnerstag als Strohwitwer sein Dasein zu fristen. Ein Umstand, der ihm Freiräume verschaffte und eine bereits vergessene Erinnerung weckte: Die Erstbesteigung. Die Gelegenheit war einmalig, um sich Klarheit zu verschaffen.

Am Dienstagvormittag setzte er den Plan in die Tat um. Er hatte sich alte Sachen angezogen und den Baum bereits am Vortag vom Schlafzimmerfenster aus in Augenschein genommen. Die Vorgehensweise half nicht, denn das dichte Blätterdach verhinderte einen tieferen Einblick.

Um die ersten Meter zu überwinden, holte er die längste Leiter aus dem Schuppen und lehnte sie an den Stamm. Er wollte auf den ersten starken Ast gelangen, um von da aus weiter nach oben zu steigen. Er vermutete, der Kater musste irgendein Loch oder eine Kuhle am Stamm genutzt haben, um das Diebesgut zu verstecken. Vor Jahren hatte sich ein Specht am Baum zu schaffen gemacht, war aber später nie wieder aufgetaucht, was wahrscheinlich dem fiesen Kater zu verdanken war. Frank wusste noch, wo in etwa der Specht seine Höhle in den Stamm gehämmert hatte. Dort wollte er zuerst nachsehen, doch die friedliche Koexistenz der letzten zwei Jahre hatte ihn unvorsichtig gemacht.

Frank gelangte etwa bis auf die Höhe der Regenrinne seines Hauses, als der Kater unverhofft vor ihm auftauchte. Er musste unbemerkt vom Dach aus auf den knorrigen Ast gesprungen sein und lauerte ihm jetzt auf. Frank hielt sofort inne und starrte den Kater mit großen Augen an. Milli sah auf ihn herab und schien kurz zu grinsen. 'Vergiss es!', sagte der Blick des Katers.

Dann präsentierte er sein wahres Ich und fauchte Frank an. In geduckter Haltung kam er langsam auf ihn zu. Seine Ohren waren nach hinten gestellt, die Botschaft klar und deutlich: 'Hände weg von meinen Sachen, Macker!'

Einen Augenblick erstarrte Frank. Er stand auf einem stabilen Ast und hatte die rechte Hand bereits an einem anderen, um sich an ihm nach oben zu ziehen. Genau auf diese Hand schien es der Kater abgesehen zu haben. Frank hatte zwar Lederhandschuhe an, aber vielleicht war das der Grund, weshalb das Ungeheuer es wagte, die Krallen auszufahren. Es würden keine Spuren zurückbleiben. Trotzdem hatte Frank riesigen Respekt vor dem Kater, der zu allem entschlossen zu sein schien. Das Fauchen wurde stärker. Als er die ersten Scheinattacken gegen Franks Hand ausgeführt hatte, schnappte er plötzlich zu und biss in das derbe Leder.

Instinktiv zuckte Frank nach hinten und es gelang ihm gerade so, sich mit der linken Hand festzuhalten. Die scharfen Fangzähne des Katers waren durch das Leder gedrungen. Hektisch versuchte er, vom Baum herabzusteigen, was den Kater nicht veranlasste, von ihm abzulassen. Das Mistviech schien eine gute Gelegenheit zu wittern, um sich seiner zu entledigen. Er attackierte erneut Franks Hand und biss hinein. Gerade als Frank den ersten Fuß auf die Leiter gesetzt und sich schon fast in Sicherheit gewogen hatte, sprang der Kater ab und landete auf seiner Schulter. Die Krallen der Hinterpfoten drangen tief ins Fleisch und die der linken Vorderpfote steckten in Franks Kopfhaut. Er schrie vor Schmerzen auf. Der Kater hatte es auf sein Gesicht abgesehen und holte mit der rechten Vorderpfote zum Schlag aus. Instinktiv ließ Frank alles los und schützte mit den Händen sein Gesicht. Dabei verlor er das Gleichgewicht und stürzte zwei Meter in die Tiefe. Doch noch im Fallen bekam er die rechte Pfote des Katers zu fassen und packte zu, so fest er konnte. Er riss ihn mit in die Tiefe.

Frank landete mit der linken Körperseite auf der Wiese und zog sich starke Prellungen zu, hatte aber immer noch die Pfote des Katers fest im Griff. Dank des Adrenalins nahm er den Schmerz kaum wahr und drosch den Angreifer abwechselnd rechts und links auf den Boden. Das aggressive Fauchen verebbte nach einigen Aufschlägen, doch diesmal wollte Frank auf Nummer sichergehen. Er schleuderte den Kater noch einige Male auf den Boden, dann stand er auf und humpelte mit dem Fellbündel zum Schuppen. Er schmiss den bewusstlosen Kater auf den Hackklotz, nachdem er die Axt aus dem Holz gerissen hatte und schlug dem Vieh den Kopf ab. "Endlich bist du tot", murmelte er keuchend und ließ sich erschöpft auf den Schuppenboden sacken. Im Moment war es ihm egal, ob das Blut des Katers das Holz tiefrot färbte.

Viel Zeit zum Verschnaufen hatte Frank nicht. Er musste das Werk vollenden, bevor er den Krankenwagen rufen konnte. Die beiden Leichenteile des Katers durfte Patricia nie zu Gesicht bekommen. Frank steckte sie in einen alten Jutesack, und wie schon vor Jahren entledigte er sich des Kadavers auch diesmal unter dem Komposthaufen. "Elendes Drecksviech", murmelte er, als die Schmerzen beim Graben fast unerträglich wurden.

Als die Arbeit beendet war, schleppte sich Frank ans Telefon und rief den Notarzt an. Geduldig wartete er auf dessen Eintreffen und erzählte wahrheitsgemäß, er sei vom Baum gefallen. Die Untersuchung im Krankenhaus ergab, dass er sich zwei Rippen angebrochen und mehrere linksseitige Prellungen zugezogen hatte. Aber er konnte wieder nach Hause.

Am Mittwoch beseitigte er die Spuren der Hinrichtung. Er drehte den Hackklotz um, schlug einige Male mit schmerzverzerrtem Gesicht die Axt hinein und reinigte am Schluss die Schneide des Beils. Die Wahrscheinlichkeit war gering, dass Patricia das merkte. Die Vorbereitung des Kaminholzes gehörte zu Franks Aufgaben. Dann ging er zur

Garage und brach einige dornige Äste von der Rosenhecke ab. Anschließend tat er das, was er schon vor Jahren einmal getan hatte. Er leerte Millis Katzenfutter in die Toilette aus und warf die Dosen in den Mülleimer. Selbst diese einfache Arbeit bereitete ihm Schmerzen, aber er verrichtete sie gern. Patricia und die Kinder würden eine Zeit lang trauern, doch die Aussicht auf einen neuen pelzigen Mitbewohner sollte helfen, diese Leidensphase nicht zu lang werden zu lassen. Was das hieß, war Frank selbst nicht ganz klar. Bei den Kindern wahrscheinlich nur einige Tage, aber bei Patricia? Er konnte es nicht einschätzen, weil seine Frau den fürchterlichen Kater abgöttisch geliebt hatte. "Sie wird das schon schaffen", sagte er leise und bereitete sich darauf vor, ihr zu erklären, Milli am Donnerstagmorgen noch gefüttert und ihn seitdem nicht mehr gesehen zu haben. Immerhin gab ihm der Mülleimer recht.

Patrick traf am Donnerstagnachmittag zuerst zu Hause ein. "Papa, was ist dir denn passiert?", fragte er, als er seinen Vater sah, aber mit dessen kurzer Erklärung gab sich der Junge zufrieden. Dann erzählte er Frank begeistert von den Aktivitäten der letzten Tage. Dass der Kater nicht da war, fiel ihm überhaupt nicht auf.

Eine Stunde später klingelte es an der Tür. Patrick stürmte in den Flur und ließ seine Mutter und seine kleine Schwester ins Haus. "Papa liegt verletzt im Wohnzimmer, aber es ist nicht so schlimm. Er ist nur von der Leiter gefallen", sprudelte es sofort aus ihm heraus.

"Oh, nee", entwich Patricia nur, dann eilte sie zu Frank. Auch Claudia kam ihr nachgerannt. "Wie geht es dir, mein Schatz", erkundigte sich Patricia und strich ihm liebevoll übers Haar.

"Es ist nicht der Rede wert. In ein paar Tagen bin ich wieder fit", versuchte er seine Frau zu beruhigen, aber beim Versuch, sich hinzusetzen, verriet sein Gesicht sofort, dass er Schmerzen hatte. "Das ist nur von der Prellung und den beiden angebrochenen Rippen", stöhnte er und sah dabei zu Claudia.

"Tut es sehr weh, Papa?", fragte die Kleine betroffen.

Frank schüttelte den Kopf.

"Wann ist dir das passiert?", wollte Patricia wissen.

Frank erzählte ihr jetzt, wie er die Regenrinne am Garagendach saubermachen wollte, sich dabei zu weit nach links gebeugt und deshalb das Gleichgewicht verloren hatte. Wenigstens sei er in die Dornenhecke gefallen, was ihm zwar zusätzliche Kratzer am Kopf und der Schulter eingebracht, aber gleichzeitig Schlimmeres verhindert hatte. "Wahrscheinlich wären die Rippen sonst nicht nur angebrochen", endete er seinen Bericht.

"Warum machst du so was, wenn niemand zu Hause ist, der dir helfen kann? Das hätte ins Auge gehen können. Ach Schatz, du weißt doch selbst, dass du zwei linke Hände hast, wenn es ums Handwerkern geht", sagte Patricia und umarmte Frank spontan. Sie ließ ihn sofort wieder los, als sie merkte, wie er wimmerte. "Entschuldige. Ist es doch so schlimm?"

Frank nickte nur.

"Leg dich wieder hin, ich kümmere mich um alles. Wo ist Milli eigentlich?"

"Keine Ahnung. Vermutlich draußen", log Frank und die Schmerzen beim Hinlegen halfen ihm, authentisch auszusehen. Dann rief er Patrick und fragte nur: "Hast du Milli vorhin gesehen?"

"Nö", war die kurze Antwort, die der Junge ihm zurief.

"Vielleicht hat er nicht mitbekommen, dass du wieder da bist. Der Hunger wird ihn schon nach Hause treiben", meinte Frank nur, und das war auch die plausibelste Erklärung für Patricia.

"Ich räume die Sachen schnell weg, dann mach ich das Abendessen", schlug sie vor und begann sofort damit.

'Das Schlimmste ist geschafft', dachte Frank, als seine Frau das Wohnzimmer verlassen hatte. Als er eine Stunde später hörte, wie sie den Mülleimer öffnete, war er endlich zufrieden. Patricia konnte die Bestätigung, Milli hatte heute Morgen gefressen, mit eigenen Augen sehen. 'Er hat sich wie immer gierig über das Futter hergemacht', war der Satz, den Frank sich bereits zurechtgelegt hatte. Es würde nicht mehr lange dauern, bis er ihn aussprechen müsse.

Erst im Bett war es soweit. Die Leere am Fußende machte Patricia zu schaffen, und Frank war körperlich nicht in der Lage, diese Leere auszufüllen. "Wann hast du ihn zum letzten Mal gesehen?", erkundigte sie sich leise.

"Als ich ihn heute Morgen gefüttert habe."

"Aber abends kommt er doch immer nach Hause", sagte Patricia enttäuscht, stand auf und ging zum Schlafzimmerfenster. Draußen war es dunkel, doch trotzdem öffnete sie es und rief einige Male den Namen des Katers. Nichts passierte. Mit traurigem Blick kam sie zurück ins Bett. "Das macht er doch sonst nicht", sagte sie enttäuscht.

"Du hättest ihn damals doch kastrieren lassen sollen, dann wäre er jetzt hier. Er wird irgendeiner läufigen Katze nachgestiegen sein", versuchte Frank, seine Frau zu trösten.

"Ich spüre, dass ihm irgendwas passiert ist. Er begrüßt mich immer, wenn ich nach Hause komme."

"Das redest du dir ein, weil du nie länger weg bist", erwiderte Frank.

"Wenn wir vom Einkaufen kommen, erwartet er mich immer an der Tür."

"Weil er den Klang unseres Wagens kennt. Heute bist du nicht mit dem Auto sondern mit dem Bus gekommen."

"Kann sein", sagte Patricia nur und griff nach Franks Hand.

"Mach dir nicht so viele Gedanken. Er kennt sich in der Gegend aus und morgen ist er wieder hier", beruhigte er sie.

"Wahrscheinlich hast du recht."

Frank lag noch lange wach und starrte gegen die dunkle Schlafzimmerdecke. 'Das Schlimmste hat sie hinter sich', redete er sich ein und malte sich aus, was Patricia in den nächsten Tagen alles unternehmen würde, um ihren geliebten Kater wiederzufinden.

Beim Frühstück war die Stimmung nicht besser. Lustlos biss Patricia in ihr Brötchen. Gelegentlich sah sie zu der Stelle, wo Milli immer gesessen und mit hungrigem Blick nach Leckereien gebettelt hatte. Gelegentlich schweiften ihre Augen auch zum Fressnapf, der an der Wand unterhalb des Fensters stand. Claudia brachte das Fass zum Überlaufen. "Mama, warum kommt Milli nicht nach Hause? Hat er was Besseres gefunden?"

Ohne ein Wort zu sagen, erhob sich Patricia hastig und rannte aus der Küche. Ihr Schluchzen konnte sie dabei nicht mehr unterdrücken. Frank warf seiner Tochter einen tadelnden Blick zu. "Musste das sein? Ich gehe nachsehen, was Mama macht. Ihr esst weiter." Patrick nickte, und Frank stand langsam auf. "Autsch", jammerte er und humpelte nach oben ins Schlafzimmer.

Patricia lag bäuchlings im Bett und heulte ins Kissen. Frank setzte sich neben sie und legte seine Hand auf ihre Schulter. Seine Frau tat ihm nicht nur leid, er hatte sogar echtes Mitgefühl für sie. 'Leider weißt du nicht, um wen du trauerst', dachte er, aber dieser Gedanke half ihr nicht weiter, und sie würde ihn auch niemals verstehen. Der janusköpfige Kater hatte Patricia zu seiner treuesten Anhängerin gemacht. Frank ahnte, die Zeit der Trauer würde lange dauern. "Sie hat es nicht so gemeint, dass weißt du doch", versuchte er Patricia zu trösten.

"Ich bin Claudia doch nicht böse. Aber ihre Frage hat in mir alles aufgewühlt", presste sie schluchzend ins Kissen und drehte sich endlich auf die Seite.

Plötzlich kam Frank eine Frage in den Sinn, die er nicht wagte auszusprechen. Aber sie war folgerichtig, auch wenn der Vergleich hinkte. 'Würdest du um mich auch so trauern?' Er wischte mit dem Daumen eine Träne von Patricias Wange. "Geht's wieder oder soll ich die Kinder in die Schule bringen? Wir wollten auch zu den Zeugnisausgaben der Kinder fahren."

"Untersteh dich, so Auto zu fahren!" Patricia zog einmal kräftig den Rotz hoch, griff aber sofort unter ihr Kissen, um an ein Taschentuch zu gelangen. Sie schnäuzte sich und sah Frank mit trüben Augen an. "Entschuldige, aber es ist so aus mir rausgeplatzt."

"Das macht nichts." Er lächelte seine Frau an. "Na komm, sonst verpassen die Kinder noch den letzten Schultag."

Patricia nickte und setzte sich auf. Frank erhob sich wie ein alter Mann, aber reichte seiner Frau die Hand, als er endlich stand.

"Ich verschwinde kurz im Bad. Sag den Kindern, sie sollen sich schon fertigmachen. In zehn Minuten fahre ich mit ihnen los", meinte Patricia deutlich gefasster, und das ließ Frank hoffen, sich bei der düsteren Zukunftsaussicht vielleicht doch getäuscht zu haben.

Die Stimmung war einigermaßen gut, als sie mit den Kindern wieder nach Hause kamen. Patrick hatte das erste Jahr am Gymnasium gut überstanden, und Claudia war zuversichtlich, ihm im nächsten Jahr dorthin zu folgen. Doch über all den guten Nachrichten lag der dunkle Schleier der Untröstlichkeit. Patricia hatte sogar – ob bewusst oder unbewusst wollte Frank nicht ergründen – einen schwarzen Rock, schwarze Strümpfe und die dazu passenden Schuhe an. Nur ihre tiefrote Bluse setzte einen farbigen Akzent. 'Sie sieht in den Sachen richtig gut aus', hätte er letzte Woche noch gedacht und ihr in einem unbeobachteten Moment liebevoll auf den Po gehauen, aber heute machte die Garderobe seine Frau zu einer Trauernden. Nicht nur sein körperlicher Zustand, auch der Anstand gegenüber Patricia verbot jede Pietätlosigkeit. Allein schon der Gedanke an ihre gemeinsame Urlaubsreise ließ Frank innerlich laut aufstöhnen. Sie wollten mit den Kindern nach Griechenland fahren. Patricias Eltern hatten angeboten, den Kater während der Zeit zu sich zu nehmen. Das hatten sie schon einmal getan, und es hatte nicht die kleinste Beschwerde über Millis Verhalten gegeben. Spätestens wenn Patricia ihren Eltern erklären musste, warum der Kater nicht zu ihnen käme, würden die Wunden erneut aufbrechen. In zwei Wochen war es soweit und Frank zuversichtlich, bis dahin körperlich wieder fit zu sein. Doch um seine Frau machte er sich Sorgen. Das umso mehr, als Patricia meinte, sie brauche etwas Ruhe und wolle sich kurz hinlegen. 'Sonst macht sie das nie', dachte er, lächelte aber und schlug vor, mit den Kindern ins Kino zu fahren. "So schlecht geht's mir nicht mehr. Die Schmerzen sind fast weg", sagte er und erntete ein zaghaftes Lächeln seiner Frau.

Er fuhr mit den Kindern in die Stadt, ging mit ihnen Eis essen, dann ins Kino und anschließend noch in ein Burger-Restaurant. Der Nachmittag lenkte Frank etwas ab. Es gelang ihm sogar, nicht über das Verhältnis Patricias zum verhassten Kater nachzugrübeln. Wobei er meist mehr darüber sinnierte, warum Milli ihn als persönlichen Todfeind auserkoren hatte? Ihm war klar, niemals eine Antwort auf diese Frage zu bekommen.

Zum zweiten Mal traf Frank die Gewissheit, geisteskrank zu sein, als er mit Patrick und Claudia nach Hause kam. "Wir sind wieder da", rief er laut ins Haus und war erstaunt, Patricias freudige Reaktion zu hören. "Ich bin in der Küche. Kommt schnell her!", rief sie.

Die Kinder waren vor ihm dort angekommen, und Frank wurde durch den Ausruf seiner Tochter vorgewarnt. "Milli, da bist du ja endlich", hörte er sie sagen. Kreidebleich betrat er die Küche und sah das orangerote Monster gierig aus seinem Napf fressen. "Es ist schon die dritte Dose", sagte Patricia glücklich, kam auf ihn zu und umarmte ihn. Doch Frank starrte nur auf das, was nicht sein konnte: Milli.

"Das ist nicht möglich", stammelte er und reagierte auf die Umarmung seiner Frau überhaupt nicht. Sein Hirn weigerte sich, die Realität zu akzeptieren. Trotzdem fielen Frank im Bruchteil einer Sekunde mehrere mögliche Antworten ein, die das gerade Geschehene erklärbar machten. 'Ich träume', 'Ich sterbe' und 'Ich bin in der Hölle', lauteten die glaubwürdigsten. Keine dieser Antworten half ihm weiter.

"Was ist nicht möglich?", fragte Patricia, als sie die Umarmung beendet hatte.

"Dass er drei Dosen verputzt", sagte Frank apathisch und schaffte es wenigstens, den irren Blick vom Kater zu lassen, um seine Frau anzusehen. "Seit wann ist er wieder da?", hakte er leise nach.

"Ich weiß es nicht genau. Ich war eingeschlafen, und er hat mich wachgemacht. Das war vor einer halben Stunde", antwortete sie und bemerkte, dass mit Frank etwas nicht stimmte. "Was hast du? Ist dir schlecht? Du siehst kreidebleich aus, mein Schatz."

"Ich habe mir wohl heute Nachmittag etwas zu viel zugemutet."

"Dann leg dich ein bisschen hin und ruh dich aus. Ich kümmere mich um dich", sagte Patricia und begleitete Frank zur Couch. "Ich bring dir gleich eine warme Milch mit Honig, danach geht es dir wieder besser", schlug sie noch vor, lief aber schon wieder zurück in die Küche, bevor Frank etwas sagen konnte.

Von der Couch aus hörte er das ganze Spektakel, welches gerade um Milli gemacht wurde. Doch das war ihm egal. Ihn beschäftigte nur die Frage, wo dieser Kater auf einmal herkam? Unwillkürlich dachte er an die Ereignisse von damals, und zum ersten Mal kam ihm in den Sinn, ob die Stelle unter dem Komposthaufen irgendeine magische Energie ausstrahlte. Doch selbst wenn es so wäre, erklärte es nicht, wieso der enthauptete Kater den Kopf zwischen den Schultern trug? Er fragte sich auch, ob er dem Angreifer wirklich den Kopf abgeschlagen oder es sich nur eingebildet hatte? 'Dann bin ich wirklich verrückt', schlussfolgerte er und stand langsam auf, um diese Frage sofort zu klären.

Patricia war so mit dem Kater beschäftigt, dass sie nicht mitbekam, wie Frank das Haus verließ und zum Schuppen ging. Er musste den Hackklotz in Augenschein nehmen. Das Blut konnte ihm bescheinigen, nicht verrückt zu sein. Als er die Axt aus dem Holz zog, merkte er, wie ihm der kalte Schweiß vom Kinn tropfte. Es war Angstschweiß, der dem Zweifel am eigenen Erinnerungsvermögen geschuldet war. "Wenn kein Blut dran ist, dann gehe ich freiwillig in die Psychiatrie", schwor er sich und zählte bis drei.

Bei zweieinhalb brach er den ersten Versuch ab, schüttelte verzweifelt den Kopf und ließ sich auf die Knie fallen. Frank war zum Heulen zumute. Kurz flackerte die Idee in ihm auf, sich mit der Axt selbst den Schädel zu spalten. Ein Gedanke rettete ihn. "Ich bin normal, wenn die Unterseite des Hackklotzes mit Blut getränkt ist", murmelte er und ein weiterer Grund kam ihm in den Sinn. Er durfte Patricia und die Kinder nicht diesem Ungeheuer überlassen. Seine erneute Rückkehr aus dem Reich der Toten musste einen Grund haben. Der Beschützerinstinkt veranlasste Frank, nicht nur aufzustehen, sondern ganz schnell "Eins, zwei, drei" zu sagen und den Hackklotz umzustoßen. Ein Lächeln huschte über sein Gesicht, als er das Blut sah. Es war eingetrocknet und hatte sich fast schwarz verfärbt, aber es war genau die Lache, die er in Erinnerung hatte. "Also doch", flüsterte er glücklich und richtete den schweren Holzklotz wieder auf. Den stechenden Schmerz der angebrochenen Rippen spürte er dabei kaum, doch viele Fragen fluteten sein Hirn. Frank wusste, er würde sie niemandem, der unter den Lebenden weilte, stellen können. "Der Einzige, der mich ernst nehmen würde, ist schon seit Jahrhunderten tot", sinnierte er und schob den Gedanken an Hieronymus Bosch zur Seite. Aber er brachte auch eine neue Frage hervor, und die wollte Frank sofort beantworten.

Er verließ den Schuppen. Es war mittlerweile dunkel geworden, aber der leuchtende Vollmond reichte aus, um die Umgebung ausreichend zu erkennen. Frank ging zum Komposthaufen und blieb eine Weile davor stehen. Hier war nichts verändert worden, und genauso wenig wies darauf hin, der Boden hätte sich geöffnet, um eine Ausgeburt der Hölle freizugeben. Damit hatte er auch nicht gerechnet. Wobei die Frage offen blieb, aus welchem Stoff der Kater war? Was wie Fleisch und Blut aussah, musste etwas Anderes sein, auch wenn es sich so anfühlte, so roch und so kuschelig warm war. Wobei Frank auch nicht damit gerechnet hatte, am Komposthaufen eine Antwort zu finden. Zielsicher lief er zurück zum Haus und sah, wie seine Frau sich in der Küche immer noch um den Kater kümmerte. Milli stand auf dem Küchentisch, und Patricia striegelte ihm hingebungsvoll das Fell. Obwohl Frank es nicht hören konnte, wusste er, wie laut der Kater vor Verzückung gerade schnurrte und mit diesem Liebesbeweis seine Frau gleichzeitig aufforderte, nicht aufzuhören. 'Manchmal hab ich wirklich das Gefühl, sie ist seine Frau', ging ihm durch den Kopf, als er den Kater mit geschlossenen Augen die Fellpflege genießen sah.

"Warst du draußen?", hörte er Patricia fragen, als er an der Küchentür vorbeilief.

"Ich wollte noch etwas frische Luft schnappen. Jetzt geht's mir wieder besser."

"Ich habe deine Milch ganz vergessen, entschuldige", sagte sie, ohne zu Frank zu sehen. Wie in Trance striegelte sie das Fell des Katers weiter. "Wo hast du dich bloß rumgetrieben, mein struppiger Schatz?", war die Frage, die Frank ihr am liebsten beantwortet hätte, doch der Kater mauzte wie ein Kleinkind. "Jetzt kümmert sich dein Frauchen wieder um dich, mein Süßer. Nochmal rennst du mir aber nicht weg und machst mich so traurig", sagte sie dabei liebevoll.

Frank registrierte genau, dass der Kater ihn keines Blicks würdigte. Im Moment war es ihm auch egal, obwohl er nicht wusste, was er davon halten sollte. Ohne ein weiteres Wort zu sagen, ging er ins Wohnzimmer und machte das Licht an. Dann stellte er sich vor die sechs Zeichnungen und betrachtete sie. Wie schon vor Jahren achtete er auf die Schraffur der Augen, aber es war nur ein Bild, bei dem die Linienführung der Iris anders war. 'Vielleicht hab ich mich doch geirrt, als ich dachte, sie anders gezeichnet zu haben', räumte er ein, und das schob die Frage, die mehr eine irrwitzige Idee war, an den Abgrund des Vergessens. Wobei eine Gewissheit blieb. Irgendetwas ging hier nicht mit rechten Dingen zu. Das akzeptieren übersinnlicher Fähigkeiten verlangte Frank mehr ab, als seine Vorstellungskraft bereit war zuzugestehen. "Aber um meine Vorstellungskraft geht's hier nicht", murmelte er und beschloss, sich in aller Stille mit der Abwehr von bösen Geistern, Hexen und Dämonen zu beschäftigen. 'Vielleicht hat ein Dämon Millis Körper in Besitz genommen', war der Gedanke, der Frank nicht lachen ließ, obwohl er sein ganzes Leben lang die Existenz übernatürlicher Dinge belächelt hatte. 'Vielleicht ist es gar nicht übernatürlich, sondern wissenschaftlich nur noch nicht bewiesen', war eine Möglichkeit, die ihm aus der Bredouille half.

Plötzlich zuckte Frank erschrocken zusammen. Etwas Pelziges hatte seine Beine gestreift. "Haben wir dich so überrascht?", fragte Patricia freundlich. Sie war mit dem Kater ins Wohnzimmer gekommen, ohne dass Frank es wahrgenommen hatte. "Du hast ihn noch gar nicht richtig begrüßt", meinte sie und hob Milli hoch. Zufrieden ließ der Kater sich von ihr tragen und sah Frank in die Augen. 'Ich bin wieder in meinem Revier. Sieh dich vor!', schien das monströse Etwas ihm sagen zu wollen, gähnte dann beschaulich und schloss die Augen. "Er ist auch müde. Ich nehme ihn gleich mit nach oben", sagte Patricia und rieb zärtlich ihre Wange am Rücken des Katers. "Siehst du, mein Süßer, wie lieb dich der Papa hat. Er hat sich die Bilder angesehen, die er von dir gemalt hat", flötete sie der schnurrenden Fellmasse ins Ohr und wiegte ihn dabei wie ein Baby. Die einzige Reaktion des Katers war, kurz die Augen zu öffnen und Frank anzublinzeln. "Gute Nacht, mein Schatz. Mach nicht mehr so lange. Es ist bald Mitternacht", sagte sie, gab Frank einen Kuss auf die Wange und ging nach oben.

Am liebsten hätte sich Frank vor Verzweiflung und Kummer besoffen, doch das wagte er nicht. Seit dem Sturz von der Treppe hatte er nie mehr als ein, maximal zwei Gläser Wein getrunken. Das Einzige, was sicher zu sein schien, war der Umstand, dass Milli ihn nie attackierte, wenn jemand anwesend war. Deshalb beschloss er, auch zu Bett zu gehen. Patricias Nähe war der Garant, der Wut des Katers für die neuerliche Tötung zu entgehen. "Das gilt für dich ganz genauso und das weißt du", sagte er gedankenversunken und begab sich nach oben.

Wie er erwartet hatte, lag der Kater im Bett. Doch er hatte sich nicht an Patricias Fußende, sondern direkt an sie geschmiegt und genoss ihre Hand auf seinem Bauch. Das verriet sein leises Schnurren. Frank nahm es hin, legte sich auf seine Seite und lauschte noch lange dem wollüstigen Geräusch. Es trieb ihn sogar an, sich Gedanken darüber zu machen, wie er sich dieses Dämons entledigen könnte. Eine Lösung fand er nicht, denn normale Überlegungen halfen nicht weiter. Also stellte sich Frank Fragen, die er sich nie hätte vorstellen können. 'Wie kann er sich ausgebuddelt und selbst den Kopf wieder angenäht haben? Wie kam er aus dem Jutesack raus? Wie konnte er ohne Kopf so lange überleben? Kann er zaubern, obwohl es so was nicht gibt?', war eine kleine Auswahl dessen, worüber Frank nachdachte. Antworten fand er nicht, schlief aber dennoch irgendwann ein.

Erste Erkenntnisse

Erst drei Wochen später im Urlaub kam ihm ein Gedanke, der ihn nicht mehr losließ. Patricia hatte vom ersten Tag an bei ihren Eltern angerufen. Sie erzählte ihnen, wie schön die Hotelanlage sei und wie gut ihnen die Reise gefiel. Doch irgendwann landete sie stets bei Milli und gab hilfreiche Tipps, damit das Monster rundum zufrieden wäre. So empfand es Frank jedenfalls, denn er bekam jedes Gespräch, welches Patricia vom Zimmer ihres Hotels aus führte, von der ersten bis zur letzten Sekunde mit. Ein Satz seiner Frau ging ihm nicht mehr aus dem Kopf. "Frank hat ganz viele Fotos gemacht. Ihr werdet von den Bildern begeistert sein. Schade, dass Milli auf keinem zu sehen ist, aber vielleicht zeichnet er ihn auf einem nach. Mir zuliebe macht er das bestimmt", hatte sie gesagt und Frank dabei lächelnd zugezwinkert. Von da an geisterte ein Verdacht durch seinen Kopf, und innerlich sehnte er die Heimreise herbei. Es blieben noch zwei Wochen, die er auf einmal nicht mehr richtig genießen konnte. Aus dem

Anfangsverdacht wurde rasch ein Indiz, und nur Franks Prüfung zu Hause konnte einen Beweis daraus machen. 'Wenn sich bestätigt, was ich denke, dann ist es bald vorbei', schlussfolgerte er. Das hellte seine Stimmung zwar deutlich auf, aber das lästige Warten auf die vermeintliche Lösung des Rätsels ließ die Zeit in Griechenland wie in Zeitlupe vergehen.

Zwei Wochen später waren sie endlich wieder zu Hause. Er hatte auf den ersten Blick gesehen, wie viel Arbeit auf ihn wartete. Das Gras im Vorgarten war in die Höhe geschossen. Gemeinsam leerten Patricia und er die Koffer, während die Kinder auf der Couch lümmelten und endlich wieder eine Sendung auf Deutsch sehen konnten.

Es dauerte nicht lange, bis Patricia ihre Eltern anrief, um die wohlbehaltene Heimkehr mitzuteilen. "Es ist leider schon zu spät, um Milli heute noch abzuholen", hörte Frank seine Frau sagen, als er ihr stumm ein Zeichen machte. "Nimm doch morgen die Kinder mit. Sie haben deine Eltern schon lange nicht mehr gesehen", schlug er leise vor und Patricias Geste deutete die Frage an, warum er nicht mitkommen wollte. "Weil ich viel mehr im Garten schaffe, wenn die Kinder nicht ständig stören. Außerdem sind die Fotos noch nicht entwickelt und du wolltest doch ein Besonderes. Wir laden deine Eltern als Dankeschön am kommenden Wochenende zum Essen ein, und vielleicht ist das Bild bis dahin auch fertig", raunte er ihr ins Ohr, dann ließ er sie ungestört weiter telefonieren.

Die kleine Finte ging auf. Nach dem Frühstück wollte Patricia mit den Kindern losfahren. Patrick maulte zwar herum, es wäre ihm zu langweilig, aber Patricia duldete keine Widerrede. Claudia ihrerseits war begeistert und freute sich auf eine Runde 'Mensch ärgere dich nicht' mit Oma und Opa.

Frank winkte seiner Familie nach, dann machte er sich an die Arbeit. Es war ihm gestern Abend schwergefallen, sich die Bilder nicht anzusehen, aber er hatte keine neugierigen Fragen seiner Frau riskieren wollen. Jetzt ging er ins Atelier und holte die Fotos, die er vor Jahren von den sechs Zeichnungen gemacht hatte, aus einem der riesigen Schubkästen, in denen er Skizzen und Zeichnungen lagerte. Zuerst betrachtete er sie aufmerksam unter der Schreibtischlampe, dann ging er ins Wohnzimmer, um sie mit den Originalen zu vergleichen. Er erkannte die Veränderung an der zweiten Zeichnung sofort. Genau wie beim ersten Bild zeigte die Iris der gezeichneten Augen eine andere Schraffur. "Scheinbar braucht es eine gewisse Zeit, bis sich die Änderung manifestiert", murmelte er und versuchte sich genau daran zu erinnern, wann ihm die damalige Veränderung aufgefallen und wie viel Zeit zwischen Millis erstem Tod und dieser zufälligen Entdeckung vergangen waren. "Es waren etliche Monate, bis ich's gemerkt habe", flüsterte er und verglich die betroffene Zeichnung mit dem Foto. Jeder Zweifel war ausgeschlossen, und Frank zuversichtlich, einen ersten brauchbaren Ansatz gefunden zu haben. Doch wer oder was löste die Veränderung auf der Zeichnung aus? Es waren keinerlei Spuren einer nachträglichen Manipulation zu sehen. Das ließ nur zwei Schlussfolgerungen zu: Das Papier der Originalzeichnung selbst änderte die Strichführung oder der Einsatz der Silbermine machte das möglich. Beide Theorien hatten mehrere Makel. Er konnte sie mit niemandem diskutieren. Außerdem wollte er sich nicht dem Spott preisgeben, an Zauberei zu glauben, wobei es genau darum ging. Zwar bestand die Möglichkeit, einem Sachverständigen das Original zusammen mit der Fotografie zu übergeben, doch Frank wusste, zu welcher Einschätzung der kommen musste. 'Am Original konnte ich keine Spuren einer Manipulation entdecken. Es bleibt nur das Foto, das sie selbst gemacht haben. Haben Sie das bei Ihrem guten Ruf in der Szene wirklich nötig?', hörte er den Sachverständigen in Gedanken sagen. Aber das brachte ihn auf eine weitere Idee. "Ich brauche das Negativ der Aufnahme." Frank machte sich sofort an die Suche.

Eine halbe Stunde später hatte er es gefunden und betrachtete es in seinem Atelier unter einer riesigen Lupe. Er benutzte sie gelegentlich, um feinste Schraffuren oder Haare besser zeichnen zu können. Bereits auf den ersten Blick war zu erkennen, das Negativ stimmte mit dem entwickelten Foto überein, welches wiederum nicht mit der Zeichnung in Einklang zu bringen war.

Frank dachte angestrengt darüber nach, wie er seine Nachforschungen voranbringen konnte. Sowohl die Papiersorte, wie auch den Stift, hatte er für unzählige Zeichnungen verwendet, ohne jemals Kontrollfotografien gemacht zu haben. "Das ist alles total verrückt", sagte er leise, und je mehr er darüber nachdachte, desto verrückter wurden die Gedanken. Selbst für ihn. Trotzdem traf er eine Entscheidung, die seiner Meinung nach am wenigsten darauf hinwies, was in ihm vorging und welche aberwitzigen Überlegungen er anstellte. 'Am besten lässt sich die Zauberei mit dem Stift erklären', schoss ihm durch den Kopf. Dieser Gedanke hatte eine konkrete Grundlage. "Patricia hat ihn mir geschenkt, und vielleicht erinnert sie sich noch daran, wo sie ihn gekauft hat", sagte er gedankenversunken. Das war als Spur mehr, als er zu hoffen gewagt hatte. Er musste nur einen günstigen Moment abpassen, um mit ihr darüber zu sprechen.

Frank sah auf die Uhr und erschrak. Er hatte jedes Zeitgefühl verloren und hastete zum Schuppen, um sofort mit der Arbeit zu beginnen. Mit dem Rasenmähen fing er an und konnte nur darauf hoffen, dass Patricia bei ihren Eltern auch die Zeit vergessen hatte.

Seine Rechnung ging auf. Als Patricia mit den Kindern wieder nach Hause kam, war der Rasen im Vorgarten gemäht und im hinteren Teil des Grundstücks hatte er immerhin schon begonnen. Das Geräusch des Rasenmähers hatte verhindert, dass Frank die Ankunft der anderen mitbekommen hatte. Erst Patricias Winken von der Terrasse aus veranlasste ihn, die Maschine auszuschalten. Frank bemerkte auf den ersten Blick, wie glücklich seine Frau war. Den Grund dafür sah er. Milli hockte auf der Fensterbank in der Küche und musterte ihn aufmerksam. "Wie geht's deinen Eltern?", erkundigte er sich.

"Bei denen ist alles in Ordnung. Sie haben sich hervorragend um Milli gekümmert und nehmen ihn jederzeit wieder", meinte Patricia und gab Frank ein Küsschen, als er bei ihr ankam. "Ich soll dich von ihnen grüßen", ergänzte sie noch.

"Danke", war alles, was er im Moment antwortete. Er sah in die Augen seiner Frau. Die Glücksgefühle, die sie ausstrahlten, waren unverkennbar. Das machte die Aufgabe, welche vor ihm lag, nicht einfacher.

"Bist du fertig für heute?", fragte sie.

"Ich räume nur noch den Rasenmäher weg", antwortete Frank, küsste nun seinerseits Patricia und schielte dabei zum Küchenfenster. Er sah genau, wie der Kater beobachtete, was er mit *seiner* Frau machte. Die Augen Millis waren schmale Schlitze geworden.

"Beeil dich!", meinte Patricia nach dem Kuss und ging wieder ins Haus.

Eine Minute später stellte Frank den Rasenmäher im Schuppen ab. Er dachte über sein weiteres Vorgehen nach und hatte plötzlich eine Idee, die mehr einer Eingebung gleichkam. Er zog die Axt aus dem Hackklotz und ging zur Terrasse. Dabei verbarg er sie hinter dem Rücken. Er hatte bereits gesehen, dass der Kater immer noch auf der Fensterbank hockte und ihn taxierte. 'Mal sehen, was du jetzt machst, du Zombie', dachte Frank und näherte sich dem Küchenfenster. Erst kurz davor holte er die Axt hinter seinem Rücken hervor und hielt sie vor seine Brust. Die Reaktion des Katers überraschte ihn. Milli machte einen Buckel, streckte seinen aufgeplusterten Schwanz in die Höhe und fauchte sogar. Doch den Anblick konnte Frank nur eine Sekunde genießen. In dem Moment, indem sich Patricia zum Fenster umdrehte, war der Kater heruntergesprungen und zu ihr gelaufen. "Bist du erschrocken, mein Süßer?" Sie warf Frank einen vorwurfsvollen Blick zu. Geistesgegenwärtig beugte er sich nach unten und schlug mit der stumpfen Seite der Axt auf einen Stock, der im Boden steckte. Unterhalb des Küchenfensters hatte Claudia im Frühjahr einige Tomatenpflanzen eingesetzt und sie an diesen Stöcken festgebunden. Frank schlug sie jetzt einige Zentimeter tiefer in den Boden und ließ sich dabei Zeit. Es fiel ihm schwer, das Grinsen zu unterdrücken. 'Der weiß genau, dass ich ihm mit der Axt den Schädel abgehackt habe und deswegen hat er Angst vor dem Ding', jubelte er innerlich, obwohl er wusste, der Kater war schon bewusstlos gewesen, als er ihn auf den Hackklotz geschmissen und geköpft hatte. Doch der logische Gedanke, der Kater könne deshalb gar nicht wissen, dass diese Axt die Mordwaffe war, zählte für Frank nicht. 'Was ist hier noch logisch?', dachte er und sah zu Patricia, die den Kater auf dem Arm hatte und streichelte.

Nachdem er alle Stöcke einige Zentimeter tiefer in den Boden geschlagen hatte, ging er zurück zum Schuppen und drosch die Axt tief ins Holz des Hackklotzes. Frank durchströmten Wellen des Glücks. "Auf jeden Fall kann ich dem Vieh Angst machen", sagte er, aber selbst hier sprach er den Satz nur ganz leise aus. Er musste vorsichtig sein.

Einige Minuten später saß Frank in der Küche, und Patricia erzählte ihm, was er schon wusste. "Milli hat sich erschrocken, als du Claudias Stöcke tiefer eingeschlagen hast. Er hat gezittert wie Espenlaub." Sie machte ihm keinen Vorwurf, schließlich kannte sie die Wahrheit nicht. Deshalb hielt Franks Glücksgefühl noch bis zum Beginn des neuen Schuljahrs an.

Das nächste Attentat

Er hatte die Kinder am Morgen zur Schule gefahren und war erst seit wenigen Minuten zu Hause, als der Kater einen neuen Versuch startete, sich Franks Anwesenheit zu entledigen. Es war das erste Attentat im dritten Leben des Monstrums, und es erinnerte Frank einmal mehr, ständig auf der Hut sein zu müssen. Aber woher hätte er wissen sollen, dass der Kater zu solchen Maßnahmen griff.

Er trank mit Patricia gerade einen Kaffee. "Kannst du im Laufe des Tages die neue Lampe im Wohnzimmer anbauen?", fragte sie.

"Kein Problem."

"Das hast du vor einer Woche auch schon gesagt. Am Wochenende kommen Gäste und da wäre es toll ..." Sie beendete den Satz nicht, sondern sah Frank nur in die Augen.

"Du hast ja recht, mein Engel. Ich kümmere mich nachher darum", antwortete er und das schlechte Gewissen machte sich in ihm breit.

"Es dauert doch nur zehn Minuten", motivierte ihn Patricia.

Frank machte sich sofort an die Arbeit. Er holte die Leiter aus dem Keller und brachte gleich das benötigte Werkzeug mit nach oben. In der Zwischenzeit hatte Patricia die neue Lampe aus dem Karton herausgeholt und sie vorsichtig auf den Couchtisch gestellt. Sie wollte Frank assistieren und ihm die benötigten Werkzeuge nach oben reichen, damit er die Leiter nicht ständig hoch- und runtersteigen musste.

Während Patricia den leeren Karton zum Müll brachte, kontrollierte Frank den Lichtschalter, indem er die alte Lampe einmal anmachte. Mit der Gewissheit, sie wieder ausgeschaltet zu haben, stellte er die Leiter an der richtigen Stelle auf und stieg die ersten Sprossen nach oben. Den Schraubendreher hatte er sich bereits in die Gesäßtasche seiner Hose gesteckt, denn mehr würde er für das Auswechseln der Lüsterklemme nicht brauchen. Geduldig wartete er auf seine Frau und löste bis dahin nur die Verkleidung der alten Lampe, die das aus der Decke reichende Kabelende verbarg. Als Patricia wieder neben ihm stand, hob er die alte Lampe vom Haken und stellte plötzlich fest, es wäre besser gewesen, die Kabelverbindung vorher zu lösen. "Mist, das hätte ich zuerst machen sollen", fluchte er leise, aber es gelang ihm trotzdem, die kleinen Schrauben in der Klemme zu lösen und die Kabelenden freizulegen. Vorsichtig reichte er seiner Frau die alte Lampe herunter und wartete darauf, dass sie ihm die neue reichte. Als er sie am Deckenhaken aufgehangen hatte, stellte er fest, die Isolierung der Kabelenden war etwas zu lang, um sie in die neue Lüsterklemme zu bekommen. "Kannst du mir ein kleines Messer aus der Küche bringen", bat er Patricia, die sich sofort auf den Weg machte. Geduldig stand er auf der Leiter, hielt das aus der Wand reichende Kabelende mit einer Hand fest und wartete auf ihre Rückkehr, als er plötzlich ein leises Klicken hörte. Frank drehte sich instinktiv um. Dabei bekam er nicht mit, wie die bereits abisolierten Enden des Kupferkabels seine Hand streiften. Das wäre kein Problem gewesen, wenn der Lichtschalter noch auf Aus gestanden hätte.

Er riss die Augen weit auf, als der Strom kurz durch seinen Körper floss. Gleichzeitig registrierte er den Kater, der ausgestreckt an der Wand lehnte und noch eine Pfote am Schalter hatte. Wenn er sich langmachte, kam er ohne Probleme bis dahin. Frank nahm noch wahr, wie der mordlustige Kater lautlos zurück in den Flur sprang, während er von der Leiter fiel. Der Stromschlag war nur kurz gewesen, aber er hatte gereicht, um den kurzen Krampf, und damit seinen freien Fall, auszulösen. Es rumpelte laut, als die Leiter auf den Couchtisch traf und die Glasscheibe zerbrach. Frank war in die entgegengesetzte Richtung gefallen und zwar hart, aber unverletzt, auf dem weichen Teppichboden gelandet.

Panisch kam seine Frau aus der Küche gerannt. "Ach du meine Güte. Ist dir was passiert?" Sie half Frank sofort auf die Beine und sah dann zu den Glasscherben. "Das hätte auch anders ausgehen können. Wieso bist du von der Leiter gefallen?", fragte sie besorgt.

"Ich hab einen Stromschlag bekommen", antwortete er erregt.

"Hast du die Sicherung nicht rausgedreht?"

"Ich hatte den Lichtschalter ausgemacht und …" Frank stockte. Was sollte er jetzt sagen? 'Konnte doch nicht ahnen, dass dein Scheißkater weiß, wie man das Ding einschaltet', lag ihm auf der Zunge. Er wusste, niemand würde ihm das glauben. Am wenigsten Patricia. "Vielleicht hab ich mich vertan", räumte er lieber ein, um es nicht zu einem Streit kommen zu lassen, bei dem der Verlierer schon jetzt feststand. "Was willst du denn hier?", sagte er plötzlich, als er den Kater an der Tür stehen sah.

"Er macht sich halt auch Sorgen um dich", antwortete Patricia. "Bleib fein draußen, damit du dir die Pfötchen nicht an den Scherben aufschneidest. Frauchen macht gleich sauber, dann kannst du wieder auf die Couch", sagte sie liebevoll zu Franks Erzfeind.

Die Reinigung der Unfallstelle dauerte über eine Stunde. Patricia saugte so lange den Teppich, und Frank hatte das Gefühl, sie gab sich nur des Katers wegen diese Mühe. Danach beendete er die Arbeit an der neuen Wohnzimmerlampe. Diesmal hatte Patricia die Sicherung herausgedreht. Später holte sie auch die Kinder aus der Schule ab und fuhr bei dieser Gelegenheit zum Glasermeister, um die neue Tischplatte in Auftrag zu geben.

Während der Zeit ihrer Abwesenheit hielt sich Frank im Schuppen auf. Er redete sich ein, in Ruhe nachdenken zu wollen, um den Aufenthaltsort vor sich selbst zu rechtfertigen. Trotzdem hielt er die Axt in der Hand und hätte den Kater sofort erschlagen, wenn er sich hergewagt hätte. "Aber so dämlich ist das Mistviech nicht", flüsterte er verbittert und dabei ging ihm auch Patricias Satz durch den Kopf. 'Das hätte wirklich anders ausgehen können.' Frank war sich darüber im Klaren, niemand hätte den Kater unter Verdacht gestellt. Obwohl er im Laufe der Jahre immer wieder eines Besseren belehrt worden war, redete er sich ein, die heutige Attacke wäre nicht zu erwarten gewesen. "Wer konnte denn ahnen, dass er weiß, wozu Lichtschalter und Strom da sind?", murmelte er und schüttelte bedächtig den Kopf. Aber die Sache hatte auch ein Gutes. Bei der Gelegenheit fiel ihm wieder ein, was er Patricia fragen wollte. Ein Restaurantbesuch wäre ein geeigneter Anlass, um mit ihr ungestört reden zu können. 'Das mach ich in den nächsten Tagen', feuerte er sich an, doch wenig später ertappte er sich dabei zu denken, es sei am besten, sie gleich heute zum Essen einzuladen. "Ich darf nicht immer alles auf die lange Bank schieben. Das Mistviech lernt schneller, als ich wahrhaben will", motivierte er sich.

Franks Plan funktionierte. Am Nachmittag lud er seine Frau zum Essen ein. Zuerst war sie wegen der Kinder gegen einen Restaurantbesuch, aber mit dem Argument, sie seien schon groß und müssten lernen, auch mal einen Abend allein zu bleiben, stimmte er sie um. "Patrick ist fast 15", war wahrscheinlich der Satz, mit dem er sie überredet hatte.

Gemeinsam fuhren sie in ein griechisches Restaurant. Frank hatte es mit Bedacht ausgewählt. Es sollte Patricia an den letzten Urlaub erinnern. Sie hatte sich schön zurechtgemacht und das Kleid an, welches ihm so gut an ihr gefiel. Der Kellner bediente sie ausgesprochen zuvorkommend, und im Laufe des

70

Abends stellte Frank die wichtigste Frage. "Ich wollte schon immer wissen, wieso du mir damals diesen Stift geschenkt hast?" Er sah Patricia in die Augen. Das Kerzenlicht spiegelte sich darin und ließ das Blau um ihre Pupillen hell erstrahlen. Sie lächelte, was die kleinen Krähenfüßchen an ihren Augen zum Vorschein brachte.

"Du meinst unser erstes Weihnachtsfest?"

"Genau das. Wie bist du gerade auf diesen Stift gekommen?" Er griff nach ihrer Hand und schob seine Finger zwischen die ihren.

"Ich habe ihn in Paris gekauft", sagte sie nur.

"Wir waren nur einmal in Paris."

"Ich weiß, während unserer Flitterwochen."

Frank runzelte leicht die Stirn. "Wir waren doch die ganze Zeit zusammen. Wann willst du das gemacht haben?"

"Erinnerst du dich an das Antiquariat? Es war in der Nähe des Hotels", sagte sie lächelnd.

"Natürlich erinnere ich mich daran. Ich hab schließlich zwei Folianten mit Nachdrucken mittelalterlicher Zeichnungen dort gekauft. Es war unsere Hochzeitsreise, und ich hätte dich nicht zum Übersetzen mitschleppen dürfen. Aber ich konnte ja nicht ahnen, gerade dort auf zwei solche interessanten Exemplare zu stoßen."

"Du musst dich dafür nicht entschuldigen. Es hat mir doch Spaß gemacht, dir zu helfen. Du warst so voller Enthusiasmus", meinte Patricia.

"Und dort hast du den Stift gekauft? Davon hab ich nichts mitbekommen."

Sie lächelte Frank an. "Du warst so intensiv mit diesen beiden Büchern beschäftigt, dass du alles um dich herum vergessen hast, mein Schatz."

"Tut mir leid", entschuldigte er sich.

"Das muss es nicht, denn nur so habe ich diesen Stift

entdeckt. Wobei das nicht ganz stimmt. Erinnerst du dich an den Ladeninhaber?"

"Du meinst diesen alten Mann?"

Patricia nickte. "Genau der. Er hat gemerkt, wie sehr du dich für alte Zeichentechniken interessierst. Deshalb hat er mich angesprochen. Er muss mitbekommen haben, dass es unsere Hochzeitsreise war und meinte plötzlich zu mir, er hätte ein ganz besonderes Stück für Verliebte."

"Das verstehe ich nicht", meinte Frank irritiert.

"Ging mir damals genauso, aber dann hat er mir diesen Stift gezeigt und gesagt, dass schon Da Vinci und Dürer im Mittelalter mit solchen Stiften gezeichnet hätten. Er meinte, der Stift wäre mit einer besonderen Eigenschaft gesegnet worden."

"Was für eine Eigenschaft?", fragte Frank und war bemüht, sich die Aufregung nicht anmerken zu lassen.

Patricia schmunzelte. "Ich bin genauso wenig abergläubisch wie du, aber ich fand schön, was er mir erzählt hat." Sie hielt inne und sah Frank glücklich in die Augen. "Der Stift soll mit der Eigenschaft ausgestattet worden sein, in den Händen eines wirklich Liebenden besondere Bilder zu schaffen. Ich glaube zwar nicht an so was, aber fand die Geschichte einfach romantisch, und letztlich stimmt sie ja auch. Viele deiner schönsten Zeichnungen hast du mit diesem Stift angefertigt." Patricia beugte sich zu ihrem Mann und küsste ihn zärtlich auf die Wange. "Wir waren frisch verheiratet und auf Hochzeitsreise in Paris, der Stadt der Liebe. Der Stift hat weniger gekostet, als ich anfangs vermutet habe, denn erst dachte ich, der Verkäufer erzählt mir diese Geschichte nur, um den Preis in die Höhe zu treiben. Aber so war es nicht. Der alte Mann hat ihn mir für den symbolischen Preis von einem Franc verkauft und gemeint, es sei ihm nur wichtig, diesen besonderen Stift in guten Händen zu wissen. Ein geeigneteres Paar als uns hätte er sich nicht wünschen können, hat er mir

72

noch gesagt. Du hast von all dem nichts mitbekommen, so sehr warst du in diese Bücher vertieft."

"Die waren auch viel billiger als ich vermutet hatte."

"Er hat mir damals auch gesagt, dass er selbst einige Bilder mit dem Stift gemalt, aber jetzt keine Verwendung mehr für ihn hätte", beendete Patricia die Geschichte.

"Wieso hatte er keine Verwendung mehr dafür?"

"Das weiß ich nicht. Wieso interessiert du dich plötzlich dafür?", erkundigte sie sich und brachte Frank mit der letzten Frage in Bedrängnis.

"Weil ich so einen Stift noch nie bei jemand anderem gesehen habe. Dadurch kam mir der Gedanke, mich mit seiner Geschichte zu beschäftigen. Silberminen gibt es schon lange, genau wie der Alte dir gesagt hat, aber bei meinem Exemplar scheint es sich um ein Unikat zu handeln. Das macht ihn so interessant", sagte Frank leise und sah seine Frau an. "Vielleicht habe ich meinen Erfolg nur dir zu verdanken", fügte er hinzu und zauberte mit dem letzten Satz ein Lächeln in ihr Gesicht.

"Und was willst du jetzt machen?"

"Mit dir nach Paris fahren und nochmal das Antiquariat besuchen."

"Werden das etwa die zweiten Flitterwochen?"

Frank lächelte nur und das schien Antwort genug zu sein. Zärtlich streichelte sie über seine Hand und eine Weile sagten sie beide nichts. In Gedanken malte sich Frank bereits aus, wie der Alte reagieren könnte, wenn er – 16 Jahre nach dem Kauf des Stifts – plötzlich mit Patricia vor der Tür stünde. Würde er bestätigen, was Frank glaubte? Andererseits konnte es auch nur so gewesen sein, wie Patricia vermutet hatte, und der Verkäufer hatte sich diese romantische Geschichte für sie ausgedacht. Nicht um den Preis in die Höhe zu treiben, sondern um seiner Kundin das Gefühl zu geben, etwas Besonderes bei ihm gekauft zu haben. 'Solche Geschichten gehören dazu, das ist bei meinen Bildern oft nicht anders', war ein Gedanke, den Frank jedoch verwarf, als er an die Preise seiner Exponate dachte.

"Wann wollen wir nach Paris fahren?", unterbrach Patricia seinen Gedankenfluss.

"Bald."

Auch im Bett dachte Frank noch lange über das nach, was seine Frau ihm erzählt hatte. Früher hätte er ihre Worte belächelt, jetzt waren sie eine heiße Spur. Die einzige, die er hatte. Trotzdem blieb eine Frage offen. 'Warum hat sie nie was davon erzählt?', überlegte er, und die Antwort lag klar auf der Hand: 'Ich hab sie nie danach gefragt.' Plötzlich überfiel ihn die Erinnerung an ihr erstes gemeinsames Weihnachtsfest. Er hatte den Stift ausgepackt und sofort begeistert zu zeichnen angefangen. 'In den Händen eines Liebenden schafft dieser Stift tatsächlich besondere Bilder', dachte er und musste schmunzeln. Noch in derselben Nacht hatte er, nachdem und bevor sie sich geliebt hatten, einen Akt von Patricia gezeichnet und dem Bild einen Namen gegeben. "Die Schlummernde", murmelte Frank und räumte ein, seiner jungen Frau damals gar keine Chance gelassen zu haben, etwas über den Kauf des Stifts erzählen zu können. 'Ich war fasziniert und hab sofort zu zeichnen angefangen. Deswegen hat sie ihn mir doch geschenkt. Ich hab die Worte des Alten selbst wahr werden lassen', dachte er und gestand sich ein, die Magie des Moments selbst geschaffen zu haben.

Trotzdem quälte Frank ein Gedanke, der bereits im Restaurant kurz aufgelodert war. 'Besteht überhaupt eine Chance, den Alten noch lebend anzutreffen? Er war damals bestimmt schon 80', überlegte er. Es gab nur eine Möglichkeit, das herauszufinden. Er musste die Reise bald antreten. Der Alte war nicht nur die beste, sondern auch die einzige Spur, die er hatte.

Ein Wochenende in Paris

Zwei Wochen später war es soweit. Franks Schwiegereltern hatten sich bereiterklärt, ein verlängertes Wochenende im Haus zu verbringen und auf die Kinder – Patrick hörte das gar nicht mehr gern – und den Kater aufzupassen. Am frühen Donnerstagabend ging die Maschine nach Paris und Patricia freute sich sehr über die Reise. Anfangs hatte Frank mit neuen, fiesen Attacken Millis gerechnet, aber die waren ausgeblieben. Ob es an seinem umsichtigen Verhalten mit dem Scheusal oder einfach nur daran lag, dass selbst der durchtriebene Kater begriff, sein Glück nicht zu oft herauszufordern, wusste Frank nicht. Trotz der romantischen Stimmung Patricias seit dem Restaurantbesuch hatte sich der Kater ihm gegenüber zusammengerissen, tagsüber jedoch deutlich mehr Streicheleinheiten von ihr eingefordert. Entweder schien Milli zu ahnen, um was es gehen könnte oder er war einfach nur eifersüchtig und deshalb nicht von ihrer Seite gewichen.

Überrascht war Patricia das erste Mal, als das Taxi vor dem Hotel hielt, indem sie einst die Flitterwochen – es waren vier Tage mit dem Budget eines Kunststudenten gewesen – verbracht hatten. "Du hast es nicht vergessen", sagte sie lächelnd und war nicht im Geringsten enttäuscht darüber, von ihrem Mann nicht in eines der teuren Luxushotels geführt zu werden.

"Wie könnte ich das vergessen, mein Schatz."

"Mal sehen, ob du den Rest auch noch weißt", hauchte sie und biss sich leicht auf die Unterlippe.

Dann stiegen sie aus und eine Stunde später wusste Patricia, Frank hatte nichts vergessen. "Wir sollten übers Wochenende öfter verreisen", sagte sie zufrieden, als sich Frank mit noch rasendem Herzen wieder neben sie legte.

Am Freitag verließen sie das Hotel früh am Morgen, gingen frühstücken und bummelten anschließend von Montparnasse, sie wohnten in einer Querstraße des Boulevard Arago, über die Rue Monge zur Kathedrale von Notre Dame. Diesen Weg hatten sie vor 16 Jahren auch eingeschlagen und hofften, heute von dort aus das Antiquariat zu finden, auf welches sie damals mehr zufällig gestoßen waren. Frank hatte sich vorgenommen, Patricia nicht das Gefühl zu geben, nur deswegen hier zu sein. Er gestand sich sogar ein, letzte Nacht nicht nur ein erotisches, sondern auch ein emotionales Déjà-vu erlebt zu haben, obwohl er genau wusste, wie sehr er seine Frau liebte. Ihr schien es ähnlich zu gehen, denn genau wie damals hatte sie beim Frühstück ihre Croissants mit ihm geteilt, was nichts anderes hieß, als ihn ständig daran abbeißen zu lassen. Jetzt schlenderten sie Hand in Hand und plötzlich meinte sie: "Ich glaube, wir können gleich zur Metrostation gehen. Von dort aus klappern wir die Seitenstraßen ab. Wir waren damals auf einem dieser kleinen Märkte, wo die Künstler ihre Bilder und Figuren verkauft haben."

"Willst du unsere Zeitreise so schnell hinter dich bringen?", fragte Frank und sah in Patricias leuchtende Augen.

"Nein, natürlich nicht." Sie beugte sich im Gehen zu ihm und er tat es ihr gleich, ohne dass sich ihr Tempo verringerte. Der Kuss reichte ein paar Meter, dann legte er seinen Arm um ihre Taille und zufrieden schlenderten sie dem Ziel entgegen.

Franks Vorschlag, bei der Kathedrale von Notre Dame zu beginnen, erwies sich als die beste Idee, die er haben konnte. Die Erinnerungen von Patricia und ihm wurden wieder real. 'Auch wenn wir den Laden nicht finden, die Reise hat sich in jedem Fall gelohnt', dachte er und genoss jede Minute mit ihr. "Dort haben wir damals Kaffee getrunken und die leckeren Baguettes gegessen", sagte Patricia gegen Mittag und schon schlenderten sie dorthin und taten das, was sie vor 16 Jahren getan hatten. Anschließend setzten sie ihre Tour fort und spazierten über die 'Île de la Cité', die rechts und links von der Seine eingerahmt wurde. Über die kleine Brücke kamen sie zur Uferpromenade und von hier aus spazierten sie an den Ständen der Künstler vorbei. Wie damals dauerte dieses kurze Stück des Weges sehr lange, aber führte sie unweigerlich zum Quai St. Bernard. An der Stelle, wo er sich mit dem Boulevard Saint Germain traf, hielt Patricia inne. "Wir müssen hier lang", meinte sie.

"Bist du sicher?"

"Ganz sicher." Ihre Augen leuchteten und liebevoll zog sie Frank mit sich.

Eine halbe Stunde später stand fest, Patricia hatte recht. "Dort vorn ist der Laden", sagte sie und zeigte in die Richtung. "Ich bin gespannt, ob der freundliche alte Mann noch lebt. Es wäre doch schön, wenn er erfährt, wie vortrefflich seine damalige Wahl gewesen ist", meinte sie glücklich und sah Frank an. "Küss mich nochmal, bevor wir gleich reingehen!", hauchte sie.

Frank kam der Aufforderung nach, aber Patricias letzte Bemerkung ließ seine größte Befürchtung erneut aufleben.

Beim Betreten des Ladens ertönte das Glöckchen an der Tür. Es verriet dem Verkäufer, bald nach vorn kommen zu müssen. "Bon jour", sagten beide laut, als sie die Tür hinter sich geschlossen hatten. "Es sieht noch genauso aus, wie früher", sagte Patricia deutlich leiser. Die Stimmung im Antiquariat erinnerte mehr an ein kleines Museum als an einen Laden im Zentrum von Paris.

"Schön, dass Sie wieder den Weg hierher gefunden haben", sagte der Verkäufer in bestem Deutsch, als er vom Büro nach vorn kam. Der junge Mann kam auf Patricia und Frank zu, küsste ihr die Hand, um anschließend seine zu schütteln. "Sie waren also schon einmal hier?", erkundigte er sich.

"Das war vor 16 Jahren während unserer Hochzeitsreise", antwortete Patricia und schaute in die grünen Augen des Mannes. Sie kamen ihr bekannt vor.

"Vor 16 Jahren? Was haben Sie damals erworben?"

"Zwei alte Folianten mit wunderbaren Repliken", antwortete Frank und erwähnte den Stift vorerst nicht.

"Haben Sie die Folianten noch?"

Frank nickte. "Ja klar. Sie stehen in meinem Atelier. Wenn ich auf Ideensuche bin, blättere ich sie manchmal durch und lasse mich inspirieren. Ich bin Kunstmaler und Zeichner."

"Dann hat mein Großvater die Folianten genau dem Richtigen gegeben. Er hatte immer ein Gespür für die Menschen", sagte der Mann.

"Mir hat er auch etwas verkauft", meinte Patricia.

"Ach ja? Was denn? Bevor Sie es mir sagen, lassen Sie uns nach hinten gehen und einen Tee trinken. Mein Großvater hätte Sie beim zweiten Besuch in unserem Geschäft auch eingeladen. Eine alte Familientradition, die ich gern fortführe. Bitte folgen Sie mir." Der Verkäufer zeigte galant in Richtung des Durchgangs, aus dem er selbst nach vorn gekommen war.

Patricia und Frank folgten dem jungen Mann und landeten in einem opulent ausgestatteten Büro, dessen wuchtiger Schreibtisch die Hälfte des Raumes für sich beanspruchte. In der anderen Hälfte stand eine antike, aber bestens erhaltene, große Couchgarnitur mit einem passenden Tisch davor. Trotz der freundlichen Einladung war Frank enttäuscht, denn der wahre Grund seines Besuchs im Antiquariat war zugleich mit der Einladung hinfällig geworden. 'Mein Großvater hätte, heißt nur, er lebt nicht mehr. Schade', dachte er und nahm neben seiner Frau Platz.

"Ich hole den Tee", sagte der junge Mann und ging in einen weiteren Nebenraum. Als er mit einem kleinen Silbertablett zurückkam, servierte er gekonnt die Tassen und nahm endlich selbst Platz. "Mein Großvater liebte diesen Tee. Es ist ein Darjeeling first flush mit einem wunderbaren Bouquet." Vorsichtig trank er einen winzigen Schluck und sah Patricia an, als er die Tasse wieder abgestellt hatte. "Was hat Ihnen mein Großvater verkauft?"

"Einen besonderen Stift", antwortete sie und bevor sie weitersprechen konnte, griff Frank in die Innentasche seiner Jacke und holte ihn heraus. "Es geht um eben diesen Stift", war alles, was er hinzufügte.

"Sind Sie etwa unzufrieden damit?", erkundigte sich der junge Mann.

"Nein, ganz und gar nicht. Meine Frau hat ihn mir damals zu Weihnachten geschenkt, aber erst vor wenigen Wochen erzählt, was Ihr Großvater damals gesagt hatte. Deswegen sind wir hier und wollten uns bei ihm bedanken. Dieser Stift hat mir unschätzbare Dienste erwiesen", sagte Frank und ergriff Patricias Hand, die sie schon neben seine geschoben hatte.

"Das freut mich für Sie", sagte der junge Mann. Dabei wirkte er nachdenklich. "Mein Großvater Francoise hat selbst sehr gern mit ihm gezeichnet", ergänzte er nach einigen Sekunden. "Entschuldigen Sie bitte, ich vergaß ganz, mich vorzustellen. Ich heiße Jérôme Montaigne und bin der Enkel von Francoise Montaigne, dem letzten Eigentümer dieses Antiquariats. Dürfte ich mir den Stift ansehen? Es ist bestimmt schon 20 Jahre her, als ich ihn das letzte Mal gesehen und in der Hand gehalten habe."

"Sehr gern." Frank reichte Jérôme den Stift und während der ihn genau musterte, fragte er: "Wo haben Sie so hervorragend Deutsch gelernt?"

"Von meiner Großmutter, Cecile Montaigne. Sie starb vor 17 Jahren und das brach meinem Großvater das Herz."

"Vielleicht hat er mir deshalb den Stift verkauft. Naja, eigentlich hat er ihn mir fast geschenkt", mutmaßte Patricia.

"Wie gesagt, er hatte ein unglaubliches Gespür für die Menschen, und wie ich heute sehe, war seine Entscheidung goldrichtig", erwiderte Jérôme lächelnd, aber dieses Lächeln wirkte traurig, das verrieten seine Augen. "Was hat er Ihnen damals über diesen Stift gesagt?", fragte er Patricia.

Sie berichtete Jérôme genau das, was sie Frank vor Kurzem erzählt hatte und vergaß auch die Flitterwochen nicht.

"Hat Ihr Mann Sie auch mit diesem Stift gezeichnet?", fragte Jérôme, als Patricia geendet hatte.

"Das hast du", antwortete sie an Frank gewandt.

"Mein Großvater hat auch Bilder seiner Frau damit angefertigt. Kommen Sie, ich zeige sie Ihnen." Ohne eine Antwort abzuwarten, stand Jérôme auf und ging zur Tür, die sich hinter dem Schreibtisch befand.

"Und Ihr Laden? Die Tür ist nicht abgeschlossen", meinte Patricia.

"Ich höre die Glocke im ganzen Haus. Um diese Zeit kommt selten jemand her", antwortete Jérôme und öffnete die Tür. Dann ging er zu einem Schrank, der mit vielen großen Schubkästen ausgestattet war und zog die oberste auf. Vorsichtig nahm er mehrere Zeichnungen heraus und legte sie auf den alten Holztisch, der mitten im Raum stand. "Das ist Cecile Montaigne", sagte er wehmütig.

"Ihre Großmutter war eine schöne Frau", meinte Frank nur, wunderte sich aber über das Papier, auf denen die Zeichnungen angefertigt worden waren. Es wirkte deutlich älter, als er vermutet hätte, aber vielleicht hatte Francoise Montaigne als Eigentümer eines Antiquariats dieses Papier einfach nur genutzt, weil es da war. Danach fragen wollte er Jérôme nicht, denn dessen Trauer war ihm aufgefallen. Schließlich war es seine Großmutter, die er jetzt als junge, fast nackt gezeichnete Frau, vor sich liegen sah. Auch wenn Jérôme sie so im wahren Leben nie zu Gesicht bekommen hatte, konnten die Gefühle für diese Frau riesengroß sein. Wer liebte seine Großmutter nicht? Jérôme schien besonders liebevolle Erinnerungen in sich zu tragen.

"Oh ja, das war sie. Die Bilder hat Francoise gezeichnet, als sie sich kennengelernt hatten. Ich kenne die Geschichte in- und auswendig", sagte Jérôme. Er klang wieder gefasst. Vorsichtig schob er die Zeichnungen auf der großen Holzplatte auseinander. Alle zeigten ähnliche Motive einer jungen Frau, welche der Zeichner lebensecht festgehalten hatte.

"Die Bilder sind hervorragend gearbeitet", sagte Frank anerkennend.

"Francoise malte sehr gern. Nur von Cecile hat er zu wenige Bilder gemacht, wie er später selbst gesagt hat", meinte Jérôme und schaute auf seine Hand. Er hielt immer noch Franks Stift fest. "Einen wunderbares Zeichengerät, das mein Großvater Ihnen anvertraut hat", sagte er zu Patricia und reichte den Stift an Frank zurück. "Zeichnen Sie Ihre Frau so oft es geht. Wenn man jemanden liebt, kann es nicht genug Erinnerungen an denjenigen geben." Jérômes Augen strahlten beim letzten Satz eine unergründliche Weisheit und Güte aus, die scheinbar nicht zu seinem Alter passte. Die Großeltern mussten dem Enkel sehr viel von der Liebe des Lebens erzählt haben, und nichts sprach dagegen, diese Weisheit weiterzugeben.

"Das werde ich tun", meinte Frank mehr aus Höflichkeit.

"Dann lassen Sie uns wieder nach vorne gehen", sagte Jérôme, schob die Bilder vorsichtig zusammen und legte sie zurück in den Schubkasten.

Frank und Patricia blieben noch solange, wie es der Anstand gebot, dann verabschiedeten sie sich von Jérôme. Er wünschte ihnen noch einen angenehmen Aufenthalt und lud sie bei ihrem nächsten Aufenthalt in Paris wieder zu sich ein. Mit ungleichen Gefühlen verließ das Paar das Antiquariat, doch das war den unterschiedlichen Erwartungen geschuldet, mit denen sie hergekommen waren. Wobei Frank nicht umhinkam, sich einzugestehen, die kurze Reise hatte sich in jedem Fall gelohnt. Noch in derselben Nacht malte er ein Bild von Patricia, nachdem sie ihn liebevoll darum gebeten hatte. Er genoss es, sie so glücklich zu sehen.

Wieder zurück zu Hause, musste Frank nach einer kurzen, aber herzlichen Begrüßung sofort ins Atelier. "Ich bin gleich wieder bei euch", sagte er zu den anderen und zwinkerte Patricia zu. Sie verstand sofort, warum er die Zeichnung nicht erwähnte. Es wäre ihr unangenehm gewesen, sich nackt auf dem Laken räkelnd, von ihren Eltern und den Kindern betrachten zu lassen. "Aber bleib nicht so lange. Ich mach schon Kaffee ", sagte sie nur und gab ihm zärtlich einen Klaps auf den Hintern, als er losging.

Im Atelier suchte Frank die Zeichnung heraus, die er vor 16 Jahren von Patricia angefertigt hatte. Er fand sie in einer der vielen Sammelmappen und verglich sie mit der neuen Arbeit. Natürlich fielen ihm Veränderungen an ihr auf, aber genau wie damals fand er Patricia wunderschön. "Sie ist halt nur einige Jahre älter und zwei Kinder reicher geworden", murmelte er zufrieden, als er die Bilder betrachtete. Aus irgendeinem Grund wollte er die beiden Zeichnungen nicht in die Sammelmappen mit den anderen Skizzen legen und zog einen der riesigen Schubkästen auf, in denen er fertige Bilder aufbewahrte. Vorsichtig legte er die beiden Zeichnungen hinein, nachdem er sie in eine leere Sammelmappe gesteckt und diese zugebunden hatte. Hier sollte sie, vor neugierigen Blicken geschützt, die Zeit überdauern.

Dann ging er ins Wohnzimmer, wo seine Schwiegereltern gerade zuhörten, was Patricia begeistert über Paris erzählte. Der Kater lag zufrieden auf ihrem Schoß und drehte seinen Kopf ständig hin und her, damit nicht eine Stelle beim

Kraulen vergessen wurde. Er schien Frank gar nicht wahrzunehmen, als er sich neben seine Frau setzte.

In den darauffolgenden Wochen arrangierte sich Frank mit der Pattsituation. Sie hatte Vor- und Nachteile wie alles im Leben, aber der Kater schien es ähnlich zu empfinden. Wobei Frank den entscheidenden Vorteil beim orangeroten Fellbündel sah, als Patricia eines Tages meinte, Milli wäre viel anhänglicher und verschmuster geworden.

"Wenn du das sagst, dann wird es so sein. Er ist schließlich auch nicht mehr der Jüngste", entgegnete Frank, und der Satz verfehlte seine Wirkung nicht.

"Wie meinst du das?"

"Na wie schon? Seine Halbwertszeit ist lange überschritten, immerhin hast du ihn schon 13 Jahre."

"Nicht ich habe ihn, sondern wir alle, schließlich ist er ein Familienmitglied."

"So hab ich's doch gemeint", rechtfertigte sich Frank und hoffte, mit der unbedacht gemachten Äußerung keinen Streit vom Zaun gebrochen zu haben. Er wollte jede Diskussion zu diesem Thema vermeiden, denn der Verlierer stand bereits fest. Ihm war völlig klar, was den Kuscheleffekt beim Kater zwar nicht ausgelöst, aber dramatisch verstärkt hatte und welche enormen Vorteile Milli III bei seiner Frau in die Waagschale legen konnte. Gegen die gelebte Dankbarkeit und Liebe der Kreatur hatte er keine Chance, egal wie er sich abmühen würde.

"Dann hättest du's auch so sagen können", meinte Patricia zu ihm und sah Milli an. In einer ganz anderen Tonlage fuhr sie fort. "Das hat der Papa nicht so gemeint. Du bist nicht alt, mein Süßer. Außerdem passt dein Frauchen gut auf dich auf. Du musst dir keine Sorgen machen", säuselte sie liebevoll und kraulte den Kater am Kinn, der es ihr auch bereitwillig entgegenstreckte.

Überdeutlich nahm Frank die unterschiedliche Betitelung ihrer Rollen wahr, doch das war nichts, worüber er mit Patricia reden wollte. 'Wann hat sie sich eigentlich selbst von der Mama in Frauchen umbenannt und mich dabei vergessen?', dachte er, aber es gelang ihm nicht, den Zeitpunkt näher zu bestimmen. Es musste ein schleichender Prozess gewesen sein. Andererseits konnte er ihr keinen Vorwurf machen, schließlich wusste sie nicht, wen sie gerade kraulte, und viele Tierhalter bezeichneten sich als Frauchen oder Herrchen. 'Ich darf da nichts hineininterpretieren!', ermahnte er sich.

Eine eiskalte Erfahrung

Das erste Mal bemerkte Frank neuerliche Veränderungen, als der Winter Einzug hielt. Eine dünne, aber gleichmäßige Schneedecke legte sich fast täglich aufs Neue über das Land und ließ die Umgebung idyllisch und rein erscheinen. Frank hatte jeden Morgen voll zu tun, um die Ausfahrt und den Gehweg vor dem Grundstück passierbar und stumpf zu halten. Der Schneeschieber sowie der Streusand lagerten im Schuppen und immer, wenn er mit der Schubkarre ums Haus herumfuhr, bemerkte er eine Spur im Schnee. Sie stammte vom Kater, der hochbeinig durch den frisch gefallen Schnee gestiefelt war. Wahrscheinlich hätte Frank der Spur keine Beachtung geschenkt, aber weil die Abdrücke jeden Morgen erneut zu sehen waren, konnte das nur heißen, der Kater verließ nachts still und leise das Haus. Das an sich wäre nicht schlimm, doch es war Winter, und der Kater hasste jede Form von Wasser. 'Warum schleicht er jede Nacht hier lang und schlüpft danach wieder unauffällig in Patricias Bett?', überlegte Frank und wollte eine Antwort. Unwillkürlich schaute er zum

Küchenfenster und sah den Kater auf der Fensterbank sitzen. Milli III beobachtete jeden seiner Schritte genau, und allein das machte ihn in Franks Augen verdächtig. Also brachte er die Gerätschaften wieder in den Schuppen und widmete sich der Spur. Das der Kater von drinnen alles mitbekam, interessierte ihn nicht.

Langsam lief er neben Millis Spur in den hinteren Teil des Grundstücks. Die Abdrücke der Pfoten waren perfekt zu erkennen und wirkten wie kleine Röhren. Der Kater musste also letzte Nacht sehr langsam und bedächtig hier entlanggegangen sein. Erstaunt war Frank, als die Spur abrupt endete, was nur eine Vermutung zuließ: Der Kater war beim Rückweg exakt in die bereits vorhandenen Abdrücke getreten. Nichts deutete darauf hin, dass er sich umgedreht oder normal gelaufen wäre. "Warum macht er das?", fragte sich Frank und schaute sich bedächtig um. Alles, woran der Kater hochklettern oder hinaufspringen konnte, war mehrere Meter entfernt, und beim Abspringen hätte er Spuren im Schnee hinterlassen. Genau diese Spuren gab es nicht. Das weckte Franks Neugier. "Auf den Kirschbaum und den Zaun kann er jeden Tag", flüsterte er und ging in die Hocke. Er hoffte, aus der niedrigen Perspektive zu erkennen, was ihm bisher verborgen geblieben war.

Einige Minuten hockte er schweigend im Schnee, betrachtete den Zaun und den Stamm des Kirschbaums, aber Licht ins Dunkel der Erkenntnis brachte es nicht. 'Was will das Drecksviech hier?', war der Gedanke, der alles beherrschte. Frank versuchte nicht nur, sich in die gedankliche Welt des Katers zu begeben, er schloss auch die Augen und hoffte, irgendetwas zu spüren. 'Vielleicht eine Art Strahlung oder eine Schwingung, die von diesem Platz ausgeht', war die Idee, welche ihn weiter im Schnee hocken und die Kälte, die langsam durch seine Kleider und Stiefel kroch, nicht wahrnehmen ließ.

Aber es änderte nichts an Franks Erkenntnissen und auf die einfache Frage – Wem nutzt es? – kam er nicht.

Erst Patricias Stimme rettete ihn langsam aus der Lethargie. "Schatz, du holst dir doch den Tod", sagte sie nur wenige Meter hinter ihm. "Was treibst du hier eigentlich? Seit einer geschlagenen halben Stunde hockst du hier draußen in der Kälte." Dann legte sie ihre Hand auf Franks Schulter und merkte sofort, es fiel ihm schwer aufzustehen. "Ach du meine Güte", war ihre spontane Reaktion, als sie seine blauangelaufenen Lippen und das blasse Gesicht ihres Mannes sah. Sie half ihm hoch und mit steifen Gliedern stützte sich Frank bei ihr ab, als sie langsam zurück zum Haus gingen. "Du bist ja völlig durchgefroren. Hast du das nicht gemerkt?" Ununterbrochen redete sie auf ihn ein, obwohl Frank auf keine ihrer Fragen antwortete.

Endlich im Warmen angelangt, setzte sie ihn auf die Couch, hüllte ihn in eine warme Wolldecke ein und bereitete sofort heiße Milch mit Honig zu.

Frank zitterte wie Espenlaub unter der Decke, und seine Finger fühlten sich aufgequollen an. Sie waren von der Kälte noch steif. Trotzdem versuchte er, eine Faust zu machen. Bei den ersten Versuchen stöhnte er vor Schmerzen. Deshalb half ihm Patricia beim Trinken der Milch. Liebevoll fütterte sie ihn und schob Löffel für Löffel in seinen Mund. "Was hat dich bloß geritten, so lange im Schnee zu hocken, mein Schatz?", fragte sie erneut, schien aber keine Antwort zu erwarten, denn sie führte den nächsten Löffel zu seinem Mund.

Frank registrierte genau, wie der Kater alles beobachtete und dabei einmal mehr sein hämisches Grinsen präsentierte. "Du wärst noch erfroren, wenn Milli nicht laut gemauzt und mich auf dich aufmerksam gemacht hätte", sagte Patricia. "Du hast fein auf den Papa aufgepasst, mein Süßer. Fein hast du das gemacht", lobte sie den Kater, der Frank erst in diese unangenehme Situation gebracht hatte. Aber woher sollte Patricia das wissen? Es ihr zu erklären, war zwar möglich, aber sinnlos. Die einzig konsequente Antwort von ihr kannte er. 'Woher soll Milli wissen, dass du seiner Spur nachläufst und dich so kindisch verhältst?', hörte er sie in seiner Phantasie sagen. Je wärmer Frank wurde, desto mehr ärgerte er sich. 'Dass ich mich von dem Drecksviech so einfach reinlegen lasse, ist unfassbar', war die Erkenntnis, die auch die einfache Frage beantwortete. 'Jetzt steht er bei Patricia noch besser da, und ich bin mal wieder der Trottel, der sich bei dem Mistvieh noch bedanken muss', sinnierte er und duldete, dass sich der Kater provokant auf seinen Schoß legte. "Siehst du, er wärmt dich sogar", war Patricias Kommentar, der ihre blauen Augen vor Rührung feucht werden ließ. "Verrätst du mir nun, was das sollte?"

"Ich hatte ein Motiv für ein Bild im Kopf, und irgendwie hab ich beim Betrachten Raum und Zeit verloren", sagte er mit zittriger Stimme.

"Ach Schatz, du und deine Bilder im Kopf. Manchmal bist du schlimmer als ein Kind", erwiderte sie und hielt ihm die Tasse an den Mund, damit er den Rest austrinken konnte. "Möchtest du noch mehr?"

Er schüttelte den Kopf. "Es geht schon wieder."

"Du bleibst schön unter der warmen Decke", wies sie Frank an. "Und du wärmst den Papa noch, mein Süßer", sagte sie zu Milli und streichelte ihn. Dann ging sie in die Küche und ließ ihren Mann mit dem Monster allein.

Milli sah provokant nach oben und drückte mehrmals seine langen Krallen durch Decke und Hose in Franks Oberschenkel. "Mistvieh", flüsterte er ganz leise, wagte aber nicht, den Kater wegzuscheuchen. Die innere Kälte hatte den Vorteil, dass es nicht so sehr schmerzte, wie der Kater gehofft hatte. Aber Patricia konnte jeden Moment zurückkommen und würde nicht verstehen, weshalb Frank seinen Lebensretter nicht in der Nähe haben wollte. Also duldete er die Demütigung des fiesen Katers noch eine Weile und hoffte darauf, seine Frau würde es ohne das Fellbündel nicht lange aushalten.

Das aus der Küche kommende Geräusch des Dosenöffners erlöste Frank aus seiner Pein, ließ ihn jedoch einmal kurz aufstöhnen. Ruckartig war der Kater von seinem Schoß abgesprungen und hatte dabei seine Krallen voll ausgefahren, um sich besser abzustoßen. 'Das macht der Hundesohn doch absichtlich', schrie er innerlich auf, nutzte aber die Gelegenheit, um sich ins Atelier zurückzuziehen. Vorher holte er sich noch eine heiße Tasse honigsüße Milch aus der Küche.

In der Sicherheit seines kleinen Reiches setzte sich Frank auf den Boden. Er lehnte sich gegen die Heizung und genoss einen Moment die Wärme. 'Wie konnte ich mich so in Trance versetzen lassen?', fragte er sich, fand aber keine vernünftige Antwort. Schluckweise trank er die zweite Tasse Milch und überlegte, warum er die Warnsignale seines Körpers ignoriert und die Kälte nicht gespürt hatte. "Kann er mich so simpel in eine Falle locken?", murmelte er leise, und es gab nur eine vernünftige Antwort. "Mein Hass hat mich für ihn berechenbar gemacht", flüsterte er. Früher hätte er über die Antwort gelacht, aber der psychedelische Kater kannte sich mit den Dingen des täglichen Wahnsinns bestens aus. "Doktor mad Milli", entwich ihm leise und das Wortspiel zauberte ein sarkastisches Grinsen in sein Gesicht.

Frank blieb noch lange an der Heizung sitzen. Die Wärme, über die er noch nie nachgedacht hatte, empfand er gerade als Luxus des Lebens. Einige Male legte er die Hände flach an den Heizkörper und sog die Energie regelrecht in seinen Körper. 'Hätte Lebensgefahr bestanden?', überlegte er und war sich nicht sicher, wie er die Frage beantworten sollte. Dabei kam ihm eine Idee in den Sinn, über die es lohnte nachzudenken. Sie war für Frank ein Rettungsanker, mit dessen Hilfe er hoffte, endlich dahingehend Klarheit zu erhalten, wieso der Kater den eigenen Tod zweimal überlistet hatte. Er dachte an Paris und an Jérôme. Jetzt, und damit Monate später, erschien Frank die rührselige Reaktion des Enkels übertrieben. "Warum hat er uns die Zeichnungen seiner Großmutter gezeigt?", fragte er sich plötzlich, und auch Patricias beiläufiger Satz, Jérôme hätte exakt die Augen von Francoise, fiel ihm wieder ein. "Bist du dir nach so langer Zeit sicher? Es ist immerhin 16 Jahre her", hatte er ihr im Hotelzimmer geantwortet und Patricias Feststellung, sie wären unverwechselbar, weggewischt. 'Vielleicht ist ja doch was an der Idee dran, und der Stift ist schuld an allem', überlegte er und stand auf. Er ging zu einem der Holzschränke, in denen er das Zeichenpapier aufbewahrte. Hastig prüfte er die verschiedenen Papiersorten und fand sofort die, auf der er damals die Zeichnungen des Katers angefertigt hatte. "Ich muss auf Nummer sichergehen, falls es auch am Papier oder an einer Kombination aus Papier und Stift gelegen hat", murmelte er. Auf einmal wunderte er sich darüber, wieso ihm der Gedanke nicht schon früher gekommen war. Was Leben spendet, kann es auch nehmen, lautete Franks Devise. Vier neue Bilder mussten her. Vier Bilder, die zeigten, wie Milli starb. "Warts ab, Freundchen. Was du kannst, kann ich auch", trieb er sich an. Ein breites Grinsen zog über Franks Gesicht, als er sich an den Tisch setzte, um mit einigen Skizzen zu beginnen. Dafür reichten seine zeichnerischen Fähigkeiten auch heute noch, obwohl die rechte Hand leicht zitterte.

Die ersten Motivideen entstanden fast von selbst. Mit einem Auto, das eine Katze auf der Straße überrollte, begann er. Anschließend ließ er den Stubentiger von einem Rottweiler zerfleischen, um ihn in der dritten Skizze von einem Jäger erschießen zu lassen. "Der kann ihn für einen Fuchs gehalten haben", flüsterte er zufrieden, als es plötzlich an der Tür scharrte. Frank schreckte zusammen und sah mit weit aufgerissenen Augen dorthin. Wenige Sekunden später wurde sie geöffnet und er hörte, wie Patricia sagte: "Sag dem Papa, dass er essen kommen soll."

Der Kater schien genau das zu tun. Er kam mit erhobenem Schwanz und federnden Schritten auf Frank zu und mauzte. "Na komm, mein Schatz. Du kannst nachher weiterarbeiten", sagte Patricia von der Tür aus. Frank leistete ihrem Wunsch sofort Folge. Er wollte nicht, dass sie an den Tisch kam und die Entwürfe sah. Dass der fiese Kater sie kurz erblickte, konnte er nicht verhindern. Selbstbewusst war Milli auf den Tisch gesprungen, schaute auf die Skizzen und tat so, als wolle er sich an Franks Gesicht reiben. Doch das Verhalten des Katers war ein weiteres Indiz für Frank, auf dem richtigen Weg zu sein. Er nahm Milli auf den Arm und trug ihn aus dem Atelier. Obwohl der Kater seine Krallen ausfuhr, machte keiner der beiden die kleinste Anstalt, sich etwas anmerken zu lassen. Frank lächelte sogar, als er mit Patricia zur Küche ging, und der fiese Kater genoss es, ihn zu peinigen. Von all dem bekam seine Frau nichts mit.

Drei Wochen später waren die fünf Zeichnungen fertig. Frank hatte sie neben seinen Auftragsarbeiten angefertigt und war mit dem Ergebnis zufrieden. Er hatte den Kater in seiner Phantasie vom steilen Hausdach des Nachbarn auf dessen Zaun herabstürzen lassen. Die Spitze des eisernen Pfahls ragte weit aus Millis Rücken heraus. 'Katzenschaschlik', betitelte er sein Werk. Das zusätzliche Bild zeigte, wie das Katzenvieh in einem See ersäuft wurde. 'Das Schicksal hätte ihn sowieso erwartet, wenn Patricia ihn nicht gerettet hätte', dachte er, haderte aber auch nicht mit der damaligen Entscheidung. 'Das konnte schließlich niemand ahnen', räumte er ein und legte die fünf Bilder in eine leere Zeichenmappe. Diesmal band er keine Schleife, um die Mappe zu verschließen, sondern knotete die

Bänder mehrmals fest zusammen. 'Patricia darf sie nie zu sehen bekommen', war die Motivation, die ihn so handeln ließ. Anschließend legte er die Mappe zu den archivierten Skizzen, die sich im Laufe der Jahre angesammelt und einen großen Stapel gebildet hatten. Hier sollten die Zeichnungen bis zur Erfüllung seines Traums die Zeit überdauern. "Er muss nur noch einmal sterben, dann werden die Bilder im Wohnzimmer neutralisiert", sagte er leise, aber hoffnungsvoll erregt. Es war nur noch eine Frage der Zeit, bis er sein Leben zurückhätte. Hämisch rieb Frank sich die Hände und ging wieder zur Tagesordnung über.

Einzig Milli schien zu spüren, dass irgendetwas nicht stimmte. Der Kater sah ihn mit zusammengekniffenen Augen an und eilte sofort zwischen Patricias Füße, als Frank am Nachmittag in die Küche kam. "Na Sportsfreund, gibt es keine Begrüßung, wenn ich komme?", fragte er gutgelaunt, aber seine Frau meinte, es wäre auch kein Wunder, so polternd, wie er gekommen sei. "Katzen sind sensibel, ich weiß", antwortete er, küsste Patricia auf die Wange und half bei der Zubereitung des Abendessens.

Franks kleine Rache

Erneuten Ärger mit dem scheußlichen Kater gab es vier Monate später. Wie jede Nacht, wenn Frank zu Bett ging, hatte er auch gestern seine Armbanduhr auf den Nachttisch gelegt. Er machte sie morgens erst ans Handgelenk, nachdem er aus dem Bad kam und sich umgezogen hatte. Das sollte auch heute so sein, doch als Frank zu der Stelle griff, wo jahrelang die Uhr gelegen hatte, griff er ins Leere. "Nanu", sagte er irritiert und überlegte kurz, ob er sie auf dem Zeichentisch im Atelier vergessen haben könnte. Manchmal störte sie ihn beim Arbeiten, und darum legte er die Uhr solange neben die Schreibtischlampe. Das war auch gestern so gewesen, daran erinnerte er sich genau, war sich jedoch sicher, sie danach wieder am Handgelenk gehabt zu haben.

Der Platz neben der Schreibtischlampe war leer. "So 'n Mist", fluchte er leise. Plötzlich war er sich doch nicht mehr sicher, die Uhr gestern auf den Nachttisch gelegt zu haben. "Ich war noch im Garten und im Schuppen", sagte er bedächtig und machte sich auf den Weg dorthin. "Es gibt gleich Frühstück", rief ihm Patricia noch zu, und Frank meinte, er sei in einer Minute bei ihr.

Die Suche auf dem Rasenstück hinter dem Haus, das Ablaufen entlang der Beete und der Blick in den Schuppen brachten nicht den gewünschten Erfolg. Die kurze Hoffnung, sie irgendwo hier verloren zu haben, war dahin. Einen Moment dachte er daran, Patricia zu fragen, ob sie die Uhr heute Morgen auf dem Nachttisch gesehen hatte. Er tat es nicht. 'Dann legt das Drecksviech sie zurück und ich bin der Trottel', mutmaßte Frank und ging ins Haus.

Bereits während des Frühstücks kam ihm Millis Blick verdächtig vor. Der Kater hatte wieder dieses hämische Grinsen im Gesicht, und Frank hörte Millis fiktive Stimme im Kopf sagen: "Frag sie endlich, Vollpfosten! Bitte, bitte." "Vergiss es!", lautete die gedachte Antwort, woraufhin sich der Kater aus der Küche schlich.

"Was ist denn mit dem los? Er bleibt doch immer hier, bis wir fertig sind", sagte er zu Patricia.

"Normalerweise schon, weil ich ihn sonst nach dem Frühstück füttere. Aber du warst so lange draußen, und da wollte ich ihn nicht warten lassen, bis du zurück bist. Was gab es so Dringendes zu erledigen, dass es nicht hätte warten können?"

"Ich hab mir die Beete angesehen und überlegt, ob ich den heutigen Tag nutze, um sie umzugraben", log Frank.

Damit hatte Frank die Klippe umschifft, was ihm zwar die Uhr nicht zurückbrachte, aber seine Selbstachtung zu bewahren half. Trotzdem ging er nach dem Frühstück ins Schlafzimmer, um einen Blick auf den Nachttisch zu werfen. Die Uhr lag nicht dort, genau wie Frank es erwartet hatte. Er schaute zur Wanduhr und wusste, es würde mindestens zwei Stunden dauern, bis Patrick und Claudia aufstünden. Am Wochenende schliefen sie immer so lange. Deshalb ging er wieder nach unten und zog die alten Turnschuhe an, die er meist im Garten trug.

Eine halbe Stunde später hatte er ein Beet umgegraben und wollte sich gerade ans nächste machen, als er das Mauzen hörte. Frank drehte sich um, konnte den Kater aber nirgends sehen. Dann mauzte es erneut. Das Geräusch kam aus Richtung des Hauses. Mit suchendem Blick setzte sich Frank in Bewegung, konnte den Kater aber immer noch nicht sehen. Erst als er neben der Kastanie stand und nach oben schaute, erblickte er das orangerote Fellknäuel auf dem Dach des Hauses. Milli hatte auf ihn gewartet. Als Frank ihn sah, verschwand der Kater für wenige Sekunden, um sich dann mit seiner Beute im Maul an den Rand des Dachs zu stellen. Frank erkannte das silberglänzende Armband seiner Uhr sofort. "Ich wusste es", flüsterte er leise und spürte, wie die Wut in ihm zu kochen begann. "Gib sie mir sofort zurück oder du kannst was erleben", presste er leise heraus, ohne die Augen vom Kater zu lassen. Doch Milli störte das nicht. Selbstbewusst hockte er auf dem Dach und schaute auf ihn herab. 'Bis Patricia hier draußen ist, liegt die Uhr wieder woanders', dachte Frank und dank dieser Erkenntnis war es besser, beim ursprünglichen Plan zu bleiben. Kurz überlegte er, ob er in den Schuppen gehen und die Axt holen sollte, aber in der Zwischenzeit würde sich der

Kater aus dem Staub machen. Also blieb Frank stehen und sah einfach nur nach oben. Das schien den Kater zu langweilen, denn plötzlich stand er auf und sah zum Kastanienbaum. Mit der Uhr im Maul schätzte er genau den Sprung ab, den er machen musste, um auf den ausladenden Ast des Baums zu gelangen. Wie in Zeitlupe wiegte sich der Kater leicht nach vorn und hinten, um die Kraft abzuschätzen, die er aufbringen musste. Dann sprang er ab und landete zielsicher auf dem angepeilten Ast. Mit schelmischem Blick sah er nach unten und verschwand anschließend im dichten Geäst des Baums. "Darauf falle ich nicht nochmal rein", murmelte Frank und fasste sich instinktiv an die beiden Rippen, die damals angebrochen waren. Gleichzeitig hatte er eine Idee. "Na warte, Freundchen", sagte er leise und ein siegessicheres Lächeln huschte über sein Gesicht. "Auge um Auge, Zahn um Zahn", war der Satz, den er leise aussprach, bevor er wieder in den hinteren Teil des Grundstücks ging, um das nächste Beet umzugraben.

Mit dieser Reaktion hatte der Kater nicht gerechnet. Es dauerte nicht lange, bis Milli – diesmal ohne die Uhr im Maul – in der Nähe des Beets auftauchte. Er blieb weit genug von Frank entfernt, damit dieser ihn nicht mit dem Spaten erreichen konnte. Selbstbewusst sah er ihn an und das neuerliche Mauzen klang wie ein Lachen. Milli verhöhnte ihn, das war offensichtlich. Frank fiel es schwer, so zu tun, als störe es ihn nicht. Aber er musste sich zusammenreißen. Dieser Teil des Grundstücks war vom Haus aus einsehbar, und Patricia hantierte gerade in der Küche. Für Frank war klar, was der fiese Kater erreichen wollte. "Keine Chance, du Bastard", zischte er in Millis Richtung. Das veranlasste den Kater, mit aufgerichtetem Schwanz herumzustolzieren. Dabei hielt er immer den notwendigen Abstand ein. Selbst wenn Patricia das sähe, wüsste sie nicht, was gerade vor sich ging.

Doch Frank behielt seinen Kurs bei, grub das Beet weiter um und sagte nur: "Du wirst schon sehen, was du davon hast." Sein überlegenes Grinsen veranlasste den Kater, weitere Provokationen zu unterlassen. Milli blieb stehen, sah Frank mit fragenden Augen an und rannte auf einmal zum Haus, wo er durch das geöffnete Fenster in die Küche sprang.

Beim Mittagessen saß die Familie vollständig zusammen. Wie immer wartete Milli neben dem Tisch und schaute erwartungsvoll nach oben. Wie nebenbei stellte Frank eine Frage. "Ist euch aufgefallen, dass wir schon seit Jahren keine Vögel mehr auf dem Grundstück haben, die brüten?"

"Kann sein. So genau hab ich nicht darauf geachtet", sagte Patrick und sah zu Claudia.

"Geht mir genauso", meinte sie.

"Milli hat schon lange keine Vögel mehr gefangen", verteidigte Patricia ihren geliebten Kater sofort. "Das machst du doch nicht, stimmt's, mein Süßer?", fragte sie in diesem speziellen Tonfall in seine Richtung.

"Das hab ich auch nicht gesagt. Aber es wäre schön, wenn wir wieder gefiederte Gäste hätten", meinte Frank und sah zu seiner Frau. "Die Vögel kommen wahrscheinlich nur deshalb nicht zu uns, weil Milli in den Bäumen herumklettert. Erst heute hab ich ihn wieder auf der Kastanie gesehen. Er springt vom Dach aus auf den großen Ast. Einen Baum sollten wir für die Vögel sicher machen. Ich rufe nächste Woche eine Gartenbaufirma an, die den Ast entfernt und damit schlagen wir gleich mehrere Fliegen mit einer Klappe. Bei einem Sturm könnte der riesige Ast das Haus beschädigen oder Milli wird irgendwann bei einem Sprung falsch landen und sich verletzen. Bei der Gelegenheit lasse ich mehrere Nistkästen anbringen und dann sollte es bald wieder Konzerte geben." Er lächelte Patricia an.

"Du hast recht", sagte sie zufrieden und schaute wieder zu

Milli. "Der Papa macht sich Sorgen um dich." Doch das schien den Kater nicht zu interessieren. Er verließ die Küche. Frank ahnte warum.

Er ließ sich lange Zeit, bis er wieder ins Schlafzimmer ging. Der Kater hatte sich einige Male gezeigt, dabei gemauzt und versucht, ihn nach oben zu locken. Aber Frank war nicht darauf eingegangen und hatte den bettelnden Kater ignoriert. Als er endlich ins Obergeschoss ging, lief Milli mit aufgestelltem Schwanz vor ihm her. Er setzte sich dann auf Patricias Seite des Betts und schaute auf Franks Nachttisch. "Alles ist wieder gut", sollte der Blick des Katers sagen und die schon lange überfällige Friedensverhandlung einleiten. "Danke", murmelte Frank nur, machte die Uhr ans Handgelenk und ging wieder nach unten. Milli folgte ihm und setzte sich leise mauzend neben die Couch, auf der Frank Platz genommen hatte. Der Kater hoffte immer noch auf eine Reaktion von ihm und setzte seine bettelnden Bemühungen fort. "Komm ruhig hoch", sagte Frank und klopfte leicht mit der flachen Hand auf die Sitzfläche der Couch. Das ließ sich Milli nicht zweimal sagen und sprang hinauf. Patricia lächelte zufrieden, als sie sah, wie der Kater seinen Kopf an Franks Oberschenkel rieb.

Panik machte sich bei Milli breit, als am Mittwoch der kleine Lkw mit der Hebebühne eintraf. In der Küche besprach Frank mit den beiden Handwerkern die zu erledigenden Arbeiten und registrierte genau, wie der Kater nach zwei Minuten den Raum verließ. Vom Küchenfenster aus sah er, wie das Monster sich auf dem Baum zu schaffen machte. Frank ahnte, weswegen diese Eile geboten war. Er entschuldigte sich für einen Moment und ließ Patricia mit den beiden Männern allein. Dann ging er zur Garage und wartete auf Milli. Der Kater kam mit Claudias Füller im Maul zu ihm, hielt jedoch einen Respektabstand ein, als er sich setzte. Vorsichtig legte er das Schreibgerät auf dem Gehweg ab und sah zu Frank. "Sei nicht so. Es war doch nur ein Scherz", schien Millis Blick zu sagen. "Schieb dir den Füller in den Arsch! Meine Entscheidung steht fest", sagte Frank leise. Das Gefühl innerer Genugtuung war dem Tonfall deutlich anzuhören, und es veranlasste den Kater, etwas zu tun, was er schon lange nicht mehr getan hatte. Er legte die Ohren an und fauchte wie wild in Franks Richtung. "Mach doch! Irgendwann glaubt Patricia dir nicht mehr", sagte der allerdings nur und ging zurück ins Haus.

Drei Stunden später war der Ast entfernt und vier Nistkästen an unterschiedlichen Stellen des Baums angebracht. Doch damit nicht genug. Frank hatte in drei Meter Höhe eine Sperre am Stamm anbringen lassen, die den Kater darin hinderte, über diesen Weg nach oben zu gelangen. Die nach unten gerichteten Dornen der Manschette würden es ihm unmöglich machen, diese Grenze zu passieren. Mit wachsender Wut im Bauch hatte Milli die Arbeiten von der Fensterbank aus beobachtet, sich aber nicht gewagt einzugreifen. Der Stress war dem Kater durch das rhythmische Zucken der Ohren genau anzusehen, und Frank genoss diesen Moment des stillen Triumphs.

Wenige Wochen später wurden die Nistkästen von einigen Vogelpaaren in Beschlag genommen. Auch wenn man sie nur selten sah, ihr Gezwitscher war durch das dichte Blätterdach des Baums laut und deutlich zu hören. Oft saß der Kater lange auf der Fensterbank und starrte nach oben. Sein ständig hin und her schwingender Schwanz verriet, was in ihm vorging. Auch das entspannte Herumlungern auf der Hollywoodschaukel gehörte der Vergangenheit an. Der putzmuntere Gesang der einstigen Opfer musste Milli wie Spott und Hohn vorkommen, doch er fand keinen Weg, an sie heranzugelangen. Einmal hatte Frank gesehen, wie der Kater am Baumstamm noch oben geklettert, aber letztlich an der Manschette gescheitert war. Mies gelaunt hatte Milli nach mehreren Versuchen den Rückweg angetreten, sich dem Schicksal aber nicht ergeben.

Milli schlägt zurück

Der Kater sann auf Rache und wie immer schlug er unerwartet zu. Es war bereits Mitte September, als sich eine günstige Gelegenheit bot, um dem Widersacher die erlittene Schmach heimzuzahlen. Frank hatte den Wagen vor die Garage gestellt und war gerade dabei, die Zündkerzen zu wechseln. Patricia lag auf der Hollywoodschaukel im Garten, um die letzten Tage des Altweibersommers zu genießen. Dabei war sie eingenickt und bekam nicht mit, wie Milli sich geräuschlos davongeschlichen hatte.

Frank war in die Arbeit vertieft und summte ein Lied mit, das gerade im Autoradio lief. Er hatte die Seitenscheiben heruntergekurbelt, um es besser hören zu können. Währenddessen war der Kater aufs Garagendach geschlichen und hatte ihn von dort aus beobachtet. Er wartete auf den perfekten Moment. Lange dauerte es nicht. Frank beugte sich gerade tief unter die Motorhaube, als er völlig überraschend von etwas getroffen und dabei zur Seite gestoßen wurde. Etwas schweres Kleines war ihm auf den Rücken in Höhe der linken Niere gefallen. Es war nicht nur die Wucht, sondern teilweise auch der Schreck, der ihn hart gegen die Stütze der Motorhaube warf, sodass diese aus der Verankerung riss. Der Schmerz des unerwarteten Treffers gegen die Niere lähmte ihn völlig und sorgte dafür, die anderen Blessuren gar nicht wahrzunehmen. Frank hatte nicht die geringste Chance, die auf ihn fallende Motorhaube abzufangen. Das Schlimmste war, sein eigener Körper sorgte für die nötige Geräuschdämpfung, die jede sofortige Hilfe unmöglich machte. Patrick und Claudia hatten sogar erst vor Kurzem die Fenster geschlossen. Das plärrende Autoradio hatte sie gestört. Dem Kater boten die Umstände genug Zeit, um sich unbemerkt aus dem Staub zu machen. Er hatte sogar den perfekten Grund für Franks Missgeschick zurückgelassen.

Es war Claudia, die wenige Minuten später aufgeregt in den Garten gerannt kam, um ihre Mutter zu holen. Sie beachtete Milli in dem Augenblick zwar nicht, aber für den Kater konnte es kein besseres Szenario geben, als neben Patricia gesehen zu werden. "Komm schnell, wir müssen Papa helfen!", rief sie panisch und riss ihre Mutter aus dem Schlaf.

"Was ist los?"

"Keine Ahnung. Irgendwas am Auto. Patrick ist schon bei ihm", erwiderte Claudia hektisch.

Als die beiden ums Haus gerannt waren, sahen sie Frank auf dem Boden sitzen. Er lehnte am Kotflügel des Autos und hielt sich den Kopf. Patrick war bei ihm und redete auf ihn ein. "Papa, geht's wieder?", fragte er. Frank nickte zwar leicht, aber das Blut machte seine Geste unglaubwürdig.

Geistesgegenwärtig ging Patricia zu ihm. "Was ist passiert?"

"Ich weiß nicht genau. Irgendwas hat mich getroffen und dann ist die Motorhaube auf mich draufgeknallt", meinte er nur leise, während Patricia seinen Kopf inspizierte.

"Du hast eine Platzwunde." Entschlossen lief sie zum Kofferraum und holte den Erste-Hilfe-Kasten heraus. Sie wühlte kurz darin und kehrte mit Verbandsmaterial zurück. "Lass mich mal ran", meinte sie resolut und drückte ihm eine Kompresse gegen die blutige Stelle. Dann wickelte sie die Mullbinde um Franks Kopf. "Das muss genäht werden. Ich fahre dich ins Krankenhaus. Dort können auch gleich die anderen Stellen verarztet werden." Ohne eine Antwort abzuwarten, half sie ihrem Mann ins Auto.

Während Frank auf Patricia wartete, die nur schnell ins Haus gegangen war, um sich Turnschuhe anzuziehen, unterhielt er sich mit seinen Kindern.

"Hast du gesehen, was passiert ist?", fragte er seinen Sohn.

"Nein. Ich war nur zufällig am Fenster und hab mich gewundert, warum die Motorhaube auf dir gelegen hat. Dann hab ich runtergerufen, aber du hast nicht reagiert."

"Komisch. Ich könnte schwören, irgendwas hat mich getroffen, als es passiert ist", sagte Frank irritiert und griff sich an den Rücken. "Genau hier", ergänzte er und rieb sich vorsichtig die Stelle.

"Was soll dich denn getroffen haben?", fragte Patrick.

"Wenn ich das wüsste. War Milli bei Mama, als du sie geholt hast?", hakte er bei Claudia nach.

"Ja klar. So wie immer halt. Was hat das mit Milli zu tun?", fragte sie.

"Wahrscheinlich nichts. War mir bloß so eingefallen."

"Was is' 'n das da?", meinte Patrick auf einmal, ging zur Blumenrabatte und kehrte mit einem alten Tennisball zurück. "Vielleicht hat dich das Ding getroffen." Er reichte seinem Vater den alten Filzball. "Kann ja sein, dass ihn jemand von der Straße aus hergeworfen hat."

"Warum sollte das jemand machen?", fragte Frank.

"Der wollte vielleicht ein Fenster treffen oder hat sich einfach nichts dabei gedacht und dich nur zufällig erwischt", mutmaßte Claudia.

"Könnte sein. Wäre aber ein blöder Zufall", erwiderte Frank.

"Zufälle sind immer blöd. Deswegen sind's ja Zufälle", gab Claudia noch zum Besten, dann kam ihre Mutter aus dem Haus und setzte sich sofort hinters Lenkrad. "Was hast du da?", fragte sie.

"Das ist der Tennisball, der Papa getroffen hat", antwortete Claudia wie aus der Pistole geschossen.

Selbst Frank hielt diese Theorie für glaubhaft. Innerlich war er sogar enttäuscht, nur das Opfer eines Zufalls geworden zu sein. Viel Zeit, darüber nachzudenken, hatte er nicht, denn Patricia gab den Kindern noch einige Anweisungen und fuhr dann los.

Erst am späten Abend kehrten sie zurück. Die Verletzungen waren nicht sehr schlimm und die kleine Platzwunde kaum der Rede wert. Eine leichte Gehirnerschütterung hatte der Arzt noch diagnostiziert, die Wunde genäht und einige Schrammen desinfiziert. "Sah schlimmer aus, als es ist. In einigen Tagen sind Sie wieder auf dem Posten", waren seine Worte gewesen, dann hatte er sich bei Patricia und Frank verabschiedet. Die Notaufnahme war gegen Abend noch voller geworden und das Paar froh, die endlose Wartezeit hinter sich gebracht zu haben.

Im Flur empfing sie Milli. "Wir sind ja wieder da, mein Süßer", begrüßte ihn Patricia mit entschuldigendem Tonfall, nahm ihn auf den Arm und liebkoste ihn sofort. "Du hast bestimmt Hunger, mein Schatz. Frauchen gibt dir gleich was, damit dein Bäuchlein nicht mehr knurrt", meinte sie und trug den liebestollen Kater in die Küche. 'Kater müsste man sein, dann ist die Welt in Ordnung', dachte Frank nur und ging den beiden nach.

Einige Tage später gehörte Millis Attacke der Geschichte an. Frank war körperlich wieder fit, wenn man von den blauen Flecken und der kahlen Stelle am Hinterkopf absah. Doch selbst dort sprossen schon die ersten Stoppeln und kündigten das Vergessen des Ereignisses an. Frank arbeitete wieder und versuchte, den entstandenen Rückstand aufzuholen. Es gelang ihm gut und in der darauffolgenden Woche versandte er die kolorierten Zeichnungen an die Verlage. Diese Terminarbeiten stellten eine seiner zuverlässigsten Einnahmequellen dar. Während der vielen Stunden, die er dabei in seinem Atelier verbracht hatte, kreisten seine Gedanken immer wieder um eine Frage: Wann würden die fünf versteckten Bilder endlich ihre todbringende Wirkung entfalten? Dabei gestand er sich ein, es kaum noch erwarten zu können. Auch wenn das bisherige Jahr mit Milli ruhig verlaufen war, er kam nicht mehr von der Vorstellung los, dieses unnatürliche Wesen dorthin zu verbannen, wo es hingehörte. "Ins Fegefeuer mit dir", murmelte der bekennende Atheist und das brachte ihn auf eine Idee. "Wieso hab ich nicht schon früher daran gedacht?", warf er sich vor und schritt sofort zur Tat. Einige Telefonate mussten geführt werden, aber die durfte er auf keinen Fall von zu Hause aus erledigen. Zwar konnte der Kater mit den Namen nichts anfangen und daher nicht wissen, dass es um ihn ging, doch Patricias Neugier stellte ein Sicherheitsrisiko dar, welches Frank von vornherein ausschließen musste. Zum zweiten Mal in seinem Leben konnte er seine Frau nicht in die Pläne einweihen. Patricia würde – völlig zu Unrecht – an seinem Verstand zweifeln. Daher überlegte Frank, wo er die Gespräche ungestört führen könnte. Es blieb nur eine Möglichkeit: von einem öffentlichen Telefon aus. Die Telefonzelle an der übernächsten Straße wollte er nicht benutzen. Er fürchtete, von einem Nachbarn gesehen zu werden, was nicht nur zu unbedachten Fragen, sondern vielleicht sogar zu unnötigen Verdachtsmomenten führen konnte. 'Ist euer Telefon kaputt? Ich habe Frank vorhin in der Öffentlichen gesehen', war ein möglicher Satz der Nachbarin an seine Frau. Ihr süffisantes Grinsen würde Patricia innerlich kochen und sie später den falschen Verdacht aussprechen lassen. Soweit durfte es auf keinen Fall kommen, zumal das Szenario dem Kater in die Karten spielte. Patricia würde Trost bei dem Monstrum suchen, und er ihn gewähren.

Frank fand eine einfache und plausible Lösung. Zwei- oder dreimal im Jahr kaufte er Materialien, meist Farben und verschiedene Papiersorten, ein. Dabei hatte ihn Patricia noch nie begleitet. Trotzdem kam es Frank vor, als betrüge er seine Frau.

Ende Oktober setzte er die Idee in die Tat um. Ihm war aufgefallen, wie Patricia geschmunzelt hatte, als er ihr vom anstehenden Materialkauf erzählte und meinte, es könne diesmal etwas mehr werden als sonst. "Denk aber daran, dass wir auch noch die Weihnachtsgeschenke für die Kinder besorgen müssen", hatte sie nur erwidert, ansonsten jedoch keinerlei Fragen gestellt.

Frank begann den Einkauf wie immer und fuhr zum Geschäft für Künstlerbedarf. Seit Jahren kaufte er hier ein, probiert das eine oder andere neue Produkt aus und hielt sich in der Regel den ganzen Tag dort auf. Das war heute anders. Frank hatte eine Liste vorbereitet und drückte sie dem Geschäftsinhaber in die Hand. "Tut mir leid, Herr Koschnewski, aber ich stehe ein wenig unter Zeitdruck. Können Sie mir alles raussuchen und ich hole es später nur noch ab? Sie wissen doch am besten, was ich alles brauche", sagte Frank und machte sich wieder auf den Weg. Er wollte zum Postamt, um von dort aus die Telefonate zu führen. Hier gab es noch einzelne Kabinen, in die er sich zurückziehen und in Ruhe die Gespräche führen konnte.

Nach einer kurzen Wartezeit saß er in einer der drei Kabinen und begann mit dem Anrufen bei seinen alten Schulkameraden. Die ihm zur Verfügung stehenden Rufnummern waren erst zwei Jahre alt. Ein Resultat des letzten Klassentreffens. Doch die Nummer, die er so dringend benötigte, war nicht dabei. Frank hoffte, sie bei einem der ehemaligen Mitschüler in Erfahrung zu bringen.

Zwei Stunden später notierte er sie und empfand eine tiefe Erleichterung. Der Versuch, Thomas sofort zu erreichen, schlug zwar fehl, aber das bremste seinen Optimismus nicht. "Ich bin weitergekommen, als ich gehofft habe. Morgen ist auch noch ein Tag", tröstete er sich, bezahlte seine Rechnung und fuhr erneut zum Geschäft für Künstlerbedarf.

"Sie sind ja schon wieder da", sagte Herr Koschnewski erstaunt und gestand, sich noch nicht um die Bestellung gekümmert zu haben. Das verschaffte den beiden Männern die Möglichkeit, in der altbekannten Manier der letzten Jahre mit Franks Einkauf zu beginnen. Sie gingen in Herrn Koschnewskis Büro und tranken Tee. Bei dieser Gelegenheit präsentierte ihm Herr Koschnewski immer die neuesten Produkte, die, wie er fand, nicht mehr ansatzweise die Farbbrillanz der früher verwendeten Materialien hatten. "Das heutige Purpur ist auch nicht mehr das, was es einmal war. Zuviel Chemie und zu wenig Biologie, aber dafür sündhaft teuer. Wenn ich immer höre, die Farben seien nicht mehr giftig. Als ob früher irgendjemand die Farben gegessen oder die Bilder abgeleckt hätte und daran gestorben wäre", ereiferte sich Herr Koschnewski kopfschüttelnd und sah Frank an. "Ich find's gut, dass Sie versuchen, mit authentischen Materialien zu arbeiten", ergänzte er und das brachte Frank auf eine weitere Idee.

"Wie gut kennen Sie sich mit den historischen Farbzusammensetzungen aus?", erkundigte er sich.

"Eine Zeit lang habe ich alte Farbrezepte und die Zusammenstellung der Mixturen gesammelt. Eigentlich wollte ich mal eine Veröffentlichung daraus machen, aber ich habe nie die Zeit dafür gefunden", meinte Herr Koschnewski enttäuscht. "Warum fragen Sie?"

"Wegen unseres Katers. Ich hab ihn mal erwischt, wie er eine Farbe aufgeschleckt hat. Es war ein Rotton mit echtem Blut. Passiert ist ihm nichts, bis auf den Durchfall, den er in den folgenden Tagen hatte. Ich hätte mir riesige Vorwürfe gemacht, wenn er … Na Sie wissen schon", log Frank mit erstaunlicher Leichtigkeit.

Herr Koschnewski lächelte. "So giftig, dass viel mehr passiert, waren die alten Farbenmixturen auch nicht. Bei kleinen Mengen gibt es da keinerlei Probleme."

"Aber was sind die Stoffe, die ich unbedingt meiden muss, weil sie doch tödlich sein könnten?", versuchte Frank den Bogen zu schlagen.

"Da gibt es schon einiges, aber es ist nichts, was man heute noch kaufen könnte. Sie müssen sich um Ihren Kater keine Sorgen machen. Ein Großteil dieses alten Wissens ist sowieso verloren gegangen."

"Und Ihre Rezepturensammlung?"

"Ist letztendlich nur eine Zusammenstellung dessen, was heute noch bekannt ist. Vielleicht ist das ja der wahre Grund, weswegen ich damit irgendwann aufgehört habe. Der Rechercheaufwand war einfach gigantisch", meinte Herr Koschnewski und schlug vor, sich um den Einkauf seines berühmtesten Kunden zu kümmern.

Frank verließ das Geschäft mit zwei vollen Kisten, was jedoch nicht sehr viel war. Er wollte morgen wieder zum Postamt und brauchte einen guten Grund, um Patricia seine erneute Abwesenheit zu erklären. "Einige spezielle Papiere waren nicht vorrätig, aber Herr Koschnewski hat sie schon bestellt", murmelte er noch, als er in die Garage rollte.

Es dauerte nicht lange, bis Patricia auch in die Garage kam. "Soll ich dir helfen, dein Material ins Atelier zu bringen?", erkundigte sie sich. Dann schaute sie in den geöffneten Kofferraum. "Das ist ja kaum der Rede wert", meinte sie nur und sah zur Tür, welche die Garage mit dem Haus verband. Dort wartete Milli und verfolgte das Geschehen aufmerksam.

"Ich schaff das schon", sagte Frank, dem das Verhalten des Katers merkwürdig vorkam. Normalerweise inspizierte Milli immer genau, was sie nach Hause brachten. "Was ist denn mit dem los?", hakte Frank wie nebenbei nach und sah Patricia an.

"Er ist so komisch, seit ich bei Doktor Mayer angerufen habe."

"Der Tierarzt?"

"Genau der. Ich muss Milli mal wieder untersuchen und impfen lassen. Immerhin rennt er jeden Tag draußen rum und kann sich sonst was einfangen."

"Wann willst du zu ihm?", fragte Frank und hob die erste Kiste aus dem Kofferraum.

"Morgen. Warum?"

"Ich muss morgen das Papier abholen. Es war heute nicht da, aber Koschnewski hat's bestellt.

"Das kannst du doch auch übermorgen machen", schlug Patricia vor.

"Du weißt doch, wie Koschnewski ist."

"Ein freundlicher alter Herr, der einen Narren an dir gefressen hat", sagte sie lächelnd und nahm die zweite Kiste heraus.

"Okay, ich ruf ihn morgen an und sage, dass ich einen Tag später komme", lenkte Frank ein. Blitzartig war ihm aufgegangen, das Verhalten des Katers bot vielleicht die Chance, erste Zweifel bei seiner Frau zu schüren.

"Das ist lieb von dir", meinte sie zu Frank und sah anschließend zu Milli, der immer noch an der Tür saß und alles verfolgte. "Wir bringen das morgen hinter uns, mein Süßer. Du musst keine Angst haben, Frauchen passt schon auf dich auf", sagte sie in ihrem speziellen Tonfall, den sie nur bei Milli – und vor etlichen Jahren, als die Kinder noch Babys gewesen waren – anschlug.

"Meinst du, er hat verstanden, was du zu Doktor Mayer gesagt hast? Jetzt übertreibst du aber", erwiderte Frank nonchalant.

"Seinen Namen versteht er schon, wenn ich mit jemandem über ihn spreche. Da hat er dir manchmal was voraus, mein Schatz", stichelte sie und folgte ihm mit der zweiten Kiste zum Atelier.

"Haha", erwiderte Frank nur.

"Natürlich versteht er nicht, worüber ich mich unterhalte."

"Aber du hast doch gerade selbst gesagt, seit dem Telefonat ist er komisch."

"Weil er Angst vor dem Tierarzt hat. Das war schon immer so", klärte Patricia ihren Mann auf.

"Das heißt, er weiß, wer Doktor Mayer ist?" Frank war am Atelier angekommen und öffnete die Tür.

"Wenn er ihn sieht, weiß er es garantiert."

"Aber du hast doch nur mit ihm telefoniert. Dann müsste er also den Namen des Tierarztes verstanden haben, wenn er seitdem anders ist." Frank stellte die Kiste auf den Tisch und nahm Patricia die andere ab. Jetzt war er gespannt auf die Antwort.

"Schatz, du darfst nicht jedes Wort auf die Goldwaage legen. Es war nicht unmittelbar nach dem Telefonat, sondern fünf Minuten später, als ich ihm die Transportkiste für morgen in die Küche gestellt habe. Die verwenden wir immer, wenn's zum Tierarzt geht und natürlich erkennt er sie wieder", meinte Patricia und sah zum Kater, der ihnen zwar gefolgt war, aber an der Tür wartete. "Du bist ein ganz Schlauer, mein Süßer. Hältst Abstand zu Frauchen, weil du denkst, ich fange dich ein und stecke dich schon jetzt in die olle Box. Keine Sorge, du kannst heute auch bei Frauchen schlafen. Versprochen", säuselte Patricia in seine Richtung und hockte sich hin.

Ob es ihr Versprechen oder einfach nur die beruhigende Tonlage war, konnte Frank nicht mit absoluter Sicherheit sagen, doch der Kater erhob sich, kam zögerlich mit gerecktem Hals auf Patricia zu und schnupperte an ihrer ausgestreckten Hand. Mit den Fingerspitzen kraulte sie vorsichtig seinen Kopf, was den letzten Zweifel im Kater zu beseitigen schien. Mauzend machte er die letzten Schritte und ließ sich von ihr hochheben. "Na endlich, mein Süßer", sagte Patricia zufrieden und sah glücklich zu ihrem Mann.

Gemeinsam verließen sie das Atelier, aber der kleine Hoffnungsschimmer in Frank war verblasst. Erst Stunden später im Bett kam ihm ein weiterer Gedanke und eine Weile überlegte er, ob er Patricia zum Tierarzt begleiten sollte. Sicherheitshalber entschied er sich dagegen. Er war noch nie mit ihr dort gewesen, und deshalb könnte sie sich über den plötzlichen Eifer wundern. 'Aber beim Frühstück werde ich ihr einige Untersuchungen vorschlagen', nahm er sich vor und schlief zufrieden ein.

Seelischer Beistand

Die Kinder hatten das Haus bereits verlassen, und Milli schien der Anwesenheit der Transportbox keine Bedeutung mehr beizumessen. Wie immer saß er neben dem Tisch und warf seine bettelnden Blicke zu Patricia. Ein kleines Stück Wurst war der Lohn der Bemühungen.

Frank tat so, als beachtete er den Kater nicht. "Wann fährst du zu Doktor Mayer?", erkundigte er sich bei seiner Frau, aber registrierte das Zucken von Millis Ohren ganz genau. 'Der will nichts verpassen', redete er sich ein.

"Gegen elf wollte ich mit ihm los. Wieso fragst du?"

"Du solltest ihm einen kompletten Rund-um-Check zukommen lassen. So was gibt's für Katzen bestimmt auch", schlug Frank vor.

"Er macht einen fitten Eindruck. Woran denkst du genau?"

"Keine Ahnung. Manche Krankheiten sieht man nicht sofort, kann sie aber durch eine Blutuntersuchung feststellen und dann rechtzeitig behandeln."

"Ich werde Doktor Mayer nachher fragen", sagte Patricia

und sah anschließend zum Kater. "Der Papa macht sich auch Sorgen um dich, mein Süßer."

Milli sah mit großen Augen zu *seiner Frau*, und Frank kam es so vor, als wäre es dem Entsetzen des Katers geschuldet, heute entlarvt zu werden. Das langsame Schlagen mit dem Schwanz verstärkte diesen Eindruck, was Frank innerlich frohlocken ließ. 'Heute geht's dir an den Kragen', dachte er und bemühte sich, nicht zu grinsen. Sicherheitshalber biss er in das Brötchen. Das Kauen sollte für die notwendige Neutralität in seinem Gesicht sorgen. "Wann willst du ihn in die Box stecken?", fragte er, nachdem er den Happen geschluckt hatte.

"Am besten gleich nach dem Frühstück. Dann bekommt er normalerweise sein Futter und weicht mir nicht von der Seite", schlug Patricia vor.

"Wenn ich dir helfen soll …"

Patricia schüttelte den Kopf. "Das kriege ich schon hin. Alles sollte so ruhig wie immer laufen, damit er keine Angst bekommt."

"Wie du meinst", sagte Frank und beendete das Thema. Patricias baldige Abwesenheit ermöglichte es ihm, das dringende Telefonat von zu Hause aus führen zu können.

Einen kleinen Triumph genoss Frank nach dem Einsperren des Katers in die Transportbox. Milli hatte sich so verhalten, wie Patricia gesagt hatte und war sofort auf den Tisch gesprungen, als sie den Fressnapf dort abstellte. Dann hatte sie den Kater hochgehoben und versucht, ihn in den kleinen Käfig zu verfrachten. Milli hatte sich gesträubt und auf den letzten Zentimetern auch seine Krallen eingesetzt. Die blutigen Kratzer auf Patricias Hand würden in wenigen Tagen verheilt sein, aber allein deren Anwesenheit bewies Frank, welche panische Angst das Monstrum vor dem hatte, was auf ihn zukam. 'Er machte also auch vor ihr nicht halt', dachte er und holte seiner Frau ein Pflaster. Als er es ihr über die kleine

Wunde klebte, fragte er, ob es sehr wehtue, aber Patricia verneinte die Frage. "Es ist nicht der Rede wert."

"Wenn du es sagst."

"So was passiert halt, wenn er Angst hat. Ich fahre gleich mit ihm los."

"Und vergiss die Zusatzuntersuchung nicht! Immerhin hat er dich gekratzt und vielleicht mit irgendwas infiziert", ergänzte Frank und diese Fürsorge war nicht gespielt.

"Jetzt übertreibst du aber, mein Schatz."

"Kann sein", räumte Frank ein und sagte lieber nichts mehr. 'Wenn du nur endlich wüsstest, mit wem du's zu tun hast', war das, was er ihr gern gesagt und den Kater mitsamt der Transportbox in einen See geschmissen hätte. Kurz erschien das Bild brodelnden Wassers vor seinem inneren Auge, doch der nächste Wimpernschlag verscheuchte diese schöne Illusion sofort.

Während sich Patricia im Flur die Jacke anzog, hockte sich Frank vor die Box. Die Blicke der Kontrahenten trafen sich und Millis zusammengekniffenen Augen ließen erahnen, der Kater sann auf Rache. "Viel Spaß, Freundchen", murmelte Frank. Diesmal fauchte der Kater nicht geräuschlos wie sonst und zeigte auch unverhohlen seine spitzen Zähne.

"Ärgere ihn nicht!", rief Patricia aus dem Flur.

Das veranlasste Frank, ihr die Box zu bringen. "Ich ärgere ihn nicht", rechtfertigte er sich.

"Entschuldige, aber es hörte sich so an. Er muss wirklich panische Angst haben. Ich habe ein ganz schlechtes Gewissen."

"Es ist doch zu seinem Besten."

"Ich weiß, aber trotzdem … Bringen wir's hinter uns", sagte sie entschlossen, gab ihrem Mann einen Kuss und übernahm die Box mit dem Kater.

Einige Minuten wartete Frank, dann ging er zum Telefon

und wählte die Nummer, die er gestern erhalten hatte. Doch noch bevor das erste Klingelzeichen ertönte, legte er wieder auf. 'Was sag ich ihm eigentlich?', schoss ihm durch den Kopf. Eine Weile dachte er über die Antwort nach, die ihn wie einen Irren aussehen lassen konnte. "Scheiß drauf, wie es aussieht", sagte er bedächtig und begann von neuem, die Nummer zu wählen.

Es klingelte lange, bis am anderen Ende abgenommen wurde. "Guten Tag, Sie sprechen mit Pater Thomas. Was kann ich für Sie tun?"

"Hallo Thomas. Ich bin's, Frank. Erinnerst du dich noch? Wir waren in einer Klasse."

"Mit einem Anruf von dir hab ich wirklich nicht gerechnet. Wie geht's dir?", erkundigte sich Thomas sofort und die Männer begannen, eine Weile zu plaudern. Irgendwann fragte Thomas ganz direkt, was der Grund für Franks Anruf sei. "Wir haben jahrelang nichts voneinander gehört", meinte er.

"Das stimmt. Leider warst du nicht beim letzten Klassentreffen", rechtfertigte sich Frank und kam dann kurz ins Stocken. "Äh, ich hab da ein Problem, über das ich mit niemandem reden kann. Ich dachte …"

"Mit einem Priester geht's, der muss schließlich das Beichtgeheimnis wahren", meinte Thomas und seine Stimme klang auf einmal sehr ernst. "Was ist passiert?"

"Es klingt ein bisschen verrückt", druckste Frank herum, dann nahm er seinen Mut zusammen und berichtete über den Kater. Er sprach lange und war sich irgendwann nicht mehr sicher, ob Thomas am anderen Ende noch zuhörte. "Bist du noch dran?", fragte er, und als er das Ja hörte, kam er auf den Punkt. "Ich weiß, wie verrückt das alles klingt, aber kannst du mir weiterhelfen? Ihr habt doch Exorzisten und Priester, die sich nur um so was kümmern."

"Ja schon, aber es funktioniert nicht so, wie du es in

irgendwelchen Horrorfilmen siehst. Außerdem geht es hier nicht um einen Menschen, sondern um eine Katze."

"Die aber auch Gottes Geschöpf ist", warf Frank sofort ein.

"Das aus deinem Mund zu hören." Thomas Stimme verriet, dass er lächelte. "Ja, ja, irgendwann kommt auch ein 68er und bittet um Gottes Beistand. Jeden Tag geschehen kleine Wunder. Man muss bloß die Augen öffnen, um sie sehen zu können."

"Kann sein", war alles, was Frank darauf erwidern konnte.

"Ich bin mir nicht sicher, ob ich dir helfen kann. Manche Dinge hängen weniger vom Glauben, sondern einfach nur von der Tatsache ab, dass sie als real wahrgenommen werden und wir uns dann um Antworten bemühen. Du warst dir selbst nicht mehr sicher, den Kater getötet und vergraben zu haben. Hast du schon mal darüber nachgedacht, ob du durch den Sturz von der Leiter ohnmächtig geworden bist und dir das Köpfen der Katze nur deshalb so wirklichkeitsnah vorkommt?"

"Was willst du damit sagen?" Frank war irritiert, ahnte aber schon, worauf Thomas hinauswollte.

"Du hattest Angst vor dem Tier, weil es dich gekratzt und du versucht hast, ihm zu entkommen. Der Sturz war echt und wegen der Schmerzen schützt uns das Gehirn, indem wir ohnmächtig werden. In so einem Moment spielt es uns etwas vor, und das ist so realistisch, dass wir denken, es wäre wirklich passiert. Menschen, die einen schweren Unfall hatten, erzählen oft, das Paradies gesehen zu haben. Sie berichten von verstorbenen Verwandten, die sie dort getroffen und die sie wieder ins Leben zurückgeschickt haben. In der Psychiatrie spricht man von einer Nahtoderfahrung, wobei die Leute nicht verrückt sind, die so etwas erleben. Das alles passiert meist während der Reanimation oder während einer OP. Die fast Gestorbenen sind sich aber sicher, dass ihre Seelen schon im Himmel waren. Vielleicht hast du einige Minuten ohnmächtig auf dem Boden gelegen und weil du diesen Kater nicht magst, hat sich diese Szene in deiner Phantasie abgespielt, von der du jetzt überzeugt bist, dass sie tatsächlich stattgefunden hat", erklärte ihm Thomas.

"Und das Blut am Hackglotz? Wenn ich nur geträumt hätte, dann wäre es nicht dort", entgegnete Frank.

"Das ist das Schlimme an solchen Phantasien. Real Erlebtes wird mit der Illusion verwoben, was uns dann alles als Wirklichkeit erscheinen lässt. Das Blut war wahrscheinlich schon an dem Hackglotz dran. Vielleicht stammt es noch aus der Zeit, als dein Opa Hühner hatte. Irgendwann hast du es gesehen, und da es für dich bedeutungslos war, hast du's zwar vergessen, aber das heißt nicht, dass dein Gehirn es vergessen hat. Es war nur nicht mehr in deinem Bewusstsein und ist als neuer Fakt in deine Phantasie eingebaut worden. Unser Gehirn tut alles, um uns zu schützen. In so einer Situation kramt es längst Vergessenes hervor und gaukelt uns etwas vor. Das wird dir als Antwort nicht gefallen, ich weiß, aber oft steckt hinter den angeblichen Wundern nicht mehr als der Wunsch nach dem Wunder selbst. Deswegen erkennt die katholische Kirche nur so wenige an", beendete Pater Thomas seinen Vortrag, gab Frank aber noch einen ernstgemeinten Rat. "Sprich mit einem Psychologen oder Psychiater darüber. Die können dir besser weiterhelfen als ich."

"Vielleicht ist das gar keine schlechte Idee. Ich denke darüber nach. Trotzdem danke, dass du dir die Zeit genommen hast", antwortete Frank. Nach dem Versprechen, sich spätestens beim nächsten Klassentreffen wiederzusehen, legten sie auf.

Es war nicht nur Enttäuschung, sondern auch Angst, die in Frank aufstieg. Er setzte sich und dachte über das Gespräch nach. "Wenn er recht hat, dann bin ich im Arsch", murmelte er und rieb sich mit den Händen die Schläfen. 'Bin ich doch verrückt?', überlegte er. Er hatte seinem alten Schulkameraden nicht alle Details erzählt, die er im Laufe der letzten Jahre mit dem abscheulichen Kater erlebt hatte, sondern sich hauptsächlich auf den zweiten Tod Millis konzentriert. Dass Thomas' These möglich wäre, räumte er ein, auch wenn ihm nicht klar war, an welcher Stelle dann seine normale Wahrnehmung wiedereingesetzt hatte. Doch diese These passte nicht zum Treppensturz und den anderen Ereignissen, an die sich Frank plötzlich lebhaft erinnerte. Dabei fiel ihm auch wieder ein, wie verzweifelt er damals nach rationalen Ergebnissen gesucht hatte, um nicht verrückt zu werden. Einzig die Detailfotos von Millis Porträtzeichnungen, die er seit Jahren im Atelier aufbewahrte, störten die Idylle des logisch Erklärbaren, wobei Frank daran zweifelte, ob der psychologische Touch der Überlegungen überhaupt irgendetwas mit Logik zu tun hatte. "Heutzutage wird doch in alles irgendwelcher Psychoklimbim hineininterpretiert", flüsterte er und empfahl sich selbst, vorerst das Ergebnis der tierärztlichen Untersuchung abzuwarten. Die Hoffnung starb schon immer zuletzt.

Patricia kam erst nach den Kindern zu Hause an. Frank hörte, wie die Haustür aufgeschlossen wurde und ging zu ihr in den Flur. Patricia lächelte, gab ihm einen Kuss, dann öffnete sie das Türchen der Transportbox. Frank wunderte sich, warum der Kater nicht sofort herauskam und selbstbewusst wie immer sein Reich zurückeroberte. "Er hat immer noch Angst. Am besten lassen wir die Box hier stehen und beachten ihn erst mal gar nicht", meinte sie.

"Ich mach uns Kaffee und du erzählst mir, wie es beim Tierarzt gelaufen ist", schlug Frank vor und ging zur Küche.

Wenig später saß er mit seiner Frau am Tisch und hörte dem zu, was sie zu berichten hatte. Der Kater war geimpft und untersucht worden. Milli schien vor Gesundheit zu strotzen, und Patricia erzählte stolz, wie der Tierarzt gemeint habe, es passiere nicht oft, ein Tier dieses Alters in so einem hervorragenden Zustand zu Gesicht zu bekommen. "Blut habe ich ihm trotzdem abnehmen lassen. Das Ergebnis kommt nächste Woche", meinte sie zufrieden und sah zur geöffneten Tür, von wo aus der Kater vorsichtig hinter der Wand hervorguckte. "Na komm schon, mein Süßer. Frauchen ist ganz stolz auf dich", meinte sie und stand auf, um seinen Fressnapf vollzumachen. Doch selbst das Geräusch des Dosenöffners, was den Kater sonst sofort in die Küche rennen ließ, verfehlte die motivierende Wirkung. Ganz langsam tastete sich Milli in Richtung des Fressnapfs, nachdem Patricia ihn wieder auf den Boden gestellt und sich an den Tisch gesetzt hatte. "Doktor Mayer war ganz erstaunt über Millis Zähne. Er meinte, bei den meisten Katzen fehlen in seinem Alter schon ganz viele."

"Wenn er das sagt", war alles, was Frank entgegnete. Was seine Frau ihm gerade erzählt hatte, spielte dem Argument von Thomas in die Karten. Franks Hoffnung, Doktor Mayer würde keinen Herzschlag feststellen, kein Blut abnehmen und auch sonst keine Lebenszeichen finden können, obwohl doch etwas offensichtlich Lebendes vor ihm auf dem Behandlungstisch saß, war bereits klein, als Patricia das Haus betreten und gelächelt hatte. Jetzt war sie ganz gestorben. Aber das ließ er sich nicht anmerken und hörte seiner Frau weiter zu, die stolz über das sprach, was er sowieso jeden Tag mit ansehen musste: Die perfekte Pflege des orangeroten Katers, der ihn über die Jahre hinweg in den Wahnsinn getrieben hatte.

Frank räumte der Option, nicht mehr uneingeschränkt Herr seiner Sinne zu sein, nach dem heutigen Telefonat deutlich mehr Platz ein, als er es bisher getan hatte. Um ungestört nachdenken zu können, zog er sich ins Atelier zurück, legte einige Bögen Skizzenpapier auf den Tisch und ließ seiner Hand freien Lauf. Mechanisch entstanden einige wilde Formationen, die vielleicht etwas über seinen Gemütszustand aussagen konnten, vielleicht aber auch nur der Ausdruck seiner zeichnerischen Brillanz waren. Trotzdem gelang es ihm, seine Gedanken in alle Richtungen treiben zu lassen und selbst die schlimmsten Szenarien nicht zu verdrängen. 'Bin ich für meine Familie gefährlich?', war die zentrale Frage, um die sich für ihn gerade alles drehte. Irgendwann wurde ihm jedoch klar, es wäre nicht so, wenn alles so bliebe, wie es bisher war. Alles, was er in den letzten Jahren mit Milli erlebt hatte, war dem Hass auf das Katzenvieh geschuldet.

Franks Überlegungen brachten auch etwas Positives zutage. Wenn an Thomas' Aussagen etwas dran war, dann waren sie der Beleg für seine geistige Gesundheit. "Schließlich hat mein Gehirn nur so reagiert, um mich zu schützen. Das macht es bei vielen Menschen, und ich habe wirklich in Lebensgefahr geschwebt", brabbelte er, aber die beruhigende Idee hatte auch ihre Schattenseiten. 'Vielleicht sollte ich wenigstens mit einem Psychologen darüber sprechen. Zum einen, um zu lernen, mit dieser Nahtoderfahrung umzugehen, und zum anderen, um den Hass auf dieses Drecksviech endlich besser in den Griff zu bekommen', überlegte er. Die zweite Aussage erschien ihm deutlich schwerer zu sein, aber dann erinnerte er sich an Patricias besonnene Reaktion vom Vormittag. "Vielleicht war ich es ja, der immer die falschen Signale gesetzt hat", sagte er leise und beendete die unkontrollierte Malerei. Die vier Papierbögen waren voll und Frank betrachtete zum ersten Mal genau, was er darauf festgehalten hatte. 'Chaos', wäre der geeignete Titel, wie er nach wenigen Minuten selbst fand, die Bögen zerknüllte und in den Papierkorb warf.

Am nächsten Tag kaufte er bei Herrn Koschnewski Papier und in einem Juweliergeschäft eine goldene Kette für Patricia.

Weihnachten stand vor der Tür. Beim Schlendern durch die Straßen der Innenstadt fiel ihm auch das unauffällig gestaltete Schild einer Psychologin an einem Hauseingang auf. Kurz überlegte er, ob es besser wäre, einen Psychologen zu konsultieren. Doch Patricia war eine Frau und Frank kam zur Erkenntnis, eine Psychologin könnte ihn besser im Umgang mit seinen Gefühlen beraten. Aber zuerst ging er weiter, getrieben vom Gedanken, jemand könnte sehen, wie er erst das Schild betrachtet und anschließend das Haus betreten hätte. 'Getratscht wird schnell', überlegte er, doch der Gedanke verflog auf den nächsten Metern rasch wieder. Im Gebäude waren auch mehrere Anwaltskanzleien und Notare sowie ein Immobilienmakler ansässig.

Trotzdem spazierte er einmal um den Block und betrat das Haus, ohne dabei einen Blick auf das Schild von Frau Lerch zu werfen. "Psychoanalytische Psychologin und Verhaltenstherapeutin", war darauf zu lesen. Frank wusste auch, dass er in die vierte Etage musste. Vorsichtshalber entschied er sich gegen den Fahrstuhl und lief nach oben. Bereits unterwegs überlegte er, was gleich auf ihn zukäme. Er wollte seinen fragwürdigen Geisteszustand nicht an die große Glocke hängen, jede Rückfrage vermeiden und nicht für verrückt gehalten werden.

Vor der Tür angekommen, zögerte er kurz, drückte dann aber auf die Klingel, die einen sanften, warmen Ton von sich gab. Alles schien hier auf die Beruhigung der Sinne hinzudeuten, und das veranlasste Frank, die endlos langen Sekunden abzuwarten, bis die Tür geöffnet wurde.

"Guten Tag, kommen Sie herein", sagte eine freundlich lächelnde, ältere Frau. Sie war schlank, recht groß gewachsen und hatte kurzes, dunkles Haar, welches ihr durch vereinzelte graue Strähnen eine gewisse Würde verlieh.

Frank betrat den Vorraum sofort und sah sich kurz um.

Lediglich drei Stühle standen an einem Tisch, was darauf hindeutete, hier warteten nie viele Leute auf einmal.

"Ich bin Frau Lerch", stellte sich die Psychologin vor und sah Frank erwartungsvoll an. "Was kann ich für Sie tun?", hakte sie nach einigen Sekunden nach.

"Ich hab Ihr Schild draußen gesehen …" Frank war aus dem Konzept geraten.

"Und deshalb sind Sie spontan nach oben gekommen, Herr …?"

"Entschuldigung, ich vergaß, mich vorzustellen", antwortete Frank und holte das Versäumte sofort nach.

"Lassen Sie uns in meinem Besprechungszimmer weiterreden", schlug Frau Lerch vor und ging voran.

Frank ließ den Raum, der nur spartanisch, aber geschmackvoll, eingerichtet war, auf sich wirken. Das gesamte Mobiliar bestand aus einem kleinen Schreibtisch an der Wand, auf dem ein Telefon und ein Anrufbeantworter standen. Gegenüber befand sich ein kleiner Tisch, um den eine Ledercouch und zwei passende Sessel platziert waren. Die Wände des Raums waren in zarten Pastelltönen gestrichen, die Frank an Flieder erinnerten.

Frau Lerch wies auf einen Sessel. "Nehmen Sie bitte Platz", sagte sie und setzte sich selbst in den Sessel, vor dem ein geschlossener Buchkalender auf dem Tisch lag. "Was hat Sie zu mir geführt?", fragte sie ganz direkt.

Frank begann zögerlich über das Gespräch mit Thomas zu berichten. Frau Lerch nickte einige Male verständnisvoll und hörte zu, ohne ihn zu unterbrechen oder Zwischenfragen zu stellen. Als Frank geendet hatte, herrschte für einen Moment Stille.

Die Psychologin schien zu überlegen. "Waren Sie schon bei einem Psychiater?", fragte sie.

"Nein. Ich glaube nicht, dass ich verrückt bin. Aber falls

118

mein Freund recht hat, dann möchte ich mit jemandem, der sich mit der Materie auskennt, diskret darüber sprechen können. Was kostet mich das eigentlich?"

"Das kommt darauf an, wo Sie krankenversichert sind", meinte Frau Lerch.

"Es ist mir wichtig, dass niemand etwas von den Gesprächen erfährt. Ich bezahle die Sitzungen privat", schlug Frank gerade vor, als das Telefon einmal leise klingelte. Der Anrufbeantworter ging sofort an, das verriet das kurze Klicken, aber die Psychologin reagierte nicht darauf.

"Ich unterliege der Verschwiegenheitspflicht. Deswegen nehme ich kein Telefonat an, wenn sich ein Patient im Raum befindet", klärte sie Frank auf und nannte ihm den Preis für private Konsultationen.

"Wie viel Termine pro Woche haben wir?", wollte Frank wissen, um die Kosten besser abschätzen zu können.

"Wir haben zwei Termine pro Monat, also alle 14 Tage", erwiderte Frau Lerch ruhig.

"Dreihundert Mark im Monat sind kein Problem, aber kommen wir bei so wenigen Terminen voran?"

Die Psychologin nickte, dann schlug sie das vor sich liegende Buch auf und blätterte einige Seiten weiter. "Kommen Sie immer allein oder wollen Sie bei einigen Terminen auch Ihre Frau dabeihaben?", erkundigte sie sich.

"Ich komme immer allein. Meine Frau liebt diesen Kater abgöttisch und allein die Vorstellung, dass ich ein Problem mit ihm habe, würde ihr das Herz brechen", meinte Frank.

Sie einigten sich auf den kommenden Donnerstag, und als Frank die Praxis verließ, war er froh, den ersten Schritt gewagt zu haben. Er wusste bloß noch nicht, was er Patricia sagen sollte. Irgendwann würde ihr auffallen, wenn er regelmäßig unterwegs war. 'Bis dahin fällt mir schon was ein', dachte er, als er in den Wagen stieg. Zum ersten Mal empfand er es als

Nachteil, zu Hause zu arbeiten.

"Das Papier abzuholen hat ganz schön lange gedauert", meinte Patricia, als sie es zusammen ins Atelier brachten.

"Ich hab mit Koschnewski noch ein bisschen geplaudert", erwiderte Frank und war gespannt, was seine Frau daraufhin sagen würde.

Doch für sie schien das Thema beendet zu sein. "Wir essen bald. Es lohnt nicht mehr, dass du noch mit irgendwas anfängst. Ansonsten hat ein Thomas angerufen und bittet um deinen Rückruf. Du hättest seine Nummer, meinte er. Wer ist das?"

"Ein alter Schulkamerad. Er ist katholischer Priester geworden. Mich haben einige Fakten zur Unsterblichkeit interessiert", antwortete Frank und schielte unbemerkt zum Kater. Doch das Zucken der Ohren blieb diesmal aus. Aus irgendeinem Grund interessierte sich Milli für das Papier und schnupperte die verschiedenen Packungen ab. "Lass mein Zeug in Ruhe, Sportsfreund", meinte Frank und hob den Kater vom Tisch, um ihn auf den Boden zu setzen. Aber Milli sprang sofort wieder hoch. Besonders eine Papiersorte schien es ihm angetan zu haben. Erneut beschnupperte er die Packung und legte sogar eine Pfote auf das Paket. "He, hör auf damit!", beschwerte sich Frank und schob den Kater sacht, aber entschlossen zu Seite, um das Papier sofort in den Schrank räumen zu können. Dabei fiel ihm auf, es war genau die Sorte, auf der er damals Millis Portraits gezeichnet hatte. 'Woher weiß er das?', dachte er, ließ sich aber nichts anmerken.

"Na komm zu Frauchen, mein Süßer. Der Papa räumt sein Zeug noch weg und dann gibt es Fresschen", säuselte Patricia. Beim Wort Fresschen reagierte der Kater prompt, lief sofort zu ihr und mauzte. "In zehn Minuten gibt es Essen", sagte sie zu Frank und verließ das Atelier.

"Alles klar", rief er ihr noch nach und schloss bedächtig die Tür. "Das kann ich mir doch nicht nur alles einbilden", murmelte er und war einmal mehr froh, den heutigen Schritt gewagt zu haben. Dann fiel ihm Thomas wieder ein. "Was der wohl will?", fragte er sich und ging ins Wohnzimmer. Fünf Minuten später wusste er, weswegen Thomas angerufen hatte. Sein alter Schulkamerad schien sich mehr Gedanken gemacht zu haben, als Frank vermutet hätte und wollte seine Anschrift, um ihm ein Buch zu schicken, welches sich mit dem Thema befasste, über das sie gestern gesprochen hatten. Zufrieden bedankte sich Frank und ging in die Küche.

Während des Essens unterhielten sie sich über das bevorstehende Weihnachtsfest. Einige Wochen wären zwar noch, aber die Zeit rase gerade regelrecht, meinte Patricia. "Meine Eltern würden gern herkommen und einige Tage bleiben", schlug sie vor und das Kopfnicken der anderen hakte diesen Tagesordnungspunkt ab.

"Aber bitte keinen Weihnachtsmann", nörgelte Claudia, als sie runtergeschluckt hatte.

"Wieso?", fragte Frank.

"Weil wir beide aufs Gym gehen und nicht mehr an den Weihnachtsmann glauben. Das ist schon wenigstens seit zehn Jahren so", half Patrick seiner Schwester.

Frank und Patricia sahen sich an. "Deine Kinder", sagten sie beide fast gleichzeitig und mussten lachen. "Weißt du noch, wie Patrick gesagt hat, der Weihnachtsmann hat dieselben Stiefel wie du? Damals war er vier", fragte Patricia lachend und Frank nickte. "Na klar. Jedes Jahr mussten wir mehr aufpassen, um uns nicht zu verraten", meinte er und gab die Geschichte zum Besten, in der Patricia als Weihnachtsfrau verkleidet ihren großen Auftritt hatte. "In dem Jahr war Patrick überzeugt, dass es den Weihnachtsmann doch gibt, denn du warst ja zu Hause", meinte Patricia glücklich und sah zu Patrick und Claudia. "Macht euch ruhig über uns lustig", sagte das Mädchen, konnte aber das Lachen selbst kaum unterdrücken. "Wir haben trotzdem gemerkt, dass Opa später den Weihnachtsmann gespielt hat", bemerkte Patrick schmunzelnd, und damit stand fest, es würde auch dieses Jahr so sein. "Meinetwegen", räumten die Teenager augenrollend ein. "Opa macht das Spaß", sagte Patricia und auch Frank war froh über diese Entscheidung. Er mochte seine Schwiegereltern. Außerdem gab ihm das heutige Abendessen ein Stück Normalität zurück, die er bitter nötig hatte.

Franks Kindheitserinnerungen

In den folgenden Tagen zeichnete Frank sehr viel. Einige Buchillustrationen standen an. Die Entwürfe musste er an die Verlage schicken. Donnerstag hielt er für den geeigneten Tag, zumal Frau Lerchs Praxis nicht weit vom Postamt entfernt war. Innerlich hatte sich Frank darauf vorbereitet, über seine Kämpfe mit Milli zu berichten, doch alles kam ganz anders, als er im Sessel Platz genommen hatte. "Erzählen Sie mir etwas aus Ihrer Kindheit", war der Satz, mit dem er gar nicht gerechnet hatte.

"Da gibt es nicht viel", begann er und kam bereits das erste Mal ins Stocken. Er verstand nicht, was seine Kindheit mit der Nahtoderfahrung oder seiner Einstellung zu Milli zu tun haben sollte. Doch da die Psychologin ihn nicht unterbrach und weiterhin still zu ihm sah, fuhr er zögerlich fort. "Naja, meinen Vater kenne ich nicht und an meine Mutter habe ich nur ganz vage Erinnerungen. Ich bin mir nicht einmal sicher, ob es meine eigenen sind. Ich bin bei meinen Großeltern aufgewachsen", sagte er, und mit jedem Satz, den er formulierte, purzelten neue Erinnerungsfetzen aus dem Dunkel des Vergessens hervor. "Ich bin das Resultat eines Fronturlaubs", begann er zögerlich und erzählte, dass auch seine Mutter im April 45 ums Leben gekommen und er deshalb bei ihren Eltern aufgewachsen war. Im Grunde genommen lebte er noch heute dort, denn sein Haus gehörte einst den Eltern seiner Mutter. Frank berichtete von den Nachkriegswirren, sofern er sich schemenhaft an sie erinnern konnte, und auch darüber, immer genug zu essen gehabt zu haben. Die Großeltern waren nette Leute, aber insgesamt sehr melancholisch. "Wenigstens du bist übriggeblieben, haben sie manchmal gesagt", erinnerte sich Frank, denn neben seiner Mutter waren auch die beiden Söhne, seine unbekannten Onkel, im Krieg ums Leben gekommen. Vielleicht war das der Grund, warum die Großmutter sich so rührend um ihn gekümmert habe, während der Großvater das Wichtigste – Essen und Brennholz – heranschaffte, mutmaßte er. Dieser Gedanke brachte etwas nach oben, an das Frank seit der Kindheit nie wieder gedacht hatte. "Manchmal gab es Dachhasen", sagte er plötzlich, hielt kurz inne und musste schlucken. Augenblicklich kam ihm in den Sinn, das könnte der Grund sein, warum er kein Kaninchen mochte. In der Bratpfanne waren die kopflosen Körper kaum von denen eines Dachhasen zu unterscheiden. Schlagartig erinnerte er sich an den Katzenkopf, den er einmal im Hausmüll gefunden hatte. Auch Großvaters Nierenwärmer – ein längliches Stück schwarz grau getigertes Fell, welches durch eine Gürtelschnalle am Bauch zusammengehalten wurde, und das der Alte im Winter unter dem Hemd trug – sah er vor seinem inneren Auge wieder.

Frank war nicht unzufrieden, als er die Praxis von Frau Lerch verließ. Es war zwar noch nicht ausgeschlossen, dass er verrückt war, aber eine erste Spur gefunden, die seine Reaktionen und Wahnvorstellungen erklärten. So jedenfalls sah er die Sache, obwohl es nicht erklärte, warum der Kater nur zu ihm bösartig war. Viele andere Verhaltensweisen Millis erklärte es auch nicht, aber Frank war sich fast sicher, alles ging von ihm aus. Deshalb nahm er sich vor, mit dem Kater nachsichtiger zu sein. Insgeheim freute er sich schon auf den Termin in zwei Wochen. Es würde der letzte in diesem Jahr sein, was Frank sehr bedauerte. Genau wie die Tatsache, sich nicht mit Patricia darüber unterhalten zu können, aber das nahm er für ihr gemeinsames Glück in Kauf.

Wie immer erwartete ihn Milli im Flur. "Na Sportsfreund, wie geht's?", sagte Frank gutgelaunt und kraulte den Kater am Kopf. "Ist mein Frauchen in der Küche?", fragte er den Vierbeiner, der daraufhin Abstand nahm und ihn grimmig anschaute. "Ich meine natürlich unser Frauchen", korrigierte er immer noch gutgelaunt und sah während zweier Wimpernschläge ein Glas eingewecktes Fleisch von Oma vor sich. Irritiert kniff er die Augen nochmals zusammen, doch das Bild erschien ihm nicht mehr. 'Das ist der Nachteil der heutigen Sitzung. Sie wirkt nach', dachte er und schämte sich fast wegen des Gedankens, der ihn überfallen hatte. 'Dachhase Milli in Aspik.' Genau in dem Moment machte sich der Kater auf den Weg in die Küche. Frank folgte ihm und fragte sich unterwegs, ob Milli telepathische Fähigkeiten besaß. 'Alles nur Zufall', war die beste Antwort, die er sich geben konnte.

Am Donnerstag zwei Wochen später kaufte Frank den Weihnachtsbaum bevor er zur Praxis von Frau Lerch fuhr, holte ihn allerdings erst nach der Sitzung ab. Die Psychologin hatte weiter in seiner Kindheit gestöbert und Frank irgendwie das Gefühl, seine Großeltern wären an seinem jetzigen Dilemma Schuld. Das hatte Frau Lerch zwar nicht gesagt, aber ihre wiederkehrenden Fragen deuteten genau das an. "Wie hat ihr Großvater reagiert?" oder "Was hat ihre Großmutter dazu gesagt?", waren für ihn eindeutige Indikatoren, obwohl er seine Kindheit immer als schön und glücklich empfunden hatte. Andererseits war das Kapitel noch nicht abgeschlossen, weshalb er sich vornahm, im neuen Jahr für eine

Richtigstellung zu sorgen. Immerhin hatte ihm sein Opa die Grundlagen des Zeichnens beigebracht und Oma ihm viel über die Liebe erzählt, als er ins richtige Alter gekommen war. Aber auch diese Erinnerung war ihm erst heute wieder deutlich ins Bewusstsein gekommen, was die Sitzung zu etwas Positivem machte.

Diesmal fuhr Frank nicht direkt in die Garage, sondern hinters Haus, um die üppige Blautanne in den Schuppen zu stellen. In den nächsten Tagen musste er den Stamm am Fuß etwas anspitzen, damit er in den Weihnachtsbaumständer passte. Als er den Schuppen wieder verließ, saß der Kater nicht wie erwartet am Fenster. Zwar hantierten Patricia und Claudia in der Küche, doch Milli konnte auch auf dem Fußboden stehen und zu ihnen nach oben schauen. Frank maß der Angelegenheit keine Bedeutung bei, lief die wenigen Meter bis zum Auto und setzte sich hinters Steuer. Er ließ gerade den Motor an, als ihm ein unangenehmer Geruch in die Nase stieg. "Was ist denn das?", sagte er angewidert und öffnete ein Stück das Fenster. In dem Moment sah er auch den Kater auf der Fensterbank in der Küche sitzen. Milli schaute zu ihm. Alles war wie immer, und Franks erster Gedanke galt der alten Decke, die er zum Schutz der Polster vor dem Baumharz und den Nadeln auf der Sitzbank ausgelegt hatte. Während der Fahrt ragte die Baumspitze aus dem Fenster hinter ihm, und vielleicht hatten die frische Luft sowie der Sog des geöffneten Fensters ihn vor Schlimmerem bewahrt. In der Garage wollte er die Spurensuche nicht beginnen, deshalb stieg er wieder aus, öffnete die hintere Tür und nahm die Decke heraus. Er schüttelte sie kräftig aus und hielt sie vors Scheinwerferlicht. Auf ihr war nichts zu sehen. Deshalb rollte er sie zusammen und legte sie in den Kofferraum. Dann schloss er die hintere Tür und stieg abermals ein. Es roch nicht mehr so stark wie noch eben, dauerte aber auch nicht lange, bis ihm der neuerliche Gestank einen Würgereiz bescherte. Im letzten Moment gelang es Frank, das Auto zu verlassen, dann übergab er sich auf der Wiese.

Endlich öffnete Patricia das Fenster. "Was ist denn mit dir los?"

"Alles wieder gut", japste Frank und spuckte noch einmal aus. "Ich musste von dem Gestank im Auto kotzen."

"Was für Gestank?"

"Keine Ahnung."

"Soll ich es in die Garage fahren", bot Patricia an.

Frank schüttelte den Kopf. "Es geht schon wieder", meinte er und drehte sich zum Einsteigen um.

"Wie siehst du denn aus?", rief Patricia.

"Was meinst du?"

"Na deinen Mantel."

"Was soll mit meinem Mantel sein?"

"Du hast dich in irgendwas reingesetzt."

"Hä." Frank versuchte, auf sein Gesäß zu gucken und verbog sich regelrecht. Automatisch strich er mit einer Hand über sein Hinterteil. "Igitt, was ist denn das?", sagte er angewidert und schaute auf seine Hand. "Wo kommt denn die Scheiße her?", entwich ihm. Er zog sofort den Mantel aus. Der breitgedrückte braune, feuchte Kothaufen spiegelte sich in seinem Gesichtsausdruck wider. Sofort nahm er den Autositz in Augenschein. "Welcher Idiot hat mir den Haufen auf den Sitz gelegt?", ereiferte er sich. "Die Scheiße geht doch nie wieder aus dem Polster raus", tobte er.

"Ich komme raus", rief Patricia. Kurz darauf stand sie neben ihrem Mann und betrachtete die Schweinerei. "Das muss ein großer Haufen gewesen sein. Hast du das nicht gemerkt, als du dich ins Auto gesetzt hast?"

"Dann hätte ich mich wohl kaum reingesetzt", erwiderte Frank gereizt.

"Hast du beim Einladen des Baums die Fahrertür offengelassen?"

"Woher soll ich das wissen? Vielleicht. Aber so wie das stinkt, wäre mir das unterwegs bestimmt aufgefallen. Das kann bloß dein Kater gemacht haben, als ich im Schuppen war."

"Milli? Der war die ganze Zeit bei uns in der Küche. Außerdem ist das keine Katzenkacke. Dafür ist es viel zu viel. Wer weiß, wo du mit deinen Gedanken schon wieder gewesen bist?"

"Was soll das denn heißen?", echauffierte sich Frank.

"Was schon? Wenn du vor dich her träumst, bekommst du doch um dich herum nichts mehr mit. Den Beweis riechen und sehen wir doch gerade. Das muss mindestens ein mittelgroßer Hund gewesen sein. Wie kann man so was nicht mitbekommen? Wenn du wenigstens dazu stehen würdest, aber dann auch noch den armen unschuldigen Kater zu verdächtigen, ist wirklich das Letzte", schrie ihn Patricia fast an und begann plötzlich zu weinen. "Warum machst du das?", schluchzte sie.

"Es tut mir leid. Es war nicht so gemeint", meinte Frank kleinlaut und umarmte seine Frau.

"Dann sag es auch nicht. Du weißt, dass mich das ärgert. Milli hat uns die ganze Zeit zugeguckt, wie wir die Weihnachtssterne gebacken haben." Die Enttäuschung darüber, dass Frank überhaupt in Erwägung gezogen hatte, Milli könnte der Übeltäter sein, war ihrer Stimme immer noch deutlich anzuhören. Trotzdem schlug sie vor, den Sitz sofort gemeinsam zu reinigen. "Noch ist es frisch. Wenn's erst richtig eingetrocknet ist, bekommen wir es garantiert nicht mehr raus."

"Du hast wie immer recht", meinte Frank und erntete ein zaghaftes Lächeln seiner Frau.

Eine viertel Stunde später fuhr er den Wagen in die Garage. Der Fahrersitz war zwar nass, und das endgültige Resultat erst zu erkennen, wenn er getrocknet wäre, doch das meiste schien Patricia wegbekommen zu haben. Trotzdem beschloss Frank, seine Tochter heimlich zu fragen, ob der Kater wirklich die ganze Zeit über in der Küche gewesen war. Das seine Frau geweint hatte, tat ihm leid, aber das eine hatte nichts mit dem anderen zu tun. Auch wenn er sich vorgenommen hatte, dem Kater gegenüber freundlicher eingestellt zu sein, es gab einen guten Grund, warum er den Vorsatz nicht in die Tat umsetzen konnte. "Nach zwei Sitzungen ist man noch nicht so weit. So was muss wachsen", murmelte er und wagte nicht, sich vorzustellen, was passiert wäre, falls er den Kater auf frischer Tat erwischt hätte. Fest stand nur, es wäre böse ausgegangen, aber vielleicht wollte das Drecksviech genau das, um den Keil zwischen ihm und Patricia tiefer denn je zu rammen.

Trotzdem musste Frank einräumen, der Kothaufen war zu groß, als das Milli ihn gemacht haben könnte. Das bedeutete aber nicht, dass der Kater unschuldig war. 'Die Töle unseres Nachbarn hätte genau das richtige Format', sinnierte er und stellte sich vor, wie der Kater das Projekt 'Scheißhaufen' – so betitelte er es in seinen Überlegungen – umgesetzt haben könnte. Dabei kam ihm ein wichtiges Gegenargument in den Sinn. Patricia schwor immer auf den hervorragenden Geruchssinn des Katers. Das rief bei Frank die eigenen Beobachtungen zutage. 'Vielleicht betrifft dieser hervorragende Geruchssinn nur sein Futter', dachte er und das wiederum ließ eine Vielzahl von Bildern in ihm ablaufen. Milli, der das Schinkenstückchen von gestern verschmähte, weil frischer Schinken auf Patricias Teller lag oder der angewidert das Gesicht abwandte, wenn Frauchen ihn nicht vom edelsten Stück des Fischs etwas abschnitt und herunterreichte. 'Das Drecksviech ist einfach nur verwöhnt', resümierte Frank, aber das bewies leider nur: Der Kater hatte guten Geschmack. Dessen ungeachtet blitzte in Frank eine Idee auf. "Ich glaube jetzt weiß ich, wonach ich suchen muss", flüsterte er und griff sich die Taschenlampe vom Regal. Dann verließ er die Garage und leuchtete den Weg ab, der ums Haus führte. Ganz langsam lief er zum Schuppen und hatte die Hoffnung fast aufgegeben, als er ein Stück Plastikfolie fand. Es war deutlich zu erkennen, was in ihr transportiert worden war. Als Frank die Folie aufhob und an seine Nase hielt, war er sich ganz sicher. Irgendwie musste es der Kater geschafft haben, den Nachbarshund auf die Folie kacken zu lassen. Diese hatte er dann, mit dem Maul an den vier Ecken zusammenhaltend, irgendwo außerhalb des Hauses gebunkert und auf sein Erscheinen gewartet. Noch war Frank unklar, wie sich der Kater die Folie besorgt haben könnte, aber da das Monster jederzeit das Haus verlassen und draußen herumschleichen konnte, lag die Vermutung nahe, dass er sie im Müll gefunden hatte.

Frank betrachtete die Ecken der Folie genau. "Die kleinen Löcher sind die Bissspuren vom Tragen, durch die Klappe in der Haustür kam er rein und raus und ansonsten gibt es kein besseres Alibi, als zwei backende Weiber", murmelte er. Ein bisschen schämte sich Frank für den letzten Satz, denn die beiden backenden Weiber liebte er, doch das Leben war hart und die Wahrheit oft unangenehm. Nach Patricias Tränen stand auch fest, die Beweiskette musste er für sich behalten. Niemand würde ihm glauben, und wenn Frank ehrlich mit sich war, früher nicht einmal er selbst.

Doch dann kam ihm ein Gedanke, der ihn erstarren ließ. War das alles real oder hatte er während der Fahrt nach Hause einen schweren Unfall erlitten und sein Hirn schützte gerade seinen sterbenden Körper? 'Wie kann ich das feststellen?', fragte er sich und betrachtete mit weit aufgerissenen Augen die Folie, die er noch immer in den Händen hielt. Dann schaute er ruckartig in Richtung der Stelle, wo er sich übergeben hatte. Plötzlich lief er dorthin, bückte sich und machte ohne jeglichen

Ekel einige Brocken auf die Folie. Nebenbei sah er zum Küchenfenster. Patricia und Claudia waren noch mit dem Weihnachtsgebäck beschäftigt und der Kater beobachtete aufmerksam, was er gerade tat. Dabei zuckte das Scheusal abwechselnd mit den Ohren. Erst rechts, dann links und wieder rechts. "Verhöhn mich ruhig, du Satan", flüsterte Frank, machte ein Säckchen aus der Folie und drehte es oben zu. Dann rannte er schnurstracks zur Garage zurück und versteckte das eklige Beweismittel seiner Zurechnungsfähigkeit in einem der Schubkästen des Wandregals. Zwar kam ein leiser Zweifel in ihm auf, ob die Methode wirksam sei, aber darüber konnte er sich später immer noch mit der Psychologin unterhalten. "Es sei denn …" Frank stockte. Zum ersten Mal schoss die Frage durch seinen Kopf, ob dieses Leben überhaupt real oder nur ein Traum sein könnte. Patricia, Patrick und Claudia, Herr Koschnewski und Frau Lerch, selbst Milli und die Nachbarstöle würden dann nur Produkte seiner Vorstellung sein, ganz egal, ob diese Vorstellung irre oder ein selbstgefälliger Schutzmechanismus eines idealisierten Lebens wäre. 'Darüber kann ich mir später immer noch Gedanken machen', verdrängte er die Frage über Sein und Nichtsein, schaute sich seine Hände an und roch kurz an ihnen. "Igitt", sagte er angeekelt, ging sich in der Gästetoilette die Hände waschen und anschließend in die Küche.

Dort roch es herrlich. Er stibitzte sich erst einen abgekühlten Weihnachtsstern, gab dann Patricia und Claudia, die natürlich wegen seines kecken Raubes protestierten, einen Kuss auf die Wangen und setzte sich an den Tisch. Zuerst biss er die Ecken des Sterns ab und genoss die Erinnerung an seine Oma. Patricia hatte sie noch kennengelernt und das Rezept von ihr bekommen. Das aufkommende Glücksgefühl verriet ihm, am Leben zu sein. Der Blick zum Kater, der immer noch auf der Fensterbank saß, aber nicht mehr nach draußen, sondern zu ihm schaute, vermochte nicht, es zu zerstören. 'Grins ruhig', dachte er und schob sich den rundgeknabberten Mittelteil des Kekses mit der Mandel in den Mund. Genau wie er es als Kind getan hatte.

Das Gefühl tat ihm gut und half, die existenzielle Frage zu beantworten. Verträumt schaute er seiner Frau und seiner Tochter beim Ausrollen und Ausstechen der Teigmasse zu. Patricias Erkundigung, ob der Weihnachtsstern wenigstens schmecke, quittierte er mit der Auskunft, das Gebäck wäre perfekt, weil es geschmacklich haargenau wie das von Oma war. Er erntete das Lächeln Patricias, die sich kurz zu ihm umschaute. "Du könntest uns aber auch helfen und nicht bloß naschen", monierte Claudia. Schmunzelnd, und dabei nach einem zweiten Stück greifend, meinte er: "Wenn du wüsstest, wo ich gerade meine Hände hatte, würdest du das nicht sagen." Ein langgezogenes Iiiii seiner Tochter sorgte dafür, sitzenbleiben zu können. Dafür musste er Patricias kurzen, aber vorwurfsvollen Blick in Kauf nehmen. Nichts war umsonst. Das galt auch für die Erkenntnis, die sich – einer Erleuchtung gleich – in ihm auftat.

'Mehr Realität geht nicht, auch wenn sie nur ein Traum ist', dachte er und diskutierte stumm mit sich selbst darüber, ob es dann noch einen Unterschied zwischen Traum und Wirklichkeit gäbe. Seine Antwort lautete: Nein! 'Wenn der Traum real und die Realität geträumt sein kann, dann ist es egal, wo ich mich befinde. Alles ist das Gleiche', resümierte er, griff sich einen dritten Keks und beendete seinen kurzen philosophischen Diskurs. "Ich denke, also bin ich. Basta!", sagte er, stand auf und ging zu Patricia. Er umfasst von hinten ihre Taille und küsste sie am Hals.

"Was wird das denn gerade?", fragte sie schmunzelnd.

"Siehst du doch. Papa hat seine fünf Minuten", meinte Claudia.

"Heute könnten es auch zehn werden", raunte er seiner Frau ins Ohr.

"Klingt gut", sagte Patricia leise und drückte ihm wie nebenbei ein Küsschen auf die Lippen. Dann sah sie zu Claudia. "Was ist denn?"

"Voll eklig, wenn alte Leute rumknutschen", meinte sie und knetete die Teigmasse aus Verlegenheit weiter.

"Nun übertreib mal nicht. Deine Mama sieht doch toll aus."

"Ja, aber trotzdem ist sie schon 40", moserte die Jugendliche.

"Das ist doch kein Alter", sagte Frank und gab seiner Frau einen Klaps auf den Po. "Süßer Hintern."

"Ist das peinlich", war Claudias genervte Reaktion.

"Deiner auch", sagte Frank lachend und gab auch ihr einen Klaps.

"Am besten gehst du noch ein bisschen malen und lässt uns hier ungestört weiterarbeiten", schlug Patricia vor.

"Gute Idee, mein Schatz." Frank verließ die Küche und im Moment war es ihm egal, dass der Kater jeden seiner Schritte aufmerksam verfolgte. Der heutige Nachmittag mit all seinen Erkenntnissen hatte ihn auch inspiriert, und in Gedanken sah er bereits mehrere neue Werke vor sich. Er musste nur einige Skizzen anfertigen, um die Ideen festzuhalten.

Nachts im Bett erfuhr er von Patricia noch eine interessante Neuigkeit. Nach ihrem Liebesspiel, währenddessen der Kater sich auf die Fensterbank verzogen hatte, vertraute ihm seine Frau an, von Claudia erfahren zu haben, dass Patrick eine Freundin habe. "Sie hat sich verplappert, und ich musste ihr versprechen, es für mich zu behalten", meinte sie leise, als sie sich bei Frank angekuschelt hatte. Zu diesem Zeitpunkt lümmelte der Kater bereits wieder am Fußende und stellte sich dösend. Auch wenn Frank nicht sehen konnte, wie das Monster ein Ohr in ihre Richtung stellte, so war er sich trotzdem sicher, von ihm belauscht zu werden. "Sie ist eine Klassenstufe unter ihm und heißt Kerstin. Claudia meint, sie ist nett", erzählte Patricia leise. Frank hörte zu, und ein Gedanke wischte den letzten Zweifel weg. 'Das Leben ist so real und die Kinder sind bald keine Kinder mehr', dachte er und küsste Patricia auf die Stirn. "Nicht mehr lange, und sie sind aus dem Haus. Ich fühle mich noch total jung", meinte er leise, drehte sich auf die Seite und zog seine Frau liebevoll an sich. "Manchmal hab ich das Gefühl, die ersten 18 Jahre dauern genauso lange wie der Rest des Lebens. Erst kann man es nicht erwarten volljährig zu werden und auf einmal wird alles immer schneller. Das Leben rauscht regelrecht an einem vorbei", flüsterte er.

"Dann lass es uns kurz anhalten", hauchte Patricia und begann von Neuem mit ihrem Liebesspiel. Drei Minuten später verzog sich der Kater wieder auf die Fensterbank.

Am nächsten Morgen ging Frank in die Garage. Erst kontrollierte er den Fahrersitz und stellte dabei zufrieden fest, es war kaum noch etwas zu sehen. 'Den Rand sieht man nur, wenn man es weiß', dachte er und tat dann das, weswegen er hergekommen war. Er nahm das Säckchen aus dem Schubkasten, betrachtete es angewidert und brachte es zur Mülltonne. Das Beweisstück war unnötig geworden, zumal es nur ihm bewies, doch normal zu sein. Trotzdem sann er auf Rache, hatte aber keine Idee, wie er es dem Kater heimzahlen konnte. Wobei Frank einräumte, die letzte Nacht mit Patricia sowie seine bewusstseinserweiternde Erkenntnis wären schon Rache genug. Immerhin hatte der fiese Kater nicht das erreicht, was er beabsichtigt hatte. Wobei die neue Art der Kriegsführung unübersehbar war. "Und das zur Weihnachtszeit", murmelte Frank und ging wieder ins Haus.

Eine weitere Bestätigung bot sich ihm, als er den Fuß des Weihnachtsbaums bearbeitete. Zu diesem Zeitpunkt war der Kater im Garten. Auf den ersten Blick sah es so aus, als verrichtete Milli nur seine Notdurft. Das tat er an einer der drei Stellen, die er bereits vor Jahren dafür auserkoren hatte, und weswegen die Katzentoilette, die Patricia einst im Haus aufgestellt hatte, nur selten vom Kater genutzt wurde. "Die nimmt er nur, wenn es regnet", hatte sie einmal gesagt. "Es ist ein ganz besonderer Kater", war ihr nächster Satz gewesen. Aber das war noch im ersten Leben des Monsters. Trotzdem hallte der Satz in Frank bis heute nach, zumal den besonderen Kater irgendetwas bewogen haben musste, am Schuppen vorbeizuschauen und neugierig den Kopf hereinzustecken. Frank hatte es nur mitbekommen, weil die Schuppentür leicht knarzte. Der Kater hatte die angelehnte Tür mit der Pfote von außen ein Stück aufgezogen und glotzte jetzt hinein.

"Was willst du denn hier?", fragte Frank. Eine Antwort blieb aus, aber der Blick des Katers machte sie auch überflüssig. Selbstsicher sah er Frank an, zog dann den Kopf zurück, um ihn wenige Sekunden später erneut durch den geöffneten Türspalt zu stecken. "Komm ruhig rein, Freundchen", sagte Frank leise und sah zur Axt, die wie immer im Hackglotz steckte. Er hatte die panische Reaktion des Katers hinter dem Küchenfenster noch in lebhafter Erinnerung. Der Kater scheinbar nicht, denn er rannte nicht weg, sondern blickte äußerlich gefasst erst zum Hackglotz, anschließend wieder zu Frank und begann mit seinen fauchenden Gesten, ohne dabei einen Laut von sich zu geben.

"Na komm schon, du Schisser", murmelte Frank, zog sicherheitshalber die Axt aus dem Holz und richtete sie gegen den Kater. Doch der schien davon unbeeindruckt zu bleiben, wich keinen Millimeter zurück, sondern fletschte nur stumm die Zähne. Plötzlich setzte er einen Fuß in den Schuppen. Er schien Frank dazu bringen zu wollen, die Axt in seine Richtung zu schleudern. "Weiter, weiter, du kleiner mieser Scheißer", sagte Frank leise und spürte, wie sich seine Nackenhärchen aufrichteten. Gleichzeitig nahm er langsam die Wurfposition ein, als ihm ein Gedanke durch den Kopf schoss. 'Wohin mit der Leiche, wenn ich ihn treffe, und was sage ich Patricia, wenn er nur verletzt und blutend ins Haus rennt?', dachte er.

Der Moment rettete wahrscheinlich seine Ehe, denn plötzlich wurde der Kater hochgehoben und entschwand damit auch für wenige Sekunden Franks Blick. Genug Zeit, um mit der Axt in die Hocke zu gehen, und mit einem ersten Schlag die Rinde am Fuß des Weihnachtsbaums zu entfernen. "Ich wollte nur nachsehen, wie weit du schon bist", sagte Patricia, als sie den Schuppen mit dem Kater im Arm betrat. "Wolltest du dem Papa helfen, mein Süßer", säuselte sie und streichelte liebevoll über den Rücken des Hinterhältigen. "Wie lange brauchst du noch? Ich habe den Baumschmuck schon bereitgestellt und die Kinder warten. Du weißt doch, nachher kommen meine Eltern", sagte sie.

"In zehn Minuten bin ich fertig. Es ist ja nicht mehr viel zu machen."

"Du hast aber gerade erst angefangen und bist schon 20 Minuten hier", entgegnete Patricia und ging zurück zur Schuppentür. "Beeil dich, wir haben noch viel zu tun", ermahnte sie ihn und verließ den Schauplatz.

'So ein gerissenes Mistvieh', dachte er, schlug die Rinde vom Fuß des Baumes ab und schnitzte das Ende des Stamms leicht konisch, damit es in den Ständer passte. 'Das hätte ein Mordstheater gegeben, wenn ich die Axt gegen das Drecksviech geschleudert hätte, ganz egal, ob ich ihn getroffen hätte oder nicht', dachte er, und fand es vom Kater unverantwortlich, sogar Patricia in Gefahr gebracht zu haben. "Immerhin hätte ich sie treffen können", murmelte er. Wobei das bedeutete, die Axt mit extrem viel Wucht zu schleudern, damit sie die Bretterwand des Schuppens durchschlagen konnte. Das war zwar unwahrscheinlich, aber nicht unmöglich. "Deswegen hat er nochmal den Kopf rausgezogen. Er wollte nur wissen, wo sie gerade ist und wie viel Zeit er noch hat, um mich mit seiner Provokation in die Falle zu locken", sagte Frank nachdenklich. Das hieß, ab jetzt noch mehr auf der Hut sein zu müssen. 'Der Dreckskerl hat die Spielregeln geändert', lautete Franks neuer Lagebericht. Doch das, was gerade passiert war, brachte ihn auch auf eine Idee. "Ich schlag dich mit deinen Waffen. Warts ab, du Spitzbube!" Der Satz zauberte wieder ein Lächeln auf sein Gesicht. Ihm war klar, für die Umsetzung der Idee konnte er sich etwas Zeit lassen. Während der Weihnachtsfeiertage waren schließlich seine Schwiegereltern hier. Das minderte die Möglichkeiten des Katers, sich unbeobachtet aus dem Staub machen zu können, um neue hinterhältige Attacken gegen ihn zu starten.

Kerstin

Franks Rechnung ging auf. Milli präsentierte sich allen als Schmusekater, schnurrte bei jedem, der ihn streichelte und brachte es sogar fertig, seinen Kopf eine Stunde auf Franks Oberschenkel zu legen. Das war am ersten Weihnachtsfeiertag. Während der Zeit hantierte Patricia in der Küche und jedes Mal, wenn sie ins Wohnzimmer kam, belohnte sie Frank mit einem Lächeln, was ihn wiederum dazu nötigte, dem orangeroten Strategen ausdauernd den Kopf zu kraulen. 'Dein Spiel kann ich auch', dachte er und schielte gelegentlich in die Runde der Anwesenden. "Er ist so ein anhänglicher, liebenswerter Bursche", meinte seine Schwiegermutter und bot Patricia ihre Hilfe in der Küche an, was diese zwar ablehnte, aber sie einen vorwurfsvollen Blick in Richtung der Kinder werfen ließ. "Ich helfe dir, Mama", sagte Patrick und verließ mit ihr zusammen das Wohnzimmer.

Erst viel später im Bett erfuhr Frank, was den Eifer seines Sohnes bewirkt hatte. "Er hat mir von Kerstin erzählt", meinte Patricia zufrieden, als sie sich bei ihm angekuschelt hatte.

"Wieso erfahre ich so was *immer* als Letzter?"

"Wie kommst du denn darauf? Du weißt es doch schon seit einer Woche."

"Aber nur, weil sich Claudia verplappert hat. Offiziell weiß ich von nichts."

"Sei trotzdem überrascht, wenn er's dir morgen erzählt", sagte Patricia.

"Meinetwegen. Aber warum erzählt er's mir morgen?"

"Warum wohl? Die Ferientage sind lang, wenn man jung und frisch verliebt ist. Sie können sich gerade nicht sehen, zumal Weihnachten ist und meine Eltern da sind."

"Na und. Was hat das damit zu tun, dass ich von nichts weiß?"

"Was wohl? Er will sie hierher einladen, und sie soll Silvester hier übernachten. Er hat sich schon mal Verbündete gesucht", meinte Patricia.

"Verbündete wofür? Heißt das, er denkt, ich erlaube das nicht, und deswegen muss er sich bei dir Rückendeckung holen?"

"Sieht ja fast so aus, als ob er damit ins Schwarze getroffen hat", hauchte Patricia Frank ins Ohr und drückte ihm einen Kuss auf die Wange. "Weißt du noch, wie lange wir uns kannten, bis ich dich meinen Eltern vorgestellt habe?", hakte sie nach.

"Als ob es gestern wäre."

"Dann weißt du ja, wie es Patrick und Kerstin geht."

"Das waren doch ganz andere Zeiten. Außerdem hat meine

Oma fast vom ersten Tag an gewusst, dass es dich gibt", entgegnete Frank.

"Ach ja, Oma weiß es auch schon."

"Das kann doch alles nicht wahr sein. Außer mir weiß es scheinbar jeder in der Familie. Ist Milli auch schon in das große Geheimnis eingeweiht?"

"Jetzt übertreibst du aber. Wir sind alle neugierig, Kerstin kennenzulernen. Bis auf Claudia kennt sie keiner. So viel haben wir dir also nicht voraus. Bist du einverstanden, dass sie kommt?"

"Mir bleibt ja nichts anderes übrig, um nicht als Spielverderber dazustehen. Na klar kann sie kommen. Trotzdem habt ihr das geschickt hinter meinem Rücken eingefädelt."

"So 'n Quatsch." Patricia küsste ihn liebevoll, und der Kater verzog sich wenig später auf die Fensterbank.

Am Morgen beim Frühstück spielten alle ihre Rollen perfekt. Sie saßen zu sechst am Tisch, als Patrick verstohlen zu seiner Mutter blickte, die ihn mit einem unauffälligen Nicken zu verstehen gab, dass der Moment bestens geeignet wäre. "Ich habe noch eine Neuigkeit für euch", sagte er zu allen, schaute aber nur seinen Vater an. "Schieß los!", entgegnete dieser. "Ich habe eine Freundin. Sie heißt Kerstin. Wenn ihr nichts dagegen habt, würde ich sie euch gern vorstellen und zu uns einladen", sagte Patrick und war froh, es endlich hinter sich gebracht zu haben. "Was sollen wir dagegen haben?", erwiderte Patricia und sah Frank an. "Du bist doch bestimmt auch neugierig, seine Freundin kennenzulernen?"

"Auf jeden Fall. Wie lange kennst du sie denn schon?"

"Das kann ich nicht so genau sagen. Sie geht in meine Schule", antwortete Patrick.

"Dann hättest du uns aber schon von ihrer Existenz erzählen können", meinte Frank.

"Naja, ich wusste nicht …", eierte Patrick herum, aber seine Mutter half ihm sofort aus der Bredouille. "Wann kommt sie?", erkundigte sie sich, wartete einen Augenblick, um dann selbst vorzuschlagen, dass heute der geeignetste Tag wäre. Schließlich seien Oma und Opa da. Die beiden Alten nickten zustimmend.

"Aber heute ist der zweite Weihnachtsfeiertag. Was wird ihre Familie sagen?", entgegnete Frank. Automatisch kniff er die Augenbrauen zusammen.

"Das ist bestimmt kein Problem", meinte Patrick euphorisch und schlug vor, bei Kerstin anzurufen.

Niemand hatte etwas dagegen, aber Frank fühlte sich von Patricia trotzdem hinters Licht geführt, als er hörte, wie sein Sohn am Telefon im Wohnzimmer sagte, es gehe alles klar und sie solle gegen Mittag hier sein. "Es geht also alles klar", meinte er zu Patricia, die nur mit einem entschuldigenden Augenaufschlag reagierte. "Das erkläre ich dir später", raunte sie ihm zufrieden zu.

Glücklich kam Patrick zurück in die Küche. "Sie kommt", sagte er nur und beendete sein Frühstück. "Ich muss noch aufräumen", erklärte er und ging nach oben in sein Zimmer.

"Ihr wusstet es alle", meinte Frank gelassen, als sein Sohn die Küche verlassen hatte. Einen kurzen Moment herrschte Stille.

"Das ist meine Schuld. Ich hab mich bei Mama verplappert", sagte Claudia schuldbewusst und spielte den Ball damit zu ihrer Mutter.

"Niemand ist hier an irgendetwas Schuld. Es ergab sich einfach so. Das Mädel hat gerade ein paar Probleme für die sie nichts kann. Ihre Eltern lassen sich scheiden und es geht bei ihr drunter und drüber. Das nimmt sie ziemlich mit", übernahm Patricia das Gespräch und klärte alle über das auf, was Patrick ihr erzählt hatte.

"Das hättest du mir aber schon gestern sagen können", meinte Frank.

"Hätte es was geändert?"

"Natürlich nicht."

"Na also. Ich möchte euch bloß bitten, Kerstin nicht darauf anzusprechen", meinte sie abschließend und begann, den Tisch abzuräumen. Darauf hatte auch der Kater gewartet, der sofort in freudiger Erwartung der ersten Fütterung mauzte und nicht mehr von Patricias Seite wich. "Hab ich dich ganz vergessen, mein Süßer", sagte sie, nahm Milli auf den Arm und sorgte mit einigen Streicheleinheiten für Wiedergutmachung.

Gegen Mittag stieg die Spannung. Patrick hatte bereits vor geraumer Zeit das Haus verlassen, um seine Freundin an der Bushaltestelle in Empfang zu nehmen. Währenddessen überspielten die Frauen der Familie ihre Neugier in der Küche und bereiteten alles fürs Mittagessen vor. Claudia half bei der Vorbereitung mit. Es sollte Gänsebraten mit Rotkohl und Kartoffelklößen geben. Frank saß mit seinem Schwiegervater am Küchentisch. Sie tranken den Traditionsgrog, den es jedes Jahr während der Vorbereitung des Festmahls gab. Auch Patricia und ihre Mutter hatten sich Grog eingießen lassen und nippten zwischendurch an ihren Gläsern. Dabei herrschte ein dominierendes Thema vor: Kerstin. "Erzähl doch mal was über sie und lass dir nicht jedes Wort aus der Nase ziehen. Du kennst sie schließlich", hatte sich Claudia mehrfach anhören müssen und reagierte inzwischen leicht genervt. "Ihr seht sie doch gleich. Sie ist schon okay", wehrte sie augenrollend ab und pellte die gekochten Kartoffeln weiter. Den ganzen Trubel hatte Milli genutzt und die eine oder andere Leckerei ergaunert. Selbst Frank hätte seine Hand dafür ins Feuer gelegt, dass der Kater die ganze Zeit über bei ihnen in der Küche gewesen war.

Ein ungutes Gefühl beschlich ihn, als er oben auf die Toilette ging. Er betrat das Schlafzimmer und von da aus das

Bad. Alles war an seinem Platz, aber trotzdem schien etwas anders zu sein. 'Hat sie heute saubergemacht?', fragte er sich und fand das völlig unnötig. Niemand betrat ihr Schlafzimmer oder das Bad. Erst an der Toilette wurde ihm die Veränderung bewusst. Der Deckel des WCs war unten. Gerade Patricia achtete peinlich genau darauf, dass er immer offen war. Tagsüber war das zwar kein Drama, da verließ der Kater, wenn es nicht regnete, das Haus meist durch die für ihn eingebaute Katzenklappe an der Haustür oder benutzte die Katzentoilette im Flur; aber nachts hockte er über ihrer Toilette. Das war auch der Grund, weshalb die Badezimmertür nie geschlossen wurde. Wobei Milli sie öffnen konnte. Dazu sprang er einfach an die Klinke und zog sie beim Fallen mit nach unten. Das knallende Geräusch des zurückspringenden Federmechanismus hatte sie einige Male aus dem Schlaf gerissen, weshalb die Tür seit zig Jahren offen stand. Nur einmal hatte Frank das Procedere des Katers miterleben dürfen. Damals war er mit Patricia abends gemeinsam in der Badewanne gewesen. Die Kinder waren noch klein und schliefen. Sie hatten ein Glas Sekt am Wannenrand abgestellt und ihre erotischen Wasserspielereien waren in vollem Gange, als sie durch den lauten Knall an der Tür unterbrochen wurden. Erst hatten sie mit Patrick gerechnet, der sie schlaftrunken gesucht haben könnte, doch dann hatte Milli die Tür geräuschlos einen Spaltbreit aufgestoßen und war hereingekommen. Mit großen Augen hatte er sie angeschaut, kurz gemauzt und sich dann umständlich, aber akrobatisch, auf der Toilettenbrille niedergelassen. Dann hatte der Kater hochkonzentriert die gegenüberliegende Wand angestarrt und nicht einmal zu ihnen gesehen. Patricia hatte Frank damals vorsichtig ein Zeichen gegeben, damit er sich still verhielt. Deutlich konnten sie hören, wie die Last des Katers ins Wasser geplumpst war. Das glückliche Strahlen in Patricias Augen hatte er noch so deutlich in Erinnerung, als wäre das alles erst gestern passiert. "Ich habe das heute auch zum ersten Mal gesehen", hatte sie gerührt gesagt, nachdem Milli das Bad wieder verlassen und es sich in ihrem Bett bequem gemacht hatte. Dann hatte Patricia ihm stolz anvertraut, dass sie zwar einige Male im Toilettenbecken das Resultat, aber den Kater selbst noch nie in Aktion gesehen habe. "Er ist wirklich ein ganz Schlauer. Eine bessere Wahl hätten wir nie treffen können", hatte sie zufrieden festgestellt, und Frank daraufhin nur gemeint, dass es perfekt wäre, wenn er das Häufchen noch runterspülen würde.

Aber daran dachte Frank gerade nicht, als er den Deckel zusammen mit der Toilettenbrille hochklappte und zu urinieren begann. Wie automatisch betätigte er die Spülung und ging zum Waschbecken. Erst beim Abtrocknen fiel ihm auf, der Fußboden war plötzlich nass. "So 'ne Scheiße", fluchte er leise und starrte auf die bis zum Rand gefüllte Toilette. Sofort warf er das Handtuch über die Pfütze und lief nach unten, um Scheuerlappen und einen Eimer zu holen. Genau in dem Moment, als er die Sachen beisammenhatte, klingelte es. 'Das kann doch alles nicht wahr sein', dachte er und beeilte sich, wieder nach oben zu kommen, bevor Patrick mit seiner Freundin im Flur stehen würde. Natürlich lief ihm Milli, gefolgt von seiner Frau, über den Weg. Die Klingel hatte eine magische Wirkung auf den Kater, der sich nie entgehen ließ, wer ins Haus kam. Wenn Frank es nicht besser gewusst hätte, würde er seine Hand dafür ins Feuer legen, den Kater grinsen gesehen zu haben. Doch das war ausgeschlossen. Hastig teilte er Patricia mit, was passiert war und eilte wieder nach oben.

Fünf Minuten später kam sie zu ihm ins Bad. "Wie kann denn die Toilette auf einmal verstopft sein? Heute Morgen hat sie doch noch einwandfrei funktioniert", meinte sie und sah Frank dabei vorwurfsvoll an.

"Woher soll ich das wissen? Es ist ja nichts weiter passiert.

Gott sei Dank ist der Boden gefliest und ich hab nur gepinkelt",
erwiderte Frank und schaute auf die immer noch gefüllte
Kloschüssel. Nicht ein Tropfen schien bisher abgelaufen zu
sein.

"Das Becken ist nur übergelaufen, weil du dich noch immer
nicht um die defekte Spülung gekümmert hast. Wie oft habe ich
dir in den letzten Wochen gesagt, wie lange es dauert, bis sie
ausgeht."

"Das hilft uns jetzt auch nicht weiter", antwortete Frank
gereizt.

"Geh erst mal runter und begrüß Kerstin! Um das hier
können wir uns später immer noch kümmern", schlug Patricia
versöhnlich vor.

"Hast ja recht." Frank ließ alles stehen und ging gemeinsam
mit seiner Frau nach unten.

Alle saßen im Wohnzimmer. Als er auf das Mädchen
zukam, wollte sie sich erheben, konnte es aber nicht. Milli hatte
sie bereits in Beschlag genommen und lümmelte auf ihrem
Schoß. Im Sitzen gab sie Frank die Hand. "Hallo, ich bin
Kerstin. Danke, dass ich so kurzfristig kommen durfte", sagte
sie schüchtern.

"Wir waren alle neugierig, dich endlich kennenzulernen",
erwiderte Frank, bevor er auch Platz nahm. Patricia setzte sich
neben ihn. "Wenn dich Milli stört, dann nehme ich ihn dir ab",
meinte sie zu Kerstin.

"Es ist schon okay. Milli ist richtig süß."

Patricia lächelte zufrieden und registrierte, wie das
Mädchen den Kater vorsichtig streichelte. "Am liebsten hat er
es, wenn er am Kopf gekrault wird. So ein Kater ist auch bloß
ein Mann. Das mochte Patrick als Kind auch am liebsten. Da
sind sie alle gleich, egal wie alt sie sind. Stimmt's?"
Schmunzelnd sah sie erst zu Frank und dann zu ihrem Sohn,
der einen roten Kopf bekommen hatte.

"Muss das sein, Mama?", brachte er nur etwas gepresst heraus.

Alle schienen von Patricks Reaktion amüsiert zu sein. Claudia stieß sogar gegen das Bein ihres Bruders. "Stimmt aber", gab sie zum Besten.

"Haha, woher willst denn du das wissen?"

Während des kleinen Disputs beobachtete Frank die Freundin seines Sohns. Sie erinnerte ihn unweigerlich an Patricia, was nicht nur ihren Äußerlichkeiten, sondern auch ihrer freundlichen Art geschuldet war. Dass Millis Reaktion auf das Mädchen, welches schon unübersehbar eine junge Frau war, seine Wahrnehmungen verstärkten, war ihm nicht bewusst. Sie hatte aber bewirkt, dass er Kerstin mit Patricia verglich und sie sofort in sein Herz schloss.

Patricias Worte, sie hole ein Fotoalbum, welches Patrick als Kind zeige, holten ihn aus dem kurzen Déjà-vu. "Während ihr euch die Bilder anseht, muss ich mit Papa noch schnell was erledigen", sagte sie und reichte ihren Eltern einen Augenblick später zwei Alben. "Es dauert nur zehn Minuten", fügte sie hinzu und verließ mit Frank das Wohnzimmer.

Der Wasserpegel in der Toilette war in der Zwischenzeit nur unwesentlich gefallen. "Irgendwas muss im Rohr stecken. Ich hol ein Stück Schlauch aus der Garage", schlug Frank vor.

Zwei Minuten später war er mit einem meterlangen Stück wieder oben. Währenddessen hatte Patricia mit einem Plastikbecher etwas Wasser aus der vollen Toilettenschüssel in den Eimer geschöpft. Entschlossen schob Frank ein Ende des Schlauchs in die Toilette und wunderte sich, dass er bereits nach wenigen Zentimetern auf ein Hindernis stieß. "Hier ist was, aber es scheint festzusitzen", meinte er, zog den Schlauch aus dem Wasser und anschließend sein Hemd aus. Im ersten Moment stockte er kurz, doch dann tauchte er seine Hand beherzt ins Wasser und tastete sich in den nichtsichtbaren

144

Bereich des Abflusses. "Was ist das?", sagte er verwundert und versuchte, an dem zu ziehen, was sich im Rohr befand. Es gelang ihm nicht, aber trotzdem konnte er etwas von dem Klumpen abreißen, der dort zu stecken schien.

Gemeinsam betrachteten Patricia und er den Fund. "Ist das Zellstoff?", meinte Patricia irritiert, und unweigerlich schweifte ihr Blick zum Regal, wo immer ein reichlicher Vorrat an Papiertaschentüchern bereitlag. Das Fach war fast leer. Lediglich drei Schichten mit jeweils zwei Packungen lagen darin. "Das waren heute Morgen noch sieben Lagen mehr", sagte sie. Schlagartig wusste Frank, was vorhin außer dem heruntergeklappten Klodeckel die unbestimmte Veränderung noch ausgemacht hatte. Seine Frau achtete immer auf den Vorrat und füllte ihn regelmäßig auf. Das war schon seit Jahren so. "Das ist doch verrückt. Wer steckt denn die ganzen Papiertaschentücher als Knäuel ins Klo?", sagte er verwundert und griff wieder in die Toilette. Dabei wurde ihm noch eine Veränderung bewusst. 'Jetzt ist mir klar, warum kaum Wasser im Abfluss war, als ich gepinkelt habe. Der Zellstoff muss fast alles aufgesaugt haben', dachte er.

Wenige Minuten später war der Klumpen entfernt. Als Patricia auf den Spülknopf drückte, schauten sie beide so lange auf das abfließende Wasser, bis die defekte Automatik dessen Fluss endlich beendete. "Hast du eine Idee, wem wir das zu verdanken haben?", fragte Frank seine Frau, die auch ratlos wirkte und mit den Achseln zuckte. "Nicht wirklich. Meine Eltern machen solche Scherze nicht, und auch den Kindern traue ich das nicht zu", meinte Patricia bedächtig.

"Trotzdem muss es ja einer gewesen sein. Von allein kommt das nicht dort rein und Milli scheidet aus. Der ist wasserscheu."

"Denkst du auch, es könnte …?" Sie ließ die Frage offen im Raum stehen.

"Claudia gewesen sein? Es würde zumindest Sinn machen. Vielleicht ist sie eifersüchtig wegen Patrick. Du weißt doch, wie sie ihn vergöttert", beendete Frank den Gedanken seiner Frau.

"War es doch ein Fehler, Kerstin so kurzfristig kommen zu lassen?"

"Das war es nicht. Wenn Claudia eifersüchtig ist und auf diesem Weg versucht, Aufmerksamkeit zu erhaschen, dann spielt es keine Rolle, wer Patricks Freundin ist und wann sie kommt. Vielleicht erklärt es aber, warum sie in der Küche unseren Fragen so vehement ausgewichen ist", war die beste Erklärung, die Frank im Moment hatte.

"Schon möglich. Wir reden aber erst heute Abend oder morgen mit ihr und das allein. Einverstanden?"

Frank nickte und stopfte sein Hemd, das er während ihrer Unterhaltung wieder angezogen hatte, in die Hose.

Als sie das Wohnzimmer betraten, herrschte eine ausgezeichnete Stimmung. Die drei Jugendlichen und die Großeltern schauten sich bereits das zweite Album an. Sie hatten dabei ihre Witze gemacht oder kleine Anekdoten zu einzelnen Bildern erzählt. "Wie ich sehe, habt ihr euch nicht gelangweilt", meinte Patricia. Sie sah, dass Milli immer noch laut schnurrend auf Kerstins Schoß lag, um sich kraulen zu lassen. Sie registrierte aber auch, wie Claudia gerade eine Urlaubsepisode zum Besten gab, die auf Patricks Kosten zu Lachern führte. Normalerweise hätte Patricia auch gelächelt, aber die frisch gewonnene Erkenntnis aus dem Badezimmer verlieh dem Szenario einen unangenehmen Beigeschmack. Sie sah zu Frank und deutete mit einer Kopfbewegung an, er solle mit ihr in die Küche kommen.

Dort angelangt meinte sie: "Ich wollte mich sowieso gerade um das Essen kümmern und hier können wir ungestört reden. Könnte sein, dass du recht hast."

"Wobei es mir selbst schwerfällt, das zu glauben", erwiderte Frank.

"Wir haben beide gehört, was sie gerade erzählt hat", war Patricias resolute Antwort.

"Das schon. Doch seien wir ehrlich, übertrieben hat sie nicht, und als das Eis in seinem Gesicht gelandet ist, haben wir alle gelacht und das Foto gemacht", nahm er Claudia in Schutz.

"Das schon", räumte Patricia ein und musste nun selbst schmunzeln.

"Dabei war es Patricks eigene Schuld, als er heimlich von ihrem Eis naschen wollte und aufgeregt zu ihr gesagt hat, guck mal dort", erinnerte sich Frank.

"Ich kann mich noch genau erinnern, wie verdattert er war, als sie sich mit dem ganzen Körper umgedreht und ihm dabei die Eistüte ins Gesicht gedrückt hat. Wir haben uns köstlich amüsiert", sagte Patricia und machte eine kurze Pause. "Wir reden trotzdem mit ihr", fügte sie hinzu.

"Na klar, aber in aller Ruhe."

"Warum hast du denn nicht gesagt, dass du mit dem Essen anfängst. Du weißt doch, dass ich dir helfe", sagte Franks Schwiegermutter, als sie die Küche betrat.

"Ihr hattet gerade euren Spaß und Frank kann mir doch auch helfen", antwortete Patricia.

"Kochen ist Frauensache", meinte ihre Mutter resolut.

"Jaja, herzlichen Dank, Mama", moserte Patricia.

"Aber wo sie recht hat, hat sie recht. Wie findest du Kerstin?", lenkte Frank vom Thema ab.

"Sie ist ein süßer Käfer, die Kleine", sagte Patricias Mutter begeistert.

"Soll ich schon den Tisch decken?"

Beide Frauen schüttelten den Kopf. "Eine halbe Stunde brauchen wir für die Klöße noch", belehrte ihn Patricia.

Frank ging zu den anderen und setzte sich neben Claudia.

Der Kater schenkte seinem Kommen keinerlei Beachtung, lümmelte immer noch bei Kerstin und schnurrte. Das war insofern erstaunlich, weil Patricia in der Küche hantierte, und Milli sonst stets auf der Jagd nach Leckereien war. Aber vielleicht war er noch satt und genoss deshalb Kerstins Streicheleinheiten.

Auch Frank kommentierte einige Fotos und achtete dabei genau auf Claudias Reaktionen. Sie lachte auch herzlich, als sie das Opfer des Spotts wurde. Erste Zweifel an der eigenen Theorie beschlichen ihn, und einige Male sah er zum Kater. Das von Frank erwartete hämische Grinsen blieb aus und führte ihm die eigene Feststellung wieder vor Augen. 'Diesmal ist er wirklich unschuldig', dachte er und sah auf die Uhr. Die halbe Stunde war fast um. "Es gibt gleich Essen", sagte er.

"Was mach ich mit Milli? Kratzt er, wenn ich ihn zur Seite schiebe?", fragte Kerstin.

"Ach wo! Aber ich nehme ihn dir ab", meinte Claudia und hob Milli wenige Sekunden später von Kerstins Oberschenkel. "Na Dickerchen. Bist du die ganze Zeit verwöhnt worden?", meinte sie liebevoll zum Kater, der sich von Claudia genauso gern tragen ließ wie von Patricia. "Du musst ihn so nehmen. Das mag er am liebsten", sagte sie dann zu Kerstin und übergab ihr den Kater. "Wenn Mama das sieht, sammelt sie Pluspunkte", raunte sie ihrem Vater zu, was dessen Theorie vollends zum Einsturz brachte. 'Könnte etwa Patricia ...?', schoss ihm durch den Kopf, aber welchen Sinn machte das? Selbst wenn sie wegen Patrick eifersüchtig wäre, dann würde sie nicht die eigene Toilette verstopfen. 'Es sei denn, sie regt sich über den defekten Spülstopp auf', flackerte als verzweifeltes Argument in Franks Gedanken auf. Er verscheuchte es sofort als zu abwegig.

Alle gingen in die Küche. Patricias Augen strahlten vor Glück, als sie den Kater in Kerstins Armen sah. "Na, mein

Süßer, verstehst du dich mit ihr?", fragte sie Milli, streichelte kurz über seinen Kopf und lächelte dann Kerstin an. "Lass ihn ruhig runter. Er will bestimmt was naschen", sagte sie zu dem Mädchen. Milli erfüllte ihre Voraussage prompt, schaute mauzend an Patricia nach oben und lief aufgeregt neben ihr her, als sie zur Arbeitsplatte ging, auf der bereits etwas abgekühltes Gänseklein auf ihn wartete. "Ist dein Bäuchlein ganz leer?", säuselte Patricia, nachdem sie den kleinen Teller auf den Boden gestellt und der Kater sich über den Snack hergemacht hatte.

Beim Essen ging es vergnüglich zu. Anfangs hatte Kerstin einige Male verstohlen zu Frank und Patricia geschmult, aber deren Blicke strahlten großes Wohlwollen aus. Auch die Unterhaltung bei Tisch sorgte für gute Laune. Einmal lobte Patrick den Rotkohl und die Klöße, von denen Kerstin noch etwas wollte. "Omas Klöße und der Rotkohl sind absolute Spitze. So gut wie sie macht sie keiner", sagte er mit der Inbrunst tiefster Überzeugung.

"Da muss ich dich diesmal enttäuschen. Deine Mutter hat die Klöße und den Rotkohl gemacht. Claudia und ich haben ihr nur geholfen. Es freut mich aber, dass es dir trotzdem so gut schmeckt", sagte Oma.

"Dann macht Mama sie genauso gut wie du, Oma", bekam Patrick noch die Kurve.

"Auf unsere Köchinnen", meinte Frank und erhob sein Glas.

"Das kannst du laut sagen", stimmte ihm sein Schwiegervater zu, und alle stießen zusammen an.

Beim Abräumen des Tischs bekam Frank erneut mit, wie Claudia zu Kerstin leise etwas sagte. "Das gute Geschirr wäscht sie immer mit der Hand ab. Wenn du ihr hilfst und abtrocknest, dann …" Sie hielt abrupt inne und sah zu ihrem Vater. "Ich helfe ihr schon, keine Sorge", ergänzte sie in seine Richtung.

"Machst du das sonst immer?", fragte Kerstin.

Claudia nickte. "Normalerweise Patrick und ich. Im letzten Jahr nur ich. Papa drückt sich auch immer." Beim letzten Satz schoben sich ihre Augenbrauen leicht zusammen, was ihre Aussage etwas vorwurfsvoll machte.

"Jetzt wo du 15 bist, ist es ja endlich keine Kinderarbeit mehr", meinte Frank zu seiner Tochter und stellte seinen leeren Teller auf ihren. "Nimmst du den bitte gleich mit, wenn du sowieso in die Küche gehst, mein Engel?" Dann stand er auf, griff sich zwei Schüsseln und brachte sie nach nebenan.

Patricia und ihre Mutter waren schon hier und ordneten das Chaos, das so ein Essen mit sich brachte. "Mama, du kommst wieder mit mir nach drüben. Patricia bekommt gleich tatkräftige Unterstützung", meinte er zu seiner Schwiegermutter, die zwar erwiderte, sie mache das gern, aber keinen weiteren Widerstand leistete, als sie Kerstin und Claudia mit dem schmutzigen Geschirr hereinkommen sah.

"Mama, wir helfen dir", sagte Claudia, und ihrer Stimme war deutlich mehr Elan als sonst anzuhören.

"Das ist lieb von euch", meinte Patricia und lächelte die beiden Mädchen an.

"Ich hole noch den Rest von drüben", sagte Frank und verließ mit seiner Schwiegermutter die Küche.

Während Patricia die Essensreste von den Tellern kratzte, meldete sich der Kater mauzend und forderte seine gewohnten Rechte. "Kannst du ihm bitte sein Futter geben", sagte sie zu Claudia, die daraufhin die schon bereitgestellte kleine Konserve öffnete und in den Futternapf umfüllte. Dabei sprang der Kater vor Gier auf den Tisch, aber Kerstin hielt ihn behutsam fest. Nur Millis Schwanz schlug unkontrolliert kreuz und quer, was die Aufregung des Katers verriet. "Er scheint dich zu mögen", sagte Patricia.

"Ich mag ihn auch."

"Jeder mag unser Dickerchen", meinte Claudia und stellte

den Napf an die gewohnte Stelle unter dem Fenster. Der Kater machte sich sofort darüber her.

"So dick finde ich ihn gar nicht", meinte Kerstin.

"Nicht wahr." Patricia lächelte.

"Wir hatten auch einen Kater. Der war wirklich fett, und faul war er auch. Vor zwei Jahren ist er gestorben", erwiderte Kerstin. "Ich habe ihn trotzdem sehr gemocht", sagte sie deutlich leiser.

"Das tut mir leid."

"Er war schon alt und hatte kaum noch Zähne."

"Irgendwie gehört so ein Tier trotzdem zur Familie", meinte Patricia und begann, die schmutzigen Teller abzuspülen. Claudia wartete bereits mit einem Geschirrtuch in der Hand, um den ersten abzutrocknen.

"Gibst du mir auch eins", sagte Kerstin zu ihr, und Claudia zeigte in die Richtung, wo die anderen Handtücher lagen.

"Bitte seid vorsichtig mit dem Geschirr. Es ist ein Geschenk von …"

"Oma und Opa zur Hochzeit", unterbrach Claudia.

"Wann haben Sie geheiratet?", fragte Kerstin.

"Vor 18 Jahren", beantwortete Claudia die Frage, die nicht an sie gerichtet war.

Mittlerweile hatte der Kater den Napf geleert, sprang auf die Fensterbank und begann, sich zu putzen. "Bist du satt, mein Süßer?", fragte Patricia, und einmal hielt Milli kurz inne, schaute zu ihr, um seine akribische Katzenwäsche dann fortzusetzen. "Wie hieß euer Kater?", fragte Patricia.

"Carlos. Er sah aus wie eine zu klein geratene Kuh", meinte Kerstin, ohne das Abtrocknen zu unterbrechen. "Meist war er in meinem Zimmer, aber das hat mich nicht gestört. Ganz im Gegenteil. Wenn sich meine Eltern gestritten haben, war ich froh, wenn er da war", ergänzte sie.

Einen Moment sagte niemand etwas, und nur die Geräusche

der Arbeit durchbrachen die Stille. Dann fasste sich Patricia ein Herz und fragte, ob sie heute nicht mehr stritten.

"Meine Eltern lassen sich scheiden. Mein Vater ist schon vor sechs Monaten ausgezogen, und jetzt hängt der neue Macker meiner Mutter ständig bei uns rum. Ein widerlicher Typ. Ich verstehe nicht, was sie an dem so toll findet. Am liebsten wäre ich über die Feiertage zu meinem Vater gefahren, aber er muss arbeiten, deshalb klappt es nicht", antwortete Kerstin.

"Was macht dein Vater beruflich?"

"Er ist Lokführer."

"Dann kommt er bestimmt viel rum", mutmaßte Patricia, um ihre eigene Verlegenheit zu überspielen.

"Er ist dadurch oft nicht zu Hause. Darüber hat sich meine Mutter immer aufgeregt. Dann hätte ich auch einen Seemann heiraten können, hat sie ihm immer vorgeworfen. Aber irgendwann scheint es ihr egal gewesen zu sein und jetzt weiß ich ja warum", sagte Kerstin mit deutlicher Verbitterung.

"Vielleicht fühlte sie sich einsam. Dann kann so was passieren", meinte Patricia.

"So einsam kann sie nicht gewesen sein. Als ich einmal drei Stunden früher aus der Schule gekommen bin, habe ich sie mit 'nem anderen Kerl im Bett erwischt. Sie haben mich nicht kommen hören und naja … Das war voll peinlich, weil es ein Nachbar aus dem Haus war."

"Der widerliche Typ?", fragte Claudia neugierig dazwischen.

"Nee. Aber meine Mutter hat mir damals verboten, meinem Vater irgendwas zu sagen und mit drakonischen Strafen gedroht, wenn ich's doch mache."

"Mit was für Strafen? Eigentlich hattest du sie doch in der Hand", meinte Claudia sofort.

"Ach was weiß ich. Damals war ich noch zu klein",

rechtfertigte sich Kerstin. "Später ist mir einige Male aufgefallen, dass sie ohne Mantel in die Wohnung kam, obwohl es draußen geregnet hat oder kalt war. Wahrscheinlich haben sie sich nur noch bei ihm in der Wohnung getroffen. Ist ja auch egal. Der Typ hatte irgendwann 'ne andere und meine Mutter nur noch schlechte Laune."

"Hast du noch Geschwister?", versuchte Patricia dem Gespräch eine neue Richtung zu geben.

Kerstin schüttelte den Kopf. "Früher hätte ich mich gefreut, wenn ich noch einen Bruder oder eine Schwester gehabt hätte, aber jetzt müsste ich mich wahrscheinlich um sie kümmern. Meine Mutter war noch sehr jung, als ich geboren wurde. Ich wäre jetzt die Älteste."

"Wie alt war sie damals?", fragte Patricia.

"Siebzehn."

"Dann dürftest du recht haben", sagte Patricia und wusste jetzt, dass Kerstins Mutter 33 Jahre alt war.

"Und warum kommst du mit ihrem Neuen nicht klar?", mischte sich Claudia wieder ins Gespräch ein.

"Weil er ein Arsch ist", lautete Kerstins Antwort.

"Und was heißt das?", hakte Claudia nach.

"Er lässt sich von vorn bis hinten bedienen und benimmt sich wie ein Pascha."

"Das macht Papa auch, aber deswegen ist er kein Arsch", platzte es auch Claudia heraus.

Dafür erntete sie einen bösen Blick ihrer Mutter. "Fräulein, das will ich jetzt aber überhört haben", maßregelte Patricia ihre Tochter.

"So hab ich's doch gar nicht gemeint. Aber um den Haushalt kümmerst du dich doch jeden Tag", versuchte Claudia ihren Fauxpas zu rechtfertigen.

"Dafür kümmert sich dein Vater um viele andere Sachen."

"Ja schon", räumte Claudia ein. "Und warum ist der Neue deiner Mutter nun ein Arsch?", hakte sie bei Kerstin nach.

"Weil er sich wirklich wie ein Sultan aufführt. Aber meine Mutter scheint ihn für 'ne gute Partie zu halten und ist schon von ihm schwanger geworden, und das, obwohl er ihr eine gescheuert hat."

"Ach", war alles, was Patricia sagte.

"Er meint es nicht so, und ich hätte das nur falsch verstanden", sagte Kerstin und äffte dabei die Stimme ihrer Mutter nach. "Mir hat er auch schon gesagt, wenn mir irgendwas nicht passt, kann ich zu meinem Vater ziehen. Das würde ich sogar machen, aber meine Mutter erlaubt es nicht, und da sie das Sorgerecht hat, muss ich warten, bis ich 18 bin. Dabei habe ich das Gefühl, dass ihr auch am liebsten wäre, wenn ich schon weg bin. Über die Feiertage ist sie mit zu Haralds Familie gefahren, um dort eingeführt zu werden, wie sie es nennt."

"Und wieso bist du nicht mitgefahren?", fragte Patricia.

"Weil weder ich noch Harald das wollte."

"Heißt das, du bist seit zwei Tagen allein zu Hause?"

"Seit drei Tagen sogar", meinte Kerstin schulterzuckend.

"Wann kommen deine Eltern, entschuldige bitte, wann kommen deine Mutter und dieser Harald zurück?", erkundigte sich Patricia.

"Am zweiten Januar. Sie bleiben bis über Silvester dort. Meine Mutter ruft jeden Tag an, ob alles in Ordnung ist."

"Weiß dein Vater das?"

"Von wem denn? Ich habe es ihm nicht gesagt. Er würde sich maßlos aufregen. Meine Mutter wird sich hüten, es an die große Glocke zu hängen. Im Grunde genommen bin ich ganz zufrieden, dass sie weg sind. Jetzt habe ich wenigstens meine Ruhe", sagte Kerstin.

"Wenn wir das gewusst hätten, dann hättest du schon vor

zwei Tagen kommen können", meinte Patricia nachdenklich und spülte noch die Töpfe ab.

Kerstin wirkte verlegen und schien zu überlegen, was sie jetzt sagen sollte. "Patrick hat ja auch vorgeschlagen, mit Ihnen darüber zu sprechen, aber ich wollte das anfangs nicht."

"Warum?"

"Weil es irgendwie asi ist", meinte Kerstin niedergeschlagen.

"Quatsch. Wenn du willst, kannst du heute hierbleiben", schlug Patricia vor, und als ob der Kater das verstanden hatte, sprang er von der Fensterbank, ging zu Kerstin, um seinen Kopf an ihren Beinen zu reiben.

"Milli scheint damit auch einverstanden zu sein", sagte Claudia zufrieden.

"Hast du die Nummer deiner Mutter im Kopf?", fragte Patricia, und als Kerstin stumm genickt hatte, schlug sie vor, wenigstens dort anzurufen, um Bescheid zu geben.

"Und Ihr Mann? Wird er auch einverstanden sein?"

"Mama macht das schon", sagte Claudia, erntete von ihrer Mutter allerdings einen vorwurfsvollen Blick.

"Ich kläre das mit ihm. Er wird nichts dagegen haben", meinte Patricia zuversichtlich und trocknete sich die Hände ab. Dann sah sie zu Claudia. "Machst du das gute Besteck in den Kasten?"

"Zu Befehl", meinte Claudia euphorisch.

"Du sollst das nicht immer sagen."

"Zu Befehl, Frau Hauptfeldwebel."

"Ich muss unbedingt mit Opa sprechen. Ich denke, ich habe mit ihm noch ein Hühnchen zu rupfen", sagte Patricia, konnte aber das Grinsen kaum unterdrücken.

"Nimm ihn nicht so hart ran, Mama", rief Claudia ihr noch nach und als ihre Mutter die Küche verlassen hatte, strahlte sie Kerstin an. "Besser kann es kaum laufen. Super."

"Wir müssen abwarten, wie meine Mutter reagiert. Hoffentlich klappt alles." Sie beugte sich zu Milli und streichelte ihn. "Bei euch ist es wirklich schön", sagte sie und nahm den Kater in den Arm. "Bleiben wir noch hier oder gehen wir schon rüber?"

"Lass uns noch 'nen Moment hierbleiben", schlug Claudia vor. Wahrscheinlich berät sie sich gerade mit Papa, aber er wird schon Ja sagen."

"Woher willst du das wissen?"

"Ich kenne ihn schließlich auch schon 15 Jahre. Mama wickelt ihn um den kleinen Finger. Du wirst sehen", antwortete Claudia siegessicher.

"Verstehen sich deine Eltern gut?"

"Ich denke schon." Claudia stockte einen Moment. "Ich kann mich nicht erinnern, sie jemals laut streiten gehört zu haben oder sie machen das nur, wenn Patrick und ich nicht zu Hause sind."

"Meinst du das ernst?"

"Nö."

Weiter kamen sie nicht, denn Patricia kam zurück. "Dann lasst uns noch alles wegräumen, damit ihr's für heute geschafft habt", sagte sie nur und begann, die Teller und Schüsseln vorsichtig aufeinanderzustapeln.

"Und was ist nun?", fragte Claudia, die vor Neugier fast platzte.

"Opa wird dir nicht mehr so viel Militärkram erzählen", antwortete Patricia und genoss die kleine Retourkutsche sichtlich.

"Du weißt genau, was ich meine", maulte Claudia und erntete einen fragenden Blick ihrer Mutter. "Was hat Papa gesagt?"

"Er ist einverstanden."

"Ich wusste es", freute sich Claudia.

"Patrick und Papa holen für dich gerade die Campingliege aus der Garage und stellen sie in seinem Zimmer auf."

"Wieso für mich?", fragte Claudia irritiert.

"Weil Kerstin in deinem Zimmer schläft. Das war Papas Bedingung, und ich denke, das ist fair", sagte Patricia zu ihrer Tochter, wandte sich dann aber Kerstin und dem Kater zu. "Wie ich sehe, bist du rundum zufrieden mit deiner neuen Freundin", säuselte sie und kraulte den Kopf des Katers, der schläfrig zu ihr blinzelte. "Du kannst bis zweiten Januar hierbleiben, wenn du mit der Regelung einverstanden bist", sagte sie zu Kerstin.

"Danke." Mehr sagte sie nicht, aber ihre Augen leuchteten vor Rührung über die kurzfristig gewährte Aufnahme.

"Lasst uns rübergehen und nachher rufe ich deine Mutter an", schlug Patricia vor und schnappte sich die aufgestapelten Teller. "Bringt ihr bitte den Rest mit", sagte sie und diesmal verkniff sich Claudia jede dumme Bemerkung.

Sie waren gerade mit dem Einräumen des Geschirrs in die Vitrine fertig, als Vater und Sohn ins Wohnzimmer zurückkamen. "Alles erledigt, Mama", meinte Patrick und lächelte Kerstin zu. "Dann kannst du mit mir gleich wieder nach oben kommen. Wir müssen die Betten beziehen", sagte Patricia zu ihrem Sohn und verließ mit ihm den Raum.

Claudia setzte sich neben ihren Vater auf die Couch und kuschelte sich bei ihm an. Kerstin nahm auf einem Sessel Platz und sah zu Frank. "Danke, dass ich bleiben kann", sagte sie glücklich.

"Das ist kein Problem", erwiderte er.

"Ich bräuchte aber noch ein paar Sachen aus meinem Zimmer. Ich konnte ja nicht wissen, dass …"

"Du kannst was von mir haben. Ich glaube, wir haben die gleiche Größe. Stell dich mal hin!", fiel ihr Claudia ins Wort, stand abrupt auf und zog Kerstin aus dem Sessel.

Beide Mädchen stellten sich nebeneinander. "Was meinst du, Oma? Kerstin müssten meine Sachen auch passen", meinte sie enthusiastisch. Als Oma das bestätigt hatte, sagte sie: "Lass uns hochgehen und dann gebe ich dir, was du brauchst." Kerstin hatte keine Chance zu antworten und wurde von Claudia einfach mitgezogen.

Damit waren Franks letzte Zweifel an der Unschuld seiner Tochter weggewischt. Wobei sich nun die Frage stellte, wer diesen hinterhältigen Anschlag dann verübt haben könnte? Keiner der Anwesenden hatte ein Motiv. Außer einer, und der hatte das perfekte Alibi. Milli würde niemals freiwillig eine Pfote in Wasser tauchen. Aber mit dieser Frage konnte er sich später noch rumschlagen. Jetzt sah er den beiden jungen Frauen nach. Kerstin war ein Jahr älter als Claudia, und Frank versuchte die Frage, wann sie mit dem ersten Freund nach Hause käme, so weit von sich wegzuschieben, wie es seine Gedanken gerade zuließen. Sein Schwiegervater verhinderte es. "Kerstin ist wirklich ein sehr sympathisches Mädel", meinte er. "Vielleicht werden wir ja doch irgendwann Urgroßeltern", warf seine Frau noch in die unsichtbare Waagschale des Lebens.

"Das werdet ihr auf jeden Fall. Ihr seid ja erst vor Kurzem Rentner geworden", erwiderte Frank, stand auf und holte aus der Hausbar drei Gläser und die Flasche Unikum. "So einen brauchen wir nach dem Essen." Niemand widersprach, und deshalb füllte er die Gläser. "Auf das Unausweichliche", sagte er und stieß mit seinen Schwiegereltern an.

Wenige Minuten später kamen die anderen gemeinsam nach unten. "Bis auf das Telefonat ist alles erledigt", stellte Patricia zufrieden fest.

"Lass dich nachher nicht auf lange Diskussionen ein", riet Frank, und damit schien das Thema für ihn erledigt zu sein. Er stand auf, holte noch vier Gläser und eine Flasche Eierlikör aus der Bar und machte alle Gläser voll. Nur für sich und seinen Schwiegervater goss er noch einen Unikum ein.

"Für mich auch?", fragte Claudia erstaunt, als er ihr ein Glas in die Hand drückte.

"Ausnahmsweise, und tu nicht so, als ob du noch nie Alkohol probiert hättest", sagte Frank und registrierte zufrieden, dass seine Tochter einen roten Kopf bekam. Erst sah er kurz in die Runde, dann zu Kerstin. "Herzlich willkommen bei uns."

Alle stießen mit ihr an. Nicht nur Kerstin war anzusehen, welche Last von ihr fiel. Auch Patrick stand die Freude deutlich ins Gesicht geschrieben. Selbst der Kater schien Anteil zu nehmen, zumindest schleckte er die Reste aus Patricias Glas und schaute vorwurfsvoll zu ihr, als es völlig leer war. Doch Patricia reagierte nicht, und deshalb starrte er auf Claudias Glas. "Vergiss es!", meinte sie nur.

Am Abend nahm Patricia Kerstin zur Seite. "Wir rufen jetzt bei deiner Mutter an", sagte sie und ging mit ihr nach nebenan. Kerstin wählte die Nummer und sagte ihrer Mutter nur, es ginge ihr gut und noch jemand wolle mit ihr sprechen. Dann übergab sie das Telefon an Patricia, die sich der Frau am anderen Ende kurz vorstellte, um ihr dann den Entschluss mitzuteilen, ihre Tochter bliebe einige Tage hier. Patricias Ton war resolut. Das Gespräch dauerte nicht mehr lange und endete mit Patricias Zusage, sie könnten sich im neuen Jahr gern in einem Restaurant treffen und über die Geschehnisse sprechen. Dann gab sie Kerstins Mutter noch ihre Rufnummer und sagte, sie könne sich melden. Als Patricia das Telefonat beendet hatte, sah sie die junge Frau an. "Mach dir keine Sorgen. Alles wird gut."

Kerstin fiel ihr um den Hals. "Danke, dass Sie das für mich gemacht haben."

"Du kannst mich duzen. Ich heiße Patricia", erwiderte sie

nur und hielt Kerstin noch eine Weile in der Umarmung fest. "Na komm! Die anderen warten auf uns."

Wenig später waren alle informiert. "Mama ist die Größte", meinte Claudia leise zu ihrem Vater.

"Ja, das ist sie", sagte er genauso leise, und stellte sich die Frage, warum seine Tochter sich so sehr für Kerstin ins Zeug legte? Vielleicht hatte seine Frau eine bessere Antwort als er.

Dass Kerstin seine Frau duzte, registrierte Frank zum ersten Mal, als Patricia sagte, sie bereite jetzt das Abendessen zu. "Wir helfen dir", schlug Kerstin vor und sah zu Claudia, die sofort einwilligte. 'Sonst mault sie immer rum', dachte Frank. Irgendetwas war anders als sonst, aber dieses Gefühl konnte auch der Tatsache geschuldet sein, heute jede noch so kleine Veränderung in Claudias Verhalten überzubewerten.

Erst im Bett ergab sich für Frank und Patricia die Gelegenheit, ungestört über den Tag zu sprechen. "Ich kann mir beim besten Willen nicht vorstellen, dass Claudia etwas mit der Verstopfung unserer Toilette zu tun haben kann", gestand er seiner Frau, die ähnliche Schlussfolgerungen hatte. "Wollen wir morgen trotzdem noch mit ihr sprechen?", fragte er sie.

"Was soll das bringen? Wenn sie Nein sagt, haben wir kein Argument gegen sie in der Hand", meinte Patricia.

"Dann bist du die Einzige, die ein Motiv hat."

"Wie kommst du denn auf das schmale Brett?", fragte Patricia verwundert.

"Um mich zu erziehen."

"Hä. Das verstehe ich nicht."

"Na weil ich mich ewig nicht um den Spülstopp gekümmert habe. Du wolltest mir einen Denkzettel erteilen", sagte Frank und drehte sich zu seiner Frau auf die Seite. "Hab ich recht oder hab ich recht, mein Schatz?"

"Du bist ein Spinner. Aber wenn das hilft, deine Vergesslichkeit zu kurieren, kann ich ja ab morgen damit anfangen. Ich könnte natürlich auch beim Klempner anrufen und ihm sagen, dass du das kleine Problem nicht selbst in den Griff bekommst", stichelte Patricia zurück.

"Wie findest du Kerstin?", fragte er Patricia.

"Sie gefällt mir, aber ich glaube, dass ihr häusliches Problem eine Mischung aus Trotz, Verletztsein und Ärger über ihre Mutter und diesen Harald ist."

"Wann hast du ihr das Du angeboten?"

"Nachdem ich mit ihrer Mutter gesprochen habe. Es ergab sich ganz spontan, als sie mir um den Hals gefallen ist. Leicht hat sie's gerade nicht, und ich muss es ihr nicht noch schwerer machen", sagte Patricia.

"Du hättest mir ruhig was sagen können. Mich siezt sie noch."

"Meine Eltern auch."

"Das ist doch was ganz anderes."

"Was ist daran anders?"

"Sie sind schon alt und da gehört sich das so", erwiderte Frank.

"Ich bin für sie auch schon alt als Mutter ihres Freundes."

"Entschuldige mal, wo bist du denn alt?"

"Frag deine Tochter!"

"Ich werde mich hüten. Morgen früh hol ich das nach, um nicht wieder blöd dazustehen", meinte Frank.

"Du stehst nicht blöd da. Immerhin warst du einverstanden, dass sie hierbleiben kann, und dass sie in Claudias Zimmer schläft, geht völlig in Ordnung."

"Meinst du?"

"Na klar. Wenn sie länger zusammenbleiben, wird sie natürlich bei Patrick übernachten, aber wir kennen sie erst seit heute und deswegen ist es die beste Lösung. Das habe ich auch ihrer Mutter gesagt", berichtete Patricia.

"Wie ist die so?"

"Keine Ahnung nach den paar Minuten, die ich mit ihr gesprochen habe. Sie hat sich jedenfalls für diese Lösung bedankt und will sich demnächst mit mir treffen."

"Willst du das auch?"

"Ich denke schon. Wenn Patrick länger mit Kerstin zusammen ist, wird es nicht ausbleiben, dass wir sie und ihren Harald treffen. Dann wäre es gut, wenn einige Vorurteile ausgeräumt sind", argumentierte Patricia.

"Wahrscheinlich hast du wie immer recht. Wenn du willst, dann komme ich mit", schlug Frank vor.

"Danke, mein edler Ritter. Aber wir wollen uns unter vier Augen treffen."

"Wie du meinst", erwiderte Frank und überlegte, wie er zur wichtigsten Frage überleiten konnte. "Claudia legt sich mächtig für Kerstin ins Zeug, findest du das nicht ein bisschen übertrieben?"

"Wieso? Immerhin kennen sie sich aus der Schule, und Kerstin ist nur ein Jahr älter als Claudia."

"Das weiß ich auch, aber kommt dir das nicht trotzdem etwas komisch vor. Allein schon das mit ihren Sachen. Ich hätte Kerstin auch nach Hause gefahren, damit sie einpacken kann, was sie für die nächsten Tage braucht", hielt Frank entgegen.

"Dann hättest du's ja vorschlagen können."

"Bevor ich dazu gekommen bin, waren sie doch schon auf dem Weg nach oben, und später hätte es doof ausgesehen", meinte Frank.

"So 'n Quatsch. Außerdem ist es egal. Worauf willst du eigentlich hinaus? Ich werde das Gefühl nicht los, dass es dir um etwas ganz anderes geht", mutmaßte Patricia. "Raus mit der Sprache, mein Schatz!"

"Um was soll es mir schon gehen? Patrick hat eine Freundin und Claudia versteht sich halt ungewöhnlich gut mit ihr", versuchte Frank sich aus der Bredouille zu winden.

"Du hast Angst, dass Claudia einen Freund hat, und unser Entgegenkommen bei Kerstin auch für ihn erwartet", sagte Patricia leise.

"Wie kommst du denn darauf?"

"Weil es offensichtlich ist. Du hast Angst um deine Prinzessin." Sie lächelte Frank an und küsste ihn auf die Wange. "Deine Sorge ist unbegründet, aber irgendwann wird es natürlich passieren."

"Welche Sorge ist unbegründet?"

"Claudia ist noch Jungfrau."

"Woher weißt du das?"

"Weil sie mit zu meiner Gynäkologin kommt, und wenn sie einen Freund hat, sagt sie mir Bescheid wegen der Pille. Bist du jetzt zufrieden?"

"Ja schon, aber warum weiß ich davon nichts?"

"Weil wir Frauen unsere kleinen Geheimnisse haben."

"Aber ich bin ihr Vater", beschwerte sich Frank leise.

"Genau das bist du, aber irgendwann musst du dich mit der Tatsache vertraut machen, dass sie einen Freund haben wird. Das fällt dir schwer, stimmt's?"

"Irgendwie schon", gestand Frank und zögerte einen Moment. Dann rang er sich zu einer weiteren Frage durch. "Wie hat es dein Vater damals aufgenommen, als wir zusammengekommen sind?"

"Frag ihn doch morgen. Er wird es dir bestimmt erzählen. Es gibt auch einen hervorragenden Ort, wo du mit ihm ungestört reden kannst."

"Was meinst du?", fragte Frank irritiert.

"Unser Badezimmer", hauchte Patricia. "Er wird dir gern bei der Reparatur helfen, da bin ich mir sicher."

"Na wie gut, dass heute Morgen das Wasser übergelaufen ist", sagte Frank.

"Was soll denn das jetzt heißen?"

"Nichts, rein gar nichts", flüsterte er in Patricias Ohr, begann sie zu küssen und registrierte zufrieden, wie der Kater auf die Fensterbank sprang.

Am nächsten Tag reparierte Frank tatsächlich die Spülautomatik der Toilette, und wie Patricia vorausgesagt hatte, half ihr Vater dabei. Wie beiläufig fragte er ihn: "Wie war's damals eigentlich für dich, als Patricia das erste Mal von mir erzählt und mich später mitgebracht hat?"

Ohne aufzublicken und die Arbeit zu unterbrechen, meinte sein Schwiegervater: "Wie soll's schon gewesen sein? Du warst Student, hattest kaum Geld, aber meine Frau auf deiner Seite."

"Meinst du das ernst?"

"Na was denn sonst. Hanna hat genau verstanden, was in unserer Tochter vorgegangen ist. Ich hätte dich am liebsten auf den Mond geschossen, obwohl ich dich noch nicht mal kannte", gestand er nach 20 Jahren zum ersten Mal ein.

"Und wann hast du deine Meinung geändert?", fragte Frank, dem das damals so nicht aufgefallen war.

"Das kann ich nicht so genau sagen." Einen Augenblick verharrte Patricias Vater und dachte nach. "Ich glaube, das war, als Patricia erzählt hat, wie gut sie sich mit deiner Oma versteht. Also habe ich gute Miene zum bösen Spiel gemacht und sie gefragt, wann sie gedenkt, uns ihren Freund endlich vorzustellen. Du hast dich ganz gut geschlagen, mein Junge. Anfangs war ich zwar äußerst skeptisch, aber Hanna hat die Kohlen für dich aus dem Feuer gerissen."

"Da hab ich ja Glück gehabt", meinte Frank.

"Versteh mich nicht falsch, ich hätte Patricia nicht im Weg gestanden, aber als Vater macht man sich halt Sorgen, wenn die Tochter flügge wird und das Haus bald verlässt. Man kann die eigene Erziehung nicht einfach beiseiteschieben. Warum willst du das eigentlich wissen? Ist es wegen Patrick?"

Frank schüttelte den Kopf. "Nicht direkt. Das Thema kam natürlich hoch, als wir von Kerstin erfahren haben, aber Patricia hat so reagiert wie damals Hanna."

"Sie hat wirklich viel von ihrer Mutter. Ist auch besser so", meinte Franks Schwiegervater und räumte das nicht mehr benötigte Werkzeug in den Kasten.

"Stell dein Licht nicht so unter den Scheffel."

"Das hat damit nichts zu tun. Gerade du solltest froh sein, dass es so ist."

"Das bin ich auch", räumte Frank unumwunden ein und schloss die Revisionsklappe in der Wand. Das Problem war behoben, das bestätigte die Probespülung. "Wenn die Kinder ausfliegen, merkt man zum ersten Mal, wie die Zeit vergangen ist", ergänzte er, als es wieder still geworden war.

"Das ist der Lauf der Dinge. Wenn du irgendwann Opa bist, wird es noch schlimmer", sagte sein Schwiegervater und gemeinsam verließen die Männer das Bad.

Wenig später setzte Frank den gestern getroffenen Entschluss in die Tat um. Er bot Kerstin in der Küche das Du an. Auch Patricia und Claudia belohnten ihn mit glücklichen Blicken, was das befreiende Gefühl in ihm noch verstärkte. Irgendwie wurde Frank den Eindruck nicht los, selbst der Kater schien zufrieden mit ihm zu sein. Das zufriedene Schnurren setzte ein, obwohl er nur auf der Fensterbank herumlungerte und sich von der winterlichen Mittagssonne den Pelz wärmen ließ. Die alte Vermutung, Milli verstünde, worüber er sich unterhielt, bekam neue Nahrung, auch wenn Frank in diesem Moment nicht bewusst daran dachte. Das geschah erst wieder Mitte Januar, als er den ersten Termin des neuen Jahres bei Frau Lerch wahrnahm.

Franks Hoffnung

Zur Begrüßung wurden die üblichen Floskeln und Neujahrswünsche ausgetauscht, doch bereits mit der ersten Frage schien die Psychologin den Gesprächsfaden des alten Jahres aufzunehmen. "Wie haben Sie die Feiertage verbracht?", erkundigte sie sich. Statt nur mit Gut zu antworten, erzählte Frank munter darauf los. Dabei schwärmte er auch in den höchsten Tönen von Kerstin. Sein Bericht endete mit der Bemerkung: "Selbst der Kater scheint sie ins Herz geschlossen zu haben."

"Woraus schlussfolgern Sie das?", hakte Frau Lerch kurz nach.

"Wie er sich ihr gegenüber verhalten hat. Es hätte mich nicht gewundert, wenn meine Frau eifersüchtig geworden wäre." Einen Moment stockte Frank und überlegte. Er runzelte etwas die Stirn. Der Gedanke, dem er nachhing, war noch nicht fassbar. Immerhin bestand die Möglichkeit, dass es an Kerstin lag und der Kater sie einfach nur als Ersatz akzeptiert hatte. Während der Feiertage hatte Patricia immer alle Hände voll zu tun und konnte sich Milli nicht so widmen, wie der Kater es von ihr gewohnt war. 'Andererseits hat er sich sonst auch mit Claudia begnügt', war ein plötzlicher Gedanke, den Frank sofort beiseiteschob. Nicht weil er falsch war, sondern weil er Claudia abwertete. "Ich darf das Verhalten des Katers nicht so vermenschlichen, aber das bleibt halt nicht aus, wenn man mit so einem Tier unter einem Dach lebt, und letztlich reagiert es auf jeden Menschen anders, also doch irgendwie … individuell." Zuerst lag Frank das Wort 'menschlich', dann 'persönlich' auf der Zunge.

Frau Lerch lächelte. "Und wie verhält sich der Kater Ihnen gegenüber?"

"Zurzeit ganz normal", räumte Frank ein. Er blendete die kleinen Zwischenfälle mit dem Kothaufen und im Schuppen nicht aus, sondern wollte sie nicht erwähnen. Die Beweislage war seine Beweislage und dabei sollte es bleiben. Andererseits war er froh, dass Frau Lerch nicht wieder in seiner Vergangenheit wühlte. Zwar hatte sich Frank vorgenommen, einiges richtigzustellen, doch wem nutzte das? Jetzt wollte er die Sitzungen für Wichtigeres nutzen. Die Kinder wurden groß und die baldige Abnabelung war etwas, womit er sich beschäftigen musste. 'Mit dem Kater hab ich alles so einigermaßen im Griff', dachte er, kam aber nicht dazu, das ihn bewegende Thema anzusprechen, weil Frau Lerch fragte, wann die Familie Milli zu sich genommen hatte.

Als er die Praxis verließ, lächelte er zwar, doch die eingeschlagene Richtung des Gesprächs verhieß nichts Gutes für die folgenden Sitzungen. Frank war unschlüssig, ob er die freiwillig begonnene Therapie weitermachen sollte. Sie würde die ursprünglichen Fragen, ob er an Wahnvorstellungen litt oder eine Nahtoderfahrung gemacht hatte, nicht klären. Die Antwort darauf sollte er sechs Wochen später erhalten.

Bis dahin nahm er die vereinbarten Termine wahr und kam sich Patricia gegenüber wie ein Betrüger vor. Doch es gelang ihm stets, einen plausiblen Grund für seine Abwesenheit zu finden. Der Gedanke, es wäre zu ihrer aller Besten, war nicht nur Rechtfertigung, sondern Franks innere Überzeugung.

Während dieser Zeit erzählte ihm Patricia eines Abends, dass sie sich mit Kerstins Mutter getroffen hatte. An das vereinbarte Treffen hatte Frank gar nicht mehr gedacht. "Wie war's?", erkundigte er sich. Immerhin verbrachte Kerstin seit dem Jahreswechsel jedes Wochenende bei ihnen und gehörte schon zur Familie.

"Ich denke, Kerstin hat übertrieben. Ihre Mutter macht einen sympathischen Eindruck. Das Mädchen hängt an ihrem Vater, und dass die Ehe der beiden in die Brüche gegangen ist, setzt ihr zu. Aber so schlimm, wie ich anfangs dachte, ist es definitiv nicht", begann Patricia und erzählte auch von den verschiedenen Missverständnissen zwischen dem neuen Freund von Kerstins Mutter und dem Mädchen. "Es spielt keine Rolle, was er macht. Es ist für Kerstin immer das Falsche, meinte ihre Mutter. Es könnte sein, dass sie recht hat", räumte Patricia ein.

"Du meinst, sie lügt uns an?"

"Nein. Sie lügt uns nicht an, aber aus ihrer Sicht ist einiges anders, und sie interpretiert es dann negativer als es ist", meinte Patricia. Als Beispiel führte sie Kerstins Aussage an, Harald habe ihre Mutter geschlagen. Sie hatte die Frau während ihres Treffens mit eben dieser Aussage konfrontiert und anfangs ein unverständliches Kopfschütteln von ihr geerntet. Dann hatte Kerstins Mutter Patricia erzählt, was wirklich passiert war. Kerstin habe zwar ein lautes Klatschen gehört und sie wenig später mit ihrer Hand an der Wange in der Küche stehen sehen, aber Harald habe eben nur mit der Hand auf seinen Oberschenkel gehauen. Der Sache ging eine Meinungsverschiedenheit voraus, und Kerstin sei die ganze Zeit über in ihrem Zimmer gewesen.

"Du meinst also, sie übertreibt?"

"Ab und an schon. Aber das macht sie nicht absichtlich. Gelegentlich reimt sie sich halt was zusammen und ist dann davon überzeugt, mit ihrer Annahme richtig zu liegen. Aus ihrer Theorie wird dann ganz schnell eine Tatsache. Wenigstens fühlt sie sich bei uns sehr wohl und kann etwas Abstand gewinnen", erwiderte Patricia.

'Da geht's ihr wie mir mit dem Kater', wollte Frank schon sagen, aber schluckte den Satz unausgesprochen herunter. "Das ist doch schön. Gegen drei hübsche Frauen im Haus hab ich nichts einzuwenden", meinte er stattdessen.

168

"Manchmal denke ich, du bist ihr Vaterersatz geworden."

"Wie kommst du denn darauf?"

"Weil ich Augen im Kopf habe. Sie himmelt dich an."

"Dich mag sie doch auch", erwiderte Frank.

"Ja schon, aber ich bin eine Frau und kann den Verlust ihres Vaters nicht kompensieren. Sie hat dich zu ihrem Ersatzvater erkoren."

"Ich hab nichts dagegen, schließlich mag ich sie auch." Frank küsste seine Frau und war innerlich sehr zufrieden mit dem Gespräch. Wenn er der Argumentation Patricias Glauben schenkte, dann ging es Kerstin so ähnlich wie ihm. In Frank keimte die Hoffnung, vielleicht eine Verbündete gefunden zu haben.

Einige Tage später ergab sich eine gute Gelegenheit, ungestört mit der jungen Frau über den Kater zu sprechen. Kerstin war bei Frank im Atelier und betrachtete einige Entwürfe, die er für ein Kinderbuch angefertigt hatte. Mehrere Tierzeichnungen erregten ihre Aufmerksamkeit, und als sie die Skizze einer Katze sah, fragte sie, warum das Bild Milli nicht ähnelte. "Wir mögen uns nicht sonderlich, aber sag es nicht Patricia. Du siehst ja selbst, wie sehr sie ihn verhätschelt und vertätschelt", antwortete Frank deutlich leiser, als es nötig gewesen wäre. Die Tür war verschlossen und niemand in der Nähe.

"Hat dir der Kater irgendwas getan?", hakte Kerstin nach.

"Mehr als einmal, aber keiner glaubt mir", begann Frank und erzählte Kerstin mehrere kurze Episoden, aus denen der Kater als unerkannter Sieger hervorgegangen war. Das zerbrochene Geschirr, sein Treppensturz und die Unterkühlung waren die bedeutendsten Ereignisse, die er preisgeben wollte, ohne als Neurotiker dazustehen.

"Ich verstehe genau, was du meinst", sagte Kerstin und sah Frank tief in die Augen. "Egal, was ich über Harald sage, meine

Mutter spielt es herunter und dreht mir das Wort im Munde um", ergänzte sie.

"Genauso geht es mir mit dem Kater. Vielleicht erlebst du ja mal mit, wenn er mich wieder austrickst."

"Mein Harald ist also dein Milli", sagte Kerstin flüsternd.

"Kann man so sagen. Du darfst dir nicht anmerken lassen, dass du was weißt. Er kann das irgendwie spüren. Ich hab keine Ahnung, wie er das macht, aber es funktioniert, und dann spielt er dich auch gegen Patricia aus. Das will ich auf keinen Fall. Bestimmt ergibt sich irgendwann eine Gelegenheit, und dann siehst du, was ich meine. Sprich mit niemandem darüber, auch nicht mit Patrick oder Claudia. Versprichst du mir das?", endete Frank und erntete das verständnisvolle Nicken Kerstins.

Die Jugendliche schien sich an ihre getroffene Vereinbarung zu halten, wobei Frank sich nicht sicher war, ob sie das kurze Gespräch bereits ad acta gelegt hatte, als der Kater eine erneute Kostprobe seiner psychologischen Kriegsführung zum Besten gab. Es geschah in der Küche. Patricia hatte die Frühstückseier gerade vom Herd genommen und zum Abschrecken in die Spüle gelegt. "Ich gehe schnell die Schlafmützen wecken", sagte sie und ließ Frank und Kerstin mit dem Kater allein. Die beiden deckten den Tisch. Frank hatte gerade die Kaffeemaschine eingeschaltet, als etwas zu Boden klatschte.

Erschrocken schaute er in die Richtung des Geräuschs und sah das zerplatzte Ei, dessen noch flüssiger gelber Inhalt sich dampfend ausbreitete. Kerstin stand wie versteinert am Tisch und sah mit weitaufgerissenen Augen zu Milli, der gerade äußerst geschickt das zweite Ei aus dem Wasser holte. Klatschend fiel es neben das erste auf den Boden. "Das glaub ich nicht", sagte sie nur und sah entgeistert zu Frank, der sich immer noch nicht von der Stelle gerührt hatte. Doch seine Starre währte nicht lange, dann ging er zum Kater, der bereits das dritte Ei in der Mache hatte. Bereits nach dem ersten Schritt, den Frank in seine Richtung machte, legte der Kater die Ohren an und machte das fauchende Gesicht, ohne dabei ein Geräusch von sich zu geben. Franks kurzes Zögern reichte, damit das dritte Ei auf dem Boden landete. Dann sprang der Kater herunter, rannte unter den Tisch und begann, sich die nasse Pfote zu lecken. "Hast du das gesehen?", fragte Frank.

"Natürlich habe ich das gesehen", bestätigte Kerstin und wollte gerade unter den Tisch sehen, als Milli hervorkam und schnurstracks zu den zerplatzten Eiern lief. Er begann sofort, das Eigelb aufzulecken und gab dabei ein leises Knurren von sich.

Das Geräusch verstummte sofort, als die Tür aufging und Patricia wieder hereinkam. "Sie kommen gleich run...", sagte sie und verstummte, als sie die Schweinerei sah.

"Das war Milli", meinte Kerstin spontan.

"Dass er gerne Eigelb aufschleckt, weiß ich. Aber ohne Hilfe kommt er da nicht ran, und er würde niemals die Eier aus dem Wasser bekommen", entgegnete Patricia.

"Sie hat aber recht", mischte Frank sich ein.

"Es ehrt dich, dass du Kerstin hilfst, aber du brauchst mir keinen Bären aufzubinden. Ich hatte sowieso ein Ei mehr gekocht, weil ich Milli das Eigelb geben wollte, aber eben nur eins."

Genau in dem Moment kamen auch Claudia und Patrick in die Küche. "Was is'n hier los?", meinte Claudia lustlos und sah zu Milli, der die Gelegenheit beim Schopf gepackt und fast das gesamte leckere Eigelb aufgeschleckt hatte.

"Kerstin und Papa haben Milli ihre Frühstückseier abgetreten", antwortete Patricia nur.

"Okay", meinte Claudia desinteressiert und setzte sich an den gedeckten Tisch.

"Das war wirklich Milli", sagte Kerstin.

"Schon klar", erwiderte Claudia.

"Ich habe mit eigenen Augen gesehen, wie er sie aus dem Wasser geangelt und runterfallen lassen hat." Kerstins Stimme klang schon deutlich leiser als noch vor wenigen Augenblicken.

"Lass es. Wenn's um Milli geht, glaubt dir sowieso niemand", sagte Frank und nahm das Kehrbesteck aus dem Unterschrank.

"Macht ihr jetzt gemeinsame Sache", meinte Claudia gelangweilt.

"Das reicht jetzt. Du kommst hier als Letzte runter, setzt dich an den gedeckten Tisch und hast noch eine große Klappe", entwich es Patricia in Claudias Richtung. Die Wut auf ihre Tochter war ihr in dem Moment deutlich anzuhören.

"'schuldigung, aber so war's doch gar nicht gemeint. Sonst hat Papa immer solche Behauptungen aufgestellt", sagte Claudia kleinlaut, die solche heftigen Ausbrüche ihrer Mutter nicht gewohnt war.

"Jetzt beruhigen sich alle wieder. Es geht nur um drei Eier", sagte Frank leicht erregt und verscheuchte Milli mit dem wedelnden Kehrblech, um an die Reste heranzukommen. Ohne den geringsten Widerstand ließ das orangerote Scheusal ihn gewähren und trollte sich zufrieden an die Stelle, wo er immer saß, wenn Patricia aß. Neben ihren Stuhl.

Während Frank die Reste in den Mülleimer warf, reinigte Kerstin mit einem nassen Lappen den Tatort. Die Stimmung war angespannt. Niemand sagte etwas. Wortlos nahm Patricia die restlichen Eier aus dem Wasser und machte sie in die Eierbecher, die auf dem Tisch standen. Die von Frank und Kerstin blieben leer. Alle akzeptierten die Entscheidung kommentarlos. Nur der Kater mauzte einmal, als Patricia sich gesetzt hatte. "Bist du heute schon von Kerstin und Papa verwöhnt worden, mein Süßer?", säuselte sie ihm zu, warf aber anschließend einen vorwurfsvollen Blick zu den beiden. "Drei Eier sind zu viel für ihn."

"Wie du meinst. Beim nächsten Mal denke ich daran", sagte Frank nur, nahm damit alle Schuld auf sich und ignorierte, als Kerstin gegen sein Bein stieß. Trotzdem traf er in dem Moment mehrere Entscheidungen.

Die erste setzte er an einem Mittwoch um, als er den nächsten Termin bei Frau Lerch absagte. Es gab für ihn keinen Grund mehr, die Psychologin weiterhin zu konsultieren. Frank war sich seit dem letzten Vorfall mit dem Kater sicher, keine Nahtoderfahrung gemacht zu haben. Er war sich auch sicher, wer die Verstopfung im Badezimmer verursacht hatte und das ihm außer Kerstin niemand glauben würde. Genau deshalb erzählte er ihr nichts davon. Der Kater musste einen Grund dafür haben, sich ihr gegenüber so offenbart zu haben. Frank überlegte lange, ob von Milli eine reale Gefahr für sie ausging, aber abgesehen von dieser einmaligen Situation hatte sich das Monster ihr gegenüber wie eh und je verhalten. Damit stand für ihn fest, dass er das Ziel der Attacke gewesen war, wobei er den beabsichtigten Zweck nicht einordnen konnte. 'Wahrscheinlich macht das Drecksvieh nur Politik und wollte sich vergewissern, wie die Kräfteverhältnisse aufgeteilt sind', sinnierte Frank. Dass Millis eigentliche Absicht fehlgeschlagen war, erfuhr er nie, weil Claudia dem Kater unbeabsichtigt einen Strich durch die Rechnung gemacht hatte. Trotzdem war Frank klarer denn je, der Kater ging mehr und mehr zur psychologischen Kriegsführung über und schien auch ein Meister darin zu sein. "Wenn ich nur wüsste, wie ich mich dieses Drecksacks entledigen kann, ohne das Patricia Verdacht schöpft, ich könnte was damit zu tun haben", murmelte er, während er im Atelier arbeitete. Ihm kamen auch die Bilder in den Sinn, welche Millis Tod festhielten. 'Wenn's doch nur schon so weit wäre', dachte er, zweifelte aber an der Wirkung der Zeichnungen. 'Vielleicht wirken sie erst, wenn er stirbt. Egal wie', war die kleine Hoffnung, die er noch hegte.

In den folgenden Monaten verlief Franks Leben sehr ruhig. Der Kater unternahm nichts Neues. Es gab weder Attacken noch Hinterhalte, denen Frank in irgendeiner Form zum Opfer fiel. Auch die anderen Familienmitglieder blieben verschont, und das betraf in erster Linie Kerstin. Sie hatte sich mittlerweile im Gästezimmer eingerichtet, sodass Claudia an den Wochenenden ihr Zimmer nicht mehr räumen musste.

Erst im Sommer verschwanden wieder mehrere kleine Dinge. Außer Frank hatte niemand den Kater in Verdacht. Auch Kerstin nicht. Aber von ihr fehlte nie etwas. Patrick vermisste eines Tages seinen Zirkel, Claudia eine Pinzette, mit der sie widerborstige Augenbrauen zupfte. Selbst Patricia konnte eine Nagelfeile und die kleine Schere nicht finden, mit der sie ihre Fingernägel trimmte. Gerade Patricia ließ ihre Sachen nie liegen, auch nicht vorübergehend. Wenn sie kurz unterbrochen wurde, legte sie das gerade verwendete Utensil immer in das eigens dafür genutzte Lederetui, klappte es zu, schloss aber nie den Reißverschluss.

Eine Idee, was der Kater bezwecken könnte, bekam Frank erst, als er Kerstin eines Morgens gedankenversunken aus dem Gemeinschaftsbad kommen sah. Sie ging langsam zum Gästezimmer und knapperte an der Haut eines Fingernagels. Es war der Mittelfinger der rechten Hand. "Guten Morgen", sagte sie nuschelnd und lächelte unbeholfen, als sie Frank sah. Wenig später beim Vorbereiten des Frühstücks meinte er scherzend: "Hast du vor Hunger schon an deinen Fingernägeln gekaut?"

"Ach Quatsch, mir war die Haut an einem Finger eingerissen. Ich hab sie mit meinem Nagelknipser abgeschnitten."

"Es sah aber komisch aus, dich so zu sehen", meinte Frank schmunzelnd, und damit war dieses nebensächliche Thema beendet. Aber es war nicht vergessen. Ohne dass er es wusste, schien sich sein Unterbewusstsein weiterhin mit dem Ereignis zu befassen.

Frank kolorierte gerade eine Zeichnung und war in die Arbeit vertieft, als er plötzlich die Augen weit aufriss. Die Erkenntnis traf ihn schlagartig. Die vermissten Gegenstände waren stets an den Wochenenden abhandengekommen. 'Der Drecksack hat es auf Kerstin abgesehen', war der Gedanke, der ihn seine Arbeit unterbrechen und das Atelier verlassen ließ. Vorher hatte er noch einen kurzen Blick aus dem Fenster geworfen. Patricia hantierte im Garten, während der Kater auf der Hollywood-Schaukel herumlungerte und ihr gelangweilt zusah.

Er ging ins Gästezimmer und sah sich um. "Wo könnte er die Sachen versteckt haben?", fragte er sich leise. Es musste eine Stelle sein, wo Kerstin sie nicht fand, aber irgendjemand anderes sie entdecken würde. Dieser Jemand war Patricia.

Frank griff sich einen Stuhl und stellte ihn an den Schrank. "Volltreffer", sagte er, als er die Kleinigkeiten darauf fand, die keine Kleinigkeiten mehr waren, wenn man sie dringend benötigte. Es wäre nur eine Frage der Zeit gewesen, bis Patricia sie hinter der Blende gefunden hätte. Sie wischte regelmäßig die Staubschicht von den Schränken im gesamten Haus ab.

Eine Minute später lag der Zirkel in Patricks unordentlichem Schreibtisch, die Pinzette in Claudias Kosmetikkiste, die mehr einem Sammelsurium chirurgischer Instrumente glich. Nur bei Patricia war es komplizierter. Ihr Etui war immer picobello sortiert und alles steckte an seinem Platz. Die beiden Lücken waren nicht mehr vorhanden, weil sie bereits für Ersatz gesorgt hatte. Kurzentschlossen ging Frank wieder in Claudias Zimmer und steckte die Feile sowie die Nagelschere in die Kiste. Er wusste genau, was Patricia sagte, wenn die Sachen darin gefunden würden. "Beim nächsten Mal legst du sie wieder in mein Etui, Fräulein", wäre alles, womit Claudia zu rechnen hätte. Ein akzeptabler Preis, wie Frank fand, der sich aber gleichzeitig fragte, welchen Groll der Kater gegen Kerstin hegte? Trotz des kleinen Verrats an seiner Tochter ging er zufrieden nach unten. Das Gefühl, Milli einen Strich durch die Rechnung gemacht zu haben, sorgte für eine gewisse Euphorie in ihm.

Das änderte sich schlagartig, als er wieder das Atelier betrat. Wie angewurzelt blieb er an der Tür stehen und starrte auf den Tisch. Sein Bild war verschandelt worden. Als ob ein Irrer sich daran zu schaffen gemacht hatte, überzogen dunkle Striche, die wahllos kreuz und quer über das Papier gemacht worden waren, das fast fertiggestellte Bild. Frank wusste, wem er das zu verdanken hatte.

Schnurstracks lief er zum offenen Fenster. Patricia hantierte immer noch im Garten und hatte das Körbchen mit Erdbeeren fast bis zum Rand gefüllt. Frank war sich sicher, dass sie das Davonschleichen des Katers nicht bemerkt hatte. Das Monstrum lungerte wieder auf der Hollywood-Schaukel, ließ sich die Sonne auf den Bauch scheinen und sah rücklings in Franks Richtung. Der Kater schien bereits auf ihn gewartet zu haben. Er streckte sich lang aus, spreizte die Zehen mit den sichelförmigen, langen Krallen und rollte dann sichtlich zufrieden auf die Seite.

Frank fiel es schwer, nicht zu brüllen, doch er beherrschte sich. Patricia würde den Kater in Schutz nehmen, der ihrer Meinung nach die ganze Zeit über bei ihr gewesen war. Die Vorstellung, wie der Kater mit dem Pinsel im Maul sein Bild verunstaltete, hatte nur er. So sollte es bleiben.

Die überschwänglichen Sympathiebekundungen Millis beim späteren Mittagessen bestätigten Franks Vermutung. Der Kater verhöhnte ihn. Am liebsten hätte er dem Vieh seinen Fuß in den Bauch gerammt, aber Patricias Nähe schützte den gerissenen Vierbeiner. Frank musste gute Miene zum bösen Spiel machen, als Patricia lächelte. "Na mein Süßer. Gibt dir der Papa nichts, obwohl du so bettelst", säuselte sie, was Frank letztlich sogar veranlasste, ihm eine Kleinigkeit herunterzuwerfen.

"Das kannst du ruhig etwas liebevoller machen", meinte Patricia. Während des Mittagessens erkundigte sie sich auch, ob Frank mit seiner Arbeit fertig geworden sei und sie das neue Bild endlich sehen könne.

"Ich war nicht zufrieden und hab es deshalb unbrauchbar gemacht", log er. Das schien die beste Lösung zu sein.

"Aber gestern meintest du doch noch, dass du …"

"Heute hat's mir halt nicht mehr gefallen. Das ist doch wohl immer noch meine Entscheidung, ob ich ein Bild für gut oder schlecht befinde und ob ich's vernichte oder nicht", unterbrach er Patricia barsch.

"Entschuldige, dass ich mich für deine Arbeit interessiere", erwiderte sie recht scharf. "Du hast beim Frühstück noch selbst gesagt, dass du es heute endlich fertigstellen wirst und es für eine ausgesprochen gute Arbeit hältst."

Diesmal überlegte Frank, bevor er lospolterte. "Ja … schon …", versuchte er etwas Zeit zu schinden. Die erlösende Idee brachte ein kurzer Blick nach unten. Der Kater saß neben seinem Stuhl und grinste ihn unverhohlen an. 'Wieso sieht Patricia das nicht?', dachte er nur und die Antwort lag auf der Hand. Weil niemand außer ihm es sehen konnte. "Tut mir leid, dass ich so unfreundlich war, aber aus irgendeinem Grund hab ich meine Meinung geändert. Ich kann dir nicht mal genau sagen warum. Es war nur so ein Gefühl, dem ich gefolgt bin. Ich ärgere mich eigentlich über mich selbst", räumte er in entschuldigender Tonlage ein und griff über den Tisch nach Patricias Hand. "Verzeih mir."

Das leichte Kopfnicken seiner Frau sorgte dafür, dass der

Kater sich auf die Fensterbank zurückzog. Franks Blick folgte ihm, und diesmal meinte er, dem Kater die Enttäuschung über den doch nicht ausgebrochenen Streit anzusehen. Der Preis für den Frieden war nicht hoch, weil Frank wusste, ein neues Bild wäre in einigen Tagen fertig und es dürfte besser als das erste werden. Doch die neu gemachte Erfahrung wog schwer. Der Kater überschritt eine weitere Grenze und machte vor nichts Halt. Alles schien in diesem unfairen Kampf für den hinterlistigen Vierbeiner zu sprechen, der alle Register zog und sich als Meister der Manipulation bewies. 'Warum macht er das?', sinnierte Frank einen Moment, und die Antwort war simpel. 'Weil er es kann.' Doch Frank ließ sich nicht in das gedankliche Loch fallen, welches diese einfache Erkenntnis mit sich brachte. 'Warte ab, was ich alles kann, und dann Gnade dir Gott', motivierte er sich.

"Was ist los mit dir?", unterbrach Patricia seinen Gedankenfluss.

"Ach nichts. Mir ist da nur so eine Idee gekommen", wich Frank aus und zog seine Hand zurück.

"Irgendwas rumort doch in dir", meinte sie verständnisvoll.

"Mir sind gerade einige Motive durch den Kopf gegangen."

"Okay", war alles, was seine Frau erwiderte, und Frank war froh darüber.

Wieder im Atelier schloss er das Fenster und machte es sich im Bürostuhl bequem. Frank dachte über Konsequenzen für den Kater nach und plötzlich lächelte er. "Die Sache mit dem Baum hat dir auch nicht gefallen, Freundchen", murmelte er zufrieden und erste Ideen für eine neuerliche Vergeltung nahmen konkrete Formen an.

Während seines nächsten Termins in der Stadt nahm Frank auf der Heimfahrt einen Umweg in Kauf und steuerte den Baumarkt an, bei dem er vor einigen Tagen angerufen hatte. Zuerst packte er die Sachen in den Einkaufswagen, die ein Baumarkt immer führte, dann ging er zum Kundendienst, um seine Bestellung abzuholen. Die Sachen waren eingetroffen. Zufrieden bezahlte er die Rechnung und fuhr nach Hause.

Der Kater schien zu ahnen, dass etwas nicht stimmte. Entgegen seiner sonstigen Gewohnheit, ihn nur kurz im Flur zu beschnuppern oder seinen Kopf an Franks Beinen zu reiben, folgte er ihm überall hin. Er begleitete ihn sogar bis zum Schuppen, ging aber nicht mit hinein. Als Frank ohne die Leisten herauskam, mauzte der Kater kurz und warf ihm einen fragenden Blick zu. "Wer nicht hören will, muss fühlen", sagte Frank. Dann ging er in die Garage. Schnell kramte er einige Schraubendreher aus dem Werkzeugkasten und griff sich die Einkaufstüte, die immer noch im Kofferraum lag. "Das schaff ich heute noch", sagte er zuversichtlich, ging in die Küche und begrüßte die anderen.

"Wo warst du solange?", erkundigte sich Patricia, die zusammen mit Claudia den Tisch deckte.

"Im Baumarkt. Ich hab endlich die Türknäufe bekommen, die ich schon ewig haben wollte."

"Was für Türknäufe?"

"Na solche runden, wie man sie in den amerikanischen Filmen immer sieht. Die kann Milli nicht aufmachen. Dann hat die Knallerei endlich ein Ende, wenn er nach oben springt, um die Türklinken runterzuziehen."

"Mich stört das nicht", warf Claudia wie nebenbei ein.

"Aber Kerstin hat sich bei mir beschwert, weil sie ein paar Mal davon wach geworden ist. Außerdem will ich nicht, dass er immer durchs Atelier spaziert."

"Und wie kommt er dann nachts nach draußen oder ins Bad?", erkundigte sich Patricia.

"Unsere Badtür ist immer offen und ansonsten schläft er nachts bei dir. Aber ich hab auch noch eine Katzenklappe gekauft. Die baue ich in die Schlafzimmertür und dann kann er jederzeit runter. Ist das okay für dich?"

"Klar." Gegen den Vorschlag gab es nichts einzuwenden. Selbst sie musste einräumen, dass ihre Eltern sich einmal darüber mokiert hatten, nachts mehrmals von Milli geweckt worden zu sein. Das war zwar schon lange her, aber durch diese Lösung eine Wiederholung ausgeschlossen.

Frank machte sich an die Arbeit und begann mit der Tür des Ateliers. Er musste nur die alte Klinke abschrauben und an deren Stelle den Türknauf anbringen. Im Gegensatz zu den amerikanischen, enthielten diese keinen Schließmechanismus, sodass die Blende und das Schloss unverändert blieben. Frank hatte lange suchen müssen, um ein geeignetes Design zu finden, das zu den Blenden passte. In einem Katalog des Baumarkts war er endlich fündig geworden, und jetzt bewies sich gerade, seine getroffene Wahl war gut.

Zufrieden betrachtete er das Resultat des ersten Umbaus. Es hatte nur drei Minuten gedauert. Einige Male öffnete und schloss er die Ateliertür. Alles funktionierte. Ein hämisches Grinsen machte sich in Franks Gesicht breit. Das lag nicht nur daran, weil Milli aus sicherer Entfernung sein Treiben beobachtete und erregt mit dem Schwanz zuckte. Auch die Genugtuung darüber, dem scheußlichen Kater Paroli zu bieten, verschaffte ihm Glücksgefühle. Kurz sah er auf seine Armbanduhr. Vor dem Essen würde er alle Türen im Erdgeschoss schaffen, und der Rest in der oberen Etage sollte vor dem Zubettgehen erledigt sein.

Am nächsten Tag kümmerte sich Frank um den zweiten Teil der Antiterrormaßnahme. Als solche empfand er es. Die Fenster im Atelier mussten so gesichert werden, dass der Kater sie nicht mehr als Ein- und Ausgang benutzen konnte. Nach dem Frühstück maß er die Fensterleibungen aus und begann im Schuppen zwei Rahmen zu bauen. Dafür hatte er die Leisten gekauft. Die Arbeit ging ihm gut von der Hand, was in erster Linie seinen Motiven geschuldet war. Als die beiden Rahmen fertig waren, probierte er sie aus. Sie passten und ließen sich mit den ausdrehbaren Quer- und Längsleisten stabil gegen das Mauerwerk pressen. Nach der Probe lackierte er das Holzgestell, ließ es im Schuppen trocknen und spannte am Nachmittag die weiße Gaze darüber, welche im Sommer Fliegen und Mücken fernhalten sollte. Das zumindest war die offizielle Lesart gegenüber seiner Frau. Beim Befestigen des fertigen Fliegengitters brauchte Frank ihre Hilfe. Patricia drückte sie von außen gegen die Fensterrahmen und er arretierte von innen die Gestelle am Mauerwerk. "Die sind wirklich gut geworden", meinte Patricia anerkennend, als sie mit dem zweiten Modell fertig waren. Frank schlug ihr vor, auch für die Küchenfenster zwei Rahmen zu bauen. "Gerade in der Küche nerven die Fliegen doch am meisten", war das Argument, mit dem er hoffte, dem Kater ein weiteres Schnippchen zu schlagen, aber da hatte er sich getäuscht.

"Milli fängt sie immer weg und frisst sie auf. Außerdem muss er nicht erst ums ganze Haus laufen, wenn ein Fenster offen ist und er in den Garten will. Aber danke, dass du dir die Arbeit gemacht hättest", antwortete sie und belohnte ihn mit einem Küsschen.

Trotzdem war Frank mit dem Resultat der letzten Tage zufrieden. Der Kater kam nicht mehr in jeden Raum, was die Möglichkeiten seiner gemeinen Intrigen stark einschränkte. Als Letztes baute Frank noch die Katzenklappe in die Schlafzimmertür ein. Er durfte Milli keinen Vorwand bieten, die eigenen Rachegelüste an ihm zu befriedigen. Frank rechnete fest damit, und das Vorspielen einer Notlage durch den gewieften Kater gehörte dazu. 'Was wäre, wenn der Drecksack erst die Badtür zudrückt und dann in mein Bett pisst. Zuzutrauen wäre es ihm', war Frank durch den Kopf gegangen. Nur deshalb verschob er die Arbeit nicht auf den morgigen Tag.

In den folgenden Wochen gab es keinerlei Beschwerden wegen vermisster Gegenstände mehr. Patrick hatte sogar seinen Zirkel im Schubkasten wiedergefunden und das beim Frühstück erzählt. "Aber erst mal mich beschuldigen", hatte Claudia mit vollem Mund gekeift, worauf ihr Bruder nur gemeint hatte, es sei immerhin die wahrscheinlichste Option gewesen. Ihr lustloses "Haha, das glaub ich wohl kaum", war alles, was dazu noch gesagt wurde.

Insgeheim wartete Frank auf eine Ansage seiner Tochter, aber weder wegen des Wiederfindens der Pinzette, noch zum unverhofften Besitz einer neuen Nagelfeile und der kleinen Schere äußerte sie sich. Langsam keimte der Verdacht in ihm auf, Claudia könnte es nicht einmal bemerkt haben. Aber das war unwesentlich, denn es bestand auch die Möglichkeit, sie äußerte sich über diese trivialen Dinge nicht, weil sie trivial waren, solange man sie zur Hand hatte. Wesentlich war für Frank nur, es gab keine neuen Attacken des Katers. Die kleine Umbaumaßnahme schien alle Probleme gelöst und das Leben wieder in normale Bahnen gelenkt zu haben.

Nach einem weiteren Jahr räumte er sogar ein, der Kater wäre durch das Herumliegenlassen der Sachen in Versuchung geführt worden. Das machte ihn zwar nicht unschuldig, aber war selbst in Franks Augen ein mildernder Umstand. Einzig das Verschwinden von Patricias Sachen passte nicht in dieses Bild, doch dieses Detail verdrängte er. Alles lief genauso, wie er es sich immer gewünscht hatte.

Auch Patricks Entschluss, auf den Militärdienst zu verzichten und lieber ein Jahr Zivildienst zu leisten, gehörte dazu. Während der Zeit wollte Kerstin ihr Abitur ablegen. Danach sollte ihr gemeinsames Jurastudium beginnen. Die beiden wirkten an den Wochenenden wie ein altes Ehepaar, was nicht nur Frank so empfand. Auch Patricia hatte das einmal zu ihm gesagt. Selbst Claudia war auf ihre eigene Art zu dieser Feststellung gekommen. "Die können mit ihrer Langeweile richtig nervtötend sein", hatte sie gemeint. Das war beim Abendessen gewesen, welches sie zu dritt eingenommen hatten. Patrick war noch nicht zu Hause gewesen, weil er mit Kerstin im Kino war. Die beiden nutzten oft die verbilligte Mittwochnachmittagsvorstellung und gaben das eingesparte Geld lieber für Hamburger und Pommes aus, bevor Patrick seine Angebetete nach Hause brachte, um anschließend selbst heimzukommen.

Vielleicht war Claudias Bemerkung der Auslöser für Franks Gedankenspiele, welche ihn ab und an dazu brachten, über seine Tochter etwas mehr als notwendig nachzudenken. Dabei war Frank aufgefallen, seine einstige Sorge, Claudia brächte bald ihren ersten Freund mit, war bisher unbegründet geblieben. Das hieß zwar nicht, es würde noch lange so bleiben, aber im Moment verschaffte es ihm innere Ruhe zu wissen, die häusliche Harmonie konnte vorerst ungestört weiterbestehen. Das umso mehr, nachdem ihm Patricia anvertraut hatte, ihr letzter gemeinsamer Besuch beim Frauenarzt hätte nichts Neues ergeben. Claudia, die manchmal die Genervte, oft auch die Vorlaute raushängen ließ, war immer noch im grünen Bereich, wie Patricia es nannte. Alles lief in Bahnen, die Frank als geregelt empfand.

Coming out

Einen Dämpfer gab es erst im darauffolgenden Jahr. Claudia war mittlerweile in der 11. Klasse und am Nachmittag mit ihren Eltern in der Stadt verabredet. Natürlich wollte sie nicht unmittelbar vor der Schule abgeholt werden. Deswegen verabredeten sie sich in der Nähe des Bahnhofs, um von dort aus gemeinsam zum Fotogeschäft zu schlendern. Claudia interessierte sich in letzter Zeit sehr für Fotografie und lotete immer wieder die Grenzen ihrer kleinen Kompaktkamera aus. Sie hatte sogar vor Kurzem einen Kurs belegt, der ihr Interesse noch zusätzlich beflügelt zu haben schien.

Patricia und Frank warteten in einer Konditorei auf ihre Tochter. Von hier aus hatten sie nicht nur einen guten Blick auf die Straßenecke, an der sie sich mit Claudia treffen wollten, sondern auch auf die Straße, die von der Schule herführte. Die beiden hatten den Tag bereits genutzt und kleine Einkäufe hinter sich gebracht, die, verpackt in zwei Tragetaschen, darauf warteten, von Frank weiter durch die Gegend getragen zu werden. Entspannt aßen sie Erdbeerkuchen, als sie ihre Tochter aus einer anderen Richtung kommen sahen. Sie war nicht allein, aber verabschiedete sich bereits 100 Meter vor dem Treffpunkt von ihrer Begleitung. Patricia und Frank registrierten genau, wie die beiden sich kurz küssten. Dann ging Claudia allein weiter, sah sich aber noch einige Male um und winkte in Richtung des Begleiters.

"Polter nicht gleich los", sagte Patricia leise und warf gleichzeitig einen ermahnenden Blick in Franks Richtung.

"Keine Sorge. Wir können ja erst mal so tun, als wüssten wir von nichts", beruhigte er seine Frau.

"Dir ist aber klar, dass das irgendwann kommen musste?", erwiderte Patricia und schien tatsächlich auf eine Antwort zu warten. "Deine kleine Prinzessin ist kein Kind mehr", ergänzte sie nach einigen Sekunden des Schweigens.

"Ja schon, aber muss es so ein langhaariger Hippie sein."

"So ein zotteliger Hippie warst du auch mal." Patricia schmunzelte.

"Das waren doch ganz andere Zeiten. Damals ..." Frank

184

sprach nicht weiter, sondern sah zu Claudia, die an der Straßenecke wartete. "Ich will doch bloß nicht, dass sie auf irgendeinen Dahergelaufenen trifft, der ihr das Herz bricht und sie dann abserviert", meinte er leise und spürte plötzlich Patricias Hand auf der seinen.

"Sie muss ihre eigenen Erfahrungen sammeln. Davor kannst du sie nicht beschützen."

"Ich weiß."

"Lass uns gehen und vergiss nicht, wir haben …"

"Nichts gesehen." Frank nahm die beiden Einkaufstaschen und ließ Patricia vorneweggehen, damit sie ihm die Tür öffnen konnte.

Claudia lächelte, als sie ihre Eltern kommen sah. "Wart ihr schon ohne mich unterwegs?", begrüßte sie die beiden.

"Wir haben nur ein paar kleine Erledigungen gemacht", meinte Patricia und hakte sich bei ihrer Tochter unter.

Sie schlenderten zum Fotogeschäft. Patricia und Claudia sich angeregt unterhaltend, Frank mit zwei leichten Taschen hinter ihnen her. Das verschaffte ihm nicht nur Zeit zum Nachdenken, sondern gab ihm die Möglichkeit, seine zwei Frauen zu studieren. Die Erkenntnisse waren gut. Aus Claudia war eine attraktive Frau geworden. Diesbezüglich war Frank sehr zufrieden. Die weitere Erkenntnis war, dass Patricia immer noch fantastisch aussah. 'Ich sollte sie mal wieder zeichnen', ging ihm durch den Kopf. Doch der Gedanke verflüchtigte sich sofort, als er hörte, wie Patricia sich nach Claudias heutigem Schultag erkundigte.

"Wir hatten zeitiger Schluss, weil die letzte Stunde ausgefallen ist. Unser Musiklehrer ist krank", antwortete sie.

"Hast du die ganze Zeit auf uns gewartet?", fragte Patricia.

"Nein, ich war noch im Fotoatelier, wo der Kurs stattgefunden hat. Dort kann ich das eine oder andere ausprobieren", antwortete Claudia.

"Dann war dir ja nicht langweilig", meinte Patricia und hakte nicht weiter nach, als ihre Frage verneint wurde. Mittlerweile waren sie auch am Fotogeschäft angekommen. Nachdem sie eingetreten waren, ging Claudia schnurstracks auf ein Ausstellungsstück zu und las die technischen Daten. "Die wäre genau das richtige Modell, aber so viel Geld hab ich noch nicht zusammen", räumte sie unumwunden ein.

"Ich dachte, du schaust, was noch so im Angebot ist. Aber anscheinend ist das nicht mehr notwendig", meinte Frank.

"Ich war schon einige Male hier. Die is' 's. Wie gesagt, so viel Geld hab ich noch nicht zusammen, und ich dachte, ihr könntet …"druckste Claudia herum und sah ihren Vater erwartungsvoll an.

"Naja, du hast nächsten Monat deinen 17. Geburtstag. Wenn Mama nichts dagegen hat …", spielte er den Ball geschickt an Patricia weiter.

"Wieso muss ich das entscheiden?"

"Weil du den besten Überblick über die Finanzen hast."

Es blieb eine Weile still. Claudia und Frank sagten keinen Ton. Sie warteten auf Patricias Entscheidung. "Na, was ist nun?", fragte Frank, als es ihm zu lange dauerte.

"Meine 300 Mark hab ich dabei, für den Fall, dass …", schob Claudia hinterher und sah ihre Mutter erwartungsvoll an.

"Das wird ein teurer Geburtstag. Bringst du diesmal Gäste mit?", war Patricias Frage an ihre Tochter.

"Wie meinst du das? Oma und Opa werden bestimmt kommen und Patrick und Kerstin sind sowieso da", eierte sie.

"Soso", war Patricias ganze Reaktion, die wieder dazu führte, dass es still zwischen den Dreien wurde. "Vielleicht willst du ja noch jemanden einladen", ergänzte sie.

"Keine Ahnung. Wenn mir noch wer einfällt, dann sag ich rechtzeitig Bescheid", meinte Claudia.

"Natürlich gibt unser Budget die Kamera her", sagte Patricia plötzlich, als ob es das kleine Geplänkel zwischendurch nicht gegeben hätte. "Deine 300 Mark behältst du besser, damit du dir Zubehör kaufen kannst und Papa nicht immer fragen musst. Das Entwickeln der Filme ist auch nicht umsonst."

"Im Fotoatelier kann ich das umsonst haben", entwich Claudia voller Begeisterung, aber sie fing sich sofort wieder. "Auf jeden Fall deutlich billiger."

"Ich hoffe, du hast genug Geld dabei", sagte Patricia zu Frank, der einen Scheck aus dem Portmonee zog.

Claudia verließ das Geschäft sehr glücklich, zumal bereits feststand, sie musste nicht bis zu ihrem Geburtstag warten, um die Kamera benutzen zu können.

Erst abends im Bett hatte Frank wieder die Gelegenheit, ungestört mit Patricia zu reden. "Du hast sie im Fotoladen ganz schön lange zappeln lassen", meinte er fast vorwurfsvoll.

"Und du hast mir eine sofortige Entscheidung aufgezwungen. Seit wann machen wir das denn so?"

"Tut mir leid, aber es gibt Sachen, die kannst du einfach besser als ich. Du hast unterwegs noch einiges aus ihr rausgekitzelt. Claudia hätte auch sagen können, sie wäre direkt aus der Schule gekommen. Beim Geburtstagsgast hat es zwar nicht geklappt, aber ich glaube, sie war kurz davor, doch was von ihrem Freund zu sagen", meinte Frank.

"Oder es als das abzutun, was es wahrscheinlich ist: ihre erste Erfahrung. Sie wird 17 und ich habe mich schon so manches Mal gefragt, wann es bei ihr losgeht. Jetzt hat sie jemandem einen Kuss gegeben und wir haben es zufällig aus der Ferne mitbekommen. Alles was wir wissen, er ist etwas größer als Claudia und hat lange, hellblonde Haare zu einem Zopf gebunden. Setz sie jetzt nicht unter Druck und mach die Welt verrückt. Deine kleine Prinzessin wird auch in Zukunft deine Prinzessin bleiben, wenn du ihr genug Zeit gibst", predigte Patricia.

So kam es Frank jedenfalls vor, der verzweifelt nach einem Ausstieg aus der Diskussion suchte. Er wusste, Patricias Argumenten und ihrem Gespür für die Situation konnte er nichts Vernünftiges entgegenhalten. Deshalb sagte er nur das, was momentan das Beste war. "Du hast ja recht, mein Schatz." Dann küsste er Patricia und die Idee von heute Nachmittag fiel ihm wieder ein. Mit deren Umsetzung konnte er gleich mehrere Fliegen mit einer Klappe schlagen. Vor allem die, die am lautesten in seinem Kopf summte. 'Du warst heute ungewöhnlich großzügig zu deiner Prinzessin. Wärst du das auch gewesen, wenn sie niemanden geküsst hätte?', erkundigte sich die summende Fliege, die das Gesicht von Patricia zu haben schien, aber wenigstens ihre Stimme. "Weißt du, worauf ich richtig Lust hätte?", fragte er deshalb unmittelbar nach dem Kuss.

"Worauf denn?", hauchte Patricia.

"Dich zu zeichnen."

"Weißt du noch, wann du das zum letzten Mal gemacht hast?"

"Natürlich weiß ich das", flüsterte Frank.

"Wo denn?"

"Das weißt du genau." Er küsste ihren Hals.

"Ich schon, und du?"

"In Paris."

"Malen kannst du mich morgen auch noch", hauchte sie, und damit war Frank einverstanden. Milli hatte sich gerade auf die Fensterbank verzogen.

Am folgenden Tag testete Claudia die Kamera ausgiebig, machte von allen Schnappschüsse und versuchte, einzelne Momente einzufangen. Nur beim Kater war es anders. Er ließ sich geduldig auf die von Claudia ausgewählten Plätze setzen und behielt sogar häufig die Posen bei, die sie für ihn vorgesehen hatte. Es sah fast so aus, als lächelte er jedes Mal in die Kamera. "Die schenke ich Mama", hatte sie einmal während der Aufnahmen zu ihrem Vater gesagt, der nur erwiderte, mit der Anzahl von Zeichnungen und Fotos könne schon jetzt eine eigene Ausstellung Millis eröffnet werden.

Nach dem Abendessen erinnerte Patricia ihren Mann an das gestern abgegebene Versprechen. "Ich habe schon alles oben", meinte er nur und kurz darauf verabschiedeten sie sich von Patrick und Claudia, die vor dem Fernseher saßen. "Schaut nicht mehr so lange in die Röhre. Morgen ist Schule", meinte Frank und erntete ein gelangweiltes "Jaja" von beiden. Aber das schien besser zu sein als die Frage, wieso sie schon zu Bett gingen, und deshalb beließ er es dabei.

Als er im Schlafzimmer ankam, lag Patricia bereits auf dem Bett. Sie war nicht nackt, sondern hatte ihr durchsichtiges, kurzes schwarzes Nachthemd an, das mehr ein Alibi als eine Tatsache war. Frank registrierte den Kater sofort, der sich an Patricias Bauch anlehnte. Das Motiv sah auf den ersten Blick fantastisch aus. 'Venus mit Kater', wäre ein passender Titel gewesen. Jetzt erinnerte es ihn daran, das Monster bereits zweimal getötet zu haben. Schlagartig keimte ein alter Verdacht in ihm auf. Das umso mehr, als Patricia sagte, Milli hätte sich von selbst in diese Position begeben. Frank glaubte das sofort, denn der Kater schnurrte laut und inbrünstig, aber eine innere Stimme sagte: 'Der weiß genau, warum er gezeichnet werden will.' Frank wusste es auch.

Trotzdem begann er zu arbeiten. Die Konturen nahmen rasch Gestalt an. Dabei fiel Frank auf, der Kater rührte sich die ganze Zeit über nicht. Milli unterdrückte sogar seine Neugier und kam nicht einmal zu Frank, um einen Blick auf das Bild zu erhaschen. Daran wollte er auch nichts ändern, und so kommentierte er leise weiter, was er angeblich gerade aufs Papier bannte. Er war sich sicher, Patricia würde nicht enttäuscht sein, und auf ihre Frage, warum er so getan hätte, als zeichne er Milli mit, konnte er immer noch sagen, er hätte dessen Umrisse zwar skizziert, aber es sich am Schluss anders überlegt. Das war auch der Grund, warum er gegen Mitternacht meinte, für heute sei er fertig und die Feinarbeiten mache er morgen im Atelier. Dort sei besseres Licht. Zwar wollte Patricia das unfertige Bild sehen, doch Frank hatte es bereits zusammengerollt und an den Aberglauben des Künstlers appelliert, als er sagte: "Du willst doch nicht, dass es mir misslingt? Ein halbfertiges Bild …"

"Zeigt man dem Modell nicht", hauchte sie glücklich.

Nach dem Frühstück setzte Frank seine Arbeit im Atelier fort. Immer wieder betrachtete er das Bild seiner Frau, welches mehr und mehr Kontur annahm. Je deutlicher Patricia in allen Details zu erkennen war, desto mehr wurde er motiviert, die Arbeit heute noch fertigzustellen.

Am Abend war es soweit. Mit verbundenen Augen führte er Patricia ins Atelier und stellte sie vor die Staffelei. "Jetzt darfst du sie abnehmen, mein Schatz."

Patricia tat das sehr bedächtig. Dann lächelte sie, und die kleinen Krähenfüße an ihren Augen waren der erste Lohn für die Arbeit. "Wow", sagte sie gerührt und küsste ihn.

Anders als Frank gedacht hatte, fragte sie nicht, warum Milli nicht mit auf dem Bild und sie selbst nackt war. Gebannt betrachtete sie die Details der Zeichnung, bis ein Scharren an der Tür sie aus ihrer Konzentration riss. "Milli ist der Einzige, der es sehen darf", sagte sie und öffnete die Tür einen Spaltbreit. Sofort huschte der Kater mauzend hindurch und sah zu ihr. "Du darfst natürlich sehen, wie dein Frauchen gemalt wurde, mein Süßer", säuselte sie und nahm Milli auf den Arm. Dann ging sie mit ihm zur Staffelei.

Frank tat zwar so, als sortierte er einige Kohlestifte, doch dabei achtete er auf jede Reaktion Millis. Dessen kurzer Blick zu Frank sprach eine eindeutige Sprache. Die Augen des Katers waren zwei schmale Schlitze. Das verriet die Wut, die im Vierbeiner tobte und von der Patricia nichts mitbekam. Nur sein Schwanz zuckte unkontrolliert hin und her. Doch auf einmal strampelte der Kater solange, bis er heruntergelassen wurde. Sofort eilte er zur Tür und forderte *sein Frauchen* unmissverständlich auf, ihm zu öffnen.

"So kenne ich ihn gar nicht", sagte Patricia, als Milli verschwunden war.

"Vielleicht muss er dringend raus", erwiderte Frank zweideutig und frohlockte innerlich.

"Kann sein", meinte sie nur, dann betrachtete sie wieder das Bild. "Eigentlich schade, dass wir mich immer wegschließen", sagte sie nach einer Weile.

"Es gehört dir und du kannst damit machen, was du willst. Häng es doch ins Schlafzimmer", schlug Frank vor.

"Damit du irgendwann siehst, wie alt die Frau im Bett neben dir ist", lachte sie.

"Solange der Typ neben dir nicht jünger wird, ist das egal."

"Ich habe eine Idee. Du könntest auch mal wieder ein Bild von dir malen. Im gleichen Stil natürlich und die hängen wir dann beide übers Bett."

"Was sollen die Kinder sagen, wenn sie uns in diesen Posen sehen."

"Sie sind erwachsen genug, um damit klarzukommen. Außerdem will ich ihnen nicht sagen müssen, ich hänge allein da, weil du dich nicht traust", stichelte sie.

"Dann brauch ich ein Foto von mir, aber das macht nicht Claudia." Insgeheim fand Frank den Gedanken reizvoll, und seine anfängliche Gegenwehr war nur pro forma. "Es muss nichts Weltbewegendes sein, einfach nur, wie ich auf dem Bett liege."

"Das kann ich nachher machen", sagte Patricia mit erotischer Stimme und legte ihre Arme um Franks Hals.

Obwohl Frank sie küsste, schweiften seine Gedanken einmal zum Kater ab. Die sehr persönliche Reaktion Millis hatte neue Befürchtungen in ihm geweckt. 'Vielleicht sehe ich da zu schwarz', dachte er, und diese Schlussfolgerung half, das düstere Bild zu zerstreuen. Das Wissen, in letzter Zeit ein ruhiges Leben an der Seite des Monsters geführt zu haben und weder attackiert, noch bestohlen oder gedemütigt worden zu sein, baute ihm diese goldene Brücke.

Bereits am nächsten Tag entschloss er sich, den Film zum Entwickeln zu bringen. Patricia hatte erst die Aufnahmen von ihm gemacht, bevor sie vorschlug, die Rollen zu tauschen. Dabei war Frank zum ersten Mal aufgefallen, wie sehr seine Frau das anrüchige Abenteuer zu genießen schien. Auch Frank selbst hatte es genossen, das gestand er sich unumwunden ein. "Und das, obwohl wir uns schon über 20 Jahre kennen", murmelte er. Dabei fiel ihm auf, wie schnell die Zeit an Patricias Seite vergangen war. 'In fünf Jahren haben wir schon silberne Hochzeit', ging ihm durch den Kopf.

Frank fuhr mit dem Bus in die Innenstadt. Erst unterwegs überlegte er sich, wo er den Film zum Entwickeln hinbringen sollte. Zwar gab es mehrere Geschäfte, in die er gehen konnte, aber er war unschlüssig. Immerhin enthielt der Film brisante Bilder, die nicht in die Hände Fremder gelangen sollten. Das Fotoatelier, in dem Claudia ihren Kurs belegt hatte, und zu dem sie gelegentlich immer noch ging, kam ihm in den Sinn. Kurz dachte er an den langhaarigen Hippie, der seine Tochter geküsst hatte. Wobei völlig offen war, ob der etwas mit dem Atelier zu tun hatte.

Die Neugier hatte gesiegt, als er davorstand. Es war später Vormittag und Claudia in der Schule. Zuerst sah er sich das Schaufenster an. Einige Portraitaufnahmen, aber auch Hochzeitsfotos waren hier ausgestellt. Ein Schild versprach individuelle Fototermine rund um die Uhr. Vom Schaufenster aus warf er einen verstohlenen Blick ins Innere des Ateliers, doch er sah nur einen Teil des Verkaufsraums.

Nach dem Betreten des Geschäfts stockte er. Im ersten Moment irritierte ihn, dass niemand hier war, doch dann rief eine Frauenstimme: "Ich komme gleich." "Ich warte", rief Frank zurück und schaute sich um. Der Raum war nicht groß, aber geschmackvoll eingerichtet. An den Wänden hingen großformatige Bilder, die es vermochten, Blicke auf sich zu ziehen. Einige stark vergrößerte Detailaufnahmen aus dem Inneren von Uhren und Automaten weckten sein Interesse, doch bevor er sie näher betrachten konnte, kam eine junge Frau nach vorn. "Entschuldigen Sie bitte, dass ich Sie warten ließ", sagte sie freundlich.

Frank drehte sich abrupt um. "Kein Problem. Ich wollte mir gerade die Bilder ansehen", erwiderte er und hielt auf den Tresen zu. "Ich habe hier einen Film, den ich entwickeln lassen möchte. Da sind einige Akte drauf. Machen Sie so was?"

"Selbstverständlich. Haben Sie bestimmte Wünsche?"

"Nein. Ja. Etwas größer dürfen die Bilder ruhig sein. Ich benötige sie als Vorlage für Zeichnungen", eierte Frank herum.

"Was halten Sie von 14 mal 21 cm, das ist in etwa A-5-Format. Wenn Sie wollen, kann ich Ihnen einzelne Körperpartien auch vergrößern. Einen Kopf oder eine Hand zum Beispiel", schlug die junge Frau vor.

"Das kann ich erst sagen, wenn ich die Bilder sehe. Wer weiß, ob die Aufnahmen überhaupt geworden sind."

"Wenn Sie wollen, dann wissen Sie es in einer Stunde."

"Geht das so schnell?"

"Klar. Sie können hier warten oder in der Zwischenzeit was Anderes erledigen."

"Dann schau ich mir Ihre kleine Galerie hier an. Haben Sie die Aufnahmen gemacht?"

Die junge Frau lächelte. "Jede Einzelne." Man sah ihr die Begeisterung an, mit der sie die zwei Worte ausgesprochen hatte.

"Da sind schöne Motive dabei", lobte Frank die Aufnahmen.

"Möchten Sie einen Kaffee?"

"Gerne."

"Ich hole ihn schnell. Während Sie ihn trinken und sich die Motive ansehen, entwickele ich Ihren Film. Ob die Aufnahmen geworden sind, wissen wir schon in einer halben Stunde", sagte sie und ging in einen Nebenraum.

Nach einer Minute kam sie langsam mit dem Kaffee zurück. Auf die Untertasse hatte sie zwei Stück Zucker und eine Portion Sahne gelegt. "Bitte sehr. Ich beeil mich", meinte sie nur, drehte sich wieder um und ging ins Labor.

Frank sah ihr nach. Die junge Frau mochte Mitte 20 sein, und ihre hellen, grünen Augen strahlten eine unbändige Lebensfreude aus. Sie passten auch hervorragend zu ihrem blonden Haar. Sie hatte es hochgesteckt und Frank gestand sich ein, das sehr erotisch zu finden. Durch ihren blauen Kittel konnte er ihre Figur nur erahnen, aber sie schien schlank zu sein. Mit der Tasse in der Hand ging er zur Bilderwand, die schon vor einigen Minuten sein Interesse geweckt hatte. Die Motive zogen ihn in ihren Bann.

Er war mit seinen Träumereien voll im Gange, als die junge Frau ihn daraus herausriss. "Der Film ist entwickelt. Wenn Sie wollen, können Sie nach hinten kommen und sich die Aufnahmen ansehen. Sie sind aber noch nass", meinte sie, und das ließ Frank sich nicht zweimal sagen. Es war ihm lieber, die Auswahl in der Abgeschiedenheit des Labors zu treffen als hier vorn im Ladengeschäft. Kurz sah er sich um und stellte die leere Tasse auf den Tresen. Dann ging er mit ihr nach hinten.

Frank betrat das Labor, und brauchte einige Sekunden, um sich an das diffuse Licht im Inneren zu gewöhnen.

"Die Fotos sind ganz passabel geworden", meinte die junge Frau.

Frank war die Situation unangenehm und er spürte, wie seine Handflächen zu schwitzen begannen. "Das war so eine verrückte Idee meiner Frau", sagte er verlegen.

"Ist sie das?", hakte die junge Frau nach.

"Ja, das ist sie."

"Sie sieht gut aus", lächelte sie Frank an, um dann seine Fotos zu kommentieren. "Sie können sich auch sehen lassen. Welche Bilder brauchen Sie groß?"

Das Kompliment verfehlte seine Wirkung nicht. Frank fühlte sich gleich etwas lockerer. Eine Weile betrachtete er die Aufnahmen und entschied sich zuerst für zwei, auf denen er Patricia sehr verführerisch fand, und die er für sich wollte. "Auf jeden Fall die beiden", meinte er und traf dann die Auswahl für seine eigenen Bilder. "Die drei und von diesem das Gesicht, die Brust, den vorderen Arm mit der Hand und die beiden Füße als vergrößerten Detailausschnitt."

"Kein Problem. Ich schlage vor, Sie bleiben hier, wenn ich die Bilder belichte. Dann kann ich nämlich nach Ihren Vorgaben Veränderungen an den Einstellungen vornehmen." Sie führte ihm mit dem Belichtungsautomat genau vor, was sie meinte.

Beatrix fertigte erst die fünf ausgewählten Portraitaufnahmen an. Währenddessen unterhielten sie sich angeregt. "Wie heißen Sie eigentlich?", erkundigte er sich plötzlich.

"Beatrix. Und Sie?"

"Frank. Bekommen Sie überhaupt mit, wenn jemand in den Laden kommt?"

"Ich habe hier hinten leise Gongs. Die läuten, wenn die Ladentür aufgeht. In einem Fotoatelier gibt es kaum Laufkundschaft. Der Laden ist so eine Art Stützpunkt für mich, in dem ich in Ruhe entwickeln und probieren kann", erklärte ihm Beatrix und behielt dabei das Entwicklerbad mit im Auge. "So ist es gut", meinte sie nach einer Weile und legte das Foto ins Fixierbad. "Jetzt können wir uns gleich um die Körperpartien kümmern", erklärte sie Frank, der ihr begeistert zusah.

Zwei Minuten später war das Gesicht so stark vergrößert zu sehen, wie Beatrix ihm empfohlen hatte. "Wenn das für Sie okay ist, dann belichte ich jetzt?"

Frank nickte. "Ich verlasse mich ganz auf Sie", meinte er nur.

"Dann los." Beatrix legte das Fotopapier auf die Platte und schaltete den Belichtungsautomaten an. Für einige Zeit fiel wieder grelles Licht auf das Fotopapier, dann erlosch es und tauchte die Umgebung für einige Sekunden in tiefe Dunkelheit.

Beim Belichten des vorletzten Bildes ertönte der Gong. "Heute haben Sie aber mehr Laufkundschaft", meinte Frank, doch Beatrix sah nur kurz auf die Uhr und konzentrierte sich erneut auf die Einstellung des Motivs. Wie nebenbei bemerkte sie: "Das dürfte meine Freundin sein." Kurz schaute sie in Richtung der Tür und rief: "Ich bin hier, im Labor." Dann war sie wieder ganz in ihre Aufgabe vertieft und startete die Belichtung.

"Schatz, kann ich reinkommen?", hörte Frank und erstarrte zur Salzsäule. Die Stimme kam ihm sehr bekannt vor. Es war Claudias.

"Einen Moment noch", rief Beatrix, und als das grelle Licht einige Sekunden später erlosch, ging sie zur Tür. "Hi, Liebling", begrüßte sie Claudia und gab ihr einen Kuss.

Fassungslos starrte Frank in ihre Richtung. Sein Herz raste. Er hörte, wie Beatrix sagte: "Komm rein. Es ist nur noch ein Bild zu entwickeln. Wie viel Zeit hast du heute?"

"Zwei Stunden, dann muss ich …" Kurz stockte sie. "Papa?"

"Hallo Prinzessin", sagte Frank, der sich äußerlich zwar im Griff hatte, aber innerlich alles andere als gefasst war.

"Was machst du denn hier?", fragte Claudia entsetzt.

"Ich lasse Fotos entwickeln. Wenn ich gewusst hätte, …" Frank stockte. Was sollte er sagen?

"Sie sind Claudias Vater?" Beatrix' Stimme war die Überraschung deutlich anzuhören. "Das ist mir jetzt zwar peinlich, aber andererseits ist es endlich raus", schob sie ruhig hinterher. "Ihre Tochter und ich … "

"Wir lieben uns und sind ein Paar", schwappte es aus Claudia heraus. "Ich hätte es dir und Mama schon lange erzählt, aber ich hatte Angst, weil ich nicht wusste, wie ihr reagiert", versuchte sie sich zu erklären.

"Du hattest Angst vor uns? Na toll."

"Erzählst du's Mama?"

"Du erwartest jetzt hoffentlich kein Ja oder Nein."

"Wir haben uns bei einem meiner Kurse kennengelernt, an dem Ihre Tochter teilgenommen hat. Es hat sofort zwischen uns gefunkt. Wollen wir uns bei einem Kaffee darüber unterhalten? Dann schließe ich schnell den Laden ab", schlug Beatrix vor.

"Kaffee klingt gut", meinte Frank nur.

Beatrix verließ das Labor und die beiden waren allein. Betreten sah Claudia zu ihrem Vater. "Es tut mir leid. Ich wollte nicht, dass du's so erfährst. Ich hab das Auto gar nicht gesehen, sonst …"

"Hättest du es weiter verheimlicht? Ich bin mit dem Bus gekommen, weil Mama es heute braucht." Frank strich sich mit den Händen übers Gesicht. "Komm schon her", sagte er und reichte Claudia seine Hand, die ihn jedoch sofort umarmte.

"Ich kann mit Jungs nichts anfangen", sagte sie leise.

"Ich auch nicht", erwiderte Frank spöttisch, aber er spürte, wie Claudia sich entspannte. "Jetzt weiß ich wenigstens, dass der langhaarige Hippie doch kein Hippie ist. An dem Tag, als wir deine Kamera gekauft und auf dich gewartet haben, haben Mama und ich gesehen, wie du jemandem einen Kuss gegeben hast. Aber es war so weit weg, dass wir nicht erkennen konnten, wer es ist. Wir haben natürlich an einen jungen Mann gedacht. Du hast zwar an dem Tag erzählt, dass du aus dem Studio und nicht aus der Schule gekommen bist, aber das hatten wir trotzdem nicht vermutet. Sie macht auf jeden Fall tolle Fotos."

"Die macht sie." Claudia löste sich aus der Umarmung und sah ihren Vater an. "Was wird Mama sagen?"

Frank zuckte mit den Schultern. Doch noch bevor er etwas antworten konnte, kam Beatrix zurück und sagte, dass der Kaffee fertig sei. Sie gingen in den Verkaufsraum und setzten sich an den kleinen Bistrotisch in der Ecke. Einen Moment herrschte Schweigen, dann fragte Claudia plötzlich: "Was lässt du hier eigentlich für Fotos entwickeln?"

"Äh, von Mama und mir."

"Wieso hab ich die nicht gemacht?", fragte Claudia und bemerkte Beatrix' Schmunzeln nicht.

Bevor Frank antwortete, sah er kurz zu Beatrix und begann selbst zu grinsen. "Wir hatten auch Angst, weil wir nicht wussten, wie du reagierst? Es sind Aktfotos von Mama und mir, die ich für Zeichnungen brauche."

"Seit wann malst du von Fotos ab?"

"Weil ich nicht so einen großen Spiegel im Atelier habe."

"Hä?"

"Es geht um ein Selbstbildnis von mir."

"Ach soooo."

"Als Sie gesagt haben, Sie brauchen die Fotos als Vorlage zum Zeichnen, hab ich gedacht, Sie wollen sie pausen. Ziemlich dämlich von mir. Claudia hat mir natürlich erzählt, dass Sie Kunstmaler sind. Mir hätte das schon auffallen müssen, als Sie meine Fotos begutachtet haben. So viele Maler gibt's hier nicht", sagte Beatrix.

"Hätten Sie den Film nicht entwickelt, wenn Sie gewusst hätten, wer ich bin?"

"Das schon, aber anders und nicht sofort. Ich habe schließlich gewusst, dass Claudia nach der Schule vorbeikommt. Frank, glauben Sie mir, ich hätte ihre Tochter niemals freiwillig in diese Situation gebracht", erklärte sie ihm, sah dann zu Claudia und griff nach ihrer Hand. "Jetzt ist es zwar so gelaufen, wie es nicht hätte laufen sollen, aber dafür haben wir's hinter uns."

"Woher kennst du eigentlich Papas Namen?"

"Weil wir uns beim Entwickeln der Bilder unterhalten und ich Beatrix nach ihrem Namen gefragt habe", antwortete Frank. "Wenn ich ehrlich sein soll, dann ist mir ein Ende mit Schrecken auch lieber, als ein Schrecken ohne Ende. Ich meine damit die Heimlichtuerei, die vielleicht noch ewig gedauert hätte. Niemand wäre dabei glücklich geworden, weder ihr, noch Mama und ich", ergänzte er, obwohl er sich diese Sätze aus seinem Mund noch vor einer Stunde nicht hätte vorstellen können. Aber es ging um seine Prinzessin, und nur Frank wusste, er hatte Beatrix vor einer Stunde nicht nur attraktiv, sondern sogar erotisch gefunden. Daran hatte sich aus Sicht des Künstlers auch nichts geändert, obwohl sich alles verändert hatte. "Ich bereite Mama darauf vor, aber du kennst sie ja. Sie wird euch nicht im Wege stehen."

"Danke, Papa."

"Danke", wiederholte auch Beatrix.

"Lassen Sie uns noch das letzte Bild entwickeln", schlug Frank vor, und jetzt spielte es für ihn auch keine Rolle mehr, ob Claudia die Fotos zu sehen bekam. Die gezeichneten Bilder würden bald im Schlafzimmer hängen, wo seine Tochter sie jederzeit sehen konnte. "Du kannst ruhig mitkommen", sagte er deshalb zu ihr.

Als Frank die Bilder in den Händen hielt, wollte er schon

gehen und mit dem Bus nach Hause fahren, doch Claudia schlug vor, ihn zu begleiten. "Eure zwei Stunden sind noch nicht um", meinte Frank, aber seine Tochter schien großen Redebedarf zu haben. "Bea hat gleich einen Termin, und auf die halbe Stunde mehr oder weniger kommt es nicht an. Ich würde mit dir lieber noch ein bisschen quatschen."

"Wie du willst."

Bei der Verabschiedung umarmte ihn Beatrix kurz. "Es tut mir leid wegen der Umstände, trotzdem danke für Ihr Verständnis", sagte sie. Dann wandte sie sich Claudia zu. "Bis morgen." Die beiden jungen Frauen gerieten plötzlich ins Stocken.

Frank erriet sofort warum. "Ihr könnt euch ruhig mit einem Kuss verabschieden", meinte er und schlenderte zur Ladentür.

Unterwegs im Bus lehnte sich Claudia bei ihrem Vater an. Beide sagten vorerst kein Wort und sahen aus dem Fenster. "Ich denke, du wolltest mit mir quatschen", unterbrach Frank die Stille.

"Bist du sehr enttäuscht?"

"Wie kommst du denn darauf?"

"Du weißt schon, wegen Bea", sagte Claudia leise.

"Wenn's nicht Beatrix wäre, dann irgendwann eine andere. Sie ist eine sympathische junge Frau, und ich muss zugeben, dass du einen sehr guten Geschmack hast", meinte Frank.

"He, Papa. Soll das etwa heißen, du findest sie lecker?" Claudia knuffte ihren Vater zärtlich in die Seite. "Willst du mich eifersüchtig machen?"

"Ich bin mit Mama sehr glücklich, aber ich habe auch Augen im Kopf. Beatrix ist sehr attraktiv, egal ob sie nun …" Er sprach die letzten Worte nicht aus, registrierte aber deutlich, wie Claudia sich etwas mehr gegen ihn lehnte. "Wie alt ist deine Bea eigentlich?"

"Dreiundzwanzig."

Den Rest der Fahrt saßen sie schweigend nebeneinander. Frank nachdenklich, Claudia glücklich. Als sie das Haus betraten, empfing sie nur der Kater. Patricia war noch unterwegs, Patrick mit Kerstin ebenfalls.

Claudia war gerade dabei, etwas zu kochen, als Patricia nach Hause kam. Gespannt sah die junge Frau zu ihrem Vater, der nur durch eine Geste andeutete, sie brauche sich keine Sorgen zu machen.

Patricia betrat die Küche und lächelte die beiden an. Sie küsste Claudia auf die Wange. "Du kochst?"

"Wir wussten nicht, wann du kommst und jemand muss sich ja um Papa kümmern."

"Wem sagst du das?" stieß Patricia in die Kerbe, ging zu Frank an den Küchentisch und sah das Kuvert darauf liegen. "Ist es das, was ich vermute?", fragte sie leise.

"Das sind die Bilder von gestern", bestätigte Frank ihre Vermutung.

"Das ging ja schnell. Wie sind sie geworden?"

"Ausgezeichnet." Frank griff nach dem Kuvert, zog die fünf Aktfotografien heraus und reichte sie Patricia, die in dem Moment etwas betreten in Richtung ihrer Tochter sah. Die Souveränität des gestrigen Tages strahlte sie plötzlich nicht mehr aus. "Soll ich sie mir etwa gleich hier ansehen?"

"Claudia kennt sie schon", sagte Frank gelassen.

"Du hast sie ihr gezeigt?" Patricia sah ihren Mann mit großen Augen an.

"Ihr seht noch richtig gut aus", meinte Claudia.

"Ach, auf einmal. Sonst hast du uns immer als alte Leute betitelt", konterte Patricia.

"Ja, tut mir leid. Wenn ihr schon früher solche Bilder gemacht hättet, dann hätte ich mir das verkniffen."

"Weil du uns im Sommer noch nie in Shorts oder im Bikini gesehen hast."

"Papa jedenfalls noch nicht", lachte Claudia und auch Frank musste schmunzeln. "Eure Bilder sehen wirklich gut aus", meinte sie aufrichtig.

"Beatrix haben sie auch gefallen", sagte Frank und sah zu seiner Frau, während Claudia fast erstarrte.

"Wer ist Beatrix?"

"Sie hat die Fotos entwickelt", antwortete Frank.

"Und deswegen kennst du ihren Namen? Das verstehe ich nicht." Patricia ahnte, dass irgendetwas in der Luft lag und sah abwechselnd zu Frank und Claudia.

"Sie ist eine sehr sympathische junge Frau und ich dachte, wir laden sie am Samstag oder Sonntag zu uns ein, damit du sie auch kennenlernst", leitete Frank die letzte Phase der Enthüllung ein.

"Irgendwie verstehe ich das immer noch nicht", sagte Patricia sichtlich irritiert.

"Sie ist meine Freundin", sagte Claudia.

"Ach so, ich dachte schon …" Patricia stockte. "Was meinst du mit Freundin?"

"Du erinnerst dich an den langhaarigen Hippie?", fragte Frank, der spürte, irgendetwas Unangenehmes lag in der Luft.

"Jaaa."

"Da haben wir uns getäuscht."

"Heißt das …?"

"Ja, der langhaarige Hippie ist kein Hippie, sondern heißt Beatrix, ist 23 Jahre alt, weiblich und die Freundin unserer Tochter. Ich habe heute im Fotoatelier genauso dumm aus der Wäsche geguckt wie du, weil ich genauso wenig vorbereitet war wie du."

Betreten sah Patricia zu ihrer Tochter, die immer noch an der Arbeitsplatte stand, obwohl das Essen schon fertig war. "Ist das wahr?", fragte sie in einer Tonlage, die Franks Aussage als eine Ungeheuerlichkeit einordnete.

"Hm, hm." Claudia nickte verunsichert.

"Wann wolltest du uns das sagen, Fräulein?" Patricias Stimme klang schärfer, als Frank und Claudia es gewohnt waren.

"Sie hatte Angst, wie wir es aufnehmen würden", sprang Frank in die Bresche. Er spürte genau, seine Frau war kurz davor zu explodieren, verstand aber nicht, warum sie so reagierte. "Das ist doch heutzutage kein Problem mehr", versuchte er sie zu besänftigen.

"Das weiß ich selbst", schrie Patricia ihn an, stand hektisch auf und rannte schluchzend aus der Küche.

"Hast du eine Ahnung, was hier los ist?", fragte er Claudia, die nur irritiert mit dem Kopf schüttelte.

Frank stand auf und ging zu Patricia. Sie lag auf dem Bett und heulte erbärmlich. Milli war bereits zur Stelle und stupste mit seiner Nase immer wieder vorsichtig gegen ihren Arm. Patricia reagierte nicht darauf, was für Frank nur eines hieß: irgendetwas hatte seine Frau völlig aus der Bahn geworfen.

Ohne ein Wort zu sagen setzte er sich zu ihr aufs Bett und strich mit seiner Hand behutsam über ihren Rücken. "Was ist passiert?", fragte er leise, bekam aber keine Antwort. Nur der Kater sah ihn einmal mit finsterem Blick an. Frank ignorierte ihn nicht nur, sondern schnappte sich das Fellbündel und setzte es behutsam auf den Boden. Dann rückte er selbst etwas nach oben und streichelte vorsichtig Patricias Nacken. "Sprich mit mir", sagte er leise. Er hatte den Satz kaum ausgesprochen, als sich der Kater auf der anderen Seite wieder neben Patricia setzte und seine Liebesbekundung fortsetzte. Geduldig warteten die beiden Kontrahenten auf eine Reaktion. Immerhin hatte sie aufgehört zu schluchzen.

"Was ist los mit dir, meine Schatz?", fragte Frank.

Endlich reagierte Patricia und drehte ihren Kopf in seine

Richtung. Ihr Gesicht sah rot und verquollen aus. "Ich war heute bei meiner Frauenärztin", sagte sie matt.

"Ich dachte, du fährst immer mit Claudia zu ihr. Wieso denn heute nicht?", war die Frage, nach der sich Frank am liebsten selbst geohrfeigt hätte, und die ihm bestätigte, dass es doch blöde Fragen gab.

"Weil ich nicht wollte, dass sie dabei ist. Ich habe dir gesagt, ich brauche das Auto, um noch Erledigungen zu machen; aber das war gelogen, weil ich mir nicht sicher war, wie du reagierst, wenn du weißt, warum ich zu ihr fahre", versuchte sich Patricia zu erklären. Dabei hatte sie mehrmals den Rotz hochgezogen.

"Ich verstehe immer noch nicht, worauf du hinauswillst."

"Ich hatte meine Periode nicht", sagte sie nur.

"Heißt das, du bist …?"

"Schwanger. Ja, ich bin schwanger."

"Das ist doch nicht schlimm", versuchte Frank sie zu trösten, obwohl er sofort an ihr Alter dachte und daran, ob seine Frau weinte, weil sie vermutet hatte, er wäre gegen ein drittes Kind. "Du warst eine tolle Mama, und das wird auch diesmal nicht anders sein." Scheinbar hatte er genau das Falsche gesagt. Patricia begann wieder zu weinen. Doch diesmal presste sie ihr Gesicht nicht ins Kissen, sondern drehte sich auf den Rücken und zog Frank zu sich.

Es dauerte eine ganze Weile, bis Patricia die Umarmung lockerte. "Lass mich hoch", sagte sie kraftlos, und Frank half ihr, sich zu setzen. Sie zog zuerst ein Taschentuch unter dem Kissen hervor und putzte sich die Nase. Dann sah sie Frank in die Augen. "Heißt das, du wärst mit einem dritten Kind einverstanden, obwohl Claudia und Patrick schon erwachsen sind?"

"Selbstverständlich. Aber ich verstehe nicht, wie du schwanger werden konntest. Du nimmst doch die Pille. Seit wann wusstest du das eigentlich?"

"Das ist es ja. Ich nehme die Pille. Deswegen hatte ich mich gewundert, als meine Periode nicht kam, aber irgendwie habe ich mich auch anders gefühlt, und das kam mir von den beiden Schwangerschaften bekannt vor. Ich wollte Klarheit, deshalb der kurzfristige Termin ohne Claudia", erklärte sie.

"Aber mir hättest du ruhig was sagen können", meinte Frank und küsste sie auf die Stirn.

"Da ist noch was, und jetzt wäre es mir fast lieber gewesen, du hättest es nicht gewollt."

"Willst du es etwa nicht?"

"Doch, ich hätte es gewollt. Aber das geht nicht. Die Ärztin hat eine Eileiterschwangerschaft festgestellt. Ich muss übermorgen ins Krankenhaus zur OP."

"So schnell?"

Patricia nickte. Die Bewegung ihres Kopfes wirkte müde und kraftlos. "Die Ärztin sagt, wenn der Eileiter platzt, kann es gefährlich werden. Bisher schmerzt es nur ein wenig, wenn man auf die Stelle drückt. Tut mir leid, dass es nur so schlechte Nachrichten gibt", sagte sie leise und lehnte sich bei Frank an.

Er legte seinen Arm um sie, und eine Weile herrschte Stille. Nur der Kater nutzte die Gunst der Stunde, um seinen Kopf auf Patricias Oberschenkel zu legen. Zweimal strich sie darüber und schon setzte das Schnurren ein. "Ich muss mich gleich bei Claudia entschuldigen, aber ich war …"

"Mach dir deshalb keine Sorgen."

"Und wie ist diese Beatrix so?"

"Sie wird dir gefallen."

"Bist du enttäuscht, weil sie …?" Patricia sprach das Wort nicht aus.

"Lesbisch ist." Frank zuckte leicht mit den Schultern. "Enttäuscht ist das falsche Wort. Naja, zwei hübsche Schwiegertöchter müssen ja nicht von Nachteil sein." Einen

Moment stockte er, als schien er nach Worten zu suchen. "Hast du's gewusst?"

"Nein, nicht mal wirklich geahnt. Einmal hatte ich das Gefühl, es könnte so sein, aber das hat sich dann doch nicht bestätigt."

"Du meinst, als Patrick Kerstin mitgebracht hat?"

Patricia nickte. "Ich hoffe, es ist okay für sie, wenn Beatrix ein oder zwei Wochen später kommt. Aber im Moment ..."

"Sie wird es verschmerzen. Claudia ist selbst erleichtert, dass das Katze-und-Maus-Spiel endlich vorbei ist. Wobei ich mir gewünscht hätte, dass sie den Mut gefunden und uns vorher was gesagt hätte. Egal ob dir oder mir."

"Das ist bestimmt nicht so leicht, wie wir uns das vorstellen."

"Wahrscheinlich hast du wie immer recht. Geht's dir etwas besser?"

Patricia nickte. "Danke."

"Es gibt nichts, wofür du dich bedanken musst. Lass uns wieder runtergehen. Patrick kommt bestimmt auch bald nach Hause, und wir sollten mit den beiden besprechen, wie's in den nächsten Tagen weitergeht", schlug Frank vor.

Millis dritter Tod

Am Sonntag fuhr er Patricia nach dem Frühstück in die Klinik. Obwohl die Operation erst am Montag stattfinden sollte, wollte sie der Chefarzt noch einmal gründlich untersuchen und mit ihr den Eingriff besprechen. Unterwegs redete Patricia pausenlos auf Frank ein, erinnerte ihn an dieses und jenes, erklärte, wo er was finden würde und dass sie so schnell wie möglich versuche, wieder nach Hause zu kommen. "Du musst aufpassen, dass die

Kinder morgens etwas essen. Patrick will immer sein Müsli und Claudia …"

"Ihren Toast mit Marmelade. Ich weiß das alles, mein Schatz. Außerdem sind sie keine Kinder mehr", unterbrach Frank sie irgendwann. "Du machst dir viel zu viele Gedanken. Wir werden die paar Tage schon überstehen."

"Ich weiß. Trotzdem mache ich mir Sorgen. Ich will kein Chaos vorfinden, wenn ich wieder zurück bin und auch sonst keine Katastrophen."

"Es wird kein Chaos geben und Katastrophen auch nicht", entgegnete Frank.

"Das habe ich ja gesehen, wenn du mal ein paar Tage alleine warst. Denkst du etwa, ich habe das alles vergessen. An den Fahrradunfall und deinen Sturz von der Leiter erinnere ich mich noch ganz genau."

"Jetzt bin ich ja nicht allein zu Hause. Die Kinder werden schon auf mich aufpassen", erwiderte Frank.

"Und vergiss nicht, Milli regelmäßig zu füttern. Er hat seine gewohnten Zeiten."

"Früh, mittags und abends eine Dose. Angetrocknete Reste wegschmeißen und seinen goldenen Napf vor dem Füttern gründlich auswaschen und abtrocknen. Drei Nackenmassagen am Tag und immer das Bett aufschütteln, damit er weich ruht. Ich weiß."

"Jetzt übertreibst du schon wieder. So schlimm ist es nun wirklich nicht."

"Natürlich nicht, aber jetzt denk endlich an dich", beendete Frank das Thema und war fast froh, als er das Auto auf dem Patientenparkplatz abstellte. Er begleitete Patricia bis auf die Station und versprach ihr, sie heute Nachmittag anzurufen. Die Sorgen, die er sich ihretwegen machte, ließ er sich nicht anmerken.

Beim Losfahren kam ihm Patricias Bemerkung in den Sinn.

Er grübelte, ob er von Milli eine neue Attacke zu erwarten hatte. Seine Schlussfolgerung lautete: Nein. Anders als damals schien der Kater deutlich ruhiger geworden zu sein.

Ein erster Zweifel an der eigenen Theorie überfiel ihn beim Zubettgehen. Der Kater lag bereits etwas unterhalb von Patricias Kopfkissen, sah genau in seine Richtung und hatte seinen Schwanz nicht unter Kontrolle. In gleichmäßigem Rhythmus schlug er auf die Matratze und schien damit anzuzeigen, was in ihm vorging.

"Was ist los, Sportsfreund? Kommen wir ein paar Tage zusammen aus?", fragte Frank in seine Richtung. Im Moment bereute er gerade, die Katzenklappe in die Schlafzimmertür eingebaut zu haben.

Der Kater reagierte prompt auf die Worte. Er riss das Maul weit auf und gähnte. Frank interpretierte dieses Zeichen als Ja, zog seinen Pyjama an und ging ins Bad. Als er wieder ins Schlafzimmer kam, lag Milli rücklings quer im Bett, streckte alle Viere von sich und ließ es sich gut gehen. Dabei verfolgte er jeden von Franks Schritten. Der Kater machte nicht die geringsten Anstalten, sich auf Patricias Seite zurückzuziehen, als Frank sich aufs Bett setzte.

"So Kumpel, jetzt schieb mal ab auf deine Seite", sagte Frank ruhig und sah den Kater an. Der rührte sich nicht. "Ab nach drüben, wo du hingehörst." Frank klang ruhig. Er wollte den Kater nur vorsichtig auf die andere Seite des Betts schieben, als der plötzlich die Krallen ausfuhr und lässig zuschnappte. Er lag dabei immer noch auf dem Rücken, aber hielt mit beiden Pfoten Franks rechten Arm fest. Die Krallen drangen tief genug in die Haut, damit es schmerzte. In dieser Position verharrte der Kater mit grinsendem Gesicht, aber Frank zog den Arm nicht instinktiv zurück. Wenn er es getan hätte, wären die blutigen Spuren auf beiden Seiten seines Unterarms nicht zu verhindern gewesen.

Die Pattsituation der Kontrahenten dauerte einige Sekunden. Dabei sahen sie sich tief in die Augen. Frank hörte, wie Claudia die Treppe hochkam und in ihr Zimmer ging. Kurz dachte er daran, sie zu rufen, tat es dann aber doch nicht. Was hätte sie gesehen? Milli, auf dem Rücken liegend, der seinen Arm mit den Pfoten festhielt. 'Spielst du mit ihm, Papa?', wäre die einzige Schlussfolgerung Claudias gewesen, und das konnte er ihr nicht übelnehmen. Die Menschen sahen das, was in ihre Vorstellung passte.

"Okay, Schlauberger. Du hast gewonnen. Das Bett gehört dir, solange Patricia im Krankenhaus ist", sagte Frank leise. Das Grinsen des Katers war Antwort genug, und als Frank noch hinzufügt hatte, er könne jetzt loslassen, fuhr das Scheusal die Krallen tatsächlich ein und feierte seinen Sieg mit erneutem Räkeln. Dabei rollte Milli sich einige Male von links nach rechts, hielt aber die Augen stets auf Frank gerichtet, dem plötzlich ein weiterer Gedanke in den Sinn kam. 'Könnte mich der Kater mit seinen langen Krallen im Schlaf ermorden? Er muss nur tief genug schneiden und die Halsschlagader ist dafür bestimmt hervorragend geeignet', beantwortete er sich die Frage gleich selbst. Ein kalter Schauer lief ihm über den Rücken. Er spürte, wie sich seine Nackenhaare aufrichteten. Frank stand auf, griff sich Kopfkissen sowie Bettdecke und ging rückwärts aus dem Zimmer. Sein Blick war dabei auf den Kater gerichtet, der mittlerweile auf der Seite lag und ihn seinerseits im Auge behielt. Frank fiel sofort auf, dass es sich exakt um die Position handelte, die Milli während der letzten Aktzeichnung von Patricia eingenommen hatte. Nur das er diesmal statt gegen sie gegen das Kissen von ihr gelehnt war. 'Das Drecksviech rächt sich dafür, nicht gezeichnet worden zu sein', war die beste Erklärung, die Frank einfiel. Gleichzeitig war er froh, die Türklinken abmontiert und durch die Knäufe ersetzt zu haben.

Das Gästezimmer war Franks Ziel. Auch auf dem Weg dorthin drehte er sich noch einige Male um, aber der Kater war ihm nicht durch die Katzenklappe gefolgt. Im Gästebett dachte Frank noch eine Weile über das neuerliche Erlebnis nach. An seiner Einschätzung änderte sich nichts. Nur eine weitere Schlussfolgerung kam hinzu. 'Wenn Patricia mehrere Tage nicht daheim ist, flippt das Mistvieh völlig aus', dachte er und sehnte seine Frau herbei, die morgen früh auf dem OP-Tisch liegen sollte. Das lenkte seine Gedanken in andere Bahnen, und Frank beschäftigte sich mit der Frage, wie er mit der unerwarteten Vaterschaft umgegangen wäre. Eine leichte Wehmut befiel ihn, denn letztlich war es das Produkt ihrer Liebe, das in wenigen Stunden aus dem Körper seiner Frau entfernt und als Humanabfall in einer Petrischale enden sollte. Obwohl feststand, dass es niemals das Licht der Welt erblickt und Patricia sogar durch sein Wachstum getötet hätte, malte sich Frank aus, wie das kleine Wesen, das schon lange vor der eigenen Geburt zum Muttermörder geworden wäre, als Mädchen oder Junge ausgesehen hätte. Beim Grübeln schlief er irgendwann ein.

Am Morgen ging Frank zurück ins Schlafzimmer. Er musste sich umziehen. Der Kater lag immer noch zusammengerollt im Bett, machte aber keine Anstalten, sich wegen irgendetwas aufzuregen. Gelangweilt schaute er nur einmal zu Frank und präsentierte dann sein Waffenarsenal. Milli streckte sich ausgiebig und riss gähnend das Maul auf.

Beim Frühstück stellte sich heraus, weder Claudia noch Patrick hatten mitbekommen, dass ihr Vater im Gästezimmer übernachtet hatte. Schnell schlangen sie ihr Frühstück hinunter und fast alles war wie immer. Bis auf den leeren Platz Patricias. Milli hatte trotzdem daneben gesessen und so lange gebettelt, bis Claudia sich erbarmt und ihm ein winziges Käsestück heruntergereicht hatte. Die Stimmung während des Frühstücks war angespannt, auch wenn alle versucht hatten, locker zu wirken. Aber die Hektik des Montagmorgens hatte ihnen geholfen, die Sorge um Patricia zu überspielen, weil keine Zeit war, sie zu zeigen. Wie jeden Morgen hasteten die beiden in letzter Minute zum Bus.

Die Stille im Haus drückte aufs Gemüt. Außer Millis Fütterung gab es nichts zu tun. Claudia hatte den Frühstückstisch nicht nur gedeckt, sondern sogar noch alles weggeräumt, bevor sie mit Patrick losgerannt war. Kurz sah er auf die Uhr und dachte an Patricia, die gerade auf die OP vorbereitet wurde. In Gedanken war er bei ihr, aber dann holte das Mauzen des Katers ihn wieder in seine kleine Welt zurück. Das Scheusal saß neben dem leeren Fressnapf und blickte grimmig zu ihm. 'Beweg deinen Arsch, Dosenöffner!', schien der Blick zu sagen, und Frank befolgte die stumme Anweisung. Er öffnete die Schranktür und nahm eine Dose vom Frühstücksstapel heraus. 'Mit Meeresfrüchten und Lachs', las er und schaute dabei auf das Konterfei eines Schmusekaters. Neugierig sah er sich die oberste Dose aus der Mittagskollektion an, die Patricia zusammengestellt hatte. "Mit Ente", murmelte er und wollte gerade nach dem Abenddinner greifen, als der Kater auf die Arbeitsplatte sprang. 'Los mach schon!', hieß der Ausdruck in Millis Gesicht. Seine Augen waren nur schmale Schlitze und die Brauen zusammengezogen, sodass die langen Brauen nach vorne zeigten. Ohne weitere Zeit zu verschwenden, öffnete Frank die Dose und füllte den Inhalt in Millis Napf, der sich sofort darüber hermachte. Frank überlegte, ob er die Blicke zu negativ interpretiert hatte. 'Das Mistvieh hat einfach nur Kohldampf, dann guckt er immer so', dachte er und ging auf die Terrasse.

Frank setzte sich und ließ sich eine Weile die Morgensonne ins Gesicht scheinen. Dabei drifteten seine Gedanken wieder zu Patricia. Er musste sich eingestehen, ihretwegen beunruhigt zu sein. Mehrmals ertappte er sich dabei, daran zu denken, wie sein Leben weiterginge, wenn sie nie mehr nach Hause käme. Obwohl es keinen Grund für diese Annahme gab, fielen ihm schlagartig mehrere ein. Dabei blitzten reißerische Überschriften in ihm auf, die er in irgendwelchen Gazetten im Laufe seines Lebens aufgeschnappt hatte. 'Patient durch falsches Narkosemittel im Koma', 'OP-Besteck vergessen – ein Vater und zwei Kinder trauern' oder 'Jede OP ein Risiko', hießen die Warnungen. Um acht Uhr sollte Patricia unters Messer. Frank sah auf die Uhr. "In einer viertel Stunde geht's los", murmelte er und betrachtete den Rasen. "Das lenkt mich wenigstens etwas ab", lautete die Erkenntnis, die ihn in den Schuppen trieb. Hier stand der Rasenmäher, den schon sein Opa benutzt hatte, und der immer noch tadellos funktionierte. Die alte Maschine hatte noch eine weitere Eigenschaft, die Frank sehr schätzte. Das knatternde Geräusch des kleinen Benzinmotors vertrieb den Kater. Darauf war Verlass, zumal Kollege Vierbein schon wieder auf der Hollywoodschaukel döste und sein Verdauungsschläfchen einläutete. Nach der Schmach der letzten Nacht hatte Frank kein Problem damit, es dem Kater heimzuzahlen. Wobei dessen kurzes Aufschrecken in keinem Verhältnis zu Franks Rausschmiss aus dem Schlafzimmer stand.

Zuerst sah Frank nach, ob noch genug Benzin im Tank des Rasenmähers war. Er füllte etwas nach und verschloss den blechernen Behälter wieder. Dann kam ihm eine Idee. Frank montierte den kleinen Auspuff ab. Dazu mussten nur zwei Schrauben und eine Schelle gelöst werden. Zufrieden schob er den Rasenmäher aus dem Schuppen und sein erster Blick ging zum Kater, der nicht ahnte, gleich aus seinen Träumen gerissen zu werden. Zwar zuckten dessen Ohren einmal und orteten ihn, aber das Scheusal schien Franks Treiben keinerlei Bedeutung zu schenken.

Das änderte sich schlagartig, als Frank den Motor anließ. Er startete bereits beim ersten Versuch, und der knatternde Sound tauchte die Umgebung in einen Höllenlärm. Selbst Frank hätte sich am liebsten die Ohren zugehalten, aber er musste am Gasgriff drehen, um die Drehzahl zu erhöhen. Grinsend sah er, wie Milli aufschreckte. Der Lärm vertrieb den Kater sofort, der panisch über die Lehne der Hollywoodschaukel sprang und ums Haus rannte. "Eins zu eins, du Mistvieh", schrie Frank dem Kater hinterher, aber selbst er konnte seinen eigenen Satz nicht hören.

Als der Kater seinem Blickfeld entschwunden war, schaltete Frank den Motor aus. Einige Sekunden hörte er nichts. "Das war ja noch heftiger, als ich gedacht habe", gestand er sich ein und ging zum Schuppen, um den Auspuff zu holen und wieder anzumontieren.

Er war mit der Arbeit gerade fertig und wollte Schraubendreher und Maulschlüssel schon zurückbringen, als er den Kopf des Katers an der Hausecke sah. Milli beobachtete genau, was Frank tat. Dem Kater schien der Schreck noch in den Knochen zu stecken. Von seinem sonst so selbstsicheren Auftreten war nichts übriggeblieben. Das verriet die Höhe seines Kopfs, der nur knapp über dem Boden war. Doch die angelegten Ohren des Katers warnten Frank auch. Das Scheusal sann auf Rache, und die sollte heiß serviert werden.

Milli nicht aus den Augen lassend versuchte er den Rasenmäher wieder auf die vier Räder zu stellen. Dafür bückte er sich und legte das Werkzeug auf dem Rasen ab. Er hatte die Maschine richtig angefasst, um sie auf der einen Seite nach unten zu lassen, als der Kater hinter der Hausecke auf ihn zu schnellte. Er hielt geradewegs auf Frank zu, der nun seinerseits einen Moment erstarrte und dem heranrasenden Monster in die Augen schaute. Sie blitzten mordlüstern.

Als der Kater vom Rasen absprang, ließ Frank sich fallen.

Zwar schlug die Kante des Rasenmähers auf Franks Fuß, doch den Schmerz nahm er nicht war. Der vor Wut tobende Kater flog über Frank hinweg und schaffte es auch nicht mehr, mit der Pfote eine Schnittwunde am Kopf oder im Gesicht zu setzen. Dann musste sich das Scheusal auf die Landung konzentrieren. Milli bekam nicht mit, wie Frank mit der linken Hand den Schraubenzieher zu fassen bekam, der neben dem Maulschlüssel im Gras gelegen hatte.

Die Landung des Katers und die zweite Attacke auf Frank waren kaum voneinander zu unterscheiden. Blitzschnell hatte der behände Kater seinen Körper gewendet und raste erneut fauchend auf Frank zu, der immer noch seitlich auf dem Boden lag. Vielleicht machte die Tatsache, dass Frank sich mit dem rechten Arm abstützte, den Kater unvorsichtig. Er sprang fauchend auf Franks Gesicht zu, erreichte es aber nicht.

Mitten im Anflug rammte Frank den Schraubendreher mit der linken Hand in Millis Brust. Das Werkzeug drang bis zum Griff in den Kater ein. Obwohl ruckartig im Sprung abgebremst, zerkratzte Milli noch Franks Arm und verbiss sich oberhalb der Uhr. Die tiefen Schnitte der Krallen brannten wie Feuer, aber Frank bemerkte sie nicht, sondern hielt den Kater stumm einen halben Meter über dem Boden. Die Kraft des Angreifers ließ schnell nach. Als es Frank endlich gelungen war, den Fuß unter dem Rasenmäher hervorzuziehen, stand er auf und lief humpelnd zum Schuppen. Dabei hielt er den immer noch zappelnden Körper mit Respektabstand von sich fern.

Im Schuppen warf er ihn auf den Boden und griff mit der rechten Hand die Hinterläufe. Er drosch den fast toten Körper des Katers etliche Male gegen den Hackklotz. "Du … e … len … des … Drecks … vieh", brüllte er jede einzelne Silbe im Gleichtakt des Geräusches, das ein Kater auf Holz von sich gab. Obwohl schon tot, entschloss sich Frank, auf Nummer sicher zu gehen. Er warf das schlaffe Fellbündel auf den Hackklotz, zog die Axt aus dem Holz und schlug ihm erst den Kopf, anschließend die Vorder- und Hinterläufe ab. Am Ende sogar den Schwanz, obwohl das keine Bedeutung hatte. Die sieben Stücke stopfte er in einen alten Jutesack. Dann sah er keuchend auf die Uhr. Es war fünf Minuten nach acht.

Völlig regungslos stand er da und starrte auf den Stoff, der sich tiefrot gefärbt hatte. Die Schmerzen im linken Unterarm holten ihn ins Jetzt zurück. Er keuchte und das Frösteln war dem Schweiß geschuldet, der auf seiner Haut klebte. "Okay", sagte er nur und überlegte, was er mit dem Kadaver machen sollte. "Erst einmal nichts", murmelte er und verließ den Schuppen. Bereits nach wenigen Schritten war klar, die Verletzung am Knöchel war nicht so schlimm, wie sie sich anfangs angefühlt hatte.

Frank betrat das Haus über die Terrassentür im Wohnzimmer. Er trat nicht auf den Teppich und steuerte sofort die Küche an. Hier hatte Patricia Verbandsmaterial und allerlei Nützliches gelagert. Er wusch die Wunden am Arm, desinfizierte sie und legte sich einen dünnen Verband an. Anschließend begutachtete er den Knöchel und war erleichtert. Er hatte sich nur die Haut am Gestell des Rasenmähers aufgerissen. Die Wunde brannte zwar, doch sie war nur oberflächlich. Der rotblaue Streifen über dem Knöchel markierte die Stelle, wo die Maschine ihn getroffen hatte. Der weiche Rasen hatte Schlimmeres verhindert.

Während Frank sich verarztete, dachte er darüber nach, wo er die Leichenteile Millis diesmal verstecken sollte. Der Komposthaufen schied in seinen Überlegungen aus. "Am besten werfe ich ihn in den Fluss", murmelte er und sah auf die Uhr. Es war dreizehn Minuten vor neun.

Eine viertel Stunde später fuhr er los. Den blutigen Jutesack hatte er mitsamt dem Inhalt in einen dicken, schwarzen Müllsack gesteckt, der nun im Fußraum des Beifahrersitzes lag.

Zur Sicherheit hatte er vorher noch eine alte Zeitung ausgebreitet. Die Fahrt führte Frank aus der Stadt. Eine halbe Stunde fuhr er über die Landstraße, um sich der Stelle zu nähern, die er noch von früher kannte. Damals war er oft mit Patricia hier, aber das war schon 20 Jahre her.

Hinter einem alten Bahnhofsgebäude verließ er die Landstraße und bog rechts ab. Der holprige Weg führte ins Nichts, nur flankiert von riesigen Feldern, die je nach Jahreszeit den Blick in die Ferne verwehrten oder ihn ungehindert bis zum Horizont freigaben. Bei seiner letzten Fahrt hierher hatten Millionen Sonnenblumen auf beiden Seiten geblüht, doch jetzt behinderte links der junge Mais und rechts gar nichts die Sicht.

Vor der kleinen Brücke hielt Frank den Wagen auf dem Rasen an. Die weiten Grünflächen zogen sich als schmaler Streifen kilometerweit an der flachen Uferböschung entlang. Hier hatte er an warmen Sommertagen oft mit Patricia gelegen und sie hatten die Zeit genossen. Heute schien zwar auch die Sonne, aber es war Montag und die Kinder in der Schule. Frank war allein und hatte weder Zeit noch Lust, den sentimentalen Erinnerungen nachzuhängen. Er stieg aus und ging auf die Beifahrerseite. Bevor er die Tür öffnete, sah er sich noch einmal um. Niemand war in der Nähe. Vorsichtig holte er den Müllsack mitsamt der Zeitung aus dem Auto. Kein Blutstropfen war auf dem Papier zu sehen. Frank öffnete den Müllsack und ließ den darin befindlichen Jutesack auf den Rasen gleiten. Auch eine Blutlache breitete sich aus, aber sie war nicht sehr groß. Der nächste Regen würde sie wegspülen. Kurz ärgerte er sich darüber, keine Gummihandschuhe mitgenommen zu haben, aber er löste das Problem, indem er die Zeitung in der Mitte zerriss und die beiden Teile mehrfach faltete. Er steckte ein dickes Papierbündel in die Gesäßtasche seiner Jeans und benutzte das andere, um den Jutesack anzuheben.

Vorsichtig ging er, dabei den blutigen Stoffsack weit von seinem Körper weghaltend, zur Mitte der Brücke. Er legte den Sack auf dem Boden ab, nahm das zweite Papierbündel aus seiner Tasche und griff sich die Ecken des Leichensacks. In der Hocke drehte er seinen Kopf nochmals nach rechts und links. Niemand störte das Zeremoniell. Entschlossen schob er den Sack über den Rand und überließ Millis Körperteile der Schwerkraft. Deren Plumpsen ins Wasser kam Frank ohrenbetäubend vor, aber außer ihm hörte es niemand. Kurz schüttelte er den Sack und ließ ihn dann zusammen mit dem Zeitungspapier los. Er stand auf und sah auf das träge dahinfließende Wasser des Flüsschens. Das Zeitungspapier und der Jutesack trieben auf der Oberfläche, aber auch Millis Schwanz war deutlich im trüben, leicht bräunlichen Wasser zu erkennen. "Gibt's hier überhaupt Fische?", fragte er sich plötzlich, aber die Antwort war nebensächlich.

Eine Weile schaute Frank dem davontreibenden Jutesack nach, dann sah er auf die Uhr. Es war zwölf nach zehn. Rasch ging er zum Auto und bemerkte den schwarzen Müllsack, der dort immer noch lag. Er entschloss sich, ihn liegenzulassen. Kurz haderte er mit der Entscheidung, aber das Behältnis war voller Blut, und Frank wollte nicht im letzten Moment verräterische Spuren an seiner Kleidung oder im Auto hinterlassen. Er achtete sogar darauf, beim Wenden nicht über den Müllsack zu fahren.

Zwei Minuten vor elf stellte er den Motor in der Garage ab und ging sich die Hände waschen. Dann rief er im Krankenhaus an. Die OP war gut und ohne Komplikationen verlaufen, aber seine Frau schlief noch, war die Auskunft, die ihm deutliche Erleichterung verschaffte. Dabei war es kein Glücksgefühl, das ihn durchströmte, sondern vielmehr die Gewissheit, das Leben an der Seite von Patricia ging weiter. Das war es doch, worauf es ankam. Er erkundigte sich, ob er sie heute noch besuchen könne, und die diensthabende Schwester meinte, das sei kein Problem, er solle jedoch erst am späten Nachmittag vorbeikommen.

Einen Moment ruhte Frank sich im Sessel aus, dann sah er wieder auf die Uhr. Es war zwölf Minuten nach elf. Höchste Zeit, sich um ein Alibi für den Vormittag zu kümmern. Außerdem stand der Rasenmäher noch auf der Wiese. "Das schaff ich noch", motivierte er sich, zog sich sofort um und begann, den Rasen hinter der Terrasse zu mähen. Als er fertig war, brachte er die Maschine in den Schuppen und begutachtete die Blutspuren am Hackklotz. Es war weniger, als er gedacht hatte und zehn Minuten Arbeit machten sie fast unsichtbar. Das rote Wasser goss er auf den Komposthaufen und warf das frisch geschnittene Gras darüber, das er unmittelbar nach dem Mähen zusammengeharkt hatte. Währenddessen hatte er sich auch überlegt, was er sagen sollte, würde er wegen des Verbands am linken Arm gefragt werden. "Ich hab mich beim Säubern des Schneideblatts verletzt", klang plausibel.

Bevor Frank ins Krankenhaus fuhr, wechselte er den Verband. Nichts blutete mehr, und daher bedeckte er die Bissspur nur mit einem breiten Pflaster, die langen Kratzer mit etwas Mull, den er mit Heftpflaster fixierte. "Sieht gleich nicht mehr so dramatisch aus", stellte er zufrieden fest und zog sich ein langärmliges Hemd an, das alles verhüllte.

Mittlerweile war es halb drei und Frank musste jeden Moment mit Claudias Heimkehr rechnen. Schnell ging er in die Küche und nahm eine Dose Katzenfutter vom mittleren Stapel. "Mit Ente" verschwand in der Toilette, die leere Dose im Mülleimer. Das Täuschungsmanöver hatte sich schon vor Jahren bewährt, und so würde es auch diesmal sein. Er dachte an die Bilder, die Millis Tod zeigten und war glücklich, sie gemalt zu haben. "In einer Woche kann ich sie zerreißen, damit Patricia sie niemals findet", sagte er zu sich selbst, doch dann fragte er sich, warum? Patricia hatte sie all die Jahre über nicht zu Gesicht bekommen und daran würde sich nichts ändern. Außerdem wusste er nicht, wie lange die Gegenwirkung der Bilder andauern musste, um die Wirkung der Originale im Wohnzimmer zu neutralisieren. Denn genau darum war es doch gegangen, als er sie heimlich gezeichnet hatte. Sie waren das Gegengift, die Waffe, die die Wiederauferstehung des Scheusals verhindern sollten.

Um drei kam Claudia nach Hause und erkundigte sich sofort, ob es gute Nachrichten von ihrer Mutter gäbe. "Sie hat alles gut überstanden und ich fahre nachher zu ihr. Willst du mitkommen?", fragte Frank, und seine Tochter war einverstanden. Gemeinsam aßen sie eine Kleinigkeit und machten sich gegen vier Uhr auf den Weg. Zwischendurch hielt Frank an einem Feinkostladen und kaufte einige Leckereien für Patricia ein. Auf der Weiterfahrt erkundigte er sich, wann sie Beatrix zum letzten Mal gesehen hatte.

"Am Freitag nach der Schule, aber ich hab sie am Sonntag angerufen, als du mit Mama unterwegs warst", sagte Claudia traurig.

"Wollen wir auf dem Nachhauseweg bei ihr anhalten oder ist ihr Fotostudio dann schon geschlossen?"

"Sie wohnt direkt darüber. Ich kann sie ja vom Krankenhaus aus anrufen", schlug Claudia begeistert vor.

"Dann mach das", erwiderte Frank und konnte der Idee viel Gutes abringen. Jeder Zeuge, der nicht bestätigen konnte, Milli seit Tagen nicht gesehen zu haben, war ein guter Zeuge. Die leeren Dosen im Mülleimer gewannen dadurch zusätzlich an Glaubwürdigkeit. Sie suggerierten jedem, der Kater wäre zwischendurch zu Hause gewesen.

Patricia freute sich, die beiden zu sehen. Sie wirkte noch matt und beschwerte sich sogar darüber, immer wieder einzuschlafen. Während Frank die Leckereien und mehrere

Säfte auf den Beistelltisch stellte, erkundigte sich Patricia, ob zu Hause alles in Ordnung sei.

"Na klar, mach dir keine Sorgen. Du bist gerade mal einen Tag nicht zu Hause gewesen", meinte Frank.

"Und außerdem bin ich auch noch da. Ich hab mich ums Frühstück gekümmert und Milli was zum Naschen gegeben, bevor Papa ihn später gefüttert hat. Um einen kleinen Mittagsimbiss hab ich mich auch gekümmert. Du siehst, du musst dir keine Sorgen um Papa und Milli machen", sagte Claudia und erntete ein beruhigendes Lächeln ihrer Mutter.

"Wie geht's dir eigentlich? Hast du große Schmerzen?", erkundigte sich Frank.

"Es geht mir gut und die Schmerzen sind minimal. Die Narbe ist auch nur ganz klein", beruhigte sie ihren Mann. "Wenn alles gut läuft, dann kannst du mich am Freitag abholen", ergänzte sie.

"Wenn du mir versprichst, dich zu Hause zu schonen, dann hol ich dich tatsächlich ab", meinte Frank und küsste Patricias Stirn.

"Hallo, ich bin auch noch da und kann helfen", machte sich Claudia erneut bemerkbar.

"Ich weiß, Engelchen. Danke", sagte Patricia.

Während sich Frank weiter mit seiner Frau unterhielt, entschuldigte sich Claudia und meinte, sie müsse kurz nach draußen.

"Du kannst doch hier auf Toilette gehen", schlug Patricia vor, da sie ein Einzelzimmer hatte.

"Sie muss anrufen", meinte Frank nur und registrierte Claudias Lächeln, als sie sich an der Tür nochmals umdrehte.

"Das hätte sie doch auch von hier aus machen können. Wen ruft sie denn an?"

"Beatrix. Sie hat sie einige Tage nicht gesehen und ich hab

vorgeschlagen, bei ihr vorbeizufahren und sie zum Essen einzuladen. Bestimmt ist es Claudia peinlich, sie anzurufen, wenn wir dabei sind", erklärte Frank seiner Frau.

Patricia lächelte. "Das ist lieb von dir. Wenn ich Freitag entlassen werde, dann kann sie gern am Wochenende vorbeikommen."

"Mal sehen, wie du dich fühlst. Du musst dich auf jeden Fall schonen."

"Ich bin aber auch neugierig, sie endlich kennenzulernen", moserte Patricia.

"Aufgeschoben ist nicht aufgehoben. Mal sehen, wie es dir in zwei, drei Tagen geht, und dann können wir uns immer noch entscheiden", schlug Frank vor.

"Aber ich denke, du fährst nachher bei ihr vorbei und lädst sie ein?"

"Ich hab gemeint, dass wir heute Abend in ein Restaurant gehen und etwas zusammen essen."

"Ach so. Wenn du nachher mit ihr sprichst, dann kannst du sie fragen, ob sie am Samstag kommen will."

"Du kannst 'ne ganz schöne Nervensäge sein", erwiderte Frank und küsste seine Frau auf die Wange. "Ich frag sie."

"Du bist ein Schatz", meinte Patricia müde und gähnte. "Entschuldige, aber ich kann mich kaum noch wachhalten."

"Dann schlaf, damit du gesund wirst."

In dem Moment betrat Claudia freudestrahlend das Krankenzimmer und setzte sich zu ihrer Mutter ans Bett.

"Und?", fragte Frank.

"Sie ist da."

"Dann fahrt endlich los und grüß deine Beatrix von mir. Ich hab mit Papa gerade ausgemacht, …"

"Dass du jetzt schläfst und schnell gesund wirst, sonst klappt das mit dem Wochenende nämlich nicht", fiel ihr Frank ins Wort.

"Genau", sagte Patricia leise und konnte kaum die Augen offenhalten. "Nun fahrt schon los!"

Frank küsste sie. "Bis morgen", verabschiedete er sich leise, aber Patricia hörte ihn nicht mehr.

Als er mit Claudia im Auto saß, stellte er eine sehr direkte Frage. "Willst du heute bei Beatrix übernachten?"

"Das wäre toll, aber ich hab mein Schulzeug nicht dabei."

"Dann holen wir's, aber du hängst es nicht an die große Glocke. Weder bei Mama, noch bei Patrick. Das heißt jetzt nicht, dass du lügen sollst, falls es rauskommt, aber ich bin der Meinung, …" Frank stockte und sah Claudia an. "Mama will sowieso, dass du sie am Wochenende mitbringst. Ich mach mir nur Sorgen, dass sie sich übernimmt und den ganzen Tag in der Küche steht. Du kennst sie ja." Insgeheim war Frank froh, wie sich die Situation gerade entwickelt hatte. Ein volles Haus half Patricia vielleicht, über den Verlust des Katers hinwegzukommen, und heute würde niemandem mehr auffallen, dass er nicht da war. Jede leere Dose im Mülleimer zählte, denn sie bewies, das Scheusal hatte sich mit Appetit darüber hergemacht. Je mehr es wurden, desto besser.

Die wahren Gedanken ihres Vaters kannte Claudia nicht, als sie ihm um den Hals fiel. "Danke Papa. Du bist der Beste. Wenn Beatrix am Wochenende zu uns kommt, dann koche ich auch. Versprochen."

"Ich erinnere dich daran", antwortete er und fuhr endlich los. Obwohl seine heutige Toleranz einen anderen Hintergrund hatte, war Frank mit sich im Reinen. Er hätte sich auch ohne Millis Tod nicht wesentlich anders entschieden. Im Grunde verband er nur das Angenehme mit dem Nützlichen. So sah er es jedenfalls.

Zu Hause ließ Frank das Auto gleich vor der Garage stehen. "Mal sehen, ob Patrick schon da ist", sagte er und ging mit seiner Tochter hinein. Claudia holte sofort ihre Schulsachen und packte noch einige Kosmetika dazu. Sie brachte alles zum Wagen und ging wieder ins Haus. Dort traf sie ihren Vater in der Küche. "Patrick ist noch bei Kerstin. Er kommt erst spät nach Hause, aber hat sich nach Mama erkundigt, als er auf den AB gesprochen hat", sagte Frank und holte eine Dose Katzenfutter aus dem Schrank. "Dann werde ich dem Fresssack schon mal sein Futter hinstellen, damit er sich darüber hermachen kann, wenn er von seinem Streifzug zurück ist", schob er hinterher, füllte den Napf und warf die leere Dose in den Mülleimer.

"Wenn Mama nicht da ist, ist Milli viel häufiger draußen", bemerkte Claudia.

"Wundert dich das?"

"Nicht wirklich, wir verhätscheln ihren Süßen halt nicht so, und das merkt Milli ganz genau. Dann ist er wieder ein Kater und weniger ein Schmusekätzchen."

Die Antwort gefiel Frank und nachdem er den gefüllten Napf auf den Boden gestellt hatte, fuhr er mit seiner Tochter los. Die junge Frau strahlte vor Glück, hatte aber ein schlechtes Gewissen ihren Eltern gegenüber. Sie hatte zwar eine gewisse Toleranz bezüglich ihrer Zuneigung für Beatrix erwartet, aber das es so konfliktfrei laufen würde, übertraf selbst ihre kühnsten Vorstellungen.

Als Frank zwei Stunden später nach Hause kam, war Patrick immer noch nicht da. Das hatte er genauso erwartet und sich deshalb rechtzeitig von Claudia und Beatrix verabschiedet. Auf dem Anrufbeantworter hatte sein Sohn die Nachricht hinterlassen, auf jeden Fall bis gegen zehn bei Kerstin erreichbar zu sein. Zufrieden holte er den vollen Fressnapf aus der Küche und leerte ihn in der Toilette aus. Einige Brocken blieben dabei im Napf kleben. Auf das Auswaschen verzichtete er. Der Fressnapf sah plötzlich viel authentischer aus. Wenn Patrick ihn später sah, war die vermeintliche Botschaft klar: Milli hatte nicht alles aufgefressen.

Patrick kam gegen 23 Uhr nach Hause. Er wirkte müde und ausgelaugt. Frank unterhielt sich noch kurz mit ihm, erwähnte aber nicht, dass Claudia nicht da war. Dafür gab es auch keinen Grund, denn sein Sohn hatte gleich gemeint, wie froh er wäre, morgen etwas länger schlafen zu können. Die erste Unterrichtsstunde sollte ausfallen. Bereits nach zehn Minuten wünschte Patrick eine gute Nacht und verzog sich auf sein Zimmer. 'Der Montag ist geschafft', dachte Frank, als er auf der Terrasse noch ein Bier trank. Die Nacht war mild, aber er nicht müde, obwohl er seit dem frühen Morgen auf den Beinen war. Er ließ den Tag Revue passieren. "Es war Notwehr", murmelte er. 'Hätte das Drecksviech nicht wieder angegriffen, könnte er jetzt noch leben', die Rechtfertigung, die sein Handeln legitimierte. Wie nebenbei strich er sich über seinen linken Unterarm, um das leichte Kribbeln loszuwerden und entschloss sich, die Verletzung im Bad nochmals in Augenschein zu nehmen.

Vorsichtig zog er den Mullverband und das Pflaster ab. Die Wunden waren trocken und das ein gutes Zeichen. Sie schienen auch nicht mehr so tief zu sein, wie er es noch vom Morgen in Erinnerung hatte. "Da muss nur Luft ran", riet er sich selbst und suchte nach dem Verband, der nur wie ein Schlauch aus weißer Baumwolle über den Arm zu ziehen war. Als er ihn gefunden hatte, schnitt er sich ein passendes Stück ab. "Das reicht in den kommenden Tagen und fällt unter 'nem Hemd nicht auf", stellte er zufrieden fest.

Der nächste Morgen verlief reibungslos. Nachdem Frank aufgestanden war, rief er sofort bei Beatrix an, um sicherzustellen, dass Claudia nicht verschlief. So hatten sie es gestern vereinbart. Seine Tochter ging sofort ans Telefon, und er sagte ihr, Patrick schlafe noch und hätte ihre Abwesenheit nicht bemerkt. "Alles klar, danke Papa."

Im Anschluss bereitete er das Frühstück vor. Dabei stellte er auch einen unbenutzten Teller, eine Tasse und ein Messer in die Spüle. Über alles ließ er etwas Wasser laufen. Im Anschluss weckte er Patrick, der auch beim Essen nicht nach seiner Schwester fragte und erst recht nicht Millis Abwesenheit bemerkte. Wie immer war der junge Mann viel zu spät dran und hastete in letzter Minute zum Bus. Wie am Tag zuvor kippte Frank das Katzenfutter ins Klo und warf die leere Dose in den Mülleimer. Er wusch den angetrockneten Futterrest von gestern aus und stellte den Napf an seinen angestammten Platz. Dann rief er Patricia im Krankenhaus an. Seiner Frau ging es wesentlich besser und sie entschuldigte sich sofort dafür, gestern während des Besuchs eingeschlafen zu sein. "Das macht doch nichts", lautete Franks Antwort und dann kam von ihr die Frage, die immer kam. "Ist zu Hause alles in Ordnung, und hast du nicht vergessen, Milli zu füttern?"

"Die Kinder haben gefrühstückt und sind in der Schule", antwortete Frank. Das war nicht gelogen. "Milli hat wie immer seine Ration bekommen und sie restlos vertilgt", kam im gleichen Tonfall über seine Lippen.

"Was macht mein Süßer gerade?"

"Er lümmelt neben mir auf der Couch."

"Halt ihm doch mal das Telefon ans Ohr. Bestimmt erkennt er meine Stimme und mauzt", schlug Patricia plötzlich vor.

"Jetzt übertreibst du aber", erwiderte Frank, änderte dabei aber seine Position von lässig fläzend in aufrecht sitzend. 'Mit so einer Reaktion von ihr hätte ich rechnen müssen', schoss ihm durch den Kopf. Der Gedanke zwang ihn, auf das makabre Spiel einzugehen.

"Probier's doch mal!", flehte Patricia.

"Wenn's nicht klappt, dann bist du enttäuscht."

"Wenn ein Naturfilm im Fernsehen läuft, starrt er doch auch gebannt auf den Bildschirm."

"Das ist doch ganz was anderes. Da bewegt sich wenigstens was."

"Vielleicht erkennt er meine Stimme ja doch. Halt ihm doch bitte das Telefon ans Ohr."

"Meinetwegen, aber beschwer dich nachher nicht", gab Frank sich geschlagen und hielt den Hörer in die Luft. "Milli, das Frauchen ist dran", sagte er laut genug, damit Patricia es hören konnte.

Er musste nicht genau verstehen, was seine Frau sagte. Er wusste es. Den säuselnden Ton ihrer Stimme kannte er. Eine Weile ließ er sie gewähren und sagte dann seinerseits: "Sag dem Frauchen Guten Tag, damit sie schnell wieder gesund wird." Einige Sekunden verstrichen. "Nun guck mich nicht so an, sondern mauze mal. Na los!" Dann nahm er den Hörer wieder ans Ohr. "Tut mir leid, dass es nicht klappt, aber das hab ich dir gleich gesagt. Sein Blick ist gerade ein großes Fragezeichen. Aber er vermisst dich trotzdem und liegt jede Nacht auf deiner Seite im Bett." Die Lüge kam Frank erstaunlich leicht über die Lippen, aber wenn es seine Frau glücklich machte, war es keine richtige Lüge mehr. Sie würde Patricia helfen, sich besser zu fühlen, um über den schmerzlichen Verlust einer späten Mutterschaft hinwegzukommen.

"Ist das wahr?", fragte sie glücklich.

Frank hörte ihrer Stimme an, dass seine Vermutung richtig war. "Natürlich ist das wahr. Er sitzt auch beim Frühstück vor deinem Stuhl, wenn er bettelt. Das ist sogar den Kindern aufgefallen. Claudia hat ersatzweise deine Rolle übernommen und ihm was runtergegeben."

"Sie darf es aber nicht einfach auf den Boden werfen. Das mag er nicht."

"Keine Sorge. Sie hält es zwischen Daumen und Zeigefinger. Genau wie du", erzählte er seiner Frau.

"Wie war das Essen mit Beatrix?"

"Sehr gut. Sie kommt am Wochenende und Claudia kocht. Da lernen Patrick und Kerstin sie auch gleich kennen. Sie ist wirklich sehr sympathisch, und ich muss gestehen, dass mir ihre Bilder sehr gut gefallen."

"Dann bist du mit Claudias Wahl zufrieden?"

Frank stockte kurz. "Naja, wenn du es so nennen willst, dann ja. Wann soll ich heute vorbeikommen?"

"Nicht so spät wie gestern und ich schlafe auch nicht mehr ein", meinte Patricia.

Wenig später verabschiedeten sie sich, und Frank ließ sich im Sessel nach hinten fallen. "Das hätte auch ins Auge gehen können", sagte er und hatte eine Idee. Eine Weile dachte er nach, dann wurde ein Entschluss daraus. "Aber es muss diesmal so einer sein, wie auf der Dose. Und ich werde ihn nicht zeichnen", flüsterte er und stand auf. Er musste in die Tierhandlung fahren, in der sie immer das Futter für Milli kauften.

Unterwegs überlegte er, was er dem Händler sagen sollte. Immerhin waren sie Stammkunden in dessen Geschäft. Es war daher nicht ausgeschlossen, dass er sich zukünftig bei ihren Einkäufen nach dem neuen Mitbewohner erkundigte. Wobei noch nicht einmal sicher war, ob Franks Plan überhaupt aufging. Katzen wurden schließlich nicht wie Hamster oder Goldfische in Geschäften verkauft. Aber er war zuversichtlich, in den nächsten Wochen oder Monaten einen fidelen Ersatz für Milli – und damit ein süßes Ich-hab-dich-lieb-Katerchen als neues Objekt der Ablenkung – zu finden. Patricias Trauer um den Verlust des orangeroten Monsters sollte nicht von langer Dauer sein.

Im Geschäft angelangt, ging er sofort auf den Händler zu

und begrüßte ihn. "Hallo Herr Bauer, ich brauche noch kein neues Futter, sondern bin wegen einer anderen Angelegenheit hier. Meine Frau und ich wollen uns einen zweiten Stubentiger zulegen. Können Sie mir da irgendwas vermitteln?", fragte er ganz direkt.

"Soll es eine bestimmte Rasse sein?", erkundigte sich Herr Bauer.

"Nein, wieder was Pflegeleichtes. Genau wie unser alter Kater."

"Er ist doch nicht etwa …?" Herr Bauer sprach den Satz nicht aus, der bei seinen Kunden oft unsäglichen Schmerz auslöste.

"Nein, er erfreut sich bester Gesundheit. Aber Sie wissen doch, wir haben den riesigen Garten, und da können auch zwei Kater ein schönes Leben genießen."

"Da haben Sie ja Glück. Ich war gestern im Tierheim. Die bestellen immer bei mir, und wenn ich schon mal dort bin, sehe ich mir auch die Zöglinge an. Die haben vor drei Monaten eine trächtige Katze bekommen, die mittlerweile geworfen hat. Die sind froh über jedes Baby, das sie vermitteln können. Ist zwar nicht gratis, aber dafür sind die Tiere alle gesund und geimpft. Die 60 Mark würden Sie beim Tierarzt auch bezahlen. Wenn Sie hinfahren wollen, dann schreib ich Ihnen die Adresse auf. Melden Sie sich bei Helga Schirmer und bestellen ihr schöne Grüße von mir", schlug Herr Bauer vor.

Frank entschied, sofort dorthin zu fahren. Das Tierheim war nicht weit entfernt, und die Angelegenheit duldete keinen langen Aufschub. Je früher Patricia das Wollknäuel in den Händen hielt, desto weniger litt sie.

Eine viertel Stunde später klingelte er am Gartentor des Tierheims, das eigentlich kein Tierheim war. Frau Schirmer wohnte hier und sah ihre Lebensaufgabe darin, ausgesetzten und nicht mehr gewollten Tieren zu helfen. Lächelnd kam sie aus dem Haus und ging auf Frank zu. "Herr Bauer hat Sie schon angekündigt. Kommen Sie herein", begrüßte sie ihn. Auf dem Weg zurück erzählte sie, Herr Bauer habe ihr schon gesagt, Frank gehöre zu den Tierhaltern, die sich liebevoll um ihre Schützlinge kümmerten. "Wenn Sie Urlaub haben, können Sie ihre Lieblinge gern zu mir bringen. Ich betreibe auch eine Katzenpension", erklärte ihm Frau Schirmer.

Frank bedankte sich höflich für das Angebot. Inzwischen waren sie auch in dem Raum angekommen, in welchem die Katze mit ihrem Wurf untergebracht war. "Das sind die Kleinen. Sind sie nicht süß?", begeisterte sich Frau Schirmer sofort, und das konnte Frank nachvollziehen.

"Wie alt sind die denn?", erkundigte er sich.

"Zwei Monate, und sie sind schon einmal vom Tierarzt untersucht worden. Am Montag bekommen die Kleinen ihre Impfung, und ab dann gebe ich sie in gute Hände weiter."

"Herr Bauer hat mir das schon gesagt. Wir möchten unbedingt wieder einen Kater."

Frau Schirmer nahm zwei junge Kätzchen heraus. "Das sind die Burschen aus dem Wurf", sagte sie und hielt sie Frank entgegen, der nicht lange brauchte, um sich zu entscheiden.

"Der hier ist es", meinte er und nahm das fast schwarze Katerchen in die Hand. Die weißen Kleckse an einem Auge und am Hals erinnerten ihn an das Bild auf der Futterdose. Das weiße Ohr rundete diesen Eindruck ab. "Wann kann ich den Burschen am Montag abholen?"

"Der Tierarzt will am Nachmittag kommen", meinte Frau Schirmer.

"Dann hole ich ihn am späten Nachmittag ab. Wenn Sie wollen, bezahl ich die Impfkosten gleich jetzt", schlug Frank vor.

Damit war Frau Schirmer einverstanden, und fünf Minuten später fuhr der frischgebackene Katzenbesitzer glücklich zurück zur Tierhandlung, um alles Notwendige für den neuen Mitbewohner zu kaufen. Frank war sich sicher, genau das Richtige zu tun. Er hatte sich auch schon einen Namen überlegt. 'Purzel passt zu dem kleinen Burschen, und er wird Patricia helfen, über das Scheusal hinwegzukommen', dachte er.

Beim Einkauf der Sachen war Frank großzügig. Alles sollte perfekt vorbereitet sein und helfen, das Herz seiner Frau für Purzel zu öffnen. Herr Bauer sparte nicht mit lobenden Worten, während er die Produkte für junge Kätzchen präsentierte. Gerade beim Futter galt es, nicht an der falschen Stelle zu sparen. Das tat Frank auch nicht.

Gut gelaunt kam er vor den Kindern nach Hause und räumte die Sachen sofort ins Gästezimmer. Sie durften keinesfalls Aufmerksamkeit erregen, denn das konnte zur Folge haben, dass Millis Abwesenheit auffiel. Bisher hatten schicksalsgleiche Fügungen genau das verhindert. So sollte es bleiben. Deshalb brachte Frank den Einkauf im Kleiderschrank des Gästezimmers unter und ging anschließend in die Küche.

Zwei Minuten später lag die nächste Alibidose im Mülleimer. Zufrieden öffnete er den Kühlschrank und sah hinein. 'Was koche ich heute?', überlegte er und entschied sich für ein einfaches Nudelgericht. Die Zutaten für die Soße waren schnell zubereitet und den Topf mit Salzwasser stellte er bereits auf den Herd, ohne ihn anzumachen. Er wartete zwar auf Patrick und Claudia, ahnte aber bereits, dass nur seine Tochter pünktlich nach Hause käme.

Bis dahin gab es nichts Wichtiges zu tun. Frank bereitete sich einen Kaffee zu und überlegte, was er noch unternehmen könnte, um Millis Anwesenheit vorzutäuschen. Eine zündende Idee hatte er nicht, vertrieb sich jedoch mit Gedankenspielen die Zeit. Aber die Stille im Haus, sonst Garant der Konzentration, wehte heute Franks Assoziationen wie lose Blätter im Wind davon.

Er hörte deutlich, wie die Haustür aufgeschlossen wurde. Bereits am Gang erkannte er seine Tochter. "Ich bin's", rief sie schon vom Flur aus und kam wenig später in die Küche. "Hallo Papa", sagte sie glücklich und küsste ihn auf die Wange. "Hast du mit dem Essen auf mich gewartet?"

"Hab ich. Wie war dein Tag?", erkundigte er sich und machte den Herd an.

Während die Nudeln kochten, erzählte Claudia, wie sehr sich Beatrix über die Einladung am Wochenende gefreut hätte. Sie berichtete voller Enthusiasmus und holte bei kleinen Zwischenfragen ihres Vaters immer wieder voll aus. Das ging beim Essen so weiter. Frank genoss den Elan seiner Tochter. Sie erinnerte ihn an die Zeit, in der er Patricia kennengelernt hatte. Außerdem bot sich eine ungeahnte Möglichkeit. Claudia saß wie immer mit dem Fenster im Rücken am Tisch und Frank ihr gegenüber. Plötzlich schaute er kauend nach draußen in den Garten. "Das kann doch nicht wahr sein", sagte er, als er den Happen geschluckt hatte.

Claudia drehte sich um und sah nach draußen. "Was kann nicht wahr sein?"

"Milli hat am Kirschbaum gerade einen Vogel gefangen. Mama denkt immer, er macht so was nicht."

"Ich kann ihn gar nicht sehen", meinte Claudia.

"Weil er sofort abgehauen ist. Ich hab ihn gerade noch bemerkt. So ein Schlawiner. Wahrscheinlich hattest du recht."

"Was meinst du?", fragte Claudia irritiert.

"Das er während Mamas Abwesenheit wieder ein Kater und kein Schmusekätzchen ist."

"Das wird ihr nicht gefallen."

"Ich weiß", bestätigte Frank. "Am besten sagen wir's ihr nicht. Sie denkt ja immer, ein satter Kater ist ein lieber Kater."

"Raubtier bleibt Raubtier", meinte Claudia gelassen und aß weiter.

Nach einer kurzen Überlegung meinte Frank: "Ich hab eine Überraschung für sie. Ich weiß, dass sie das Kind gewollt hätte, auch wenn die Schwangerschaft ungeplant war. Und wir wissen ja alle, wie sehr sie Katzen liebt. Deshalb war ich heute im Tierheim", leitete er den Bericht ein und erzählte seiner Tochter mehr über die Beweggründe, am kommenden Montag Purzel ins Haus zu holen.

Claudia fand die Idee gut, zumal Milli nicht mehr der Jüngste war, und das Unausweichliche in naher Zukunft eintreten musste. "Er ist älter als ich, und das ist für einen Kater steinalt", sagte sie am Schluss.

Nachdem sie den Tisch abgeräumt hatten, spülte Claudia das Geschirr ab. Dabei fiel ihr Blick auch auf den Fressnapf des Katers. "Er muss mittags so satt gewesen sein, dass er den Rest übriggelassen hat. Den Vogel hat er nur aus Vergnügen gefangen und umgebracht", lautete der Kommentar zu dem, was sie heute real miterlebt zu haben glaubte.

Frank war nicht nur zufrieden, er war mit sich im Reinen. Er gestand sich zwar unumwunden ein, seine Tochter manipuliert zu haben, aber die gute Absicht rechtfertigte sein Handeln. 'Außerdem tut es niemandem weh. Ganz im Gegenteil. Alles wird gut', schloss er die müßige Überlegung ab und fragte seine Tochter, ob sie mit ins Krankenhaus kommen wollte.

Wie gut seine Strategie aufging, bewies sich beim Abendessen. Claudia erzählte ihrem Bruder tatsächlich, dass Milli heute einen Vogel gefangen hätte. Patricks Kommentar dazu war kurz. "Blöd ist der auch nicht. Ab und zu liegt zwar eine tote Maus an der Haustür, aber ich bin mir sicher, dass er wegen Mamas Gemecker schnell gerafft hat, die toten Vögel besser woanders zu verstecken." Damit war das Thema erledigt und Claudia sah ihren Vater an. "Darf ich es schon sagen?", fragte sie. Frank nickte nur. Claudia sah ihren Bruder an. "Am

Wochenende kommt meine Freundin zu Besuch, damit ihr sie endlich alle kennenlernen könnt. Ich möchte, dass du sie so genauso behandelst wie einen Freund. Ich bin mit ihr zusammen", sagte sie in Patricks Richtung.

"Bist du 'ne Lesbe oder bi?", fragte ihr Bruder ganz direkt.

"Lesbe."

"Okay."

"Danke." Claudia fiel ein Stein vom Herzen, dass verriet ihr zaghaftes Lächeln.

'Schade, dass Patricia das nicht gesehen hat. Sie wäre stolz auf euch', dachte Frank und zwinkerte seiner Prinzessin einmal zu. "Dann überleg schon mal, was du an dem Tag kochen willst, damit ich es rechtzeitig einkaufen kann", schlug er vor.

Später im Bett konnte Frank sein Glück kaum fassen. Den Tag 1 nach Milli konnte er selbst nur als Wunder begreifen.

Erst beim Frühstück am nächsten Morgen fiel zum ersten Mal auf, dass der Kater nicht neben dem Tisch saß und bettelte. "Der wird die Freiheit genießen und durch die Gegend ziehen. Ich werde ihm nachher sein Futter hinstellen, und dann werden wir ja sehen, ob er es im Laufe des Tages frisst", meinte Frank nur und beließ es dabei. Er durfte sein Glück nicht überstrapazieren.

Im Laufe des Vormittags leerte er eine Dose in die Toilette aus. Den Inhalt der zweiten füllte er gegen 14 Uhr in den Napf. Bis zum Eintreffen Claudias oder Patricks würde das Futter antrocknen und zum ersten Mal darauf hindeuten, dass Milli es vorgezogen hatte, draußen zu bleiben. Auch diese Finte ging auf. Als Claudia nach Hause kam und den Rest des gemeinsamen Mittagessens in den Mülleimer warf, sah sie zwei leere Dosen. "Wenn Mama wieder da ist, wird sie ganz schön enttäuscht sein, dass Milli nur noch gelegentlich zum Fressen reinkommt. Aber sie kann sich ja dann auf Purzel stürzen", meinte sie und damit war das Thema für den Rest des Tages abgehakt.

Am Donnerstagmorgen war Frank innerlich aufgewühlt. Als Patrick und Claudia das Haus verlassen hatten, ging er sofort ins Wohnzimmer und sah sich die Zeichnungen des Katers an. Bis auf die zwei Bilder, deren Augenschraffuren sich schon vor Jahren geändert hatten, zeigten alle anderen den Kater so, wie er ihn einst gezeichnet hatte. Frank sah auf die Uhr. Es war kurz nach acht. Plötzlich fiel ihm auf, wie stark seine Handflächen schwitzten. Die Tötung des Monsters war exakt drei Tage her, und bisher hatten seine Auferstehungen stets drei Tage gedauert. "Das Drecksviech müsste also jeden Moment auftauchen", murmelte er, überlegte dann aber kurz, ob der Kater noch mitbekommen haben könnte, dass Patricia morgen entlassen werden sollte. "Unmöglich", sagte Frank. Die Tötung des Katers hatte während der Operation seiner Frau stattgefunden. "Ich hab selbst erst Montagabend erfahren, dass sie morgen entlassen wird, und selbst das steht noch nicht einmal endgültig fest."

Mit jeder abgelaufenen Stunde stieg Franks Hoffnung, dass die versteckten Bilder im Atelier ihre Wirkung entfalteten. Er dachte sogar darüber nach, was das hieß und welche Macht er dann in den Händen hielte. Sollte der Stift diese Wunder bewirkt haben, dürfte er niemals mit Irgendjemandem darüber sprechen. "Nicht mal mit Patricia", flüsterte er. Über Möglichkeiten im weiteren Umgang mit dem Stift musste er sich Gedanken machen. Solange ein kalkulierbares Ergebnis nicht absehbar war, musste er das Geheimnis hüten und lernen, den Begehrlichkeiten zu widerstehen.

Trotzdem veranlassten ihn seine Überlegungen, ins Atelier zu gehen und die Zeichnungen über Millis Tode hervorzukramen. Frank erkannte die richtige Mappe sofort, obwohl er sie schon lange nicht mehr angefasst hatte. Er dröselte den Knoten auf und holte andachtsvoll die Papierbögen heraus. Sein Augenmerk richtete sich sofort auf die Veränderung des eigenen Stilmerkmals. Das war die Schraffur der Iris. Auf keiner der Zeichnungen stellte er eine Abweichung fest. Vielleicht musste das so sein, weil die weiße Magie dieser Zeichnungen die schwarze Magie der Bilder im Wohnzimmer neutralisierte? Frank konnte lediglich Vermutungen anstellen und begriff, wie wenig ihm das weiterhalf. Vorsichtig legte er die Zeichnungen zurück in die Mappe, knotete das Verschlussband wieder zu und legte sie an der Stelle ab, wo sie seit Jahren schlummerten.

Er sah auf die Uhr. Es war bereits Mittag. Nachdenklich verließ er das Atelier und ging in die Küche, um dem Alibi eine weitere Dose hinzufügen. Er machte das Futter in den Napf, damit es eintrocknen konnte. Millis Abnabelung von der Familie war die beste Erklärung, die sich bot. Claudia und Patrick konnten sie vorbehaltlos bestätigen und das machte es zur Wahrheit.

Am späten Nachmittag fuhr er mit Claudia ins Krankenhaus. Patricia wartete schon im Eingangsbereich und anstatt auf ihr Zimmer zu gehen, führte sie die beiden in den Garten. Das Wetter war schön und ihr Lächeln verriet Frank bereits, wie sehr sie sich freute, morgen nach Hause zu können. Auch Frank gefiel der Gedanke, Patricia wieder an seiner Seite zu haben. Aber damit rückte auch der Moment in greifbare Nähe, Erklärungen zu Millis Verbleib geben zu müssen.

Während des Spaziergangs erkundigte sie sich, ob zu Hause alles in Ordnung sei und stellte auch die allesentscheidende Frage. "Kümmert ihr euch gut um Milli?"

"Im Prinzip schon", meinte Frank nur und bereute diesen Satz sofort.

"Was heißt im Prinzip?", fragte Patricia irritiert.

"Ich stelle ihm sein Futter hin und ansonsten kann er machen, was er will. Wie immer halt", erwiderte er.

"Und was macht er?"

"Woher soll ich das wissen? Er ist viel im Garten und streunt herum", versuchte Frank sich aus der Affäre zu ziehen.

"Er ist richtig aktiv geworden und lässt sich kaum im Haus blicken. Gelegentlich lässt er sogar sein Futter stehen", meinte Claudia.

"Er lässt sein Futter stehen?", fragte Patricia ungläubig. "So kenne ich ihn gar nicht."

"Wir haben auch nicht schlecht gestaunt, als er am Mittwochmorgen nicht am Tisch gesessen hat. Er kommt immer nur kurz rein, frisst einige Häppchen und verschwindet dann wieder", erklärte Claudia.

"Aber nachts kommt er doch zum Schlafen ins Bett?", fragte sie Frank.

"Auch nur kurz. Ich habe heute Morgen nur deswegen gewusst, dass er nachts da gewesen ist, weil 'ne Kuhle in deiner Bettdecke war", log er.

"Der Arme vermisst mich", lautete Patricias Schlussfolgerung. Ihrer Stimme klang traurig. "Ich mache euch ja keinen Vorwurf", schob sie hinterher und verstummte dann.

"Es geht ihm aber gut. Wir haben ihn erst gestern im Kirschbaum herumklettern sehen", sagte Claudia.

"Wenigstens ist er nicht weggerannt", meinte Patricia erleichtert.

"Warum sollte er wegrennen? Er lebt doch im Katzenparadies. Er tobt sich halt etwas aus, solange du nicht da bist. Denkst du, er bekommt das nicht mit", mischte Frank sich wieder in das Gespräch ein.

"Was soll das denn heißen?" Patricias Blick wirkte anklagend.

"Ist halt so. Er ist doch nicht blöd und weiß genau, was er nicht darf, wenn du da bist", erwiderte Frank.

"Und was soll das sein?"

"Vögel fangen zum Beispiel", platzte es aus Claudia heraus.

"Milli fängt keine Vögel."

"Dann hättest du ihn mal im Kirschbaum sehen sollen", erwiderte Claudia.

"Stimmt das?", fragte Patricia ihren Mann.

"Ja, wir haben's beide gesehen", bestätigte er Claudias Worte.

"Da werde ich ihm wohl die Leviten lesen müssen", sagte Patricia.

"Aber sei nicht so streng mit ihm", focht Frank für die Sache des Toten.

"Ich sollte ihm wieder ein Halsband mit Glöckchen kaufen", schlug Patricia vor. Dabei beließ sie es und klärte mit den beiden, was für das Wochenende noch alles besorgt werden musste.

"Mama, ich koche. Das hab ich versprochen, und dabei bleibt es auch. Bea hilft mir dabei und du ruhst dich aus", protestierte Claudia.

"Sie kommt zu Besuch und mir geht's wieder gut", erwiderte Patricia.

"Wir fahren jetzt noch einkaufen, und du lässt dich am Wochenende verwöhnen, mein Schatz", sagte Frank.

Eine Weile spazierten sie noch gemächlich durch den Park, dann brachte Patricia die beiden zum Eingang. "Ruf morgen um zehn an. Bis dahin dürfte die Visite durch sein", sagte sie am Schluss, küsste Frank und umarmte ihre Tochter.

Auf dem Weg zum Supermarkt meinte Frank nur: "Das Milli 'nen Vogel gefangen hat, wollten wir ihr eigentlich nicht sagen."

"Es ist mir so rausgerutscht. Entschuldige."

"Sie hat's ja verkraftet." Frank war sichtlich zufrieden.

Auch den Rest des Tages war der Kater nicht zu sehen. Jeder zog seine eigenen Schlüsse daraus.

Am Freitagmorgen interessierte niemanden mehr, dass Millis Bettelplatz leer war. Als Claudia und Patrick das Haus verlassen hatten, betrachtete Frank noch einmal die Bilder im Wohnzimmer. Alles war unverändert. Zufrieden ballte er die Faust und jubelte ein lautes Ja in die Stille. Er fühlte sich befreit, und momentan war es egal, ob Patricia zwei Tage litt. Am Montag würde er Purzel holen und das leidliche Kapitel beendet sein.

Bevor er ins Krankenhaus fuhr, füllte er den Fressnapf zum letzten Mal auf. Das schlechte Gewissen, das sich in ihm meldete, wischte er mit einem Gedanken fort. 'Das Drecksviech hatte seine Chancen.' Das entsprach zwar den Tatsachen, machte die Geschehnisse jedoch nicht besser. Aber es half Frank, mit dem Ergebnis klarzukommen. "Dafür wird der Kleine ein schönes Leben haben", flüsterte er und das hellte seine Stimmung vorübergehend auf. Innerlich hatte er sich bereits darauf eingestellt, Patricia das Wochenende über trösten und ihre Tränen ertragen zu müssen. Plötzlich sah er auf die Uhr. "Das schaffe ich noch und sie wird sich darüber freuen", sagte er und setzte die Idee sofort in die Tat um.

Eine halbe Stunde später kehrte er nach Hause zurück und stellte den riesigen Strauß langstieliger roter Rosen auf dem Couchtisch ab. Ein letztes Mal sah er sich mit prüfendem Blick um. Alles war für Patricias Empfang vorbereitet. Hastig lief er zum Auto und machte sich auf den Weg zu ihr.

Seine Frau wartete bereits am Ausgang. "Da bist du ja endlich. Ich dachte schon, du hast mich vergessen", sagte sie glücklich.

"Tut mir leid, aber ich musste noch was ganz Wichtiges erledigen", antwortete Frank, nahm die kleine Reisetasche und ging mit Patricia die wenigen Meter zum Auto. Fürsorglich half er ihr beim Einsteigen, stellte anschließend die Tasche hinter seinen Sitz und fuhr los. Dabei hielt er eine Weile die Hand seiner Frau. "Schön, dass du wieder da bist", sagte er und lächelte sie an.

"Ich bin auch froh. Ich hätte es ohne euch keinen Tag länger mehr ausgehalten."

"Aber vergiss nicht, dich zu schonen", ermahnte Frank sie.

"Ich bin nicht aus Zuckerwatte, und die Betätigung lenkt mich ab."

"Wovon musst du dich ablenken?", fragte Frank.

"Wovon wohl? Wir wären fast nochmal Eltern geworden. Es war zwar nicht geplant, aber der Gedanke daran macht mich schon traurig."

"Ich weiß, was du meinst", sagte Frank leise, fand die Situation aber auch bestens geeignet, um Patricia auf die Überraschung vorzubereiten. "Da wir auf Enkel noch eine Weile warten müssen, hab ich mir was anderes überlegt", kündigte er Purzels baldige Ankunft an.

"Was meinst du?"

"Ich hab mich nach einem neuen Mitbewohner umgesehen?"

Seine Frau sah ihn fragend an. "Es ist aber kein Hund?"

"Um Gottes Willen. Nein. Er ist klein, richtig süß und wird dir garantiert gefallen. Am Montag holen wir ihn zusammen ab, wenn du willst."

"Und was ist es nun, wenn es kein Hund ist?" Patricia sah Frank fragend an.

Er antwortete nicht, sondern grinste lediglich verschmitzt. Deshalb erging sie sich in Spekulationen, die er stets verneinte. "Es ist auch kein Vogel." ... "Nein, kein Kaninchen." ... "Auch kein Hängebauchschweinchen." ... "Ein Lämmchen ist es auch nicht, wobei es eine Überlegung wert wäre. Dann könnte ich mir in Zukunft das ständige Rasenmähen ersparen", sagte er am Schluss und wunderte sich, wieso seine Frau nicht auf das Offensichtliche kam.

"Spann mich nicht so auf die Folter", beendete Patricia das Ratespiel.

"Dann wirst du bis Montag warten müssen", erwiderte er nur.

"Du kannst ganz schön gemein und außerdem noch ein Dickkopf sein", entgegnete sie.

"Darüber hast du dich in zwanzig Jahren aber noch nie beschwert."

"Alles ist irgendwann das erste Mal. Wann kommt Beatrix morgen?", schwenkte sie abrupt um.

"Gegen elf hol ich sie ab", meinte Frank.

"Du holst sie ab?", fragte Patricia irritiert.

"Warum nicht?"

"Ich wundere mich nur, dass du dich so für sie ins Zeug legst."

"Hast du das bei Patricks Freundin nicht auch gemacht?", konterte er geschickt.

"Ja schon, aber warum holst du sie ab? Findet sie den Weg zu uns sonst nicht?"

Frank blickte seine Frau vorwurfsvoll an. "Natürlich findet sie ihn. Claudia hat mich darum gebeten. Die beiden geben sich richtig Mühe. Unsere Tochter macht morgen das Essen, und Bea bereitet bei sich zu Hause zwei Torten vor. Ich helfe nur beim Transport."

"Wow. Es scheint ihnen richtig ernst zu sein", sagte Patricia.

"Allerdings. Patrick hat auch toll reagiert", meinte Frank und erzählte, wie ihr Sohn es aufgenommen hatte.

Sie waren mit dem Thema noch nicht fertig, als Frank am Haus ankam. "Keine Sorge, mein Schatz, du erkennst alles wieder", sagte er und stellte das Auto direkt vor der Haustür ab.

"Das will ich hoffen", erwiderte Patricia, verzog aber etwas das Gesicht, als sie sich zur Seite drehte, um den Sicherheitsgurt zu öffnen.

"Warte doch! Ich helfe dir", sagte Frank besorgt, weil er ihre Schmerzen sofort registriert hatte.

"Das ist bloß die schnelle Drehung. In ein oder zwei Tagen ist das weg, hat Doktor Wilsbach gesagt", entgegnete sie, wartete aber trotzdem, bis Frank ihr die Autotür geöffnet hatte.

Sie griff nach seiner Hand, und er half ihr auszusteigen. "Beim Gehen merke ich gar nichts", sagte sie und ließ die Hand ihres Mannes wie zur Bestätigung ihrer Aussage wieder los. Frank holte die Tasche aus dem Fond, ging mit ihr zur Haustür und schloss auf.

Patricia trat ein und sah sich um. "Ich habe gehofft, dass Milli mich auch begrüßt. Das hat er doch immer gemacht", sagte sie etwas enttäuscht.

Frank erwiderte darauf nichts, sondern half seiner Frau aus der Jacke. Die Sekunden vergingen und endlich meinte er: "Er wird draußen rumtoben. Sicherlich wirst du nicht ins Bett wollen, deshalb hab ich dir die Couch im Wohnzimmer vorbereitet."

Sie gingen gemeinsam nach hinten und Frank registrierte genau, wie Patricia sich umschaute. Ihr Weg führte auch an der Küche vorbei. Sie sah den vollen Napf sofort. "Er hat noch gar nichts gefressen", meinte sie leise und sah ihren Mann an.

"Es ist, wie Claudia gesagt hat. Er streunt die meiste Zeit draußen rum und kommt nur gelegentlich zum Fressen rein."

"Das kann ich mir gar nicht vorstellen", erwiderte Patricia, aber an der Tür des Wohnzimmers ging Franks Rechnung vorerst auf. "Sind die für mich?", fragte sie glücklich.

"Natürlich sind die für dich. Herzlich Willkommen zu Hause", sagte Frank und bekam zum Dank einen Kuss.

"Hast du Hunger?", erkundigte er sich.

Patricia schüttelte den Kopf. "Auf einen richtigen Kaffee hätte ich Appetit. Der im Krankenhaus hat fürchterlich geschmeckt."

"Ich mache ihn sofort", sagte Frank und ging zur Küche.

"Trinken wir ihn auf der Terrasse?", rief Patricia ihm noch nach.

"Alles klar." Frank ahnte, warum sie nach draußen wollte. Er stellte das Geschirr aufs Tablett, während die Maschine ihr brodelndes Geräusch von sich gab. Er erschrak, als Patricia ihn plötzlich fragte, wann er das Futter in den Napf gemacht hatte. Er hatte sie nicht kommen hören, was den Gedanken geschuldet war, die ihn gerade beschäftigten. "Das ist seine Mittagsration, aber frag mich nicht, wann er die morgendliche Portion verdrückt hat. Als wir gefrühstückt haben, war er draußen. Ich habe nur daran gemerkt, dass er im Haus war, weil später ein Teil verputzt war. Bevor ich dich abgeholt habe, hab ich ihm deshalb was Frisches reingemacht." Beim letzten Satz lächelte Frank sogar. "Der Kaffee ist fertig", meinte er zufrieden, als die Maschine ihre spukenden Geräusche eingestellt hatte. Er holte noch die Kekse aus dem Schrank, die seine Frau so gern mochte und stellte sie aufs Tablett. "Na komm, lass uns nach draußen gehen", sagte er und hoffte, die Kinder kämen bald nach Hause.

Das Wetter war mild. Trotzdem fragte Frank, ob sie eine dünne Jacke wolle. Patricia verneinte und setzte sich vorsichtig auf die Hollywoodschaukel. "Möchtest du ein oder zwei Kissen?", erkundigte er sich, aber auch danach war seiner Frau nicht zumute. Wie bestellt und nicht abgeholt stand er mit dem Tablett in der Hand vor ihr.

"Holst du den kleinen Tisch? Ich halte das solange", sagte Patricia.

"Ich konnte ja nicht wissen, dass du den Kaffee hier trinken willst", meinte er, übergab ihr das Tablett und holte den kleinen Tisch von der Terrasse, der wie immer zusammengeklappt an der Wand stand. Er stellte ihn vor der Hollywoodschaukel auf und holte sich noch rasch einen Stuhl. Als er zurückkam, hatte Patricia ihre Tassen vollgegossen. "Ich hätte das doch gemacht", sagte er vorwurfsvoll.

"Ich bin nicht krank, sondern darf nur keine körperlich schweren Sachen machen, bis die Narbe verheilt ist. Wie ich das hier alles vermisst habe", sagte Patricia und griff nach Franks Hand. Mit einem Fuß stieß sie sich vom Boden ab und schaukelte leicht hin und her.

"Schön, dass das endlich hinter dir liegt", meinte Frank nach einer Weile. Bis dahin hatten sie schweigend dagesessen und ihre Blicke durch den Garten schweifen lassen. "Wenn du keinen Eiskaffee willst, solltest du ihn jetzt trinken", sagte er.

"Entschuldige, ich war mit meinen Gedanken woanders", antwortete Patricia. Sie trank einen Schluck Kaffee und griff anschließend in die Keksdose. Während sie an ihrem Keks knabberte, sah sie immer wieder zum Kirschbaum. "Hast du eine Ahnung, wo er sich rumtreiben kann?", fragte sie leise.

"Wenn ich's wüsste, hätte ich's dir schon gesagt. Mit der Nachbarstöle wird er sich nicht angefreundet haben. Wir haben alle keine Ahnung, wo der Schlawiner sich rumtreibt", antwortete Frank und sah Patricia in die Augen. "Vielleicht hat er Gefallen an der Vogeljagd gefunden und kommt deshalb nur gelegentlich zum Fressen nach Hause."

"Milli macht so was nicht", verteidigte Patricia den Kater.

"Seitdem er nicht mehr auf die Kastanie kommt, nisten dort auch wieder Vögel", hielt Frank entgegen.

"Das ist doch was ganz anderes. Natürlich hat er sie durch seine Anwesenheit vertrieben, aber gefangen und gefressen hat er sie nicht."

"Katzen sind kleine Raubtiere", erwiderte Frank.

"Milli ist kein Raubtier, sondern ein wohlerzogener lieber Kater. Er weiß genau, was er darf und was nicht."

"Bestimmt weiß er das, wenn du da bist. Jetzt haben seine Triebe halt wieder die Oberhand gewonnen", meinte Frank.

"Soll das heißen, ich bin schuld, wenn er auf einmal einen Vogel fängt?"

"Nein, natürlich nicht, aber du warst halt seine Bezugsperson", antwortete er.

"Wieso sagst du warst?", fragte Patricia auf einmal traurig.

"Weil das bis letzten Sonntag so war", erwiderte Frank und war froh, die Kurve gerade noch hinbekommen zu haben. Er spürte plötzlich deutlich, wie real die Gefahr war, das Gespräch könnte ihm entgleiten. Patricia schien jedes seiner Worte auf die Goldwaage zu legen. "Jetzt bist du ja wieder da und sobald er dich sieht, werden Vögel und sein Lotterleben der Geschichte angehören. Er liebt doch sein Frauchen", sagte Frank und erntete ein Lächeln Patricias. "Ich bin gleich wieder da. Ich hab deine Tasche im Flur vergessen", meinte er und ging sofort nach drinnen. 'Wann kommt Claudia endlich nach Hause?', dachte er. Es war halb drei. Lustlos brachte er die Tasche nach oben ins Schlafzimmer und schaute hinter der Gardine stehend in den Garten. Patricia war aufgestanden und zum Kirschbaum gegangen. Durch das aufgeklappte Fenster konnte er hören, wie sie den Kater rief. Das Säuseln in ihrer Stimme war unverkennbar. "Wenn doch schon Montag wäre", murmelte er und beobachtete, wie sie weiter in den hinteren Bereich des Gartens ging. Ihm fiel sofort auf, sie hatte keinen Blick für das Gemüse und die Blumen übrig. Allein das verriet, wie sehr seine Frau unter dem Verlust des Scheusals litt. "Tut mir leid, mein Schatz", flüsterte er, ging wieder nach draußen und setzte sich an den Tisch. Patricia war mittlerweile am Ende des Gartens angekommen und sah über den Zaun auf das Nachbargrundstück. Außer einer riesigen bunten Wiese gab es hier jedoch nichts zu sehen. Dafür stand das Gras viel zu hoch.

Frank trank bereits die zweite Tasse Kaffee, als Patricia wieder an der Hollywoodschaukel ankam. "Die Tomaten werden dieses Jahr prächtig", sagte er.

"Sieht ganz so aus. Wann hast du Milli das letzte Mal gesehen?"

Frank dachte kurz nach. "Ich glaube, dass war am Mittwoch, als er im Kirschbaum rumgeklettert ist. Wir können nachher Claudia fragen, sie war dabei."

"Ich mache mir Sorgen, ob ihm was passiert ist."

"Das glaube ich nicht. Er hat doch im Laufe des Vormittags was gefressen und ist danach gleich wieder los. Das macht er doch nur, wenn's ihm gut geht", beruhigte er sie.

"Das stimmt schon", meinte Patricia, aber ihr "trotzdem" ließ nicht lange auf sich warten.

"Was trotzdem?"

"Das ist gar nicht typisch für ihn. Ich spüre, dass irgendwas nicht stimmt."

"Was soll denn nicht stimmen?" Frank versuchte so gelassen wie möglich zu klingen, was ihm auch gut gelang.

"Ich weiß es noch nicht, aber das passt alles nicht zu ihm", meinte sie nachdenklich.

"Vielleicht hättest du ihn damals doch kastrieren lassen sollen."

"Dann wäre er früher auch schon ausgebüxt."

Frank sah auf die Uhr. "Ich fang mit dem Essen an. Soll ich dir noch irgendwas rausbringen?"

"Ich kann das auch machen", schlug sie vor, aber das ließ er nicht gelten.

Zuerst räumte Frank das Kaffeegeschirr in die Spülmaschine und ertappte sich dabei, froh zu sein, sich in die Küche gerettet zu haben. Für ihn stand fest, sich auch beim Kochen reichlich Zeit zu lassen. Der Einfachheit halber hatte er sich bereits beim Einkauf für Spagetti Bolognese entschieden. Ein Gericht, welches er ohne Probleme hinbekam. Oft genug hatte er Patricia bei der Zubereitung zugesehen. Zwiebeln und Hackfleisch anbraten konnte jeder.

Beim Schneiden der Zwiebeln positionierte er sich so, dass er Patricia sehen konnte. Sie saß immer noch auf der Hollywoodschaukel, schaute aber aufmerksam in den hinteren Teil des Gartens. 'Soll sie das Mistvieh doch ein zwei Tage suchen. Umso mehr wird sie sich auf Purzel stürzen', dachte er, konzentrierte sich dann aber erneut auf das Würfeln der Zwiebeln. Als ein beachtlicher Haufen vorhanden war, machte er sich an das Anbraten des Hackfleischs.

Während es briet, kam Claudia nach Hause. "Wo ist Mama?", fragte sie, als sie in die Küche kam.

"Auf der Terrasse", meinte Frank und erzählte seiner Tochter, dass sie dort hoffe, den Kater im Garten zu sehen.

"Ich geh sie erst mal begrüßen und dann kann ich das Kochen übernehmen, wenn du willst", schlug Claudia vor.

"Denkst du, ich bekomm das nicht hin", erwiderte Frank und warf seiner Tochter einen vorwurfsvollen Blick zu.

"Sollte nur ein Angebot ein."

Vom Fenster aus sah er, wie Mutter und Tochter sich umarmten. Frank lächelte. Er war froh, endlich einen Teil der Last auf hilfreiche Schultern umverteilen zu können. 'Wenn Patrick und Kerstin am Abend kommen, wird sie noch mehr abgelenkt sein, und der morgige Tag ist perfekt, um über das Scheusal hinwegzukommen', dachte er und hatte gleichzeitig das Gefühl, alles richtig gemacht zu haben.

Endlich gelang es ihm, sich wieder ganz auf die Zubereitung des Essens zu konzentrieren. Das Hackfleisch war bereits angebraten und Frank gab die gewürfelten Zwiebeln dazu. Dann setzte er das Wasser für die Spagetti auf und öffnete eine Dose Tomatenmark für die Soße. Er würzte die Fleischmasse und entschloss sich, einen von Patricias portionierten

Kräuterwürfeln hinzuzufügen. Die Kräuter zog sie jedes Jahr selbst, zerhackte sie und fror sie ein.

Als er den eisigen Würfel in die Pfanne gab, wurde das Bratgeräusch noch lauter, als es ohnehin schon war. Eifrig rührte er mit dem Holzwender alles um. Er wollte die Bratmasse gerade mit Tomatenmark versetzen, als er sich kurz zur Seite drehte und so heftig erschrak, dass ihm die geöffnete Dose aus der Hand fiel. Sie klatschte auf den Boden, aber das bekam er gar nicht mehr mit. Es gelang ihm gerade noch, sich an der Arbeitsplatte abzustützen, um nicht selbst auf den Boden zu schlagen. Seine Beine wollten ihm den Dienst versagen. Schlagartig spürte er am ganzen Körper kalten Schweiß. Trotzdem starrte er entsetzt auf die beiden Frauen, die, ohne dass er es mitbekommen hatte, in die Küche gekommen waren. Auch sie hielten erschrocken inne und starrten ihn ihrerseits an.

"Habt ihr mich erschreckt", japste Frank und fasste sich an die Brust. Er hatte das Gefühl, sein Herz könnte jede Sekunde aufhören zu schlagen oder einfach nur explodieren. Dabei starrte er auf den völlig *verdreckten und heruntergekommenen Kater*, den Patricia glücklich im Arm hielt. 'Das kann er nicht sein', schoss es Frank durch den Kopf, obwohl er genau wusste, wen seine Frau an sich drückte und herzte.

"Das Essen verbrennt", reagierte Claudia sofort und schob die Bratpfanne zur Seite. "Ich mach das gleich weg", sagte sie, hob die Tomatenmarkdose vom Boden auf und prüfte, ob der Inhalt noch zu verwenden war. "Rück mal ein Stück, Papa. Ich mach das Essen fertig, und du setzt dich erst mal hin und beruhigst dich wieder. Du bist ja kreidebleich im Gesicht."

Apathisch befolgte Frank die Anweisung seiner Tochter und machte einen Schritt in Patricias Richtung. "Haben wir dich wirklich so erschrocken? Das tut mir leid. Ich dachte, du hättest uns reinkommen hören. Geht's wieder?", fragte sie und hielt ihre linke Hand an seine Stirn. "Du bist ja eiskalt", stellte sie besorgt fest und erschrak selbst, als der Kater, den sie immer noch auf dem rechten Arm hatte, kurz fauchte und Frank einen Hieb gegen den Oberarm versetzte.

"Au, du Mistvieh", entwich ihm spontan.

"Was soll denn das?", stellte Patricia den Kater zur Rede, was zumindest ihr Blick ins Gesicht des Monsters vermuten ließ. "Du bist kein Mistvieh", sagte sie sanft und streichelte über dessen Kopf. "Du darfst den Papa aber nicht kratzen", belehrte sie den Kater, der sich wieder beruhigt zu haben schien und sich seinerseits ängstlich an Patricia schmiegte. "Er hat einfach nur Angst", sagte sie zu Frank.

"Bist du dir sicher, dass das Milli ist?", fragte er leise.

"Natürlich ist er das. Er kam wie aus dem Nichts auf mich und Claudia zugerannt. Ihm muss irgendwas Schlimmes passiert sein. Er hat gezittert wie Espenlaub."

"Wahrscheinlich hat er sich draußen mit dem Falschen angelegt", meinte Frank und wollte nur noch den Raum verlassen. "Entschuldige mich", war alles, was er sagte.

Er ging sofort in die Gästetoilette, um sich das Gesicht mit kaltem Wasser abzuspülen. Dort hielt er lange seine Hände unter das fließende Wasser. "Das kann doch alles nicht wahr sein", presste er leise heraus. Ihm war zum Heulen zumute. Einen Moment lang zweifelte er einmal mehr an seiner Zurechnungsfähigkeit. "Das glaubt mir niemand", murmelte er, aber dann schaffte er es nicht mehr, den Fluss der Gefühle zu unterdrücken. Ein kurzer, heftiger Weinkrampf gewann die Oberhand und Frank konnte nichts dagegen tun. Er musste sich sogar auf den Boden sinken lassen, weil seine Beine ihn plötzlich nicht mehr trugen.

Eine Minute später ging es ihm etwas besser. Langsam quälte er sich nach oben und betrachtete sein Gesicht im Spiegel. Das Gegenüber sah 20 Jahre älter aus, doch das konnte auch an den verquollenen Augen liegen. Zum zweiten Mal wusch er sein Gesicht und rotzte dabei mehrmals ins Waschbecken.

Als die Spuren seiner kurzen Entgleisung beseitigt waren, betrachtete er sich erneut im Spiegel. Er sah wieder besser aus, fühlte sich aber sehr matt. Trotzdem kam ihm ein Gedanke, der ihn gefangen nahm. 'Das Drecksviech hat mich zum ersten Mal in Patricias Anwesenheit attackiert.' Frank setzte sich auf die geschlossene Toilette und dachte nach, was das bedeuten könnte. Zu einem endgültigen Ergebnis kam er nicht, räumte aber ein, es könnte der Tatsache geschuldet sein, den Kater mitten in dessen unvollendeter Attacke getötet zu haben. "Wie eine Art Reflex, der noch nicht beendet war", sinnierte er, denn unmittelbar danach hatte sich das Scheusal ängstlich bei Patricia angeschmiegt und deren Schutz gesucht. Das machte das erneute Erscheinen des Katers allerdings nicht besser, was Franks Überlegungen zur finalen Frage führte: "Wieso haben die anderen Bilder nicht gewirkt?" Eine befriedigende Antwort fand er nicht, zumal er sich so sicher gewesen war, die magische Wirkung wäre einzig vom Stift ausgegangen.

Er zermarterte sich immer noch den Kopf, als es an der Tür klopfte. "Papa, ist alles in Ordnung bei dir?"

"Ja", rief er matt und betätigte zur Untermauerung des Wahrheitsgehalts seiner Aussage die Toilettenspülung.

"Das Essen ist fertig. Kommst du wenigstens rüber?", fragte Claudia, als das Spülgeräusch verebbt war.

"Isst Mama nichts?", rief Frank durch die geschlossene Tür.

"Nein. Sie kümmert sich gerade um Milli."

"Warte, ich komme", sagte Frank und wusch sich wieder die Hände und das Gesicht. Dann öffnete er die Tür. "Aber nur eine kleine Portion. Mir ist noch etwas übel."

"Was war denn los mit dir?", fragte Claudia auf dem Weg zur Küche.

"Keine Ahnung. Erst bin ich höllisch erschrocken und dann war mir auf einmal ganz schlecht. Ich musste kotzen wie ein Reiher", versuchte er den Grund seines plötzlichen Abgangs aus der Küche zu begründen.

"Wir dachten schon, du hättest ein Gespenst gesehen. Ich hab dich noch nie so bleich gesehen", sagte Claudia.

Seine Tochter machte ihm etwas auf den Teller. Anschließend tat sie ihre eigene Portion auf und setzte sich ihrem Vater gegenüber. "Lass es dir trotzdem schmecken", meinte sie.

"Du dir auch, Prinzessin. Danke, dass du das Essen noch gerettet hast." Frank schob sich einen kleinen Happen in den Mund und kaute deutlich länger darauf herum, als er es normalerweise tat. "Wie habt ihr Milli eigentlich gefunden?", fragte er und versuchte dabei so locker wie möglich zu klingen.

"Gar nicht. Es war genau, wie Mama gesagt hat. Er kam auf einmal auf uns zugerannt und ist ihr gleich auf den Schoß gesprungen. Man hätte denken können, er ist vor irgendwas weggerannt und hat sich im letzten Augenblick in Sicherheit gebracht. War irgendwie komisch, weil er ja sonst so selbstsicher ist. Dann sind wir reingekommen und den Rest kennst du", meinte Claudia.

"Wann soll ich Bea morgen abholen?", versuchte er vom Thema abzulenken.

"Wäre toll, wenn sie gegen Mittag hier sein könnte", antwortete Claudia und machte einen Augenaufschlag, den Frank noch nie bei ihr gesehen hatte.

"Du musst mich nicht mehr überreden, das weißt du doch."

Eine Weile aßen sie schweigend weiter, dann stellte Frank eine Frage. "Wo ist Mama gerade und was macht sie mit Milli?"

"Ich glaube, sie badet ihn und dann ist die übliche Fellpflege dran. Morgen kommt Besuch, und du weißt doch, wie sie ist, wenn es um Milli geht."

"Sie badet ihn?", fragte Frank ungläubig, denn bisher hatten nur er selbst und Kerstin einmal erlebt, dass der Kater nicht wasserscheu war.

"Wahrscheinlich liegt's daran, weil er völlig fertig ist und es sich deshalb gefallen lässt. Während er gefressen hat, hat Mama ihm 'ne mächtige Standpauke gehalten. Warum er Vögel fängt und so. Manchmal hab ich das Gefühl, sie denkt wirklich, dass er sie versteht. Auf jeden Fall hat er sie zwischendurch immer wieder mit großen Augen angesehen. Man könnte fast meinen, er hat ein schlechtes Gewissen. Er hat drei Dosen verputzt, was ich gar nicht verstehe, wenn er heute Vormittag schon gefressen hat. Aber er sieht wirklich richtig abgemagert aus, und wenn ich's nicht besser wüsste, würde ich denken, er hat seit Tagen nichts mehr gefressen. Der ist ja nur noch Haut und Knochen. Aber vielleicht hat er sich den Speck bei seinem Abenteuer abtrainiert. Mama ist jedenfalls glücklich, weil sie ihn wieder betutteln kann. Er ist in ihren Armen schon fast eingeschlafen, als sie ihn nach oben gebracht hat. Heute kann sie mit ihm machen, was sie will und vielleicht nutzt sie nur die Gunst der Stunde und badet ihn deshalb. Nötig hat er's jedenfalls und das wird ihm eine Lehre sein", endete Claudia ihren Vortrag.

Inzwischen hatte Frank die kleine Portion aufgegessen, obwohl er nicht den geringsten Appetit verspürt hatte. Aber er wollte seine Tochter nicht enttäuschen. Immerhin hatte er einige neue Aspekte zu hören bekommen, über die er in Ruhe nachdenken musste. "Bist du sauer, wenn ich mich schon ins Atelier zurückziehe und noch etwas arbeite?", fragte er.

"Ich muss sowieso noch einiges für morgen vorbereiten. Aber zuerst gehe ich nachsehen, ob Mama Hilfe braucht", meinte sie.

"Mach das. Danke fürs Essen, Prinzessin", sagte er und räumte den Teller in die Spülmaschine. "Und du bist wirklich nicht sauer?"

Claudia schüttelte den Kopf. "Nein, das ist kein Problem. Ich bin ja dran gewöhnt. In der Hinsicht ist Bea manchmal wie du."

Frank sah seine Tochter irritiert an. "Äh, was meinst du genau?"

"Wenn sie 'ne Idee oder Eingebung hat, kann sie auch nicht warten und muss sofort weitermachen. Dann hat sie auch Hummeln im A… Na du weißt schon. Wenn ich ehrlich sein soll, sie ist 'n bisschen wie du." Claudia grinste.

"Und du hast viel von deiner Mutter. Ich glaube, ihr werdet ein glückliches Paar", sagte Frank, beugte sich zu ihr nach unten und küsste sie auf die Wange. "Bis später", sagte er und ging zum Atelier.

Dort angelangt, verschloss er die Tür von innen und setzte sich an den Zeichentisch. Er vergrub sein Gesicht in den Händen und überlegte, wie es weitergehen sollte.

Er verweilte lange in dieser Position. Zwischendurch hatte er zwar mitbekommen, dass Patrick und Kerstin nach Hause gekommen waren, aber den Raum trotzdem nicht verlassen. Lustlos stand er auf und ging zu den Regalen, in denen er seine Skizzen, Entwürfe und Bilder aufbewahrte. Er kramte die Mappe mit den Bildern von Millis Tod hervor. Der innere Zweifel, der ihn antrieb, hatte ihm eingeflüstert, die Zeichnungen genau in Augenschein zu nehmen. Einzeln legte er sie auf die ausgeleuchtete Arbeitsplatte und zog die riesige Lupe zu sich. Auch deren Licht, das in der Einfassung der handtellergroßen Linse untergebracht war, schaltete er ein. Aufmerksam prüfte er das Detail, um das es seit Jahren ging: die Schraffur der Iris. Sie war unverändert und damit ein offensichtliches Zeichen für die magische Wirkungslosigkeit des Objekts. "Hier verändert sich auch später nichts mehr, denn er lebt schließlich", flüsterte Frank und prüfte die zweite Zeichnung. Das Resultat war dasselbe. Auch wenn es bei den Bildern im Wohnzimmer lange gedauert hatte, bis die Veränderungen eingetreten waren, für ihn war jetzt bewiesen, der Stift hatte bei diesen Zeichnungen versagt. "Aber wieso?", grübelte er. Die Allmachtsgefühle, die er noch vor wenigen Tagen empfunden hatte, waren schon in der Küche hinweggefegt worden, aber spätestens jetzt war auch das Fünkchen Hoffnung dahin, welches ihm noch geblieben war. 'Wie wird sich das Vieh demnächst verhalten?', fragte er sich, denn davon hing so vieles ab. Frank liebte seine Frau, die aus unerklärlichen Gründen so vernarrt in diesen orangeroten Teufel war. Wobei er das bis zu einem gewissen Punkt sogar verstehen konnte. Der Kater hatte sie durch sein Verhalten nach und nach manipuliert. Er verhielt sich ihr gegenüber wie ein hilfsbedürftiges Kleinkind und belohnte jede ihrer Zuwendungen mit seiner scheinbar bedingungslosen Liebe, was Patricia wiederum veranlasste, mütterliche Gefühle für das Monster zu hegen. "Das ist ein Teufelskreis, aus dem sie niemals rauskommt", sinnierte er, denn das hieß auch: Der Kater hatte es geschafft, Patricia nicht nur zu seiner treuesten Anhängerin, sondern auch zu einer Abhängigen zu machen. Es gab nur eine Hoffnung, Patricia aus dieser Zwickmühle zu befreien. Ihre Gefühle mussten in eine neue Richtung gelenkt, ihr ein neues Objekt der mütterlichen Begierde zur Verfügung gestellt werden. Dank dieser Schlussfolgerung stellte sich ein erstes zaghaftes Lächeln bei Frank ein. Vielleicht war die Ausgangslage gar nicht so düster, wie er noch vor wenigen Minuten gedacht hatte. Auch wenn die Entscheidung, Purzel ins Haus zu holen, auf einer Fehleinschätzung der Situation basiert hatte, erwies sie sich jetzt unter Umständen als genialer Schachzug. Das kleine süße Katerchen musste Milli nur den

Rang ablaufen, und die größte mütterliche Liebe galt doch stets dem jüngsten Schützling. "Sobald sie sich von dem roten Ungeheuer gelöst hat, wird er seinen wahren Charakter zeigen", sagte Frank leise und ein sardonisches Lächeln huschte über sein Gesicht.

Er sah auf die Uhr. Er war schon viel länger im Atelier, als er vermutet hätte. Trotzdem gab es noch eine Sache zu erledigen, die keinen Aufschub duldete. Wieso er plötzlich dieser Meinung war, konnte er selbst nicht erklären, aber ein Gefühl sagte ihm, die geheimen Bilder müssten sofort vernichtet werden. Nichts sprach dagegen. Sie hatten ihren Zweck nicht erfüllt und durften als Relikt der Vergangenheit keinen Einfluss auf die Zukunft haben. Die Gefahr bestand schließlich, wenn sie eines Tages gefunden würden. "Man kann nie vorsichtig genug sein", stellte Frank lapidar fest und steckte das erste Bild in den Schlitz des Reißwolfs, der unter seinem Schreibtisch stand. Der Motor zog das Papier ein und beseitigte surrend die Spuren Franks zerstörter Hoffnungen.

Nachdem er diese wichtige Angelegenheit beendet hatte, ging er in die Küche und begrüßte Patrick und Kerstin.

"Wie geht's Patricia? Sollte sie nicht entlassen werden?", erkundigte sich Kerstin.

"Habt ihr sie noch gar nicht gesehen?" Frank war irritiert.

"Nein, es war so leise im Haus. Wie dachten, wir sind allein, weil ihr wegen morgen einkaufen seid. Da das Essen noch warm war, …" Patrick machte eine entschuldigende Geste.

"Ich habe sie heute aus dem Krankenhaus abgeholt. Sie ist oben und holt Millis Fellpflege nach. Es geht ihr gut, aber sie soll sich noch schonen. Ich schau mal nach ihr ", sagte Frank und ließ die beiden beim Essen allein.

Langsam ging er die Treppe hoch, aber vor der Schlafzimmertür stoppte er kurz. Er holte einmal tief Luft und schloss die Augen. 'Na los!', feuerte er sich an und öffnete die

Tür. Patricia lag auf dem Bett und unterhielt sich mit Claudia, die auf Franks Seite lümmelte. Der Kater lag eng an Patricias Bauch angeschmiegt. Er schlief tief und fest.

Zufrieden schaute Patricia zu Frank. "Ich unterhalte mich mit Claudia gerade über Beatrix. Bisher ist ja alles an mir vorbeigegangen und ich möchte nicht so unvorbereitet sein, wenn sie morgen kommt."

"Sie wird dir gefallen", sagte Frank und deutete auf den Kater. "Der sieht ja wie neu aus. Hast du ihn wirklich gebadet?"

Patricia nickte. "Er war viel zu schwach, um sich zu wehren. Aber er hat gezittert vor Angst. Ich habe das Wasser nur bis zu seinem Bäuchlein gemacht und den Dreckspatz ordentlich einshamponiert. Du hättest seinen Blick sehen sollen. Er hat nicht einmal gekratzt oder sich gewehrt, sondern alles ganz lieb über sich ergehen lassen. Sein Fell war total verklebt und das erste Badewasser richtig braun. Mich würde interessieren, wo sich mein süßer Spatz rumgetrieben hat. Wenn er doch nur sprechen könnte", schwärmte Patricia.

"Das lernt er bestimmt noch, wenn du dir richtig Mühe gibst", meinte Frank sarkastisch.

"Du bist doch nicht etwa eifersüchtig auf Milli?", war das, was Patricia aus Franks letztem Satz schlussfolgerte.

"Jetzt übertreibst du aber. Er lebt nur deshalb wie die Made im Speck, weil seine Dosenöffner funktionieren. Milli hat ja in dieser Woche den Beweis angetreten, dass er nicht für sich selbst sorgen kann." Während Frank das sagte, setzte er sich am Fußende auch aufs Bett.

"Warum sagst du so was Böses über ihn?", fragte Patricia leise und streichelte vorsichtig über den Rücken des Auferstandenen.

"Das ist doch nicht böse, sondern einfach nur 'ne Tatsache. Ich bin zwar auch froh, dass unser Dickerchen wieder da ist, aber letztlich hat Papa recht. Er ist nur noch ein Schmusekater, der allein nicht mehr zurechtkommt", mischte Claudia sich ein. "Eigentlich kann man sich kaum vorstellen, dass er überhaupt einen Vogel bekommen hat, wenn man ihn jetzt so daliegen sieht. Naja, der Jüngste ist er ja auch nicht mehr." Sie erntete einen ermahnenden Blick ihrer Mutter.

"Er war nur irritiert, weil ich nicht da war. Bestimmt hat er mich überall gesucht und deswegen ist ihm das alles passiert", verteidigte Patricia ihren geliebten Kater.

"Ist ja auch egal. Mal sehen, wie er am Montag guckt, wenn Purzel kommt", sagte Frank zu seiner Frau.

"Wer oder was ist dieser Purzel, und was soll das für eine Überraschung sein?"

"Das wirst du ja am Montag sehen", sagte Frank und war einmal mehr verwundert, dass Patricia nicht auf das Naheliegende kam. "Dann lass ich euch mit eurem Frauengespräch wieder allein, wenn ihr nichts dagegen habt. Ich wollte nur nachsehen, ob alles mit dir in Ordnung ist. Patrick und Kerstin sind auch schon da und essen gerade was."

"Schickst du sie hoch, wenn sie fertig sind? Ich will Milli nicht wecken, wenn ich aufstehe. Aber erzähl mir endlich was über diesen Purzel", meinte Patricia.

Frank grinste nur. "Hab Geduld. Du wirst begeistert sein." Er stand auf und ging zur Tür. Unterwegs sagte er zu seiner Tochter: "Und du verrätst Mama nichts, damit es eine Überraschung bleibt."

"Worauf du dich verlassen kannst."

Als Frank in die Küche kam, waren die beiden gerade mit dem Essen fertig. "Mama erwartet euch oben. Claudia ist auch bei ihr. Lasst sie nicht so lange warten."

"Wenn wir das gewusst hätten, wären wir vor dem Essen hochgegangen", entschuldigte sich Patrick für den Fauxpas.

"Kann ja mal vorkommen", erwiderte Frank nur und ging ins Wohnzimmer. Einer inneren Eingebung folgend, betrachtete er die Zeichnungen des Katers erneut. Er riss plötzlich weit die Augen auf. "Wie geht das denn?", murmelte er und nahm abwechselnd zwei Zeichnungen genau in Augenschein. Einmal rieb er mit den Händen seine Augen, aber das änderte nichts an seiner Wahrnehmung. Die Veränderung der Schraffur der Iris war nicht nur auf einer, sondern gleich auf zwei Zeichnungen zu sehen. Völlig fassungslos ließ er sich auf einen Sessel fallen. Frank zitterte wie Espenlaub und spürte den kalten Schweiß, der seine Haut bedeckte. Verzweifelt versuchte er zu denken, aber im Augenblick waren seine Gedanken ein einziges Chaos. Nichts passte mehr zusammen, alle bisherigen Vermutungen schienen über den Haufen geworfen zu sein, und er hatte das Gefühl, wieder ganz am Anfang zu stehen. Doch dann schossen ihm vage Erkenntnisse durch den Kopf. Eine davon war, sich ins Atelier zurückzuziehen. Die anderen würden irgendwann nach unten kommen, ihn hier sehen und fragen, was los sei. Genau das musste er vermeiden. Der heutige Tag bot die reale Chance, endgültig die Rolle des Geistesgestörten der Familie einzunehmen. Gerade Künstler waren besonders anfällig dafür, als geniale Wahnsinnige ihr Dasein zu fristen.

Hastig warf Frank einen letzten Blick auf die beiden Bilder. Er hatte sich nicht getäuscht. Die Schraffuren waren seit heute anders, und wie immer gab es keinerlei Hinweise auf eine Manipulation.

In der Sicherheit seines Ateliers lief Frank auf und ab. Dabei zermarterte er sein Hirn, um irgendeine Erklärung zu finden. Er legte Meter für Meter zurück und unterhielt sich mit der inneren Stimme, die immer wieder etwas an den Theorien auszusetzen hatte. Nach einer Stunde einigte sich Frank mit sich selbst auf die plausibelste Erklärung. "Das Mistvieh ist wieder auferstanden. Aber diesmal nicht am Komposthaufen, sondern weit draußen in der Walachei. Deswegen war er nach drei

Tagen nicht hier und ich hab gedacht, die Bilder seines Todes hätten gewirkt. Dabei musste er zuerst die Distanz zwischen zu Hause und dem Fluss zurücklegen. Dafür braucht er in jedem Fall einen Tag. Sein verklebtes Fell und das braune Badewasser sind das Resultat seines Heimwegs. Irgendwas muss dem Drecksviech unterwegs passiert sein. Vielleicht ist er beim Überqueren der Straße von einem Auto überfahren worden. Die Todesbilder haben also doch gewirkt. Das erklärt auch, wieso ein weiteres Bild die Veränderung der Schraffur hatte. Er ist gleich wieder auferstanden. Wieso aber so schnell? Wenn es so war, dann hätte er erst am Montag ankommen dürfen, weil bisher jede Auferstehung drei Tage gedauert hat", resümierte er leise. Dann blieb er abrupt stehen. "Scheiße", fluchte er, denn jetzt ärgerte er sich, die Bilder erst vorhin vernichtet zu haben. Er hatte sich selbst der Möglichkeit beraubt, seine Theorie untermauern zu können. "Ich hätte einfach nur länger warten müssen. Ich Idiot", schimpfte er und riss plötzlich die Augen weit auf. Ruckartig drehte er seinen Kopf in Richtung Schreibtisch. Ein sardonisches Grinsen begann langsam sein Gesicht zu entstellen. "Der Stift funktioniert also doch", war die Erkenntnis, mit welcher die Karten neu gemischt wurden. Zwar blieben einige Fragen unbeantwortet, aber Frank haderte nicht mehr mit sich selbst, wie noch vor einer Stunde. "Diesmal hast du zwei deiner Leben verbraucht, und das innerhalb von ein oder zwei Tagen. Die Luft wird langsam dünn, du Drecksack", lautete die neue Beurteilung der Lage, die aus der gefühlten Niederlage doch noch einen Sieg machte. Das änderte seine Stimmung radikal. Die offenen Fragen waren plötzlich nebensächlich. Die Antworten fänden sich im Laufe der Zeit. Und wenn nicht, änderte sich am Großen und Ganzen trotzdem nichts. Jetzt stand für Frank fest, der Kater war nicht im vierten, sondern bereits im fünften Leben angekommen. Zufrieden rieb er sich die Hände und dachte an den morgigen

Tag. "Vielleicht braucht Claudia meine Hilfe, damit sie nicht die ganze Zeit in der Küche rumstehen muss", sagte er, verließ gut gelaunt sein Atelier und ging zu ihr.

Beatrix

Mit seiner Vermutung lag Frank richtig. Claudia war gerade dabei, alles für den bevorstehenden Auftritt von Beatrix vorzubereiten. Zufrieden registrierte er, dass Patrick und Kerstin ihr halfen. "Willst du mir auch unter die Arme greifen?", fragte Claudia.

"Das hatte ich vor."

"Zu spät, wir haben hier alles im Griff", antwortete sie.

"Na wenigstens wirbelt Mama hier nicht mit rum", meinte Frank.

"Sie schläft", mischte sich Kerstin ins Gespräch ein, während sie eine Zwiebel nach der anderen schälte und sie Patrick zum Würfeln weiterreichte.

"Jetzt schon? Na was soll's, dann genehmige ich mir ein Bier", entschied Frank und ging zum Kühlschrank. "Willst du auch eins?", fragte er und hörte drei Jas. "Ich hatte eigentlich Patrick gemeint, aber euer Wunsch ist mir Befehl", lachte er.

"Machst du sie bitte gleich auf. Wir haben alle keine sauberen Hände", meinte Claudia.

Frank stellte jedem eine Flasche an den Platz. "Gibt's noch was, wobei ich helfen kann?"

"Nicht wirklich. Ich bereite nur schon vor, was ich morgen fürs Essen brauche. Deinen geliebten Schokopudding mit gehackten Mandeln gibt's morgen auch." Claudia öffnete den Backofen und holte ein Schälchen Pudding heraus. Sie hatte die vorbereiteten Portionen bereits vor einer Stunde zum Abkühlen dort abgestellt. "Er ist noch lauwarm, genau wie du ihn magst, und keine Sorge, morgen hast du auch noch einen", meinte sie und stellte den Pudding vor ihrem Vater ab. "Den hast du dir verdient", sagte sie und gab ihm einen Kuss auf die Wange.

"Danke, Prinzessin." Beim langsamen Löffeln der braunen Köstlichkeit hatte er das Gefühl, der Tag war doch nicht so schlecht gelaufen. Sein gelegentlicher Blick zu den drei jungen Erwachsenen bestätigte diesen Eindruck.

Eine halbe Stunde später wünschte er ihnen eine gute Nacht und ging nach oben. Leise öffnete er die Schlafzimmertür. Patricia schlief. Eine Hand von ihr ruhte auf Milli, der immer noch eng angeschmiegt an ihrem Bauch lag. Kurz zögerte Frank, aber dann sagte ihm eine innere Stimme, er brauche sich keine Sorgen machen. Patricias Anwesenheit war der Garant dafür, dass er vom Kater nichts zu befürchten hatte. Trotzdem hielt er einen gewissen Respektabstand, als er sich später ins Bett legte. Sicherheitshalber mummelte er sich unter der Bettdecke richtig ein.

Am nächsten Morgen fand er die altbekannten Rituale in der Küche vor. Der Kater saß neben Patricias Stuhl und bettelte. Neben ihr saß Claudia, ihr gegenüber Patrick. An der Stirnseite zwischen den beiden hatte Kerstin ihren Stammplatz gefunden. Die beiden jungen Frauen hatten auch das Frühstück vorbereitet.

Im Anschluss daran bekam Milli sein Futter. Patricia ließ es sich nicht nehmen, dem gierigen Monster den Napf zu füllen. Das Verhalten des Katers deutete durch nichts darauf hin, dass in den letzten Tagen irgendetwas anders gewesen war. Er ignorierte Frank, strich Claudia und Kerstin um die Füße und benahm sich ansonsten ausgezeichnet. Trotzdem hatte Frank das Gefühl, der Kater hing mehr als sonst an Patricias Rockzipfel. Seine Frau genoss das sichtlich und streichelte das Scheusal noch öfter, als sie es vor ihrem Krankenhausaufenthalt getan hatte.

Das Verhalten der beiden bestätigte Franks gestrige Überlegung und fügte eine weitere Schlussfolgerung hinzu. Die emotionale Abhängigkeit seiner Frau wuchs, aber die Anhänglichkeit des Monsters konnte auch dessen eigenem Bedürfnis nach Sicherheit geschuldet sein. 'Dann warte mal ab, bis dein Konkurrent eintrifft, du gerissenes Mistvieh', dachte er. Kurz malte Frank sich aus, wie Patricia den kleinen Kater herzen und verwöhnen würde, doch diese Phantasie währte nicht lange. Claudia holte ihn in die Wirklichkeit zurück. Sie kam aus dem Wohnzimmer und sagte, Beatrix sei fertig und könne abgeholt werden. Sie hätte gerade mit ihr telefoniert.

"Alles klar, Prinzessin", meinte Frank, trank den letzten Schluck kalten Kaffee aus und erhob sich. "Dann bis gleich." Er zog im Flur seine Schuhe an und fuhr sofort los.

Frank parkte direkt vor dem Fotostudio. Als er aus dem Auto ausstieg, stand Beatrix bereits am Fenster der darüber liegenden Wohnung und winkte ihm zu. "Es ist der Hauseingang links. Erster Stock rechts. Ich komme zur Tür", rief sie ihm zu.

Bereits im Hausflur hörte er, wie die Tür geöffnet wurde. Beatrix bat ihn herein und sagte, sie sei mit allen Vorbereitungen fertig und wolle sich nur noch eine saubere Bluse anziehen. "Schau dir doch solange die Bilder im Flur und im Wohnzimmer an", schlug sie vor.

Frank schlenderte den langen Flur entlang, an dessen Ende eine Wendeltreppe nach unten in den Laden führte. Auf dem Weg dorthin passierte er die Küche und gegenüber der Tür, durch die Beatrix verschwunden war, befand sich der Zugang zum Wohnzimmer. Er warf einen neugierigen Blick hinein und war überrascht, wie spartanisch aber gleichzeitig geschmackvoll es eingerichtet war. Mehrere großformatige Fotos hingen an der Wand, die seinen Blick wie Magnete anzogen. Alle Aufnahmen waren in schwarz-weiß, aber an einigen Stellen nachkoloriert worden. Sie zeigten Details aus mechanischen Apparaten. Frank war sich nicht sicher, um was für Maschinen es sich handelte, aber die Aufnahmen waren bestechend scharf und präsentierten Details, die man für gewöhnlich übersah.

Er hielt sich trotzdem nur kurz auf und schlenderte zurück in den Flur. Hier hingen Portraits zweier alter Männer und verschiedene Aufnahmen des Fotostudios selbst. Sie waren von der Straße aus aufgenommen worden und zeigten die Fassade und das Ladenschaufenster im Wandel der Zeiten.

Frank hatte mit der genaueren Betrachtung der Bilder noch nicht begonnen, als Beatrix aus dem Schlafzimmer kam. "Nimmst du mich so mit?", fragte sie und Frank lächelte. "Du siehst toll aus", meinte er anerkennend und das entsprach voll und ganz der Wahrheit. Beatrix hatte eine schwarze Lederhose, eine eng geschnittene weiße Bluse und hochhackige schwarze Schuhe an. Ihr langes blondes Haar war offen und reichte ihr fast bis an den roten breiten Gürtel, den sie über der Bluse locker um ihre Taille gebunden hatte. "Dann los", meinte sie begeistert und ging in die Küche. Sie holte eine große Tortenplatte aus dem Kühlschrank und stellte sie auf dem Tisch ab. "Claudia meinte, ihr mögt so was", sagte sie und nahm den Deckel ab.

"Hast du die selbst gemacht?", fragte Frank ungläubig.

"Meine Eltern betreiben eine Konditorei, und ich liebe Schwarzwälder Kirschtorte auch", antwortete Beatrix. Dann machte sie den Deckel wieder zu und ging zum Backofen. Sie holte ein großes Kuchenblech heraus. "Das ist ein gefüllter Streuselkuchen. Was trägst du zum Auto?"

Frank nahm die Torte und Beatrix hängte sich nur noch ein schwarzes Handtäschchen über die Schulter, bevor sie die Wohnung verließen.

Das Kuchenblech legten sie vorsichtig auf die

Rücksitzbank, die Torte nahm Beatrix auf den Schoß. "Ich fahr vorsichtig, keine Sorge", meinte Frank, als er den Motor startete.

Unterwegs erkundigte sich Frank nach den Bildern im Flur und erfuhr, die Portraits der alten Männer waren Beatrix' Opa und dessen Vater, der in den 1920er Jahren das Geschäft eröffnet hatte. Frank erfuhr auch, ihr Opa hatte sie schon als Kind zur Fotografin gemacht und war glücklich gewesen, ihr das Studio noch lebend übergeben zu haben. "Opas Sorge war immer, dass der Familienbetrieb nicht weitergeführt wird. Er hatte drei Töchter, die es in alle Richtungen verstreut hat. Meine Mutter hat einen Konditor, meinen Vater, geheiratet, und Gott sei Dank wohnt er nicht so weit weg. Es sind nur 35 Kilometer, und deshalb war ich als Kind oft bei Opa. Er hat mich immer gefördert, und als ich die Ausbildung zur Fotografin begonnen habe, wusste ich schon fast alles. Ich bin gelernte Industriefotografin und habe letztes Jahr noch ein Fachstudium mit Schwerpunkt Portraitfotografie beendet."

"Wie alt bist du eigentlich?", erkundigte sich Frank.

"Dreiundzwanzig. Wieso?"

"Du hast eine abgeschlossene Berufsausbildung und 'nen Studienabschluss", meinte Frank.

"Mit 16 habe ich die Lehre begonnen und gleich mit 19 das Studium drangehangen. Dafür braucht man kein Abitur", erklärte ihm Beatrix.

"Und jetzt betreibst du schon dein eigenes Geschäft. Nicht schlecht."

"Opa hat mir doch alles beigebracht. Schon als Kind war ich oft die ganzen Ferien über bei ihm und habe im Laden geholfen. Für Opas Stammkunden habe ich praktisch schon dazugehört. Und mit den Fotokursen sichere ich mir immer wieder neue", erklärte Beatrix.

"Das stimmt", lachte Frank, entschuldigte sich aber sofort.

"So war's nicht gemeint, aber es hat schon eine gewisse Ironie, weil Claudia schließlich zu deinem Kurs gegangen ist und ich genau deswegen die Bilder zum Entwickeln vorbeigebracht hatte."

"Und jetzt backe ich Kuchen für euch."

"Das ist ein kleiner Preis für meine Prinzessin."

Sie waren am Haus angekommen. Frank sah der jungen Frau an, dass sie aufgeregt war. "Alles ist gut", sagte er, stieg aus und nahm ihr wenig später die Torte ab.

Frank klingelte und es dauerte nicht lange, bis Claudia die Tür aufmachte. Ihr Gesicht erstrahlte, als sie Beatrix sah. Etwas zögerlich gab sie ihr ein Küsschen und schielte zu ihrem Vater. "Ich hab nichts gesehen", sagte er nur.

Eine Sekunde später kam auch Patricia mit Milli nach vorn. "Mama, das ist Beatrix", stellte Claudia sie förmlich vor und nahm ihr endlich das Kuchenblech ab.

"Ich habe schon viel von Ihnen gehört", meinte Patricia und schüttelte ihr die Hand.

"Aber nur Gutes", fügte Frank hinzu und ging mit der Torte in die Küche. Claudia und die anderen folgten ihm. Hier lernte Beatrix auch Patrick und Kerstin kennen.

Wenig später saßen alle im Wohnzimmer und tranken Kaffee. Der Kater schnupperte vorsichtig an Beatrix' Füßen, machte dann aber das, was er immer machte. Er sprang auf ihren Schoß, legte sich hin und ließ sich kraulen. "Am liebsten hat er's am Kopf", sagte Claudia, und als der Kater wenige Sekunden später zu schnurren anfing, lächelten Beatrix und Patricia.

"Du bist ja ein ganz Süßer", meinte Beatrix.

"Und total verhätschelt, stimmt's Dickerchen?", sagte Claudia und stupste den Kater liebevoll am Hinterteil. Der warf ihr einen kurzen, verärgerten Blick zu, ließ den Kopf dann aber langsam wieder sinken. "Entschuldigung, Eure Majestät", meinte Claudia und stand auf. "Ich kümmere mich um das Essen."

"Soll ich dir helfen?", fragte Beatrix.

"Das mach ich schon", sagte Kerstin und verließ mit Claudia zusammen das Wohnzimmer.

"Sie sind Fotografin?", begann Patricia den üblichen Smalltalk und Beatrix erzählte all das, was Frank bereits wusste.

Gelegentlich mischte er sich auch ein und erwähnte die Motive, die ihn so fasziniert hatten. "Wenn du willst, zeig ich dir nachher ein paar meiner Arbeiten im Atelier", schlug er vor, woraufhin Beatrix fragte, ob die Bilder des Katers hier im Zimmer auch von ihm seien.

"Oh ja, die hat er mir zum Geburtstag geschenkt", sagte Patricia stolz.

"Im ersten Moment hätte ich sie fast für Schwarz-Weiß-Aufnahmen gehalten, so realistisch sehen sie aus", meinte Beatrix und hätte sie am liebsten aus der Nähe betrachtet, aber der Kater lag immer noch schnurrend auf ihrem Schoß.

Patricia schien ihre Gedanken zu lesen. "Ich nehme Ihnen den Süßen ab, damit Sie aufstehen können."

"Sie können ruhig Bea zu mir sagen."

"Okay. Wir sollten sowieso zum du übergehen, zumal ich die Letzte bin, mit der du dich sonst siezt. Ich heiße Patricia", erwiderte sie und hob Milli von Beatrix' Schoß.

"Wie kann man so fein zeichnen? Man sieht jedes Härchen", bewunderte Beatrix die Zeichnungen, als sie sie aufmerksam aus der Nähe betrachtete.

"Frank verwendet einen speziellen Stift", sagte Patricia, die mit Milli im Arm neben der jungen Frau stand. "Das bist alles du, mein Süßer", säuselte sie und Frank glaubte zu erkennen, wie der Kater sorgfältig jedes Bild musterte.

"Wie lange brauchst du für so ein Bild?", erkundigte sich Beatrix, die von den Zeichnungen echt fasziniert war.

"Zwei bis drei Tage. Das Fell dauert wirklich lange, bis es fertig ist. Da hast du's besser. Ein ordentlicher Schnappschuss und das Motiv ist im Kasten", erwiderte Frank.

"Das mag stimmen, wenn ich Hochzeitsfotos mache, aber ansonsten kannst du das vergessen. Du hast doch heute die Bilder in meiner Wohnung gesehen? Die großen Motive dauern ewig, vor allem, was das Entwickeln und Nachbearbeiten betrifft. Da treffen wir uns beim Zeitaufwand", hielt sie entgegen und läutete so eine Fachsimpelei ein, die Frank hervorragend gefiel und die nicht einmal durch das Mittagessen unterbrochen wurde. Das Gegenteil war sogar der Fall, denn auch Claudia mischte sich mit ihren ersten gesammelten Erfahrungen ein. Frank war überrascht, wie viel seine Tochter von dem Metier bereits wusste.

Auch Patricia kam nicht zu kurz weg. Beim Nachmittagskaffee erfuhr sie endlich, das Claudias Freundin einer Konditorfamilie entstammte. "Im September mache ich wieder die Weihnachtsstollen. Wenn du willst, machen wir sie zusammen", schlug sie Patricia vor, die die Idee sehr gut fand.

"Aber vergiss Omas Weihnachtsplätzchen nicht", monierte Frank.

"Die kann ich dir auch machen", sagte Claudia.

Frank war erstaunt, als Patricia am Abend von sich aus anbot, Beatrix könne hier übernachten. Kurz sah sie dabei auch zu ihm. "Du hast doch sicher nichts dagegen?", lautete ihre rhetorische Frage. Dann erhob sie sich und holte aus dem Kühlschrank eine Flasche Sekt. Sie füllte sechs Gläser und verteilte sie an alle. "Auf euch beide. Unser Haus steht dir immer offen, und damit spreche ich im Namen von uns allen", sagte sie zu Beatrix.

Erst im Bett fragte Frank seine Frau, wieso sie diese

schnelle Entscheidung getroffen hatte. Dabei lag der Kater wie eh und je am Fußende und folgte ihrem Gespräch. Das verrieten die zuckenden, in ihre Richtung gestellten Ohren.

"Wieso schnell? Wolltest du Claudia etwa gegenüber Patrick benachteiligen?"

"Wie kommst du denn darauf? Natürlich wollte ich das nicht. Sie gefällt dir also auch?"

"Wie meinst du das?"

"Nicht so, wie du mich gerade fragst. Aber Bea ist schon sehr charmant, und sie hat Ahnung von dem, was sie macht. Sie sieht nicht nur gut aus, sondern hat auch eine …" Frank stockte und suchte nach den richtigen Worten.

"Innere Schönheit", schlug Patricia vor.

"Genau das ist es. Ihr Wesen harmoniert mit dem Äußeren", bestätigte Frank und küsste seine Frau. "Das hat mich an dir auch immer so begeistert", flüsterte er ihr ins Ohr. "Was macht die Narbe?", hakte er leise nach.

"Sie zwickt nur noch ganz wenig. Kaum der Rede wert", hauchte Patricia und schob sich vorsichtig auf Franks Seite.

Anders als sonst verzog sich der Kater nicht auf die Fensterbank, sondern wartete auf der leeren Seite des Betts auf ihre Rückkehr.

Am Sonntag fuhr Frank die junge Frau am späten Nachmittag nach Hause. Patricia hatte es vorher nicht versäumt zu erwähnen, sie könne am Wochenende gern wiederkommen.

Vor dem Fotostudio parkte er. Zuerst holte er das Backblech und die Tortenplatte aus dem Kofferraum und trug sie bis zur Haustür. Dort wartete Beatrix bereits. "Kommst du noch kurz mit hoch?", fragte sie.

"Ein andermal gern."

"Danke für alles", meinte sie leise und küsste ihn auf die Wange.

"Es gibt nichts, wofür du dich bedanken musst."

"Doch, denn so selbstverständlich wie bei dir und Patricia ist es leider nicht überall", erwiderte sie und sah Frank in die Augen.

"Wenn Claudia mit dir glücklich ist, dann ist es okay."

Purzel

Am Montagvormittag überlegte Frank, ob er die Sachen von Purzel schon aus dem Gästezimmer holen sollte. Er entschied sich dagegen. Es war nichts darunter, was er erst zusammenbauen musste. 'Vielleicht ist das ja der Grund, warum sie nicht auf das Offensichtliche kommt. Es steht noch nichts da', spekulierte Frank und malte sich einmal mehr aus, wie begeistert sich Patricia am Abend um den kleinen Kater kümmerte.

Scheinbar spürte nur Milli, dass irgendetwas im Gange war. Er musterte Frank aus sicherer Entfernung und saß dabei unmittelbar neben Patricia, die gerade das Mittagessen vorbereitete. Frank hielt dem Blick des Katers stand und beide sahen sich lange in die Augen. Das optische Gefecht endete mit einem Remis. Patricia drehte sich um, was beide Kontrahenten veranlasste, zu ihr zu sehen.

"Koste mal", sagte sie, kam auf Frank zu und steckte ihm eine Scheibe Knackwurst in den Mund. "Die ist total lecker", meinte sie.

"Stimmt", antwortete Frank kauend und sah die zweite Scheibe in ihrer Hand.

"Die ist für dich, mein Süßer", säuselte sie und beugte sich zum Kater hinunter. Der roch erst vorsichtig daran, schnappte dann aber beherzt zu.

'Na wenigstens bin ich als Erster dran gewesen', dachte er

und das machte aus dem Remis doch noch einen kleinen Sieg. Ein Lächeln huschte über Franks Gesicht, als sich sein Blick mit dem des Katers erneut kreuzte. Diesmal forderte ihn das Monster nicht heraus.

Gegen 15 Uhr rief Frank bei Frau Schirmer an und erfuhr, der Tierarzt war früher als erwartet vorbeigekommen. "Dann sind wir in einer Stunde da", meinte er und ging gutgelaunt zu Patricia, die sich auf der Hollywoodschaukel ausruhte.

Eine viertel Stunde später fuhren sie los, und seiner Frau stand die Neugier ins Gesicht geschrieben. "Gibst du mir endlich einen Tipp?", fragte sie, aber Frank blieb bei seiner bisherigen Linie.

Frau Schirmer kam bereits aus dem Haus, bevor er geklingelt hatte. "Alles ist vorbereitet", meinte sie und führte das Paar hinein.

Im Flur ahnte Patricia endlich, wer Purzel sein könnte. Der Geruch eines großen Katzenrudels war unverkennbar. Hinter der nächsten Tür sah sie mehrere Kätzchen. Frank registrierte zufrieden die kleinen Krähenfüße an den Augen seiner Frau. "Das hättest du mir doch sagen können", meinte sie, aber es war nicht der Hauch eines Vorwurfs in ihrer Stimme zu hören. "Welcher ist Purzel?"

Frank holte den kleinen Racker aus dem Korb und übergab ihn ihr vorsichtig.

"Du bist ja ein ganz schicker Bursche", säuselte sie, und der kleine Kater mauzte zart.

"Wie alt bist du denn?", fragte sie.

"Zwei Monate", antwortete Frank.

Dann bückte sich Patricia und streichelte die Katze, die aufmerksam beobachtet hatte, was mit ihrem Jungen geschah. "Du bist die Mama. Du musst dir keine Sorgen um Purzel machen. Das verspreche ich dir", sagte sie leise und hielt ihr den kleinen Kater noch einmal hin. "Verabschiedet euch."

Geduldig wartete sie, bis die Mutter ein letztes Mal an Purzel gerochen und ihm übers Gesicht geschleckt hatte. Dann stand sie wieder auf.

Frank war begeistert, und auch Frau Schirmer lächelte zufrieden. "Ich gebe Ihnen noch die Impfbescheinigung von Doktor Mayer", sagte sie.

"Er ist auch der Tierarzt unseres großen Katers", erwiderte Patricia und sah den Kleinen an. "Da wird sich der Onkel Doktor freuen, wenn er dich wiedersieht."

Purzel mauzte, und das piepsige Stimmchen erfüllte Franks Erwartungen nicht nur, es übertraf sie bei Weitem.

Während der Fahrt nach Hause sprach Patricia mit dem Kater und streichelte ihn. Gelegentlich sah sie zu Frank. "Die Überraschung ist dir wirklich gelungen. Ich dachte immer, du magst Katzen nicht. Deswegen habe ich an alles Mögliche gedacht, aber nicht an so was."

"Wie kommst du denn darauf, dass ich Katzen nicht mag?"

"Das sehe ich doch."

"Ich mag Katzen, aber Milli ist so auf dich fixiert, dass er mich links liegen lässt."

"So 'n Quatsch", meinte Patricia.

"Das werden wir ja sehen."

Plötzlich sah sie ihn erschrocken an. "Wir haben kein passendes Futter für den Kleinen."

"Das ist alles erledigt", beruhigte Frank seine Frau und begann mit der Aufzählung dessen, was er für Purzel alles gekauft hatte. "Von wegen, ich mag keine Katzen."

"Du schaffst es immer wieder, mich zu überraschen", erwiderte sie glücklich.

Frank fuhr den Wagen direkt in die Garage. "Wie wird Milli auf Purzel reagieren?", fragte er ganz bewusst erst jetzt.

"Er wird sich um ihn kümmern und mit ihm spielen." Diese

Feststellung war für Patricia so selbstverständlich wie das Aufgehen der Sonne.

Als Frank die Verbindungstür zum Haus öffnete, saß Milli bereits davor und wartete. Das war nicht Ungewöhnliches, aber Frank nahm deutlich wahr, wie die Augen des Katers sich weiteten, und er mauzend einen Schritt nach hinten machte. Dabei starrte er Patricia und Purzel an. "Er zittert vor Aufregung", meinte sie zu Frank, um dem kleinen Kater dann zu sagen, er brauche keine Angst zu haben, Milli sei schließlich ein ganz lieber Kater.

Vorsichtig ging sie in die Hocke und setzte Purzel auf den Boden, ohne ihn loszulassen. "Begrüßt euch", säuselte sie und lächelte, als Milli den Neuen beschnupperte. "Fein machst du das", lobte sie das Ungetüm und ließ Purzel endlich los. Der Kleine blieb wie angewurzelt stehen und mauzte ängstlich.

"Das ist dein neues zu Hause", erklärte ihm Patricia, strich noch einmal liebevoll über seinen Rücken und erhob sich wieder. Beide Katzen nicht aus den Augen lassend, ging sie langsam zur Küche. "Na komm", ermutigte sie Purzel und sagte den Satz mit dem Zauberwort, der ihr sofort Millis Aufmerksamkeit sicherte. "Es gibt ein leckeres *Fresschen*."

Das beflügelte auch Frank. "Ich hol schnell alles runter", meinte er und verschwand nach oben.

Patricia war es gelungen, Purzel bis in die Küche zu locken, als Frank wieder dort ankam. Milli saß bereits ungeduldig auf der Arbeitsplatte und forderte lautstark sein Gewohnheitsrecht ein. "Jaja, ich mach ja schon", sagte Patricia zu ihm und holte endlich die Dose aus dem Schrank.

In der Zwischenzeit hatte Frank den Fressnapf für Purzel ausgepackt und die Döschen mit dem Futter für Katzenkinder auf dem Küchentisch gestapelt. Dabei bemerkte er, wie der kleine Kater unsicher das Geschehen auf der Arbeitsplatte verfolgte. Einige Male raunte er dem Kleinen seinen Namen zu, aber darauf reagierte Purzel nicht. Schnell öffnete er deshalb die Dose und kippte den Inhalt in den Napf. "Purzel, Purzel", rief er ihn erneut und hielt ihm das Futter hin. Der Kleine reagierte darauf und kam tapsig auf Frank zu, der den Napf in gebührendem Abstand zu Millis Stammplatz unter das andere Fenster stellte.

Zufrieden beobachteten er und Patricia, wie die Kater fraßen. "Danke", sagte sie und küsste Frank, der sich jetzt sicher war, mit seiner Strategie goldrichtig zu liegen.

Der neue Mitbewohner fand auch viel Zuspruch bei Claudia und Patrick. Im Laufe des Abends wurde noch eine zusätzliche Katzentoilette im elterlichen Badezimmer aufgestellt und ein bequemer Schlafplatz neben dem Bett eingerichtet. Purzel war noch zu klein, um selbst hinaufzukommen.

In den darauffolgenden Tagen spielte Frank regelmäßig mit dem Katerchen. Er hatte eigens dafür einige Plastikmäuse gekauft, die an Schnüren befestigt waren, und die er Purzel immer so zuwarf, dass sie vor seinen Pfoten landeten. Milli sah dabei gelegentlich zu, mischte sich aber nie in das Spiel ein. Er schien Frank zu mustern, der den unzufriedenen Blick des Alteingesessenen wohlwollend zur Kenntnis nahm. "Was glotzt du so, du Auslaufmodell?", fragte er leise. Patricia war zwar gerade im Garten, aber Wände hatten bekanntlich Ohren.

Milli erkannte in ihrer Abwesenheit auch seine Chance. Plötzlich stürzte er sich auf die Maus, biss fest hinein und fauchte gleichzeitig den kleinen Kater an. Purzel erstarrte regelrecht und als ob das noch nicht reichte, holte der Kater aus und verpasste dem Kleinen eine Schelle. Purzel fiel auf die Seite. Dann sah Milli zu Frank, der die Schnur immer noch in der Hand hielt. "Hör auf, du Drecksviech", keifte er und zog beherzt an der Schnur. Milli ließ die Plastikmaus aber nicht los und machte fauchende Geräusche. Das Fell des Übeltäters war gesträubt, was ihn noch größer und grimmiger aussehen ließ.

Der Kater zerrte so lange, bis Frank endlich losließ. Mit der Beute im Maul rannte Milli in den Flur und verließ das Haus durch die Katzenklappe. Zurück blieben Frank und ein irritiertes Kätzchen, das mauzend auf ihn zukam. Er hob ihn hoch und tröstete ihn. "Hat dir der fette alte Sack dein Spielzeug weggenommen?", sagte er und ging mit ihm nach draußen auf die Terrasse. Frank setzte sich auf die Hollywoodschaukel und wartete auf Patricia, die gerade aus dem hinteren Teil des Gartens nach vorne kam. Sie nahm neben ihm Platz und Frank positionierte das Katerchen zwischen ihnen.

"Milli hat ihm gerade seine Maus weggenommen", beschwerte er sich.

Patricia schmunzelte und streichelte den Kleinen.

"Und eine gelangt hat er ihm auch. Purzel hat richtig Angst gehabt, so wie Milli getobt hat."

"Jetzt übertreibst du aber. Er kümmert sich doch rührend um den Kleinen", hielt Patricia entgegen und sah zur Hausecke, hinter der Milli hervorlugte. "Er behält ihn immer im Auge und leckt ihm manchmal sogar das Bäuchlein."

"Das hab ich noch nie gesehen."

"Na komm schon her, mein Süßer", rief Patricia zu Milli, der schnurstracks hinter der Ecke hervorkam und mit hoch aufgestelltem Schwanz auf sie zuhielt. Einmal mauzte er, dann sprang er neben sie auf die Schaukel und setzte sich. "Fein machst du das", lobte sie den Kater und knuddelte seine Wange. "Du hast Purzel sein Mäuschen stibitzt?", sagte sie und schaute in fragende Augen. "Da hat der Papa bestimmt übertrieben."

"Hat er nicht", widersprach Frank.

"Ach Schatz, er wollte nur, dass Purzel ihm hinterherrennt", erklärte Patricia und sah auf ihren Schoß. Milli hatte es sich darauf bequem gemacht und schaute von dieser erhöhten Position auf den kleinen Kater herab. Jetzt hielt Purzel eine

Pfote nach oben. Es dauerte nur wenige Sekunden, bis Milli seinerseits eine Pfote ausstreckte und mit dem Kleinen vorsichtig focht. "Siehst du, wie schön sie zusammen spielen?", meinte Patricia gerührt.

'Mit der Show will er mich doch nur wieder austricksen', dachte Frank, aber das durfte er beim besten Willen nicht aussprechen. Er registrierte den hämischen Blick, als Milli ihn kurz ansah. "Es hat auf jeden Fall abenteuerlich ausgesehen", meinte er nur, um das Thema abzuschließen.

Ähnliche Ereignisse spielten sich auch in den folgenden Tagen ab. Das Muster des Katers war für Frank schnell zu durchschauen. "Das Drecksviech mimt den lieben Gefährten, wenn Patricia dabei ist und ansonsten peinigt er den Kleinen, so oft es geht." Dabei störte es Milli nicht im Geringsten, wenn Frank mit ansah, wie er sich über Purzel hermachte. Es hatte sogar den Anschein, als wartete er gelegentlich auf Frank, um ihm klarzumachen, wer in dieser Angelegenheit das Sagen hatte. Zwar gelang es Frank jedes Mal, Purzel vor dem Schlimmsten zu bewahren, aber er war sich auch im Klaren, nicht ständig auf den kleinen Kater aufpassen zu können. Eine Zeit lang versuchte er, ihn der Obhut Patricias zu übergeben, aber es dauerte nie lange, bis Purzel zu ihm gerannt kam oder kläglich mauzend vor seiner Ateliertür hockte. "Du musst immer bei Frauchen bleiben, dann passiert dir nichts", erklärte Frank ihm einige Male, aber woher sollte Purzel das wissen? Patricia passte nicht auf ihn auf. Wozu auch? Zwar streichelte und liebkoste sie ihn genau wie das Monster, aber ansonsten hielt sie Milli für einen fürsorglichen Kater und ahnte nicht, was sich hinter ihrem Rücken abspielte. Außerdem fand sie es gut, dass Purzel ihn als Bezugsperson auserkoren hatte. Immer öfter nahm er daher den kleinen Kater von sich aus mit ins Atelier. Er hatte sogar Platz für eine Katzentoilette, eine alte Decke und einige Spielsachen geschaffen. Frank fühlte sich verantwortlich und dieser Verantwortung galt es nachzukommen. Wenigstens solange, bis aus Purzel ein kampferprobter, großer Kater würde.

Nach drei Wochen war Milli so dreist, dass er – wenn Patricia im hinteren Teil des Gartens war – vor der geschlossenen Ateliertür saß und grimmige Geräusche von sich gab. Manchmal drückte er auch von außen gegen die Tür oder hieb mit der Pfote dagegen.

Aber auch wenn Patricia im Haus war, verstand es der Kater, sein Terrorregime geschickt umzusetzen. Im Flur vor dem Atelier brannte immer Licht, und der Schatten des vor der Tür wartenden Ungetüms war durch den schmalen Spalt am Boden zu sehen. Patricia meinte einmal, Milli warte nur deshalb davor, weil er mit Purzel spielen wolle. Sie fand es auch nicht verwunderlich, wenn er auf dem Fenstersims saß und durchs Fliegengitter nach drinnen sah.

"Warum grenzt du ihn so aus?", fragte sie zwei Tage später beim Mittagessen. Milli hockte wie immer neben ihrem Stuhl und bettelte. Purzel machte es auf Franks Seite genauso.

"Wie kommst du denn darauf?"

"Nie lässt du ihn zu dir ins Atelier."

"Weil ich nicht will, dass er auf meine Arbeiten springt. Sie liegen auf dem Zeichentisch. Purzel schafft das noch nicht, und wenn er es eines Tages doch schafft, dann darf er nicht mehr mit reinkommen."

Patricias Blick zeigte ihm deutlich, was sie von der Antwort hielt. "Als ob sich Milli sofort über deine Arbeiten hermachen würde."

"Ich kann nicht ständig darauf achten, wo er gerade ist. Ich muss mich bei der Arbeit konzentrieren. Manche Fehler lassen sich nicht mehr retuschieren. Dann muss ich von vorne anfangen. Sobald Purzel auf den Zeichentisch kommt, gilt diese Entscheidung auch für ihn."

"Du könntest ihn trotzdem einmal reinlassen, damit er sich nicht ausgeschlossen fühlt."

"Er guckt doch oft vom Fenster aus rein."

"Das ist doch nicht dasselbe."

"Wieso nimmt du ihn nicht mit in den Garten? Er hängt doch sonst immer an deinem Rockzipfel", meinte Frank.

"Du hast dich doch darüber beschwert, dass er angeblich so auf mich fixiert ist, und jetzt beschwerst du dich über das Gegenteil", erwiderte Patricia und sah dann zu Milli. "Nie kannst du es dem Papa recht machen, mein Süßer." Zum Trost reichte sie ihm einen Happen.

"Das stimmt überhaupt nicht. Ich beschwere mich nicht darüber, dass er nicht ins Atelier kommt." Dann sah er zu Purzel. "In unser kleines Reich lassen wir niemanden."

Überrascht wurde Frank, als am Nachmittag die Tür geöffnet wurde, und Patricia in Begleitung Millis das Atelier betrat. "Was machst du gerade?", fragte sie und setzte sich auf seinen Schoß. Der Kater lief währenddessen zu Purzel und ließ sich neben ihm nieder. Aufmerksam beobachtete er Frank, der zwar gelegentlich einen Blick zu ihm warf, aber ansonsten Patricia die ersten Entwürfe einer weiteren Kinderbuchillustration zeigte. Frank war davon überzeugt, sie war nur wegen ihres kleinen Disputs hergekommen und wollte ihm vorführen, dass von Milli keine Gefahr für seine Arbeit ausging. Außerdem bekam er zum ersten Mal zu sehen, wie der fiese Unhold tatsächlich Purzels Nacken leckte. Patricia war begeistert und Frank seiner Argumente beraubt. 'Was plant der Drecksack schon wieder?', fragte er sich und schlug seiner Frau vor, gemeinsam Kaffee zu trinken. "Mit den Kindern ist vor dem Abendessen sowieso nicht zu rechnen und das Wetter ist so schön", meinte er. Gemeinsam verließen sie das Atelier, jeder mit einem Kater auf dem Arm.

Am nächsten Tag setzte Frank eine Entscheidung um, die er

bereits nachts im Bett getroffen hatte. Wegen Patricias Arglosigkeit gegenüber dem Monster hatte er sich lange Gedanken gemacht und wollte nun zum Schutz Purzels etwas tun, was er sich geschworen hatte, nie zu tun. Frank musste ihn zeichnen. Er mochte den Kleinen sehr und war es ihm schuldig. Schließlich hatte er ihn in diese Situation gebracht. Das empfand er als vorrangigsten Grund, wobei es noch weitere gab. Einer war die Gewissheit, die er endlich haben wollte. Einen weiteren verdrängte er so gut es ging, aber Macht war etwas, an dem kaum ein Mensch vorbeikam. Vor allem dann nicht, wenn es um die Macht über Leben und Tod ging. 'Bei der Gelegenheit sollte ich Millis Abgang nochmal in Angriff nehmen', dachte er, aber das hatte noch Zeit. Zuerst galt es, das junge Leben Purzels zu schützen. 'Wenn ich falsch liege, kann ich das Bild in einem Jahr immer noch vernichten', rechtfertigte er die Entscheidung und traf die ersten Vorsichtsmaßnahmen.

Er ließ die Jalousien herunter, damit Milli von außen nicht mitbekam, was er machte. Dann schloss er die Tür von innen ab. Er sah die Szene regelrecht vor sich, wie Patricia hereinkam und dem Monster säuselnd mitteilte, er zeichne Purzel, um ihn dann zu bitten, den fiesen Fettsack auch wieder einmal zu portraitieren. Natürlich mit dem Stift, den sie ihm geschenkt hatte. Das Schlimme war, es gab keinen triftigen Grund, ihr diese Bitte abzuschlagen.

Nachdem er das erledigt hatte, holte er einige alte Skizzen aus dem Regal und legte sie auf die Ablage unter dem Zeichentisch. Falls Patricia klopfte, hätte er genug Zeit, die Bögen über Purzels Konterfei zu platzieren. Dann sah er den kleinen Kater an und lächelte. "Lass uns anfangen, damit wir's dem Drecksack zeigen können." Er hob ihn hoch und setzte ihn auf die Arbeitsplatte. Purzel lief schnuppernd darüber und sah Frank mit großen Augen an.

"Bist du soweit?", fragte er und betrachtete sein pelziges Modell genau. Abwechselnd schaute er auf das Papier und das Katerchen. Dann machte er die ersten Striche, was Purzel wiederum veranlasste, neugierig aufs Papier zu treten und mit dem Pfötchen nach dem Stift zu haschen.

"Lass das, sonst werden wir nie fertig!", meinte Frank und schob den Kater wieder nach hinten. An der Neugier des Kleinen änderte das nichts. Nach mehreren ergebnislosen Versuchen setzte er Purzel wieder auf den Boden.

"Lass uns 'ne Runde spielen, damit du müde wirst", schlug Frank vor und warf ein kleines Gummibällchen auf den Boden, mit dem Purzel sich austoben konnte. Während das Katerchen spielte, baute er die Staffelei so auf, dass er das Ruhelager genau im Blickfeld hatte.

Es dauerte nicht lange, bis Purzel das Interesse am Bällchen verloren hatte. Frank spürte deutlich dessen schnellen Herzschlag, als er ihn auf die Decke legte. Der kleine Kater platzierte seinen Kopf auf den Pfoten und eine Zeit lang verrieten nur die Augen, dass er noch nicht schlief. Aber auch das änderte sich schnell, und Frank begann mit der Zeichnung.

Bis Purzel aufwachte und sich streckte, war er mit den Konturen fertig. Wie einst bei Milli würde das Zeichnen des Fells die meiste Zeit in Anspruch nehmen. Frank klappte die Staffelei wieder zusammen und setzte seine Arbeit am Zeichentisch fort.

Er beendete das Bild noch am selben Tag. Eine innere Stimme hatte ihn angetrieben und bis auf eine kleine Mahlzeit am Abend keine Unterbrechung geduldet. Zufrieden und müde begutachtete er sein Werk und schaffte es sogar noch, einige Fotos davon zu machen. "Nur zur Sicherheit", murmelte er, denn bisher basierte alle Theorie nur auf den Bildern von Milli im Wohnzimmer. "Die lass ich nicht von Bea entwickeln", beschloss er und versteckte das Bild in einer der

Skizzenmappen. Dann zog er die Jalousien hoch, schnappte sich das Katerchen und ging mit ihm nach oben.

Patricia schlief schon und der fette Kater hatte es sich an ihrem Bauch bequem gemacht. Einmal öffnete er die Augen und sah zu Frank. Fast gleichzeitig wedelte er unkontrolliert mit dem Schwanz. Frank wurde das bedrückende Gefühl nicht los, der Kater wusste, weswegen er mit Purzel so lange im Atelier geblieben war.

An den darauffolgenden Tagen war Patricia im Dauerstress. Patrick hielt sein Abiturzeugnis in den Händen und das Ergebnis – es war die Note 1 – spornte sie zusätzlich an, die Familienfeier perfekt vorzubereiten. Auch ihre Eltern waren eingeladen. Es würde ein volles Haus geben, genau wie sie es liebte. Frank kam nicht umhin, sie bei den Einkäufen und einigen Vorbereitungen zu unterstützen, denn es stand auch fest, Claudia und Beatrix würden reichlich Fotos machen. Patricia plante daher alles akribisch und hielt mit ihrem Elan die Familie auf Trab.

Wahrscheinlich war das die Gelegenheit, auf die Milli gewartet hatte, aber beweisen ließ sich das nicht. Alle hatten ihn ständig irgendwo gesehen, und selbst Frank hätte schwören können, ihn immer in der Nähe Patricias wahrgenommen zu haben. Genau wie Purzel, dem sie auch die eine oder andere Leckerei hingehalten hatte, wenn sie in der Küche war. Aber genau wie Frank war sie auch immer wieder auf der Terrasse oder im Garten gewesen.

Erst Freitagabend fiel auf, dass Purzel nicht zum Fressen in die Küche kam. Sicherheitshalber sah Frank im Atelier und im Schlafzimmer nach, aber er ahnte bereits auf dem Weg dorthin, irgendetwas stimmte nicht. Plötzlich kam ihm Millis Verhalten verdächtig vor. Er hatte zwar wie immer auf der Arbeitsplatte gesessen und Patricia lautstark angetrieben, endlich den Napf zu füllen, doch gelegentlich auch zu ihm oder Purzels Schale geschielt. Genau das tat er sonst nie. 'Das beweist doch alles', dachte Frank, wusste aber auch, sein Beweis war für die anderen nicht einmal ein Indiz. 'Selbst wenn, dann höchstens für meine Unzurechnungsfähigkeit', schlussfolgerte er, zog seine Turnschuhe an und sagte Patricia Bescheid, dass er Purzel im Garten suche. Ohne zu wissen warum, ahnte er, dass er den kleinen Kater gleich tot finden würde. 'Er hat ihn ermordet', schoss ihm durch den Kopf, und diese Schlussfolgerung war folgerichtig. Aber nur für ihn.

Frank musste nicht lange suchen, bis er den leblosen Körper fand. "Tut mir leid, dass es so schnell ging", murmelte er traurig. Er hatte Purzel lieber gewonnen, als er anfangs selbst für möglich gehalten hätte. Kurz untersuchte er den warmen Körper, der dicht am Zaun zum Nachbargrundstück lag, und fand eine starke Bisswunde im Genick. Sie war zu groß, als das sie von Milli stammen konnte. 'Wahrscheinlich hat er ihn nur hergelockt, ist mit ihm durch den Zaun und hat die Nachbarstöle die Drecksarbeit erledigen lassen', dachte er. Wobei die Frage offen blieb, wieso der Hund das tote Kätzchen nicht zerfetzt hatte. Die Antwort fand sich schnell. 'Weil er dem blöden Köter die Leiche abgenommen und für mich hier abgelegt hat', lautete die Antwort. "Immerhin hat er ihn auch vor Jahren auf die Folie scheißen lassen", flüsterte Frank und schritt zur Tat.

Vorsichtig hob er Purzel auf und schaute zum Haus. Niemand beobachtete ihn, bis auf den fetten Kater, der in gewohnter Manier auf der Fensterbank in der Küche thronte und nach draußen sah. Genau zu Frank, der kurz überlegte, ob er die Leiche vor dem Zugriff Millis schützen sollte. Er entschied sich dagegen, denn das Verhalten des Katers konnte helfen, offene Fragen zu beantworten.

Möglichst unauffällig ging Frank zum Komposthaufen und legte Purzel unter das frisch geschnittene Gras. Er hatte es heute Vormittag erst gemäht. "Bis Montag, mein Kleiner. Ich warte auf dich", murmelte er und sah auf die Uhr. Es war 19:28 Uhr. Voller Hass im Herzen ging er zurück ins Haus und bedauerte gerade Patricias Anwesenheit.

Sie erkundigte sich, ob er Purzel gesehen habe, was Frank verneinte und gereizt hinzufügte, er hätte das Katerchen dann mitgebracht. "Er ist noch viel zu klein, um draußen allein herumzurennen", fügte er hinzu.

Patricia lächelte und sagte, die Gegend sei sicher und gerade im Sommer müsse er sich keine Sorgen um den Kleinen machen.

"Warum hast du das bei Milli nicht genauso gesehen?", konterte er.

"Entschuldige, das war unsensibel von mir."

"Du kannst ja nichts dafür. Ich hätte aufpassen müssen."

"Wir hätten aufpassen müssen", verbesserte sie Frank, der immer wieder zum Kater sah. Der putzte scheinbar teilnahmslos sein Fell und mauzte nur einmal, als Patricia ihn fragte, ob er Purzel gesehen habe.

Frank konnte das *Nein* deutlich heraushören und bemerkte, wie die Augen des fetten Katers erstrahlten. "Der Kleine wird schon wieder zurückfinden", sagte er und glaubte zu erkennen, wie zufrieden Milli grinste.

Bei der Party am Samstag gab Patrick noch eine gute Nachricht bekannt. Er teilte allen mit, den Zivildienst in einem der beiden Altersheime im Ort absolvieren zu können. Kerstin war sichtlich erleichtert und beschwerte sich nur darüber, es nicht als Erste erfahren zu haben. "Dann wäre es keine Überraschung mehr gewesen", erwiderte Patrick glücklich und küsste sie. Beatrix gelang ein hervorragender Schnappschuss.

Einmal kam Patricia zu ihm und zog ihn etwas beiseite. "Wollen wir gemeinsam nach Purzel suchen? Hier läuft alles und in einer halben Stunde sind wir zurück", schlug sie vor.

"Wenn wir jetzt losgehen, fragen die anderen und dann platzt Patricks Party, weil sie helfen wollen. Das bringt Purzel auch nicht zurück. Er wird sich wahrscheinlich irgendwo verstecken. Du machst dir zu viel Sorgen", beruhigte er sie.

"Vielleicht hast du ja recht", gab Patricia klein bei und suchte Milli. Der lungerte zufrieden bei ihrer Mutter und ließ sich den Pelz kraulen.

Im Laufe des Montagvormittags bereitete Frank alles für die Rückkehr Purzels vor. Er ließ die Jalousien herunter, um gegenüber Milli den unmittelbaren Zusammenhang zwischen dem Aufenthalt im Atelier und der Entstehung einer neuen Zeichnung zu verschleiern. Beim Mittagessen erzählte er sogar, in den nächsten Wochen nur mit künstlichem Licht zu arbeiten.

Ab 18 Uhr hielt Frank sich im Garten auf. Er war mit Patricia allein zu Hause und hatte den Grill neben der Hollywoodschaukel aufgebaut. Von hier aus konnte er gut in den hinteren Teil des Gartens und zum Komposthaufen schauen. Auch Milli räkelte sich neben Patricia auf der Schaukel.

Als er um viertel vor sieben die Fleischscheiben auf den Rost legte, setzt sich der Kater aufrecht hin und schnupperte. Gelegentlich zeigte sein Schlucken, wie ihm das Wasser im Maul zusammenlief. Gebannt starrte er auf den Rost. Aus dem Verhalten schlussfolgerte Frank, dass der Kater den Zeitraum zwischen Tod und Auferstehung nicht abschätzen konnte. "Ich hol noch schnell ein paar Tomaten, damit wir sie auch auf den Grill legen können. Kannst du auf das Fleisch aufpassen?", meinte er zu Patricia und deutete dabei auf den Kater.

"Geh ruhig, ich pass schon auf. Trotzdem musst du nicht immer so maßlos übertreiben", erwiderte sie und streichelte das Monster. "Du bist nicht dick, nur gut genährt, mein Süßer."

Der Kater dankte es ihr, rieb seinen Kopf an ihrer Hand und schnurrte laut.

Frank griff sich die kleine Plastikschale und lief zum Tomatenbeet. Es lag nur wenige Meter vom Komposthaufen entfernt. Er bückte sich und sah auf die Uhr. Es war 18:47 Uhr. Er sah noch einmal zu Patricia, die das Monster jetzt auf dem Schoß liegen hatte und ihm irgendetwas erzählte. Frank verstand zwar nicht, was sie sagte, aber er konnte es sich denken. Dann pflückte er umständlich die erste Tomate. Es fiel ihm schwer, nicht zum Komposthaufen zu gehen und das Gras beiseite zu schieben. Die Versuchung war riesig. 'Es könnte so viele Fragen beantworten, den Prozess der Auferstehung wenigstens einmal zu sehen', dachte er. Allein das Mysterium, wie Millis Körperteile wieder zusammengefunden hatten, kitzelte den Forscherdrang in ihm.

Langsam pflückte er die zweite Tomate und sah sich erneut um. Patricia wendete gerade das Fleisch und Milli sah ihr hochkonzentriert dabei zu. Rasch pflückte er zwei weitere Früchte und entfernte die grünen Stängel. Das war zwar kein überzeugender, aber immerhin ein Grund, um zum Komposthaufen zu gehen.

Es war schon 18:51 Uhr, als er die Stängel scheinbar achtlos auf das alte Gras warf und sich nach unten beugte. Vorsichtig schob er seine Hand darunter und hob die zusammengefallene Grasschicht etwas an. Er sah nichts. Dort wo Purzel liegen sollte, gab es lediglich eine kleine Delle. Frank bekam eine Gänsehaut und zog die Hand hastig unter dem Gras hervor. Aufgeregt sah er nach rechts und links, doch weder Purzel noch ein anderes Gespenst im Katzenpelz erschien ihm. Kalter Schweiß klebte an seiner Stirn, den er mit den kurzen Ärmeln seines T-Shirts abwischte. Einmal atmete er tief durch und sah zu Patricia. Sie saß wieder auf der Schaukel und winkte ihm zu. Frank winkte zurück, ging wieder zum Beet und pflückte zwei weitere Tomaten. Plötzlich hörte er ein leises Mauzen. Sofort schaute er in die Richtung, aus der er das Geräusch wahrgenommen hatte. Es kam aus der Nähe des Komposthaufens. Dort stand ein dichter Strauch Liebstöckel, dessen kleingehackten Blätter Patricia vorzugsweise für Eintöpfe verwendete. Er befand sich etwa fünf Meter entfernt an der kleinen Mauer, die einen Teil der Grundstücksgrenze bildete und an der auch der Kompost lagerte.

Frank lächelte. "Da bist du ja endlich, mein Kleiner. Komm zu Papa", rief er und hörte nicht das Säuseln in seiner Stimme, welches ihm bei Patricia immer auffiel.

Purzel kam tapsig auf ihn zu und mauzte. Frank machte zwei Schritte in seine Richtung und hob ihn hoch. "Ich wusste es", flüsterte er glücklich und betrachtete den Kater aufmerksam. Nichts wies mehr auf den Biss hin, der ihm das Genick gebrochen hatte. Dann drehte er sich um und rief Patricia. "Schau mal, wer wieder da ist." Er holte die Schüssel und ging zu ihr.

"Wo hast du ihn gefunden?", erkundigte sie sich und streckte die Arme aus.

"Er hat hinter dem Liebstöckel gesessen", war alles, was Frank preisgab und übergab ihr den Ausreißer.

Patricia liebkoste den Kleinen. "Warum machst du denn so was?", war die Frage, mit der sie ihren Vortrag einleitete und dem Katerchen erklärte, alle hätten sich Sorgen um ihn gemacht. "Sogar Milli war ganz traurig, aber jetzt gibt es erst mal ein leckeres Fresschen", endete sie und ging mit ihm in die Küche.

"Ich kümmere mich um den Grill", rief Frank ihr noch nach und stutzte, weil Milli trotz des Zauberwortes nicht losgerannt war. 'Er ist bestimmt satt', wäre eine mögliche Erklärung für dieses ungewöhnliche Verhalten gewesen, aber der Blick sowie der hin- und herschwingende Schwanz des Katers zeigten Frank, das Monster gab sich nicht geschlagen. "Lass ihn in Ruhe!", sagte er.

Milli zog die Augenbrauen zusammen und knurrte.

"Du machst mir keine Angst. Wenn du ihm nochmal was tust, dann ..." Frank stockte. "Zerreiß ich deine Bilder", meinte er leise, um der Drohung mehr Nachdruck zu verleihen. Er wunderte sich plötzlich, warum er nicht schon früher auf diese Idee gekommen war.

Weiter kam er nicht, denn Milli hüpfte von der Schaukel und rannte auf kürzestem Weg – er sprang direkt durchs geöffnete Fenster – in die Küche. Frank sah, wie Patricia gerade die Dose für Purzel geöffnet und in den Napf umgefüllt hatte. "Du hast auch Hunger, mein Süßer", hörte er sie zum Monster sagen, nachdem sie Purzels Portion auf den Boden gestellt hatte.

Frank halbierte die Tomaten und legte die Hälften auf den Grill. Er wendete auch das Fleisch, das bereits schön kross war. Dann begann das Warten auf Patricia. Kurz überlegte er, ob er in die Küche gehen sollte, unterließ es jedoch. Er musste sich über die Konsequenzen der neuerlichen Auferstehung sowie der Drohung gegenüber Milli Gedanken machen. Es gab nämlich einen Haken. Wie sollte er Patricia vermitteln, die Bilder nicht nur abzuhängen, sondern sie sogar zu vernichten? Sie waren ihr Eigentum und egal, was er ihr als möglichen Grund nennen würde, es wäre niemals einer, den sie nachvollziehen oder gar akzeptieren könnte. Frank war sich zwar ganz sicher, nicht geistesgestört zu sein, aber das half ihm nicht weiter. Purzels Tod konnte er nicht beweisen. Selbst wenn Patricia seine Darlegungen nicht als Phantasie abtat, würde sie dagegenhalten, dass der kleine Kater vielleicht bewusstlos – unter Umständen sogar schwer verletzt gewesen war, aber eines sicher nicht: tot!

'Ich befinde mich in genauso einem Teufelskreis wie sie', dachte er, aber für ihn stand fest, er konnte und wollte nicht aufgeben. Gründe dafür gab es viele: Patricia, Purzel, das

Monster und die eigene Achtung sich selbst gegenüber. "Ich muss ihn morgen sofort wieder zeichnen", beschloss er und machte das Essen auf die Teller. Er hatte mitbekommen, wie Patricia die Küche mit Purzel im Arm wieder verlassen hatte.

Milli war bereits vor ihr zurück. Er hatte wieder den kurzen Weg durchs offene Fenster genommen und wartete an der Hollywoodschaukel auf sie. "Purzel hat zwei Dosen verputzt", meinte sie zufrieden und setzte sich. Vorsichtig legte sie den kleinen Kater auf ihren Schoß, und Frank hoffte, der alte Kater würde seinen Unmut darüber zur Schau stellen. Er tat genau das Gegenteil. Kurz schnupperte er am Kleinen, dann leckte er ihm einige Male übers Gesicht und erntete Patricias Lob. "Fein machst du das. Jetzt hat das der Papa schon wieder gesehen."

Frank ging nicht darauf ein. "Lass uns anfangen, bevor alles kalt wird", meinte er nur und bekam noch das typisch hämische Grinsen Millis mit. Es hatte den Anschein, als geriete der langjährige Status Quo der Kontrahenten endgültig aus den Fugen.

Bereits am nächsten Morgen verstieß er ein weiteres Mal gegen den einstigen Vorsatz. Er ging mit Purzel ins Atelier, spielte kurz mit ihm, um ihn dann erneut zu zeichnen. Ein unbestimmtes Gefühl riet ihm, eine Zeichnung wäre zu wenig. Deshalb fertigte er gleich die Konturen von drei Motiven an, die er in den darauffolgenden Tagen nach und nach beendete.

Die fertigen Bilder steckte er in die Mappe, die bereits Purzels erstes Bild beinhaltete. Auf allen Bögen notierte er auf der Rückseite das Datum ihrer Herstellung. Plötzlich kam ihm eine Idee. Er legte Purzels erstes Bild auf den Zeichentisch und zog die riesige Lupe zu sich. Frank erkannte sofort, die Schraffur der Iris war verändert. "Das ging aber schnell", murmelte er, fand aber sonst keinerlei Veränderungen. Er notierte unter dem Erstellungsdatum des Bildes Purzels erstes Todesdatum sowie das des heutigen Tages. "Ich muss genau dokumentieren, wann was passiert", lautete die Selbsterkenntnis.

Plötzlich kam ihm ein weiterer Gedanke, der ihn zu Purzel schauen ließ. Der Kleine saß neben dem Zeichentisch und sah zu ihm nach oben. "Wir sind ein gutes Team", leitete Frank den Monolog ein. "Wir sollten genau rausbekommen, was bei deiner Auferstehung passiert. Wieso bist du nicht mehr exakt dort gewesen, wo ich dich hingelegt habe? Wie ist dein Genick geheilt worden? Wir können nur hoffen, dass ich immer weiß, wo der Fettsack dich hin schleift, damit wir die Antworten bekommen. Du wirst tapfer sein müssen, aber ich bin auf deiner Seite." Frank hob den Kleinen hoch und streichelte ihn. "Wir schaffen das", sagte er zuversichtlich, wohlwissend, dass die geringste Last bei ihm lag.

Am nächsten Tag begann er mit dem Bau einer stabilen Holzkiste. Ihr Deckel ließ sich ähnlich dem einer Truhe öffnen. Frank versah die Konstruktion mit einem Vorhängeschloss, für das nur er einen Schlüssel hatte. Selbst während der Arbeit hatte er Purzel stets in seiner Nähe. Einige Male hatte er das Katerchen sogar in die unfertige Konstruktion gesetzt, um sich davon zu überzeugen, dass sie ausreichend groß bemessen war.

Die fertige Kiste stellte er in eine Ecke des Schuppens. Bis auf die wenigen Gartengeräte, die Patricia brauchte, und die fast das ganze Jahr über an der Außenwand hängend für sie griffbereit waren, benötigte kein anderes Familienmitglied etwas von hier. Außer Frank. Das Rasenmähen und Beschneiden der Bäume gehörte seit Jahr und Tag zu seinen Aufgaben. Genau wie das Umgraben des Komposts.

Zwar fragte Patricia einmal, was er so lange im Schuppen werkelte, aber Frank hatte sich bereits eine lapidare Antwort zurechtgelegt. "Eine Aufbewahrungsbox für bestimmte Farben, die ich mir mischen will und für die Heizungsluft nicht gut ist.

Koschnewski hat mir einige seiner alten Rezepturen anvertraut."

In den darauffolgenden Tagen fertigte er einige Buchillustrationen an und genoss die wiedergewonnene Freiheit des Geistes. Purzel hielt sich meist in seiner Nähe auf, aber Frank registrierte genau, wie gut er schon auf Patricias Zauberwort reagierte. Dreimal am Tag rief sie es und nie gab es Probleme mit Milli.

Die Transformation

Das änderte sich, als sie am darauffolgenden Mittwoch mit dem Wagen in die Stadt fuhr. Patricia hatte einen Termin bei ihrer Frauenärztin, eine Angelegenheit also, während der Frank nicht im Wartezimmer versauern und in Frauenzeitschriften blättern wollte. Ganz zu schweigen von den Blicken, denen er im Wartezimmer ausgesetzt wäre. Also blieb er zu Hause, was Patricia bei dieser Art von Terminen noch nie gestört hatte. Im Garten gab es genug zu tun.

Als Patricia losgefahren war, holte er die Leiter aus dem Schuppen und lehnte sie an den alten Kirschbaum. Die Äste hingen in diesem Jahr voller Früchte und ein Großteil von ihnen war bereits tiefrot. Frank liebte die selbstgemachten Marmeladen seiner Frau und die aus den Sauerkirschen war stets etwas ganz Besonderes.

Mit Hilfe eines alten Eisenhakens hing er den Eimer an einen Ast und begann, die reifen Früchte zu pflücken. Einige naschte er zwischendurch und spuckte die Kerne auf den Boden. Purzel saß die ganze Zeit unten, hüpfte gelegentlich zu den Kirschkernen, die Frank ausgespuckt hatte, schaute aber ansonsten zu ihm nach oben. Es dauerte nicht lange, bis Frank die Kirschen, die er von seiner aktuellen Position aus problemlos erreichen konnte, gepflückt hatte. Anstatt die Leiter alle paar Minuten hinabzusteigen und umzustellen, begann er sich zu strecken. Als auch das nicht mehr reichte, stellte er sich vorsichtig auf einen Ast.

Alles lief zur vollsten Zufriedenheit, bis der kleine Kater versuchte, den Stamm hochzuklettern. Er schaffte tatsächlich ungefähr einen Meter. In dieser Höhe verharrte er auf einmal und sah nach unten. Scheinbar war er selbst erstaunt über die ungewohnte Höhe und begann ängstlich zu mauzen.

"Warte kurz. Wenn ich unten bin, helfe ich dir", sagte Frank und pflückte weiter.

Purzel mauzte wieder hilflos und klammerte sich an die Rinde.

"Dir passiert nichts", versuchte Frank den kleinen Kater zu beruhigen und bemerkte, wie Milli angerannt kam. Er hatte bisher auf der Schaukel gelegen und das getan, was er dort immer tat: dösen. 'Wahrscheinlich lockt ihn das ängstliche Gemauze her', dachte Frank und hielt mit dem Pflücken inne.

Alles ging sehr schnell. Milli sprang bei vollem Tempo in die Höhe, riss Purzel vom Stamm, wendete schon vor der eigenen Landung, rannte sofort neu an, stieß den Kleinen um und biss ihm in die Kehle. Kurz verharrte er so, dann zerrte er sein Opfer zum Komposthaufen. Eine Gegenwehr war nicht zu erkennen. Frank wusste bereits in dem Moment, als er den ersten Fuß auf die Sprosse der Leiter setzte, dass Purzel tot war.

Bevor er am Komposthaufen ankam, hatte Milli vom Toten abgelassen und einen Sicherheitsabstand zwischen sich und Frank gebracht. Herausfordernd sah der Kater ihn an.

Frank kochte vor Wut, aber es war nichts in der Nähe, womit er das Mistvieh hätte erschlagen können. Danach war ihm gerade zumute. Trotzdem entschied er sich, zuerst nach Purzel zu sehen. Vielleicht hatte ihn der erste Eindruck getäuscht und es war noch nicht zu spät. Vorsichtig hob er das Katerchen auf und legte ihm eine Hand auf die Brust. Es war kein Herzschlag zu spüren. "Das wirst du bereuen", sagte er zu Milli, der bereits sein Maul putzte, aber erneut innehielt und Frank aufmerksam ansah. Die Drohung schien den Kater nicht sonderlich zu stören. Er machte einen großen Bogen um Frank und stolzierte mit hoch aufgerichtetem Schwanz zum Haus.

Innerlich war Frank noch aufgewühlt, aber er sah Milli einfach nur nach. Der Kater verschwand um die Hausecke, wahrscheinlich um auf sicherem Terrain Patricias Rückkehr abzuwarten. Sie würde niemals glauben, was Frank über Millis Tat zu erzählen hatte. "Den Gefallen tue ich dir nicht", sagte er kurzentschlossen und lief zum Schuppen. Dabei sah er einige Male zum Haus, konnte den Kater aber an keinem Fenster sehen.

Als er Purzel in die Kiste legte, sprach er einige tröstende Worte und sah auf die Uhr. Es war noch nicht mal zehn. "Bis in drei Tagen", verabschiedete er sich und verschloss den Deckel. Diesmal ließ er den Bügel des Vorhängeschlosses einrasten und schützte so sein mystisches Laboratorium mit dem unschuldigen Probanden vor zufälligen Blicken. Er legte noch einige Werkzeuge auf den Deckel, was den Eindruck erweckte, sie lägen schon seit Tagen hier. Einen Moment überlegte er, wie er sich verhalten sollte und kam zum einzig logischen Schluss: "Das ist alles nicht passiert und der Kleine offiziell wieder ausgebüxt", sagte er leise, obwohl ihm die Erkenntnis nicht gefiel. Doktor Frankenstein kam ihm in den Sinn. "Der Vergleich hinkt ", flüsterte er und ging zurück zum Kirschbaum. Er lehnte die Leiter an einer anderen Stelle gegen einen kräftigen Ast und setzte seine Arbeit fort.

Der Eimer war bereits zu zwei Drittel gefüllt, als Milli sich wieder sehen ließ. Er kam nicht bis zum Kirschbaum, sondern blieb zehn Meter davor stehen und sah zu Frank. Der tat so, als wäre nichts geschehen und rief: "Was willst du?" Der Kater schaute ihn nur irritiert an, mauzte einmal und rannte wieder zum Haus.

Um halb zwölf, Frank hatte den zweiten Eimer fast gefüllt, kam Patricia zu ihm. Sie hielt Milli im Arm. "Heute waren wenig Patienten da, deswegen ging es schnell", meinte sie.

"Ist alles in Ordnung?", erkundigte er sich, ohne die Arbeit zu unterbrechen.

"Das ist es. Was soll ich mit den vielen Kirschen machen?"

"Es wäre toll, wenn du wieder deine leckere Marmelade machst", sagte Frank und nahm den Eimer vom Haken. Vorsichtig stieg er von der Leiter und ging auf Patricia zu. "Soll ich die Eimer gleich in die Küche bringen?"

"Meinetwegen, aber erst mach ich uns eine Kleinigkeit zum Mittag."

Damit war Frank einverstanden und sah den Kater kurz an, der sich schnurrend an Patricia schmiegte.

Während des Essens erkundigte sich Patricia das erste Mal nach Purzel. "Beim Kirschenpflücken hab ich ihn noch gesehen", meinte Frank nur.

"Komisch. Er weiß doch, dass es jetzt Futter gibt", erwiderte sie und sah zu Milli. "Hast du Purzel gesehen?"

Der Kater blieb die Antwort schuldig, vermied aber jeden Blickkontakt mit Frank. Konzentriert starrte er Patricia an, die aufstand und zum Küchenfenster ging. "Purzel, es gibt Fresschen", rief sie und wiederholte das Zauberwort noch einige Male. Ihr fiel gerade nicht auf, der fette Kater war noch nicht auf die Arbeitsplatte gesprungen und hatte einige Male zu Frank geschaut. "Wo steckt der Kleine bloß schon wieder?", fragte sie mehr sich selbst und drehte sich um.

"Vielleicht ist er durch den Zaun und streift über die Wiese. Der Hunger wird ihn nach Hause treiben", sagte Frank nur und erhob sich. "Ich bin im Atelier."

Abends ging er mit Patricia durch den Garten, und sie schauten vom Zaun aus lange auf die riesige Wiese hinter dem Haus. Einige Male riefen sie den Namen des kleinen Katers. In diesem Moment hätte Frank ihr am liebsten erzählt, was geschehen war, aber er ließ es. Spätestens in drei Tagen stünde er als Lügner da.

Am nächsten Tag mähte Frank den Rasen vor dem Haus, nur um nicht erklären zu müssen, was er im Schuppen wollte. Mit solchen Fragen rechnete er plötzlich, obwohl Patricia sie während ihrer Ehe noch nie gestellt hatte. Bevor er das Vorhängeschloss öffnete, atmete er tief durch. Er spürte die innere Erregung deutlich. Das steigerte sich, als er den Deckel anhob. Er hatte nur vage Vorstellungen darüber, was er zu sehen bekäme, aber er erwartete mit Sicherheit nicht das, was er zu sehen bekam. Der tote Purzel lag darin. Seine leblosen Augen waren weit aufgerissen und die Totenstarre hatte bereits eingesetzt. Seine Vorder- und Hinterläufe standen ungewöhnlich gerade vom Körper ab. Vorsichtig drückte Frank mit einem Finger gegen die nach oben gerichtete Hinterpfote und hatte das Gefühl, gegen eine Holzfigur zu drücken, die mit Fell bespannt war. Der steife Körper wackelte und stieß an verschiedenen Punkten gegen das Bodenbrett der Kiste. Frank wurde den Eindruck nicht los, nur das Fell verhinderte das typische Klanggeräusch von Holz, das er noch aus seiner Kindheit vom Musikunterricht kannte. Plötzlich empfand er Ekel, der seinen Körper kurz erbeben ließ. 'Reiß dich zusammen!', schoss ihm durch den Kopf. Das half, die unnützen Emotionen des Moments abzuschütteln. Behutsam schloss er den Deckel und ertappte sich dabei, leise "bis morgen" zu sagen. Erst als er das Geräusch des einrastenden Stahlbügels hörte, fiel die Anspannung von ihm ab.

Am Freitag nahm er sich den Rasen hinter dem Haus vor. "So hoch ist er doch noch gar nicht", bemerkte Patricia, widmete sich dann aber ihren Kräutern. Trotzdem arbeitete er sehr langsam und wartete, bis seine Frau ins Haus ging, um das Mittagessen vorzubereiten. Erst dann brachte er die Maschine zum Schuppen und kontrollierte, ob der Kater in der Nähe war. 'Vor dem Rasenmäher hat das Drecksviech Respekt', dachte Frank. Er beschloss, ihn so lange vor dem Schuppen stehenzulassen, bis er mit der neuerlichen Inspektion Purzels fertig war. Sein Herz pochte heftig, als er das Vorhängeschloss abmachte. Frank ging auf die Knie und beugte seinen Körper tief nach unten. Erst dann hob der den Deckel wenige Zentimeter an und schaute vorsichtig durch den geöffneten Spalt. Nichts sprang ihm entgegen, und auch kein unerträglich widerlicher Gestank schnürte ihm die Kehle zu. "Okay", flüsterte er und hob den Deckel weiter an. Purzel lag immer noch an Ort und Stelle. Wo sollte er auch sonst sein? Trotzdem fiel Frank die Veränderung sofort auf. Die Läufe standen nicht mehr ab. Genau wie gestern stieß er mit dem Finger gegen das Hinterbein. Es fühlte sich weich und geschmeidig an. Es hatte fast den Anschein, als schliefe Purzel mit offenen Augen. Der Ekel blieb heute aus. "Alles wird gut, mein Kleiner", murmelte er und betrachtete verträumt seinen pelzigen Schützling.

Erst der Ruf Patricias, das Essen sei fertig, holte Frank in die Realität zurück. "Bis morgen", sagte er hastig, machte die Kiste zu und prüfte zwei Mal, ob das Vorhängeschloss wirklich eingerastet war. "Ich komme", rief er von der Schuppentür aus und zog nur noch den Rasenmäher hinein.

Zu gern hätte Frank am Samstag neben der offenen Kiste gesessen und Purzels Auferstehung mitverfolgt. Zum einen hinderte ihn das späte Frühstück, und zum anderen war er sich darüber im Klaren, Patricia würde den Schuppen genau in Augenschein nehmen, wenn er zusammen mit dem kleinen Kater herauskäme. Doch dazu kam es nicht, weil das Scheusal, das neben Patricias Stuhl saß und bettelte, erst ruckartig den

Kopf in Richtung Tür drehte und dann aus der Küche sprintete. "Was ist denn mit Milli los?", fragte Patricia verdutzt und ging ihm hinterher.

Frank beschlich ein ungutes Gefühl, wobei die Wahrscheinlichkeit, der fette Kater würde sich in Anwesenheit Patricias zu etwas hinreißen lassen, nicht gegeben war. Trotzdem fragte er sich, was das plötzliche Interesse des Mistviehs geweckt hatte? 'War bestimmt bloß 'ne Maus und dafür heimst er sich gleich 'ne Belohnung ein', war die beste Erklärung, die ihm in den Sinn kam.

"Da wird sich der Papa aber freuen", war der Satz, der Franks Kinnlade nach unten fallen ließ. Patricia hatte ihn in der typischen Tonlage gesprochen, aber noch konnte das mausjagende Monster gemeint sein. Trotzdem drehte sich Frank um und sah mit großen Augen zur Tür. "Schau mal, wer wieder da ist", sagte Patricia, als sie in der Tür stand. Dann übergab sie Purzel an Frank. "Er ist durch die Katzenklappe reingekommen", erklärte sie und lobte dann Milli, der direkt neben ihren Füßen stand, nach oben blickte und mauzte. "Ich gebe euch gleich euer Fresschen", meinte sie und auch Purzel mauzte daraufhin jämmerlich.

Zwei Minuten später saßen zwei gierige Kater unter jeweils einem Fenster und fraßen. Patricia hatte für Purzel schon eine zweite Dose griffbereit. Sie saß neben Frank und hielt seine Hand. Aufmerksam aber glücklich schaute sie den beiden beim Fressen zu. "Wo war unser kleiner Ausreißer bloß wieder?", meinte sie. Dann kam eine Feststellung, mit der Frank nie gerechnet hatte. Doch sie war folgerichtig und logisch. "Irgendwie sieht Purzel kleiner aus. Ich habe ihn größer in Erinnerung", sagte sie.

"Meinst du?", erwiderte Frank. 'Wieso hab ich nicht selbst daran gedacht?', war der Gedanke, der die Frage, wie Purzel aus der Kiste gekommen war, ins Abseits drängte. Ihm war schlagartig klar, dass er dieses neue Problem nicht ohne Weiteres lösen konnte. Der Vorrat an Bildern des kleinen Katers war nutzlos, solange er in diesem rasanten Tempo wuchs. 'Er ist im Alter von drei Monaten zurückgekommen. Milli muss sich nur Zeit lassen, bis er ihn wieder tötet, und schon kommt Purzel als Baby zurück. Im Prinzip müsste ich den Kleinen täglich zeichnen und das Vortagesbild vernichten. Das ginge dann solange, bis er ein Jahr alt ist', dachte Frank. Ihm war klar, das war nicht zu realisieren. Er beschloss trotzdem, ihn demnächst neu zu zeichnen und die vorhandenen Bilder Purzels zu vernichten. 'Vielleicht können wir uns so einigermaßen über die Zeit retten', überlegte er.

Am Nachmittag kontrollierte Frank die Zeichnungen. Die Veränderung der Schraffur der Iris war deutlich zu erkennen. "Wieso geht das bei seinen Bildern immer so schnell?", fragte er sich und versah die Zeichnung auf der Rückseite mit den beiden Daten. Dann betrachtete er eine Weile die zwei Reservebilder. Aktuell entsprach Purzels Erscheinung wieder den Portraits, und Frank überlegte, wann es sinnvoll wäre, ein aktuelles Bild des heranwachsenden Katers anzufertigen. Er entschied sich vorerst dafür, einige Maße von Purzel zu nehmen und das Procedere regelmäßig zu wiederholen. Das Schultermaß im Stehen und die Höhe von Purzels Kopf im Sitzen sollten als Orientierung dienen. Dazu machte er einfach auf einem Blatt Papier, das er neben den Kater hielt, zwei Striche. Im Hochformat markierte er die Kopfhöhe, im Querformat die der Schulter. "Das war's, mein Kleiner", sagte er und setzte Purzel nach unten.

In den Schuppen ging Frank erst am Abend. In dem Moment fütterte Patricia die Kater. Er wollte wenigstens einen Blick in die Kiste werfen, um Rückschlüsse zu ziehen, wie das Katerchen sie verlassen haben könnte. Er fand nichts. Nicht einmal ein Katzenhaar. "Wie ist er da rausgekommen?", lautete die aktuelle Frage, auf die es keine Antwort gab. Frank hatte nichts vorzuweisen, was der Wahrheit zum Sieg verhalf. Außerdem wurde er das Gefühl nicht los, Milli war ihm stets einen Schritt voraus.

Daran änderte sich auch nichts, als das neue Schuljahr begann. Zwar kehrte die gewohnte Hektik am Morgen zurück, aber das betraf meist nur noch Claudia. Patrick arbeitete im Altersheim und musste sich dem Schichtdienst des Personals anpassen. So oft es ging, traf er sich in der Woche mit Kerstin, die aber an den Wochenenden wieder regelmäßig zu ihnen kam. Dafür verbrachte Claudia sie immer öfter bei Beatrix. Das war in Ordnung, solange ihre schulischen Leistungen gut waren und das waren sie. Aber es war nur noch eine Frage der Zeit, bis es im Haus deutlich stiller werden würde. Vielleicht war das der Grund, weshalb Frank die Abwesenheit seiner Kinder deutlicher wahrnahm und andere Angelegenheiten in den Hintergrund rückten.

Frank war erstaunt, als er Purzel wieder einmal auf den Zeichentisch setzte und feststellte, wie weit der letzte Strich vom aktuellen entfernt war. "Uppsala", sagte er und sah den Kater an. "Das war früher bei den Kindern genauso. Oma und Opa haben immer gesagt, seid ihr aber groß geworden. Wenn man sich jeden Tag sieht, merkt man das nicht. Morgen legen wir mit deinem neuen Bild los", erklärte er ihm und kümmerte sich deshalb sofort um die Fertigstellung einer Auftragsarbeit. Das nahm den ganzen Tag in Anspruch. Erst als er zum Abendessen gerufen wurde, verließ er mit Purzel das Atelier.

Dass etwas nicht stimmte, stellten Patricia und er am nächsten Morgen beim Frühstück fest. Nur Milli saß neben dem Tisch und bettelte in gewohnter Manier. Der Platz neben Frank war leer.

"Hast du Purzel gestern Abend mit nach oben gebracht?", fragte Patricia.

"Was denn sonst. Denkst du etwa, ich lasse ihn nachts allein im Atelier? Er hat wie immer auf seinem Kissen gelegen."

"Komisch. Mir kommt es gerade so vor, als ob er heute Morgen nicht im Schlafzimmer gewesen wäre, aber so genau habe ich nicht darauf geachtet", meinte sie.

"Wie soll das denn gehen? Die Katzenklappe ist schon seit Wochen blockiert."

"Ich weiß", erwiderte Patricia.

"Und ich dachte, du hättest ihn schon mit nach unten genommen, als du das Frühstück vorbereitet hast", gestand Frank.

"Nein, habe ich nicht."

"Ich geh nachsehen. Vielleicht hat er sich unterm Bett versteckt und kann jetzt nicht raus", sagte Frank und ging nach oben. Als er die Tür öffnete, fiel ihm sofort auf, wie die Katzenklappe leicht hin- und herschwenkte. Er bückte sich und sah, die Verriegelung war geöffnet. Er wusste sofort, wer dahinter steckte. "Die Mechanik ist ganz simpel, und wenn er mit einer Kralle lange genug probiert, dann ..." Frank verstummte. Im Moment bereute er es, Purzel gestern nicht gezeichnet zu haben. "Scheiße, das ist alles meine Schuld", murmelte er und ging wieder nach unten.

Patricia zog die für sie einzig mögliche Schlussfolgerung. "Ist er schon wieder ausgebüxt? Ich verstehe nicht, was wir bei ihm falsch machen?"

"Gar nichts. Vielleicht ist das sein Charakter", tröstete Frank sie.

"Quatsch. Er hängt an dir wie eine Klette. Zu mir kommt er doch bloß, wenn es Futter gibt."

"Jetzt übertreibst du aber."

"Ich habe Augen im Kopf."

"Trotzdem frage ich mich, wer die Katzenklappe entriegelt hat?"

"Weißt du das, mein Süßer?", gab sie die Frage an Milli weiter, der laut mauzte. "Du wartest schon so lange auf dein Fresschen", sagte sie und bekam die ungeteilte Aufmerksamkeit des Katers. Der sprang sofort auf die Arbeitsplatte, und erneut registrierte Frank, wie sardonisch Milli ihn angrinste.

Während das Monster genüsslich die Portion verputzte, machte sich Frank Gedanken darüber, was letzte Nacht geschehen sein könnte. Einmal unterbrach der Kater sein Mahl und blickte provokant zu ihm. Frank erkannte das Grinsen sofort. Nach einigen Sekunden fraß das babytötende Ungetüm weiter. Spätestens jetzt war er sicher, mit seiner Vermutung richtig zu liegen. 'Du hast ihn nach draußen gelockt, während Patricia und ich geschlafen haben', dachte er und verließ die Küche.

Einige Minuten später war er im hinteren Teil des Grundstücks. Frank rechnete damit, Purzels Leiche in der Nähe des Komposthaufens zu finden, aber damit lag er falsch. Er dauerte nicht lange, bis Patricia zu ihm kam. "Suchst du ihn?", erkundigte sie sich. Frank zuckte nur mit den Schultern und sah zum Kater, der ihr mit einigen Metern Abstand gefolgt war. Milli wirkte unbeteiligt, roch an einigen Gewächsen und schlenderte zwischen den Beeten hin und her.

Schweigend beobachteten sie, was der Kater machte. Der hielt langsam aber stetig auf den Zaun zu und schlüpfte an einer abseits gelegenen Stelle hindurch. "Hast du das gesehen?", fragte Patricia.

"Selbstverständlich hab ich das", erwiderte Frank und ging dorthin. Der über dem Boden befindliche Teil der Latte war abgebrochen. Dann sah er auf die Wiese, konnte Milli aber nirgendwo entdecken. Das Gras stand einfach zu hoch. Plötzlich schien der Kater aus dem Stand nach oben zu springen und tauchte kurz über dem Gras auf. Das wiederholte sich noch einige Male, aber stets einige Meter versetzt. "Was macht er da?", fragte Frank.

"Wahrscheinlich fängt er Mäuse."

Millis Treiben hielt nicht lange an, und nur ein seichter Windhauch schickte einige grüne Wogen über die Fläche. Dann tauchte der Kater erneut am Zaun auf und schlüpfte durch das Loch zurück in den Garten. "Hast du Purzel gesucht, mein Süßer?", fragte Patricia, hob den Kater hoch und streichelte ihn.

Sichtlich zufrieden schaute Milli dabei zu Frank, der die Botschaft verstand. Purzels toter Körper lag irgendwo auf der Wiese. Ihn zu finden war aussichtslos. Jetzt konnte er nur warten. Frank wusste, in drei Nächten käme der Kleine zurück. Irgendetwas musste dahinterstecken, weshalb Milli sich ausgerechnet für diesen Tatzeitpunkt entschieden hatte. 'Er hätte den Kleinen auch tagsüber auf die Wiese locken und erledigen können, ohne dass wir etwas bemerkt hätten', dachte Frank. Doch er sagte nur: "Lass uns reingehen. Purzel kennt ja inzwischen den Weg nach Hause." Ein Gefühl der Ohnmacht überkam ihn. Liebend gern hätte er das Monster sofort totgeschlagen, aber Patricias Anwesenheit verhinderte das. Für Frank stand allerdings fest, er würde Purzel rächen. 'Aufgeschoben ist nicht aufgehoben. Es ist alles nur eine Frage der Zeit, und dann Gnade dir Gott, Sportsfreund.' Der Gedanke ließ ihn lächeln.

Zurück im Atelier ärgerte er sich über sich selbst. "Wenn ich ihn doch gestern nur gezeichnet hätte", warf er sich vor, fragte sich aber auch, wie Milli den perfekten Moment erkannt hatte. War alles nur ein Zufall oder war der Kater wirklich in der Lage einzuschätzen, was er vorhatte und konnte entsprechend agieren? Die alte Intrige mit dem Flugticket kam ihm in den Sinn. Damals war er sogar überzeugt, der Kater verstünde, was er sagte. "Dann muss ich weniger Selbstgespräche führen", murmelte er und schlug sich wütend auf den Oberschenkel, weil er den Gedanken doch ausgesprochen hatte. Instinktiv schaute er zur Tür, um sich zu vergewissern, ob der Schatten des Katers durch den Schlitz am Boden zu sehen war.

In den folgenden zwei Tagen konnte Frank nur warten. Dabei behielt er den Kater im Auge, aber außer ihren üblichen Blickgefechten gab es nichts, wodurch Milli sich verdächtig machte. Er lungerte in gewohnter Manier auf der Fensterbank in der Küche, umschwärmte Patricia oder vertrat sich im Garten ab und an die Pfoten.

In der Nacht vor Purzels erwarteter Rückkehr gab Frank vor, länger zu arbeiten. Claudia war zu Hause und unterhielt sich angeregt mit ihrer Mutter, was seine Anwesenheit entbehrlich machte. Gegen 23 Uhr kamen die beiden Frauen ins Atelier und wünschten ihm eine gute Nacht. "Ist es schon so spät?", fragte er erstaunt und versprach ins Bett zu kommen, sobald er fertig wäre.

"Dann bis irgendwann und bitte weck mich nicht", meinte Patricia und küsste ihn auf die Wange.

Eine halbe Stunde später stand er auf und öffnete die Tür des Ateliers. Es war still im Haus. Leise ging er ins Wohnzimmer und sah in den Garten. Es dauerte eine Weile, bis seine Augen sich an die Dunkelheit gewöhnt hatten. Die schmale Sichel des Mondes reflektierte kaum Licht. Frank war sich sicher, nicht als Einziger nach draußen zu schauen. 'Das Drecksviech sitzt oben auf der Fensterbank, hat den besseren Ausblick und erkennt sofort, wenn er zurückkommt', dachte er und beschloss, das nicht länger hinzunehmen. Er ging in den Flur, zog seine Jacke über und holte aus der Garage die große Stabtaschenlampe. Dann verließ er das Haus und lief zum Gartenzaun. Es war Mitternacht, aber alles andere als still. Überall hörte Frank Geräusche, die aus der Dunkelheit zu ihm drangen. Er lief zur kaputten Stelle im Zaun und wartete. Alle

300

paar Minuten hielt er nach Purzel Ausschau und leuchtete über die Wiese. Der lange, schmale Lichtkegel der Lampe half ihm nicht weiter. Nach einer Stunde wurde ihm kalt. 'Ein heißer Tee wäre jetzt nicht schlecht', überlegte er und ging zurück ins Haus.

Eine weitere halbe Stunde später stand er wieder am Zaun und leuchtete über die Wiese. Nichts passierte. Ab und an rief er Patricias Zauberwort. Der erhoffte Erfolg blieb aus.

Um halb drei bekam er Hunger und fröstelte schon wieder. Er ging in die Küche, machte sich den nächsten Tee und ein belegtes Wurstbrot. Beides nahm er mit nach draußen. "Fresschen", rief er und leuchtete anschließend den Bereich um seinen Standort ab. Ein Käuzchen schrie und schien Frank zu verhöhnen. Etwas später brach ein trockener Zweig. Aufgeregt leuchtete er in die Richtung, aus der das Geräusch gekommen war und glaubte einen Fuchs vorbeihuschen zu sehen. Aber sicher war er nicht.

Um viertel nach drei fror er. "So eine Scheiße. Komm endlich nach Hause", fluchte er leise. Seine Konzentration ließ spürbar nach, aber gelegentlich vertrat er sich auf der Stelle die Beine. Es half nicht viel, hielt ihn aber wach.

Plötzlich vernahm er ein Mauzen und drehte sich um. Milli saß einige Meter entfernt und sah kurz zu ihm. "Was willst du hier?", fragte Frank. Er ahnte, weswegen der Kater das Haus verlassen hatte. Auch seine Müdigkeit war mit einem Schlag vorbei.

Ohne jede weitere Reaktion lief der Kater zum Zaun, setzte zum Sprung an und überquerte ihn. Er landete sanft auf den Pfoten und ging mit erhobenem Schwanz ins Gras. Frank leuchtete ihm zwar nach, aber das Gras schloss sich hinter Milli wie ein Vorhang. 'Warum macht er das?', dachte Frank und die Antwort war klar. 'Weil er weiß, dass mir niemand glauben wird.' Trotzdem rief er zweimal "Fresschen", was den Kater nicht veranlasste zurückzukommen. Das war ungewöhnlich und verstärkte das Gefühl, welches Frank inzwischen beschlichen hatte. 'Er will ihn sich schnappen', dachte er und fühlte erneut die Ohnmacht, nichts dagegen tun zu können. Plötzlich bemerkte Frank, wie still es geworden war. Der Zusammenhang lag auf der Hand. Milli hatte sein Reich betreten, und die Bewohner der Wiese warteten geduldig seinen Rückzug ab.

Frank hörte ein lautes Fauchen. Aufgeregt leuchtete er in die Richtung, konnte jedoch nichts ausmachen. Das Fauchen wurde noch lauter und ging innerhalb einer Sekunde in ein wildes Geräusch über, das aus gurgelnden und schreienden Tönen bestand. Frank dachte an den Fuchs und hoffte. Er sah, wie sich an einer Stelle das Gras ruckartig in verschiedene Richtungen bewegte. Etwas wurde nach oben geschleudert, aber der Moment war so kurz, dass Frank nicht erkennen konnte, was es war. Kurz danach wieder, dann noch einmal.

Es herrschte wieder Stille. Die Wiese lag ruhig in der Dunkelheit und Frank leuchtete immer noch in die Richtung des kurzen Spektakels. Dabei kniff er die Augen zusammen, um besser sehen zu können, aber der Kampf war vorbei. Trotzdem war er aufgeregt und spürte sein Herz bis zum Hals schlagen. Er hoffte immer noch. Die Müdigkeit, die ihn vor wenigen Minuten noch hatte frösteln lassen, war verschwunden. "Purzel", rief er einige Male leise und schaute sich aufmerksam um, aber der Lichtkegel der Taschenlampe zeigte ihm nichts Neues.

Plötzlich schnellte etwas aus dem Gras hervor. Frank erschrak und leuchtete in die Richtung. Es war der Kater, der mit spielerischer Leichtigkeit auf einen Pfahl des Zauns gesprungen war. Im Schein der Lampe sah Frank dessen blutverschmiertes Maul. Milli saß so auf der kleinen Fläche, dass er ihm direkt in die Augen sehen konnte. "Was lachst du so?", fragte er leise und bereute gerade, nichts hierzuhaben, womit er dem Kater das hämische Grinsen austreiben konnte. Andererseits war die Distanz zu groß, um ernsthaft an einen Erfolg zu glauben. "Das ist noch nicht vorbei, Freundchen", murmelte er, doch auch die Warnung störte den Kater nicht im Geringsten. Er putzte gelassen mit einer Pfote sein Maul und schenkte Frank keine Beachtung. Dem war schlagartig klar, warum der Kater sich überhaupt gezeigt hatte. 'So übermittelt er die Botschaft', dachte Frank und war zufrieden, noch ein Bild Purzels in Reserve zu haben. Sicherheitshalber sprach er es nicht aus und verdrängte den Gedanken so gut es ging. Dann sah er auf die Uhr. "Halb vier. Es reicht für heute", sagte er und trat den Rückweg zum Haus an. Er fühlte sich auf einmal ausgelaugt und müde, brachte aber noch die Taschenlampe zurück in die Garage und schlich sich dann leise ins Schlafzimmer. Der Kater lag bereits zusammengerollt an Patricias Fußende. Nachdem er sich ins Bett gelegt hatte, grübelte er noch kurz, woher der Kater das Zeitgefühl hatte. Eine Antwort fand er nicht mehr.

Am Morgen versuchte Patricia ihn zwei Mal zu wecken, bevor sie es aufgab. Erst gegen zehn wurde Frank wach. Irgendetwas war anders als sonst. Ein bekanntes Geräusch drang durchs offene Fenster, begleitet vom angenehmen Duft frisch gemähten Grases. Hastig erhob er sich und ging zum Fenster. Auch wenn die Sicht auf die Wiese teilweise durch die große Kastanie und einige Obstbäume verdeckt wurde, Frank konnte die breite Schneise deutlich erkennen, die der Bauer im hinteren Teil bereits geschlagen hatte. Bis zum Mittag würde er die gesamte Fläche schaffen.

Frank beschlich ein ungutes Gefühl, als er bemerkte, wie der fette Kater von der Hollywoodschaukel aus zu ihm nach oben sah, aber das Wedeln des Schweifs konnte auch der Schadenfreude des orangeroten Ungetüms über seine kurze

Nacht geschuldet sein. Deshalb zog er sich an, ging nach unten und goss sich den abgestandenen Kaffee in die Tasse, der noch vom Frühstück auf dem Tisch stand. Genau wie das kaltgewordene Ei und die beiden Brötchen. Lustlos bestrich er eines mit Marmelade und biss hinein.

Er kaute noch, als Patricia in die Küche kam. "Na du Schlafmütze, ist wohl doch eine lange Nacht geworden", meinte sie und strich ihm durchs Haar, wie sie es früher auch bei Patrick gemacht hatte.

"Hmm, hmm", gab Frank nur von sich.

"Heute kommt die schöne Wiese weg. Schade", sagte sie.

"So wie jedes Jahr", erwiderte Frank lapidar, aber dann fiel ihm die Erkenntnis wie Schuppen von den Augen. Am liebsten wäre er sofort vom Tisch aufgesprungen, aber dann müsste er sich Patricia gegenüber erklären. Also blieb er sitzen, aß jedoch schneller und trank öfter einen Schluck Kaffee. Er musste dringend ins Atelier, um Gewissheit zu erlangen.

Zwanzig Minuten später hockte er am Zeichentisch und betrachtete die beiden Zeichnungen von Purzel. Auf der einen war die Veränderung zu sehen. Frank war klar, sie rührte aus der Nacht, in der Milli den Kleinen aus dem Schlafzimmer gelockt hatte. Bei der anderen war er irritiert. Sicherheitshalber zog er die große Lupe heran und schaltete deren Licht ein. Die Schraffur der Iris war noch so, wie er sie gezeichnet hatte, aber irgendetwas ließ sie unscharf aussehen.

Frank sah lange genug auf das Detail, um zu bemerken, es veränderte sich gerade. "Um Gottes Willen", murmelte er und verfolgte gebannt, wie die Linienführung auf dem Papier transformierte. Dabei schien eine unsichtbare Kraft Linie für Linie gewaltsam in eine andere Richtung zu ziehen. Diese Veränderungen begannen stets in der Mitte der Linie, die auf die neue Position gezwungen wurde. Am längsten widerstanden die jeweiligen Endpunkte, um am Schluss – aus der fast geraden Linie war inzwischen eine Hyperbel geworden – doch aus ihren Positionen gerissen und blitzschnell neu fixiert zu werden. "Wie lange dauert das?", fragte Frank leise, ohne den Blick abwenden zu können. Er wagte gerade nicht, das Bild zu berühren, denn seine Handflächen waren nass vor Aufregung. Ihm war klar, gerade Augenzeuge von etwas Bedeutendem zu werden. Es war so bedeutend, dass die menschliche Existenz aus den Fugen geraten konnte.

Kurz sah er auf die Uhr. "Sieben nach elf", murmelte er und schrieb die Zeit mit dem erstbesten Stift auf die Tischplatte. Frank musste herausbekommen, wie lange die Transformation dauerte. Als die zweite Linie in die neue Position schnellte, war es zehn nach elf. Auch die Zeit notierte er. Frank hatte gerade kein Papier zur Hand und der Weg zum Regal war zu weit. Er durfte nichts verpassen.

'11:13, 11:16, 11:18, 11:20', hatte er bereits notiert, als die Abstände noch kürzer wurden. '11:21, 11:22, 11:23, 11:23, 11:24.' Das Tempo erhöhte sich rapide und Frank machte nur noch einen Strich für jede transformierte Linie. Um 11:29 war das Spektakel vorbei. Kurz überlegte er, aber es war egal, ob die erste Linie drei oder vier Minuten gedauert hatte. "Das ist Wahnsinn", murmelte er, als er die Striche zusammengezählt hatte. Um 11:04 hatte die Transformation begonnen und 158 Linien verändert. Wobei sich Frank bei der Anzahl der Linien nicht sicher war, so schnell war in den letzten drei Minuten alles gegangen. Trotzdem notierte er die Daten und reinigte anschließend die Tischplatte. "Wenn Patricia das gesehen hätte, müsste sie mir glauben", sagte er leise und sah nach draußen. "Es tut mir leid, aber dein Tod war nicht umsonst", war alles, was Frank im Moment sagen konnte. Er fühlte sich schuldig, dem jungen Kater diese Leiden aufgebürdet zu haben. Frank wusste nun auch, was letzte Nacht passiert war. Genau wie bei Milli und den Bildern drei und vier hatte es auch hier nur wenige Stunden gedauert, bis ein neuerlicher Tod besiegt worden war. Nur das der fette Kater das Timing so perfekt gewählt hatte, um den Konkurrenten endgültig aus dem Weg zu räumen. 'Woher wusste der, dass die Wiese heute gemäht und Purzel dabei draufgehen wird?', dachte er. Darauf gab es keine Antwort, aber an einen Zufall glaubte Frank nicht.

Trotzdem war es Zeit, der Realität ins Auge zu schauen. Lustlos räumte er die Katzentoilette und die Decke aus dem Atelier. Auch Purzels Sachen aus dem Schlafzimmer brachte er in den Keller. Am Schluss ging er in die Küche, um den unbenutzten Fressnapf des Kleinen zu holen. Patricia sagte nichts, aber atmete einmal tief durch. Dann unterbrach sie ihre Arbeit. "Tut mir leid, dass er noch nicht zurück ist, aber willst du nicht noch warten, bevor du alles wegräumst? Vielleicht ist er diesmal nur länger weg."

"Er kommt nicht mehr, da müssen wir uns nichts vormachen", erwiderte Frank und brachte den Napf zu den anderen Sachen.

Er hielt im Atelier eine innere Gedenkminute ab und dachte anschließend darüber nach, ob er die Bilder Purzels vernichten sollte. Er entschied sich dagegen. Nach und nach betrachtete er die Zeichnungen und gelegentlich huschte ein Lächeln über sein Gesicht. Es war den schönen Erinnerungen geschuldet, die er dem Katerchen verdankte. "Ich zahl es ihm heim", versprach er leise und steckte die Bilder in die Zeichenmappe zurück.

Anschließend grübelte er, wie es weitergehen sollte. Die Macht des Stifts hatte er heute beeindruckend miterlebt. Frank ahnte, es bedurfte neuer Probanden, aber diesmal musste er unbedingt vermeiden, eine persönliche Bindung zu ihnen aufzubauen. Hunde und Katzen schieden damit aus. Bereits nach wenigen Minuten war klar, es gab ein Tier, dass alle Voraussetzungen erfüllte. Einzig die Rückkehr nach drei Tagen konnte sich schwierig gestalten. Doch das Rückkehrproblem, wie Frank es nannte, war ein Sekundärproblem. Entscheidend waren die Forschungen am Bildmaterial. Noch wichtiger war allerdings, nach den ersten Tests am lebenden Objekt endlich Patricia mit einbeziehen zu können. "Sie wird deine Bilder höchstpersönlich zerreißen", sagte er zum Kater, der ihn vom Fenstersims aus die ganze Zeit beobachtet hatte. Dann stand er auf und schloss die Jalousien.

Das Experiment

Mit der Umsetzung seiner Idee wartete Frank zwei Wochen. Das gebot der Anstand gegenüber Purzel, den er mit dem neuen Probanden nicht auf eine Stufe stellen wollte. Auch für Patricia hatte er schon eine passende Ausrede parat. Sie hatte beim Durchsehen der Post das Anschreiben gelesen, in dem ihm ein sehr gutes Angebot für die Illustration eines weiteren Kinderbuchs gemacht worden war. Deswegen fragte er sie beim Frühstück ganz direkt, ob sie mit in die Zoohandlung kommen wolle. Natürlich wollte sie, denn die Futtervorräte für Milli waren nicht unerschöpflich. Außerdem lohne es sich, gelegentlich die neuen Fellpflegeprodukte genauer in Augenschein zu nehmen, erklärte sie ihm. "Dann fahren wir zusammen", schlug Frank vor und war froh, sich um ein weiteres Problem nicht allein kümmern zu müssen. Herr Bauer würde bestimmt fragen, wie es den Katern ginge.

"Wie kommt's, dass du in die Zoohandlung willst?", fragte Patricia.

"Ich brauche ein Studienobjekt. Du erinnerst dich an das Kinderbuch?"

Patricia nickte.

"Die Zeichnungen sollen so realistisch wie möglich sein. Klassischer Stil in der Art von Kupferstichen."

"Du willst doch nicht etwa eine …? Igitt." Patricia verzog das Gesicht und schüttelte sich. "Du weißt, wie eklig ich die finde? Ich mache die nicht sauber und fasse sie auch nicht an, damit das gleich klar ist", sagte sie resolut.

"Keine Sorge, ich stelle sie ins Atelier und wenn ich fertig bin, bring ich sie wieder zu Bauer in die Zoohandlung."

"Wenn die ausbüxt und du sie nicht findest, zieh ich solange aus, bis du sie wiederhast, egal ob tot oder lebendig."

"Schon gut, dann kann der da mal zeigen, was er kann", meinte Frank und deutete auf den Kater.

"Worauf du dich verlassen kannst", antwortete Patricia und sah dann zu Milli. "Du beschützt dein Frauchen vor diesen ekligen Mäusen, mein Süßer."

Irgendwie wurde Frank das Gefühl nicht los, gerade den wahren Grund der Abhängigkeit Patricias zu erleben. "Hast du wirklich so panische Angst vor 'ner Maus?", fragte er ungläubig.

Sie nickte. "Ich hasse diese Viecher und bin so dankbar, dass Milli sie mir vom Leib hält. Was meinst du, warum ich damals unbedingt einen Kater wollte? Ich weiß nicht, ob ich ohne ihn noch hier wohnen würde", sagte sie.

Mit dieser Antwort hatte Frank nicht gerechnet. "Das hast du mir nie gesagt."

"Wenn ich eine Maus sehe, springe ich auf den Tisch und schreie", sagte Patricia kleinlaut. "Ich kann nichts dagegen machen. Das war schon so, als ich noch klein war", meinte sie.

Er griff nach ihrer Hand. "Ich wusste nicht, dass es so schlimm ist." Kurz überlegte er, ob er sich für einen anderen Probanden entscheiden sollte. Immerhin bestand die Gefahr, dass Milli noch mehr von ihrer Angst profitieren konnte. Er blieb jedoch bei seinem Entschluss. "Du musst dir keine Sorgen machen. Dieses Mäuschen ist weiß und hat rote Knopfaugen. Außerdem kaufe ich den sichersten Käfig, den Herr Bauer zu bieten hat. Du siehst, sogar der Zoohändler hat den richtigen Namen, damit nichts schiefgehen kann. Und ansonsten wird dich dein Held schon beschützen", meinte Frank und deutete auf Milli, der mit stolz geschwellter Brust nach oben sah und mauzte.

Patricia klopfte einmal auf ihren Schoß, dann sprang der Kater hinauf. Sie kraulte seinen Nacken, während er sich das Stückchen Wurst stibitzte, das noch auf ihrem Frühstücksteller gelegen hatte. Wahrscheinlich war es sowieso für ihn gewesen. "Hol dir deine Maus, aber sie bleibt im Atelier."

Damit war alles geklärt. Gegen 10 Uhr fuhren sie los und Franks Vermutung bestätigte sich. Während er sich um die Ausstattung der Maus kümmerte und tatsächlich den besten Käfig aussuchte, der im Angebot war, erzählte Patricia dem Händler die herzzerreißende Geschichte, wie lange Milli nach dem kleinen Kater gesucht, ihn aber auch nicht gefunden hätte. Ansonsten erwarb Frank noch Holzwolle, Mäusefutter, über das sich auch jedes Huhn gefreut hätte, und am Schluss den Probanden selbst. Herr Bauer empfahl ein Weibchen. "Die Mausböcke stinken fürchterlich", meinte er und sicherte zu, dass die Weibchen, die er verkaufte, nicht schwanger seien.

Herr Bauer steckte das Tier in eine kleine Kiste, die Frank wiederum in den Käfig stellte. Dann schob er ihn in die Kiste, in welcher der Käfig verpackt gewesen war. Patricia beobachtete das Procedere aus einigen Metern Entfernung und ihr war anzusehen, wie sie hoffte, die Maus würde es nicht schaffen, sich auf der halbstündigen Fahrt durch alle Barrieren zu beißen. Auch während der Rücktour behielt sie deshalb die Kiste auf der hinteren Sitzbank im Auge. Frank beschleunigte und bremste deutlich vorsichtiger, als er es sonst tat, aber es war ihm wichtig, Patricia nicht unnötig in Panik zu versetzen.

In der Garage verlangte sie trotzdem, er solle die Kiste äußerlich auf Bissspuren überprüfen. Frank gab ihrer Bitte nach und vermied es, einen Witz darüber zu machen. Dabei lagen ihm gleich mehrere auf der Zunge. "Es ist alles in Ordnung", sagte er und nahm die Kiste unter den Arm. Patricia drückte ihm noch die Tüte mit den Mäuseutensilien in die Hand und meinte, er solle sich um das Vieh kümmern, während sie Millis Futter und die neue Bürste in die Küche brächte.

"Machst du mir vorher die Türen auf?", fragte er, woraufhin sie ihn bis zum Atelier begleitete. Milli war die ganze Zeit nicht von ihrer Seite gewichen.

Frank schritt sofort zur Tat. Er packte den Käfig aus und stellte ihn vorsichtig auf den Boden. Er hörte, wie die Maus durch die Schachtel tapste. Er nahm das Oberteil des Käfigs ab und inspizierte die kleine Pappbox. Auch hier gab es keine Anzeichen für einen Fluchtversuch. Er stellte sie behutsam auf den Zeichentisch und füllte die Holzwolle in den Käfig. Dann packte er das Laufrad aus, machte die Körner in den Futternapf und brachte die Trinkflasche am Gehäuse an. Nach fünf Minuten war er fertig und stellte das Behältnis auf den hinteren Teil des Zeichentischs. Endlich öffnete er die Schachtel und entließ die Maus in die Holzwolle. Sie verkroch sich sofort. Frank schloss die Käfigtür und beobachtete, was sie machte. Vorerst nichts.

Im Laufe der nächsten Minuten dachte er darüber nach, warum 'deine Kumpels', wie er Labormäuse plötzlich nannte, ihr karges Dasein als Probanden fristen mussten. Immerhin stand fest, dieses Exemplar würde zwar nur kurze, aber satte Leben führen. Trotzdem hatte er keine Lust mehr, weiter darauf zu warten, bis die Maus sich endlich zeigte.

Er ging in die Küche, wo Patricia gerade einen kleinen Imbiss für sie zubereitete. "Sie ist sicher wie in Fort Knox. Willst du's dir ansehen?"

"Nein danke." Patricia schüttelte den Kopf, dann drückte sie Frank ein Stück Kohlrabi in die Hand, das er in den Mund steckte und genüsslich kaute. "Das war nicht für dich, sondern für deine eklige Maus", sagte sie und gab ihm ein neues Stück. "Damit sie sich vor lauter Hunger nicht durch die Käfigstäbe knabbert."

"Wie du meinst", erwiderte Frank und ging ins Atelier.

Dort sah er die Maus erstmalig in Aktion. Sie stand aufrecht im Käfig und schnüffelte. Daran änderte sich auch nichts, als er an den Zeichentisch kam. Vorsichtig schob er das Scheibchen Kohlrabi durch die Stäbe und die Maus streckte sich in die Richtung. Dann fasste sie mit dem Maul zu und zog den Leckerbissen zu sich. Ohne weiter auf Frank zu achten, knabberte sie am Rand herum, nahm ein herausgebrochenes Stückchen zwischen die Pfoten und fraß im Sitzen weiter. "Na geht doch", meinte er zufrieden und sah ihr eine Weile zu.

Was Frank gut in den Kram passte war die Tatsache, dass Patricia beim Abendessen Claudia erzählte, was für einen neuen Mitbewohner er im Atelier beherbergte.

"Was willst du mit 'ner ollen Maus?", fragte Claudia.

"Ich muss sie für Zeichnungen studieren."

"Da gibt's doch bestimmt genug Fotos, die du abmalen kannst", meinte sie und erntete einen vorwurfsvollen Blick ihres Vaters.

"Nichts ist besser als das Original. Das müsstest du eigentlich wissen", erwiderte er.

"Ja, ich weiß. Wahrscheinlich hätte Bea das jetzt auch gesagt."

"Wenn ich fertig bin, bringe ich sie wieder in den Laden, also gewöhnt euch nicht zu sehr an sie."

"Haha, sehr witzig", meinte Claudia und sah zum Kater. "Da hast du endlich mal 'ne Aufgabe, wenn du Mama vor der Monstermaus beschützen musst."

"Was er auch machen wird, falls sie doch durchs Haus flitzt."

"Sie flitzt nicht durchs Haus. Es sei denn, ihr verhelft ihr zur Flucht", meinte Frank und sah in die angewiderten Gesichter der beiden Frauen.

"Keine Sorge, ich betrete dein Reich vorerst nicht", erwiderte Patricia.

"Ich mag Mäuse auch nicht, obwohl sie ja irgendwie süß aussehen", schloss Claudia sich ihrer Mutter an. "Sag Bescheid, wenn der Stinker wieder weg ist."

Frank war zufrieden. Niemand würde ihn bei seinen Experimenten stören, und selbst der Kater zeigte bisher keinerlei Interesse am Nager. Trotzdem beschloss er, die Jalousien herunterzulassen.

Zwei Tage später begann der erste Test. Die Maus war mittlerweile zutraulich geworden, krabbelte Frank auf die Hand und ließ sich auf dem Tisch absetzen. Einzig die Kötel, die sie in kurzen Abständen ausschiss, störten ihn, weswegen er sie in einen flachen Kistendeckel setzte. Einige Körner sorgten dafür, sie abzulenken. Oft saß sie in sitzender Haltung und knabberte am Hühnerfutter. 'Das perfekte Motiv fürs erste Bild', dachte Frank und fing mit der Arbeit an, die ihm flott von der Hand ging. 'Ist viel einfacher als mit Purzel', resümierte er nach drei Stunden. Das Bild war fertig. Aufmerksam verglich er es mit dem Original. Frank lächelte zufrieden, dann überlegte er, wie es weitergehen sollte. 'Zeit ist Geld', dachte er. Das motivierte ihn, den zweiten Teil des Experiments sofort durchzuführen. 'Wie töte ich eine Maus?', ging ihm durch den Kopf. Das Tier sollte schließlich nicht leiden. Millis erster Tod fiel ihm ein. Die Kante des Tisches hatte für einen Kater gereicht, dann sollte sie erst recht für eine Maus reichen. Schnell holte er einen Bogen Papier, legte ihn auf die Arbeitsfläche und bog die vordere Längsseite um die Tischkante. 'Das reicht', dachte er, fixierte die hintere Kante mit Tesafilm und sah zur Maus. "Es ist für die Wissenschaft", murmelte er, hob sie am Schwanz nach oben und schleuderte sie einmal kräftig gegen die Tischkante. Der Körper zuckte noch, deswegen wiederholte er den Schlag. Einige Sekunden hielt er sie über das Papier. Weder zuckte die Maus, noch lief sie aus, aber sie war definitiv tot.

Frank legte den Körper in die kleine Höhle aus Holzwolle, die sich der Nager zurechtgemacht hatte. Es sah fast aus, als schliefe er und in gewisser Weise entsprach das den Tatsachen. Wie bei Purzel notierte er Datum und Uhrzeit auf der Rückseite des Bildes. Für ihn stand fest, dass er den Käfig an Ort und Stelle stehenließ. 'Eine tote Maus wird keinen großen Gestank verursachen', dachte er. Außerdem bestand hier die beste Möglichkeit, endlich Augenzeuge der Transformation zu werden. Frank spürte wieder ein Gefühl von Macht in sich aufsteigen. Wenn er erst genau wüsste, wie alle Mechanismen funktionierten, wäre so viel Gutes möglich.

In den folgenden zwei Tagen half er Patricia im Garten. Es war Herbst und das Wetter bereits nasskalt. Das letzte Obst und Gemüse musste nicht nur geerntet, sondern auch verarbeitet werden. Sie hatten alle Hände voll zu tun, und Frank genoss diese körperliche Arbeit an der Seite seiner Frau.

Den dritten Tag verbrachte er im Atelier. Zwar hatte er auch an den beiden letzten Tagen einen kurzen Blick in den Käfig geworfen, aber nichts Spektakuläres zu sehen bekommen. Das sollte sich in den nächsten Stunden ändern. Wobei der Blick auf den toten Körper enttäuschend war. Nichts an ihm wirkte frisch, so wie es damals bei Purzel gewesen war. Aber das konnte täuschen. Berühren wollte er die Maus trotzdem nicht. 'Vielleicht reagiert jeder Körper anders. Außerdem kann jede äußere Einwirkung das Ergebnis beeinflussen', überlegte er. Wobei er sich nicht die Frage stellte, was am Ergebnis geändert werden konnte. Entweder der Proband lebte oder eben nicht. Ein *eben nicht* hatte es bisher nie gegeben.

Trotz der Neugier aß er mit Patricia zu Mittag, zog sich anschließend jedoch sofort wieder ins Atelier zurück. Irgendwie kam er sich wie ein mittelalterlicher Alchimist vor, der kurz davor war, den Stein der Weisen zu finden. Franks Erregung stieg mit jeder Minute. Immer wieder sah er auf die Uhr. Anderthalb Stunden blieben noch und er fragte sich, wo die Maus zum Vorschein käme. Selbst wenn sie im Wohnzimmer auftauchen und von Milli sofort erlegt werden würde, wäre das Experiment ein voller Erfolg. "Patricia wird zwar toben, aber die Wiederholung kann ich dann auch mit 'nem süßen Vieh machen", murmelte er. Insgeheim wünschte er sich sogar, der Kater spiele eine aktive Rolle bei der eigenen Entlarvung. Dann kam ihm jedoch ein Gedanke, den er bisher in all seinen Überlegungen völlig vernachlässigt hatte. 'Was wäre eigentlich, wenn sie dann will, dass ich das Ungetüm immer wieder zeichne?', fragte er sich und räumte diesem Szenario mehr Wahrscheinlichkeit ein, als ihm lieb war. Die einfachste Antwort lag auf der Hand. "Ich kann es ihr erst sagen, wenn das Drecksviech definitiv übern Jordan gegangen ist. Sie weiß schließlich nicht, wie lange ich das Geheimnis schon kenne", murmelte er und konzentrierte sich wieder auf die wichtigste Sache der Welt: eine unscheinbare, kleine, tote weiße Maus. Frank war sich sicher, der 9. November 1989 würde in die Geschichte eingehen.

Weitere zwei Stunden später war die Maus immer noch tot, und Frank redete sich ein, in der Aufregung die Uhrzeit eventuell falsch notiert zu haben. 'Immerhin töte ich nicht jeden Tag ein Tier, auch wenn's nur 'ne Maus ist', dachte er, räumte aber gleichzeitig ein, dass jede Art unterschiedlich lange brauchen könnte, um aufzuerstehen. Bisher hatte er nur Erfahrungen mit Katzen, wobei der kleine Körper Purzels exakt

314

so lange gebraucht hatte wie Milli. "Das sind typische Anfängerfehler und genau deswegen werden Testreihen durchgeführt", motivierte er sich und harrte weiter vor dem Käfig aus. Trotzdem nahm er sich einige Minuten später einen langen Pinsel und hob mit dem Ende die Holzwolle etwas an. Der starre Körper wirkte so leblos, wie ein Körper nur wirken konnte.

An dieser Erkenntnis änderte sich auch in den folgenden Stunden nichts. Einmal klopfte es an die Tür. Frank zuckte zusammen. "Ja", rief er. Es war Patricia, die wissen wollte, ob er schon Hunger habe. "Es ist gerade schlecht. In zwei Stunden bin ich vielleicht fertig", log er und war froh, dass Patricia aus Ekel vor der Maus nicht hereingekommen war.

Frank überlegte angestrengt, warum das Experiment nicht so verlief, wie er es erwartet hatte. Antworten fand er nicht, hoffte aber immer noch, die Maus würde sich jeden Moment bewegen.

Er zuckte erneut zusammen, als Patricia ein zweites Mal gegen die Tür klopfte. "Komm schnell", rief sie.

Frank hörte, wie sie zurück ins Wohnzimmer rannte. Irritiert sah er zur Maus. Sie lag immer noch tot im Käfig. Konnte es sein, dass ein kleines Tier sich einfach duplizierte? Hatte er umsonst stundenlang hiergesessen, während Maus II schon eifrig durchs Haus flitzte? 'Dann hätte Patricia panisch geschrien', war die Antwort, die alles zunichtemachte. Trotzdem stand er auf und eilte zu ihr. "Was ist denn los?"

"Die Grenze ist auf", sagte sie fassungslos und starrte weiter gebannt auf den Fernseher.

"Welche Grenze?"

"Die haben im Osten die Grenze aufgemacht. Die können jetzt zu uns kommen", sagte sie begeistert.

"Na und. Wir haben keine Verwandten in der Zone, die uns besuchen könnten."

"Trotzdem. Hättest du jemals gedacht, dass die Mauer fällt?"

"Irgendwann bestimmt, wenn uns die Russen überrollen", sagte Frank, setzte sich aber neben Patricia und verfolgte mit ihr die Berichterstattung.

"Hast du endlich Hunger?", fragte sie, als sein Magen knurrte.

"Wie ein Wolf", antwortete er, ohne vom Fernsehgerät wegzuschauen.

"Bist du endlich fertig für heute?", erkundigte sie sich zehn Minuten später.

"Bin ich." Fasziniert verfolgte Frank die aktuellen Nachrichten und vergaß die Maus vorerst.

Am nächsten Tag entsorgte er den Leichnam auf dem Komposthaufen und besorgte sich einen neuen Probanden. Er hatte sowieso vor, in die Stadt zu fahren und in Koschnewskis Laden kam Patricia nie mit. Den anschließenden Umweg zu Herrn Bauer nahm er in Kauf. Es gelang ihm auch, die neue Maus unauffällig ins Atelier zu bringen. Niemand würde den Unterschied bemerken. Er nahm sich vor, diesmal noch sorgfältiger zu protokollieren, um den Grund des Scheiterns herauszufinden. Mäuse gab es zwar wie Sand am Meer, aber Frank wollte Resultate und keine Sandburgen bauen.

Wie ihre Vorgängerin gewöhnte sich auch die neue Maus innerhalb zweier Tage ein und krabbelte bereitwillig auf seine Hand. Routiniert zeichnete und tötete er sie. Am Ergebnis änderte sich nichts, und bis zum anstehenden Weihnachtsfest verbrauchte er weitere sechs Mäuse, kaufte aber noch eine siebte, um unangenehmen Fragen vorzubeugen.

Es war das letzte Weihnachtsfest, bei dem die gesamte Familie zusammenkam. Wie immer gab Franks Schwiegervater den Weihnachtsmann. Beatrix hatte mehrere Stollen gebacken, Kerstin und Claudia wirbelten in der Küche und Patricia managte alles, während ihre Mutter den fetten Kater geduldig kraulte. Frank und Patrick hatten bei so viel weiblicher Übermacht keine Chance und mussten sich verwöhnen lassen. Ab und an schoss Bea ein Foto oder stieß mit Claudias Großeltern an, weswegen Patricias Eierlikörvorrat schnell zusammenschrumpfte.

Die letzte Maus opferte er im Januar und verzichtete fortan auf die Weiterführung des Experiments. Frank hatte keine Idee, was zu den permanenten Misserfolgen geführt hatte. Dabei stand die magische Wirkung des Stifts nicht infrage. Sie hatte bei Milli und Purzel funktioniert. Aber immerhin konnte er die Zeichnungen der Probanden für das Kinderbuch benutzen. Das war ein kleiner Trost und half ihm, sich wieder auf die Arbeit zu konzentrieren. Patricia hatte er beim Mittagessen erzählt, die Maus wäre gestorben, was wahrscheinlich ihrem Alter geschuldet sei. Erst hatte sie ihn skeptisch angesehen und die Füße nach oben gezogen. "Ist sie dir weggeflitzt?"

"Nein, sie liegt noch tot im Käfig. Du kannst dich davon überzeugen. Ich buddele sie im Komposthaufen unter", hatte er vorgeschlagen, aber sie daraufhin gemeint, es wäre ihr lieber, wenn er sie im Müll entsorge. Damit war dieses Kapitel endgültig abgeschlossen, und Frank brachte den leeren Käfig wenig später in den Keller. Er stellte ihn in das Regal, in dem auch Purzels Sachen auf das Vergessenwerden warteten.

Franks Rache

Sein Leben verlief wieder in den gewohnten Routinen. Frank zeichnete viel, illustrierte Bücher und lieferte einer Galerie neue Werke. Unmerklich wäre die Zeit vergangen, doch Patricias Euphorie für den anderen Teil Deutschlands war nicht zu bremsen. Eines Tages schlug sie ihm beim Abendessen vor, sie könnten dorthin fahren. Es war einer der seltenen Tage, an denen Claudia und Patrick gemeinsam daheim waren. "Im Osten waren wir noch nie", sagte sie begeistert.

"In Australien auch nicht."

"Das ist doch ganz was Anderes. Ich habe einen Stadtführer von Berlin und Dresden besorgt. Außerdem würden sich die beiden um Milli kümmern", sagte sie und die Kinder bestätigten das auch noch. "Mit dem Kinderbuch bist du doch schon lange fertig und für die neue Ausstellung in der Galerie hast du genug Exponate zusammen", argumentierte sie.

"Ich sollte doch eine Sekretärin einstellen", erwiderte Frank schmunzelnd.

Patricia erzählte weiter, sie hätte schon bei einigen Hotels angerufen und die interessantesten Sehenswürdigkeiten herausgesucht. "Wir fahren so selten weg", meinte sie, und Franks hilfloser Versuch, sie an Paris und Griechenland zu erinnern, rief auch noch Claudia auf den Plan. Natürlich unterstützte sie ihre Mutter.

"Meinetwegen, aber du kümmerst dich um die Planung", gab er endlich nach.

"Was hast du denn gedacht?"

In der dritten Maiwoche fuhren sie los. Zuerst ging es nach Berlin, wo sie zwar im Westteil der Stadt übernachteten, sich aber tagsüber hauptsächlich im Ostteil aufhielten. Frank wollte unbedingt in die Nationalgalerie und das Bodemuseum. Auf ihren Spaziergängen stellten beide fest, die Stadt war ihnen zu schmutzig und zu laut. Egal auf welcher Seite.

Am vierten Tag fuhren sie nach Dresden. Natürlich hatte Patricia bei ihrer Planung den Besuch des Dresdner Zwingers berücksichtigt. In der Gemäldegalerie der Alten Meister hielten sie sich am längsten auf, und Frank kam aus dem Erklären nicht mehr heraus. Die Stadt und das Umland gefiel beiden deutlich besser als Berlin, und anstatt nach einer Woche die Rückreise anzutreten, entschieden sie sich, noch drei Tage in der Sächsischen Schweiz zu verbringen. Patricia hatte vorher zu Hause angerufen und Claudia ihr zugesichert, sich weitere drei Tage um Milli zu kümmern.

Insgeheim musste sich Frank eingestehen, die Reise gefiel ihm besser, als er anfangs gedacht hatte. 'Wir sollten öfter wegfahren', dachte er und nahm sich vor, es Patricia auf der Heimreise vorzuschlagen. Doch dazu kam es nicht. Bereits als sie am Mittwochmorgen ins Auto einstiegen, meinte sie: "Endlich geht's wieder nach Hause."

"Hat es dir doch nicht gefallen?"

"Doch, sehr sogar. Aber nichts geht über unser Zuhause."

"Das stimmt", erwiderte er.

Er fuhr am späten Nachmittag gerade aufs Grundstück, als der Kater durch die Katzenklappe nach draußen kam und sich neben das Garagentor setzte. Er wartete auf ihrer Seite und mauzte sehnsüchtig. Patricia war den Tränen nahe, als sie das sah. "Er hat mich so sehr vermisst", sagte sie gerührt und öffnete sofort die Beifahrertür. Milli sprang auf ihren Schoß und rieb seinen Kopf an ihrem Kinn. "Ich habe dich auch vermisst, mein Süßer. Solange fährt dein Frauchen nie mehr weg", säuselte sie und stieg mit dem Kater im Arm aus. "Kannst du dich um die Koffer kümmern?", fragte sie Frank, wartete aber seine Antwort nicht erst ab und ging ins Haus.

"Für das Vieh schein ich gar nicht existent zu sein", murmelte er nur, öffnete dann das Garagentor und fuhr den Wagen hinein.

Als er wenig später in die Küche kam, fraß Milli gerade. "Ist doch gar nicht seine Zeit", meinte Frank, worauf Patricia nur erwiderte, einmal ginge das schon. Gerührt sah sie dem Kater zu und konnte es kaum erwarten, dass er fertig würde. Schließlich stand die vernachlässigte Fellpflege an, die dem

Unhold zwar nicht anzusehen, aber trotzdem dringend notwendig war. So zumindest vermutete Frank es. Kurz darauf wusste er, wie richtig er damit gelegen hatte. An seinen Urlaubseindrücken schmälerte das nichts.

Er ging auf die Terrasse und musterte den Rasen. "Es gibt einiges nachzuholen", sagte er sich und ging zu einem der alten Apfelbäume, die im hinteren Teil des Grundstücks standen. "Du wirst wohl nichts mehr", meinte er, als er am Stamm stand und fast blattlose Krone betrachtete. Den Baum hatte sein Großvater gepflanzt.

Am nächsten Tag mähte Frank den Rasen vor und hinter dem Haus. Dafür brauchte er bis zum Nachmittag. Dann holte er die Leiter aus dem Schuppen und stellte sie an den Apfelbaum. Er nahm die dicksten Äste in Augenschein und überlegte eine Weile, ob er die Gartenbaufirma anrufen sollte, die schon vor Jahren die Kastanie beschnitten hatte. Dringende Aufträge lagen momentan nicht an, weshalb er beschloss, dem Baum die letzte Ehre zu erweisen und ihn selbst zu fällen. Außerdem konnte er mit dem eingesparten Geld die elektrische Kettensäge und den Häcksler vor Patricia besser rechtfertigen.

Am Freitag fuhr er zum Baumarkt und kaufte die beiden Geräte. Auf dem Rückweg hielt er auch an einer Baumschule. Die Auswahl an Apfelbäumen war größer, als er erwartet hatte. Aber damit konnte er sich später immer noch beschäftigen. Zuerst musste der alte Baum weg, um Platz für den neuen zu schaffen.

Voller Enthusiasmus probierte Frank am Nachmittag die Neuerwerbungen aus. Mit dicken Arbeitshandschuhen und einer Schutzbrille bestieg er die Leiter und sägte den untersten Ast ab. Es ging besser, als er vermutet hatte. Auch Patricia schien erleichtert, nachdem er wieder von der Leiter gestiegen war. "Pass trotzdem gut auf", sagte sie und musste sich von Frank noch den Häcksler vorführen lassen, der die dünnen Äste problemlos schredderte. "Damit sind wir endlich unabhängig und nicht mehr auf die Gartenbaufirma angewiesen", meinte er zufrieden.

"Wie oft haben wir die schon geholt?"

"Sehr oft war's nicht, aber wir müssen nach vorne schauen. Die anderen Bäume werden auch nicht jünger."

Patricia schmunzelte. "Jaja, mein Schatz." Dann ging sie zurück zum Haus und ließ ihren Mann mit den neuen Spielzeugen allein.

Frank kümmerte sich um den zweiten dicken Ast und hatte dabei das Gefühl, schon routiniert mit der Säge umzugehen. Auch dieser Ast fiel ohne Probleme auf den Boden, wo er ihn wenig später zerteilte. Die dicken Stücke stapelte er an der Außenwand des Schuppens, damit er sie später als Brennholz verwenden konnte. Die dünnen Abschnitte und das Geäst schredderte er wieder. Er war fast fertig, als Patricia heulend auf ihn zugerannt kam. Frank hielt sofort mit der Arbeit inne. Irgendetwas stimmte ganz und gar nicht, das sah er ihr sofort an. Ihr Gesicht war völlig aufgequollen, die Augen tiefrot.

Heulend fiel sie ihm um den Hals und schluchzte erbärmlich. "Sie ist tot", stammelte sie nur. Frank hatte Schwierigkeiten, sie festzuhalten. In ihrem Schmerz wollte sie sich kraftlos auf den Boden fallen lassen.

"Wer ist tot? Wovon sprichst du?", fragte er mehrmals und spürte, wie sich seine Nackenhaare aufrichteten. Er dachte sofort an Claudia. "Wer ist tot?", wiederholte er panisch.

"Mama", japste Patricia. Ein neuerlicher Weinkrampf schüttelte sie, aber sie klammerte sich fest an Frank.

"Aber sie ...", sagte er nur und brach mitten im Satz ab. Ihm fehlten gerade die richtigen Worte, deshalb hielt er Patricia einfach nur fest.

Eine Weile standen sie so da, dann löste sie sich aus der Umarmung. Mit einem Ärmel ihres Pullovers wischte sie sich übers Gesicht, mit dem anderen verrieb sie den Rotz, der an Franks Jacke klebte. "Entschuldige bitte", sagte sie kraftlos.

"Das macht nichts." Frank war froh, dass Patricia sich wieder etwas gefangen hatte. "Kannst du mir sagen, was passiert ist?"

"Ein Autounfall. Die Polizei hat angerufen. Ich muss gleich los. Papa ist im Krankenhaus. Er liegt im Koma."

"Ach du Scheiße", entwich ihm. Nach zähen Sekunden fing Frank sich wieder. "Wir fahren zusammen dahin."

Patricia schüttelte den Kopf, dann sah sie Frank an. "Ich fahre allein."

"In deinem Zustand kannst du nicht Autofahren."

"Ich muss allein dorthin, und ich weiß noch nicht, wie lange ich bleiben muss."

"Du kannst bleiben, solange es nötig ist, aber ich fahre dich und hole dich auch wieder ab", sagte Frank.

"Aber die Kinder", entgegnete sie.

"Sind erwachsen. Ich erklär ihnen alles, wenn ich wieder zurück bin", schlug Frank vor.

"Wie du meinst", antwortete Patricia und sah ihn an. "Wir müssen los"

Frank stützte sie, als sie zum Haus gingen.

Während sie das Nötigste für die nächsten Tage zusammenpackte, duschte er hastig, zog sich in Windeseile an und brachte ihren Koffer zum Auto. Er ging zurück ins Haus und fand Patricia in der Küche. Sie füllte gerade Millis Napf. Der Kater saß aus irgendwelchen Gründen nicht auf der Arbeitsplatte und trieb sie miauend an. "Hast du Milli gesehen?", fragte sie, was Frank verneinte. "Dann kann ich mich nicht von ihm verabschieden", sagte sie traurig, aber ging trotzdem in den Flur, um ihre Jacke zu holen. "Ich bin so weit."

Am Garagentor sah sie Milli und eilte auf ihn zu. "Frauchen kommt bald wieder", meinte sie, hob ihn hoch und drückte ihn an sich. Aber der Kater reagierte anders als sonst, schnurrte nicht und strampelte sogar leicht mit den Beinen, um heruntergelassen zu werden. Er rannte nicht weg, als er wieder auf dem Boden war, sondern mauzte nur einmal jämmerlich und sah zu ihr nach oben. Patricia bückte sich und streichelte ihn. "Die Oma ist gestorben. Wir müssen jetzt alle ganz tapfer sein", sagte sie, als ob der Kater ein Kleinkind wäre.

"Schatz, er versteht es nicht. Lass uns fahren, damit dein Vater nicht zu lange warten muss", meinte Frank halblaut und öffnete das Garagentor.

"Du hast recht. Fahr doch schon mal das Auto raus", erwiderte sie und hob den Kater wieder hoch. "Ich muss schnell zu Opa", sagte sie und begann neuerlich zu weinen. Milli sah sie irritiert an und wollte heruntergelassen werden.

Inzwischen hatte Frank das Auto neben ihr angehalten. Als Patricia den Kater auf den Boden setzte, sprang er von ihr weg, drehte sich aber wieder mauzend zu ihr um. "Du verstehst alles, mein Süßer. Bis bald." Dann stieg sie ins Auto.

Frank war gerade vom Grundstück gefahren, als Patricia meinte, sie habe vergessen, den Kindern eine Nachricht zu hinterlassen. "Jetzt mach dir deswegen keine Sorgen. Wir können sie nachher vom Krankenhaus aus anrufen", erwiderte er und dann fiel ihm die wichtigste Frage ein. "In welches Krankenhaus müssen wir eigentlich?"

"Nach Kiel."

"Was? Wie kommen deine Eltern nach Kiel?"

"Sie waren doch schon oft dort. Papa liebt den Hafen."

"Ich weiß. Für die Strecke werden wir lange brauchen", sagte Frank nur und steuerte die nächste Autobahnauffahrt an.

Lange saßen sie einfach nur schweigend nebeneinander. Unterwegs bat er Patricia einmal, im Autoatlas nachzusehen, welchen Abzweig sie nehmen mussten. Danach schwiegen sie wieder. Gelegentlich legte Frank seine Hand auf die Patricias.

Sie waren bereits auf der Autobahn nach Hamburg, als er sie fragte, ob sie wisse, was genau passiert sei.

"Ich habe keine Ahnung. Hoffentlich kann es mir Papa sagen."

"Das kann er bestimmt", versuchte Frank sie zu trösten, doch Patricia fing wieder zu weinen an.

"Hoffentlich komme ich nicht zu spät", schluchzte sie, woraufhin Frank die Geschwindigkeit noch mehr erhöhte.

Es war bereits dunkel, als sie am Krankenhaus hielten. Fünf Minuten später standen sie in einem Zimmer der Intensivstation. Der Überwachungsmonitor gab einen gleichmäßigen Ton von sich, was beim Anblick von Patricias Vater trotzdem kein beruhigendes Zeichen war. "Oh, mein Gott", sagte sie, setzte sich neben ihn und hielt seine Hand. "Papa, ich bin da", hauchte sie. Frank kam sich gerade überflüssig vor. Auch auf den Anblick der Schläuche, die aus dem verbundenen Körper des alten Mannes ragten, war er nicht vorbereitet gewesen. Sie machten ihm die eigene Verletzlichkeit bewusst. Trotzdem legte er seine Hand auf Patricias Schulter, beugte sich zu ihr herab und flüsterte: "Ich geh nachsehen, ob der Arzt da ist. Der kann uns bestimmt mehr sagen."

Sie nickte nur stumm, ohne den Blick von ihrem Vater zu lassen.

Kurz darauf kehrte Frank zurück. "Der Arzt erwartet uns."

Die Begrüßung war knapp und der Blick des Notfallmediziners ließ bereits erahnen, die Nachrichten würden nicht gut sein. Nachdem Patricia sich gesetzt hatte, erklärte er, welche Behandlungsmaßnahmen bisher durchgeführt worden waren. Die ersten Notoperationen galten dem Stoppen der inneren Blutungen. Die Milz war gerissen und am Schädel musste operiert werden. Weitere Eingriffe standen noch aus. Dazu gehörte das linke Bein. Es stand noch nicht fest, ob es amputiert werden musste. "Die Frakturen sind so stark, dass wir es wahrscheinlich nicht verhindern können", sagte der Arzt.

Patricia hörte wie in Trance zu, aber hielt die Augen geschlossen. Sie schluckte einige Male, erlag aber keinem neuen Weinkrampf. Deshalb stellte Frank die Fragen, von denen er dachte, sie könnten wichtig sein. "Können Sie uns sagen, was eigentlich passiert ist?" Der Arzt gab das Wenige Preis, das er wusste. Ein Auto habe mit hoher Geschwindigkeit eine rote Ampel überfahren und dabei das Fußgängerpaar erfasst. Der Fahrer sei ein 85-jähriger Mann gewesen, der wohl das Gaspedal mit der Bremse verwechselt und dadurch noch stark beschleunigt habe. Es seien zwar noch weitere Personen zu Schaden gekommen, aber deren Verletzungen bei Weitem nicht so schlimm.

"Hat mein Schwiegervater eine realistische Chance?", fragte Frank und hielt dabei Patricias Hand.

"Ich will ganz ehrlich sein", leitete der Arzt die schlechte Nachricht ein und erklärte, die Überlebenschancen lägen weit unterhalb von 50 Prozent.

"Kann meine Frau bei ihm bleiben, solange …?" Frank sprach den Satz nicht zu Ende und der Arzt nickte.

"Sie können die ganze Zeit bei ihm bleiben", sagte er zu Patricia, die die Augen endlich wieder geöffnet hatte und am Gespräch teilzunehmen schien.

"Ich hoffe, das hilft ihm", meinte sie leise.

"Das wird es auf jeden Fall", erwiderte der Arzt und versuchte zu lächeln. Es gelang ihm nicht sehr gut. Dann erklärte er, ihr Vater müsse aus dem Koma erwachen, bevor die Operation am Bein vorgenommen werden könne. "Es wäre gut, wenn Sie in dem Moment bei ihm sind", schloss er.

Frank begleitete Patricia wieder ins Krankenzimmer und bot ihr an hierzubleiben. Sie schüttelte nur kraftlos den Kopf. "Wie du willst, aber ich lasse dich ungern hier zurück. Ich kann mir auch ein Zimmer nehmen und komme jeden Tag vorbei", schlug er vor.

"Fahr nach Hause und lass mich mit Papa allein. Bitte! Ich ruf dich an."

Frank holte ihren Koffer aus dem Auto, dann verabschiedete er sich von Patricia. Und von seinem Schwiegervater. Es fiel ihm schwer, die Tränen zu unterdrücken, doch es gelang ihm bis zum Verlassen des Krankenhauses.

Er fühlte sich ausgelaugt, als er sich ins Auto setzte. Trotzdem trat er sofort die Heimfahrt an. Sie dauerte bis morgens um sieben.

Zuerst ging Frank in die Küche und machte sich einen Kaffee. Er war hundemüde und wusste, die eine Tasse würde ihn nicht am Einschlafen hindern. Mit der Tasse in der Hand lief er ins Wohnzimmer und sah auf den Anrufbeantworter. Das rote Lämpchen leuchtete und das hieß, die neuen Nachrichten hatte noch niemand abgehört. Auch seine eigene aus dem Krankenhaus gehörte dazu. "Die Kinder wissen es also noch nicht", murmelte er und ging noch oben zu ihren Zimmern. Er klopfte und als sich niemand meldete, öffnete er vorsichtig zuerst Patricks, dann Claudias Tür. Die Betten waren unbenutzt. Plötzlich fiel ihm auf, der Kater hatte sich noch gar nicht gezeigt. Frank öffnete die Schlafzimmertür und war erstaunt, ihn nicht auf Patricias Seite liegen zu sehen. Auch im Badezimmer war er nicht. Mit der halbvollen Kaffeetasse in der Hand setzte er sich aufs Bett und rieb sich die Augen. Sie fühlten sich sandig an. "Ich muss etwas schlafen", murmelte er und sah zur Tür. Kraftlos stand er auf, schleppte sich dorthin und blockierte die Katzenklappe. Im Moment interessierte ihn nicht, wo der Kater sich herumtrieb, solange er nicht ins Schlafzimmer kam. Mit einem Zug trank er den letzten Schluck Kaffee aus, stellte die Tasse ab und ließ sich aufs Bett fallen. Frank schlief sofort ein.

Er schreckte auf und sah sich um. Im ersten Moment war er überrascht, angezogen auf dem Bett zu liegen, doch dann kehrte die Erinnerung zurück. Stöhnend ließ er sich wieder auf den Rücken fallen und starrte eine Weile die Decke an. Dann sah er auf die Uhr. "Schon zwei ", murmelte er und erhob sich. Seine Zunge fühlte sich pelzig, das Unterhemd feucht an. Er ging ins Bad und putzte sich unter der Dusche die Zähne. Sein Magen knurrte.

Eine Viertelstunde später brutzelten mehrere Spiegeleier in der Pfanne und es roch nach frisch gebrühtem Kaffee. Gierig schlang er das Essen herunter und rülpste einmal laut, als er fertig war. Es war niemand in der Nähe, der ihn hören konnte. "Wo sind die Kinder?", fragte er sich und der Anrufbeantworter fiel ihm wieder ein. Mit der Tasse in der Hand hörte er die Nachrichten ab. Patrick hatte mitgeteilt, er müsse eine Doppelschicht im Altersheim machen, weil ein Kollege ausgefallen sei. Danach ginge er zu Kerstin wegen ihrer Abiturprüfungen. Danach hatte Claudia angerufen und gesagt, sie übernachte bei Beatrix, weil sie bis spät in die Nacht mit der Entwicklung einer Fotoserie zu tun hätten. "Wenn was ist, dann ruft an. Die Nummer habt ihr ja. Tschü-hüß", hatte sie noch geträllert. Die letzte Nachricht war Franks eigene aus dem Krankenhaus. Wenigstens wusste er jetzt, warum das Haus menschenleer gewesen war. Trotzdem kam ihm der Kater in den Sinn. "Wo steckt der Kerl?", fragte er sich und ging zurück in die Küche. Der Fressnapf, den Patricia gestern noch gefüllt hatte, war leer. Lustlos hob er ihn auf und stellte ihn auf die Arbeitsplatte.

Warum er gerade jetzt auf die Idee kam, die ihm plötzlich durch den Kopf schoss, konnte er selbst nicht sagen. Es war einfach so. Rasch lief er nach oben und sah in Patricias Nachtschrank. Hier hatte sie eine Packung Schlaftabletten, die fast noch voll war. Nur zwei oder drei Mal hatte sie nach der

Operation davon Gebrauch gemacht, das Gläschen aber weiterhin hier aufbewahrt. Er ließ zwei Tabletten auf seine Handfläche rollen. Ihr Fehlen hatte kein Gewicht. 'Wie schmecken die, wenn man sie zerreibt?', fragte er sich, aber letztlich war das egal. "Entweder er frisst oder er lässt das Futter stehen", murmelte er und damit war alles klar.

Er ging sofort zurück in die Küche und stieß eine Tablette im Mörser klein. Vorsichtig befeuchtete er seine Fingerkuppe und kostete das weiße Pulver an der Zungenspitze. Es war nicht so bitter, wie er es sich vorgestellt hatte. 'Eine ist ausreichend', dachte er und holte eine Futterdose aus dem Schrank. Er füllte den Inhalt in den Napf und streute das Pulver gleichmäßig darüber. Es saugte sofort die Sauce auf und wurde braun. Gewissenhaft rührte er alles um und stellte den Napf an seinen angestammten Platz. Noch nie hatte Frank das Erscheinen des Katers so herbeigesehnt. Er fragte sich einmal mehr, wo Milli steckte. "Der ist doch immer hier", sagte er und ging auf die Terrasse. Alles lag noch so da, wie er es gestern zurückgelassen hatte. Trotzdem lief er langsam zum Apfelbaum. Er hatte keine Lust, mit der Arbeit weiterzumachen, wobei sie eine willkommene Abwechslung wäre, um die traurigen Gedanken loszuwerden, die ihn beherrschten. Er sah ständig das Bild aus dem Krankenhaus und stellte sich vor, wie Patricia gerade litt. "Ich muss zurück ins Haus, damit ich ihren Anruf nicht verpasse", sagte er auf einmal und machte sofort kehrt, um wenigstens die Terrassentür weit zu öffnen. Als das erledigt war, legte er sich auf die Hollywoodschaukel und sah nach oben ins Blätterdach der Kastanie. Erneut machte sich Müdigkeit in ihm breit. 'Ich mach nur die Augen etwas zu ohne zu schlafen', dachte er sich und verharrte eine Weile mit dem Vorsatz.

Ein zartes Mauzen drang an sein Ohr. Frank hielt es für einen Traum und lächelte. Es erinnerte ihn an Purzel. Das

Mauzen wiederholte sich einige Male und inzwischen wusste er, dass er tatsächlich nicht schlief. Er öffnete die Augen und erblickte den Kater auf der Kastanie. Das orangerote Ungetüm sah hilflos zu ihm nach unten. "Wie bist du auf den Baum gekommen?", sagte er und erhob sich. Bevor er sich um den Kater kümmerte, betrachtete er die Absperrung am Stamm. Sie war unbeschädigt und hatte jahrelang ihre Wirkung unter Beweis gestellt. Dann lief er zur Hauswand und überlegte, ob der Kater es vom Dach aus geschafft haben könnte, auf einen der nachgewachsenen Äste gesprungen zu sein. "Geh einfach den Weg zurück, den du gekommen bist", rief er nach oben, aber der Kater hatte nur noch Frank im Auge und jammerte. Sein Mauzen klang gar nicht mehr wie das von Purzel, und Frank fragte sich, ob der Unhold in der Lage war, seine Stimme zu verstellen oder ob er nur gehört hatte, was er hören wollte. Doch im Moment war das unwichtig. Milli schien seit gestern Abend im Geäst zu hocken, was auch seine morgige Abwesenheit im Schlafzimmer plausibel erklärte. Am Wichtigsten war, Frank hatte ein Motiv, um dem Kater zu helfen, der in rund fünf Meter Höhe auf seine Rettung wartete. Eine Weile überlegte er, wie er das anstellen sollte. Anscheinend hatte der Kater nicht die Courage, zurück aufs Dach zu springen. Das lag vielleicht daran, weil er sich vom äußersten Ende des Astes, der dem Ziel am nächsten war, nicht so kraftvoll abstoßen konnte, wie es notwendig gewesen wäre, um die Distanz sicher zu überwinden. Da Frank keine so lange Leiter hatte, um die Absperrung am Stamm zu überbrücken, lag es am nächsten, die Distanz zum Dach zu verringern. Auch dafür benötigte er eine Leiter und ein Brett. "Warte!", sagte er nach oben und lief zum Apfelbaum. Er schulterte die Sprossenleiter und ging damit zum Schuppen. Ein altes Brett, das zwischen die Holme der Leiter passte, war schnell gefunden. Mit einem dünnen Seil befestigte er es an mehreren

Sprossen. Die notdürftige Konstruktion hielt und mit ihr begab er sich zum Haus.

Genau in dem Augenblick klingelte das Telefon. "Warte da oben", rief Frank dem Kater zu und legte die Leiter auf dem Terrassenboden ab. Hastig lief er zum Telefon. "Ja?", sagte er in den Hörer.

Es war Patricia. Sie klang müde, aber wollte sich davon überzeugen, ob er wohlbehalten zu Hause angekommen war.

"Mir geht es gut", beruhigte er sie und erkundigte sich nach dem Zustand ihres Vaters.

"Alles ist unverändert. Ich erzähle ihm die ganze Zeit Episoden aus unserem Leben und tue so, als würde er mich hören."

"Bestimmt macht er das auch. Vielleicht klingt das jetzt blöd, aber grüß ihn von mir", erwiderte Frank und stockte einen Augenblick. "Und wie geht es dir?", fragte er vorsichtig.

"So einigermaßen. Seitdem ich ihm alles erzähle, geht es mir deutlich besser. Ich schlafe auch hier und bin die ganze Zeit bei ihm."

"Das ist gut", meinte er.

"Was hast du den Kindern gesagt?"

"Bis jetzt noch nichts. Sie sind beide unterwegs und ich möchte ihnen die Nachricht nicht am Telefon übermitteln."

"Okay. Ich melde mich wieder", sagte Patricia.

Sie verabschiedeten sich und Frank war erstaunt, dass sie sich nicht nach Milli erkundigt hatte. 'Endlich ist das Drecksviech mal Nebensache', dachte er und kümmerte sich um seine persönliche Hauptsache. Er ging sofort zurück auf die Terrasse. Der Kater hockte immer noch auf dem Ast und glotzte zu ihm nach unten. "Jetzt geht's los, Sportsfreund", rief er ihm zu und brachte die präparierte Leiter ins Haus. Vorsichtig lavierte er sie um die Ecken. Im Obergeschoss legte er sie auf den Boden und öffnete die Klappe, durch die er aufs Flachdach steigen konnte. Kurz schaute er sich um und registrierte sofort, was es hier oben zu tun gab. Das viele Laub der großen Kastanie hatte im Laufe der Jahre seine Spuren hinterlassen. Aber darum konnte er sich später kümmern.

Frank hob die Leiter durch die Luke und legte sie aufs Dach. Behutsam schob er die Seite mit dem Brett über den Abgrund in Richtung der Kastanie. Der Kater beobachtete genau, was er tat und schien auf Anhieb zu begreifen, worum es ging. Als etwa die Hälfte der Leiter über den Sims des Daches hinausragte, stellte sich Frank auf das andere Ende. "Den Rest musst du selbstmachen", rief er dem Kater zu.

Milli kam tatsächlich auf den nächstgelegenen Ast und musterte Franks Konstruktion aufmerksam. "Nun trau dich schon, du Schisser. Ich weiß, dass du das kannst", ermutigte er ihn und bemühte sich, freundlich zu klingen. Dann sprach er das Zauberwort aus. "Unten wartet schon ein leckeres Fresschen auf dich."

Milli mauzte aufgeregt, begab sich in die Absprungposition und wippte mit seinem Körper einige Male hin und her. Der Kater taxierte genau die Entfernung und richtete den Schwanz steil nach oben. Ein letztes Wippen, dann schnellte er wie eine gespannte Feder nach vorn und landete zielsicher für den Bruchteil einer Sekunde auf dem Brett. Sein Gewicht ließ Frank einen Zentimeter nach oben federn, aber Milli hatte den Schwung genutzt und war sofort weiter aufs Dach gesprungen. Mit einigem Abstand setzte er sich vor Frank. "Gern geschehen", sagte der nur und bückte sich, um die Leiter wieder zurückzuziehen. Anschließend ließ er sie in der Luke nach unten und stellte sich selbst auf die Klapptreppe. "Entweder du kommst mit oder du musst deinen eigenen Weg gehen. Unten wartet das Fresschen", sagte Frank. Wie auf Kommando huschte der Kater an ihm vorbei. "Geht doch", meinte er zufrieden, schloss die Luke und bugsierte die Leiter wieder vorsichtig nach unten.

Als er an der Küche vorbeikam, sah er, wie der Kater sein Futter inspizierte. Frank zwang sich, so zu tun, als beachte er ihn nicht und begann in Gedanken, das kleine Einmaleins aufzusagen. Er war bereits bei Sechs angelangt, als er die Leiter auf der Terrasse ablegte. Bei Neun betrat er die Küche, nahm sich einen Apfel und biss hinein. "Lecker Fresschen", nuschelte er kauend, ohne den Kater anzusehen, der scheinbar langsamer als sonst auf dem ersten Häppchen herumkatschte. Aber vielleicht kam ihm das nur so vor. Sicherheitshalber begann er mit dem großen Einmaleins. Gelegentlich schielte er dabei zum Kater, der den Napf peu à peu leerte.

Als Frank nur noch den Griebs in der Hand hielt, war auch der Kater mit dem Fressen fertig und setzte sich. Mit glasigen Augen schaute er zu Frank und rülpste.

"Na Sportsfreund, wie geht's dir jetzt? Keine Sorge, in drei Tagen bist du wieder fit, aber das weißt du ja selbst", sagte er, stand auf und warf den Griebs in den Mülleimer. Er registrierte ganz genau, welche Schwierigkeiten der Kater hatte, aufrecht sitzenzubleiben. Jeden Moment musste er auf die Seite fallen und einschlafen. "Dann lass uns mit dem zweiten Teil anfangen, bevor du den noch verpennst", meinte er und griff das Fell des Katers im Genick. Milli wie eine kleine Einkaufstüte neben sich hertragend, ging er nach draußen. Vom Kater kam keinerlei Gegenwehr. Frank hatte ihn so gepackt, wie eine Katze ihr Junges.

Am Apfelbaum setzte er ihn auf dem Boden ab. Milli fiel sofort hilflos auf die Seite und konnte nicht wegrennen. Nur ein leichtes Gurgeln als Zeichen des letzten Widerstands entwich seiner Kehle. In aller Ruhe setzte sich Frank die Schutzbrille auf und zog die Arbeitshandschuhe an. Dann packte er die Vorderläufe mit der rechten Hand und hob den Kater hoch.

332

Eine Gegenwehr blieb aus. "So Sportsfreund, es geht los. Gleich erfährst du, wie es Purzel ergangen ist", sagte er und steckte die Hinterläufe in die Öffnung des Häckslers. Der Kater rollte wie in Trance mit den Augen, aber Frank war sich sicher, es würde nicht mehr lange so sein. Mit der rechten Hand hielt er weiter die Vorderläufe und drückte den Kater leicht gegen die Öffnung. "Gute Reise Sportsfreund", sagte er und schaltete die Maschine an.

Milli war schlagartig wach, riss die Augen auf und schrie erbärmlich. Er klang dabei wie ein Baby. Doch das rotierende Mahlwerk kannte keine Gnade. Es hatte ihm bereits die Enden der Hinterläufe abgetrennt und zog den Kater weiter langsam in seinen Schlund. Frank bekam mit, wie die ersten roten Brocken auf den Rasen fielen. "Weiter geht's, Sportsfreund", meinte er und schob den Erzfeind tiefer in die Öffnung. Milli biss zwar in den Handschuh, aber seine Zähne durchdrangen das derbe Leder nicht. Frank grinste hämisch über die aus dem Schädel quellenden Augen des Katers und drückte ihn tiefer in die Öffnung. Die Maschine arbeitete schwer unter der Last. Das verriet die geringe Drehzahl. Aber damit hatte Frank kein Problem. Er gönnte Milli jeden erdenklichen Schmerz. "Für Purzel", zischte er mehrmals, während der Kater Zentimeter für Zentimeter im Schlund des Häckslers verschwand und als breiige Masse am unteren Ende ausgespuckt wurde.

Am Schluss griff sich Frank einen Ast, um den Kopf und die Vorderläufe hineinstopfen zu können. Den Ast schredderte er gleich mit und schaltete den Häcksler aus. Der Motor hatte wieder im Leerlauf gedreht. Er bückte sich und betrachtete das Resultat seiner Anstrengungen. "Das wird interessant", meinte er, als er die Hackfleischmasse, durchsetzt von Knochensplittern und Fellfetzen, sah. Sie war über einen halben Quadratmeter verteilt und bildete in der Mitte einen kleinen Hügel. Erst überlegte er, wie er die Schweinerei beseitigen sollte, aber dann entschloss er sich, alles so zu belassen, wie es war. "Patricia ist nicht da und die Kinder kommen nicht hierher", flüsterte er und beschloss, noch einen Ast des alten Apfelbaums zu verarbeiten. Der Häcksler musste schließlich von Blut und Fleischresten gesäubert werden. "Niemand will, dass ein Teil von dir im Schuppen vor sich hin stinkt", meinte er zu Millis Resten.

Eine Stunde später war er damit fertig. "Bis Dienstag, Sportsfreund." Er betrachtete noch kurz den roten Haufen und brachte anschließend den Häcksler und die Kettensäge in den Schuppen. Die zerkleinerten Holzabfälle, die er wieder mit einem Müllsack aufgefangen hatte, warf er auf den Komposthaufen. 'Morgen ist auch noch ein Tag', dachte er und fühlte sich unheimlich befreit, aber auch sehr müde. Er ging ins Haus und duschte. Dann begab er sich in die Küche, machte sich zwei Wurstbrote, die er im Wohnzimmer aß und streckte sich auf der Couch aus. Er vermutete, jeden Moment einzunicken, wollte aber weder das Telefon noch die Kinder überhören.

Trotz der Müdigkeit schlief Frank nicht ein. Die Gedanken an Patricia und seine Schwiegereltern quälten ihn. Gelegentlich sah er auch Purzel vor seinem inneren Auge. War es der allgegenwärtige Tod, der ihn so hatte entscheiden lassen? "Quatsch, der Hurensohn ist doch nicht tot, sondern nur drei Tage am Leben gehindert", murmelte er und fragte sich, ob er auch ohne dieses Wissen so gehandelt hätte. Die Überlegung führte nur zu wertlosen Spekulationen. "Es ist wie es ist", sinnierte er matt und lächelte. "Mal sehen, ob das Drecksviech seine Lektion gelernt hat?" Eine Weile schloss Frank die Augen, um das leichte Brennen in ihnen loszuwerden. Einige Minuten lag er so da und versuchte, sich zu entspannen.

Panisch schreckte er auf. Das Telefon klingelte nur noch zwei Mal und das Anspringen des Anrufbeantworters verriet ihm, doch eingeschlafen zu sein. Schnell eilte er zum Telefon, um den Anrufer noch sprechen zu können. Es war Patricia, die sich im Krankenhausgarten gerade kurz die Beine vertreten hatte. Sie hatte nichts Neues zu berichten. Ihr Vater lag immer noch im Koma und sein Zustand war nicht besser geworden.

"Und wie geht es dir?", fragte Frank besorgt.

"Soweit ganz gut. Ich bin froh, auf dem letzten Stück des Weges bei ihm zu sein."

Ihre Stimme klang nicht so traurig, wie Frank es erwartet hatte, obwohl etwas Abschließendes in ihrer Aussage lag. "Ja, das ist gut", antwortete er nur.

"Sind die Kinder schon zu Hause?", fragte sie.

"Bisher noch nicht, aber sie haben auch nicht angerufen. Ich denke, sie kommen bald."

"Hast du Milli gefüttert?", erkundigte sie sich.

"Hab ich. Du kennst ihn ja, er hat sich gierig über die Portion hergemacht."

"Also geht's ihm gut."

"Na klar geht's ihm gut."

"Was macht er gerade?"

"Du musst dir keine Sorgen um ihn machen. Er spielt im Garten."

Nachdem sie das erfahren hatte, meinte Patricia, sie wolle zurück zu ihrem Vater. "Ich melde mich morgen früh wieder."

Sie legten auf. Frank war froh, dass Patricia ihren Aufenthalt im Krankenhaus so sah, wie sie ihn sah. Die Situation erinnerte ihn an seine Oma, die hier im Haus friedlich eingeschlafen war. Trotzdem hatte ihm das Telefonat auch ein Versäumnis vor Augen geführt, das er sofort nachholen wollte. Er ging rasch in die Küche, öffnete eine Futterdose, spülte den Inhalt in der Gästetoilette herunter und warf die leere Dose in den Mülleimer. 'Ich muss die Fragen nicht provozieren', dachte er und sah aus dem Fenster. "Von hier aus ist Milli nicht zu sehen", murmelte er zufrieden, begab sich dann ins Wohnzimmer und schaltete den Fernseher an. Er wartete auf Patrick und Claudia.

Kurz nach halb acht wurde die Haustür geöffnet und zwei lachende Frauen betraten das Haus. Frank stand auf und ging Claudia und Beatrix entgegen. "Hallo, ihr beiden", begrüßte er sie.

"Wo ist Mama? Wir müssen ihr unbedingt etwas zeigen", erwiderte Claudia gutgelaunt.

"Mama ist in Kiel."

"Was macht sie in Kiel?"

"Sie ist bei Opa", sagte Frank und stockte kurz. Mittlerweile waren sie im Wohnzimmer angekommen. "Setzt euch erst mal, es gibt etwas Wichtiges zu besprechen", leitete er den unangenehmen Teil des Gesprächs ein und setzte sich direkt neben seine Tochter.

Er kam nicht sehr weit, bis Claudia zu weinen anfing. Er nahm sie wortlos in den Arm und ertrug ihre Tränen. "Warum hast du nicht angerufen?", schluchzte sie irgendwann.

"Hätte das die schlechte Nachricht bessergemacht?", fragte er leise und strich ihr übers Haar.

"Nein", stammelte sie. "Wie lange bleibt Mama in Kiel?"

"Bis Opa es geschafft hat."

Sie löste sich aus Franks Umarmung. "Entschuldige, dein T-Shirt ist ganz nass", meinte sie leise und lehnte sich bei Beatrix an. Einige Male zog sie den Rotz hoch, woraufhin er aufstand, um ihr eine Packung Papiertaschentücher zu holen. 'Daran hätte ich auch vorher denken können', warf er sich vor.

Als er wieder bei ihr war, schien sie sich einigermaßen gefangen zu haben. Beatrix hielt sie immer noch von hinten umarmt, hatte ihren Kopf auf Claudias Schulter gelegt und tröstete sie. 'Warum können Frauen das besser?', dachte er, reichte ihr die Taschentücher und setzte sich wieder neben sie.

Sie ergriff seine Hand und lange saßen sie wortlos auf der Couch.

Während der Zeit kamen auch Patrick und Kerstin nach Hause. Frank ging ihm nicht entgegen. Er wollte die Hand seiner Tochter nicht loslassen. "Was ist denn mit euch los?", fragte Patrick, als er das Zimmer betrat und die anderen so auf der Couch sah.

"Oma ist tot und Mama ist bei Opa im Krankenhaus. Er liegt im Koma", sagte Claudia ganz direkt zu ihm.

"Ach du Scheiße. Was ist denn passiert?", fragte er und ließ sich mit Kerstin auf die zweite Couch fallen. Patrick war zwar bleich geworden, aber nahm die Nachricht trotzdem deutlich gefasster auf. Claudia erzählte ihm, was sie erzählen konnte, den Rest übernahm Frank.

Bis tief in die Nacht tauschten sie Erinnerungen aus, sahen sich Fotos an und stießen auf Oma und Opa an. Bei der einen oder anderen Episode konnte Claudia sogar wieder lachen. Nur einmal fragte Beatrix, wo Milli eigentlich sei. "Er wird draußen rumtoben", hatte Frank nur gemeint und Claudia hinzugefügt, das mache er immer, wenn Mama nicht da sei.

Am Samstag rief Patricia gegen elf Uhr erneut an. Claudia sprach lange mit ihrer Mutter und übergab den Hörer dann an Patrick. Frank war als letzter an der Reihe und nur ihm berichtete sie über die aktuelle Entwicklung. "Es sieht schlecht aus. Seine Nieren haben jetzt auch noch versagt. Die Ärzte glauben, dass er die Nacht nicht mehr schaffen wird. Ich hoffe, er kommt noch einmal zu sich", sagte sie gefasst.

Nach dem Mittagessen verabschiedeten sich Patrick und Kerstin. Der junge Mann musste am Nachmittag seine Schicht antreten. Claudia fragte am frühen Abend, ob sie bei Beatrix übernachten und morgen früh von dort aus zur Schule gehen könne. Frank war einverstanden. Das Leben ging schließlich weiter. Außerdem hatte er so die Gelegenheit, Millis temporären Überrest in Augenschein zu nehmen.

Was er zu sehen bekam, war ernüchternd. Der äußere Ring war eingetrocknet und sah schwarz aus. Auf dem 'Mount Milli', wie Frank die kleine Erhebung nannte, tummelten sich Fliegen, die vorzugsweise durch die Risse ins noch feuchte Innere zu gelangen versuchten. 'Wahrscheinlich wollen die ihre Eier ablegen', mutmaßte er. Plötzlich kam ihm die Frage in den Sinn, was mit Milli geschähe, wenn ein anderes Tier ihn aufgefressen, verdaut und die Reste ausgeschissen hätte. "Beim nächsten Mal vielleicht, Sportsfreund", sagte er und überließ den vergammelnden Haufen seinem Schicksal.

Franks Schwiegervater hielt noch bis Dienstagmorgen durch. Um 4:32 starb er, doch das erfuhr er erst um halb acht am Telefon. Seine Frau sprach lange, weil es mehr zu berichten gab, als sie selbst zu hoffen gewagt hatte. Ihr Vater war tatsächlich noch aus dem Koma erwacht. Er hatte anfangs zwar nicht gewusst, was geschehen war, aber seine Tochter erkannt. In den letzten Stunden seines Lebens überwogen die lichten Momente. Er hatte Patricia sogar aufgetragen, Frank zu grüßen. "Sag dem Jungen, dass ich stolz auf ihn bin. Du hast eine gute Wahl getroffen", waren seine Worte gewesen, bevor er Patricia letzte Anweisungen gegeben hatte.

"Soll ich dich abholen?", fragte er, als sie geendet hatte.

"Nein. Ich kläre hier noch einige Formalitäten und dann fahre ich in ihr Haus, um das Wichtigste zu erledigen", antwortete Patricia und schlug vor, sie in zwei oder drei Tagen dort abzuholen.

Status Quo

Frank setzte sich auf die Couch, nachdem das Telefonat beendet war. Die Worte seiner Frau wirkten in ihm nach. Er stand auf, ging zur Bar und goss sich einen alten Rum ins Glas. "Auf euch beide. Ich hoffe, es geht euch gut, wo immer ihr gerade seid", sagte er und prostete nach oben. Er leerte das Glas in einem Zug, beließ es aber bei dem einen, einsamen Toast auf die Verstorbenen. Er empfand die Stille im Haus unerträglich und ging auf die Terrasse. Das Vogelgezwitscher erhellte sein Gemüt etwas. Trotzdem kam ihm ein Gedanke, und er wunderte sich, ihn erst heute zu haben. "Hätte ich sie retten können?", fragte er sich und erkannte schnell, welche philosophischen und ethischen Aspekte die Antwort mit sich brachte, wenn sie Ja lautete. 'Wen müsste ich noch retten? Eigentlich alle und wie rechtfertige ich, anderen die Gnade nicht zu gewähren?', waren die Fragen, die sich anschlossen. Aber was hieß das für ihn selbst und letztlich für die ganze Welt. 'Noch mehr Hungernde, die sterben müssen und Reiche, die sich meine Kunst leisten können, sie zu portraitieren. Dabei liegt es nicht mal an mir. Wenn rauskommt, dass der Stift dahintersteckt, dann wird er das begehrteste Objekt der Welt. Man würde sogar Kriege um ihn führen und tausende, wenn nicht gar Millionen im Bombenhagel sterben lassen, nur um Wenigen ein zweites oder drittes Leben zu sichern', sinnierte er. Damit stand die Entscheidung fest. "Ich habe alles richtig gemacht." Zumal nicht einmal sicher war, ob der Stift bei seinen Schwiegereltern gewirkt hätte. "Außer einem fiesen Kater hab ich nichts, was beweisen könnte, dass ich richtig liege und selbst das glaubt mir niemand", flüsterte er und machte sich auf der Hollywoodschaukel lang. Frank genoss die warmen Sonnenstrahlen und lauschte den Geräuschen des

Gartens mit geschlossenen Augen. Sie machten ihm die Einmaligkeit des Lebens bewusster denn je. Irgendwann schlief er trotzdem ein.

Völlig verschwitzt wachte Frank auf. Sein Gesicht und die Arme schmerzten. Die Sonne blendete ihn und schützend hielt er die Hand vor seine Augen. Er spürte sofort den Sonnenbrand. Noch etwas benommen lief er ins Haus und betrachtete sich im Spiegel. "Ach du Scheiße", fluchte er und riss sich die Sachen vom Leib. Er duschte kalt, was ihm zwar eine kurze Linderung verschaffte, ihn aber nach einer Minute wie Espenlaub zittern ließ. Nur mit einer Unterhose bekleidet ging er in die Küche. Patricia kaufte immer Naturjoghurt, denn sie zum Kochen und für ihre Salate verwendete. Da sie nicht da war, musste welcher im Kühlschrank stehen, war die Schlussfolgerung. Frank lächelte, als er die Packung sah, riss den Deckel ab und schmierte sich die weiße, kühle Creme ins Gesicht, den Nacken und auf die Arme. Es war wohltuend. Den Rest verstaute er wieder im Kühlschrank und setzte sich dann aufrecht auf einen Stuhl. So verweilte er eine Viertelstunde, in der er sich mehrfach fragte, wie lange er den Joghurt auf der Haut lassen musste. 'Patricia wüsste es', dachte er und ging wieder nach oben ins Bad, um sich die Wirkung der kosmetischen Notbehandlung im Spiegel anzusehen. "Gott sei Dank sieht mich niemand so", flüsterte er, wusch sich das Gesicht und die Arme. Wenigstens spannte die Haut nicht mehr so sehr. Er betrachtete sich erneut im Spiegel. "Mein Gesicht ist rot wie 'n Pavianarsch", meinte er und spürte, wie die Spannung auf der Haut wieder zunahm. Damit war klar, was zu tun war, und er eilte zurück in die Küche. Diesmal trug er den Joghurt nicht ganz so dick auf und überzeugte sich anschließend davon, ob noch eine zweite Packung im Kühlschrank stand. Erleichtert atmete er auf.

Zur Untätigkeit verdammt sah er etwas fern. Das

Nachmittagsprogramm wurde nicht für ihn gemacht. Doch Frank ertrug es. Er ging sowieso jede halbe Stunde in die Küche und schmierte sich Gesicht und Nacken neu ein. So näherte er sich allmählich dem Zeitpunkt, der wieder Leben ins Haus bringen sollte.

Frank sah auf die Uhr. Es war halb sechs. Er war immer noch allein. Das Essen hatte er nicht vorbereitet. Die ausstrahlende Hitze des Gasherdes war ihm zu stark. Deshalb bereitete er nur die Ankunft Millis vor und stellte zwei Dosen auf die Arbeitsplatte. "Wo bleibt der Scheißer?", fragte er sich und beschloss, im Garten nach ihm zu sehen. Das Wetter war noch schön, aber die Sonne brannte nicht mehr. Trotzdem setzte er sich einen Strohhut auf.

Zwei Minuten später stand er an der Stelle, wo sich gestern noch 'Mount Milli' erhoben hatte. "Alles klar", murmelte er und sah sich um. Frank konnte den Kater nirgendwo sehen. Dann betrachtete er nochmals den Rasen. Außer einigen groben Holzspänen verriet nichts, was hier vor drei Tagen geschehen war.

Nachdenklich lief er zurück zum Haus und warf den Strohhut im Vorbeigehen auf den Tisch, der auf der Terrasse stand. An der Tür blickte er sich noch einmal um. "Es muss jeden Moment so weit sein." Dann ging er in die Küche, nahm sich ein kaltes Bier aus dem Kühlschrank und trank einen Schluck.

Es dauerte nicht lange, bis er ein Mauzen von draußen hörte. In aller Ruhe stand er auf und ging zur Terrassentür. Milli saß unter dem Küchenfenster und rief. Wahrscheinlich Patricia, die ihn bisher immer in Empfang genommen hatte. Erschrocken sah der Kater zu ihm und rührte sich nicht. "Frauchen ist nicht da. Du kannst ruhig reinkommen", meinte Frank gelassen, aber der Kater sah ihn immer noch ungläubig an. "Hast du deine Lektion gelernt? Wenn ja, dann los! Es warten schon zwei

Dosen Fresschen auf dich", sagte er und ging wieder nach drinnen. Als er in der Küche ankam, sah er durchs Fenster. Der Kater hatte seinen Platz verlassen, traute dem Frieden aber noch nicht. Jetzt stand er auf der Terrasse und blickte zur offenen Tür. Zögerlich näherte er sich, drehte seinen Kopf aber auch einige Male zum Fenster. Frank nahm deshalb eine Dose und zeigte sie ihm.

In der nächsten Minute steckte der Kater vorsichtig den Kopf herein. Frank saß am Tisch und trank einen Schluck Bier. "Untersteh dich zu grinsen, dann ist alles in Ordnung", meinte er und ging zum Fenster. Er hob Millis Fressnapf auf, stellte ihn auf die Arbeitsplatte und öffnete die erste Dose. "Bitteschön", sagte er, stellte den Napf zurück und setzte sich wieder an den Tisch.

Langsam an der Wand entlangschleichend näherte sich der Kater dem Napf. Dabei behielt er Frank immer im Auge. Zögerlich schnupperte er am Futter und schnappte sich ein kleines Stückchen. Langsam kaute er darauf herum. Es sah so aus, als wollte er sich erst davon überzeugen, dass es nicht vergiftet war. "Du musst keine Angst haben, wegen Purzel sind wir quitt", sagte Frank ruhig und erzählte dem Kater auf einmal, was sich in den letzten Tagen zugetragen hatte und weswegen Patricia nicht zu Hause war. Milli schien ihm zuzuhören, da er beim Fressen immer wieder innehielt und zu ihm sah. "Mager siehst du aus, und heute gäbe sogar ich was darauf, wenn du mir erzählen könntest, wie es dir in den letzten drei Tagen ergangen ist", meinte Frank und stand auf, um die zweite Dose zu öffnen. Er bückte sich und schüttete den Inhalt vor Millis Augen in den Napf. "Hau rein, du Klappergestell", sagte er und setzte sich wieder an den Tisch.

Eine Weile sah er dem Kater schweigend beim Fressen zu. Dann stand er auf, holte den Rest der offenen Joghurtpackung aus dem Kühlschrank und strich ihn sich vorsichtig ins Gesicht und den Nacken. Milli beäugte ihn zwischendurch argwöhnisch. "Das kann dir nicht passieren, ich weiß." Frank stellte den leeren Becher auf den Tisch. Mittlerweile hatte der Kater auch die zweite Portion verdrückt, blieb aber neben dem Napf sitzen. Ein paar Mal sträubte er sein Fell und zitterte kurz am ganzen Körper. Trotzdem wirkte sein Blick zwischen den Zitterattacken wehmütig. Nach der letzten mauzte er kläglich und machte einige Schritte in Franks Richtung. "Willst du etwa noch was?", fragte er ungläubig.

Milli mauzte.

"Meinetwegen, wobei ich mich frage, ob du nur aus Magen bestehst", sagte er und holte die dritte Dose aus dem Schrank. Er öffnete sie wieder vor seinen Augen und schüttete den Inhalt um. Der Blick des Katers wirkte dankbar und er begann zu fressen, obwohl Frank noch neben ihm hockte. "Wir sollten endlich das Kriegsbeil begraben. Ich hoffe, du bist dir darüber im Klaren, dass du nur noch ein Reserveleben hast. Du wärst ein Idiot, wenn du es so sinnlos vergeudest wie die anderen", sagte er leise.

Der Kater sah ihn kurz an, machte dann einen Schritt auf ihn zu und hielt die rechte Pfote nach oben.

Frank ergriff sie vorsichtig mit Daumen und Zeigefinger und schüttelte sie. "Hat dir das dein Frauchen beigebracht oder ist das eine Antwort?", fragte er zwar, aber der Kater sah ihn nur an. Dann hockte er sich wieder vor den Napf und fraß weiter. Diesmal hatte er jedoch keine Position eingenommen, um Frank jederzeit sehen zu können. 'Ist das deine Art zu antworten?', überlegte Frank und strich dem Kater vorsichtig mit zwei Fingern über das Rückenfell. Millis Pelz zuckte nur einmal leicht, ansonsten schien sich der Kater nicht stören zu lassen und unterbrach das Fressen nicht einmal.

Frank hatte sich gerade wieder an den Tisch gesetzt, als Claudia nach Hause kam. "Wie siehst du denn aus?", rief sie entsetzt, und er erzählte ihr, was passiert war. "Dich kann man nicht allein zu Hause lassen. Irgendwas ist immer", sagte sie mitleidig.

"Das sagt deine Mama auch immer."

"Ist doch wahr", meinte sie leise. "Gibt's sonst was Neues?"

"Gibt es", erwiderte er und berichtete, was er heute erfahren hatte. Claudia nahm es mit Fassung.

"Mama kümmert sich gerade um alles, und bestimmt findet in den nächsten Tagen die Trauerfeier statt. Denk bitte daran, wenn du deine Termine planst", sagte Frank.

"Das hab ich mit Bea schon besprochen. Sie möchte auch zur Beerdigung kommen", meinte Claudia und sah zum Herd. "Hast du Hunger?"

"Und wie."

"Dann mach ich uns was", schlug sie vor. Als sie an der Arbeitsplatte stand, meinte sie zu Milli: "Na du Fresssack, sehe ich dich auch mal wieder." Der Kater war mit der dritten Portion gerade fertiggeworden, streckte sich ausgiebig, und Frank war froh, die leeren Dosen bereits in den Mülleimer geworfen zu haben. Sie hießen morgens, mittags und abends.

Am Freitag fuhr Frank mit den Kindern zu Patricia. Patrick und Kerstin fuhren in seinem Auto mit. Claudia saß mit in Beatrix' VW Golf, den sie sich im Februar gekauft hatte. Die Fahrt dauerte nur zwei Stunden, dann hielten sie vor dem Haus, das Patricias Eltern bewohnt hatten. Sie hatten schon fast alles entladen, als Patricia herauskam. Sie sah erschöpft aus. "Da seid ihr ja endlich", sagte sie und umarmte alle herzlich. "Hast du alles gefunden und mitgebracht?", fragte sie Frank, der ihr das versicherte. Trotzdem schaute sie sich suchend um. "Wo ist Milli?"

"Den hab ich noch hier", meinte Claudia, ging zum Auto und holte die Transportbox von der Rücksitzbank.

Patricias Augen leuchteten. "Wie geht es dir, mein Süßer.

Frauchen hat dich so vermisst", säuselte sie und sah zu Frank. "Hat er sich benommen?"

"Das hat er."

Patricia übernahm die Transportbox und brachte sie ins Haus. Die anderen folgten ihr mit dem Gepäck.

"Das kennst du doch noch alles vom Urlaub mit Oma und Opa", erklärte sie dem Kater und öffnete das Türchen. Milli kam sofort heraus und mauzte Patricia an. "Ja, ich weiß", sagte sie, hob den Kater hoch und drückte ihn an sich.

"Hat er Ärger gemacht, als du ihn in die Box gesteckt hast?", erkundigte sie sich bei Frank.

"Claudia hat das übernommen."

"Er hat sich ohne zu murren mitnehmen lassen", meinte sie.

"Weil du wusstest, dass es zu Frauchen geht", säuselte Patricia ihm glücklich ins Ohr, ließ ihn kurz darauf aber herunter. Es gab noch viel zu tun und sie brauchte jede Hilfe. Aber zuerst klärte sie die anderen darüber auf, was morgen auf sie zukäme. Bisher wussten sie nur, dass die Beisetzung am späten Vormittag stattfinden sollte. "Ich habe im Gasthaus den Saal reserviert und hoffe, dass die Plätze reichen. Das Essen bereitet der Wirt zu. Für die Getränke gibt es aus diesem Anlass immer das gleiche Angebot: Sein Einkaufspreis plus 30 Prozent. Die Torten wollte der Gastwirt in der Nachbargemeinde bestellen, aber die schaffen es derzeit nicht, zwei Beerdigungsfeiern an einem Tag zu beliefern. Der Konditor ist im Urlaub. Deswegen müssen wir jetzt loslegen, weil ich die Torten vom Bäcker aus der anderen Gemeinde nicht mag. Niemand hier im Ort mag die", erklärte Patricia im Kommandoton.

"Das hat uns Papa schon erzählt", moserte Claudia. "Wie viel Leute kommen denn morgen?"

"Ungefähr 150, wenn ich mich auf die Zahl der Kondolenzschreiben verlassen kann", vermutete Patricia.

"Das schaffen wir doch nie", sagte Claudia entsetzt.

"Das schaffen wir, wenn wir jetzt anfangen", entgegnete Beatrix gelassen. "Wir sind sechs Leute. Hast du alles da, was wir brauchen?", fragte sie Patricia.

"Ich denke schon", antwortete sie und sah zu Frank.

"Deine Küchenmaschine steht im Auto."

"Und wieso ist sie noch nicht hier?"

Kerstin sah schmunzelnd zu Claudia. "Sag ich doch schon immer. Sie ist der geborene Hauptfeldwebel", meinte Claudia kess.

"Manchmal geht's nicht anders", sagte Patricia nur und sah die andern an. "Das gilt auch für euch."

Eine halbe Stunde später herrschte in der Küche Hochbetrieb, aber Beatrix übernahm nach und nach das Kommando. Während der Arbeit wurde viel in alten Erinnerungen geschwelgt, gelacht und der Toten gedacht. Milli beobachtete das Treiben von der Fensterbank aus und testete die eine oder andere Leckerei.

Am nächsten Morgen standen sie alle zeitig auf, frühstückten und zogen sich für die Beisetzung um. Bevor sie jedoch zum Friedhof fuhren, brachten Patricia und Frank die Kuchen und Torten ins Gasthaus.

Der Kirche war fast bis auf den letzten Platz besetzt. Die erste Bankreihe war der Familie vorbehalten. Frank war anfangs irritiert. Er hatte zwei aufgebahrte Leichen erwartet. Stattdessen standen dort zwei Urnen und Fotos seiner Schwiegereltern. Rundherum waren die Kränze platziert worden. Frank erkannte den Kranz der Familie sofort. Er stand zentral vor dem gesamten Ensemble und wurde beidseitig von Blumengebinden mit großen Schleifen flankiert, auf denen die Namen der Kinder nebst ihrer Partner standen. Patricia hatte wirklich an alles gedacht. Trotzdem fragte er sie leise, wieso ihre Eltern verbrannt worden waren.

"Das wollten sie so", hauchte sie.

Der Gedenkgottesdienst begann mit ruhiger Musik, die der Organist der Kirche auf der Orgel spielte. Der Pfarrer ging in seiner Rede erstaunlich detailliert auf die Verstorbenen ein. Als sich eine günstige Gelegenheit bot, fragte Frank seine Frau, woher er das alles wisse. "Das Meiste haben meine Eltern schon zu Lebzeiten aufgeschrieben. Den Rest weiß er von mir", tuschelte sie ihm noch schnell zu, dann sang die Trauergemeinde ein Lied.

Der Friedhof der Gemeinde grenzte direkt an den kleinen Park des Gotteshauses. Der Pfarrer verließ die Kirche zuerst, gefolgt von der Familie und den restlichen Trauergästen. Andächtig geleitete der Pope den Zug zum vorbereiteten Urnenfeld. Dort begann die Abschlusszeremonie. Nachdem die Gefäße in den Boden gelassen worden waren, warf jedes Familienmitglied eine Handvoll Erde hinterher.

Der anschließende Totenschmaus im Gasthaus wurde von Patricia eröffnet. Sie bedankte sich bei allen fürs Erscheinen und erzählte einige Episoden aus dem Leben ihrer Eltern, die Frank teilweise zum ersten Mal hörte. Sie verstand es geschickt, die Anwesenden sogar zum Lachen zu bringen. Währenddessen verteilte der Gastwirt die erste Runde Schnäpse. Als er fertig war, erhob Patricia ihr Glas. "Auf meine Eltern, die nicht wollten, dass wir lange traurig sind, sondern uns des Lebens erfreuen. Genau wie sie es getan haben", sagte sie und eröffnete damit eine Feierlichkeit, die bis tief in die Nacht andauerte.

Frank erwachte am nächsten Tag als Letzter. Er hatte höllische Kopfschmerzen und sah kreidebleich aus. Unsicher kam er in die Küche. Die anderen grinsten, als sie ihn sahen. Doch im Moment war das unwichtig. Er griff sich eine Flasche Mineralwasser und trank gierig. Es dauerte nur einige Sekunden, bis er rülpsen musste. "Entschuldigung", sagte er matt und ließ sich auf den freien Stuhl am Tisch fallen. "Ist mir übel", jammerte er.

"Warum stößt du auch mit jedem an", stichelte Claudia.

"Tja, mein Schatz. Saufen wie ein Großer, aber vertragen wie ein Kleiner", warf Patricia sofort hinterher, stellte ihm aber ein Glas vor die Nase. "Trink das!"

"Was ist das?" Frank musterte die zähflüssige Masse angewidert.

"Das bringt dich wieder auf die Beine. Kipp es am besten auf ex, du weißt ja jetzt, wie das geht."

Die anderen grinsten.

"Meinetwegen." Es kostete ihn Überwindung, doch dann schluckte und schluckte er, obwohl das Glas nie leer zu werden schien. Er schüttelte sich, als er es endlich auf dem Tisch abstellte. "Was war das denn?", japste er. Die Luft blieb ihm fast weg und sein Rachen brannte wie Feuer.

"Das musste mein Vater immer trinken, wenn er richtig voll war", sagte Patricia und lächelte Frank an. "Das bringt dich im Handumdrehen wieder auf die Beine. Altes Familienrezept."

Eine Stunde später ging es ihm tatsächlich besser. Er war sich trotzdem sicher, sein Alkoholspiegel musste immer noch ungewöhnlich hoch sein. Aber das war gerade egal, denn er blieb mit Patricia noch einige Tage hier, um ihr bei der Haushaltsauflösung zu helfen. Zwei Ortsansässige hatten auch schon ihr Interesse am Kauf des Hauses geäußert.

Die Kinder fuhren allerdings schon heute in Beatrix' Auto zurück. Das eine oder andere Erinnerungsstück an die Großeltern nahmen sie bereits mit.

Im Moment waren Frank und Patricia froh, dass ihre Kinder erwachsen waren. Das erleichterte vieles und ermöglichte es, sich vor Ort um alles kümmern zu können. Wenn sie die täglichen Gänge erledigt hatten, saß Patricia oft auf der Couch und sichtete die Fotoalben ihrer Eltern. Dabei schwelgte sie in

Erinnerungen. Das war auch die Zeit des Tages, in der Milli seine Streicheleinheiten bekam. Er lümmelte dann stets neben ihr und erwies sich als exzellenter Zuhörer. Frank ließ ihr die Zeit mit dem Kater und kümmerte sich um die Entrümpelung des Kellers sowie des Dachbodens und der Garage. Im Laufe des Lebens sammelte sich eine Menge an.

Am Wochenende fuhren sie wieder nach Hause. Mit Wehmut war Patricia ein letztes Mal durch das Haus gegangen, indem sie ihre Kindheit verbracht hatte. Dann hatte sie die Schlüssel dem Nachbarn übergeben, der das Haus für seinen Sohn kaufen wollte. "Ich weiß, dass es bei dir in guten Händen ist", hatte sie gesagt und Frank gebeten, sofort loszufahren.

Noch in der Garage ließ Patricia den Kater aus der Transportbox. "Du freust dich auch wieder, zu Hause zu sein, mein Süßer", säuselte sie und öffnete die Tür zum Haus. Mit federnden Schritten machte sich Milli auf den Weg in die Küche.

In den folgenden Wochen arbeitete Frank viel. Es entstand eine ganze Reihe von Bildern mit düsteren Motiven. Das half ihm nicht nur, die Eindrücke zu verarbeiten, sondern auch einen inneren Schlussstrich ziehen zu können. Während dieser Zeit bestand Kerstin ihr Abitur und Patricks Zeit als Zivildienstleistender neigte sich dem Ende entgegen. Das war vielleicht ein weiterer Grund, weswegen sehr viele neue Bilder entstanden. Nicht ein einziges fertigte er mit dem Stift an. Auch wenn er sich für Patrick und Kerstin freute, die ihre gemeinsame Lebensplanung erfolgreich vorantrieben, eine gewisse Wehmut schwang in ihm mit. Bald hieß es Abschiednehmen. Die beiden hatten es geschafft, an derselben Universität eine Studienzulassung zu bekommen.

Auch Claudias Weg schien vorgezeichnet zu sein. Bis zu ihrem Abitur blieb noch ein Jahr. Allerdings schwankte sie, was die konkrete Ausrichtung ihres weiteren Weges betraf. Fest stand nur, sie wollte etwas machen, was sich mit Beatrix' Arbeit verbinden ließ. Für Frank war das ein gewisser Trost. Bedeutete es doch, sie würde wahrscheinlich eine künstlerische Laufbahn einschlagen und in der Stadt bleiben.

Der Herbst hielt langsam Einzug, als Patricia ihn an den Apfelbaum erinnerte. "Bringst du das zu Ende oder soll ich doch die Gartenbaufirma beauftragen?", fragte sie beim Essen und sah ihn vorwurfsvoll an. "Im Garten hast du mich dieses Jahr gar nicht unterstützt. Ich bin richtig froh, dass der Kirschbaum diesmal kaum was getragen hat. Der Rasen ist auch schon ewig nicht mehr gemäht worden. Gott sei Dank hat das Patrick im Sommer zwei Mal übernommen. Die Äpfel und Birnen müssen auch noch geerntet werden", ermahnte sie ihn.

"Du hast recht", räumte er ein. Das sollte sein exzessives Malen für eine Weile unterbrechen.

Am nächsten Tag begann er mit dem Abtragen des verbliebenen Baums. Milli beobachtete nur aus der sicheren Entfernung des Küchenfensters die Aktivitäten, zeigte allerdings auch keinerlei Aggressionen. Franks Hoffnung, der Kater habe seine Lektion gelernt, schien sich bewahrheitet zu haben. Seit der letzten, und damit der radikalsten dreitägigen Beurlaubung vom Leben, verhielt sich der Kater ihm gegenüber deutlich ruhiger und verzichtete auf jegliche Provokationen. Das war sogar Patricia aufgefallen, die natürlich eine andere Schlussfolgerung gezogen hatte. "Seit Purzel bei uns gelebt hat, weiß er, dass du Katzen magst", hatte sie zufrieden gesagt. Frank hatte sie in dem Glauben gelassen, aber auch befürchtet, sie könne auf den Gedanken kommen, erneut einen zweiten Kater anzuschaffen. Doch dieser Vorschlag war ausgeblieben. Frank war froh darüber. Trotzdem schaute er ab und an in Richtung des Küchenfensters, als er die herunterfallenden großen Äste auf einen Haufen schichtete. Die dicksten Stellen sägte er noch ab, und das dünne Geäst schredderte er. Um den noch stehenden Stamm war es zu schade. "Der ergäbe prima Kaminholz", murmelte er und damit reifte ein neuer Entschluss in ihm heran. So tief wie möglich sägte er den Stamm an und fällte ihn. Er zerschnitt ihn in etwa gleichgroße Abschnitte und schleppte sie zum Schuppen. Damit war ein wichtiges Argument Realität geworden. 'Den Kamin werde ich Patricia schon schmackhaft machen', dachte er und streckte sich. Im Moment spürte Frank jeden Muskel.

Am Abend, als Patricia ihm Nacken und Rücken massierte, unterbreitete er seinen Vorschlag. "Du willst ihn doch wohl nicht selbst bauen?", fragte sie. Als Frank ihr versprochen hatte, das Projekt in professionelle Hände zu legen, war sie schnell Feuer und Flamme. "Was hältst du davon, wenn ich mich darum kümmere?", schlug sie vor. Frank war sofort einverstanden.

Er hätte es vorher nie für möglich gehalten, aber der Kamin wurde noch vor dem Weihnachtsfest fertig. Patricia war in der Rolle der Auftraggeberin regelrecht aufgegangen und hatte ihm lediglich drei Modellvarianten zur Mitentscheidung vorgelegt. Aber das war mehr pro forma gewesen. "Welchen bevorzugst du?", hatte Frank gefragt und sich ihrer Auswahl nur noch angeschlossen. Das Ergebnis konnte sich sehen lassen.

Trotzdem spürten alle den Makel des Fests. Zum ersten Mal gab es keinen Weihnachtsmann. Anfangs sprach niemand darüber, aber dann fragte Claudia, ob sich die anderen noch an Opas Auftritt erinnern konnten, bei dem ihm der Jutesack gerissen war, und er zu fluchen angefangen hatte. Das führte unweigerlich zu einer Lachsalve und anschließend von einer Episode zur nächsten.

Im neuen Jahr wurde es deutlich ruhiger im Haus. An einigen Abenden war Claudia daheim, die anderen verbrachte sie bei Beatrix. Das führte dazu, dass Frank und Patricia mehr

Zeit füreinander hatten. Dabei zeigte sie nach und nach eine Seite, die Frank so nicht von ihr kannte. Vielleicht war es nur das Wissen darum, ungestört zu sein, was Patricia veranlasste, lauter und fordernder als sonst zu sein. Draußen war es kalt, und es sprach nichts dagegen, gelegentlich länger im warmen Bett zu bleiben. In den Nächten verkroch sich Milli während ihres Liebesspiels auf die Fensterbank, doch tagsüber verließ er das Schlafzimmer immer.

Frank war sich schnell darüber im Klaren, das konnte nur ihr zweiter Frühling sein. Auch diese Phase inspirierte ihn zu neuen Bildern, wobei er Patricias Wunsch gern nachkam, sie wieder einmal zu zeichnen. Als er im Atelier den Stift zur Hand nahm, fielen ihm die alten Fragen ein. "Hat er die Macht oder nicht? Im Grunde genommen weiß ich es bis heute nicht", murmelte er und nahm sich vor, seine Nachforschungen wieder aufzunehmen. Eine konkrete Idee, was zu tun wäre, um ein für alle Mal Klarheit zu erlangen, hatte er nicht. 'Mir wird schon was einfallen', dachte er, aber momentan stand für ihn nur fest, er wollte keine unschuldigen Probanden mehr auf dem Gewissen haben. Also machte Frank seit langer Zeit wieder das, wofür der Stift geschaffen worden war: er zeichnete mit ihm. Nachdem das Bild von Patricia fertig war, legte er das Zeichengerät zurück ins Schubfach. Hier geriet es erneut in Vergessenheit.

In diesem Jahr legte Claudia ihr Abitur ab. Die Familie kam komplett zusammen und feierte. Beatrix hatte in Absprache mit Patricia eine Torte angefertigt. Am Abend wurde gegrillt und natürlich hatte sich Milli bis dahin bereits einige Leckereien ergaunert. "Unser Dickerchen ist noch fit wie 'n Turnschuh", meinte Claudia in Richtung ihrer Mutter.

"Warum sollte er das nicht sein?"

"Ich bin 20 und er ist älter als ich", erwiderte Claudia und reichte Milli ein abgekühltes Stückchen Fleisch. Sie hielt es zwischen Daumen und Zeigefinger. Der Kater schnüffelte zwar daran, nahm es ihr aber nicht ab.

"Was willst du damit sagen?", fragte Patricia.

"Das er für 'nen Greis verdammt fit ist", sagte Claudia und hielt dem Kater das Fleischstückchen immer noch vor die Nase. "Na friss schon, du stopfst doch sonst alles in dich rein", motivierte sie den Kater, doch der sah Claudia nur mit zusammengekniffenen Augen an.

"Warum ärgerst du ihn?", fragte Patricia.

"Aber ich ärgere ihn doch nicht. Stimmt's Opachen", sagte sie liebevoll zu Milli und knuddelte seine Wange, worauf sich der Kater jedoch zu Patricia begab.

Bei ihr erhielt er einige Streicheleinheiten und tröstende Worte. Sie hielt ihm auch ein abgekühltes Stückchen Fleisch hin, das der Kater sofort annahm. "So macht man das", sagte Patricia zu ihrer Tochter, sah dann aber wieder zum Kater. "Du verstehst nämlich alles, mein Süßer. Du bist kein Tattergreis, sondern ein ganz strammer Bursche", säuselte sie.

Frank stand zwar die ganze Zeit über am Grill, hatte das kurze Gespräch jedoch mitbekommen. Er war lediglich erstaunt, wieso Patrick noch nie auf diesen Gedanken gekommen war. 'Noch geht es, aber irgendwann werden die Fragen aufkommen', dachte er und vermied es, sich vorzustellen, was dann passieren könnte. Einmal sah der Kater von Patricias Schoß aus zu ihm. Frank kam es so vor, als suche er bei ihm Beistand. Trotzdem mischte er sich nicht in das Gespräch ein, von dem Patrick, Kerstin und Beatrix nichts mitbekommen hatten, weil sie sich angeregt unterhielten. Als Frank die gegrillten Fleischscheiben auf den Tisch stellte, meinte er zu seiner Tochter, dass Tiere in Gefangenschaft oft deutlich älter würden.

"Milli ist doch kein Gefangener. Er kann Kommen und Gehen, wann er will", hielt ihm Claudia entgegen.

"Das schon, aber er ist hier keinerlei Gefahren ausgesetzt und Mama achtet auf eine optimale Ernährung für den Burschen."

"Das stimmt schon", gab sich Claudia zu und sah zum Kater. "Da hast du ja Glück gehabt, dass du im Katzenparadies gelandet bist."

"Das bist du, mein Süßer. Solange du dein Frauchen vor diesen ekligen Mäusen beschützt, erfüllt sie dir jeden Wunsch", sagte Patricia und kraulte ihm den Nacken.

Milli schnurrte sofort. Frank und Claudia sahen sich an und schmunzelten.

Im Bett kam Patricia nochmals auf das Thema zu sprechen. "Du schaffst es doch immer wieder, mich zu überraschen", meinte sie.

"Was meinst du?"

"Ich hätte nie gedacht, dass du für Milli Partei ergreifst."

"Wieso denn nicht? Außerdem ist es doch so, wie ich gesagt habe. Du kümmerst dich rührend um ihn und das zahlt sich halt aus", sagte Frank. Kurz flackerte der Gedanke in ihm auf, Patricia doch alles zu erzählen. Der Kuss, mit dem sie sich bedankte, verscheuchte die Überlegung sofort wieder. 'So wie es ist, ist es gut', dachte er. Irgendwann müsste Patricia selbst erkennen, das Alter des Katers könne nicht mehr das Resultat ihrer Pflege sein, egal wie sehr sie sich bemühte. Bis dahin war noch etwas Zeit. Frank hatte irgendwo gelesen, es gäbe Katzen, die in Gefangenschaft bis zu 25 Jahre alt geworden seien. Außerdem verhielt sich Milli ihm gegenüber so, wie er es erwartete. Das hieß nur eines: Das Fellbündel hatte seine Lektion gelernt. Das war auch ein wichtiger Grund für Frank, alles so zu belassen, wie es war. Sein noch vor Kurzem gefasster Vorsatz, die notwendigen Nachforschungen zur magischen Wirkung des Stifts voranzubringen, rückten dabei unweigerlich in den

Hintergrund. Doch das war Frank nicht bewusst, als er Patricias Kuss erwiderte.

Sie nutzte die Stimmung und rutschte langsam auf seine Seite des Betts. Das Leben bestand auch aus Lust, die – kleinen Strudeln gleich – den trägen Strom des alltäglichen Daseins unterbrach.

Leben heißt Veränderung

Im folgenden Jahr bestand Patricia darauf, einige technische Neuanschaffungen vorzunehmen. Eine Zeit lang versuchte Frank, sie als völlig unnötig abzutun, allerdings räumte er immer wieder ein, dass er dies bei Beatrix und Claudia ganz anders sähe. Genau dort hatte er mit Patricia den ersten Personalcomputer in Aktion gesehen. Claudia war zwar nie zu Hause ausgezogen und kam auch jedes Wochenende mit Beatrix bei ihnen vorbei, aber in der Woche arbeitete und lebte sie bei ihrer Partnerin. Es war ein schleichender Prozess gewesen, der schon während ihrer Schulzeit begonnen hatte. Irgendwann kam unweigerlich das, was kommen musste.

"Wollt ihr uns am Wochenende nicht mal besuchen kommen?", fragte Claudia.

"Aber du wohnst doch noch hier", erwiderte Frank.

"Auf dem Papier schon", antwortete seine Tochter und machte ihm damit deutlich, was schon lange hätte klar sein müssen. Sein Küken war flügge geworden und hatte das Nest längst verlassen.

"Na klar kommen wir vorbei", sagte Patricia, und wenige Tage später bewunderte sie die neuen Möglichkeiten von Beatrix' PC. Aus ihrer Sicht betraf das in erster Linie das Schreib- und Verwaltungsprogramm, während Claudia und

Beatrix die Bildbearbeitung im Fokus hatten. An diesem Wochenende erfuhren sie auch, dass Claudia versuchen wollte, einen Studiengang in Grafikdesign zu ergattern. "Das ist so noch völlig neu, aber das wird die Zukunft", prognostizierte sie.

Zu Hause meinte Patricia, so ein Computer wäre toll. Die Sekretariatsarbeiten wären in einem Bruchteil der Zeit zu schaffen und ihre im Laufe der Zeit angelegten Karteikärtchen endlich überflüssig.

"Für die paar Briefe lohnt das nicht. Ob du sie auf der Schreibmaschine oder einer Tastatur schreibst, macht doch keinen Unterschied", antwortete Frank und erwähnte noch, für seine Arbeit niemals so eine Kiste zu benötigen.

"Dann schreib doch deine Korrespondenz demnächst selbst. Es sind doch nur ein paar Briefe", schlug ihm Patricia vor und in den folgenden Wochen erinnerte sie ihn gelegentlich daran, welche Schreiben überfällig geworden waren. Aber der Garten war von ihr hervorragend gepflegt worden und ganz nebenbei hatte sie Patricks ehemaliges Zimmer geräumt.

"Warum machst du das Zimmer leer?", fragte Frank.

"Weil gerade Zeit dafür ist. Hast du deine Korrespondenz inzwischen erledigt?", stichelte sie.

"Ich hatte noch keine Zeit", druckste er herum.

Eine Woche später war eine Lieferung Büromöbel eingetroffen, und Patricia hatte – natürlich nur vorsichtshalber, wie sie beteuerte – auch daran gedacht, einen Montageservice mit dem Aufbau zu betrauen. 'Wozu das ganze Theater?', dachte sich Frank, nahm es aber so hin. Schließlich war genug Platz im Haus, und wenn Patricia für ihre Schreibmaschine einen festen Standort wollte, um sie nicht immer auf- und abzubauen, dann war das halt so.

In den darauffolgenden Tagen telefonierte sie oft mit Claudia, was Frank nur dadurch mitbekam, weil sie ihm stets

Grüße ausrichtete. "Was macht deine Post?", fragte sie beim letzten Mal noch nach.

"Ich hab gerade keine Zeit."

"Ist das eine Auftragsarbeit?", erkundigte sie sich.

"Nein, nur so eine Idee von mir, aber sie gefällt mir immer besser", antwortete Frank gedankenversunken, ohne den Blick vom unfertigen Bild zu nehmen.

Am Freitag sagte Patricia beim Frühstück, sie bräuchte heute das Auto.

"Was hast du vor?", fragte er.

"Ich treffe mich mit Claudia und Bea."

"Ah. Grüß sie schön von mir."

"Denkst du daran, Milli mittags sein Futter zu geben?"

"Mach ich."

"Aber vergiss es nicht."

"Nein, nein", erwiderte Frank, der in Gedanken schon im Atelier bei seinem Bild war.

Er war gerade in die Arbeit vertieft, als der Kater vor der Tür mauzte. "Was willst du?", fragte er, nachdem er die Tür geöffnet hatte. Milli sah in an und mauzte. "Dir ist langweilig, was?", meinte Frank und ging wieder an die Staffelei, ließ die Tür aber offen. Der Kater kam herein und setzte sich. "Aber nicht auf den Tisch springen", ermahnte ihn Frank, mischte etwas Farbe und lächelte zufrieden, als er den beabsichtigten Farbton getroffen hatte. Milli mauzte wieder, stand auf und ging in Richtung Tür. Nach einem Meter mauzte er erneut. Diesmal eindringlicher. Dann stellte er sich unter die Staffelei und schaute zu Frank. "Was ist denn los?", fragte der nur und sah zur Uhr. "Ach du Scheiße. Es ist ja schon drei", meinte er erschrocken und sah zum Kater. "Du hast Magenreißen, ich weiß." Er legte die Farbe beiseite, machte sich mit einem Lappen die Hände sauber und folgte Milli in die Küche. Der Kater lief die ganze Zeit mit aufgerichtetem Schwanz vor ihm her und hielt erst vor dem Fressnapf. Mauzend klagte Milli sein Leid. "Ich mach ja schon", hörte Frank sich plötzlich sagen und war irritiert, Patricias Worte zu benutzen. Trotzdem hob er den Napf auf und noch bevor er ihn auf der Arbeitsplatte abgestellt hatte, saß der Kater darauf und jammerte. "Ja doch", meinte er genervt, holte die Dose aus dem Schrank, füllte die saftigen Brocken um und stellte den Napf unters Fenster. Der Kater machte sich sofort darüber her.

Eine Weile sah Frank ihm zu. "Läuft doch gerade ganz gut zwischen uns", meinte er. Der Kater unterbrach das Fressen kurz und sah ihn an. Frank glaubte, ein zustimmendes Lächeln erkannt zu haben. Er warf die leere Dose in den Müll und ging zurück ins Atelier, ließ die Tür aber offen.

Zehn Minuten später kam Milli, blieb jedoch im Flur stehen und schaute von dort aus zu ihm. "Komm schon rein, du Nervensäge", meinte Frank und der Kater betrat zögerlich den Raum. "Aber du bleibst unten!", ermahnte er ihn. Der Kater ließ sich auf dem Boden nieder und sah ihm bei der Arbeit zu.

Erst kurz vor sechs sprang Milli auf und rannte zur Haustür. Wenig später hörte auch Frank, wie Patricia in die Garage fuhr. Er sah auf die Uhr. "Haben sich ja ordentlich festgequatscht, die Mädels", murmelte er, doch dann hörte er Claudia und Beatrix ins Haus kommen. Sie benutzten den Hauseingang und nicht die Tür, die von der Garage aus hineinführte. Das machte ihn stutzig und deshalb unterbrach er die Arbeit. Mit dem inzwischen bunten Putzlappen ging er nach vorn und versuchte, alte Farbreste von der Hand zu bekommen.

"Hallo Papa", begrüßte Claudia ihn und auch Beatrix küsste ihn auf die Wange. "Du kannst gleich helfen, die Sachen hochzutragen", meinte seine Tochter.

"Was für Sachen?"

"Der Monitor ist ganz schön schwer", erwiderte Claudia und ging mit Beatrix zur Garage. Frank folgte ihnen.

"Hallo Schatz, hilf mir mal", begrüßte ihn Patricia.

"Hast du etwa einen Computer gekauft? Das lohnt sich doch gar nicht", moserte er.

"Bist du jetzt mit deinen Briefen fertiggeworden? Wenn ich das gewusst hätte, dann …"

"Schon gut", unterbrach Frank sie und nahm die größte Kiste, den Monitor.

"Du weißt hoffentlich, wo er hinmuss?", stichelte Patricia.

"Ich kann's mir denken", sagte Frank gelassen und trottete los.

Die Frauen griffen sich die anderen Kisten und folgten ihm. Frank hörte ihr leises Kichern und schnappte auf, wie Claudia leise Hauptfeldwebel sagte. Er schmunzelte, wollte es sich jedoch auf keinen Fall anmerken lassen.

In Patricias neuem Reich stellte er den schweren Monitor auf den Schreibtisch und wartete auf die anderen. "Kannst du bitte noch die Kiste im Kofferraum holen. Das ist der Drucker", meinte Patricia. Frank trottete wieder los und erfüllte ihren Wunsch. Die Kiste war in etwa so groß wie die des Monitors.

Als er oben ankam, hatten die Frauen schon alle Gerätschaften ausgepackt. Claudia hockte unter dem Schreibtisch und reichte Kabel nach oben, die Beatrix ihr abnahm. Der Kater saß auf dem Rollcontainer und beobachtete das Schauspiel aus sicherer Entfernung. Die beiden jungen Frauen verbanden in wenigen Minuten alle Komponenten miteinander.

Dann kam der große Moment. Claudia schaltete den Computer und den Monitor an. Es dauert nicht lange, bis ein C unten links zu sehen war. "Du gibst hier immer diesen Befehl ein und drückst dann die Enter-Taste", sagte Claudia ihrer Mutter, die sich sofort eine Notiz machte. Anschließend öffnete Claudia ein Schreibprogramm. "Dafür musst du nur darauf klicken", erklärte sie ihr. Als das Programm offen war, schrieb

Patricia einen Satz. "Wie kann ich das drucken?", fragte sie. Claudia zeigte es ihr und eine Minute später kam ein Blatt Papier aus dem Drucker. Sie reichte es Frank.

"Soll ich deine Briefe wieder schreiben?", las er. Frank grinste. "Sonst hättest du das Ding nicht kaufen brauchen."

In den folgenden Tagen beschäftigte sich Patricia intensiv mit der neuen Technik, was für Frank den Vorteil hatte, ungestört sein Bild fertigstellen zu können. Er bekam nur am Rande mit, dass sie noch eine Telefondose nach oben verlegen ließ, ein Modem und wenige Wochen später ein Faxgerät anschaffte. Doch bis dahin hatte sie den Berg von Briefen schon lange abgearbeitet und ihren Teil der Gartenarbeit stets pünktlich erledigt.

Sie entwarf auch sehr zeitig Einladungen für die silberne Hochzeit und besprach mit Frank die Karten. "Wie schnell die Zeit vergangen ist", stellte er leise fest, als er die Textentwürfe las. "Bist du noch glücklich mit mir?", fragte er Patricia und die Krähenfüßchen, die ihr Lächeln hervorzauberte, waren Antwort genug. Ihm fiel plötzlich auf, sie waren etwas größer geworden, aber das verringerte ihren Charme nicht im Geringsten. Trotzdem fragte er sich, warum sie bereits ein halbes Jahr vorher den Einladungstext entworfen hatte. "Bestimmt denkt sie, ich hätte es vergessen", war die einzig logische Antwort.

Lange überlegte er, was er ihr zu diesem Jubiläum schenken könnte und beschloss, ihr ein neues Bild des Katers zu malen. Auch wenn er diesmal nicht den Stift benutzte, erinnerte ihn die Entscheidung wieder an die alten Vorsätze. "Das hab ich völlig verpeilt", murmelte er im Atelier und holte das magische Zeichengerät aus dem Schubfach. Lange hielt er es in den Händen und betrachtete es. "Wie funktionierst du?", fragte er leise und bei seinen Überlegungen kam ihm Jérôme Montaigne in den Sinn. "Wieso bin ich nicht schon früher darauf gekommen?", flüsterte er, als ein nebensächlicher Satz Patricias in seiner Erinnerung auftauchte. Sie hatte ihn bei ihrem zweiten Parisaufenthalt, als er sie abends im Hotel gemalt hatte, gesagt. "Jérôme hat die gleichen Augen wie sein Opa", waren die Worte gewesen, denen er keine Beachtung geschenkt hatte. "Zeichnen Sie Ihre Frau so oft es geht", murmelte Frank ganz leise und wiederholte den Satz Jérômes gebetsmühlenartig. 'Sollte alles so einfach sein?', dachte er und schüttelte den Kopf. "Nicht eine Maus hat's geschafft", war die Tatsache, um die er nicht herumkam und die ihn auf den Boden der Realität zurückholte. "Irgendwas passt nicht zusammen", flüsterte er, fand aber nicht heraus, was das fehlende Bindeglied zwischen Leben und Tod war. Trotzdem legte er den Stift vorsichtig zurück und schloss das Schubfach behutsam. Aber einige Details der zweiten Parisreise beschäftigten ihn weiterhin. Das waren in erster Linie die Zeichnungen von Cecile Montaigne, die Jérômes Großvater Francoise angefertigt hatte. Jérôme hatte sie ihnen gezeigt und in dem Moment sehr verletzlich gewirkt. Damals war es Frank nicht aufgefallen, aber jetzt, mit dem Abstand von Jahren und dem hinzugewonnen Wissen, kam ihm dessen Reaktion unangemessen vor. "Ich liebe meine Oma auch, aber ich hätte nie so theatralisch reagiert", dachte er laut nach, und plötzlich schoss ihm ein Gedanke durch den Kopf. "Wenn Francoise und Jérôme ein und dieselbe Person sind, dann erklärt das die Augen und seine zweideutigen Hinweise, die er nur gemacht hat, um zu sehen, ob ich herausgefunden habe, was es mit dem Stift auf sich hat", murmelte er und ließ sich nach hinten in den Bürosessel fallen. "Das hieße dann, dass …" Frank verstummte schlagartig. "Niemand verkauft so einen Stift für einen Franc, zumal wir nur zufällig in seinem Antiquariat gelandet sind. Bei der Theorie ist die Phantasie mit mir durchgegangen", sagte er leise. Der letzte Satz wischte die Hoffnung hinweg, auf eine brauchbare Spur gestoßen zu sein. "Das wäre auch zu einfach gewesen", tröstete er sich und nahm sich vor, Claudia nach einigen Fotos von Milli zu fragen, die er für das Bild als Vorlage nutzen konnte.

Als Claudia zwei Wochen später vorbeikam, brachte sie das Kuvert mit den Fotos unauffällig ins Atelier. "Das sind alle Motive, auf denen das Dickerchen sitzt."

"Danke, mein Engel." Frank sah sie schnell durch. "Das eine reicht", meinte er und gab die restlichen an Claudia zurück.

"Willst du ihn schon wieder malen?", fragte sie.

"Du weißt doch, wie abgöttisch Mama ihn liebt."

"Ja schon, wobei ich mir langsam nicht mehr vorstellen kann, dass das noch der echte Milli ist", meinte Claudia leise.

"Wie kommst du denn darauf?"

"Entschuldige mal. Ich bin 22, also ist er 23", argumentierte sie.

"Na und. Es gibt einen 25-jährigen Kater", erwiderte Frank.

"Ja, einen vielleicht und der kann kaum noch krauchen, aber Milli ist fit wie 'n Turnschuh."

"Er ist auch noch keine 25", sagte Frank.

"Wann ist der echte Milli gestorben und wo hat sie den her? Ist das ein Sohn von ihm?", fragte Claudia ganz direkt und sah ihren Vater an.

"Wie kommst du denn auf das schmale Brett?"

"Weil es gar nicht anders geht. Ich verstehe ja, dass Mama das nicht zugeben will, aber du kannst es mir ruhig sagen. Ich behalt es für mich. Versprochen."

"Kannst du mir dann bitte erklären, wieso sich der Neue genauso verhält? Wie soll der eine die Marotten des anderen übernommen haben?", hielt Frank dagegen.

"Weil Mama ihn genauso behandelt wie den Vorgänger, um sich nicht eingestehen zu müssen, dass der schon lange tot ist. Langsam fällt auf, dass irgendetwas nicht stimmen kann. Ich mache mir Sorgen um sie, denn wenn sie das macht, dann hat sie 'ne Psychose."

"Was bildest du dir eigentlich ein?" Frank sah seine Tochter böse an und einen Moment herrschte betretenes Schweigen.

"Tut mir leid. Ich hab mir wegen ihres Katzenkults Sorgen gemacht. Es war nicht so gemeint", entschuldigte sie sich.

"Versprich mir, niemals so mit ihr zu reden! Irgendwann wird Milli sterben, und dann wird sie leiden. Ob sie sich dann einen neuen Kater beschafft, der so aussieht wie er, weiß ich nicht. Aber noch ist es nicht so weit. Und selbst wenn sie das so machen sollte, wie du gesagt hast, dann ist es ihre Entscheidung, und die hast du gefälligst zu respektieren. Gerade von dir erwarte ich diese Toleranz."

"Du hast ja recht. Entschuldige bitte. Es war nicht böse gemeint", sagte Claudia und umarmte ihren Vater.

"Ich weiß", sagte er nur und war froh, dieses Gespräch mit ihr heute unter vier Augen geführt zu haben. "Na komm. Mama wartet mit dem Essen."

Im Bett dachte er noch lange über Claudias Vermutungen nach. Im Grunde genommen konnte er ihr keinen Vorwurf machen. Aber ungeachtet dessen hatte ihm Claudia eine mögliche Lösung des Problems aufgezeigt, die er ihr – und vielleicht auch Patrick und Kerstin – irgendwann präsentieren konnte. 'Das ist besser als Nichts, auch wenn sie ihre Mutter dann belächeln', sinnierte er und schlief endlich ein.

Zwei Monate später begutachtete Frank das Resultat seiner Bemühungen. Er hatte mehr oder weniger regelmäßig am Bild für Patricia arbeiten können. Anders als auf dem Foto hatte er Milli mit stolzgeschwellter Brust und hoch erhobenem Haupt dargestellt. "Fehlt bloß noch die Krone", entwich ihm plötzlich, und eine Weile dachte er darüber nach, ob er dieses Detail malen sollte. Er tat es nicht und verrichtete die letzte Arbeit am Bild: seine Signatur. Anschließend brachte Frank die

Schutzschicht auf, mit der den Ölfarben dauerhaft Brillanz verliehen wurde. Jetzt musste nur noch ein passender Rahmen für das Gemälde her, aber das eilte nicht. Die Farben brauchten einige Zeit zum Trocknen. Viel wichtiger war, das Bild an einem Ort aufzubewahren, an dem Patricia es nicht finden konnte. 'Ich bring es zu Claudia und Bea', dachte er und bereitete es für den Transport vor. Um sicherzustellen, Patricia bekäme nichts von seinem Vorhaben mit, schaute er in den Garten und die Küche. Hier war sie nicht. "Sitzt sie schon wieder vor diesem dämlichen Computer", murmelte er und ging nach oben. Frank war es bis heute nicht gelungen, dem Gerät etwas Positives abzugewinnen. Seiner Meinung nach war es nichts anderes als eine bessere Schreibmaschine.

Mit seiner Vermutung lag er richtig. Patricia saß am Schreibtisch und erschrak sogar, als er den Raum betrat. Sie hatte sich gerade etwas angesehen, schloss das Bild aber sofort und drehte sich auf dem Stuhl zu ihm. "Ich habe dich gar nicht kommen gehört", sagte sie verlegen und sah vorwurfsvoll zum Kater, der nur faul auf einem Rollcontainer herumlungerte.

"Das sehe ich. Hab ich bei irgendwas gestört?"

"Nein, nein. Bei gar nichts", eierte Patricia herum.

"Wie gar nichts sah das nicht aus. Ich wollte eigentlich bloß fragen, ob du irgendwas vorhast. Wenn nicht, würde ich schnell mal zu Koschnewski fahren wollen", sagte Frank.

"Fahr ruhig. Wann bist du wieder zu Hause?"

"In zwei oder drei Stunden."

"Dann bereite ich das Essen rechtzeitig vor, damit es fertig ist, wenn du kommst", schlug Patricia vor.

Frank glaubte, eine gewisse Erleichterung in ihrer Stimme gehört zu haben. "Wie du meinst. Ich bin dann mal weg", meinte er nur und ging wieder nach unten. 'Was hat sie da getrieben?', dachte er die ganze Zeit über, als er das verpackte

364

Bild ins Auto lud. Auch während der Fahrt zu Claudia beschäftigte ihn der Gedanke.

"Hi Bea", sagte er beim Betreten des Verkaufsraums. Frank hatte bereits von draußen gesehen, wie sie ein Bild ihrer kleinen Ausstellung wechselte. "Ich brauche eure Hilfe. Könnt ihr dieses Bild für mich aufbewahren. Es ist noch frisch und darf nicht berührt werden. Es ist mein Geschenk für die silberne Hochzeit."

"Kein Problem. Was hast du gemalt?"

"Es ist ein Portrait von Milli", sagte Frank und öffnete die Verpackung, sodass Beatrix sein Werk sehen konnte.

"Wow, das ist echt stark. Ist das ein Ölgemälde?"

Nachdem Frank ihr alle Fragen beantwortet hatte, schlug Beatrix vor, das Bild nach oben in die Wohnung zu bringen. "Ist Claudia auch da?", erkundigte er sich.

"Sie sitzt am Rechner und probiert was. Findest du den Weg allein?"

"Ja klar", antwortet er und ging vorsichtig nach hinten, um die Treppe in die Wohnung zu nehmen. Claudia saß im Arbeitszimmer am PC. "Hi Prinzessin. Ich bringe was zur Aufbewahrung vorbei", meinte er und legte das Bild vorsichtig auf eines der Regale. "Was machst du gerade?", fragte er seine Tochter.

"Ich probiere nur was."

"Was probierst du?", hakte er nach.

"Wir wollen Beas Laden im Internet präsentieren und ich gestalte gerade den Auftritt der Seite."

"Ist das kompliziert?"

"Geht so", erwiderte sie.

"Was gibt's alles so in diesem Internet?"

"Das Meiste ist Sexkram, aber so nach und nach kommen auch immer mehr gewerbliche Angebote dazu", meinte Claudia gelangweilt. "Willst du 'n Kaffee?"

"Ein Kaffee wäre klasse", sagte Frank, den die Antwort seiner Tochter neugierig gemacht hatte. In der Küche fragte er weiter. "Was für 'n Sexkram soll das sein?"

"Ach, nur Bilder und so."

"Die gab's früher schon in diversen Heftchen", erwiderte Frank.

"Aber jetzt kannst du halt die Umwelt schonen, wenn du sie dir im Internet anguckst. Außerdem ist die Auswahl viel größer und bestimmte Hefte kriegt man nicht so einfach", erklärte ihm Claudia, während sie den Kaffee brühte.

"Was für bestimmte Hefte?"

"Das abartige Zeug halt, auf dem manche Leute stehen. Guck doch zu Hause selbst nach, dann weißt du's", antwortete Claudia lax.

"Mich interessiert dieser ganze Computerkram nicht. Vielleicht bin ich ja zu altmodisch."

"Du musst dir das wie 'ne gigantische Litfaßsäule vorstellen, auf der du alles findest, was dich interessiert. Du musst bloß wissen, wo du suchen musst", erklärte ihm seine Tochter.

"Das heißt, ich gebe Frau als Suchbegriff ein und dann kommen diese Sexseiten?"

"Ein bisschen genauer sollte es schon sein. Mann sucht Frau würde die Suche einschränken, damit dir nicht alles, wo das Wort Frau drin vorkommt, angezeigt wird", sagte Claudia.

"Frauenärzte zum Beispiel."

"Zum Beispiel", wiederholte Claudia leicht genervt. "Warum fragst du nicht Mama. Mit diesen Sachen kennt sie sich mittlerweile gut aus. Hast du überhaupt schon mal am Computer gesessen?"

"Bis jetzt nicht", gestand Frank. Für ihn stand fest, dass er das unbedingt nachholen musste. "Ist Mama oft im Internet?"

"Ich denke schon. Anfangs hat sie angerufen, wenn sie nicht klarkam, aber das macht sie schon länger nicht mehr."

"Und was hat sie im Internet gesucht?", lavierte Frank um den heißen Brei.

"Keine Ahnung. Frag sie doch einfach selbst."

"Und weißt du schon, wie es mit deinem Studium weitergeht?", lenkte er ihr Gespräch in eine andere Richtung.

"Nächstes Jahr könnte ich anfangen", meinte Claudia und erzählte ihm begeistert von den Möglichkeiten, die das für das Geschäft mit sich brächte.

Geduldig wartete Frank einige Minuten, bis sie geendet hatte. Dann sah er auf die Uhr. "Ich muss noch zu Koschnewski", sagte er, bedankte sich für den Kaffee und ging.

Im Laden bestellte er den Bilderrahmen, schlug die Einladung zum Tee aber mit der Begründung aus, er müsse noch dringend zur Post, um ein Telegramm aufzugeben. "Beim nächsten Mal gerne", versprach er. Frank wollte schnellstmöglich nach Hause, um den Dingen auf den Grund zu gehen. Nach dem Gespräch mit Claudia war er sich ganz sicher, doch Fotos von nackten Männern auf dem Monitor wahrgenommen zu haben, bevor Patricia die Seite geschlossen hatte. "Das erklärt auch ihre komische Reaktion." Trotzdem fragte er sich, ob es Grund zur Sorge gab. 'So glücklich scheint sie nicht zu sein, sonst würde sie das nicht machen', dachte er. Plötzlich fragte er sich auch, ob sie in letzter Zeit allein unterwegs war und vor allem, wie lange? "Ich darf mir nichts anmerken lassen", nahm er sich vor, als er in die Garage fuhr, aber sein Kopfkino lief auf Hochtouren.

Bereits im Flur roch er das gebratene Hühnchen. Das befeuerte seinen Verdacht zusätzlich. 'Wieso macht sie sich mitten in der Woche so viel Arbeit?', dachte er plötzlich und betrat die Küche.

"Ich habe schon auf dich gewartet. Was hast du denn bei Koschnewski so lange gemacht?", erkundigte sie sich.

"Ich war wegen der neuen Rahmen dort und hab mit ihm noch 'nen Tee getrunken."

Obwohl Patricias Hühnchen lecker war, wollte es Frank nicht richtig schmecken. "Hast du was?", fragte sie, als sie ihn lustlos auf dem Teller herumstochern sah.

"Es ist nichts", antwortete er und steckte sich den nächsten Happen in den Mund. Während er kaute, sah er gelegentlich zum Kater, der zu Patricia starrte. Sie ignorierte ihn. Auch das war ungewöhnlich.

"Du bist gleich dran", sagte sie nur, als er mauzte und das war noch ungewöhnlicher. Sie hatte ihm bisher nicht ein Häppchen heruntergereicht.

Frank registrierte die Veränderungen genau.

Patricia schien es genauso zu gehen. "Du bist so komisch", meinte sie nur.

"Bin ich das?"

"Ist es wegen vorhin?", fragte sie.

"Was meinst du mit vorhin?"

"Als du ins Büro gekommen bist."

"Was war denn, als ich ins Büro gekommen bin?", quälte Frank sie anstatt mit Ja zu antworten.

"Weil ich diese Seite schnell zugemacht habe."

"Das ist mir gar nicht aufgefallen", quälte er sich nun selbst.

"Tu doch nicht so. Klar ist dir das aufgefallen und es war auch blöd von mir. Ich habe dich aber nicht kommen gehört und bin total erschrocken", ging Patricia in die Offensive.

"Das heißt, sonst hörst du mich immer rechtzeitig und kannst die Seite schließen, ohne das ich was merke."

"Was soll denn das jetzt heißen", echauffierte sich Patricia.

"Na was wohl? Diesmal warst du so vertieft in deine Lustknaben, dass du mich nicht mal kommen gehört hast."

"Was für Lustknaben?"

"Willst du mir jetzt weiß machen, du siehst dir nackte Frauen an?"

"Das waren aber nackte Frauen. Die Männer kann ich mir auch so vorstellen", sagte Patricia wütend.

"Ach, kannst du das?", brüllte Frank und hielt auf einmal inne. "Was willst du mir gerade sagen? Heißt das, du stehst jetzt auch auf …?" Seine Augen weiteten sich.

"Drehst du jetzt völlig durch? Wie kommst du darauf, dass ich auf Frauen stehe?", brüllte jetzt auch Patricia.

"Warum sonst guckst du dir dann heimlich welche an?", schrie Frank.

"Weil ich sie vor mir sehen muss, wenn ich über sie schreibe", schrie auch Patricia.

"Was?", fragte er irritiert.

"Ich muss sie vor meinem inneren Auge sehen, dann klappt es besser, wenn ich ihre Geschichte erzähle", sagte Patricia leise und sah Frank eindringlich an. "Gerade du müsstest das doch verstehen."

"Willst du mir jetzt erzählen, du guckst dir heimlich nackte Frauen an, weil du sie dir in einer Geschichte besser vorstellen kannst? In was für Geschichten eigentlich?"

"Die ich manchmal schreibe", gestand Patricia.

"Du schreibst Geschichten?"

Patricia nickte nur.

"Seit wann denn das?"

"Seit wir den Computer haben. Ich wollte das schon immer mal machen, aber es war ja nie Zeit. Die Kinder, das Haus, der Garten, Milli." Als sie Milli sagte, schaute sie nach unten. "Wo ist er eigentlich?"

"Keine Ahnung."

Sie sahen sich beide um und entdeckten den Kater auf der Hollywoodschaukel. Er lungerte nicht herum, sondern saß aufrecht und schaute zu ihnen in die Küche.

"Er hat Angst bekommen, weil du geschrien hast", sagte Patricia und stand auf. Franks "Ich?" überhörte sie. "Komm wieder rein, mein Süßer", säuselte sie. Der Kater machte sich tatsächlich auf den Weg und sprang durchs offene Fenster herein. Liebevoll streichelte sie ihn, dann setzte sie sich wieder an den Tisch und löste sofort etwas Fleisch von der Keule. Sie reichte es Milli, der kurz daran roch, aber dann beherzt zuschnappte. "Alles ist wieder gut", versprach sie ihm und widmete sich erneut Frank. "Ich habe in der Schule schon gern Aufsätze geschrieben und manchmal auch was für die Schülerzeitung. Jetzt ergab sich halt die Gelegenheit. Soll ich den ganzen Tag nur putzen?"

"Natürlich nicht, aber du hättest ja mal was sagen können", meinte Frank und begann wieder zu essen. Eine Weile herrschte Stille "Das Hühnchen ist lecker. Was schreibst du eigentlich für Geschichten?"

"So dies und das", druckste Patricia herum.

"Für dies und das musst du dir keine nackten Frauen angucken. Da reichen auch die aus 'nem Wäschekatalog." Frank schmunzelte.

"Haha. Genau deswegen habe ich nichts gesagt."

"Entschuldige, so war das nicht gemeint."

"Meist sind das erotische Geschichten", gestand Patricia.

"Warum erotische? Vermisst du was?"

"Quatsch, deswegen musst du dir keine Sorgen machen. Es ist halt die eine oder andere Phantasie, die mich inspiriert."

"Also fehlt dir doch was?" Frank unterbrach das Kauen und sah ihr in die Augen.

"So kann man das nicht sagen. Stellst du dir nicht manchmal vor, wie es zum Beispiel mit einer Schwarzen oder einer Asiatin wäre?"

"Wenn wir zusammen Sex haben?"

"Nein, aber vielleicht, wenn du eine siehst."

"Bei uns leben aber keine Schwarzen und Asiaten."

"Ich meine ja nur mal angenommen. Regt das deine Phantasie an?", hakte Patricia weiter nach.

"Das schon, aber nicht zwangsweise wegen des Sexes. Ich bin nicht unzufrieden, so wie es mit uns läuft."

"Ich auch nicht, aber trotzdem kann man doch in fremde Gedanken eintauchen und so tun, als wären es die eigenen."

"Letztlich sind sie's doch auch", erwiderte Frank.

"Nicht unbedingt. Du bist doch schon oft gefragt worden, was dich zu einem bestimmten Bild inspiriert hat."

"Die reine Vorstellungskraft. Da reicht manchmal 'ne Schlagzeile."

"Wenn ich eine Geschichte schreibe, ist es genauso", sagte Patricia.

"Für wen schreibst du sie überhaupt?"

"Für mich. Mir macht das wirklich Spaß."

"Hast du schon mal versucht, eine zu veröffentlichen?"

"Nein und das will ich auch nicht", erwiderte Patricia.

"Warum nicht? Die Verlagskontakte haben wir."

"Du hast sie, aber ich möchte das nicht. Außerdem habe ich noch nie jemand anderen eine Geschichte lesen lassen. Es sind auch nur einige wenige, die ich bisher geschafft habe."

"Dann lies mir doch mal eine vor", meinte Frank.

"Mal sehen", sagte sie und sah zum Kater. "Der Einzige, der sie kennt, bist du, mein Süßer. Du lachst nämlich nicht über dein Frauchen."

"Das mach ich auch nicht", rechtfertigte sich Frank sofort.

"Ich weiß nicht mal, ob die Geschichten was taugen. Ich schreibe sie nur, weil es mir Spaß macht", meinte Patricia und begann, den Tisch abzuräumen. "Wenn das heute nicht passiert wäre, wüsstest du's nicht mal. Deswegen möchte ich dich bitten, es für dich zu behalten und mich nicht zu bedrängen, dir was vorzulesen. Kriegst du das hin?"

"Ja", erwiderte Frank nur, wobei ihm eine ketzerische Bemerkung auf der Zunge lag, die er jedoch sofort herunterschluckte.

"Danke", sagte Patricia erleichtert.

Im Atelier dachte er noch eine Zeit lang über den heutigen Tag nach. "Das hätte auch ins Auge gehen können", murmelte er und machte sich selbst den Vorwurf, sich noch nie für den Computer interessiert zu haben. 'Wenn ich's jetzt mache, denkt sie bestimmt, ich suche nur einen Vorwand, um ihr nachzuspionieren', überlegte er. Gleichzeitig ertappte er sich dabei, den Gedanken, sie sei doch nicht so glücklich wie sie vorgegeben hatte, nicht abschütteln zu können. "Dabei müsste gerade ich sie verstehen. Einige meiner Bilder kennt niemand außer mir, und alle anderen präsentiere ich erst, wenn ich der Meinung bin, so wie sie sind, sind sie perfekt." Damit war ihm klar, wie er sich in dieser Angelegenheit verhalten würde.

Als ihm ein paar Tage später eine spontane Idee durch den Kopf schoss und Patricia weder im Garten noch in der Küche war, ging er bedächtig ins Obergeschoss. Dabei beschlich ihn plötzlich das schlechte Gewissen, weil er nicht zuerst dort nach ihr gesucht hatte. Vor der Bürotür stockte er kurz und klopfte an. Erst als er ihr Ja vernommen hatte, trat er ein.

Patricia sah ihn fragend an. "Seit wann klopfst du?"

"Ich wollte dich nicht erschrecken."

"Nun übertreib mal nicht oder denkst du, ich sehe mir jeden Tag Bilder von nackten Frauen an?"

"So war's nicht gemeint", rechtfertigte er sich sofort und sah zum Monitor. Patricia hatte gerade einen Brief geschrieben. "Ich hab mir Gedanken wegen unserer silbernen Hochzeit gemacht und wollte dich fragen, ob du wieder mal verreisen möchtest. Wir fahren ja nur so selten weg", meinte er.

"Wo willst du denn hin?"

"Keine Ahnung. Findet man so was nicht in deinem Internet?"

"Es ist nicht mein Internet", erwiderte Patricia und sah Frank an. "Wo wollen wir hinfahren?", fragte sie.

"Da, wo du hinmöchtest."

Patricia überlegte nicht lange. "Ich wollte schon immer nach Südfrankreich."

"Na dann. Auf nach Südfrankreich. Kümmerst du dich um alles?", fragte Frank und wollte das Büro schon wieder verlassen, als sie ihn zurückhielt.

"Das machen wir zusammen. Hol dir den Stuhl aus Claudias Zimmer."

"Ich kenne mich mit der Kiste aber nicht aus."

"Dann wird es langsam Zeit, dass wir das ändern", meinte sie und duldete keine Widerrede.

Sie saßen bis zum Abend im Büro. Frank war erstaunt, wie geschickt Patricia sie durch die Flut an Informationen navigierte. Am Ende schlug sie vor, die Homepage von Beatrix' Auftritt anzusehen. "Die hat Claudia gemacht", sagte sie nicht ohne Stolz. Frank war überrascht, wie gut ihre Tochter die Gestaltung der Seite hinbekommen hatte. "Das hat sie von dir", meinte Patricia und druckte am Ende der langen Sitzung noch drei Briefe sowie einen mehrseitigen Text aus. Die Briefe ließ sie Frank gleich unterschreiben, die Textseiten steckte sie in eine dünne Mappe. "Jetzt mache ich uns erst mal was zu essen. Ich sterbe vor Hunger", sagte sie und schaltete den Computer aus.

"Soll ich dir helfen?", fragte Frank, als sie in der Küche standen.

"Ich mach das schon", entgegnete sie und reichte ihm die Mappe.

"Was ist das?"

"Tu doch nicht so. Du kannst es dir doch denken. Setz dich

hin und lies es. Wenn's dir nicht gefällt, kannst du's ruhig sagen", antwortete sie und begann mit der Zubereitung des Essens.

Frank bekam nicht mit, wie sie während des Kochens einige Male zu ihm schielte. Ihr Text fesselte ihn und bis sie den Tisch deckte, hatte er ihn zwei Mal gelesen. "Das ist richtig gut", sagte er nach einigen Minuten beim Essen. Bis dahin hatte er schweigend gekaut und nachgedacht.

"Schön, dass es dir schmeckt", antwortete Patricia.

"Ich meine deine Geschichte."

"Ach so. Also schmeckt dir das Essen nicht?"

"Klar schmeckt es mir. Das weißt du ganz genau." Er registrierte Patricias schelmisches Lächeln, das aber nur kurz währte. "Ich bin in der Handlung richtig abgetaucht, wobei ich zugeben muss, etwas Erotisches erwartet zu haben", gestand er ihr.

"Ich wollte nicht gleich damit anfangen. Es dreht sich im Leben schließlich nicht alles um Sex. Aber es freut mich, dass dir die Geschichte trotzdem gefallen hat."

"Wie lange hast du dafür gebraucht?"

"Ungefähr drei Wochen, aber das lag nur daran, weil ich nicht jeden Tag Zeit hatte."

"Wie viele hast du schon geschrieben?"

"Fünf oder sechs, so genau kann ich das nicht sagen", wich Patricia einer konkreten Antwort aus.

"Komm schon. Vielleicht weiß man nicht, ob es 50 oder 60 sind, aber bei fünf oder sechs ist man sich schon sicher", lockte Frank sie aus der Reserve.

"Es sind acht", gestand sie.

"Von denen die erste richtig gut ist."

"Woher willst du das wissen?"

"Weil ich lesen kann. Die Geschichte hat mich wirklich in ihren Bann gezogen. Zumal sie ganz anders ausgegangen ist, als ich erwartet habe. Warum hast du das kleine Mädchen doch sterben lassen?"

"Weil das Leben kein Wunschkonzert ist", erwiderte Patricia.

Für einige Sekunden entfalteten die Worte ihre Wirkung, dann griff Frank nach ihrer Hand. "Du hast recht", sagte er leise und dachte an die düsteren Bilder, die er nach dem Tod ihrer Eltern gemalt hatte. "Danke, dass ich das lesen durfte."

"Auf die anderen Geschichten wirst du noch etwas warten müssen."

"Wieso das denn?", beschwerte er sich.

"Alles zu seiner Zeit", meinte sie lächelnd und begann anschließend, den Tisch abzuräumen. Es war höchste Zeit für Millis Fütterung.

Ihre Silberhochzeit fand im engsten Familienkreis statt. Patricia hatte zwar im besten Restaurant der Stadt sechs Plätze reserviert, aber die kleine Feier begann schon am Vormittag zu Hause. Patrick und Kerstin waren bereits am Vorabend angereist, Claudia und Beatrix trafen nach dem Frühstück ein. Sie brachten auch das eingerahmte Bild mit.

Das Paar überreichte sich die Geschenke. Patricia überraschte ihren Mann mit einer neuen Uhr. Als sie das Bild ausgepackt hatte, stand sie gerührt davor. "Das hänge ich mir ins Büro", sagte sie und sah zum Kater. "Der Papa hat dich richtig gut getroffen", meinte sie und hob Milli hoch. "Erkennst du dich auch wieder, mein Süßer?" Das Mauzen konnte nur Ja heißen. Zufrieden ließ sie den Vierbeiner herunter und sah zu Frank. "Wollen wir's den Kindern jetzt geben?", fragte sie.

"Meinetwegen."

"Wir hatten euch gebeten, uns nichts zu schenken. Schließlich könnt ihr nichts dafür, dass wir vor 25 Jahren geheiratet haben. Aber ein bisschen habt ihr auch Schuld daran, dass wir's immer noch sind, und deswegen haben wir uns überlegt, uns bei euch zu bedanken", sagte Patricia und nickte Frank zu, der das große, dicke Kuvert holte, welches die ganze Zeit auf dem Kamin gelegen hatte. "Vielleicht habt ihr euch gewundert, weshalb ich euch gebeten hatte, den August freizuhalten", fuhr Patricia fort. "Es war gar nicht so einfach, eine passende Ausrede dafür zu finden, aber euer Vater und ich haben uns überlegt, euch einen Monat lang auf Reisen zu schicken, und damit meinen wir euch vier. Wir hoffen, die Ziele gefallen euch", sagte Patricia und sah Frank an. "Nun gib es ihnen ", trieb sie ihn an.

"Am besten drücke ich es meinen beiden Schwiegertöchtern in die Hand." Beatrix und Kerstin standen sowieso nebeneinander. "Viel Spaß euch Vieren", meinte er. Die anderen wussten nicht, was sie sagen sollten.

Bereits am nächsten Tag begann Franks und Patricias Reise. Bevor sie losfuhren, gab Patricia noch viele Hinweise an Claudia und Beatrix. Die beiden hatten sich schon vor Wochen bereiterklärt, den Kater zu sich zu nehmen. "Keine Sorge Mama, wir passen auf das Dickerchen schon auf. Genieß die Reise ", beruhigte Claudia sie.

"Und dass mir keine Klagen kommen, mein Süßer", verabschiedete sie sich von Milli und streichelte ihn vorerst ein letztes Mal.

"Können wir los?", fragte Frank, der die ganze Zeit über geduldig gewartet hatte.

Die erste Etappe der Reise führte sie nach Nizza. Patricia hatte sich um alles gekümmert, und bereits am Flughafen übernahmen sie den Mietwagen, den sie erst am Tag der Abreise in Marseille wieder abgeben würden. Doch zuerst führte sie die Fahrt ins Stadtzentrum, wo sie bis Dienstagvormittag blieben. Frank war erstaunt über Patricias immer noch vorhandene Französischkenntnisse. Er hatte erwartet, sie wären im Laufe der letzten 20 Jahre verloren gegangen, aber das war ein Irrtum. Wobei Patricia beim Abendessen im Restaurant einräumte, sich in den letzten Wochen wieder intensiv mit der Sprache beschäftigt zu haben. "Du überraschst mich immer wieder", gestand Frank, dem sich Französisch nicht erschloss. Schließlich wurde nicht ein Wort so gesprochen, wie man es schrieb.

Die zweite Überraschung erwartete ihn am Abend des nächsten Tages. "Wenn du willst, lese ich dir heute eine Geschichte vor", meinte Patricia, und so erfuhr er von einer Maus, die es sich zur Lebensaufgabe gemacht hatte, ein kleines Mädchen zu piesacken. Am Ende der Geschichte wurde die böse Maus zwar von einer Katze gefressen, aber Frank war sich sicher, Patricia hatte versucht, auf diese Art und Weise ihre eigene Phobie zu verarbeiten. Trotzdem hatte ihm die Geschichte gefallen, und er fragte sie, wie sie darauf gekommen war, die Maus in einer Szene in der Brotbüchse des Mädchens unterzubringen. "Ist es nicht ein bisschen weit hergeholt, wenn du sie die Brote in der Blechdose des Mädchens anknabbern und sie in dem Moment, wenn die Dose geöffnet wird, über den Arm der Kleinen auf deren Schulter rennen lässt, damit sie von dort aus wegspringt und in ihrem Schlupfloch entkommt", sagte er.

Patricia schüttelte nur den Kopf. "Es ist genauso passiert, und auch meine Eltern haben sich immer gefragt, wie sie da reingekommen ist", antwortete sie leise und lehnte sich bei Frank an. Er legte seinen Arm um sie und konnte die Gänsehaut Patricias genau spüren. "Deswegen mag ich keine Vorratsdosen aus Blech oder Plastik und mache sie selbst heute noch erst einen Spaltbreit auf, um keine böse Überraschung zu erleben", gestand sie.

"Ich verstehe", antwortete er leise und jetzt war ihm klar, warum seine Frau nur Glasbehälter im Haushalt verwendete. Erst wollte er fragen, warum sie so lange gebraucht hatte, um ihm das zu sagen, doch er unterließ es. Stattdessen sprach er leise eine Erkenntnis aus. "Milli ist also dein Bodyguard."

Sie nickte. "Das ist er."

In Cannes präsentierte sie ihm eine weitere Geschichte. Es war die erste erotische. Frank war sich nicht sicher, ob Patricia auf diesem Weg unerfüllte Wünsche zum Ausdruck bringen wollte. Wobei es in ihrer Geschichte nur Andeutungen gab. Aber sie handelte von einem Paar, das es geschickt verstand, sein Liebesleben dadurch neu zu beleben, indem die Frau in eine von ihr gewählte Rolle schlüpfte. Mal gab sie die Unbekannte, die ihr Mann in einem Restaurant ansprechen musste, mal spielte sie eine Prostituierte, die von ihm zu einem Hausbesuch bestellt wurde. Eine Szene hatte Patricia besonders ausgeschmückt. In ihr stand die Frau am Straßenrand und wartete. Doch ihr Mann hatte auf dem Weg zu ihr – er sollte nur eine Runde um den Block fahren, um sie 200 Meter nach dem Punkt, wo er sie abgesetzt hatte, wieder einzuladen – nicht mit der Unterbrechung gerechnet, die ihn einige Minuten verspätet bei ihr eintreffen ließ. Bereits von Weitem sah er, wie ein Wagen, der ihm bekannt vorkam, neben seiner Frau hielt und sie Schwierigkeiten hatte, den lästigen Interessenten loszuwerden. Der fuhr zwar weiter, aber als der Mann selbst neben seiner Frau hielt, war sie viel zu schnell in sein Auto eingestiegen. "Du kannst dir gar nicht vorstellen, wie viele Autos in der kurzen Zeit angehalten haben", hatte Patricia die Protagonistin noch sagen lassen, bevor sich diese die Perücke abgenommen und gemeint hatte, sie könnten so nicht nach Hause fahren. "Der lästigste Kunde war der Schmidt von nebenan. Hoffentlich hat der mich nicht erkannt", hatte die umtriebige Ehefrau in der Geschichte noch gesagt und sich den Mantel wieder übergezogen, mit dem sie zu Hause losgefahren war und der noch auf der Rücksitzbank im Auto gelegen hatte. In Patricias Geschichte hatte das Paar trotzdem noch seinen

Spaß gehabt, denn der fiktive Ehemann hatte vorgeschlagen, es im Nachbarort erneut zu versuchen, was sie auch getan hatten, um die restliche Nacht im Auto zu verbringen.

"Wie findest du sie?", fragte Patricia, nachdem sie geendet hatte.

"Ich bin erstaunt, auf was für Ideen du kommst, aber die Geschichte ist schön erzählt", antwortete er und stockte dann einen Moment. "Was willst du mir damit sagen?"

"Wie kommst du darauf, dass ich dir damit etwas sagen will?"

"Bei der letzten war's doch auch so", sagte er.

"Da habe ich meine Angst vor Mäusen verarbeitet. Das heißt aber im Umkehrschluss nicht, dass ich in jeder Geschichte etwas verarbeiten muss", erwiderte Patricia.

"Und die erste Geschichte? Du hast das kleine Mädchen sterben lassen. Sie ist kurz nach dem Tod deiner Eltern entstanden."

"Das stimmt schon, aber die erotischen Geschichten sind reine Phantasie."

"Die deinem Kopf entsprungen sind", setzte Frank den Satz einfach fort.

"Na und. Du musst dir keine Sorgen machen", erwiderte Patricia und küsste ihn zärtlich. "Wobei du häufiger den Anfang machen könntest", hauchte sie ihm nach dem Kuss ins Ohr.

"Also doch", raunte er und kam ihrer Aufforderung gern nach.

Die nächsten Etappen der Reise führten sie über Saint-Raphaël, Saint-Tropez und Le Levandon nach Toulon. In jedem Ort präsentierte ihm Patricia eine weitere Geschichte. Mittlerweile war Frank wegen ihres Talents nicht mehr überrascht. Umso mehr fragte er sich, woher sie ihre Inspirationen bezog und was sie bewogen hatte, die

Handlungsfäden so zu spinnen, wie sie waren. Seit Cannes hatte sie zwar nur noch erotische Geschichten vorgelesen, aber er wurde das Gefühl nicht los, die Erotik war nur ein Vorwand, um in die tiefsten Abgründe der menschlichen Seele vorzustoßen. Patricia hatte ihn selbst – ob das beabsichtigt war, wusste er nicht – auf die Idee gebracht, indem sie in Saint-Tropez erzählt hatte, sie überlege manchmal, ob sie die Story der umtriebigen Ehefrau anders enden lassen sollte. "Was wäre eigentlich passiert, wenn er sie ins Auto gezogen und erst später gemerkt hätte, dass sie seine Nachbarin ist?", hatte sie Frank während der Weiterfahrt nach Le Levandon gefragt und er lax geantwortet, da gäbe es viele Möglichkeiten.

"Welche denn?"

"Sie verlieben sich ineinander und deshalb lässt sie sich von ihrem Mann scheiden, um die Zukunft mit dem Nachbarn zu verbringen", hatte Frank vorgeschlagen, aber sie nur gelangweilt den Kopf geschüttelt.

"Der Schmidt ist alt und fett. Ein Widerling", hatte sie nach einer Weile gemeint.

"Wenn das schon feststeht, dann vergewaltigt und tötet er sie", hatte Frank vorsichtig vorgeschlagen.

"Schon besser, aber er könnte sie auch in sein Wochenendhaus verschleppen und sie im Keller als Sexsklavin halten. Wenn er ein Doppelleben führt, dann ...", hatte sie nachdenklich gesagt, den Satz aber nicht zu Ende gesprochen.

Trotzdem sah Frank ihre Geschichten seit dem Gespräch mit anderen Augen. Er fragte sich, ob Patricia die Idee irgendwann in die Tat umsetzen und aus den kurzen Erzählungen mehr machen würde. Danach fragen wollte er sie nicht, obwohl ihn ihre Was-wäre-eigentlich-wenn-Frage nicht mehr losließ. Man konnte sie schließlich in jeder Geschichte stellen. Er fragte sie aber, wann sie ihm die achte vorlesen wollte. Immerhin verbrachten sie die letzte Nacht in Toulon.

"Ein andermal", meinte sie nur und lächelte ihn an.

"Scheherezade hat ihrem Sultan aber jede Nacht eine Geschichte erzählt", moserte er.

"Sie wusste auch, dass er sie köpft, wenn sie aufhört", erwiderte Patricia lachend.

"Ich bin eindeutig zu spät auf die Welt gekommen. Damals herrschte noch Zucht und Ordnung", antwortete Frank gespielt niedergeschlagen und erntete dafür einen liebevollen Klaps auf seinem Arm. "Aber Spaß beiseite. Schreibst du demnächst noch mehr Geschichten?", fragte er sie.

"Mal sehen, wann ich die Zeit dafür finde", wich sie aus, aber Frank sah kurz die Krähenfüßchen in ihren Augenwinkeln. Das war ein gutes Zeichen.

Nachdem sie ihr Gepäck vom Transportband genommen hatten, rief Patricia vom Flughafen aus sofort bei Claudia an. Anschließend schlenderten sie zum Parkplatz. Während Frank den Gepäckwagen vor sich herschob, erzählte Patricia ohne Unterlass, wie sehr sie sich auf zu Hause freue.

"Hat dir unser Urlaub etwa nicht gefallen?"

"Die Reise war phantastisch, aber ich freue mich riesig auf zu Hause. Nichts geht über das eigene Bett. Das nächste Mal können wir ja in die Bretagne fahren", sagte sie und half Frank beim Verstauen des Gepäcks im Kofferraum.

Zwei Stunden später fuhr er aufs Grundstück. Beatrix' Auto stand vor dem Haus. Er hupte einmal und fuhr direkt in die Garage. Der Motor war gerade von ihm abgeschaltet worden, als die Verbindungstür zum Haus geöffnet wurde und Claudia sie anlächelte. Neben ihr stand Milli, der vor Aufregung am ganzen Körper zitterte. Patricia umarmte sie sofort und bückte sich dann. "Frauchen ist wieder da, mein Süßer", säuselte sie und hob den Kater hoch.

"Er war ganz lieb", sagte Claudia.

"Das weiß ich doch, dass du ganz lieb warst", meinte sie zum Kater und streichelte ihn.

Inzwischen war auch Frank ausgestiegen und begrüßte seine Tochter.

"Wie war der Urlaub?", fragte sie ihn.

"Zu kurz, aber schön. Bis auf den Kaffee, der schmeckt zu Hause am besten", antwortete er und begann das Gepäck auszuladen. Claudia half ihm und Patricia dirigierte die beiden mit dem Kater im Arm zum Wirtschaftsraum. "Der große Koffer kann hier unten bleiben, da ist bloß Wäsche drin. Bringst du den kleinen bitte nach oben."

Während Frank ihrer Bitte nachkam, ging sie mit Claudia in die Küche und begrüßte dort Beatrix. "Hallo meine Süße. Hast du etwa gebacken?", erkundigte sie sich sofort. Es roch verführerisch.

"Wir waren uns nicht sicher, ob ihr hungrig seid, aber einen Flammkuchen kann man auch zwischendurch essen", meinte Beatrix und begann den Tisch zu decken. "Wie war der Urlaub?", fragte sie dabei.

Patricia schwärmte in den höchsten Tönen. Währenddessen war auch Frank wieder nach unten gekommen und hatte gleich die drei Filme mitgebracht, die sie im Urlaub aufgenommen hatten. Er setzte sich zu den anderen auf die Couch und nahm seinen Teller mit dem Stück Flammkuchen zu sich. Während Patricia erzählte, aß er es, griff sich ein zweites Stück und hörte ihr weiter zu. Ihm fiel auf, sie erwähnte mit keinem Wort ihre Geschichten. Als er sich das dritte Stück nahm, sah ihn Patricia an. "Nun sag doch auch mal was", meinte sie. "Du kannst besser erzählen als ich, dass weißt du doch", erwiderte er nur und biss beherzt zu. "Mann, ist der lecker", nuschelte er mit vollem Mund und erntete Beatrix' Lächeln. Frank war gespannt, ob Patricia seine Anspielung aufgreifen und etwas von ihren Geschichten erzählen würde. Sie tat es nicht.

In den folgenden Tagen arbeitete Patricia viel im Garten. Genau wie Frank, der den Rasen vor und hinter dem Haus mähte und ihr beim Anlegen eines neuen Beets half. Einige Kräuter der Provence wollten sie beide nicht mehr missen. Bei der Gelegenheit erkundigte sich Frank auch danach, wann sie ihm die letzte Geschichte vorlesen wollte. "Alles zu seiner Zeit", meinte sie nur und sah zum Kater, der am Rand des neuen Beets saß. "Du kennst sie schon, mein Süßer", säuselte sie und erntete dafür Millis ungeteilte Aufmerksamkeit. "Soll ich sie nochmal vorlesen?", fragte sie ihn. Der Kater mauzte kurz.

"Er hat Ja gesagt", meinte Frank.

"Woher willst du das wissen?"

"Weil er bei Nein länger hätte mauzen müssen", erwiderte Frank leicht genervt.

Patricia sah zu Milli. "Nicht schlecht." Dann wandte sie sich wieder Frank zu, grubberte dabei aber weiter den Boden. "Ich hoffe, du kannst noch bis heute Abend warten?"

Patricia las die Geschichte im Bett vor. Zuvor stellte sie sich ein Glas Wasser auf den Nachttisch, was nur bedeuten konnte, sie würde länger brauchen. Sie schüttelte ihr Kissen auf, lehnte sich bequem gegen die Rückwand und zog die Beine an. "Seid ihr soweit?", fragte sie und sah abwechselnd zu Frank und Milli. Der Kater lümmelte am Fußende und sah tatsächlich zu ihr.

"Jetzt spann uns nicht so lange auf die Folter", sagte Frank.

Patricia lächelte, nippte kurz am Wasserglas und begann mit dem Vorlesen. Ihre Stimme klang sehr sanft, und sie achtete genau auf die Betonung. Bei den Dialogen hob und senkte sie ihre Stimme, was die Geschichte fast zu einem Hörspiel machte.

Einige Male schielte Frank zum Kater, dessen Ohren immer

zuckten, wenn Patricia die Tonlage ihrer Protagonisten imitierte. Mit den Augen verfolgte er auch genau die Bewegungen ihrer Hände, wenn sie ein fertiggelesenes Blatt zur Seite legte oder nach dem Wasserglas griff.

Sie brauchte fast eine Stunde. Nachdem sie das letzte Blatt beiseitegelegt hatte, sah sie zu Frank. "Wie findest du sie?"

"Meinst du Renate oder die Geschichte?"

"Beides", erwiderte Patricia.

"Deine Hauptdarstellerin hat es ja faustdick hinter den Ohren. Spielt die treusorgende Gattin und sobald ihr Mann aus dem Haus ist, lässt sie mit den jüngeren Typen die Puppen tanzen. Hältst du das für realistisch?"

Patricia zuckte mit den Schultern. "Warum nicht? Jedes Dorf hat seine Schlampe. Dort weiß man allerdings, wer sie ist. Deswegen spielt die Geschichte in einer Großstadt."

"In welcher eigentlich?", fragte Frank.

"Ist das wichtig?"

"Im Grunde genommen nicht. Warum spinnst du die Story nicht weiter? Ihr Mann könnte sie doch irgendwann in flagranti erwischen."

"Jetzt mal langsam mit den jungen Pferden. Es sollte nur eine Kurzgeschichte werden."

"Die dir auch wieder gut gelungen ist. Ich konnte mir alles plastisch vorstellen, wobei ich mir an der einen Stelle gewünscht hätte, ihr Mann wäre nicht im Stau steckengeblieben, als er sie mit Rosen überraschen wollte. Das Ende war ganz schön ungerecht", meinte Frank.

"Aber nur für ihren Mann", konterte Patricia.

"Jetzt leide ich für ihn."

"Du Armer. Komm her, ich tröste dich", sagte sie und küsste Frank. Dabei glitt ihre Hand unter seinen Pyjama. "Du hast dir sowieso noch eine Belohnung verdient", hauchte sie.

"Wofür denn?"

"Weil du Claudia und Bea nichts von den Geschichten erzählt hast." Sie ließ kurz von Frank ab, löschte das Licht und kroch dann zu ihm unter die Decke. Milli verzog sich anstandslos auf die Fensterbank.

Lügen haben lange Beine

In der folgenden Zeit lief Franks Leben in den geordneten Bahnen, die er schätzte und liebte. Patricia bewirtschaftete ihr kleines Reich. Sie erledigte die eingehende Geschäftspost, präsentierte ihm ab und an eine weitere Geschichte, und er tat das, was er sein ganzes Leben getan hatte: er malte. Es war eine kreative Zeit, in der viele neue Bilder entstanden. Frank war selbst überrascht, wie sehr ihn die Storys inspirierten, und welche Bilder in seinem Kopf entstanden. Er musste sie nur noch auf die Leinwand bannen. "Das treibt mich richtig an", stellte er einmal fest, und als er sich im Atelier umsah, wusste er, es musste wieder Platz geschaffen werden. Zumal einige Bilder bereits in Claudias altem Zimmer und im Gästezimmer lagerten. Sie hatte mit dem Studium begonnen und wenn sie am Wochenende zu Besuch kam, dann übernachtete sie immer bei Beatrix. Diesen Lauf der Dinge hatte Frank zu akzeptieren gelernt und sich damit arrangiert, dass die gesamte Familie nur noch zu bestimmten Terminen zusammenkam. Neben dem Weihnachtsfest gehörten die Geburtstage von Patricia und ihm dazu.

Es war Franks 50. Geburtstag, der dazu führte, eine längst vergessene Idee neu in ihm aufkeimen zu lassen. Der Auslöser dafür war völlig trivial. Sie hatten zu sechst auf der Terrasse gesessen und gegrillt. Milli war die ganze Zeit über bei ihnen gewesen und hatte die Chance genutzt, um sich von den vier anwesenden Frauen der Reihe nach kraulen zu lassen. Bei jeder lümmelte er eine Weile auf dem Schoß und genoss die Streicheleinheiten. Die ganze Zeit über hatte er dabei zufrieden geschnurrt und die eine oder andere Leckerei abgestaubt. Dann kam das, was seit Jahren zum täglichen Ritual gehörte. Die abendliche Fütterung stand an. Doch Patricia sagte das Zauberwort nicht, als sie mit schmutzigem Geschirr in die Küche ging, weshalb der Kater auf Kerstins Schoß liegen blieb und ihr nur solange hinterherschaute, bis sie seinem Blick entschwunden war. Dann räkelte er sich wieder auf dem Schoß der jungen Frau. Das blieb auch einige Minuten so, bis Patricias Ruf aus der Küche erklang. "Milli, dein Fresschen", war der Satz, bei dem sich der Kater sofort auf den Weg machte. Wie immer benutzte er den kürzesten Weg. Das Wetter war schön und das Küchenfenster weit geöffnet. Behände sprang er hindurch. "Ich kenne ihn ja nun auch schon einige Jahre. Wie alt ist Milli eigentlich? Unser Carlos konnte schon mit 15 kaum noch krauchen", meinte Kerstin. Frank registrierte sofort, wie Claudia zu ihm sah und die Stirn krauszog.

"Sag's Ihnen, Papa", meinte sie zu ihm und sah dann zu den anderen. "Gebt ihm euer Wort, niemals mit Mama darüber zu sprechen!"

Alle nickten.

"Mach du's!", sagte Frank leise.

Claudia beugte sich nach vorn. "Mama ist so in den ersten Milli vernarrt gewesen, dass sie seinen Tod nicht wahrhaben wollte. Das ist sein Sohn. Er sieht ihm zum Verwechseln ähnlich und sie hat ihn genauso erzogen, wie den Vater. Sie wird niemals zugeben, dass es so ist, und wir dürfen sie nie danach fragen", sagte sie leise und sah zu ihrem Vater. "Trifft es das?"

Frank machte eine bestätigende Geste, sagte aber nichts.

"Das heißt nicht, dass Mama verrückt ist", sprach Claudia leise weiter und sah in die Runde. "Ihr behaltet das alle für euch!"

Wieder nickten alle.

"Ich danke euch", sagte Frank, suchte aber nach einer abschließenden Erklärung. "Damit eines klar ist, sie ist definitiv nicht verrückt, aber seitdem ihr aus dem Haus seid, ist Milli so etwas wie euer Ersatz geworden. Der ungewollte Abbruch der dritten Schwangerschaft war auch nicht leicht für sie und das alles zusammen ..." Frank stockte.

"Schon klar", meinte Patrick und alle stimmten ihm zu.

"Warum tuschelt ihr so?", rief Patricia vom Küchenfenster aus und fragte dann, ob sie die Bowle schon mitbringen sollte.

"Unbedingt", rief Claudia ihr zu, stand auf und ging zum Küchenfenster. "Ich nehme sie dir ab. Warum wir getuschelt haben, erfährst du nicht, denn dann ist es keine Überraschung mehr", sagte sie laut, um etwas Zeit zu gewinnen und die anderen vorzuwarnen.

"Dann bin ich ja gespannt, was das für eine Überraschung sein soll", erwiderte Patricia und reichte ihr das schwere Gefäß. "Sei vorsichtig."

"Ich weiß." Claudia ging wieder zurück und sagte unterwegs stumm zu den anderen "Überraschung."

"Der Kalender", raunte Beatrix ihr zu, als sie die Bowle auf dem Tisch abstellte.

"Gute Idee. Den Kalender bekommt sie demnächst. Papa, ich brauche alle Familienfotos, die ihr habt. Auch die von Milli."

Damit war das Thema schlagartig beendet. Als Patricia mit den Gläsern zu ihnen kam, nahm die kleine Feier ihren gewohnten Lauf. Milli war ihr gefolgt und machte es sich diesmal zwischen Claudia und Beatrix bequem. "Na Dickerchen, bist du endlich satt?", meinte Claudia liebevoll und legte ihre Hand auf seinen Bauch. "Auf jeden Fall", lachte sie.

Patricia schlief bereits, doch Frank dachte noch lange über die Erklärung zu Millis biblischem Katzenalter nach. Er musste sich eingestehen, es war die beste Lösung. Der kleine Makel, der jetzt an Patricia haftete, war hinnehmbar, zumal Frank wusste, alle würden sich an die Vereinbarung halten. 'Was wäre eigentlich, wenn', ging ihm durch den Kopf. Fest stand nur, Patricia hätte beim Beantworten von Kerstins Frage vehement darauf bestanden, Milli sei immer noch der, der er schon immer war, und dessen Alter und Gesundheit einzig und allein ihrer Pflege und Fürsorge zu verdanken. 'Aus ihrer Sicht stimmt das ja auch, aber die Kinder müssten sie dann tatsächlich für verrückt halten. Woher soll sie wissen, dass Milli der I. schon Milli der VI. ist, und niemand würde mir glauben, dass der Sechste und der Erste ein und dieselben sind', sinnierte er, doch plötzlich zuckte ein Blitz der Erkenntnis durch sein Hirn. Frank riss die Augen weit auf. 'Jérôme ist der Einzige.' Warum das auf einmal so klar für ihn war, wusste er selbst nicht genau, wollte die alten Zweifel daran aber gar nicht erst zu Wort kommen lassen. "Du musst nach Paris. Allein!", sagte eine innere Stimme zu ihm. "Genauso ist es", murmelte er unhörbar. Beim Versuch, einen glaubwürdigen Grund der Reise zu finden, schlief er ein.

Die Frage beschäftigte ihn auch in den folgenden Tagen. Er hasste es, Patricia nicht die Wahrheit zu sagen, doch es musste sein. Im Atelier zermarterte er sich den Kopf, welchen Grund es geben könnte, allein nach Paris zu fahren, ohne dabei ihren Argwohn zu wecken. An allen Lösungsversuchen hatte er etwas auszusetzen, aber dann brachte ihn Patricia selbst auf eine Idee, die einfach und genial war.

Frank war zu ihr ins Büro gegangen. Sie hatte ihn beim Essen darum gebeten, da er einige Briefe unterschreiben musste. Als er neben ihr saß und die Korrespondenz überflog, traf eine E-Mail für ihn ein. Frank wusste zwar, dass er eine Mailanschrift hatte, doch um diese Dinge kümmerte sich stets Patricia. Eine E-Mail war schließlich auch nur ein Brief, halt ohne Papier. So hatte sie es ihm erklärt. Anfangs hatte er bemängelt, sie trüge nicht seine Unterschrift, aber Patricia ihm versichert, das sei kein Problem. "Wichtige Vorgänge beantworte ich natürlich schriftlich und lege sie Ihnen zur Unterschrift vor. Aber Sie können Ihre Mails auch gern selbst beantworten, Chef", hatte sie lächelnd gemeint und er sich geschlagen gegeben. "Du kannst das besser als ich", lautete seine Antwort. Trotzdem hatte sie darauf bestanden, ihm das Wesentliche nicht nur zu erklären, sondern sich angesehen, ob er es auch verstanden hatte. Frank musste den Rechner anschalten, ins Internet gehen und sein Postfach öffnen. "Wird doch langsam", hatte sie gesagt, als er eine Testmail verschickt hatte.

Jetzt überflog Patricia die eingegangene Nachricht und löschte sie. "War nur Werbung", meinte sie und steckte anschließend die unterschriebenen Briefe in Kuverts. "Wenn du willst, nehme ich sie gleich mit", schlug Frank vor. Die Lösung war ihm in diesem Moment wie Schuppen von den Augen gefallen.

"Musst du noch irgendwo hin?", erkundigte sie sich.

"Ich wollte noch bei Koschnewski vorbei. Das kann ich aber auch morgen machen."

"Geht dein Material schon wieder zur Neige? Ich kann es auch online bestellen und liefern lassen", schlug sie vor.

"Du weißt doch, ich mag den alten Zausel und er freut sich, wenn ich vorbeikomme", erwiderte Frank.

"Grüß ihn von mir."

"So wie immer." Frank lächelte, nahm die Briefe und küsste seine Frau auf die Wange. "Bis nachher."

Zehn Minuten später fuhr er los. Er wusste, was er bei Koschnewski holen musste, aber es spielte keine Rolle, ob er eine Stunde früher oder später bei ihm eintraf. Der erste Weg führte ihn zum Marktplatz. Frank wollte in das Internetcafé, das es seit einem Jahr dort gab.

Er ergatterte einen freien Platz. Rechts und links von ihm saßen überwiegend Jugendliche und Schüler. Sie waren in ihre Spiele oder in verschiedene Websites vertieft. Niemand beachtete ihn. Frank öffnete den Browser und gab als Suchbegriff 'Mail' ein. Nach einigen Sekunden erschienen die gesuchten Seiten. Er wurde schnell fündig. Von Claudia wusste er, dass sich jeder ein Postfach einrichten konnte, egal ob seine persönlichen Angaben stimmten oder nicht. "Das ist nur eine Frage der Zeit, bis das nicht mehr geht", hatte sie vor einem Jahr beim Essen erzählt. Jetzt stellte Frank erleichtert fest, diese Zeit war noch nicht abgelaufen. Ein nichtssagender Name war schnell gefunden, und zehn Minuten später war er Besitzer eines Postfachs, das nur er kannte. "Mann ist das einfach", murmelte er und entwarf rasch einen Brief an sich selbst. Weiter 15 Minuten später war er mit dem Text zufrieden, zögerte aber noch, ihn abzuschicken. 'Hab ich was übersehen?', fragte er sich, konnte aber keinen Fehler finden.

Vorsichtig betätigte er mit der Maus den Button 'Nachricht senden', dann meldete er sich ab, verließ den Ort des Geschehens und fuhr zu Herrn Koschnewski.

Er traf pünktlich zum Abendessen zu Hause ein und brachte den Einkauf sofort ins Atelier. Patricia half ihm dabei und erzählte, was er ohnehin schon wusste. Es sei eine Nachricht von einem Herrn Schmied eingegangen, der für einen Mäzen und Kunstsammler tätig sei. "Sein Auftraggeber möchte nicht namentlich genannt werden, aber er hat Interesse an bisher unbekannten Arbeiten von dir. Er möchte wissen, ob du ihm eine Auswahl solcher Arbeiten vorstellen kannst", berichtete sie ihm.

"Wie soll ich das machen? Er wird sie doch vorher bestimmt sehen wollen. Du kannst ja anfragen, wann und ob er herkommen möchte", erwiderte Frank.

"Alles soll diskret abgewickelt werden, und dieser Herr Schmied bittet darum, dass wir ihm aussagekräftige Fotos schicken, die er seinem Auftraggeber vorlegen kann. Er hat wohl schon einige Bilder von dir und möchte seine Sammlung erweitern."

"Mit unbekannten Bildern", sagte Frank nachdenklich und ging mit Patricia in die Küche.

"Was bereitet dir Kopfschmerzen?", fragte sie.

"Eigentlich nichts. Es besteht bloß immer die Gefahr, sie unter Wert abzugeben. Andererseits fallen die 40 Prozent Provision weg, die bei den Galeristen hängenbleiben", meinte Frank bedächtig.

"Du kennst doch den Wert deiner Bilder. Selbst wenn du ihm 30 Prozent entgegenkommst, verdienst du mehr", brachte Patricia den Gedanken zu Ende und machte das Essen auf ihre Teller. Sie hatte Bandnudeln mit Meeresfrüchten in Tomatensoße gemacht. Schon der Duft ließ ihm das Wasser im Mund zusammenlaufen.

Frank gab ihr noch recht, dann begannen sie zu essen. Währenddessen beriet er sich mit Patricia darüber, wie man Herrn Schmied die Bilder zukommen lassen könnte. "Das geht bloß per Mail, denn er hat keine Anschrift hinterlassen", meinte sie und fragte, ob das normal sei. Er beruhigte sie und erklärte ihr, dass in der Kunstszene oft anonym und mit riesigen Bargeldbeträgen hantiert wurde. "Irgendwie müssen die Mäzene ihr Schwarzgeld loswerden", meinte Frank zu ihr.

"Es werden aber nicht alle so sein?", erwiderte sie.

"Aber die, die die Bilder vor der Öffentlichkeit verborgen

in ihre privaten Galerien hängen, sind oft so. Niemand kann ihnen oder ihren Kindern 20 oder 30 Jahre später mehr nachweisen, wie viel sie für die Bilder gezahlt haben."

"Dir aber auch nicht", schlussfolgerte sie deutlich leiser.

"Das stimmt. Also, wie wollen wir diesem Herrn Schmied die Bilder nun zuschicken? Irgendwie müssen wir sie zuerst in den Rechner bekommen."

"Wenn Bea die Bilder fotografiert und entwickelt, könnte sie die Aufnahmen anschließend einscannen und uns zuschicken", schlug Patricia vor.

"Die Idee ist nicht schlecht, aber ich will da niemanden mit reinziehen."

"Nun übertreib mal nicht. Die Fotos kannst du auch für was anderes brauchen."

Frank sah auf die Uhr. "Ich ruf sie an und frag, wann sie kommen kann."

Nach dem Essen setzte er den Vorschlag sofort in die Tat um. Beatrix wollte natürlich genau wissen, was für Aufnahmen sie machen sollte. Danach richtete sich schließlich die Auswahl der Filme und der Technik. Frank erklärte es ihr, und wenig später stand fest, die Fotosession sollte morgen in seinem Atelier stattfinden. Zufrieden kam er zurück in die Küche. "Morgen frühstücken wir zu dritt", meinte er.

Beatrix traf wie vereinbart bei ihnen ein. Sie hatte reichlich Equipment im Auto verstaut. Frank half ihr beim Ausladen. Nach dem Frühstück begann sie sofort mit der Arbeit. Frank hatte sich für eine düstere Serie aus acht Bildern mit dem Arbeitstitel 'Wut' sowie für weitere sieben Ölbilder entschieden, die ein breites Spektrum seines Repertoires repräsentierten. Am Schluss bat er Beatrix noch, fünf weitere Zeichnungen zu fotografieren. "Warum machen wir nicht gleich von allen Bildern Aufnahmen? Die Technik ist aufgebaut, und ob ich 20 oder 40 Fotos mache, ist egal. Die Models bewegen sich schließlich nicht", schlug sie vor.

Frank überlegte nicht lange.

Gegen Mittag waren sie fertig und Beatrix meinte, sie sollten mit zu ihr kommen. "In zwei Stunden sind die Fotos fertig. In der Zwischenzeit kannst du unseren Scanner ausprobieren", schlug sie Patricia vor, die sofort Feuer und Flamme war. Damit war es beschlossene Sache.

Während Beatrix die Aufnahmen entwickelte, saß Patricia am Computer und testete das neue Gerät. Frank war nicht unzufrieden damit, verschaffte es ihm doch die Zeit, sich eingehender mit Beatrix' umfangreichem Bildmaterial zu beschäftigen. Er liebte ihre Motive und die Art, wie sie selbst Kleinigkeiten in Szene setzte.

Frank schreckte auf, als sie nach oben kam. "Hier bist du", sagte sie und schlug ihm vor, mit ins Büro zu kommen. "Ich bin gespannt, ob du mit allem zufrieden bist."

Frank wusste, Widerstand war jetzt zwecklos. "Na dann los", meinte er.

"Das Gerät ist phantastisch", schwärmte Patricia, als sie den Raum betraten.

"Dann warte mal die Möglichkeiten der Bildbearbeitung ab. Schade, dass Claudia nicht da ist. Sie holt wirklich alles aus dem Ding raus", sagte Beatrix und legte das erste Foto in den Scanner. "Du kannst starten", meinte sie zu Patricia, die den Button sofort betätigte und nach wenigen Sekunden die Aktivitäten auf dem Monitor bewunderte. "Es dauert zwar seine Zeit, aber alle Achtung", lobte sie die Technik, als Franks erstes Bild nach und nach erschien.

"Warte mal kurz", meinte Beatrix und richtete schnell einen neuen Ordner ein, den sie 'Papa' nannte. Dort speicherte sie das erste Bild und begab sich wieder zum Scanner.

Inzwischen hatte Frank sich die Fotos angesehen. Er war

begeistert von deren brillanter Qualität. "Es ist immer wieder erstaunlich, was du aus der Kamera herausholst."

"Gelernt ist gelernt", meinte sie nur.

Eine Stunde später waren die Aufnahmen gespeichert und sie überreichte Frank das Kuvert mit den Originalen. "Für dich, großer Meister." Dann zeigte sie auf ein Zusatzgerät. "Kennst du das schon?", fragte sie Patricia.

"Ein CD-Laufwerk."

"Ein CD-Brenner. Die Dateien sind zu groß, um sie auf eine Diskette zu bekommen, und 20 oder 30 Mails wirst du dir nicht schicken wollen", erklärte Beatrix und legte eine bläuliche glänzende Scheibe ein.

"Du bist immer auf dem neuesten Stand", lobte Patricia sie.

"Claudia braucht die Sachen, wenn sie am Wochenende zu Hause ist. Sie hat inzwischen viel mehr Ahnung davon als wir alle zusammen."

"Ich bin kein Maßstab", sagte Frank.

"Er interessiert sich überhaupt nicht dafür", beschwerte sich Patricia.

"Das machst du doch für mich mit und das machst du gut", entgegnete Frank.

"Das Gerät ist klasse. Schade, dass wir es nur ganz selten bräuchten, deswegen lohnt die Anschaffung nicht", meinte Patricia enttäuscht.

"Dann kannst du die paar Sachen auch hier machen", schlug Beatrix vor und beobachtete dabei die Anzeige des Brennvorgangs. "Die CD ist gleich fertig", meinte sie leise.

"Gerade so einen Scanner könnten wir gebrauchen", sagte Frank plötzlich und sah in Patricias Augen. "Die ganze Warterei bei den Illustrationsvorschlägen würde wegfallen. Mit der Post dauert das immer ewig und das Porto sparen wir auch noch. Die Kiste hat sich im Handumdrehen amortisiert", schlug er vor.

"Da ist jemand gar nicht so unwissend, wie er sich immer gibt", lachte Beatrix und nahm die CD aus dem Laufwerk. "Wir sind fertig."

"Du hast recht", sagte Patricia.

Frank war sich nicht sicher, ob sie ihn oder Beatrix meinte. "Wir können nächste Woche einen kaufen gehen", schlug er vor.

Bevor sie gingen, gab Beatrix noch einige Hinweise, auf was sie beim Kauf unbedingt achten mussten. Patricia notierte sich das Wichtigste und steckte den Zettel zufrieden in ihre Handtasche. Dann verabschiedeten sie sich.

Zu Hause kümmerte sie sich um die Beantwortung der Mail an Herrn Schmied. Sie bestand darauf, dass Frank dabei war, denn er musste ihr die Titel der Bilder sowie die Maße nennen. "Ich bin gespannt, wann dieser Herr Schmied wieder etwas von sich hören lässt", meinte sie am Schluss und legte die CD mit den Aufnahmen in ihren Schubkasten. "Wir sollten alle deine Bilder digitalisieren, wenn ich professionell arbeiten soll." Frank wusste genau, was sie damit sagen wollte. Aber er war froh, wie sehr sie sich für das interessierte, womit er sich bisher nicht beschäftigen wollte, obwohl er den Segen der Technik seit gestern zu schätzen gelernt hatte.

In der darauffolgenden Woche setzte Frank das Versprechen in die Tat um. Er fuhr mit Patricia in die Stadt, um den Scanner zu kaufen. Das Geschäft befand sich am Marktplatz und damit in der Nähe des Internetcafés. Frank hatte sich überlegt, es könnte irgendwann auffallen, wenn die Nachrichten von Herrn Schmied immer dann eintrafen, wenn er nicht zu Hause war. Er parkte das Auto direkt vor dem Laden, in den Patricia wollte. "Gehst du schon rein und siehst dir die Angebote an? Das wird ja 'ne Weile dauern. Ich geh mir inzwischen 'ne Zeitung kaufen. Soll ich dir auch eine mitbringen?", fragte er.

"Wenn das neue Gartenmagazin schon da ist, dann bring es mir bitte mit", sagte sie, dann stiegen sie aus.

"Bis gleich", meinte Frank und ging zum Zeitungsladen. Das Internetcafé war direkt nebenan und es gab reichlich freie Plätze. Genau das hatte er erwartet. Die Jugendlichen waren schließlich noch in der Schule. Er zog den Zettel aus der Hosentasche und legte ihn oberhalb der Tastatur ab. Dann rief er die Seite auf und loggte sich in Herrn Schmieds Postfach ein. Patricias Antwort war das Einzige, was ihn interessierte. Trotzdem fragte er sich, woher die anderen Absender die Mailanschrift hatten. Er hatte sie niemandem gegeben und löschte die Werbung deshalb ungelesen. Anschließend las er sich Patricias Mail durch, die eigentlich seine eigene war. Er drückte den Button 'Beantworten' und begann, den Text vom Zettel abzuschreiben. Mit zwei Fingern tippte er ihn ab und verstand nicht, wie sie es schaffte, mit beiden Händen über die Tastatur zu fliegen, ohne einen Blick auf sie zu werfen. Nach fünf Minuten war er fertig, überflog die Nachricht noch einmal und sendete sie. Zum Schluss sah er sich die Bilder an, die Patricia auf mehrere Mails verteilt hatte, nahm sich aber nicht die Zeit, sie länger zu betrachten. Er kam sie wie ein Betrüger vor. 'In gewisser Weise bin ich das auch', dachte er, meldete sich ab und bezahlte. Dann sah er, noch im Schutz der Schaufensterscheibe, zu dem Laden, in dem Patricia war. Die Luft war rein. Er ging ins benachbarte Geschäft, kaufte das Gartenmagazin sowie zwei weitere Zeitungen und spazierte zum Auto. Die Zeitungen legte er auf den Beifahrersitz und ging in den Laden.

"Da bist du ja endlich", meinte Patricia, als er bei ihr ankam. "Ich habe diesen ausgesucht. Das ist das Modell, das Bea uns empfohlen hat. Der CD-Brenner ist gerade in der Werbung."

"Dann nimm ihn mit", schlug Frank gelassen vor.

"Einer muss sich ja um die Büroausstattung kümmern."

"Und das bist du, mein Schatz."

Eine Stunde später schob er den vollen Einkaufswagen zum Auto. Patricia hatte wirklich an alles gedacht. Nachdem der Kauf verstaut war, fragte er sie, ob sie noch Essen gehen wollten. "Fürs Kochen wird heute keine Zeit mehr sein und wenn wir schon mal hier sind", fügte er hinzu und lächelte spitzbübisch.

"Natürlich lasse ich mich gern von dir zum Essen einladen, aber was soll das schon wieder heißen?"

"Nichts. Überhaupt nichts."

Nachdem sie am Nachmittag die neuen Geräte ins Büro gebracht hatten, bat Patricia um seine Hilfe. "Wieso brauchst du mich dafür?", fragte er.

"Die Kabel müssen verlegt werden. Das geht zu zweit leichter."

"Meinetwegen", antwortete er, war aber froh, wie sich die Situation entwickelt hatte. Als Patricia den Computer angeschaltet hatte, dauerte es nicht lange, bis sie das Postfach öffnete. Frank hatte gerade die neuen Geräte ausgepackt und die leeren Kartons in den Flur gestellt.

"Dieser Herr Schmied hat sich wieder gemeldet", sagte sie.

"Und was will er?"

"Sein Auftraggeber ist an deinen Bildern interessiert. Er lässt fragen, ob es noch weitere Exponate gibt und ob ein persönliches Treffen arrangiert werden kann", sagte Patricia begeistert.

"Und wie stellt er sich das vor?"

"Er hat ein Treffen in Paris vorgeschlagen. Nur du und der Auftraggeber."

"In Paris?"

"Ja. Paris."

Einmal schnaufte er. "Ich weiß nicht."

"Was weißt du nicht? Ob du nach Paris fahren sollst?"

"Ich kann kein Französisch. Woher soll ich wissen, ob der Auftraggeber dieses Herrn Schmied Deutsch spricht", gab Frank zu bedenken. "Wo soll der Scanner eigentlich hin?"

"Hier." Patricia zeigte auf das flache Regal unter dem Fenster.

Innerlich frohlockte Frank, als er das Gerät abstellte. Patricia hatte keinen Verdacht geschöpft und im Laufe des Nachmittags formulierte sie in seinem Beisein das Antwortschreiben an Herrn Schmied. "Gott sei Dank hat Bea von sich aus gleich mehr Aufnahmen gemacht. Wer hätte gedacht, dass wir sie so schnell brauchen", meinte sie und fügte der Mail einige Bilder als Anhang bei.

Franks schlechtes Gewissen hielt sich in Grenzen. Schließlich tat er das alles nur, um endlich Antworten auf die Fragen zu finden, die er nur einem Mann stellen konnte. Ein bisschen tat er es auch für Patricia und sein eigenes Seelenheil. Trotzdem stellte er eine wichtige Frage, die für den nächsten Schritt der 'Operation Paris' von entscheidender Bedeutung war. "Kommst du mit, wenn ich fahren sollte?"

"Und wer kümmert sich um Milli?" Automatisch sah sie zum Kater, der die ganze Zeit auf dem Rollcontainer gelümmelt hatte. "Claudia studiert und Bea hat die Woche über viele Termine. Für ein oder zwei Tage lohnt es kaum, ihn zu ihr zu bringen. Der Garten ist auch noch da. Es ist ja auch viel Stress für dich. Nicht wahr, mein Süßer?", sagte sie und streichelte Millis Kopf. Der Kater begann sofort zu schnurren. "Wenn der Auftraggeber dieses Herrn Schmied so an deinen Bildern interessiert ist, wird er sich wohl einen Dolmetscher leisten müssen."

"Vielleicht denkt er einfach nicht dran", gab Frank zu bedenken.

"Wenn er sich wieder meldet, kann ich ihn ja fragen", schlug Patricia vor.

"Aber vergiss es bitte nicht", antwortete Frank. Er erntete einen vorwurfsvollen Blick seiner Frau. "Was machen wir heute noch? Du wirst bestimmt dein neues Spielzeug ausprobieren wollen", mutmaßte er.

"Dafür ist morgen auch noch Zeit. Was hältst du von einer neuen Geschichte?"

"Hast du wieder eine geschrieben?"

Sie lächelte und machte mit den Augenbrauen eine zweideutige Geste. "Wenn du's rauskriegen willst, dann ab ins Bett oder hast du was Besseres vor?"

In den nächsten Tagen dachte Frank darüber nach, was er Patricia als alias Herr Schmied antworten sollte. Es mussten ein Flugticket sowie ein Hotelzimmer her. Außerdem war es ihm wichtig, den Mailverkehr wegen angeblicher Terminabsprachen so gering wie möglich zu halten. Bisher hatte Patricia keinen Zusammenhang zwischen den beiden Mails und seiner Abwesenheit gesehen. Genauso sollte es bleiben.

Deswegen musste Herr Koschnewski einmal mehr herhalten, als er zu ihr meinte, er bräuchte wieder Material. "Kannst du bei der Gelegenheit neues Futter für Milli mitbringen?", fragte sie und entschuldigte sich damit, im Moment viel zu tun zu haben. Frank vermied es, genauer nachzufragen.

Er fuhr an diesem Tag zuerst zum Internetcafé am Marktplatz. Von der letzten Reise wusste er, die Tickets und die Hotelbuchung konnten online gekauft werden. Von damals wusste er auch, die Ware war vorab durch eine Überweisung bezahlbar. Frank wurde schnell fündig, buchte ein viel zu teures Zimmer in einem viel zu teurem Hotel in der Pariser Innenstadt und anschließend die Flüge. Der Hinflug sollte am Montag in drei Wochen, der Rückflug am darauffolgenden Mittwoch stattfinden. Für beide Vorgänge gab er die Mail von

Herrn Schmied als Absender an. Er musste nicht lange auf die Reservierungsbestätigungen warten. Aufmerksam las er sie durch. Alles war korrekt erfasst worden, und als Versandanschrift seine eigene Adresse aufgeführt. Die beiden Nachrichten druckte er aus und schrieb anschließend die Mail für Patricia. Als er das Internetcafé 30 Minuten später verließ, gestand er sich zum ersten Mal ein, die Möglichkeiten dieser neuen Technik waren riesig.

Als nächstes fuhr er zum Postamt, um das reservierte Hotelzimmer und die Flüge zu bezahlen. Er zeigte der Mitarbeiterin die ausgedruckten Mails. Sie überflog die Zettel kurz und nahm dann zwei Formulare in die Hand. "Ich fülle Ihnen das schnell aus, Herr Schmied", meinte sie und Frank überlegte kurz, was er sagen sollte, wenn sie nach seinem Ausweis fragte. Die Frage blieb aus und zufrieden reichte er ihr das Bargeld über den Schalter. Noch zufriedener verließ er das Postamt wieder und warf die beiden Belege in den nächsten Papierkorb. Er konnte mit ihnen nichts anfangen.

Zuerst fuhr er in die Zoohandlung von Herrn Bauer und kaufte das Katzenfutter. 'In letzter Zeit benimmt sich der Bursche wirklich klasse', dachte Frank und legte noch drei Spielmäuse in den Korb. Doch plötzlich stockte er und tat sie zurück ins Regal. 'Durch das graue Fell sehen sie einer echten Maus sehr ähnlich. Das kann ich Patricia nicht antun', überlegte er und entschied sich für ein weiches Quietschebällchen und ein flauschiges Etwas, das an einer langen Schnur hing.

Nachdem er die Rechnung bezahlt hatte, fuhr er zu Herrn Koschnewski. Der Alte begrüßte ihn herzlich und war ungewöhnlich gut gelaunt. Frank musste nicht lange warten, um den Grund der Freude zu erfahren. Herr Koschnewski hatte endlich einen Nachfolger gefunden, der den Laden nicht nur weiterführen, sondern noch ausbauen wollte. "Er will die Sachen auch im Internet anbieten und im ganzen Land verkaufen. Ich versteh nicht viel davon, aber in letzter Zeit reden ja alle darüber", sagte der Alte.

"Steigen Sie ganz aus?", fragte Frank.

"Nein, nein. Vorerst bin ich weiter im Laden. Herr Marquardt kümmert sich um den ganzen technischen Klimbim. Neue Telefone und Computer und was da noch so alles gebraucht wird, aber er versteht was von seinem Fach. Ich mache Sie auf jeden Fall persönlich mit ihm bekannt", antwortete Herr Koschnewski und füllte ihren Tee in die Tassen.

"Wie alt sind Sie inzwischen?", erkundigte sich Frank.

"Vierundachtzig. Ich dachte, Sie wüssten das."

"Ich war mir nicht mehr ganz sicher."

"Ja, die Erinnerung verschwimmt, wenn man sich so lange kennt", antwortete Herr Koschnewski gedankenversunken, kam aber schnell wieder auf den Punkt. "Was brauchen Sie heute und woran arbeiten Sie?"

Frank gab ihm die Liste und erzählte von den Bilderserien, die er in letzter Zeit angefertigt hatte.

Wie immer hörte der Alte genau zu, obwohl er die Liste studierte und mit seinem Bleistift Bemerkungen an die eine oder andere Position machte. "Aktuell arbeiten Sie viel mit Öl. Das ist mir schon beim letzten Mal aufgefallen", meinte er.

"Stimmt. Ist gerade so eine Phase von mir."

"Mir soll's recht sein. Dann kaufen Sie wenigstens nicht bloß immer Papier. Ich habe einen Posten alter Leinwände. Phantastisches Material. Wird nicht mehr hergestellt. Bei Ihnen weiß ich, dass es in guten und talentierten Händen ist. Sie müssen sich nicht heute entscheiden, aber ich werde es für Sie als reserviert ausweisen, damit es nicht verkauft wird. Bei diesem Internet weiß man ja nicht mehr, wer das wirklich ist und ob das seltene Material gut genutzt wird", sagte der Alte und sah Frank an. "Wenn das so weitergeht, kennt man bald niemanden mehr persönlich. Nur noch Pakete, Pakete und noch mehr Pakete."

"Das ist der Lauf der Dinge", sagte Frank.

"Ich weiß, aber wenigstens bleibt die Kunst. Lassen Sie uns ins Lager gehen, bevor ich noch sentimentaler werde", schlug Herr Koschnewski vor und stand auf. Frank folgte ihm.

Eine Stunde später fuhr er in die Garage und es dauerte nicht lange, bis Patricia sie vom Haus aus betrat. "Das hat ja ewig gedauert", sagte sie. Der Kater mauzte, als wollte er ihr recht geben.

"Koschnewski hat erzählt und erzählt, aber er hat endlich einen Nachfolger", gab Frank als Entschuldigung an. Dann öffnete er den Kofferraum.

"Du hast ja ordentlich zugelangt", meinte Patricia und schaute auf die vielen Kisten.

"Das Meiste ist für deinen Prinzen, und das ist ein Geschenk von mir", erwiderte er und zeigte Milli die Tüte mit den Spielsachen. Der Kater steckte kurz seinen Kopf hinein. "Kannst wenigstens Danke sagen", meinte Frank. Der Kater mauzte tatsächlich, was Patricia sofort lächeln ließ. "Ich bringe erst mal die schweren Kisten mit dem Futter in die Küche", schlug er vor und griff sich zwei Kartons.

Patricia kam ihm mit einem hinterher. "Weißt du, wer sich gemeldet hat?", fragte sie unterwegs.

"Woher soll ich das wissen?"

"Herr Schmied."

"Und was sagt er?", fragte Frank und stellte die Kartons auf die Arbeitsplatte.

"In drei Wochen sollst du nach Paris kommen. Ein anderer Termin wäre nicht möglich, weil der Terminkalender seines Auftraggebers voll ist", erzählte ihm Patricia, als sie wieder auf dem Weg in die Garage waren. Während der nächsten Ladung Katzenfutter, erfuhr Frank, dass ein Zimmer im 'Gare du Nord' für ihn reserviert sowie seine Flugtickets gebucht seien. "Die sollen in den nächsten Tagen mit der Post kommen", meinte sie.

"Der scheint es ja ernst zu meinen."

"Sieht ganz so aus", meinte auch Patricia und drückte ihm die Tüte mit den Spielsachen für Milli in die Hand. "Das Bällchen musst du ihm geben, damit er weiß, dass es von dir ist."

Frank zeigte es dem Kater und warf es dann auf den Boden. Bei jedem Aufprall gab es ein kurzes Quietschgeräusch von sich. Milli fing es sofort ein und verschwand damit. "Es gefällt ihm. Danke", sagte Patricia und küsste ihn auf die Wange. "Es war doch nicht für dich", lachte er und ging zurück in die Garage.

Im weiteren Verlauf des Abends erging sich Patricia in Spekulationen, wer der geheimnisvolle Auftraggeber sein könnte. Frank versuchte, ihre Erwartungen herunterzuschrauben, indem er meinte, er werde die Bilder nicht unter dem Wert verkaufen, den er auch bei Ausstellungen erzielte. "Das Zeug frisst nichts. Ob ich mehrere Bilder auf einmal oder sie nach und nach verkaufe, ist egal", sagte er.

"Das habe ich doch so gar nicht gemeint. Aber die Sache ist spannend und heute Nachmittag ging mir so durch den Kopf, was wäre eigentlich, wenn er dich entführt?"

"Das bringt erst was, wenn er die Bilder hat", meinte Frank lachend.

"Dann wäre er besser beraten, dich zu töten, denn dann geht ihr Wert noch mehr nach oben", erwiderte sie leise und ihr Blick verriet, sie baute gerade mit ihrer wichtigsten Frage mehrere Szenarien auf. "Was wäre eigentlich, wenn dieser Herr Schmied gar nicht existiert. Er könnte ja sonst wer sein, lockt dich in eine Falle, um …"

"Um was zu tun? Dann wäre es leichter, in einer Nacht- und

Nebelaktion das Haus leerzuräumen. Er hätte dann die Bilder und mich. Dich aber auch, und deswegen macht er es wahrscheinlich nicht."

"Was soll das denn heißen?"

"Das muss ich mir noch überlegen, aber was wäre eigentlich, wenn ...", sagte er nachdenklich.

"Du bist ein Quatschkopf", meinte Patricia und zog einen Schmollmund. "Darf man nicht mal mehr Fragen stellen?"

"Doch, das darfst du, aber suche dir bitte ein anderes Mordopfer aus", erwiderte er.

"Das waren doch nur Gedanken."

"Die zu nichts führen. Wo hat dieser Herr Schmied eigentlich die Mailanschrift her?", fragte er plötzlich.

"Von der Homepage, die Claudia für dich gemacht hat."

"Ich hab 'ne Homepage?"

"So hörst du manchmal zu", beantwortete Patricia kopfschüttelnd die Frage.

"Schreibst du eigentlich an einer neuen Geschichte?"

"Wer weiß." Ihr Blick verriet, dass es so sein musste.

"Warum spannst du mich immer so auf die Folter?"

"Damit der Kopf auf den Schultern bleibt, mein Sultan", sagte sie und stand auf. "Ich gehe zu Bett. Hast du noch was Besseres vor?", hauchte sie nur und verschwand aus dem Zimmer.

Am Donnerstag traf die Hotelzimmerbuchung, am Folgetag das Flugticket per Post ein. "Die lassen sich den Gesprächstermin echt was kosten", war Patricias Fazit, und deshalb bestätigte sie Herrn Schmied Franks Erscheinen zum gewünschten Termin.

Die Wochen bis dahin verliefen ruhig. Gelegentlich ging Frank ins Büro und ließ sich von Patricia einiges am Computer zeigen. Er hatte mehrere Entwürfe für Buchillustrationen fertig und wollte die bei Beatrix angesprochene Idee in die Tat umsetzen. Es war einfacher, als er dachte. Nachdem Patricia bei den ersten beiden Zeichnungen zugesehen hatte, schlug sie vor, er solle es jetzt allein probieren. Es klappte ohne Probleme. "Na geht doch, Herr Computermuffel", sagte sie.

"Und wer hatte die Idee, es so zu machen?"

Patricias vorwurfsvoller Blick war Antwort genug.

"Schon gut", meinte er nur und fragte sie, was sie in den Tagen seiner Abwesenheit machen wollte.

"Wir machen es uns schon gemütlich, nicht wahr, mein Süßer?", sagte sie zu Milli, der schon schnurrte, obwohl sie ihn noch gar nicht gekrault hatte.

Frank beließ es dabei, um nicht wieder ihr Was-wäre-eigentlich-wenn-Szenario heraufzubeschwören. Bei ihrer Theorie, es gäbe Herrn Schmied unter Umständen gar nicht, hatten sich ihm die Nackenhaare gesträubt. 'Das ist der Nachteil ihrer Schreiberei', hatte er in dem Moment gedacht und war froh gewesen, das Thema noch rechtzeitig in eine andere Richtung gelenkt zu haben. Deswegen fragte er sie jetzt nur, ob der Stadtplan von Paris noch da wäre.

"Ich habe doch schon vor einer Woche einen aktuellen für dich bestellt und packe ihn in deinen Koffer", beruhigte sie ihn und versprach, sich morgen um sein Gepäck zu kümmern.

Sie hielt Wort und fuhr ihn am Morgen auch zum Flugplatz. "Pass gut auf dich auf, und lass dich nicht wegfangen", sagte sie leise, als sie ihn beim Abschied umarmte.

"Worauf du dich verlassen kannst", versprach Frank und ging schnurstracks zum Gate. Während des Flugs studierte er den Stadtplan. Sein Gefühl hatte ihn nicht betrogen. Das Hotel lag zentral. Er musste von dort aus nur geradeaus über den Boulevard de Strasbourg und den Boulevard de Sebastopol gehen, um auf die Île de la Cité zu gelangen. Er erinnerte sich genau, wie sie beim letzten Mal von dort aus das Antiquariat gefunden hatten. "Hoffentlich existiert es noch", sagte er auf einmal ganz leise, verscheuchte den Gedanken aber sofort wieder. Wenn sein Verdacht stimmte, konnte es gar nicht anders sein.

Jérôme Montaigne

Frank traf bereits gegen elf Uhr im Hotel ein. Das Zimmer hielt, was es kostete. Nachdem er sich frisch gemacht hatte, rief er bei Patricia an. Sie sollte sich keine Sorge um ihn machen. Gegen zwölf war er mit allem fertig. Obwohl er das Geschäft erst morgen aufsuchen wollte, sprach nichts dagegen, sich schon heute von seiner noch vorhandenen Existenz zu überzeugen.

Franks Rechnung ging auf. Als er an der Kathedrale von Notre Dame stand, war es ein leichtes, den Weg von damals wiederzufinden. Kurz bevor er in die Straße einbog, in der sich das Antiquariat befunden hatte, setzte er sich in ein Bistro. Er musste sich sammeln, um den Mut aufzubringen, die letzten Meter eines Weges zu gehen, den er schon seit über 20 Jahren ging. Er bestellte sich einen Kaffee. Während er Schluck für Schluck trank, meldeten sich die alten Zweifel. "Scheiß drauf. Wenn mich dieser Jérôme für verrückt hält, dann interessiert das niemanden", sagte er leise, legte Geld auf den Bistrotisch und griff seine Umhängetasche, in der sein Stadtplan und einige andere Kleinigkeiten von Patricia verstaut worden waren. 'Komm schon', trieb er sich an und machte den ersten Schritt in eine neue Welt.

Als er um die Ecke bog, sah er das alte Emailschild, das über der Eingangstür hing und leicht hin- und herpendelte. Zum ersten Mal fiel ihm auf, wie alt es schon aussah. Frank spürte, wie sich sein Pulsschlag erhöhte. "Ich hätte auf den Kaffee verzichten sollen", redete er sich ein, um seine Aufregung herunterzuspielen. Trotzdem hielt er weiter auf den Laden zu, an dessen Tür immer noch 'Geschlossen' stehen konnte. "Ich geh erst mal nur daran vorbei", nahm er sich vor, kam sich aber schon auf den nächsten Metern wie ein Feigling vor. 'Ich bin es Patricia schuldig', war der Gedanke, welcher ihm doch in letzter Sekunde half, vor der Tür stehenzubleiben und auf die Klinke zu drücken. Als er sie öffnete, hörte er den altbekannten Klang des Glöckchens. Vorsichtig trat er ein und registrierte sofort, auch heute war niemand im Geschäft. "Bon jour", rief er zögerlich und sah zur geöffneten Tür, die den Laden mit dem dahinterliegenden Büro verband. Jérôme musste jeden Augenblick hindurchkommen, um ihn zu begrüßen und anschließend einen Tee anzubieten. Er war heute immerhin zum dritten Mal hier.

Frank schloss die Tür. Das Glöckchen läutete erneut. Noch bevor er sich wieder umdrehen konnte, hörte er, wie ihn eine Männerstimme bat, den Riegel vorzuschieben und das Schild an der Glasscheibe umzudrehen. Frank las noch geschlossen, aber das nur, weil es in Französisch und Englisch darauf stand.

"Ich wusste, dass Sie irgendwann wiederkommen würden", sagte Jérôme und reichte Frank die Hand. "Es war nur eine Frage der Zeit. Warum haben Sie Ihre reizende Frau Gemahlin nicht mitgebracht? Es geht Ihr doch gut?", erkundigte sich der Ladeninhaber in akzentfreiem Deutsch.

"Es geht ihr sogar sehr gut, aber sie weiß nicht, dass ich hier bin", antwortete Frank.

"Lassen Sie uns nach hinten gehen." Jérôme zeigte in Richtung des Büros. "Bitte, nach Ihnen", fügte er hinzu und erkundigte sich unterwegs, ob er wieder einen Darjeeling first flush mit ihm trinken wollte.

"Sehr gern", meinte Frank und setzte sich auf die Couch, auf der er damals mit Patricia gesessen hatte.

"Ich bin sofort wieder bei Ihnen", entschuldigte sich Jérôme und ging nach nebenan.

Franks Blick schweifte durch den Raum, der bis auf einen Monitor, der auf dem antiken Schreibtisch thronte, völlig unverändert wirkte. Ansonsten schien die Zeit stillgestanden zu sein. Ein Gedanke formte sich plötzlich in ihm. 'Hier bin ich richtig.' Entspannt ließ er sich nach hinten fallen und bedeckte mit den Händen sein Gesicht. Jeder Zweifel war ausgeschlossen, denn warum sonst sollte er die Ladentür verriegeln.

"Geht es Ihnen gut?", erkundigte sich Jérôme, als er mit dem Silbertablett zurückkam.

"Es geht mir ausgezeichnet", sagte Frank und nahm endlich die Hände vom Gesicht. Er sah glücklich aus und lachte kurz.

"Sie haben es herausgefunden?", fragte Jérôme und goss den Tee in die Gläser.

"Oh ja. Es hat lange gedauert, aber ich glaube jetzt tatsächlich, es herausgefunden zu haben", sagte Frank erleichtert. "Und ich dachte schon, ich bin verrückt."

"Warum sollten Sie verrückt sein?"

"Weil mir niemand glaubt, dass Ihr Stift jemanden auferstehen lässt", sagte Frank leise.

"Es ist Ihr Stift, aber manche Dinge haben unglaubliche Eigenschaften. In der Tat. Darf ich fragen, woran Ihre Frau verstorben war?"

"Wie kommen Sie darauf, dass meine Frau verstorben war?", fragte Frank ungläubig.

"Sie hatten Sie doch mit dem Stift gezeichnet?", erkundigte sich Jérôme jetzt genauso ungläubig.

"Ja schon, aber meine Frau erfreut sich bester Gesundheit?"

"Wie sind Sie dann hinter das Geheimnis des Stifts gekommen?"

"Das ist eine lange Geschichte", begann Frank und erzählte Jérôme, was ihm mit dem Kater widerfahren war. Gelegentlich stellte Jérôme eine Zwischenfrage, aber insgesamt ließ er Frank einfach berichten. Ab und an konnte er seine Gedanken ordnen, denn in diesen kurzen Pausen holte Jérôme neuen Tee. Frank unterschlug seinem Gastgeber auch Purzel und die gescheiterten Versuche mit den Labormäusen nicht, sodass dieser sich ein genaues Bild machen konnte. Es war kurz vor Mitternacht, als Frank das Gefühl hatte, das Wichtigste gesagt zu haben. Jérôme wusste auch, wie er es geschafft hatte, allein nach Paris zu reisen.

"Ich beneide Sie um das, was Ihnen passiert ist. Bei Cecile und mir hat es mehrere Leben gedauert, um das zu begreifen, was Sie jetzt schon alles wissen", sagte Jérôme nach einer Minute, in der sie sich stumm gegenübergesessen hatten.

"Wie alt sind Sie?"

"Dazu sage ich Ihnen später etwas. Wie lange bleiben Sie in Paris?", erkundigt sich Jérôme.

"Mittwochmittag geht mein Rückflug."

"Das ist verdammt wenig Zeit", meinte Jérôme und stand auf. Er ging zum Schreibtisch und holte ein kleines Tablett und ein Tütchen heraus. "Haben Sie Erfahrung damit?"

"Was ist das?"

"Also nicht." Ohne eine weitere Antwort abzuwarten, schüttete er etwas weißes Pulver auf das Tablett, machte eine Linie daraus und zog sie mit dem Strohhalm in die Nase. Er wiederholte das Procedere und reichte das Tablett mit der neuen Linie zu Frank. "Jetzt Sie! So halten wir lange genug durch. Keine Angst, Sie werden nicht süchtig", erklärte er.

Frank hatte nicht die geringsten Bedenken, obwohl er noch nie in seinem Leben Drogen angerührt hatte. Aber es gab keinen Grund, Jérôme zu misstrauen, deshalb zog er sich das

Kokain in die Nase. Er riss die Augen weit auf. Die Wirkung hatte unmittelbar eingesetzt.

"Keine Sorge, das ist gleich vorbei", beruhigte ihn Jérôme.

Frank spürte keine Müdigkeit mehr, und die Gedanken waren ungewöhnlich klar. "Wie geht's weiter?", fragte er.

"Sie sollten Ihrem Kater einen Altar bauen, um ihm täglich zu huldigen", leitete Jérôme den zweiten Teil der Nacht ein.

"Jetzt übertreiben Sie aber."

Jérôme schüttelte den Kopf. "Ganz und gar nicht. Hören Sie mir zu, mein junger Freund, und verstehen Sie", sagte er lächelnd und begann aus seinem ersten Leben zu erzählen.

Frank erfuhr, dass Jérôme Anfang des 14. Jahrhunderts in Florenz geboren wurde. Sein Name war damals nicht Jérôme gewesen, aber im Laufe der verschiedenen Existenzen hatten er und Cecile begriffen, es war besser, sich immer nur mit ihren aktuellen Namen anzureden. Er berichtete aus seiner Kindheit. Jérômes Vater hatte hauptsächlich für die Kirche und reiche Kaufleute als Maler gearbeitet. Von ihm hatte er, genau wie seine Brüder, das Zeichnen gelernt. Den Stift hatte er seinerzeit aus einem Kloster stibitzt, in welchem er dem Vater bei der Anfertigung eines Freskos half. Der Verlust war dem Mönch nicht aufgefallen, was ihm einige Leben später zur Erkenntnis gelangen ließ, der Vorbesitzer hatte keinerlei Kenntnisse über die Wirkung der Silbermine gehabt. Cecile kannte er bereits seit seiner Kindheit. Sie war die Tochter eines Bildhauers gewesen, der in der Nachbarschaft gelebt hatte. "Wir waren sehr ineinander verliebt", sagte Jérôme. Der Satz ließ seine Augen matt wirken. Einen Augenblick schien er ihrer zu gedenken, und Frank wagte nicht, eine seiner vielen Fragen auszusprechen. Doch nach einem weiteren Schluck Tee erzählte Jérôme seine Geschichte weiter. Das erste Bild von ihr hatte er heimlich gezeichnet, als er sie beim Baden am Fluss beobachtet hatte. "Erst später hat sie mir gesagt, dass sie wusste, wo ich mich versteckt und sie sich deshalb so verhalten hatte", meinte er und schmunzelte. "Das Bild habe ich mir damals jede Nacht heimlich angesehen und mich nach ihr verzehrt. Ich wusste noch nicht, dass es ihr zwei Jahre später das Leben retten sollte", sagte er und fuhr mit seiner Erzählung fort. Natürlich wussten alle, wie es um ihn und Cecile stand, schließlich liefen sie sich täglich über den Weg. "Unsere schmachtenden Blicke blieben nicht lange unbemerkt", meinte er. Der Satz zauberte ein Lächeln in Jérômes Gesicht. Sie hatten im Laufe der Zeit auch Möglichkeiten gefunden, sich heimlich zu treffen. Meist nachts. Doch dann geschah dieser leidliche Unfall, bei dem Cecile erschlagen wurde. Ein umstürzendes Holzgerüst hatte sie unter sich begraben und ihren Oberkörper zerquetscht. Jérôme hatte es erst am Abend erfahren, als er mit dem Vater nach Hause gekommen war. "Ich habe ihren aufgebahrten Körper gesehen. Sie sah aus, als schliefe sie, aber sie war ganz weiß und hatte seit Stunden nicht mehr geatmet", sagte er leise und trank einen Schluck Tee. "Am nächsten Tag war die Beerdigung", fuhr er fort und berichtete von den unsäglichen Schmerzen, die ihn abends an ihr Grab getrieben hatten. "Dort passierte es dann", leitete er den wichtigsten Teil seines Berichts ein und erzählte, wie ihn die Schockstarre ergriffen hatte, als er in der übernächsten Nacht auf einmal ihre Stimme hörte. "Ich brauchte eine Weile, um zu begreifen, dass sie nicht aus dem Boden, sondern einige Meter entfernt aus dem Gebüsch gekommen war. Ihr Grab hat am Rand des Friedhofs gelegen. Als sie hervorkam, glaubte ich, der Leibhaftige will sich meiner bemächtigen. Sie war splitternackt, rannte auf mich zu und fiel mir um den Hals. Francesco, da bist du ja endlich, hat sie gesagt und mich mit sich zu Boden gerissen. Erst habe ich versucht, sie abzuschütteln, aber sie hat mich so fest umschlungen, dass es mir nicht gelungen ist. Ich bin einfach starr liegengeblieben und habe mich dem Schicksal ergeben.

Sie konnte nur eine Hexe sein, die mich heimsuchen und ins Fegefeuer ziehen sollte. Schließlich hatten wir gesündigt, obwohl wir noch nicht getraut waren", sagte Jérôme und lächelte. Dann erzählte er weiter, wie sie ihn nach und nach davon überzeugt hatte, aus Fleisch und Blut zu sein. Sie hatte auch gewusst, wie sie gestorben war und anfangs gedacht, er hätte sich das Leben genommen, um im Paradies mit ihr zusammen zu sein. "Wieso bist du nicht nackt wie ich, hat sie gefragt, und als ich ihr gesagt habe, nur an ihrem Grab gelegen und geweint zu haben, meinte sie, meine Liebe zu ihr hätte sie ins Leben zurückgeholt. Damals wussten wir noch nicht, wie recht sie damit hatte. Uns war beiden klar, dass wir Florenz sofort verlassen mussten. Also habe ich mich im Schutz der Dunkelheit nach Hause geschlichen und einige Sachen für unsere Reise geholt. Meiner ältesten Schwester habe ich Kleider, aus der Speisekammer Brot und Speck und meinem Vater einige Goldmünzen gestohlen. Ich habe alles in zwei Bündel gesteckt und weiß bis heute nicht genau, warum ich Ceciles Bild und den Stift mitgenommen habe. Wahrscheinlich nur, um auf unserer Flucht etwas verdienen zu können. Ich hatte auch einige Pergamentbögen zusammengerollt und sie im Gepäck verstaut. Dann bin ich wieder zum Friedhof zurück. Cecile hat sich sofort über das Brot und den Speck hergemacht. Erst danach konnte sie sich anziehen. Wir sind sofort aufgebrochen. Unser ent-behrungsreicher Weg führte uns über die Apenninen nach Mailand. Dort konnten wir schnell eine Unterkunft bei einem Maler finden, der händeringend nach Gehilfen für einen großen Auftrag der Kirche gesucht hat. Cecile verdingte sich in seinem Haus als Magd und ich ging dem Meister zur Hand. In Mailand bemerkte ich zum ersten Mal die Veränderung an ihrem Bild", sagte Jérôme.

"Es waren die Augen?"

Jérôme nickte. "Genau wie bei Ihrem Kater. Erstmalig war ein Verdacht in mir aufgekeimt, und ich habe Cecile erneut gezeichnet. Damals entstand auch das erste Selbstbildnis von mir. Es hat 15 Jahre gedauert, bis ihr Portrait seine lebensspendende Wirkung beweisen musste. Es war wieder ein Unfall, der sie von mir nahm. Ein Reiter hatte sein Pferd nicht mehr zum Stehen gebracht und sie gegen die Ecke einer Häuserwand geschleudert. Cecile war sofort tot. Aber diesmal war ich vorbereitet und habe drei Tage lang dafür gebetet, damit Gott das Wunder wieder bewirkt. Ich habe auch an jedem dieser Tage ihr Bild betrachtet, aber es hat sich nicht verändert. Abends bin ich zum Friedhof geschlichen und habe dort auf sie gewartet. Ich habe sie am äußersten Rand begraben lassen, was der Priester nicht verstanden, aber gegen Zahlung einiger Münzen dann doch akzeptiert hatte. Später meinte er zu wissen, warum ich das genau so gewollt hätte, aber das war in dem Moment egal. Wichtig war nur Cecile. Trotzdem hat mich fast der Schlag getroffen, als sie in der dritten Nacht zurückgekommen ist. Sie war wieder so jung, wie ich sie 15 Jahre zuvor gezeichnet hatte. Das war aber auch zugleich unsere Chance. Wir haben ein Versteck für sie gesucht, und zwei Wochen später habe ich sie aus der Stadt gebracht. Ich habe meinem damaligen Auftraggeber nur gesagt, dass ich in einer dringenden Angelegenheit nach Bergamo reisen muss. Weitere drei Wochen später bin ich mit ihr zurückgekehrt und habe sie als jüngere Schwester Ceciles ausgegeben, die ich dort geheiratet hätte. Eine Urkunde aus Bergamo hat als Legitimation gedient. Trotzdem sind wir einige Jahre später weitergezogen und so nach Frankreich gelangt. Hier wurde Cecile zum ersten Mal schwanger. Aber bis dahin hatte ich schon drei weitere Zeichnungen von ihr angefertigt", erklärte Jérôme.

"Auf weitere Zeichnungen von Ihnen selbst hatten Sie verzichtet, weil Sie schon zu alt waren?", unterbrach Frank ihn.

"Nicht ganz. Eine habe ich angefertigt, nur für den Fall des Falles. Sie kam aber nie zum Einsatz. Bei allem, was ich Ihnen bisher erzählt habe, dürfte spätestens jetzt klar sein, warum sie Ihrem Kater huldigen sollten", sagte Jérôme.

"Allerdings", erwiderte Frank bedächtig.

"Was wir in mehreren Leben gelernt haben, das haben Sie durch den Kater in kürzester Zeit begriffen. Dass Sie dabei dachten, verrückt zu sein, kann ich verstehen. Es ging mir anfangs nicht anders, aber da Cecile die Auferstandene war, konnten wir unsere Gedanken teilen."

Jérômes weitere Geschichte dauerte bis zum Morgen. Obwohl er sich kurzfasste – was in Anbetracht so vieler Leben nicht einfach war – ließ er die wichtigsten Stationen ihrer Aufenthalte nicht aus. Er lebte mit Cecile auch insgesamt 86 Jahre in verschiedenen deutschen Ländern. Siebenundvierzig Jahre am Stück verbrachten sie sogar in Russland. Ein Auftrag hatte sie dorthin gebracht. Nachdem er das erste Mal verstorben war, kam er in dem Alter zurück, in dem er sich in Mailand selbst gezeichnet hatte. Wenige Tage nach seiner Auferstehung hatte er sofort zwei neue Zeichnungen von sich angefertigt und die andere, die ihn als älteren Mann zeigte, vernichtet. "Erstaunlich war für mich, dass ich mich an alles erinnern konnte. Als ich das erste Mal gestorben bin, blieb die komplette Erinnerung an die eigene Geschichte erhalten. Das ging später so weiter und betraf auch die Sprachen, die wir in den verschiedenen Ländern lernen mussten", erklärte ihm Jérôme.

"Das heißt, Sie sprechen neben Deutsch auch Russisch, und Italienisch war Ihre Muttersprache."

"Und natürlich Französisch, aber auch Holländisch, Englisch, Flämisch und Baskisch. In Frankreich haben wir den größten Teil der Zeit gelebt", meinte Jérôme und sah auf die Uhr. "Unsere Zeit ist begrenzt. Welche Fragen haben Sie auf dem Herzen?"

"Wieso haben Sie uns ausgewählt?"

"Das ist eine gute Frage. Als Sie damals ins Antiquariat gekommen sind, habe ich einfach gespürt, dass Sie die Richtigen sind. Während Sie die beiden Folianten in Augenschein genommen haben, habe ich mich mit Ihrer Frau unterhalten. Wo hat sie so gut Französisch gelernt?"

"Sie war Fremdsprachensekretärin für Deutsch und Französisch", antwortete Frank.

"Ah. Sie hat mir erzählt, dass Sie auf Hochzeitsreise sind und beim Bummeln zufällig das Geschäft entdeckt hatten. Dabei hat sie immer wieder zu Ihnen gesehen und glücklich gelächelt. Sie waren in die Folianten vertieft und sie meinte nur, das sei Ihre Welt. Sie hat erzählt, dass Sie noch Student wären, und sie hat von Ihren Zeichnungen geschwärmt. Irgendetwas sagte mir, dass Sie beide die beste Wahl sind, die ich treffen konnte. Vielleicht hat es aber einfach nur daran gelegen, weil mich Ihre Frau so sehr an Cecile erinnert hat und Sie mich an mich selbst", meinte Jérôme und ein Lächeln ließ seine grünen Augen kurz wie Smaragde erstrahlen.

"Aber wo ist Cecile und wieso haben Sie den Stift nicht selbst behalten?"

"Cecile ist gestorben. Als sie beim letzten Mal mit Ihrer Frau hier waren, habe ich Ihnen die Wahrheit gesagt. Was sollte ich noch mit dem Stift?", antwortete Jérôme leise.

"Hat der Stift bei Cecile seine Wirkung verloren?"

Jérôme schüttelte den Kopf. "Nein, aber sie wollte nicht mehr Leben. Das werden Sie jetzt nicht verstehen, doch wenn Sie so lange wie wir gelebt haben, dann werden auch Sie sich eines Tages nach dem Tod sehnen. Alles wiederholt sich, wirklich alles. Halt nur in einer moderneren Welt, die nicht wirklich moderner ist. Die Kriege, die Toten, das Leid. Das wird auch durch Luxus nicht erträglicher. Eine Zeit lang kann man sich vorgaukeln, wie privilegiert man ist, aber das klappt nur einige Leben lang, dann erträgt man es nicht mehr. Wenn es soweit ist, versucht man, etwas für die Welt zu tun, aber man begreift schnell, alles schon einmal erlebt zu haben. Uns ging es jedenfalls so. Cecile hat ihre drei vorrätigen Zeichnungen, die ich immer gemacht hatte, zerrissen. Das war während der drei Tage, an denen ich das letzte Mal zurückgekehrt bin. Zu dem Zeitpunkt war sie sehr alt und Sie wissen jetzt, was das heißt. Du entscheidest selbst, hat sie zu mir nur gesagt, und ich habe mich entschieden. Das Einzige, was mir zu tun bleibt, ist Ihnen alles zu erklären und zu helfen."

"Heißt das, Sie haben Ihre noch ungenutzten Bilder auch vernichtet?", fragte Frank.

"Meine drei habe ich noch, aber so wie es aussieht, werden sie nie zum Einsatz kommen. Cecile fehlt mir, und wenn man so viele Jahre wie wir zusammen verbracht hat, dann ist der Verlust um ein Vielfaches schmerzlicher, als Sie es sich vorstellen können."

"Ich verstehe, was Sie meinen. Es ist wie mit Yin und Yang. Das eine kann nicht ohne das andere sein."

"So in der Art", meinte Jérôme und sagte dann eine Weile nichts. Er schien in Erinnerungen zu schwelgen und Frank wagte nicht, ihn zu unterbrechen. Das musste er auch nicht, denn sein Gastgeber fing sich wieder und sah ihn an. "Ich bin mir sicher, dass Sie noch mehr Fragen haben. Stellen Sie sie ruhig", forderte er ihn auf.

"Wo fange ich da an? Haben Sie im Laufe Ihrer Existenzen nur Ihr und Ceciles Leben gerettet oder auch das von anderen? Ich frage das deshalb, weil ich mir anfangs Vorwürfe gemacht habe, als die Eltern meiner Frau gestorben sind. Vielleicht hätte ich sie retten können."

"Ich verstehe, worauf Sie hinauswollen. Es war gut, dass Sie es nicht getan haben. Wobei nicht sicher ist, ob es funktioniert hätte. Ihre Gefühle sind das entscheidende Kriterium. Der Stift funktioniert nur, wenn sie echte Gefühle von Liebe und Zuneigung für das Wesen hegen, das Sie zeichnen", begann Jérôme und konfrontierte Frank mit der Aussage, er habe den Kater zu der Zeit geliebt, als er ihn gezeichnet hatte. Genau wie Purzel. Frank gestand das ein, und Jérôme meinte, dann wisse er jetzt auch, warum seine Experimente mit den weißen Mäusen von Anfang an zum Scheitern verurteilt waren. Wobei das nicht der Kern seiner Antwort war, denn er fragte Frank, zu welchem Ergebnis er bei seinen Überlegungen damals selbst gekommen sei.

"Es war richtig, sie nicht gezeichnet zu haben. Wenn die Wirkung des Stifts bekannt würde, dann ..."

"Ist die Existenz der Menschheit in Gefahr", unterbrach ihn Jérôme schroff und erzählte, was ihnen Dank eines Freundes geschehen war. Cecile und er hatten ihn einmal ins Leben zurückgeholt, ohne ihm etwas über das Geheimnis gesagt zu haben. "Ich hatte Philipe einfach nur gezeichnet und ihm das Bild geschenkt. Wie er darauf kam, dass es für seine Rückkehr ins Leben verantwortlich war, haben wir erst in jener Nacht erfahren, in der er das zweite Mal gestorben ist. Heute würde man wahrscheinlich sagen, es war nur ein dummer Zufall, wobei ich glaube, dass die heutigen Menschen viel zu oberflächlich sind, um dem Geträumten überhaupt eine Bedeutung beizumessen", sagte Jérôme und erzählte von dem Trunk, den Philipe während des Zeichnens zu sich genommen hatte. Es sei nur ein Sud aus gekochten Giftpilzen gewesen, mit denen sich ihr Freund regelmäßig in einen Rauschzustand versetzt hatte. Deswegen hatten sie ihn später in die benachbarte Kammer des eigenen Schlafraums geschleppt, damit er sich dort vom Rausch erholen konnte. Als sie selbst zu Bett gegangen waren, hatte Cecile noch gefragt, ob es eine gute Idee gewesen sei, Philipe mit dem Stift zu zeichnen. Jérôme hatte ihr versichert, es wäre unbedeutend, schließlich sei die

Zuneigung zu Philipe etwas anderes als die Liebe, die er für sie empfand, weswegen ihr Freund nicht auferstehen werde. "Ich hatte mich getäuscht", meinte Jérôme und erzählte, Philipe wäre zwei Jahre später weitergezogen, und sie hätten sich deshalb aus den Augen verloren. Erst zehn Jahre später war er wieder bei ihnen aufgetaucht und hatte verlangt, erneut gemalt zu werden. Erst hatten Cecile und Jérôme versucht, sich unwissend zu stellen, aber als Philipe ihnen erzählte, was er jahrelang für einen Traum gehalten hatte, war klar, er ließ sich nicht abweisen. Die Erkenntnis sei ihm gekommen, nachdem er fern der Position, an der er ertrunken war, am Ufer nackt und hungrig aufgewacht wäre. Erst in dem Moment hätte er verstanden, was es mit dem Traum von damals auf sich hatte. "Dabei war es kein Traum. Er hatte das Gespräch von Cecile und mir gehört und es dank seines Rausches nur für einen solchen gehalten", sagte Jérôme leise. Dann erzählte er weiter, was in jener Nacht vor hunderten von Jahren noch geschehen war. Philipe hatte gedroht, sie bei der Inquisition anzuzeigen. Damit war er zwar nicht ans Ziel gekommen, aber ihr Widerstand hatte bewirkt, dass er zu lachen anfing. Wie könne man jemanden, der den Tod besiegt habe, mit dem Tod bedrohen, waren seine Worte gewesen. Dann hatte er ihrem Sohn ein Messer an die Kehle gehalten und hämisch gelacht. Philipe hatte sofort begriffen, was Ceciles Blick bedeutete. Sie hatte um das Leben des Jungen gefleht und er ihnen einen Handel angeboten. Er, Jérôme, sollte ihn mit der Liebe, die er für seinen Sohn empfand, zeichnen. Während der ganzen Zeit hatte Philipe den Jungen in seiner Gewalt, aber die Zeit gegen sich, denn irgendwann war er eingenickt. Diesen Moment hatte Cecile genutzt und ihm mit einem Kerzenständer auf den Kopf gehauen. Seine Benommenheit währte nicht sehr lange, aber zumindest lange genug, um den Jungen in Sicherheit zu bringen. Außerdem war Philipe das Messer aus der Hand gefallen. "Ich habe sofort den Kerzenständer genommen und Philipe den Schädel eingeschlagen. Immer und immer wieder, bis er ganz sicher tot war. Dann habe ich das angefangene Bild zerrissen und die Einzelteile verbrannt. Wir haben ihn noch in derselben Nacht aus dem Haus geschleppt und in den Fluss geschmissen", endete Jérôme.

"Und was haben Sie Ihrem Sohn gesagt?"

"Dass Philipe ein Verrückter war und Gott uns vor ihm beschützt hat."

"Haben Sie daran gedacht, Ihre Kinder zu zeichnen?", erkundigte sich Frank.

"Nur kurz, dann war uns klar, was für Probleme das heraufbeschworen hätte. Zumal wir wussten, dass es besser war, sofort in eine andere Stadt oder ein anderes Land zu gehen, wenn einer von uns verstarb. Oft war es sogar besser, sich selbst zu töten."

"Wieso das?", fragte Frank irritiert.

"Damit der Altersunterschied zwischen Cecile und mir nicht zu groß wurde, und wir uns andernorts als junges Paar ausgeben konnten, das auf der Suche nach Arbeit und Aufträgen war. In einem Großteil unserer Leben hatten wir keine Kinder, und wenn doch, dann mussten sie recht jung das Haus verlassen. Anfangs hatten wir sie in Klosterschulen untergebracht, später auf privaten Internaten. Natürlich haben wir sie regelmäßig gesehen, aber wenn es notwendig war und wir wegmussten, konnten wir das mit dem Wissen tun, dass für sie gesorgt war."

"Es war bestimmt nicht leicht, jedes Mal von vorn anzufangen", sagte Frank bedächtig.

"Mit jedem Mal wurde es leichter. Wir wussten ja, was auf uns zukommt und haben gelernt, damit umzugehen", meinte Jérôme und erklärte ihm in groben Zügen, welche Möglichkeiten sie gefunden hatten, ihre Güter generationsübergreifend zu sichern. "Sie sollten sich über eine ähnliche Konstruktion Gedanken machen", empfahl er Frank, für den das alles Neuland war.

"Ich hab keine Ahnung, wie ich das hinbekommen soll", meinte er leise. "Wir bräuchten neue Namen, Pässe, Ausweise und was weiß ich noch alles. Damals war das sicherlich kein Problem, aber heute?"

"Ist das auch nicht schwieriger, halt nur moderner. Sie sollten jedoch aufpassen, nie in die Fänge der Justiz und der Medien zu geraten. Übermäßige Aufmerksamkeit sollten Sie unbedingt vermeiden. Cecile und ich haben einst den Fehler begangen. Es war schwer, das wieder ins Lot zu bekommen und hat uns damals um Jahrzehnte zurückgeworfen. Vom Aufwand, vorübergehend in ein weit entferntes Land gehen zu müssen, ganz zu schweigen. Ich denke, das war dem Übermut unserer ersten Leben geschuldet. Das Wissen um die Macht des Stifts kann dazu führen, mit dem eigenen Dasein nur allzu großzügig umzugehen."

"Was meinen Sie genau?", hakte Frank nach.

"Die Inquisition. Cecile hat es eine Zeit lang Spaß gemacht, die Widerspenstige zu geben. Sie musste einige Hexenprozesse über sich ergehen lassen. Damals war ich in Sorge, unser Geheimnis könnte sie das Leben kosten, obwohl ich immer für einen kleinen Vorrat an Bildern gesorgt und sie an verschiedenen Stellen versteckt hatte", erklärte Jérôme.

"Wie hätte es sie dann das Leben kosten können?"

"Weil wir nicht wussten, ob die Rückkehr auch funktioniert, wenn ihr Körper verbrannt wird. Als sie auf dem Scheiterhaufen landen sollte, habe ich sie im Kerker aufgesucht und inständig darum gebeten, alles zuzugeben, was der Inquisitor hören wollte, nur um gehängt und anschließend geviertelt zu werden. Sie wissen ja dank des Katers selbst, das hat keinen Einfluss auf die Rückkehr. Aber wie ist es, wenn ein Körper nicht nur zermalmt, sondern vollständig ausgelöscht

420

wird? Reicht das Häufchen Asche, das übrigbleibt? Auf diese Frage habe ich bis heute keine Antwort", gestand Jérôme.

"Meine Schwiegereltern sind verbrannt worden", sagte Frank nachdenklich und sah Jérôme an. "Meine Frau hat nach der Beisetzung auch so einen Wunsch geäußert, wenn …" Weiter sprach er nicht, aber seine Augen zeigten das Entsetzen, das die Erkenntnis mit sich brachte.

"Deswegen ist es besser, den Tod in die eigene Hand zu nehmen. Leider klappt das nicht immer. Stellen Sie sich vor, Sie haben zum Beispiel einen Unfall in Indien. Dann werden Sie am nächsten Tag verbrannt", sagte Jérôme und sah Frank nun seinerseits eindringlich an. "Sie müssen Ihren Kater noch einmal töten und verbrennen!"

"Das ist mittlerweile nicht mehr so einfach", druckste Frank herum.

"Aber es muss sein. Machen Sie es so, dass er nicht weiß, dass Sie dahinterstecken. Von der Verbrennung bekommt er nichts mit, weil er dann schon tot ist. Er zehrt doch schon seit Jahren von geliehenem Leben."

"Wenn es sein muss."

"Es muss sein! Und teilen Sie mir das Ergebnis bitte mit. Es interessiert mich außerordentlich." Jérôme sah auf die Uhr. Es war mittlerweile Dienstagnachmittag. "Wir sollten uns jetzt um den offiziellen Grund Ihres Hierseins kümmern", meinte er.

"Was meinen Sie?", fragte Frank irritiert.

"Sagten Sie gestern nicht, Ihre Frau denkt, Sie sind mit einem Kunstliebhaber verabredet, der am Kauf Ihrer Bilder interessiert ist? Sie wird sehr enttäuscht sein, wenn Sie morgen ohne ein Resultat nach Hause kommen", erwiderte Jérôme.

"So was kommt vor."

"Sicherlich, aber Sie haben einen guten Ruf in der Szene und ein Teil Ihrer Bilder erreicht inzwischen hervorragende

Preise", sagte Jérôme, stand auf und ging zum Schreibtisch. Er bewegte kurz die Maus und der Monitor schaltete sich ein. Unter der Arbeitsplatte holte er eine Tastatur hervor und legte sie vor sich. "Die arbeitet auch kabellos. Der neueste Schrei, aber noch nicht im Handel erhältlich."

"Und wo haben Sie sie her?"

"Man knüpft im Laufe der Zeit so seine Kontakte und manchmal ist es hilfreich, schon mit den Großvätern und Vätern bestimmter Leute geschäftliche Kontakte unterhalten zu haben. Kommen Sie, damit Sie mir zu Ihren Bildern etwas sagen können", meinte Jérôme und tippte ein Wort auf seiner Tastatur.

Frank war erstaunt, als er seine eigene Homepage auf dem Monitor aufgehen sah. "Woher wissen Sie …?"

"Ich habe Sie die ganzen Jahre über im Auge behalten. Schließlich wollte ich mich auch davon überzeugen, dass der Stift in guten Händen ist", sagte Jérôme wie nebenbei.

"Aber woher wussten Sie überhaupt, wer ich bin und wo ich lebe?"

"Ich habe Ihre Anschrift", beantwortete Jérôme seine Frage.

"Nicht, das ich wüsste."

"Junger Freund, haben Sie das nicht mitbekommen?" Jérôme stand auf und ging zu einem der Regale, in denen er die in dunkelbraunem Leder gebundenen Jahrbücher aufbewahrte. Das wenigstens ließen die goldgeprägten Zahlen auf den Buchrücken vermuten. Er zog den Band mit der Aufschrift '1968' hervor, legte ihn auf dem Schreibtisch ab und öffnete ihn. Zielsicher suchte er die Seite, in der er alle Verkäufe erfasst hatte. Damals noch als Francoise. "Hier. Sehen Sie!", meinte er und hielt den Finger auf die Zeile, in welcher der Verkauf der Ware vermerkt war. "Ihre Frau hat das liebenswürdiger Weise übernommen, denn Sie waren mit den Folianten viel zu beschäftigt", sagte Jérôme lächelnd.

Frank las seinen Namen und seine Anschrift, aber nicht den von Patricia. "Und der Stift?", fragte er.

"War ein privater Verkauf von mir an Ihre junge Frau. Deswegen ist er hier nicht erfasst", erklärte ihm Jérôme.

"Das heißt, Sie wussten die ganzen Jahre über, wer ich bin."

"So ist es. Aber keine Sorge, verstehen Sie es bitte nur als ein gelegentliches Vorbeischauen, um nach dem Rechten zu sehen. Es wurde von mir keinerlei Einfluss auf Ihren Werdegang ausgeübt. Das mache ich jetzt zum ersten Mal", sagte Jérôme, schlug das Jahrbuch wieder zu und stellte es zurück ins Regal. "Schauen wir uns die Bilder auf Ihrer Homepage an und sagen Sie mir etwas dazu, damit ich eine Auswahl zusammenstellen kann."

"Die Bilder für den angeblichen Interessenten befinden sich auf einer CD", sagte Frank, holte sie aus der Umhängetasche und reichte sie ihm.

"Jetzt bin ich wirklich neugierig", entgegnete Jérôme, als er sie ins Laufwerk schob. Aufmerksam betrachtete er die Aufnahmen und stellte Frank nicht eine Frage. Jedes Bild enthielt eine aussagekräftige Beschreibung, die Patricia angefertigt und abgespeichert hatte.

Eine halbe Stunde lang studierte Jérôme alles und außer einem gelegentlichen "Bon" sagte er kein Wort. Frank war sich nicht sicher, was er davon zu halten hatte, aber plötzlich drehte sich Jérôme um und sagte, er nähme die Bilderserien 'Tod', 'Wut' und 'Liebe'.

"Das sind 23 Gemälde", sagte Frank erstaunt.

"Das sind 23 erstklassige Gemälde", verbesserte ihn Jérôme und bat Frank, etwas über den Gemütszustand zu berichten, in dem er sie angefertigt hatte.

Er kam der Bitte nach und erzählte, welches die Schlüsselereignisse waren, die zur Entstehung der Bilder geführt hatten. "In solchen Phasen vergesse ich oft alles um mich herum", endete er.

"Ich verstehe genau, was Sie meinen. Mir ging es oft genauso. Die Bilder erinnern mich an meine Tage als Hieronymus Bosch", sagte Jérôme leise.

"Was? Wollen Sie etwa sagen, Sie sind, waren …?"

"Genau das will ich, aber kommen wir zum Abschluss der Transaktion. Ich biete Ihnen für die Bilder 2,3 Millionen Schweizer Franken. Nehmen Sie das Angebot an?" Jérôme reichte ihm die Hand.

Frank musste sich am Schreibtisch festhalten. Er hatte auf einmal das Gefühl, seine Beine wollten ihn nicht mehr tragen. "2,3 Millionen?", japste er und sah Jérôme mit großen Augen an.

Der nickte nur entspannt. "Wann kann ich die Bilder abholen und nach Zürich bringen lassen?"

"Wann immer Sie wollen." Frank gab Jérôme zur Besiegelung des Geschäfts endlich die Hand. "Wieso nach Zürich?", fragte er anschließend.

"Dort ist der Sitz der Stiftung, die Ihre Bilder kauft. Ich sagte Ihnen doch, dass wir eine Möglichkeit gefunden haben, um generationsübergreifend agieren zu können. Eine Stiftung ist die beste Lösung, denn Sie legen die Satzung fest, die nach Ihrem ersten Tod unumstößlich ist. Cecile und ich haben sie Anfang des 18. Jahrhunderts gegründet und seitdem hat sie uns gute Dienste geleistet. Jetzt kommt sie Ihnen auch zugute."

Frank musste tief durchatmen. "Das muss ich erst mal verdauen."

"Sie meinen wegen der Summe? Keine Sorge, Ihre Bilder sind nächstes Jahr mindestens das Doppelte wert, aber darauf kommt es jetzt nicht an. Ich biete Ihnen unabhängig vom Kaufpreis noch etwas an." Jérôme griff in ein kleines Etui, das auf dem Schreibtisch stand und holte eine Visitenkarte hervor.

"Wenn Sie dort anrufen, verlangen Sie Michel Saint-Gromé. Das Kennwort lautet Hieronymus. Dort erklärt man Ihnen alles weitere und kümmert sich um Ihre neue Identität. Natürlich auch um die Ihrer Frau. Die Kosten sind spätestens jetzt überschaubar."

Mehr als ein "Danke" brachte Frank nicht heraus. Er starrte auf die Visitenkarte und murmelte in Gedanken den Namen einige Male, den er sich merken musste. Dann sah er Jérôme an. "Warum machen Sie das alles für mich?"

"Weil Sie die Chance haben, es besser zu machen als Cecile und ich. Wenn ich ehrlich sein soll, dann muss ich zugeben, nie erwartet zu haben, dass Sie jemals soweit kommen, aber das Schicksal hat es gut mit Ihnen gemeint. Sollte ich meine Meinung zum Tod doch noch ändern, dann erwarte ich von Ihnen, dass Sie mir Ihren Stift für einige Zeichnungen zur Verfügung stellen", sagte Jérôme freundlich und lächelte.

"Selbstverständlich", antwortete Frank.

"Lassen Sie uns auf das Geschäft anstoßen", schlug Jérôme vor und ging zu einem der Schränke. In ihm verbarg sich eine Bar. Er nahm zwei Gläser und eine alte Cognacflasche heraus. Dann setzte er sich auf die Couch und machte eine einladende Geste zu Frank, der immer noch am Schreibtisch stand. "Kommen Sie, junger Freund. Stoßen Sie mit mir an", sagte Jérôme und füllte ihre Gläser. Eines reichte er Frank, der mittlerweile Platz genommen hatte. "Auf die Zukunft und die Vergangenheit."

Sie stießen an und nachdem Jérôme am Glas genippt hatte, meinte er: "Es gibt Sachen, die werden in der modernen Welt nicht besser. Dieser hervorragende Remy-Martin gehört dazu. Cecile hatte mir einst eine Kiste davon geschenkt."

Frank wagte nicht zu fragen, wann das gewesen war. Stattdessen erkundigte er sich, wann sein Gastgeber zu malen aufgehört hatte.

"Wer sagt, dass ich aufgehört habe? Gelegentlich fertige ich noch das eine oder andere Bild an, wobei ich zugeben muss, seit 60 Jahren nichts Ernsthaftes mehr gemacht zu haben. Es gab noch einen Versuch nach Ceciles Tod, aber ich habe es nicht geschafft, den Schmerz über ihren Verlust in einem für mich zufriedenstellendem Maß in Szene zu setzen. Deswegen habe ich die unfertigen Bilder alle vernichtet."

Einen Moment saßen sie schweigend da. Niemand konnte nachvollziehen, was Jérôme gefühlt hatte und vielleicht immer noch fühlte. Irgendwann räusperte sich Frank, erkundigte sich nach der Pariser Telefonnummer und danach, was er Patricia wegen des Geschäftsabschlusses erzählen könnte.

"Sie haben den Beauftragten der Stiftung kennengelernt, der im Auftrag der selbigen den Kauf getätigt hat. Ihr Herr Schmied kann sie mit Herrn Grünwald bekanntgemacht haben. Das ist der Herr, der aus der Schweiz die Zahlung auf ihr Konto vornimmt. Ansonsten schlage ich vor, dass wir die letzten Formalitäten erledigen, die notwendig sind", schlug Jérôme vor und ging wieder zum Schreibtisch. Er nahm sich ein Blatt Papier sowie einen Stift und notierte sich Franks Bankverbindung. "Das war alles. In einer Woche veranlasse ich die Abholung der Bilder. Seien Sie dann bitte zu Hause", meinte er und holte noch eine Visitenkarte aus der Schreibtischschublade. "Halten Sie mich bezüglich der Verbrennung Ihres Katers bitte auf dem Laufenden."

"Okay." Frank steckte die Karte in sein Portmonee. "Sehen wir uns wieder?", fragte er, während er Jérôme zur Ladentür folgte.

"Wir werden sehen. Passen Sie gut auf den Stift und Ihre Frau auf."

"Worauf Sie sich verlassen können. Eine letzte Frage."

"Fragen Sie."

"Sie wissen wirklich nichts über die Herkunft des Stifts?"

"Nur, dass der Griffel aus Zedernholz ist. Der Mönch meinte einmal, Kreuzfahrer hätten ihn und andere Gegenstände aus Jerusalem mitgebracht. Die Mönche des Klosters standen den Templern sehr nahe. Das ist alles, was ich über die Herkunft weiß. Wenn er für die Mönche von Bedeutung gewesen wäre, hätten sie ihn als Reliquie verehrt, aber das war nicht der Fall. Dann hätte ich ihn auch nicht heimlich mitgehen lassen können. Sie finden nirgendwo eine urkundliche Erwähnung, die irgendwelche Schlussfolgerungen zulässt. Lange dachte ich, seine Wirkung beruhe ausschließlich auf mir, aber das haben Sie dank des Katers eindrucksvoll widerlegt. Und jetzt gehen Sie ins Hotel und schlafen sich aus", sagte Jérôme und reichte Frank zum Abschied die Hand. Sie standen bereits an der Ladentür, als Frank zum ersten Mal auffiel, er hatte seit gestern kein einziges Geräusch der Straße wahrgenommen. Das war jetzt auch so, obwohl er direkt an der Ladentür stand, nur wenige Meter entfernt vom sichtbaren Verkehr auf der Straße. Erst als Jérôme den Riegel zurückzog, welchen Frank Montagmittag selbst vorgeschoben hatte, änderte sich das schlagartig, obwohl die Tür immer noch geschlossen war. "Adieu, mein junger Freund", meinte Jérôme und entließ ihn in den Lärm der Großstadt.

Es war bereits früher Abend, und auf einmal spürte er die Müdigkeit in sich aufsteigen. Auch den Hunger. Trotzdem beschloss er, erst im Hotel etwas zu essen. Zu groß war die Angst, an Ort und Stelle einzuschlafen, wenn er satt wäre. Er lief den Weg zurück, den er gestern gekommen war, aber er hatte keinen Blick für die Leute oder die Sehenswürdigkeiten, an denen er vorbeiging. Zu sehr war er in Gedanken noch bei Jérôme im Antiquariat. 'Auch das glaubt mir keiner', dachte er, lächelte aber, weil er den Menschen gefunden hatte, der ihm alles geglaubt hatte. "Ich bin doch nicht verrückt", rief er über die Seine, als er sie überquerte.

Im Hotel ging er sofort ins Restaurant und bestellte sich ein Steak. Er schlang es herunter und bestellte ein zweites. Mit Mühe und Not gelang es ihm anschließend, in seinem Zimmer noch zu duschen und sich die Zähne zu putzen. Mit dem Gedanken, er müsse Patricia noch anrufen, schlief er ein.

Am Mittwoch wachte er zeitig, aber völlig erholt auf. Trotzdem hatte er das Gefühl, alles sei ein Traum gewesen, so surrealistisch kam ihm die Erinnerung vor. Sicherheitshalber schaute er im Portmonee nach und sah die beiden Visitenkarten, die ihm Jérôme mitgegeben hatte. "Hieronymus", murmelte er und notierte sich den Namen auf der Rückseite. Dann ging er frühstücken und ließ die Eindrücke der letzten beiden Tage Revue passieren. 'Wo ist der Haken?', war die zentrale Frage, um die sich alles drehte. Er fand keinen, doch sein Verstand wollte das nicht akzeptieren. Völlig in seine Überlegungen vertieft, löffelte er zwei Eier im Glas aus, knabberte an einem Toast und trank mehrere Tassen Kaffee, ohne einer Lösung näherzukommen. "Was hat Jérôme davon?", flüsterte er ganz leise. Seine Antwort lautete: Nichts! 'Zumal er nicht mal wissen konnte, ob ich jemals von der Wirkung des Stifts erfahre. Er kann also gar nichts davon haben', lautete Franks Begründung, was letztlich nur bedeutete, Patricia und er waren vor einem Vierteljahrhundert einfach nur zur richtigen Zeit am richtigen Ort gewesen. "Wir hatten also einfach nur Glück", murmelte er und sah auf die Uhr. Es war noch genug Zeit, um sie anzurufen und ihr Bescheid zu sagen, dass er den planmäßigen Flug bekäme.

Seine Frau wartete bereits am Ausgang des Terminals und winkte ihm aufgeregt zu. Mit schnellen Schritten ging Frank zu ihr. Am liebsten wäre er gerannt, doch der Koffer hinderte ihn daran. Nach einer kurzen, aber herzlichen Umarmung schlenderten sie zum Auto. Patricia hatte sich bei ihm untergehakt. Sie registrierte sein verschmitztes Lächeln genau.

"Nun spann mich nicht noch länger auf die Folter. Bei deinem kurzen Anruf vorhin hast du doch schon gesagt, dass es gut gelaufen ist. Was heißt das?"

"Das es nicht nur gut, sondern wahrscheinlich sogar sehr gut gelaufen ist."

"Tolle Antwort. Komm erzähl schon!", bohrte sie weiter.

"Aber du fährst?"

"Wer sonst sollte dich chauffieren? Klar fahre ich, aber unterwegs will ich endlich wissen, wie es gelaufen ist und wer dieser Mäzen ist."

Nachdem er den Koffer hinter dem Beifahrersitz abgestellt und sich gesetzt hatte, sah er Patricia an. "Eine Sache sage ich dir, bevor du losfährst. Ich will nicht, dass du vor Schreck einen Unfall baust. Wenn alles vereinbarungsgemäß über die Bühne geht, dann landen in den nächsten Tagen 2,3 Millionen Schweizer Franken auf unserem Konto. Kennst du den aktuellen Wechselkurs?"

"Was?" Patricia hielt vor Rührung die Hände vor den Mund und sah ihn mit weit aufgerissenen Augen an. "Hast du 2,3 Millionen gesagt?", stammelte sie.

Frank nickte. "Weißt du, wie viel das in DM ist?"

Wortlos schüttelte sie erst den Kopf. "Auf jeden Fall etwas mehr", krächzte sie.

"Ist vielleicht doch besser, wenn ich fahre", schlug er vor.

Nach den ersten 20 Minuten der Fahrt war Patricia wieder die alte und Frank konnte ihr von seinem Aufenthalt berichten. So erfuhr sie einiges über die Herren Schmied und Grünwald. Gelegentlich war Frank selbst erstaunt, wie leicht ihm die Geschichte über die Lippen kam. Inzwischen wusste Patricia auch, es waren ungefähr 2,8 Millionen DM, die bald eintreffen sollten. Kurz bevor sie zu Hause ankamen, fragte sie, was er mit so viel Geld anfangen wollte. "Wieso ich? Was fangen wir damit an?", entgegnete er, schlug aber gleichzeitig vor, noch keine Pläne zu schmieden. "Lass uns träumen, wenn das Geld wirklich auf dem Konto angekommen ist."

Milli kam bereits durch die Katzenklappe nach draußen, bevor Frank in der Garage gehalten hatte. Patricia hob ihn sofort hoch und nahm ihn in den Arm. "Der Papa hat ganz viele Bilder verkauft", sagte sie zu ihm und streichelte über sein Fell. Während Frank den Koffer aus dem Auto holte, erfuhr der Kater in groben Zügen, was er in Paris gemacht hatte. Doch das störte Frank nicht im Geringsten. Er wusste schließlich, was er dem orangeroten Fellbündel zu verdanken hatte. Das wiederum machte die Aufgabe nicht leichter, die noch vor ihm lag. Jérômes Bitte, den Kater noch einmal zu töten, machte es nicht leichter. Frank tröstete sich vorerst damit, es nicht sofort tun zu müssen. 'Irgendwas wird mir schon einfallen', dachte er, und wieder einmal sollte ihm der Zufall behilflich sein. Doch bis dahin lebte Milli wie die Made im Speck.

Bereits am Freitag erfuhr Frank, Herr Grünwald hatte Wort gehalten. Er wusste es, bevor Patricia die Tür seines Ateliers aufreißen und ihm um den Hals fallen konnte. Ihr begeistertes "Ja, ja, ja" im Flur war nicht zu überhören gewesen. Nachdem sie sich beruhigt hatte, fragte er sie, was ihr größter Wunsch wäre. "Enkel wären toll, aber das dauert wohl noch eine Weile. Ansonsten haben wir doch schon alles", antwortete sie. Dem konnte Frank nicht widersprechen. "Irgendetwas wird uns schon einfallen", meinte er.

Fünf Tage später wurden die Bilder abgeholt. Ein speziell präparierter Lkw und ein Pkw, dem vier Männer entstiegen, hielten morgens vor dem Haus. Das Vorbereiten der Bilder für den Transport sowie das Verladen nahm den ganzen Tag in Anspruch.

Als er am Abend mit Patricia durch die Räume ging, meinte sie, es wäre höchste Zeit zum Renovieren. "Bei der Gelegenheit könnte auch das eine oder andere erneuert werden", schlug er vor. Noch bevor sie zu Bett gingen stand fest, im Haus sollten umfangreiche Arbeiten stattfinden. Patricia hatte erstaunlich konkrete Vorstellungen, wie Frank im Nachhinein feststellte, aber das störte ihn nicht im Geringsten.

Dafür musste er auf neue Geschichten seiner Frau verzichten. Patricia hatte freie Hand und aus dem Projekt 'Renovieren' wurde rasch ein kompletter Umbau des Hauses. Die wichtigsten Entscheidungen sprach sie mit Frank ab, der immer wieder staunte, was sie zusammen mit dem Architekten aus dem alten Anwesen herausholte. Für sein neues Atelier ließ sie sogar einen Anbau vornehmen, durch den das Haus insgesamt erweitert wurde. Auch die Terrasse wurde deutlich größer und konnte nun auch von der Küche aus betreten werden. Als Frank sie einmal fragte, ob das Haus für sie beide nicht zu groß wäre, meinte Patricia nur, sie wolle, dass die Enkel sich später wohlfühlten, wenn sie in den Ferien herkämen. "Wie du meinst", antwortete er, kümmerte sich um seine Aufträge und überließ Patricia das Schlachtfeld.

Nur während des Umzugs vom alten ins neue Atelier fühlte er sich gestört, zumal Frank es hasste, wenn Fremde diesen Raum betraten. Als die Regale und Zeichnungsarchive in den neuen Gebäudeteil gebracht wurden, wachte er argwöhnisch über jeden Handschlag der Arbeiter. Er hatte auch daran gedacht, die Silbermine rechtzeitig aus dem Schreibtisch zu nehmen und in seine Kitteltaschen zu stecken.

Trotz aller Unruhe, die der Umbau des Hauses mit sich brachte, war Frank mit dem Resultat sehr zufrieden. Sein neues Atelier war doppelt so groß, und die Fensterfront gab den Blick auf den Garten frei. Das alte Haus wirkte wie neu, hatte seinen Charme aber nicht verloren. Patricia hatte die Küche und das Wohnzimmer so belassen wie sie waren, durch den Einbau größerer, bodentiefer Fenster jedoch für einen phantastischen Ausblick auf den Garten und die dahinter angrenzende Wiese gesorgt. Ihr Büro hatte sie vom Obergeschoss in Franks altes Atelier verlegen lassen, sodass der obere Bereich nur noch zum Wohnen diente.

Frank beeindruckte vor allem, wie sie es geschafft hatte, pünktlich zu ihrem eigenen Geburtstag – es war ihr fünfzigster – mit allem fertigzuwerden. Aber das war dem Vorteil geschuldet, nicht jede Mark mehrmals umdrehen zu müssen. Nicht ohne Stolz präsentierte sie den Kindern das neue Reich. Sie waren am Freitagabend zu Hause eingetroffen. Frank registrierte auch die Trauer in ihren Augen am Sonntagnachmittag. Patrick und Kerstin mussten zum Bahnhof, Claudia und Beatrix boten an, sie gleich mitzunehmen und dort abzusetzen. Die Verabschiedung war herzlich, doch als Frank etwas später mit Patricia auf der Hollywoodschaukel saß, um den Sonnenuntergang zu genießen, bemerkte er, sie war schweigsam, streichelte Milli aber deutlich häufiger. Er legte seinen Arm um sie, und ohne ein Wort zu sagen, warteten sie die Dunkelheit ab. Allmählich wurde es auch spürbar kühler. Trotz der Strickjacke begann Patricia zu frieren. "Soll ich dir eine Wolldecke holen?", fragte er leise. Sie nickte nur leicht. Eine Minute später war er zurück. Er musste sie nicht fragen, er wusste, was in ihr vorging. Zum ersten Mal seit Monaten dachte er wieder an Jérôme und verstand dessen Entscheidung.

Die Antwort

Am nächsten Tag war Patricia wieder die Alte. Ihre gestrige Stimmung schien lediglich ein sentimentaler Gemütszustand gewesen zu sein, der durch den Aufbruch der Kinder und die anschließende Stille im Haus hervorgerufen worden war. Zumal feststand, Claudia und Beatrix würden sich auch in

Zukunft an den Wochenenden sehen lassen oder sie zu sich einladen. Trotzdem äußerte sie einen Wunsch und schlug vor, die ganze Familie mit Handys auszustatten. "Mittlerweile ist das bezahlbar geworden und so ist es leichter, sie ans Telefon zu bekommen", meinte sie. Frank hatte nichts dagegen, obwohl er keinen Sinn darin sah, sich selbst eines dieser neumodischen Geräte anzuschaffen. "Ich bin doch immer zu Hause. Wenn du so ein Ding hast, reicht das aus", sagte er, aber das ließ Patricia nicht gelten. "Warum bist du nur so ein Technikmuffel? Das war beim ersten Computer genau das gleiche. Stell dir vor, wir hätten ihn nicht gehabt. Würden deine Geschäfte dann auch so gut laufen?"

"Jaja, ich weiß, worauf du hinaus willst. Kauf diese Handys ruhig. Was den Computer betrifft, da stimme ich nicht mit dir überein. Ich weiß die Kiste schon zu schätzen, schließlich schreibst du deine Geschichten damit, und selbst ich sehe ein, dass das besser ist als auf einer Schreibmaschine. Da fällt mir gerade ein, was ich mit dem Handy alles machen kann."

"Was denn?", fragte Patricia irritiert.

"Ich kann endlich von einer ungestörten Stelle aus anrufen und ein Henkersschwert bestellen."

"Hä, wieso das …? Du bist ein Quatschkopf", sagte sie schmunzelnd.

"Du hast schon lange nichts mehr vorgelesen."

"Ich weiß. Aber es war so viel zu tun. Der ganze Umbau …"

"Ist erledigt", fiel ihr Frank ins Wort.

"Und der Garten …"

"Da helfe ich dir", schlug er vor und sah zu Milli. "Du fühlst dich doch bestimmt auch vernachlässigt, und es wäre toll, wenn du mir jetzt nicht in den Rücken fällst."

Der Kater mauzte tatsächlich.

"Jaja, Ihr bekommt euren Willen. Vorher gebt ihr doch sowieso keine Ruhe", sagte sie und machte sich in den nächsten

Tagen daran, ihrem Versprechen eine neue Geschichte folgen zu lassen.

Bis zum Herbst bekamen ihre Männer, wie sie manchmal zu Frank und Milli sagte, wenn diese es sich auf dem Bett oder der Couch bequem gemacht hatten, sieben weitere Erzählungen zu hören. Für drei davon benötigte Patricia sogar jeweils zwei Abende. Sie waren deutlich länger geworden.

"Wann willst du endlich mal eine veröffentlichen?"

"Ich will nichts veröffentlichen."

"Aber für wen schreibst du sie dann?"

"Für euch beide", sagte sie, als wäre es das Normalste der Welt.

Frank wusste, es machte wenig Sinn, mir ihr darüber zu diskutieren. Er unterließ es schon allein deshalb, damit sie weiterschrieb. 'Der Rest ergibt sich irgendwann von ganz allein', dachte er und freute sich auf den bevorstehenden Winter. Seiner Meinung nach war das die richtige Zeit, damit Patricia mehr Zeit für ihr Hobby fand.

Im darauffolgenden Frühjahr kam Frank der Zufall in einer Sache zu Hilfe, die er seit seinem Parisaufenthalt verdrängt hatte. Wobei das nicht ganz den Tatsachen entsprach, denn er schob die Angelegenheit regelrecht vor sich her. Einige Male hatte er sich zwar vorgenommen, Jérômes Hinweisen mehr Beachtung zu schenken, aber wer dachte in seinem Alter schon an den Tod. 'Patricia und ich sind gerade mal Anfang 50', war das Argument gegenüber sich selbst, welches es erlaubte, so weiterzumachen wie bisher. Das Einzige, was er seit Paris unternommen hatte, war das Anmieten eines Bankschließfaches gewesen, indem er jene zwei Portraits aufbewahrte, die er Weihnachten 1968 angefertigt hatte. Einige Unzen Feingold und ein paar Diamanten lagerten auch darin. Das allerdings hatte nichts mit dem zu tun, was sich in den kommenden Tagen ereignen sollte.

Bei ihrem letzten Besuch zu Hause war Claudia auf die Idee gekommen, ihre Mutter nach Berlin einzuladen. Auch Beatrix hatte den Gedanken reizvoll gefunden und gemeint, es wäre kein Problem, sie als Teil ihrer Crew unterzubringen.

"Welche Crew?", fragte Patricia und die beiden erzählten ihr, einen größeren Auftrag an Land gezogen zu haben, für dessen Realisierung sie eine Woche nach Berlin mussten. Frank hatte nichts dagegen einzuwenden. "Während unsere drei Grazien sich in Berlin ein schönes Leben machen, gründen wir unsere Männer-WG", sagte er zu Milli. Der Kater mauzte weder kurz noch lang, was Frank zur Aussage veranlasste, Milli überlege es sich gerade, aber er sei guter Dinge. Patricia lächelte ihn verschmitzt an, Claudia und Beatrix verstanden die Botschaft, weswegen die jungen Frauen begeistert davon schwärmten, was sie in der Woche alles unternehmen könnten. "Es handelt sich um Außenaufnahmen von Gebäuden in der ganzen Stadt. Wir fotografieren also nur tagsüber und haben eine Woche Zeit, um genügend Aufnahmen zu machen. Die Bilder sind für den Prospekt einer Immobilienfirma", erklärte Beatrix.

"Und was ist das dann für eine Crew?", hakte Patricia nach.

"Es gibt keine Crew, aber wir haben für die ganze Woche eine Ferienwohnung zur Verfügung gestellt bekommen, in der du auch mit übernachten kannst", meinte Beatrix.

"Und nachts ziehen wir durch die Gegend", fügte Claudia trällernd hinzu.

"Willst du nicht mitfahren?" Patricia sah Frank an.

"Lieber nicht. Ich hab zu tun und außerdem muss sich jemand um Milli kümmern", erwiderte er und verwies auf den Fertigstellungstermin eines weiteren Illustrationsauftrags. "Außerdem wäre ich bloß die Spaßbremse. Gönn dir die Woche mit den beiden, sie passen bestimmt gut auf dich auf."

"Was soll das denn heißen?"

Frank zuckte mit den Schultern. "Keine Ahnung, aber du warst seit Ewigkeiten nicht mehr betrunken."

"Danke für den Tipp", lachte Claudia.

"Und dein Studium?", fragte Patricia ihre Tochter.

"Kein Problem. Wir haben drei Wochen vorlesungsfreie Zeit, weil wir eine Hausarbeit schreiben müssen. Die ist in einer Woche erledigt", meinte sie.

"Also kommst du mit?", hakte Beatrix nach.

"Na gut, aber du musst dich gut um Milli kümmern", sagte sie zu Frank.

"Drei Mal am Tag 'ne Dose öffnen schaffe sogar ich. Du musst dir deswegen keine Sorgen machen", erwiderte er und warf mit spöttischem Grinsen hinterher, er könne sie dann endlich mal auf dem Handy anrufen, falls er doch eine dringende Frage während ihrer Abwesenheit habe.

"Ständig vergisst er es aufzuladen und mitzunehmen", beschwerte sich Patricia bei den jungen Frauen. "Naja, ihr kennt ihn ja."

"Ich bin mein ganzes Leben ohne so 'n Ding ausgekommen."

"Was habe ich gerade gesagt?", meinte Patricia genervt.

"Wir kennen ihn ja", erwiderten Claudia und Beatrix fast gleichzeitig, was Frank nicht im Geringsten störte. Er fand es gut, dass Mutter, Tochter und Schwiegertochter sich so gut verstanden. 'Die Woche wird ihr guttun', dachte er und behielt damit recht.

Zwei Wochen später verabschiedete sich Patricia bei ihm. Es war Sonntag und da Claudia und Beatrix bei ihnen übernachtet hatten, ging es bereits seit dem Vortag lustig zu. Zwar hatten sie den größten Teil des Samstagabends in der Küche verbracht, aber das tat der Stimmung keinen Abbruch. Frank sollte während ihrer Abwesenheit gut versorgt sein. Deshalb bereitete sie ihm Bouletten vor, die er warm oder kalt essen konnte. "Mit der Mikrowelle kennt er sich besser aus als ich", spöttelte Patricia, machte aber auch den Vorrat Eierkuchen, den Frank sich von ihr gewünscht hatte.

Nach dem Frühstück schaffte er Patricias Gepäck in Beatrix' Auto. Im Kofferraum war kein Platz mehr und deswegen stellte er es auf die Rücksitzbank. "Seid ihr sicher, dass ihr mit dem überladenen Auto jemals am Ziel ankommt?", fragte er die Frauen, als er wieder ins Haus kam.

"Warum nicht?", erwiderte Claudia.

"Fahrt lieber mit unserem Wagen", schlug er vor.

"Wie willst du dann irgendwo hinkommen?", warf Patricia ein.

"Mit dem Golf", entgegnete er.

Beatrix hielt plötzlich erschrocken die Hände an den Mund und sah Claudia an. "Weißt du, was wir gestern vergessen haben?"

"Ach du Scheiße", entwich ihr. "Papa, wie lange dauert es, die Batterie aufzuladen?"

"Wieso? Die lädt sich doch während der Fahrt."

"Ja schon, aber das Auto ist gestern noch gerade so angesprungen. Dass die Batterie in Berlin wieder voll ist, wissen wir auch", meinte Claudia.

"Wie kann eine Batterie leer werden, wenn man regelmäßig fährt?", fragte Frank irritiert.

Die beiden jungen Frauen sahen sich betreten an. "Ich sag's ihm", sagte Claudia leise und blickte wieder zu ihrem Vater. "Ich habe vor zwei Tagen vergessen, die Innenbeleuchtung auszumachen, als ich ausgestiegen bin."

"Warum guckst du mich auf einmal an?", protestierte Patricia.

"Sie ist deine Tochter", lachte Frank, wurde aber sofort wieder ernst. "Wir laden schnell um, und dann fahrt ihr mit unserem Wagen. Sicherheit geht vor."

Zehn Minuten später war alles erledigt. Wie Frank vorhergesagt hatte, passte diesmal das gesamte Gepäck in den deutlich größeren Kofferraum. Der Golf war mit Ach und Krach ein letztes Mal angesprungen, um nicht in die Garage geschoben werden zu müssen. "Wenn ihr wiederkommt, ist die Batterie voll", versprach er und verabschiedete sich von Patricia. "Treibt's nicht so toll", sagte er zu ihr und "Passt gut auf Mama auf", zu Claudia und Beatrix.

Er schaute ihnen noch nach, wie sie vom Grundstück fuhren, dann sah er nach unten. "Kommst du mit rein oder hast du was Besseres vor?", sagte er zum Kater. Milli machte keinerlei Anstalten, weswegen Frank in die Garage ging und das Ladegerät sowie zwei Maulschlüssel aus der Werkbank holte. Dann öffnete er die Motorhaube des VWs, baute mit wenigen Handgriffen die Batterie aus und stellte sie auf die Werkbank. Sicherheitshalber hatte er sich das Kärtchen angesehen, welches an einem der beiden dicken Kabel hing, die er an den Polen der Batterie gelöst hatte. Der empfohlene Termin zum Batteriewechsel war bereits vor einem Jahr abgelaufen. "Ich kümmere mich darum", murmelte er, schloss die Polklemmen des Ladegeräts an und schaltete es an. Kurz sah er auf die Uhr. 'Bis zum Abend ist sie wieder voll', dachte er und ging ins Haus.

Gegen Mittag kam Milli ins Haus und mauzte. "Ich mach ja schon", sagte Frank und füllte ihm das Futter in den Napf. Während der Kater fraß, holte er sich auch eine Bulette aus dem Kühlschrank. Frank überlegte beim Kauen, was er heute noch machen könnte. Er war allein und musste keinerlei Rücksicht auf die Befindlichkeit anderer nehmen. Deshalb wusch er sich die Hände und ging ins Atelier. Die Tür ließ er offen, falls der Kater ihm später folgen wollte.

Bis zum Abend arbeitete er ungestört. Er hielt einige Entwürfe in der Hand und überlegte, ob er sie vom Büro aus an den Verlag mailen sollte. "Ich kann sie ja wenigstens heute noch einscannen", sagte er sich, wollte aber vorher unbedingt etwas essen. Die Eierkuchen kamen ihm in den Sinn, die er unbedingt mit Patricias Marmelade bestreichen und genüsslich verspeisen wollte. Er schmunzelte, als der daran dachte, was seine Frau gesagt hätte, wäre sie zu Hause gewesen. 'Das ist der Vorteil der Freiheit. Ich kann auch abends was Süßes futtern, wenn's mir schmeckt.' Mit riesigem Appetit ging er in die Küche und setzte den Entschluss in die Tat um.

Er war bereits beim zweiten Eierkuchen, als er an Milli dachte. "Wo treibt sich der Bursche wieder rum?", nuschelte er, kaute den Happen schnell herunter und rief "Fresschen", bevor er erneut in die mit Stachelbeermarmelade gefüllte Delikatesse biss. 'Von wegen Kinderessen', dachte er und überlegte schon, mit welcher Marmelade er den nächsten bestreichen sollte. Nach dem vierten gab er endlich auf. "Das war lecker", meinte er und fasste sich satt und zufrieden an den Bauch. "Den Bürokram kann ich auch morgen erledigen", ließ ihn sein voller Magen sagen, und es sprach nichts dagegen, den Sonntagabend vor dem Fernseher ausklingen zu lassen. Lustlos räumte er das Geschirr in die Spülmaschine und stellte den Teller mit dem restlichen Vorrat an Eierkuchen zurück in den Kühlschrank. 'Ich muss die Batterie noch vom Ladegerät nehmen', fiel ihm ein. Das wollte er sofort erledigen und bei der Gelegenheit das Garagentor herunterlassen.

Als er die Tür öffnete, bemerkte er den unangenehmen Geruch sofort. "Was stinkt hier so widerlich?", fragte er sich im ersten Moment und dann sah er es. Der Kater lag auf der Werkbank. Er war ohne jeden Zweifel tot. Der Kadaver wirkte völlig verkrampft und irgendwie so, als wäre er im Bruchteil einer Sekunde versteinert. Die Augen waren trüb und die Nase angekokelt. "Ach du Scheiße", fluchte er und ging zu ihm. Frank war schlagartig klar, was passiert sein musste. Der Kater dampfte sogar noch und das hieß nur eines: Er konnte erst vor wenigen Minuten mit den beiden Polen der Batterie Kontakt gehabt und einen Kurzschluss verursacht haben. Wahrscheinlich hatte er sich auf die Batterie gestellt und war mit der Nase beim Beschnuppern an den anderen Pol gestoßen. Frank schob das tote Tier etwas beiseite und wunderte sich nicht mehr über dessen Temperatur. Etliche Ampere waren durch den Körper geflossen und hatten ihn innerlich kurz aufkochen lassen. 'Tot durch den elektrischen Stuhl', schoss Frank durch den Kopf, aber diesmal war ihm nicht zum Lachen zumute. Er wusste zwar sofort, was jetzt zu tun war, hatte aber keine Idee, wie und wo er den Kater verbrennen sollte. "Warum hab ich das immer vor mir hergeschoben?", fragte er sich und wusste nur, dass er die Einäscherung des Tiers auf jeden Fall nicht zu Hause durchführen konnte. "Ein guter alter Ofen wäre jetzt genau das Richtige", fluchte er, aber das half ihm auch nicht weiter. Einen Moment dachte er an den Kamin im Wohnzimmer, verwarf die Idee aber sofort wieder. Der Schornstein würde verraten, irgendetwas stimmte im Haus nicht und Frank war sich nicht sicher, ob das Verbrennen eines Körpers starken Gestank verursachte. Damit stand fest, er musste den Kadaver irgendwo hinbringen, um ihn dort einäschern zu lassen. "Geht die Batterie eigentlich noch?", fragte er sich, aber bevor er das feststellen konnte, galt es, den heißen Kater vorübergehend aus dem Blickfeld einer möglichen Zufallsentdeckung zu nehmen. Das Garagentor war schließlich noch sperrangelweit geöffnet. Eine leere Kiste, die auf dem Boden stand und in die gelegentlich Reste aus dem Auto geworfen wurden, diente als Lösung. Rasch hob er sie auf und legte Millis durchgegarten Körper darin ab. Dann schaute er auf die Anzeige des Landegerätes. Das rote Lämpchen war aus. "Hoffentlich hat der Kurzschluss die alte Batterie nicht völlig kaputtgemacht", murmelte er und baute sie wieder in den

VW ein. Als er den Zündschlüssel etwas herumdrehte, keimte Hoffnung in ihm auf. Die Kontrollleuchte brannte. "Na dann los", motivierte er sich und drehte den Zündschlüssel weiter. Der Anlasser gab ein kurzes Geräusch von sich, dann herrschte Totenstille. "Scheiße, Scheiße, Scheiße", fluchte er und stieg wieder aus. 'Was mach ich jetzt?', überlegte er kurz. Es war Sonntagabend. Die beste Zeit, um das Problem nicht ohne weiteres beheben zu können. Doch dann kam Frank eine Idee. Er ging zurück ins Haus und ließ das Garagentor offen. Der Gestank sollte abziehen. Zuerst eilte er ins Schlafzimmer, um sich umzuziehen. Die Tankstelle war ihm eingefallen. Sie hatte bis 22 Uhr geöffnet und dort bekäme er auf jeden Fall eine neue Batterie.

Kurz vor zehn kam er wieder zu Hause an. Die Hände taten ihm weh. Die Batterie wog schließlich etliche Kilogramm. Die derbe Schnur, die er für den Transport als provisorischen Griff benutzte, hatte ihre Spuren an seinen Fingern hinterlassen. Zwar war er mit dem Bus gefahren, aber der Weg von der Haltestelle bis zum Haus war ihm dank der Last deutlich länger vorgekommen, als er ihn von früher in Erinnerung hatte. Er machte mehrfach eine Faust, um den Fingern die gewohnte Beweglichkeit zurückzugeben. Dann baute er die alte Batterie aus und die neue ein. Beim Test sprang der VW sofort an. "Das erste Problem ist gelöst", murmelte er und ging als nächstes zur Kiste mit Millis Kadaver. Der Kater sah widerlich aus. Frank wusste, er würde dieses Bild lange in Erinnerung behalten. Vielleicht sogar für immer. Doch im Augenblick war das zweitrangig. "Wie verbrenne ich dich?", murmelte er. "Das Internet weiß es", sagte er und ließ zuerst das Garagentor herunter. Der ärgste Gestank war abgezogen und zum ausgiebigen Lüften fast eine Woche Zeit. Frank ging ins Büro und schaltete den Computer an. Als die Maschine hochgefahren war, gab er als Suchbegriff 'Einäscherung' ein. Die Zahl der innerhalb weniger Sekunden gefundenen Websites war riesig, aber sie hatten alle einen Makel. Sie bewarben die Einäscherung von Menschen. Also schränkte Frank die Suche ein. Das Wort Haustier führte ihn auf die richtige Fährte.

"Ist das alles krank", sagte er leise, als er die Angebote für Tierbestattungen studiert hatte. Er fragte sich, was Menschen bewog, sich von ihrem Haustier besser zu verabschieden als von Verwandten. Die Angebote kamen ihm anfangs skurril vor, denn sie reichten von kleinen verspielten Urnen für den geliebten Wellensittich bis hin zum monumentalen Grabstein für das Schoßhündchen der Familie. Selbst Präparationen, um das geliebte Wesen auch nach dem Tod ständig um sich zu haben, wurden zu stolzen Preisen angeboten. Einen Augenblick dachte er an Patricia. 'Ob sie irgendwann auch solch einen Service in Anspruch nehmen wird?', fragte er sich. Aus irgendeinem Grund wusste er, sie würde Milli unter einem Apfelbaum oder im Schatten der großen Kastanie vergraben. Doch um solche Fragen konnte er sich später Gedanken machen. Noch war nicht einmal sicher, ob es etwas zum Vergraben gäbe. Frank war sich gerade nicht schlüssig darüber, ob es gut oder schlecht war, dass Patricia in Berlin weilte. Aber egal wie er es drehte und wendete, jede Antwort hatte ihre zwei Seiten, und noch war unklar, wie Millis zweites Experiment mit Elektrizität überhaupt endete. "Hat der Döskopf etwa vergessen, wie er mich mal unter Strom gesetzt hat?", murmelte er, doch die Schadenfreude stellte sich bei Frank trotzdem nicht ein. Die Internetrecherche hatte ihm jedoch einen Weg aufgezeigt, wie er weiter vorgehen konnte. Nun galt es, einen Tierfriedhof mit Krematorium zu finden, um Klarheit zu erlangen, ob der Stift seine lebensspendende Wirkung auch nach einer Verbrennung des Leichnams entfalten konnte. "Die Antwort bin ich Jérôme schuldig", murmelte er und machte sich an die abschließende Suche.

Bis Mitternacht hatte er drei Adressen ermittelt, deren Entfernung vertretbar war. 'Zwei Stunden Fahrt sind okay', dachte er und beschloss, nach dem Frühstück sofort dort anzurufen. Er ließ den Rechner angeschaltet, verließ das Büro und warf einen letzten Blick in die Garage. Alles war unverändert, nur der Gestank hatte wieder etwas zugenommen. Dann ging er zu Bett.

Bereits um sieben Uhr klingelte der Wecker. Frank stand sofort auf, verrichtete seine Morgentoilette und machte anschließend seinen ersten Kaffee des Tages. Dann wärmte er sich zwei Buletten in der Mikrowelle auf. "Ich kenne mich nicht nur mit dem Ding aus", sagte er. Der Scherz Patricias erinnerte ihn an sein Handy. Er musste es noch aufladen, bevor er losfuhr. 'Zwei Stunden sollten reichen', dachte er, als er aus dem Büro in die Küche zurückkehrte.

Ab acht begann er, bei den drei Tierfriedhöfen anzurufen. Überall ging nur der Anrufbeantworter an und es wurde in pastoralem Ton – untermalt von gemütvoller Musik – darum gebeten, die Rufnummer zu hinterlassen. Man werde sich umgehend melden. "So ein Mist", fluchte er, weil er zum Warten verurteilt wurde, aber die Kontaktinformationen hatten alle darauf hingewiesen, erst ab neun Uhr erreichbar zu sein. Deshalb bereitete er sich noch einen Kaffee zu und kontrollierte in der Garage, ob dort noch alles in Ordnung war.

Kurz vor neun rief er erneut an und bei der zweiten Nummer hatte er Erfolg. Frank bemerkte recht schnell, der Tierbestatter wollte ihm ein sentimentales Trauerpaket verkaufen, welches er nicht benötigte. Deshalb brachte er es auf den Punkt. "Können Sie unseren Kater einäschern und mir die Urne im Anschluss gleich mitgeben? Ich stehe etwas unter Zeitdruck."

"So einfach geht das nicht", meinte der Bestatter.

"Wollen Sie mir gerade weißmachen, dass heute mehrere Verbrennungen bei Ihnen anstehen? Ich bin bereit, Ihnen den schnellen Service angemessen zu vergüten. Wir haben hier einen familiären Notfall, und ich möchte meiner Frau den zusätzlichen Schmerz ersparen, wenn sie morgen aus dem Krankenhaus kommt. Sie musste dringend operiert werden. Auch wenn unser Kater schon alt und schwach war, und wir immer mit seinem Ende rechnen mussten, der Zeitpunkt ist gerade alles andere als günstig. Wer, wenn nicht Sie, kann mir sonst kurzfristig helfen?"

Der Bestatter schien seine Chance zu wittern. "Nun ja, rein zeitlich könnte ich es noch unterbringen", leitete er den finanziellen Teil des Gespräches ein.

Frank fragte ihn ganz direkt. "Sind 1.000 DM in Ordnung? Wenn ja, dann fahre ich jetzt los und bin in zwei Stunden bei Ihnen."

"Um elf Uhr würde es passen. Benötigen Sie eine Rechnung?"

"Nein. Bis gleich." Frank legte auf.

Bereits anderthalb Stunden später fuhr er auf das Gelände des Tierfriedhofs. Wie er erwartet hatte, fand gerade keine Tierbeisetzung statt. Er war sich auch sicher, daran würde sich bis zu seiner Abfahrt nichts ändern. Der Verkäufer der Dienstleistung hatte seine Chance genutzt. Frank nahm es ihm nicht übel, solange er heute noch mit Millis Asche die Heimreise antreten konnte.

Als er an der Tür klingelte, öffnete ein Mann in Franks Alter. "Wir haben vorhin telefoniert. Ich bin der Notfall", stellte sich Frank vor.

"Lassen Sie uns gleich ins Krematorium gehen", schlug der Bestatter vor und ging voraus. Frank lief ihm einfach nur schweigend nach. Das rote Ziegelgebäude glich äußerlich mehr einer alten Stallung, die für den neuen Verwendungszweck etwas aufgearbeitet worden war, aber das war ihm egal, solange der Verbrennungsofen funktionierte.

Erst im Inneren des Gebäudes sah sich der Bestatter den Kater genauer an. "Was ist ihm denn passiert?", fragte er und es lag keinerlei Pietät in seiner Stimme.

"Stromunfall."

"Okay. Es wird ungefähr eine Stunde dauern. Wollen Sie einen Kaffee?"

"Nein, ich warte hier am Ofen. Ist das okay?"

"Das ist Ihre Entscheidung", erwiderte der Bestatter.

"Eine Frage noch. Wird der Ofen nach jeder Verbrennung richtig gesäubert?"

"Was sich auskehren lässt, kehre ich aus."

"Also besteht die Asche zu 99,9 Prozent aus seinen Resten?"

"So ungefähr", antwortete der Bestatter und zeigte Frank eine Urne. "Ist die ausreichend für Ihre Bedürfnisse?"

Frank nickte. "Die ist größer als ich dachte."

"Wird auch nur halbvoll. Dann lassen Sie uns anfangen, wenn wir …" Der Bestatter stockte, aber machte eine eindeutige Geste.

"Die Bezahlung. Klar." Frank gab ihm den ersten 500-DM-Schein. " Den Rest bekommen Sie, wenn die Asche in der Dose ist."

Der Bestatter blickte etwas verärgert. "Sobald er verbrannt ist", erwiderte er, zog sich Gummihandschuhe über, öffnete die Ofenklappe mit dem kleinen Sichtfenster und legte Millis Kadaver hinein. Er schloss die Tür und sicherte sie mit einem zusätzlichen Schraubverschluss. Dann drehte er an einem Ventil. "Die Verbrennung erfolgt mit Gas", erklärte er kurz und zündete die Flamme. "Los geht's."

Frank schaute gebannt in den Ofen, nachdem der Bestatter zur Seite getreten war. Der nackte Körper Millis schlug bereits die ersten Blasen auf der Haut. Ob Frank wollte oder nicht, er musste an gegrilltes Kaninchen denken. 'Ruhe in Frieden', schoss ihm plötzlich durch den Kopf. Er beendete den kurzen

Voyeurismus. Als solchen Empfand er das Anstarren des verkohlenden Körpers auf einmal. Er setzte sich zum Bestatter an den Tisch, der teilnahmslos in einem Automagazin blätterte. "Ein Kaffee wäre vielleicht doch nicht so schlecht", sagte Frank. Der Mann nickte nur, stand auf und ging.

Zwei Minuten später brachte er eine große Tasse Kaffee mit Sahne und Zucker. "Ich muss ins Büro und lasse mich in einer Stunde wieder blicken. Dann erledige ich den Rest."

Frank war einverstanden, und wenig später war er wieder allein mit sich und seinen Gedanken. Er wusste, was sich hier gerade abspielte, konnte höchsten Einfluss auf seine eigene Zukunft haben. Er überlegte auch, was er Patricia sagen würde, wenn der Stift an dieser Stelle versagte. "Er ist einfach nicht nach Hause gekommen", murmelte er.

Er erschrak, als die Gasflammen plötzlich von allein ausgingen. Die Stille wirkte unheimlich auf ihn. Einen Moment überlegte er, ob er zum Bestatter ins Büro gehen sollte, aber noch bevor er zu einer Entscheidung gekommen war, öffnete sich die Tür und der Mann kam herein. "Schauen wir uns das Ergebnis an", meinte er und ging zum Ofen. Er sah durch das Sichtfenster. "Sieht alles gut aus. Es muss nur etwas abkühlen, dann mache ich die restlichen Knochen klein und fülle die Asche in den Behälter", meinte er, griff sich einen Atemschutz und sah Frank an.

Der verstand den Blick sofort und holte den zweiten 500-DM-Schein aus der Hosentasche. "Für Ihren prompten Service. Ich warte draußen."

Frank bekam noch mit, wie der Mann sich dicke Handschuhe überzog, die Ofenklappe öffnete und den Rost mit dem Auffangbehälter herauszog. Beim Zerkleinern der Knochenreste wollte er nicht zusehen. Es war auch unerheblich für die Beantwortung der letzten und wichtigsten Frage.

Eine halbe Stunde später machte er sich wieder auf den

Heimweg. Die Distanz war zur Hälfte geschafft, als sein Handy klingelte. Es war Patricia. "Hallo Schatz", sagte er und erkundigte sich, wie sie angekommen wären und ob die Ferienwohnung ihren Vorstellungen entspräche.

Alles war zu Patricias Zufriedenheit. "Ist zu Hause alles in Ordnung? Wo bist du gerade?", fragte sie und erwähnte, sie hätte zwei Mal versucht ihn daheim zu erreichen.

"Ich fahre mit Beas Auto, um die neue Batterie einmal richtig aufzuladen. Die alte hat trotz Ladegerät nicht mehr richtig funktioniert."

"Da wird sie sich freuen. Du bist ein Schatz", erwiderte Patricia und erzählte dann, sie wären gerade in Charlottenburg, wo Beatrix und Claudia die ersten Aufnahmen gemacht hätten. "Ich melde mich später wieder", meinte sie am Schluss.

Frank war zufrieden und fuhr entspannt weiter. Zu Hause angekommen, brachte er die Urne in den Schuppen und stellte sie auf der Kiste ab, die einst Purzel beherbergt hatte. "Bis Mittwoch", lag ihm im ersten Moment auf der Zunge, aber er sprach die Worte nicht aus. Stattdessen packte ihn die Neugier. Frank schraubte vorsichtig den Deckel der Urne auf und sah hinein. Was er sah, war unspektakulär. "Das ist also übriggeblieben", flüsterte er. Eine Weile schaute er noch in die Blechdose, dann verschloss er sie wieder und stellte sie auf die Kiste. "Hoffentlich bis Mittwoch. Tu uns allen den Gefallen und lass dich wieder blicken", sagte er und ging zurück ins Haus. Einige Bilder tauchten vor seinem inneren Auge auf. Frank musste unbedingt zu malen anfangen, um sie für immer einzufangen. Das lenkte ihn auch von den vielen Gedanken ab, die ihn sonst beschäftigt hätten.

Erst am Mittwochabend stellte er seine Arbeit ein und wartete in der Küche. Dabei verspeiste er die letzten Eierkuchen. Er hatte sie mit Patricias Kirschmarmelade bestrichen. Immer wieder sah er aus dem Fenster und einmal kam ihm der Gedanke, er könnte in den Schuppen gehen, um den Inhalt der Urne zu kontrollieren. Er ließ es bleiben, machte sich aber ernsthaft Gedanken darüber, was er mit dem Behälter machen sollte, falls der Lebensfaden des Katers doch für immer durchschnitten sein sollte. "Dann begraben wir den Burschen unter der Kastanie. Ich warte, bis Patricia wieder zu Hause ist und werde ihr sagen, er hatte einen Unfall", nahm er sich vor. Für ihn stand fest, er würde nichts vom Ladegerät erwähnen, damit sie die Schuld an Millis Tod weder bei ihm noch bei Claudia und Beatrix suchen konnte. "Ein rücksichtsloser Autofahrer wäre die beste Lösung", flüsterte er.

Das schmutzige Geschirr war noch nicht in der Spülmaschine, als er das Mauzen des Katers hörte. Er stand direkt neben ihm. Frank lächelte. "Da bist du ja wieder", säuselte er, bückte sich und streichelte den Kater über den Rücken. "Du hast Kohldampf, ich weiß." Er machte sich sofort daran, dem Kater die erste Ration in den Napf zu füllen.

Während Milli fraß, kam ihm Jérôme in den Sinn. Er eilte in sein Atelier, holte die Visitenkarte aus dem Schreibtisch und kam sofort zurück in die Küche, um dem Kater rechtzeitig die zweite Portion zu geben. Eine Weile sah er ihm beim Fressen zu. "Es ist gut, dass du wieder da bist."

Nach der dritten Portion gab der Kater ein kurzes Rülpsen von sich und sah zu Frank. "Alles klar bei dir?", fragte er. Die Antwort blieb aus. "Lass uns ins Wohnzimmer gehen", schlug Frank vor. Dort griff er sich das Mobilteil des Telefons und legte es auf die breite Lehne der Couch. Dann setzte er sich und klopfte leicht auf seinen Schenkel. "Komm hoch, wenn du willst", sagte er zu Milli. Der Kater folgte der Einladung, machte es sich aber neben Frank bequem und legte nur seinen Kopf auf dessen Schenkel. "Wie du willst", lautete der kurze Kommentar, dann streichelte er Milli über den Kopf. "Hast du was mitbekommen?", fragte er, doch außer dem Schnurren gab der Kater kein Geräusch von sich. 'Morgen sehe ich mir die Urne an', dachte Frank und nahm sich vor, sie anschließend zu entsorgen. Warum sollte er Fragen provozieren, für die es keine vernünftigen Antworten gab. Das wäre der Fall, wenn die Urne von Patricia gefunden würde. 'Soweit muss es nicht kommen', dachte er. Nachdem er den Kater noch eine Weile gestreichelt hatte, griff er sich das Telefon und zog die Visitenkarte aus der Brusttasche seines Hemdes. Er wählte die Nummer in Paris. Es klingelte zwei Mal.

"Schön, dass Sie sich melden. Wie geht es Ihnen?", fragte Jérôme mit sanfter Stimme.

Frank war kurz irritiert. "Woher wissen Sie, dass ich es bin?"

"Ich habe Ihre Rufnummer in meinem Telefon gespeichert", antwortete Jérôme gelassen.

"Und wo haben Sie die her?"

"Von Ihrer Homepage. Was dachten Sie denn?"

"Darum kümmert sich immer meine Frau, deswegen denke ich nie daran", fiel Frank noch rechtzeitig ein, dann kam er zum Grund seines Anrufs. "Ich kann Ihnen endlich eine Antwort auf die offene Frage geben. Ja, es funktioniert auch, wenn die Leiche verbrannt wird", sagte er und sah zum Kater, der immer noch entspannt neben ihm lümmelte und sich streicheln ließ. Dann berichtete er, was genau passiert war. "Auch diese Rückkehr hat wie gewohnt drei Tage gedauert", endete er.

"Dann ist auch das abschließend geklärt", sagte Jérôme und erkundigte sich, wie Franks Pläne mit dem Kater aussehen.

"Er kann sein letztes Leben genießen."

"Wollen Sie ihn noch einmal zeichnen?"

"Ich weiß nicht", antwortete Frank unentschlossen.

"Es ist besser, wenn Sie es nicht tun. Vergessen Sie nicht, alles Erforderliche für sich selbst rechtzeitig in die Wege zu leiten", empfahl Jérôme.

"Aber wann mache ich das am besten?"

"Sie wissen doch, in welchem Alter Sie sich das erste Mal gezeichnet haben. Geben Sie sich irgendwann ein realistisches Geburtsdatum. Von da an tickt die Uhr. Das klappt allerdings nur, wenn Ihnen kein Schicksalsschlag dazwischenkommt. Sie sehen, Ihr Leben bleibt spannend."

"So kann man das natürlich auch sehen", erwiderte Frank etwas ratlos.

"Dank Ihres Katers haben Sie hervorragende Erkenntnisse gesammelt. Vergessen Sie das nie. Ich bin mir sicher, dass Sie das kleine Problem auch lösen werden", sagte Jérôme und verabschiedete sich kurz darauf.

Nachdenklich legte Frank das Telefon auf die Couch. "Was würdest du machen, wenn du an meiner Stelle wärst?", fragte er Milli und streichelte ihm sanft über den Rücken. Mehrmals zuckte das Fell des Katers. "Das Leben genießen, ich weiß", beantwortete Frank die Frage und stand vorsichtig auf. "Ich bin im Atelier, falls du mich suchst."

Am späten Sonntagnachmittag kehrten die Frauen gutgelaunt zurück. Frank hatte für ihre Ankunft alles vorbereitet. Es gab Spagetti. Milli saß auf seinem angestammten Platz und himmelte Patricia an, die ihm ab und an ein Nudelstückchen vor die Nase hielt. "Hast du dein Frauchen vermisst?", säuselte sie einige Male, sagte aber auch, sie sei erstaunt, wie prächtig der Kater aussähe. "Unsere Männer-WG hat bestens funktioniert, stimmt's Sportsfreund?" Milli mauzte zur Freude aller, was Claudia veranlasste, ihrer Mutter vorzuschlagen, sie könne beim nächsten Mal wieder mitkommen. Beatrix stimmte dem sofort zu, aber davon wollte Patricia vorerst nichts wissen. "Dann wird dein Vater noch völlig selbstständig. Ich muss zugeben, dass die Spagetti sehr lecker sind", sagte sie und schielte kurz zu Frank, der es mit einem Schmunzeln zur

Kenntnis nahm. "Was habt ihr alles unternommen?", fragte er.

"Sag's ihm", lachte Claudia.

"Ich weiß nicht. Irgendwie war das auch peinlich", druckste Patricia herum.

"Sie hat 'nem Typen ein Bier über den Kopf gegossen. Den Kerl hättest du sehen sollen. Der Mund ist ihm offen stehen geblieben und in der ganzen Kneipe war es schlagartig mucksmäuschenstill. Mama hat dann noch zu ihm gesagt, beim nächsten Mal zerschlägt sie das Bierglas auf seinem Holzkopf", platzte es aus Claudia heraus.

"Dann musst du aber die ganze Geschichte erzählen", ereiferte sich Patricia.

"Sag's ihm doch selbst."

"Als ich an dem Tisch vorbeimusste, hat mir dieser unverschämte Bengel zwei Mal auf den Hintern gehauen. Zum ersten Mal auf dem Weg zur Toilette und anschließend auf dem Rückweg. Geiles Fahrgestell hat er gemeint. Entweder um bei seinen Freunden am Tisch Eindruck zu schinden oder weil er mich mit seiner Dreistigkeit beeindrucken wollte", meinte Patricia.

"Da hat er doch nicht unrecht gehabt", sagte Frank grinsend, was ihm einen vorwurfsvollen Blick seiner Frau einbrachte.

"Denkst du etwa, ich lasse mir von so 'nem Bübchen vor allen Leuten auf den Arsch klopfen? Ich habe ihm einmal höflich gesagt, er soll das lassen. Das war auf dem Hinweg, aber wer nicht hören kann, der muss fühlen."

"Und wie ging's weiter?", fragte Frank ungläubig.

"Nach dem zweiten Mal bin ich stehengeblieben, habe mich zu ihm gedreht, freundlich gelächelt und mir sein volles Bierglas genommen. Da hat er noch gestrahlt und Na Mieze gesagt. Ich habe es über seinem Kopf ausgegossen und hatte die Lacher auf meiner Seite. Er ist sofort aus der Kneipe geflohen und seinen Freunden am Tisch habe ich noch gesagt, das Bier geht auf meine Rechnung. Jedenfalls hat sich der Grünschnabel in den nächsten Tagen nicht mehr blicken lassen", meinte Patricia.

"Wie oft wart ihr denn in dieser Kneipe?"

"Jeden Abend zum Essen. Die hatten hervorragende Hausmannskost, und es war so preiswert, dass sich das Kochen in der Wohnung nicht gelohnt hätte. Außerdem war die Kneipe direkt im Nebenhaus und da wir jeden Abend ausgegangen sind, war das die beste Lösung", erklärte ihm Patricia.

"Das klingt nach vollem Programm", meinte Frank.

"War es ja auch, aber unfreundlich sind die dort überall", beschwerte sich Patricia.

"Deswegen heißt es doch Berliner Schnauze", sagte Beatrix.

"Ja schon, aber wie wir teilweise angemacht worden sind, war doch nicht mehr normal. Die müssen uns für Dorfschlampen gehalten haben", ereiferte sich Patricia, zuckte dann mit den Schultern und ergänzte, es sei trotzdem sehr interessant gewesen.

Nachts im Bett erzählte sie Frank noch einige Episoden über die letzte Woche und meinte am Schluss, Berlin wäre die richtige Kulisse für ihre Geschichten. "Die Anonymität in so einer Großstadt sorgt dafür, dass den Leuten irgendwann alles egal ist. Dort werden am helllichten Tag Drogen verkauft, am Straßenstrich wird nicht mal tagsüber Pause gemacht, überall wirst du angerempelt, und wenn ein Unfall passiert, gaffen zwar alle, aber niemand hilft", fasste sie ihre Eindrücke zusammen.

"Aber es hat dir doch gefallen?"

"Gefallen ist das falsche Wort. Es war interessant. Ein riesiger Moloch an Abartigkeiten, gebündelt in einer Stadt. Irgendwie ist das schon faszinierend, aber auch gefährlich. Da lob ich mir unser schönes Zuhause", sagte sie und kuschelte sich bei Frank an. "Du hast mir gefehlt."

"Du mir auch." Obwohl er Patricia zärtlich küsste, kam ihm kurz der Bestatter in den Sinn. Den Gedanken verscheuchte er sofort wieder und genoss es, nicht mehr allein zu sein.

Erste Vorbereitungen

Der Sommer verlief ganz nach Patricias Geschmack. Bereits im Mai hatte sie erfahren, dass Patrick und Kerstin im Juli zwei Wochen zu Hause Urlaub machen wollten. Endlich kümmerte sie sich nicht nur um Frank, Milli und den Garten. Claudias und Beatrix' Besuche waren während dieser Zeit das Sahnehäubchen für Patricias Seele. Nicht, dass sie sonst unglücklich war, doch Treffen mit allen Familienmitgliedern waren im Laufe der Jahre zu etwas Besonderem geworden. Zumal sie von Patrick und Kerstin erfuhr, sie hatten das zweite Staatsexamen sehr gut bestanden und wollten sich nun ganz um die Verwirklichung ihres Traumes kümmern. "Wir gehen vorerst nach Frankfurt am Main und sammeln in einer renommierten Großkanzlei für Wirtschaftsrecht die Erfahrungen, die uns beim Studium nicht beigebracht werden", sagte Patrick zu ihr.

"Wollt ihr irgendwann heiraten und eine Familie gründen?", fragte Patricia die beiden.

"Ans Heiraten haben wir schon gedacht, aber die Kinder müssen noch etwas warten. Wir sind kurz vor dem Ziel, auf das wir so lange hingearbeitet haben", meinte Kerstin und sah Patrick an. "Wollen wir's schon sagen?" Nachdem er genickt hatte, verriet sie Patricia, sie wollten sich nächstes Jahr das Jawort geben. "Aber wir können noch keinen Termin benennen, deswegen sag's Papa bitte noch nicht", schob Patrick hinterher.

Die Hochzeit fand bereits im Frühjahr statt. Alle waren sich einig: Patrick und Kerstin gaben ein schönes Paar ab. Patricia hatte die beiden im Vorfeld unterstützt, wo sie nur konnte und sich auch um die Hochzeitsreise gekümmert. Sie musste Frank nicht lange bitten, als sie ihm vorschlug, die Reise nach Venedig als zusätzliches Hochzeitsgeschenk zu betrachten. "Die paar Mark machen den Kohl nicht mehr fett", hatte er nur geantwortet, sie aber auch gefragt, wie sie es bei Claudia und Beatrix handhaben sollten. "Die beiden können nicht heiraten, auch wenn sie es wollten", war sein Einwand, woraufhin Patricia vorschlug, sie in ein oder zwei Jahren genauso zu beschenken wie das Brautpaar.

Den Sommer verbrachten sie in trauter Dreisamkeit zu Hause. Milli hatte reichlich zu tun. Er legte deutlich mehr tote Mäuse vor der Haustür ab als in den Vorjahren. "Wo spürst du die Viecher alle auf?", fragte Frank eines Morgens und sammelte die sechs Kadaver auf, die der Kater ihm stolz präsentierte, während Patricia sich in der Küche um das Frühstück kümmerte. Milli mauzte und lief die ganze Zeit mit steil aufgerichtetem Schwanz neben Frank her, der die winzigen Körper zum Komposthaufen brachte. Auf dem Weg dorthin holte er den Spaten aus dem Schuppen.

Drei Minuten später lagen die Mäuse eine Fußlänge tief im Boden. Milli hatte die ganze Zeit über beim Vergraben zugesehen, und als Frank den Spaten zurückbrachte, lief der Kater wieder mauzend neben ihm her. "Ich werde dem Frauchen sagen, dass sie dir ein paar Leckerlis extra geben soll, weil du so fleißig warst", meinte Frank und öffnete die Schuppentür. Der Kater stockte abrupt, mauzte an der geöffneten Tür aber unvermindert weiter. "Was ist denn los?", fragte Frank und vermutete, der Kater wage sich nicht herein, weil er die Axt auf dem Hackglotz und den alten Rasenmäher sah. "Das haben wir doch schon lange hinter uns gelassen", sagte er und stellte den Spaten zu den anderen Gerätschaften. Doch als er die Tür wieder schloss, stellte Milli seine lautstarken Aktivitäten nicht ein. "Du hast Hunger, ich weiß", kommentierte Frank das Verhalten des Katers und sah ihn an. "Dann komm. Es gibt gleich Fresschen." Doch anders als sonst veranlasste das Zauberwort heute nicht, dass der Kater in die Küche rannte. Er bog am Schuppen ab und steuerte auf dessen Rückwand zu. An der nächsten Ecke stoppte er, sah zu Frank und mauzte aufgeregt. "Was ist denn heute los mit dir?", sagte Frank und ging zu ihm.

Genau an der Ecke hatte sich Milli gesetzt und schaute mit steil aufgerichteten Ohren, die wie große Trichter nach vorn gerichtet waren, auf den Boden. Aufgeregt wedelte er mit dem Schwanz und mauzte erneut.

Frank hockte sich neben ihn und sah nicht sofort, was den Kater so erregte. Doch Milli fuchtelte mit der rechten Pfote am Boden herum und versuchte, ihm etwas zu zeigen. Er schob sie mehrmals unter die kleinen Sträucher, die hier standen. Frank bückte sich tiefer, und endlich bemerkte er den schmalen Pfad, der zu einem Loch im Boden führte. Es schien unter der Bretterwand in den Schuppen zu reichen. Er wusste sofort, was auf der anderen Seite stand. "Du bleibst hier, ich gehe rein", sagte er und stand auf. Milli würdigte ihn momentan keines Blickes. Die Aufmerksamkeit des Katers galt dem Loch. Auch Frank hatte das Jagdfieber gepackt.

Er ging zurück in den Schuppen und zog sich die ledernen Arbeitshandschuhe an. Dann hockte er sich vor die Kiste, die er einst für Purzel gebaut hatte. Seit Jahren stand sie ungenutzt in der Schuppenecke. Vorsichtig legte er ein Ohr an die Kistenwand. Es dauerte eine Weile, doch dann war er sicher, im Inneren etwas zu hören. Leise stand er auf und sah in den

Spalt zwischen dem Behältnis und der Bretterwand. Er war verstaubt, schien jedoch völlig unbeschädigt zu sein. Das konnte nur heißen, die Mäuse hatten sich von unten durch den Holzboden genagt und Franks altes Auferstehungslaboratorium zu ihrem Heim umfunktioniert. 'Euch werde ich helfen', dachte er und verdrängte den kurzen Gedanken an die weißen, niedlichen Labormäuse sofort wieder. Leise ging er zum Regal, in dem die Gaspatronen lagen, die er vor etlichen Jahren einmal gekauft hatte, um Maulwürfe ausräuchern zu können, falls sie den Garten befallen. Dazu war es nie gekommen. Aber der prophylaktische Einkauf von damals erwies sich heute als goldrichtig. "Hoffentlich funktionieren die Dinger noch", murmelte er und steckte sich gleich drei Stück in die Hosentasche. Genauso machte er es mit dem Feuerzeug, das seit Jahren ungenutzt auf seinen ersten Einsatz wartete.

So präpariert lief er wieder leise zur Kiste und begab sich in Position. Frank atmete noch einmal tief durch. 'Eins, zwei, drei', zählte er in Gedanken und dann ging alles sehr schnell. Mit einem Ruck stellte er die Kiste auf die Seite und hielt mit der Hand das Loch zu. Das derbe Leder des Handschuhs würde den spitzen Mäusezähnen lange genug standhalten. Dann hob er die Kiste hoch und verließ den Schuppen. Bevor er zum Komposthaufen ging, sah er nach Milli. Der Kater hockte immer noch an der Ecke, blickte aber zu ihm. "Los komm. Die Viecher sind hier drin", sagte Frank und lief los. Milli holte ihn nach wenigen Metern ein und begleitete ihn mauzend.

Als Frank die Kiste hochkant abstellte, meinte er zum Kater, er solle das Loch im Auge behalten. Hastig zog er die Gaspatronen und das Feuerzeug aus der Tasche. Einige Male versuchte er vergebens, das Feuer zu zünden, doch dann brannte es endlich. Mit weit ausgestreckten Armen hielt er es an den Docht der Gaspatrone. Es dauerte nur wenige Sekunden, bis der dicke Qualm – er stank widerlich nach Schwefel – aus der Pappröhre quoll. "Geh etwas beiseite", sagte er zu Milli, aber der hatte sich schon einige Meter abseits platziert und beobachtete aufmerksam das Treiben an der Holzkiste.

Frank steckte die brennende Gaspatrone in die Öffnung und wartete. Es dauerte einige Sekunden, dann quoll der Rauch aus dem Loch. Jetzt stellte sich Frank auch zu Milli. Der Kater hatte sich so positioniert, dass die leichte Brise den Qualm von ihm fortwehte. Der Rauch zog in Richtung der Wiese ab und das Jagdduo sah ihm eine Weile hinterher. "Das können die nicht überlebt haben", sagte Frank zu Milli, als der Rauch sich verzogen hatte. "Ich hol schnell den Spaten aus dem Schuppen." Milli wartete, bis er wiederkam.

Zwei Minuten später bewunderten die Mäusejäger das Resultat ihrer Mühen. Milli immer noch mit einigem Abstand, denn das Holz der zertrümmerten Kiste verströmte noch den beißenden Gestank des verbrannten Schwefels. "Es waren 27", sagte Frank nicht ohne Stolz zu ihm und hob das nächste fußtiefe Loch neben dem Komposthaufen aus.

"Was habt ihr denn da draußen so lange getrieben?", fragte Patricia, als sie endlich in die Küche kamen. Das Frühstück stand auf dem Tisch, aber die Rühreier dampften nicht mehr.

"Sein heutiger Rekord dürfte für die Ewigkeit sein", antwortete Frank.

"Welcher Rekord?"

"Dreiunddreißig Mäuse an einem Tag. Die sechs von heute Morgen und dann ein ganzes Nest. Er hat's gefunden. Ich musste ihm bloß helfen, es auszuräuchern."

"Ist das wahr, mein Süßer?", säuselte Patricia glücklich und stand sofort auf, um Milli eine Freude zu machen. "Ich weiß genau, wie gern du das naschst", sagte sie und holte aus dem Kühlschrank eine Packung Räucherlachs.

Während sie frühstückten, reichte sie Milli immer wieder kleine Stückchen nach unten, versprach ihm aber auch, dass die ganze Packung für ihn sei. Dabei sah sie zu Frank. "Die hat er sich wirklich redlich verdient", bestätigte er und erzählte Patricia im Detail, was sich vorhin ereignet hatte.

In der folgenden Zeit fing Milli zwar weiterhin Mäuse, aber es blieb stets bei zwei bis drei Stück pro Woche und damit in etwa so viele, wie in den letzten knapp 30 Jahren. Die natürliche Ordnung war wieder hergestellt.

Ans Werden und Vergehen der Dinge wurde Frank im Folgejahr erinnert. Er erfuhr es von Patricia, die es ihrerseits aus der Tageszeitung erfahren hatte und aufgeregt in sein Atelier gekommen war. "Hieß Herr Koschnewski mit Vornamen Heinz?", war die Frage, die Frank bereits erahnen ließ, weswegen sie das wissen wollte. Als er es ihr bestätigt hatte, zeigte sie ihm den Nachruf im Stadtanzeiger. Hier erfuhr er auch, die Beerdigung sollte in drei Tagen stattfinden. "Gehen wir dahin?", fragte Patricia und kümmerte sich um alles, nachdem er ohne nachzudenken *"Natürlich gehen wir dahin"* gesagt hatte.

Dem Anlass angemessen trafen Patricia und Frank eine halbe Stunde vor dem veranschlagten Beginn der Trauerfeier ein. Sie waren irritiert, die ersten Trauergäste zu sein. Nur ein sonnengebräunter Mann in Franks Alter saß allein in der ersten Reihe. "Weißt du, wer das ist?", zischelte Patricia leise. "Keine Ahnung. Vielleicht dieser neue Geschäftspartner von ihm, aber den hätte ich mir nach seiner Beschreibung jünger vorgestellt", raunte Frank ihr zu, dann schritten sie nach vorn, legten den Kranz am Sarg ab und setzten sich in die zweite Reihe.

Eine halbe Stunde später begann der Bestatter mit der Zeremonie. Weitere Trauergäste hatten sich nicht eingefunden und erst auf dem Friedhof erfuhren sie, der Mann in der ersten Reihe war Herr Koschnewskis Sohn Thomas. Frank hatte noch nie von ihm gehört. Trotzdem gingen sie nach der Beisetzung gemeinsam Essen und erfuhren, Thomas lebte im Ausland. Die Arbeit hatte ihn vor 30 Jahren dorthin verschlagen und er in der Ferne sein Glück gefunden. "Mein Vater hatte Flugangst, deswegen hat er meine Frau und seine Enkel nie kennengelernt", erzählte er, woraufhin Patricia fragte, ob das für seine Familie auch gelte. "Es ist eine Kostenfrage, ob man ein oder fünf Tickets kauft, aber unabhängig davon wollte Vater meine Frau nicht im Haus haben", erwiderte Thomas und eine gewisse Verbitterung war seiner Stimme anzuhören.

"Wieso denn das?", erkundigte sich Patricia.

"Meine Frau ist schwarz. Wir leben in Namibia."

"Na und. Das sollte heutzutage kein Problem mehr sein", erwiderte sie, lenkte das Gespräch aber trotzdem in eine andere Richtung.

Erst auf dem Weg nach Hause nahm sie das Thema wieder auf, und Frank meinte nur, das sei wahrscheinlich der Grund, warum ihm der Alte nie etwas von seinem Sohn erzählt hatte. "Hast du gewusst, dass er so ein Rassist war?", fragte Patricia. Frank schüttelte den Kopf. "Überleg mal, in welcher Zeit er aufgewachsen ist. Damals wurden Neger sogar noch in Zoos ausgestellt."

"Und heute darf man nicht mal mehr Neger sagen, ohne schief angesehen zu werden."

"So viele Veränderungen sind vielleicht zu viel für ein Menschenleben", erwiderte Frank und schlug vor, es sei besser, Koschnewski so in Erinnerung zu behalten, wie er in kennen und schätzen gelernt hatte. Patricia stimmte ihm zu.

Trotzdem dachte Frank nachts im Bett noch lange über Koschnewski und seinen Sohn nach. Wobei ihn das heutige Ereignis mehr daran ermahnte, den eigenen Tod nicht aus den Augen zu verlieren. Das hieß letztlich nur, ein realistisches Zeitfenster zu planen. Wie bei vielen Dingen im Leben, so steckte auch hier der Teufel im Detail.

Frank grübelte lange, doch nachdem er zu keinem Ergebnis gekommen war, drehte er seinen Kopf zu Patricia und betrachtete sie. Sie schlief, und ihr gleichmäßiger, tiefer Atem hatte eine beruhigende Wirkung auf ihn. Die ganze Zeit über waren ihm diese verflixten Was-wäre-eigentlich-wenn-Fragen in den Sinn gekommen, auf die es keine vernünftigen Antworten gab. Der Zufall war nicht planbar, man musste ihn allerdings akzeptieren, ob man wollte oder nicht. Er war wieder in seine Gedanken vertieft, als er Bewegungen wahrnahm. Milli war aufgewacht und hatte sich am Fußende erst gestreckt und dann hingesetzt. Der Kater sah eine Weile zu ihm, stieg dann über Patricias Beine hinweg und kam auf ihn zu. Vorsichtig schnupperte er an Franks Gesicht und legte sich plötzlich neben ihn. "Was ist los?", zischelte Frank, aber außer dem zufriedenen Schnurren des Katers gab es keine Antwort. Doch vielleicht war es gerade dieses Schnurren, das Frank zu einem wichtigen Gedanken verhalf. 'Eigentlich bist du erst vier Jahre alt', überlegte er und schlagartig wurde ihm klar, wie die Zukunftsplanung aussehen sollte. Er schob die Eventualitäten einfach beiseite und konzentrierte sich auf den Rest. Mit einem Mal lag alles klar und deutlich vor ihm. Frank musste es nur noch tun, und das Beste war, er konnte sich Zeit dafür lassen.

Im folgenden Jahr kaufte er die Wiese hinter dem Haus. Das Grundstück gehörte zwar nicht mehr zur Stadt, aber durch den Kauf wollte er verhindern, dass es jemals bebaut werden konnte. Die Fläche war bisher nicht als Bauland vorgesehen, aber das war keine Garantie für die Zukunft. Dem Bauern, der die Wiese zwei bis drei Mal im Jahr mähte, bot er einen Pachtvertrag für 30 Jahre an. Mit dem Argument, die Zinsen aus dem Kaufpreis erwirtschafteten die Pacht, überzeugte er den Bauern allerdings nicht. Der vermutete anfangs sogar, Frank hätte noch nicht öffentlich gemachte Informationen und wollte sich das Land als Spekulationsobjekt sichern. "Dann würde ich es Ihnen nicht so lange als Pachtland anbieten", war der Satz, mit dem er den Bauern umstimmte und ihm sogar für den Fall des Verkaufs während der Pachtzeit eine Gewinnbeteiligung zusicherte.

Erst beim Abendessen erzählte er Patricia vom Kauf. Sie war sehr glücklich darüber, erkundigte sich aber auch, warum er ihr vorher nichts gesagt hatte. "Es sollte eine Überraschung sein. Ich weiß doch, wie sehr du die Wiese im Sommer magst, wenn alles bunt blüht", erwiderte er und ergänzte den für Patricia wichtigsten Teil des Arguments. "Außerdem sollen sich die Enkel später bei uns wohlfühlen." Dafür erntete er ihr zauberhaftes Lächeln, das die Krähenfüßchen an den Augen deutlich zutage treten ließ.

Franks Bekanntheitsgrad war mit den Jahren immer mehr gestiegen. Das zeigte sich vor allem an den Preisen seiner Bilder, die zwar nicht in astronomische, aber für einen lebenden Künstler in atemberaubende Sphären gestiegen waren. Er wusste genau, wem er das zu verdanken hatte und fragte sich ab und an, ob Jérôme immer noch Einfluss auf seinen Werdegang nahm. Ihn anrufen und sich danach erkundigen wollte er nicht. Immerhin bestand die Möglichkeit, dass dessen damaliger Kauf lediglich die Initialzündung für den rasanten Anstieg der Kaufpreise geworden war. Das umso mehr, weil sein Gönner die Bilder nicht in seiner privaten Sammlung vor den Augen der Öffentlichkeit versteckt hatte. Trotzdem machte es Frank immer noch Spaß, für einige Verlage Illustrationen anzufertigen, und das für Preise, bei denen viele Kollegen mit den Köpfen geschüttelt hätten. Aber das war ihm egal, und Patricia war mit dieser Entscheidung einverstanden. Frank vermied es in aller Regel auch, an den Eröffnungsveranstaltungen der Ausstellungen teilzunehmen, in denen seine Bilder präsentiert wurden. Nicht das er menschenscheu war, doch das Blitzlichtgewitter und den

Rummel um seine Person mochte er nicht sonderlich. Auch damit war seine Frau einverstanden, die genau wie er die ländliche Idylle am Rande der Stadt genoss. Umso erstaunter war er, als sie ihm eines Tages ein Schreiben vorlegte und ihn erwartungsvoll ansah. Frank überflog es kurz, sagte aber nichts.

"Da musst du auf jeden Fall hin", meinte Patricia.

"Ich weiß nicht. Lust hab ich keine", erwiderte er und ließ das Papier lässig auf den Küchentisch fallen.

"Das ist nicht irgendeine Ausstellung. Das ist die Art Basel", sagte sie.

"Wenn sie Bilder von mir zeigen wollen, können sie das gern tun. Dafür muss ich nicht dahin", entgegnete Frank gelangweilt und sah Patricia an. "Außer du willst nach Basel, dann fahren wir zusammen."

"Und wer kümmert sich um Milli und den Garten? Ich weiß, dass du solche Termine nicht magst, aber wenn du so weitermachst, dann giltst du bald als verschrobener Kauz in der Kunstszene. Bei so einer Einladung darfst du nicht absagen. Es sind doch bloß zwei oder drei Tage."

"Diesmal. Und wie lange lässt die nächste Exhibition auf sich warten?"

"Nun übertreib mal nicht so. Die nächste Exposition, zu der du eingeladen wirst, sagst du aus irgendwelchen Gründen ab. Das hast du doch bisher fast immer so gemacht", schlug Patricia gelassen vor.

"Was liegt dir so daran, dass ich gerade nach Basel fahre. Sprechen die dort überhaupt Deutsch?"

Patricia grinste. "Keine Sorge, du wirst das Meiste verstehen."

"Das beantwortet meine Frage aber nicht. Warum soll ich gerade nach Basel?"

Sie zuckte mit den Schultern. "Vielleicht brauche ich mal zwei, drei Tage frei."

"Was soll das denn heißen?"

"Nichts. Überhaupt nichts, aber zwei, drei Tage sollten reichen, um ..." Patricia hielt kurz inne und lächelte.

"Um was?"

"Mein Buch nochmal zu überarbeiten und es auf Tippfehler zu prüfen."

"Du hast nie gesagt, dass du ein Buch geschrieben hast."

"Na jetzt weißt du's ja. Es ist schon länger fertig, aber ich musste etwas Abstand gewinnen", meinte sie.

"Du hättest es mir trotzdem sagen können", moserte Frank und erkundigte sich, wann sie ihm etwas daraus vorlesen wollte.

"Wenn du aus Basel zurück bist."

"Das ist Erpressung."

"Das ist aber nur deine Meinung", lachte sie und einigte sich mit Frank darauf, seine Teilnahme zuzusagen.

Nachdem das geklärt war, begann er etwas zögerlich eine alte Überlegung in Worte zu fassen. "Wenn ich schon in der Schweiz bin, wäre es nicht schlecht, wenn ich gleich einen Abstecher nach Zürich machen würde. Mir geht schon seit längerer Zeit so eine Idee durch den Kopf, über die wir noch nie gesprochen haben." Frank sah Patricia an, die nur eine fragende Geste machte. "Worauf willst du hinaus?", erkundigte sie sich nach einigen Sekunden.

"Du erinnerst dich an meine Reise nach Paris?", begann er zögerlich und erzählte ihr, wie faszinierend er die Idee seines damaligen Gönners fand.

"Du willst eine Stiftung gründen? Was soll die machen?"

"Sie könnte junge Künstler fördern. So genau kann ich das jetzt noch nicht sagen, weil ich mich damit nicht auskenne, aber dieser Herr Grünwald von damals wohnt in Zürich und könnte sich bestimmt um alles kümmern."

"Und was willst du stiften?"

Frank zuckte mit den Schultern. "Anfangs nicht so viel. Vielleicht eine halbe Million. Ich weiß bisher nur, dass der Stifter die Satzung festlegt, die spätestens ab seinem Tod unumstößlich ist."

"Ist dieser Herr Grünwald Rechtsanwalt?"

"Nein, aber Banker. Da er damals die Stiftung vertreten hat, die meine Bilder gekauft hat und sich auch um die Zahlung gekümmert hat, denke ich, er ist für ein Erstgespräch der richtige Mann. Ich will mich doch nur beraten lassen."

"Etwas zu hinterlassen, das weiterexistiert, ist nicht schlecht", meinte Patricia, wirkte aber auch nachdenklich. "Ich hoffe, du weißt, was du machst", ergänzte sie leise.

"Mich nur beraten lassen. Du musst dir also keine Sorgen machen, dass ich Haus und Hof verliere", beruhigte Frank seine Frau.

"Versprich mir trotzdem, nichts Unüberlegtes zu machen und gleich Verträge zu unterschreiben."

"Das hab ich doch noch nie gemacht."

"Ich weiß, aber so eine Stiftung ist was völlig Neues", meinte sie und schlug vor, in den nächsten Tagen im Internet zu recherchieren und sich um die Buchung seines Zürichaufenthaltes zu kümmern.

Damit war Frank einverstanden und gab sein Wort, nichts hinter ihrem Rücken zu veranlassen. Er bedauerte sehr, Patricia nicht die wahren Gründe erzählen zu können. Einmal mehr empfand er sein Wissen als schwere Last, aber er sah keinen vernünftigen Weg, sie in das Geheimnis einzuweihen. Trotzdem war er erstaunt, dass Patricia in aller Heimlichkeit ein Buch geschrieben hatte. 'Wieso hab ich das nie bemerkt?', fragte er sich und die Antwort lag klar auf der Hand. Ab und an hatte sie ihm eine neue Kurzgeschichte präsentiert und er nie hinterfragt, was sie schrieb, wenn er ins Büro gekommen war.

Schließlich war es ihr Reich, in dem sie schalten und walten konnte, wie sie wollte.

Bis zur Abreise nach Basel gelang es Frank nicht, seine Frau zum Mitkommen zu bewegen, was letztlich an der Unterbringung Millis scheiterte. Claudia und Beatrix waren kaum noch zu Hause, und eine Unterbringung des Katers in einer Katzenpension kam für Patricia nicht infrage. Deshalb blieb alles so, wie sie es besprochen hatten, und Frank trat die kurze Reise allein an. Er rief seine Frau täglich an.

Eine Woche später war er froh, wieder zu Hause zu sein. Patricia hatte ihm versprochen, etwas Rustikales zu kochen. Während sie in der Küche die Bratkartoffeln zubereitete, zog er sich um und ging anschließend mit einem kleinen Päckchen zu ihr. Er roch bereits herrlich, als er den Raum betrat. Frank lief das Wasser im Mund zusammen. Dem Kater schien es genauso zu gehen. Er saß neben Patricia, schaute nach oben und schluckte gelegentlich. Wie nebenbei ließ sie einen Speckstreifen fallen, den sie nicht in die Pfanne gegeben hatte. "Aber nur ausnahmsweise", sagte sie, als Milli sich darüber hermachte. "Das ist zu fettig für ihn", erklärte sie Frank, dem sofort die Frage auf der Zunge lag, wieso es dann nicht zu fettig für ihn sei. Er verkniff sich die kleine Provokation, setzte sich und legte das Päckchen an Patricias Platz.

"Was ist das?"

"Ein Geschenk für dich. Ich dachte, wenn ich schon mal in der Schweiz bin, dann bringe ich dir auch was Landestypisches mit."

"Was ist denn landestypisch für die Schweiz außer Schokolade?", sagte sie neugierig, überlies die Pfanne sich selbst und kam an den Tisch. Sie öffnete die Schleife, schielte kurz zu Frank und wickelte die Box aus dem Seidenpapier. "Wow", war alles, was sie hervorbrachte, als die den Deckel geöffnet hatte. Vorsichtig holte sie eine Uhr heraus.

Währenddessen war Frank aufgestanden und hatte die Bratkartoffeln gewendet. Dann hatte er sich wieder zu ihr gesetzt. "Die ist ja wundervoll", meinte sie überwältigt.

"Ich hab das Armband schon enger machen lassen. Sie müsste also gleich passen", sagte Frank und öffnete den Schließmechanismus.

Patricia zog die Uhr übers Handgelenk und schloss das Armband. "Sie sitzt perfekt." Dann betrachtete sie das Ziffernblatt. "Piaget", las sie leise und sah Frank an. "Die hat doch ein Vermögen gekostet."

"Das ist nebensächlich, wenn sie dir gefällt."

"Und ob sie mir gefällt. Was ist das für Material?"

"Alles Gold, auch die Diamanten sind echt." Frank stand wieder auf und wendete die Bratkartoffeln. "Die sind schön kross", sagte er.

"Entschuldige." Patricia kam zu ihm an den Herd. "Danke", hauchte sie und küsste ihn liebevoll. "Ich mache unser Essen schnell fertig", meinte sie und schob ihn beiseite.

"Es ist doch schon fertig."

"Die Spiegeleier fehlen noch."

Fünf Minuten später dampften ihre Teller. Milli saß an seinem angestammten Platz und sah zu Patricia nach oben. Einmal mauzte er kurz und bekam noch ein durchgebratenes Speckstückchen.

Während des Essens berichtete er ihr all das, was sie schon von den Telefonaten wusste. Frank klagte sein Leid über Sektempfänge und Häppchen, Smalltalks und die Meinungen der Branchenkenner. Er kam dabei auch auf den Zürichaufenthalt zu sprechen und stellte ihr das Stiftungsmodell vor, welches Rechtsanwalt Lüthi, den Herr Grünwald ihm empfohlen hatte, als klassisches Basismodell präsentiert hatte. "Im Grunde genommen können wir heute schon bestimmen, was die Stiftung später machen soll. Man kann das Kapital sogar per Testament einbringen. Das heißt, wir bleiben völlig flexibel, und bis auf eine Ersteinlage, um die jährlichen Verwaltungskosten für die nächsten Jahre zu decken, sind wir nicht verpflichtet, große Summen einzuzahlen. Es sei denn, die Stiftung soll schon jetzt anfangen zu arbeiten", beendete Frank seinen Vortrag.

"Was soll der Zweck der Stiftung sein?"

"Ich möchte gern einige Künstler fördern, die nicht so viel Glück hatten wie ich. Du musst doch zugeben, dass die Preise für meine Bilder erst nach Paris so durch die Decke gegangen sind."

"Das stimmt schon", räumte Patricia ein und stocherte auf ihrem Teller herum.

"Was hast du?"

"Ach nichts. Ich denke bloß an die Zukunft unserer Kinder."

"Denen geht es doch gut."

"Ja schon, aber irgendwann kommt der erste Enkel und dem sollten wir auch was hinterlassen."

"Unseren Enkelkindern geben wir nichts mit kalten Händen. Genau wie unseren Kindern."

Patricia lächelte. "Ich weiß selbst, dass wir mehr haben, als wir jemals brauchen werden, aber dieses Stiftungsthema ist mir nicht ganz geheuer. Man findet auch kaum was im Internet darüber. Ich habe einfach nur Angst, dass du mit einer großen Summe eine falsche Entscheidung triffst, und das Geld anschließend weg ist", meinte sie.

"Bei den Summen, die in der Schweiz angelegt werden, ist unser Geld ein Tropfen auf den heißen Stein. Außerdem ist die Schweiz ein sicheres Anlegerland, und so eine Stiftung lässt sich fast mit einer Aktiengesellschaft vergleichen. Wenn der Gründer der AG stirbt, existiert das Unternehmen trotzdem weiter."

"Die produzieren aber auch was", hielt Patricia entgegen.

"Das macht die Stiftung auch. Sie produziert Zinsen und Spendenkapital. Unter Umständen auch Einnahmen aus Ausstellungen. Wir haben außerdem jahrelang Zeit und die Satzung können wir jederzeit ändern. Das meinte ich vorhin, als ich gesagt hab, wir bleiben flexibel. Du kannst in den nächsten Tagen die Entwürfe lesen. Was macht eigentlich dein Buch? Bist du fertig geworden?"

"Im Großen und Ganzen schon."

"Wann liest du uns wieder mal was vor?", hakte Frank sofort nach und sah zum Kater. "Du kannst es doch auch kaum noch erwarten", fügte er hinzu und Milli mauzte tatsächlich wie auf Bestellung.

"Die Vorlesung hast du dir wirklich verdient", erwiderte Patricia und sah auf ihre neue Uhr. "Sie ist wirklich wunderschön."

Das Versprechen löste Patricia am nächsten Tag ein und las von da an jeden Abend eine Stunde vor. Frank und Milli hörten aufmerksam zu. Nach einer Woche war Patricia fertig und obwohl ihr Frank jeden Abend seine Meinung zur Geschichte gesagt hatte, wirkte er jetzt sehr nachdenklich. "Hätte es nicht auch ein Happy End geben können?", fragte er, als Patricia die Blätter auf den Nachttisch gelegt hatte.

"Das hätte es, aber dann wäre es nur eine langweilige Liebesschnulze geworden. Darauf hatte ich keine Lust."

"Aber du bist doch glücklich, oder?"

"Das bin ich, aber was hat das mit der Geschichte zu tun? Du darfst da nichts reininterpretieren, was mit uns zu tun hat. Das ist alles reine Fiktion."

"Die verdammt bildlich rüberkommt. Ich sehe jedes Mal den Film vor meinem inneren Auge ablaufen, wenn du so betont vorliest und auch noch die Stimme dabei verstellst."

"Dann ist doch alles gut", meinte sie lächelnd.

"Willst du das Manuskript endlich einem Verlag schicken?"

"Nein", lautete Patricias kurze Antwort, der wenig später die Erklärung folgte, sie schreibe nur zum Spaß und habe nicht vor, auch nur eine Zeile zu veröffentlichen. "Das kann ja später deine Stiftung machen", schob sie noch nach.

"Es wird unsere Stiftung, aber die Idee ist nicht schlecht", meinte er und dachte noch lange über Patricias letzten Satz nach.

Erst zum Weihnachtsfest kam die Familie wieder komplett zusammen. Das Beste war, alle wohnten einige Tage im Haus. Auch Claudia und Beatrix. Die Stimmung war ausgelassen wie schon lange nicht mehr. Patrick und Kerstin hatten interessante Neuigkeiten mitgebracht. Sie verkündeten, demnächst ihre eigene Kanzlei zu eröffnen. Alle gratulierten, auch Patricia, deren Stimmung sich in dem Moment etwas eintrübte, als Patrick erzählte, die Kanzlei sei in Hamburg. Es sei ihnen gelungen, dort einen großen Mandanten zu gewinnen, mit dem sie schon eine Weile von Frankfurt am Main aus zusammengearbeitet hatten. Regelmäßige Mandatierungen waren sicher und der Umzug nur noch eine Formsache.

"Wir haben schon die ersten Angebote eines Maklers vorliegen", ergänzte Kerstin nicht ohne Stolz.

"Dann wohnt ihr ja noch weiter weg", war Patricias Feststellung.

"Heutzutage muss man flexibel sein. Wenn das Unternehmen in München gesessen hätte, dann wären wir dorthin gegangen", meinte Patrick.

"Ja schon, aber es ist schade, wenn man sich so aus den Augen verliert", entgegnete sie.

"Sie sind ja nicht am anderen Ende der Welt, sondern nur in Hamburg. Dank Skype können wir uns doch immer sehen", warf Frank ein.

"Das weiß ich selbst, aber es ist nicht dasselbe, wie hier mit euch am Tisch zu sitzen. Natürlich wünsche ich euch alles

Gute", entgegnete sie, nutzte aber eine spätere Gelegenheit, um mit Kerstin unter vier Augen zu sprechen. "Wie sieht es eigentlich mit eurer Familienplanung aus?", erkundigte sie sich bei ihrer Schwiegertochter.

"Das muss noch ein, zwei Jahre warten. Die Kanzlei hat oberste Priorität, aber wenn das Schlimmste überstanden ist, wollen wir auf jeden Fall ein Kind."

"Das hast du nach dem Studium auch schon gesagt."

"Ich weiß, aber es läuft gerade besser, als wir uns vorgestellt hatten. Ich bin jetzt 33. Es gibt also keinen Grund zur Panik."

"Wie ihr meint", sagte Patricia und rang sich ein Lächeln ab.

"Du musst dir keine Sorgen machen, ihr werdet noch Großeltern werden", erwiderte Kerstin und umarmte Patricia liebevoll.

"Versprichst du's?"

Kerstin nickte stumm.

Dieses Versprechen erfüllte sich auch in den kommenden Jahren nicht. Trotzdem lebte Patricia ihr harmonisches Leben mit Frank und Milli. Gelegentlich schrieb sie eine Geschichte, vor allem im Herbst und im Winter, wenn es im Garten nicht viel zu tun gab und Frank sich lange im Atelier aufhielt.

Ein oder zwei Mal im Monat kamen Claudia und Beatrix vorbei oder sie besuchten die beiden. Bei einem dieser Besuche saß Claudia noch im Arbeitszimmer und konnte sich kaum vom Monitor lösen, als Frank hereinkam und meinte, der Kaffee sei fertig und Beatrix' Kuchen warte auf den Anschnitt.

"Einen Moment noch", meinte Claudia gedankenversunken.

"Wieso?"

"Ich probiere was aus. Die Software macht Portraits älter oder jünger. Ganz wie du willst. Die Ergebnisse sehen total realistisch aus."

"Zeig mal."

Claudia rückte ein Stück zur Seite und Frank stellte sich neben sie "So sieht Bea aus, wenn sie 60 ist", meinte seine Tochter und sah schuldbewusst zur Tür.

"Sie ist mit Mama im Wohnzimmer", sagte Frank leise und meinte dann, sie sähe für das Alter noch sehr gut aus.

"Ja schon, aber es ist trotzdem komisch, sie so zu sehen", kicherte Claudia und druckte das Foto aus. "Ich zeig's ihr gleich."

"Hast du auch eins von dir mit 60?"

Seine Tochter warf einen vorwurfsvollen Blick nach oben. "Vergiss es!"

"Hast du's schon mal in die andere Richtung probiert?" Frank war schlagartig eine Idee gekommen.

"Bis jetzt noch nicht. Willst du?"

"Die anderen warten. Das können wir nachher immer noch machen", schlug er vor.

"Hast recht. Vielleicht stellt sich Mama als Proband zur Verfügung", erwiderte Claudia und stand auf. "Los komm! Sonst meckern sie."

Gemeinsam gingen sie ins Wohnzimmer und der vorwurfsvolle Blick Patricias traf Frank. "Ist nicht meine Schuld", rechtfertigte er sich nur. "Hast du an Beas Bild gedacht?" Claudia rannte schnell zurück und holte es. Als sie wieder ins Wohnzimmer kam, setzte sie sich und betrachtete es einige Sekunden. "Papa hat recht. Du siehst mit 60 immer noch gut aus", lachte sie, reichte das Bild an Beatrix, die es kurz ansah und meinte, nur die grauen Haare störten, ansonsten wäre sie mit dem Resultat einverstanden. Frank registrierte Patricias neugierigen Blick ganz genau.

Der Kaffee war geleert, als Frank Beatrix fragte, ob es möglich sei, von Patricia und ihm Passbilder zu machen. "Kein Problem", meinte sie. Frank nahm das zum Anlass vorzuschlagen, bei der Gelegenheit könnte Claudia ihrer

Mutter das Programm zeigen und neben das heutige Bild auch eines setzen, auf dem sie 20 und ein anderes, auf dem sie 90 wäre. "Ich will schließlich auch wissen, was mich erwartet", schob er grinsend hinterher.

"Das machen wir von dir aber auch", schlug Claudia lachend vor. Frank fand das nur fair.

Eine Stunde später hockten alle im Arbeitszimmer. Beatrix hatte die Passbilder auf den Computer übertragen und nun harrten sie alle der Dinge, die Claudia aus ihnen machte. Frank fiel es schwer, sich die Anspannung nicht anmerken zu lassen.

Claudia begann mit dem Foto ihres Vaters. Sie gab sein aktuelles Alter ein und wartete einige Sekunden, bis auf dem Monitor die Meldung erschien, die Analyse sei abgeschlossen. "Wie alt willst du dich machen?", fragte sie ihren Vater, und der schlug vor, in Zehnerschritten nach oben zu gehen. Claudia gab das gewünschte Alter ein und nachdem sie die Enter-Taste gedrückt hatte, starrten alle gebannt auf den Monitor. Einige Male fuhr ein Balken von oben nach unten über das Bild, dann leuchtete eine grüne Anzeige auf, die bis dahin rot gewesen war. "Fertig", war alles, was Claudia sagte.

"Ich finde, du kannst dich mit 71 noch sehen lassen", war die erste Bemerkung. Sie kam von Beatrix.

"Bist du mit Papa auch noch zufrieden?", fragte Claudia ihre Mutter.

"Er hat sich doch kaum verändert", meinte sie irritiert und sah Frank an, der eine gewisse Zufriedenheit ausstrahlte. "Mach den nächsten Sprung", schlug Patricia vor.

Claudia kopierte das aktuelle Bild und setzte die anschauliche Reise in die Zukunft fort. Eine Minute später waren deutlich mehr Veränderungen an Franks Gesicht zu erkennen. Die Haare waren deutlich dünner, der Hals faltiger, aber seine Augen strahlten noch unbändige Vitalität aus. "Ich denke, das kann sich noch sehen lassen", lautete Claudias

Kommentar, dann kopierte sie auch dieses Bild und sah ihren Vater an. "Du wolltest bis 90 gehen?"

"Wenn wir schon mal dabei sind", erwiderte er.

Claudia tippte 91 ein, um die Zehnersprünge beizubehalten, und während alle auf die Neuberechnung des Bildes warteten, schlug Frank vor, noch einmal direkt vom aktuellen Bild auf die 91 zu gehen. "Mal sehen, ob dann dasselbe rauskommt", meinte er.

Fünf Minuten später wussten sie, dass beide Bilder, die Frank als 91-jährigen zeigten, identisch waren. Claudia kopierte eines und wollte schon mit ihrer Mutter weitermachen, als Frank sie daran erinnerte, sie wollten das Experiment auch in die andere Richtung machen. "Wie du willst", meinte Claudia nur und Frank schlug vor, diesmal gleich in Zwanzigersprüngen nach unten zu gehen. Sein Bild als 41-jähriger interessierte ihn kaum, aber er spielte das Spiel des Lebens mit und lachte über die Frisur, die ihm die Maschine verpasst hatte. Claudia nahm das Programm sofort in Schutz und meinte, es könne nur das Berechnen, was das Foto hergäbe. Doch dann öffnete sie einen Menüpunkt, der es ermöglichte, Frisuren und Haarfarben anzupassen. Es dauerte nicht lange und Franks Foto zeigte die Frisur, die er vor 20 Jahren getragen hatte.

"Wow", bemerkte Patricia, die ein gewisses Déjà-vu erlebte. "Jetzt bin ich ja gespannt", schob sie hinterher und Claudia waltete ihres Amtes.

Während der Computer das Bild neu berechnete, schielte Frank zu seiner Frau. Sie schaute gebannt auf den Monitor. Plötzlich hielt sie sich die Hand an den Mund. Er wusste genau, was das hieß. "Mach ihm kurze Nackenhaare und einen Scheitel mit längerem Deckhaar", wies Patricia ihre Tochter an. Die Anweisung war schnell umgesetzt. "Das gibt's doch nicht", staunte Patricia und sah zu Frank. Sie war die Einzige, die etwas über die Qualität des Bildes sagen konnte. "Wenn ich' nicht wüsste, würde ich's nicht glauben."

"Du warst ja ein richtig Fescher", meinte Beatrix plötzlich und durchbrach damit die Stille, die sich seit einigen Sekunden breitgemacht hatte.

"Das war er", bestätigte Patricia, die immer noch zutiefst berührt auf den Monitor sah.

"Ich speichere das schnell, dann bist du dran Mama", holte Claudia ihre Mutter wieder ins Jetzt zurück.

"Kannst du das auf Fotopapier ausdrucken", fragte Frank.

"Meinetwegen, aber das mach ich ganz am Schluss, wenn alles fertig ist", antwortete sie und speicherte die Bilder. Dann begann das Procedere von Neuem, diesmal mit dem heute aufgenommenen Passbild von Patricia.

Frank war sehr zufrieden mit dem, was er bei seiner 70-jährigen Frau sah. Er registrierte genau, wie Patricia lächelte, als er das sagte. Claudia speicherte auch das Bild ab und addierte 10 Jahre für die Neuberechnung hinzu. Sie betätigte die Enter-Taste und alle warteten. Nach einer Weile meinte Claudia, der Rechner sei hängengeblieben. Der Balken, der bisher gleichmäßig von oben nach unten über das Bild gelaufen war, bewegte sich nicht mehr. "Ich muss die Kiste neu starten", meinte sie genervt.

"Aber du hast die Bilder gespeichert?", fragte Frank.

"Das mach ich immer, keine Sorge", sagte Claudia wie nebenbei und trommelte leicht genervt vom Warten mit den Fingern auf den Rand der Tastatur. "Wozu brauchst du die Fotos eigentlich?", erkundigte sie sich auf einmal.

"Das weiß ich noch nicht genau. Ich hab da so eine Idee mit Spiegelbildern", fiel Frank gerade noch ein, aber in dem Moment piepste der Rechner kurz und gab seine erneute Arbeitsbereitschaft bekannt.

Claudia setzte das Experiment fort und Patricias Fotos als

alte Frau wurden von allen wohlwollend kommentiert. "Mit der Schnecke kann ich mich auch noch mit 90 sehen lassen", lautete Franks Kommentar, worauf er ein "alter Chauvinist" von seiner Tochter erntete.

Dann begann der für Frank interessante Teil der Vorführung. Er spürte, wie sich seine Nackenhaare aufrichteten, als Claudia das Alter ihrer Mutter mit 40 angab und anschließend die Enter-Taste betätigte. Das Arbeitstempo des Rechners kam ihm plötzlich sehr langsam vor. Der Balken kroch regelrecht, doch dann präsentierte die Maschine ein Resultat, das Frank ein Déjà-vu erleben ließ. "Vor 20 Jahren hatte Mama halblange Haare", war alles, was er sagte und Claudia passte die Frisur ihrer Mutter an. Sie erkundigte sich nur zwei, drei Mal, ob das Ergebnis seiner Erinnerung entsprach. Als er es bejaht hatte, sah sie ihre Mutter an. "Hat Papa recht?", fragte sie. Patricia nickte nur.

"Na dann los. Wie sah Mama vor meiner Zeit aus", sagte Claudia und tippte endlich die 20 ein. Frank spürte die Gänsehaut, die seine Härchen an den Armen und im Nacken aufrichtete. Auch seine Handflächen wurden feucht und deswegen strich er sich einmal über die Oberschenkel. "In dem Alter hatte Mama ganz lange Haare", sagte er zu Claudia, aber die Maschine arbeitete noch.

Das fertige Bild zeigte Patricia so, wie sie damals ausgesehen hatte. Claudia hatte rasch die Haare auf die gewünschte Länge angepasst und sah ihre Eltern abwechselnd an. "Ist es das?"

Beide nickten nur, aber Patricia fing sich überraschend schnell. "Mach mir mal eine moderne Kurzhaarfrisur. Alle Haare gleich lang und etwas strubbelig", sagte sie zu ihrer Tochter. Für das gewünschte Ergebnis brauchte Claudia nur drei Minuten. "Wenn ich nochmal 20 wäre, dann hätte ich die Frisur", meinte Patricia.

"Die steht dir prima", bestätigte Beatrix und auch Claudia stimmte ihr zu.

"Mir haben deine langen Haare aber immer gut gefallen", erwiderte Frank.

"Ja schon, aber die sind pflegeleichter. Das ewige Kämmen und Föhnen hat mich immer genervt. Vor allem im Winter."

Frank moserte zwar etwas herum, aber mit Claudias Antwort, es sei schließlich Mamas Entscheidung, war er zufrieden, solange niemand die wahre Motivation seines Handels hinterfragte. "Das hab ich nun davon. Zwischen drei reizenden Weibern bin ich chancenlos", gab er sich geschlagen, frohlockte aber innerlich.

"Dann drucke ich dir noch alles aus", meinte Claudia und positionierte alle Bilder so, dass sie auf einen Bogen passten. "Jetzt hast du jedes Motiv ", sagte sie, reichte ihm den Bogen und noch eine Mappe zum Einlegen.

Erst nachts – Patricia war bereits eingeschlafen – kam Frank ein Gedanke, der ungewöhnlich klar war. Er hatte bereits die Augen geschlossen und aufs Einschlafen gewartet, als ihn die Erinnerung an den Nachmittag die Lider weit aufreißen ließ. Gebannt starrte er gegen die dunkle Decke des Schlafzimmers und rührte sich nicht. Obwohl Frank nicht abergläubisch war, hatte sein Unterbewusstsein, weitergearbeitet und ein Szenario entwickelt, um welches er jetzt nicht mehr herumkam. 'Das war vielleicht ein Zeichen', dachte er und der Augenblick des Computerabsturzes erschien erneut vor seinem inneren Auge. 'Das Bild von Patricia als 80-jährige hat die Kiste verweigert', sinnierte er. Obwohl nur Zufall einiger verirrter Bits und Bytes, die Maschine hatte ihm eine Zeitschiene aufgezeigt, die in seine Restlebensplanung passte. "So wäre es perfekt", murmelte er und erhob sich vorsichtig. Er wollte seine Frau nicht wecken, aber Milli bekam es natürlich mit. Die Augen des Katers funkelten in der Dunkelheit und deshalb machte Frank eine einladende Geste. "Komm mit, wenn du willst", flüsterte er in Millis Richtung und schlüpfte in seine Pantoffeln. Leise ging er zur Tür und schaute nochmals zum Kater, der in dem Augenblick geräuschlos vom Bett sprang. Vorsichtig öffnete Frank die Tür und ließ dem Kater den Vortritt. Gemeinsam gingen sie nach unten in die Küche, wo Frank sich ein Bier nahm und für den Kater ein Leckerli aus der offenen Räucherlachspackung stibitzte. "Lass es dir schmecken, Sportsfreund", sagte er und reichte Milli das zartrosa Fleisch. Dann öffnete er die Flasche und trank bedächtig den ersten Schluck. Anschließend ging sein Blick zum Kater, der sich bereits das Maul putzte. "Wir müssten uns unterhalten, aber auch wenn du ein ausgeschlafener Bursche bist, glaub ich trotzdem nicht mehr, dass du mich verstehst", sagte Frank leise zum Kater. Der sah ihn mit großen, fragenden Augen an. "Du bist jetzt ungefähr neun, und ich hoffe, du schaffst nochmal so viel, damit Patricia nicht zu lange leidet, wenn du nicht mehr unter uns weilst. Also gib dir Mühe und bau nicht wieder irgendwelchen Mist. Es gibt kein Bild mehr von dir. Ich hoffe, du kapierst das." Frank beendete die Ansprache und trank einen Schluck Bier. Dabei rechnete er, wobei es nicht viel zu rechnen gab. "Ihren 70sten erlebt sie auf jeden Fall und dann …", murmelte er zu sich selbst und damit war der Fahrplan klar. "Geboren 1995 und 96", flüsterte er und trank das Bier in einem Zug aus. Vielleicht kann es beim Einschlafen helfen, hoffte er und rülpste einmal. Bevor er wieder nach oben ging, suchte er die Gästetoilette im Erdgeschoss auf. Patricia sollte schließlich nicht aufwachen.

In den folgenden Wochen dachte Frank noch oft an den Computerabsturz, aber egal wie er es drehte und wendete, es schien der beste Zeitplan zu sein, den er hatte. Deswegen erwähnte er die von Claudia bearbeiteten Fotos nicht mehr. Einige Male sah er sie sich noch an und war jedes Mal aufs

Neue erstaunt, wie nah der Computer der Wirklichkeit gekommen war. Frank hatte die Bilder sogar mit alten Aufnahmen verglichen, die allerdings noch in Schwarz-Weiß gemacht worden waren. Auch die Frisur, die Patricia sich gewünscht hatte, gefiel ihm. 'Wieso hat sie sich die Haare nie so gemacht?', fragte er sich auf einmal und damit stand für ihn auch fest, welches Foto zum Einsatz kommen sollte.

Michel Saint-Gromé

An einem Nachmittag, Patricia war gemeinsam mit Claudia und Beatrix in der Stadt einkaufen, kramte Frank die Visitenkarte aus dem Schubkasten des Zeichentischs hervor, die Jérôme ihm in Paris gegeben hatte. "Michel Saint-Gromé", murmelte er und ging ins Büro. Selbst als er das Mobilteil schon in der Hand hielt, überlegte er noch lange, was er sagen sollte. "Hoffentlich spricht dieser Michel Deutsch", sagte er nach einer gefühlten Ewigkeit und wählte endlich die Nummer in Luxemburg. Es klingelte einige Male, und Franks Nervosität stieg dabei mit jedem Klingelton. Endlich nahm jemand ab. Frank hielt sich exakt an Jérômes Vorgabe. "Hieronymus", war das einzige Wort, das er sagte. "Moment", bekam er als Antwort und dann begann das Warten erneut.

Frank registrierte, wie es in der Leitung einige Male knackte, doch die Verbindung hielt. Einmal war er sogar versucht, fragend Hallo zu sagen, doch er unterdrückte es. Dann hörte er "Hieronymus" und die Stimme passte nicht in seine Vorstellungswelt. Dem Klang nach zu urteilen war sie von einer jungen Frau. "Ein gemeinsamer Freund hat mir Ihre Nummer gegeben. Ich brauche zwei neue Pässe", sagte Frank etwas hilflos. Er wusste nicht einmal, ob die Frau am anderen Ende ihn überhaupt verstand.

"Sie rufen von zu Hause aus an?", fragte sie nur.

"Ja."

"Benutzen Sie beim nächsten Mal eine nichtregistrierte Nummer oder ein öffentliches Telefon, dann reden wir über alles."

Die Verbindung wurde unterbrochen, und Frank schaute irritiert auf das Mobilteil. "Wo bekomme ich eine nichtregistrierte Nummer her?", fragte er sich und stellte das Gerät zurück in die Ladestation auf Patricias Schreibtisch. Trotzdem war er nicht unzufrieden mit dem Gespräch. Die Nummer existierte und die unbekannte Frau sprach Deutsch.

Kurzentschlossen sah Frank auf die Uhr. Ihm war eine Idee gekommen. Patricia würde nicht vor dem Abend zurück sein, und bis dahin wäre es ihm möglich, eine Szene aus dem Buch, welches sie ihm vorgelesen hatte, zu überprüfen. Rasch zog er sich eine Jacke über und ging in die Garage. Die Fahrt zum Nachbarort dauerte nicht lange und dort wollte er dem Wahrheitsgehalt ihrer Fiktion auf den Grund gehen.

Eine halbe Stunde später stand er vor dem Geschäft, das er gesucht hatte. Er parkte den Wagen nicht unmittelbar davor, sondern eine Querstraße weiter. Entspannt schlenderte er zurück und war gespannt, was gleich passieren würde. Doch bevor er den Laden betrat, schaute er sich die Auslagen sowie die reichlichen Werbeschilder an, die an der Innenseite der Schaufensterscheibe angebracht worden waren. Es wurden Telefonkarten von Anbietern feilgeboten, deren Namen er noch nie gehört hatte und auch die Auswahl an preiswerten Gebrauchtgeräten war groß. In Patricias Geschichte hatte ein Protagonist genau solche Geräte gekauft und sie meist nach einem oder zwei Telefonaten in die Spree geworfen.

Einmal atmete Frank tief durch, dann betrat er das Geschäft, das im Inneren viel kleiner war, als er vermutet hatte. Trotzdem standen zwei junge Männer hinter dem Verkaufstresen. Sie unterhielten sich in einer Fremdsprache und tranken Tee. Als Frank auf sie zuging, stellten sie ihre kleinen bauchigen Gläser auf die dafür vorgesehen Untersetzer und wechselten zu Deutsch. "Guten Tag. Was können wir für Sie tun?", fragte der eine. Frank schätzte ihn auf Mitte 20, und er war augenscheinlich der ältere der beiden.

"Ich weiß nicht, ob ich bei Ihnen richtig bin. Ich hab nur beim Vorbeifahren gesehen, dass Sie Handys und Telefonkarten verkaufen, und da musste ich an meinen Enkel denken, der sich nichts sehnlicher wünscht, als ein eigenes Handy. Seine Eltern sagen immer, es sei zu teuer und wer weiß, was er damit für Kosten produziert, die sie dann nicht bezahlen können. Eigentlich wollte ich zu 'nem Telekomladen, aber dann hab ich das Schaufenster gesehen und gedacht, fragen kostet ja nichts", sagte Frank und setzte ein ratlos wirkendes Gesicht auf.

"Da sind Sie bei uns genau richtig", begann der Ältere und erklärte Frank sofort, was bei der Konkurrenz für Kostenfallen auf ihn oder die Eltern des Enkels zukämen.

"Naja, aber ich will natürlich auch keine Unsummen ausgeben", druckste Frank herum.

"Brauchen Sie auch nicht. Wir haben SIM-Karten, die ihr Enkel abtelefonieren kann und die keine Vertragsbindung haben", sagte der Verkäufer und lächelte Frank an.

"Hm … da ich die Karte und ein dazu passendes Handy verschenken will, wäre es klasse, wenn mein Name nirgends auftaucht. Mein Enkel hat schon den einen oder anderen Korken abgelassen, und ich hab keine Lust, dass der Inkassodienst eines Tages vor der Tür steht", meinte Frank unschlüssig und ergänzte deutlich leiser: "Der Bengel ist nett

480

und ich mag ihn, aber ich hab trotzdem keine Lust, für seine Flausen bezahlen zu müssen. So fett ist meine Pension auch wieder nicht."

"Wem sagen Sie das. Wir haben auch so 'nen Cousin in der Familie", sagte der ältere Verkäufer und hatte sich beim Sprechen etwas näher zu Frank gebeugt. "Ihr Problem können wir lösen." Dann drehte er sich zum anderen und sagte etwas, was Frank zwar nicht verstand, aber der Stimmlage des Mannes entnahm er, dass der jüngere genau das nach vorne holen sollte, was er benötigte. Der junge Mann zog einen Vorhang beiseite und ging nach hinten. "Mustafa holt alles", erklärte der ältere Verkäufer, bot Frank einen Tee an und rief: "Mustafa, bir tane çay. Cabuk!", noch bevor Frank antworten konnte.

Mustafa kam mit einem großen Tablett zurück. Zuerst bekam Frank den Tee und während er den Zucker umrührte, begann der Verkäufer mit dem Erklären. Er sagte, dass die SIM-Karte eine Werbeaktion eines auf den Markt drängenden Anbieters wäre. "Zehn Euro Guthaben sind schon drauf und die Karte kostet nur zehn Euro, also unterm Strich nichts", lautete sein Argument, das Frank anerkennend nicken ließ. Dann meinte der Verkäufer deutlich leiser, die SIM-Karte sei bereits freigeschaltet und eine erneute Registrierung nicht mehr nötig. Frank schluckte die Frage, auf wen die Karte registriert sei, einfach herunter und fragte lediglich, wie neues Guthaben darauf käme. "Das können Sie hier kaufen oder übers Internet buchen", erklärte ihm der Verkäufer.

"Ich hab kein Internet. Sie könnten also auch gleich 50 Euro draufladen?", erkundigte er sich.

"Kein Problem." Dann zeigte ihm der Verkäufer das Handy und meinte, es sei ein aktuelles Modell, er würde es aber als gebraucht deklarieren, weil es als Vorführgerät genutzt worden sei. "Ich kann alles für 200 Euro abgeben. Da sind die 50 Euro Telefonguthaben schon drin", meinte er.

Frank ging nicht sofort darauf ein. Er befürchtete, es könnte sich um gestohlene Ware handeln, wollte das dem Verkäufer allerdings nicht ins Gesicht sagen.

"Weil Sie es sind. Einhundertachtzig. Aber mehr geht nicht."

"Okay", stimmte Frank zu. 'Was soll schon passieren?', war der Gedanke, der ihn leitete. Das Gerät würde nicht oft Verwendung finden. "Aber Sie richten mir gleich alles ein, inklusive des Guthabens", lautete seine Forderung, um das Geschäft zum Abschluss zu bringen.

Der Verkäufer grinste süffisant. "Kundenservice wird bei uns großgeschrieben."

Zehn Minuten später verließ Frank zufrieden das Geschäft. Das Handy war einsatzbereit. Sicherheitshalber ging er nicht sofort zum Auto, sondern schlenderte auf der Einkaufsstraße zu einem Konditor und kaufte sich ein Eis. Dann spazierte er durch einige Seitenstraßen zurück zum Parkplatz. Im Auto legte er das Handy auf die Mittelkonsole und fuhr sofort los. Als er an einem riesigen Sonnenblumenfeld vorbeikam, verringerte er das Tempo und stoppte den Wagen an einer Zufahrt, die nur gelegentlich von Landmaschinen genutzt wurde. Es war später Nachmittag und weit und breit niemand zu sehen. Er zog die Visitenkarte aus dem Portmonee und tippte die Nummer in das gerade gekaufte Handy ein. Es klingelte einige Male, doch diesmal wusste er, was ihn erwartete, nachdem er das Kennwort gesagt hatte. Er hörte wieder das Klicken in der Leitung und übte sich in Geduld, wobei Frank das Gefühl hatte, dass es diesmal länger dauerte. Endlich meldete sich die Frauenstimme mit "Hieronymus."

"Ein gemeinsamer Bekannter …"

"Ich weiß. Wir sollten uns kurzfassen, auch wenn Sie diesmal nicht von zu Hause aus anrufen. Ihren jetzigen Standort sollten Sie bei weiteren Gesprächen nicht mehr benutzen, auch wenn die Nummer sauber ist. Was kann ich für Sie tun?"

"Ich brauche zwei Pässe", sagte Frank unsicher.

"Sie wissen die Namen und haben Fotos?"

"Ja."

"Schreiben Sie sich die Anschrift auf, die ich Ihnen gleich gebe. Dort schicken Sie alles hin, was für die Identität benötigt wird. Haben Sie Wünsche bezüglich der Nationalität?"

Frank stutzte. "Kann ich mir die aussuchen?"

"Ja."

"Dann bitte deutsche Pässe. Die beiden sind sehr jung und …"

"Brauchen eine vollständige Biografie. Sie bekommen von uns die Geburtsurkunden, die Pässe und wir sorgen für die entsprechenden Registrierungen in den Behörden. Sie erhalten neue Identitäten, mit denen Sie ungehindert agieren können und die jeder offiziellen Prüfung standhalten. Der Preis pro Pass beträgt 100.000 Euro, inklusive aller sonstigen Papiere."

Frank schluckte kurz. "Der Preis geht in Ordnung, aber woher soll ich wissen, dass …"

"Hieronymus", lautete die kurze Antwort.

"Okay."

"Schicken Sie die Passfotos und die Angaben an folgende Anschrift." Die Frau nannte ihm ein Postfach in Luxemburg und ein weiteres Kennwort. Beides notierte er sich rasch. "Geben Sie uns eine Anschrift bekannt, damit wir Ihnen den Eingang bestätigen können. Nach dieser Bestätigung haben Sie zwei Wochen Zeit, um die erste Hälfte zu zahlen. Sie überweisen 100.000 Euro an die Bankverbindung, die wir Ihnen im Bestätigungsschreiben nennen. Die zweite Hälfte ist innerhalb von zwei Wochen fällig, nachdem Sie die Papiere von uns erhalten haben. Wenn die Frist ohne Zahlungseingang abläuft, werden die amtlichen Dokumente als gestohlen gemeldet und alle hinterlegten Daten zur Person gelöscht. Haben Sie alles verstanden?"

Frank bestätigte das und wiederholte, was er machen sollte. Dann fragte er, bis wann er die Fotos schicken müsse.

"Wann immer Sie wollen. Das Kennwort ist für Sie ohne Zeitlimit reserviert", lautete die Antwort.

"Okay. Ich muss mir noch Gedanken machen, wo Sie die fertigen Sachen hinschicken können, damit ..." Er stockte wieder und war fast versucht zu sagen, damit es seine Frau nicht mitbekäme, aber das ging die Dame am anderen Ende der Leitung nichts an.

"Sie sind mir keine Rechenschaft schuldig", erwiderte die nur und legte auf.

Zurück blieb Frank, den das Telefonat irritierte. Woher hatte die Frau am anderen Ende gewusst, dass er nicht von zu Hause aus angerufen hatte? Sie kannte sogar seinen genauen Standort und hatte bestätigt, die erst vor einer Stunde erworbene Telefonkarte sei sauber. Die Tatsache, sogar amtlich registrierte Originaldokumente zu erhalten, ließ den Verdacht in ihm aufkeimen, es mit einer Geheimdienstorganisation zu tun zu haben. Wie Jérôme an diese Leute gekommen war, wusste er nicht, aber scheinbar hatte sich sein Gönner im Laufe der Jahrhunderte den Zugang zu Organisationen erschlossen, die international agierten und nun auch den Weg für ihn ebneten. Die Tatsache, dass Jérôme ihm diese Nummer gegeben hatte, beruhigte Franks Gewissen und ließ keinen Platz für Verschwörungstheorien. Trotzdem dachte er sofort an ein neues Hindernis: Patricia.

Obwohl er keine Geheimnisse vor ihr hatte, war es unmöglich, an ihr vorbei zu agieren. Sie las jeden eingehenden Brief, schrieb die Antworten, kümmerte sich um alle Zahlungsangelegenheiten und sie würde Fragen stellen. Vielleicht nicht viele, aber selbst auf die wenigen gab es nur unbefriedigende Antworten. 'Ich mach das alles nur für unser nächstes Leben', entsprach zwar der Wahrheit, doch das konnte nur ein Mensch bestätigen, und der kam als Kronzeuge des Lebens nicht infrage.

Einen Moment blieb Frank am Sonnenblumenfeld stehen und grübelte. Dann traf er eine Entscheidung, die er auch gegenüber Patricia vertreten konnte. Er startete den Motor und fuhr sofort nach Hause.

Dort empfing ihn nur der Kater, was letztlich hieß, Patricia war noch unterwegs. "Lass dir ruhig Zeit", murmelte Frank und ging sofort ins Atelier. Milli folgte ihm und mauzte einige Male. "Ich hab noch was zu tun, dann bist du dran", meinte er zu ihm und suchte in seinem Arbeitstisch die Telefonnummer von Herrn Lüthi. Nach einigem Hin und Her fand er sie und lief ins Büro. Unterwegs schaute er auf die Uhr. 'Der müsste noch arbeiten', dachte er und wählte die Nummer. Einige Male klingelte es, doch dann hellte sich Franks Gesicht auf. "Hallo Herr Lüthi", begann er und fragte zuerst, ob er sich noch an ihr Gespräch während seines Aufenthalts in Zürich erinnern könne. "Ich bin endlich zu einer Entscheidung gekommen", fuhr er fort, als der Rechtsanwalt ihm das bestätigt hatte. Frank kam sofort auf den Punkt und erkundigte sich nach der praktischen Umsetzung der Stiftungsgründung. Seine größte Sorge war, er müsse deswegen nochmals in die Schweiz reisen, aber das erwies sich als unbegründet. Er brauchte für eine schnelle Gründung nur die vom Rechtsanwalt entworfene Satzung unterschrieben zurückzusenden, und der würde dann alles Weitere veranlassen. Das betraf auch die Kontoeröffnung bei Herrn Grünwald. Am Schluss stellte Frank die alles entscheidende Frage. "Ich würde gern ein Geschäft über die Stiftung abwickeln. Es ist zwar nichts Großes, aber ich will hier keine Diskussionen, zumal es nur um 200.000 Euro geht. Ist das möglich?" Der Rechtsanwalt bestätigte ihm, er könne bereits zu Lebzeiten mit dem Stiftungsvermögen agieren. Dies erlaube auch die von ihm entworfene Satzung. Sobald der unterschriebene Entwurf und die Vollmacht eingingen, dauere die Gründung einschließlich der Kontoeröffnung ungefähr zwei Wochen. Dann stellte ihm Rechtsanwalt Lüthi noch eine Frage. "Möchten Sie ein Nummernkonto?"

Frank zögerte. Er erinnerte sich genau, was der Anwalt in Zürich dazu gesagt hatte, doch dann meinte er: "Ja." Über die Konsequenzen konnte er sich später immer noch Gedanken machen, war sich aber relativ sicher, es Patricia einigermaßen plausibel erklären zu können. "Sie wissen, der Betrag muss sofort bei der Kontoeröffnung eingezahlt werden", sagte der Anwalt und wartete auf Franks Antwort.

"Das sagten Sie damals schon. Wohin muss ich überweisen?"

"Ich kümmere mich morgen um ein Anderkonto und melde mich bei Ihnen."

"Dann gebe ich Ihnen eine andere Telefonnummer. Können Sie mir die Kontonummer per SMS schicken?"

"Das wäre dann wohl am besten", sagte der Anwalt.

Bereits während des letzten Satzes hatte Frank das neue Mobiltelefon in die Hand genommen. "Einen Augenblick bitte. Ich muss sie schnell raussuchen", sagte er und rief vom neuen – irgendwie illegalen – Handy aus auf seinem alten an. Er ließ es einmal klingeln, dann unterbrach er die Verbindung und las dem Anwalt die Nummer vor, die jetzt auf seinem offiziellen Gerät angezeigt wurde. Anschließend beendete er das Gespräch mit Herrn Lüthi und vergaß nicht, die Nummern zu löschen. 'Man kann manchmal nicht vorsichtig genug sein', war die beste Begründung, die er sich geben konnte. Dann überlegte er, wo er das neue Mobiltelefon verstecken konnte. Es gab nur eine vernünftige Lösung: im Atelier.

Noch am selben Nachmittag fuhr er zur Post und gab das Einschreiben nach Zürich persönlich am Schalter ab. Auf den Rückschein verzichtete er sicherheitshalber. Patricias Fragen und Einwände kämen noch früh genug.

Zwei Wochen später war es soweit. Frank spürte es an der Stimmung, die beim Abendessen herrschte. Patricia war anders als sonst. Ihre Unbeschwertheit schien verflogen. Ohne viel zu sagen, hatte sie ihr Essen auf die Teller gemacht.

"Was hast du?", fragte Frank nach einigen Minuten.

"Das weißt du ganz genau. Du hättest mit mir darüber sprechen müssen", erwiderte sie. Es war ihr anzumerken, wie sehr sie sich bemühte, ruhig zu bleiben.

"Aber das haben wir doch, auch wenn es schon eine Weile her ist", rechtfertigte sich Frank und versuchte, aus der Not eine Tugend zu machen.

"Wann haben wir das so besprochen?" Patricias Augen sprühten Funken, als sie zu Frank sah.

"Als ich aus der Schweiz gekommen bin", meinte er äußerlich gelassen und war bemüht, seine Anspannung zu verbergen.

"Da war von 500.000 die Rede und nicht von zwei Millionen", fuhr sie ihn an.

"Wir hatten doch vereinbart, den Kindern mit warmen Händen zu geben", meinte Frank kleinlaut und wünschte sich gerade nichts sehnlicher, als einen Anruf von Patrick oder Claudia, die sich für das Geld bedanken wollten. Zumindest diesbezüglich war Franks Hoffnung nicht erfüllt worden. Patricia hatte die drei Überweisungen gesehen, bevor die Kinder den Eingang bemerkt hatten. Im Grunde war Frank sogar erstaunt, dass sie es geschafft hatte, ihm nicht unmittelbar nach Einsicht des Kontostands eine Szene zu machen. Es war also nicht alles verloren.

"Nur weil wir einmal darüber gesprochen haben heißt das

nicht, dass du machen kannst, was du willst. Ich hätte gern vorher erfahren, wenn du jedem Kind 250.000 schenkst. Und über die Eins vor der 500.000 hätten wir uns auch unterhalten müssen. Ich hatte dich gebeten, nichts Unüberlegtes zu tun."

"Es war nicht unüberlegt", erwiderte Frank wie aus der Pistole geschossen und bereute den Satz sofort. Blicke konnten bekanntlich töten und genau diesen Blick hatte Patricia gerade. Etwas hilflos begann er zu stammeln und versuchte, eine Erklärung zu geben. "Die Kinder haben den steuerfreien Höchstbetrag als Schenkung erhalten. Das kann man alle zehn Jahre machen, um dem Fiskus nicht alles in den Rachen zu werfen. Es wäre doch wirklich schade, wenn Patrick und Claudia nur die Hälfte von dem bliebe, was wir ihnen hinterlassen wollen. Mit dem Nummernkonto hab ich nur das vorweggenommen und sichergestellt, was der Fiskus sonst später kassiert hätte. So ein Konto ist erst ab einer Million Mindesteinlage zu haben. Ich hab gleich etwas mehr überwiesen, damit genug Spielraum nach unten ist", argumentierte er und konnte nur hoffen, Patricia würde sich mit der Erklärung einigermaßen zufrieden geben.

"Warum musste es unbedingt ein Nummernkonto sein?", hakte sie nach.

"Weil ich möchte, dass die Stiftung diskret agieren kann."

"Das ist doch völlig egal, wenn wir tot sind", erwiderte sie.

"Noch sind wir das aber nicht, und ich will nicht, dass du in den nächsten 20 oder 30 Jahren täglich Bettelbriefe beantwortest."

"Du erwartest jetzt hoffentlich nicht, dass ich mich bei dir bedanke." Patricia schob den halbvollen Teller von sich und sah Frank an. "Ich weiß selbst, dass wir genug Geld haben und nicht mal die Zinsen verbrauchen, aber trotzdem fühle ich mich von dir hintergangen. Du hast das alles gemacht, ohne dass ich das Geringste mitbekommen habe."

"Weil es im Interesse aller war."

"Wenn ich es heute nicht zufällig gesehen hätte, würde ich ziemlich blöd dastehen, wenn die Kinder anrufen, um sich zu bedanken. Ich wüsste nicht mal, wovon sie reden. Hast du auch mal daran gedacht?"

"Du hast recht", meinte Frank und einige Gedanken schossen ihm durch den Kopf. "Das hätte dich in der Tat in eine unangenehme Situation gebracht. Entschuldige bitte, dass ich das übersehen hab." Er griff nach Patricias Hand und registrierte zufrieden, sie zog sie nicht weg. Er war sich sicher, das wäre vor wenigen Minuten noch anders gewesen. "Was hältst du davon, wenn wir die Kinder gleich anrufen und ihnen sagen, dass wir ihnen einen größeren Betrag geschenkt haben?"

"Das wäre sicherlich das Beste."

"Kannst du das bitte übernehmen? Ich hab noch im Atelier zu tun", schlug er vor und lächelte seine Frau an.

"Das kannst du vergessen, mein Lieber. Wir rufen zusammen an." Patricias Blick duldete keine Widerrede.

"Wie du meinst. Aber von der Stiftung sagen wir ihnen nichts."

Noch bevor sie zu Bett gingen, war Patricia wieder versöhnt. Die überraschten Reaktionen von Patrick und Claudia hatten ihr geholfen, den restlichen Ärger über Franks Alleingang zu verdrängen.

Trotzdem lag er noch lange wach und dachte über den nächsten Schritt nach: eine Anschrift, von der Patricia nichts mitbekommen sollte. Was so einfach klang, erwies sich bei genauerer Betrachtung als recht kompliziert, denn er konnte nicht ausschließen, dass der Vermieter einer Wohnung hellhörig werden würde, wenn er ihn mit der Barzahlung einer Halbjahresmiete lockte. 'Wahrscheinlich vermutet der dann irgendwas Illegales und hat mich allein deswegen auf dem Schirm', dachte er und nahm sich vor, in nächster Zeit Augen und Ohren offenzuhalten, um eine gute Gelegenheit zu erkennen. 'Wenigstens sorgt das Kennwort dafür, dass ich nicht überstürzt handeln muss', dachte er noch und schlief endlich ein.

Die Anschrift

Es verging fast ein Dreivierteljahr bis wieder Bewegung in die Sache kam. Der Auslöser war simpel, ließ Frank aber nach all den Jahren einmal mehr daran zweifeln, ob Milli der einfache Kater war, für den er ihn mittlerweile hielt. Gegen Mittag war er in die Küche gekommen, um etwas zu trinken. Dort lümmelte der Kater entspannt auf dem Tisch und sah ihn an. "Na Sportsfreund, was treibst du hier?", meinte Frank und setzte sich mit einem Glas Orangensaft in der Hand zu ihm. Er trank einen Schluck und tätschelte Millis Kopf. Dann fiel sein Blick auf die Zeitung, welche der Kater durch seinen Körper zur Hälfte abdeckte. Es war eine Ausgabe des Wochenblatts, das gratis an alle Haushalte verteilt wurde. Frank interessierte sich nicht im Geringsten für diese Zeitung. In diesem Augenblick jedoch zeigte die Pfote des Katers auf eine rot umrandete Anzeige, deren Überschrift Frank aufhorchen ließ. Ohne das Glas abzustellen überflog er den kurzen Text und war sich sofort sicher, es könnte sich dabei um die Lösung seines Problems handeln. Die Anzeige offerierte eine offizielle Geschäftsadresse mit Sekretariats- und Telefonservice rund um die Uhr. Die letzte Textzeile lautete: "diskrete Abwicklung möglich."

Frank stand auf, holte den magnetischen Kugelschreiber, der immer an der Kühlschranktür klebte und riss ein Blatt vom Notizblock ab. Rasch schrieb er die Telefonnummer auf und steckte den Zettel in seine Hosentasche. Immerhin konnte Patricia jeden Moment in die Küche kommen und sie würde ihn garantiert fragen, warum er sich die Nummer notiert hatte. Dann las er die Anzeige noch einmal. Alles schien so einfach zu sein. Die Geschäftsadresse war aus der Nachbarstadt. Das verriet ihm die Vorwahlnummer und genau dort hatte er auch heimlich das Handy gekauft.

Er nippte wieder am Glas und strich dem Kater erneut über den Kopf. Milli schnurrte. "Das hast du gut gemacht", lobte Frank ihn leise, wobei die Leistung des Katers nur darin bestanden hatte, auf einer aufgeschlagenen Zeitung zu liegen und zufällig die Pfote an der richtigen Stelle platziert zu haben. Aber Milli lümmelte nie auf dem Küchentisch und Patricia las das Wochenblatt meist im Garten oder im Bett.

Frank verschwendete deswegen keine unnötigen Gedanken, denn auch Zufälle waren objektive Tatsachen. Sie hatten ihm eine Möglichkeit aufgezeigt, der es lohnte nachzugehen. Er spürte plötzlich eine gewisse Unruhe und sah auf die Uhr. Es waren gerade einmal zwei oder drei Minuten vergangen, seitdem er die Küche betreten hatte. Obwohl es keinen Grund gab, die verlorene Zeit der letzten Monate aufzuholen – letztlich war sie nicht verloren gegangen –, sah er die Angelegenheit trotzdem als eine der wichtigsten Etappen an, die es zu meistern galt. 'Wer weiß, auf welche Probleme ich noch stoße. Was erledigt werden kann, sollte umgehend erledigt werden', überlegte er jetzt und machte sich vorerst Gedanken darüber, was er beim anstehenden Telefonat erzählen würde. Die Wahrheit durfte es nicht sein, und leider konnte er die Sache nicht sofort in Angriff nehmen. Patricia würde gleich das Mittagessen zubereiten und sich wundern, wenn er nicht da wäre. Das gemeinsame Essen gehörte zu ihren festen Ritualen und die galt es unbedingt einzuhalten. 'Never change a running system', lautete deshalb seine Devise.

Obwohl Frank die heimlichen Aktionen hinter ihrem Rücken hasste, ihm blieb keine andere Wahl. Immerhin ging es um ihre Zukunft.

Während des Essens erkundigte er sich bei Patricia, was sie heute noch vorhatte. Sie sagte ihm, die noch offene Korrespondenzen zu erledigen, woraufhin Frank meinte, er müsse in die Stadt, um einige Dinge einzukaufen, die er fürs Atelier bräuchte. Er wusste genau, Patricia würde ihn dabei nicht begleiten. Das war einer der Vorteile, wenn man sich über 40 Jahre kannte. Er wusste auch, es wäre gut, das reguläre Handy zu vergessen, denn manchmal fiel seiner Frau noch etwas ein, was er dann unbedingt mitbringen musste.

"Dann bis nachher", verabschiedete er sich eine halbe Stunde später und fuhr los. Den Ladezustand seines illegalen Handys hatte er im Atelier noch überprüft und auch nicht versäumt, genügend Bargeld einzustecken. Während der Fahrt kam er an der Stelle vorbei, wo er vor Monaten die Instruktionen erhalten hatte. Irgendetwas riet ihm weiterzufahren und nicht von hier aus anzurufen.

Frank lenkte den Wagen auf den Marktplatz. Obwohl er dort einen Parkplatz fand, stieg er nicht aus, sondern holte den Zettel aus seiner Hosentasche und schaltete das Handy an. Patricias Geburtsdatum war die Zahlenkombination, mit der er es aktivierte. Er tippte die Nummer ein und nach drei Klingeltönen meldete sich eine Frauenstimme. "Guten Tag. Sie sprechen mit Lisas Büroservice. Was kann ich für Sie tun?"

"Ich habe die Anzeige gelesen und wäre an Ihrem Service interessiert. Können Sie mir etwas mehr dazu sagen?", erkundigte er sich.

Die Frau erklärte ihm in groben Zügen das, was er bereits in der Anzeige gelesen hatte.

"Wie sieht die diskrete Abwicklung konkret aus? Wissen Sie, ich habe ein privates Problem und möchte nicht, dass bestimmte Post bei mir zu Hause eingeht, solange meine Frau, also meine zukünftige Ex-Frau, noch bei mir wohnt", tastete sich Frank langsam heran.

"Ich verstehe", sagte sie nur, blieb dann aber stumm.

"Gibt es denn einen Mitarbeiter, der mein Ansprechpartner ist?"

"Das bin ich", erwiderte die Frau.

"Dann müssen Sie Lisa sein? Ich darf doch Lisa sagen? Wo sitzt Ihre Firma eigentlich? Ich frage das nur, um zu wissen, ob es sich überhaupt lohnt, weiterzureden, denn ich müsste meine Post direkt bei Ihnen abholen, damit meine Ex sie nicht wegnimmt und heimlich liest."

"Ich verstehe. Wie war Ihr Name doch gleich?"

Frank war sich sicher, bisher keinen Namen genannt zu haben. "Koschnewski. Ich heiße Koschnewski", sagte er seelenruhig, spürte aber gleichzeitig, wie ihm etwas wärmer wurde.

"Das lässt sich alles regeln, Herr Koschnewski", fuhr Lisa fort und nannte ihm die Anschrift ihrer Unternehmung.

"Das wäre perfekt", meinte Frank und fragte, ob es möglich wäre, per SMS über eingehende Post informiert zu werden, die er dann jedes Mal persönlich abholen käme.

"Das ist kein Problem."

"Was kostet mich Ihr Service, wenn ich ihn vorerst für sechs Monate in Anspruch nehme?"

"Das kommt darauf an", erwiderte Lisa, blieb die konkrete Antwort allerdings schuldig.

"Ich würde vorzugsweise in bar zahlen und benötige keine Rechnung. Meine Ex könnte sie in die Hände bekommen und dann … Sie verstehen schon."

"Der Rosenkrieg."

"Genau", bestätigte Frank und stellte die alles entscheidende Frage. "Ich bin gerade in der Nähe und könnte mich mit Ihnen treffen, um die Details nicht am Telefon besprechen zu müssen. Ginge das?"

"Grundsätzlich schon, aber ich kann hier nicht weg", druckste die Frau etwas herum.

"Müssen Sie auch nicht. Ich kann zu Ihnen kommen, und wenn wir uns einig werden, bezahle ich das erste halbe Jahr gleich. Ich habe keine andere Möglichkeit und in der Regel viel zu tun. Heute ist einer der wenigen Tage, an denen ich es zeitlich einrichten kann", köderte er sie.

"Na meinetwegen. Wissen Sie, wo Sie hinmüssen?"

"Ich habe ein Navi im Auto und gebe Ihre Adresse ein", meinte Frank und begann die Anschrift einzutippen, während er mit Lisa weitersprach. Eine Minute später wurde ihm eine Fahrzeit von zwölf Minuten prognostiziert. "In einer viertel Stunde bin ich bei Ihnen", sagte er.

Lisa erkundigte sich, ob er Kaffee oder Tee wollte.

"Ein Kaffee wäre klasse. Bis gleich", verabschiedete er sich und startete den Motor. Erst beim Losfahren fiel ihm auf, er kannte den Preis für Lisas Service immer noch nicht. Trotzdem war er zufrieden über den Verlauf des bisherigen Gesprächs. "Hoffentlich will sie meinen Ausweis nicht sehen", murmelte er. Für den Fall des Falles hatte er die Anschrift von Koschnewskis Laden im Kopf. Der Nachfolger führte ihn unter dem Namen des Verstorbenen weiter, und Frank war sich sicher, Herr Koschnewski hätte nichts dagegen gehabt, die Anschrift zu benutzen. "Immerhin schadet es niemandem", lautete die beste Ausrede, die er sich selbst geben konnte.

Es dauerte 17 Minuten bis Frank vor dem Haus parkte. Beim ersten Mal war er absichtlich daran vorbeigefahren, weil ihm unterwegs eingefallen war, über das Autokennzeichen identifizierbar zu sein. Aber die Straße war lang und nur von kleinen Einfamilienhäusern zu beiden Seiten gesäumt. 'Es wäre viel verdächtiger, wenn ich einige 100m entfernt parke und zum Haus laufe', war die Schlussfolgerung, weswegen er nach einem halben Kilometer das Tempo drosselte und umkehrte.

Bevor er ausstieg, atmete er noch einmal tief durch und konzentrierte sich. An der Gartenpforte klingelte er bei Müller, genau wie Lisa es gesagt hatte. Es war sowieso der einzige Name am Klingeltableau. Am Briefkasten wiederum standen drei, wovon einer "Lisas Büroservice", der andere "Lisa Müller" und der dritte "Versicherungsagentur Graefe" lautete.

"Herr Koschnewski?", hörte er aus der Wechselsprechanlage.

"Ja", erwiderte er und nach wenigen Sekunden summte der Türöffner. Frank betrat das Grundstück und ging zur Haustür. Noch bevor er dort ankam, wurde sie einen Spaltbreit geöffnet. "Kommen Sie herein", hörte er von drinnen. Als er der Aufforderung gefolgt war, stand er einer Frau – sie mochte Mitte 30 sein – gegenüber. Für den Bruchteil einer Sekunde war er irritiert. Die Frau saß im Rollstuhl. Ihr fehlten beide Beine. "Sind Sie Lisa?", fragte er sicherheitshalber, obwohl niemand anderes hier war.

Die junge Frau nickte. "Die bin ich. Machen Sie bitte die Tür zu und folgen mir", meinte sie und rollte in die Küche. "Der Kaffee ist fertig." Lisa bot ihm an, am Küchentisch Platz zu nehmen. "Sind Sie schockiert, weil ich im Rollstuhl sitze?", fragte sie ganz direkt, während sie die Tasse für Frank füllte.

"Schockiert nicht, aber Sie hätten es am Telefon erwähnen können."

"Wären Sie dann trotzdem hergekommen?"

"Selbstverständlich. Warten Sie, ich nehme Ihnen die Tasse ab", sagte Frank und wollte gerade aufstehen.

"Ich mach das schon, danke", erwiderte Lisa und lächelte in seine Richtung. "Ich habe leider sehr oft andere Erfahrungen gemacht und in der Regel lassen einen die Leute dann warten, ohne es für nötig zu halten, wenigstens telefonisch abzusagen", meinte sie und steuerte langsam mit der Tasse in Franks Richtung zurück. "Sie möchten meinen Service also ungefähr ein halbes Jahr in Anspruch nehmen? In Ihrem Fall scheint das besonders einfach zu sein, wenn es nur darum geht, gelegentlich Post in Empfang zu nehmen und Sie per SMS über den Eingang zu informieren. Können Sie den Umfang einschätzen?"

"Viel wird es nicht. Vielleicht zwei oder drei Briefe im Monat. Wichtig ist mir nur eine zeitnahe Information, damit ich die Post rechtzeitig abholen kann. Es handelt sich meist um Terminsachen. Was wird mich Ihr Service kosten?", fragte Frank.

"Teuer wird es nicht, weil sie praktisch keinen Aufwand produzieren. Was soll ich Ihnen pro SMS berechnen?"

"Das müssen Sie wissen. Ich würde Ihnen sonst pauschal 100 Euro monatlich anbieten, wenn es bei der Größenordnung bleibt, die ich Ihnen genannt habe." Frank trank einen Schluck Kaffee und sah Lisa an. Die junge Frau hatte ein sympathisches Gesicht und plötzlich fragte er ganz direkt: "Was ist passiert und hat Sie in den Rollstuhl gezwungen?"

"Ein Unfall", war alles, was Lisa antwortete.

"Das geht mich ja auch nichts an", erwiderte Frank und trank einen weiteren Schluck. "Wie sähe denn Ihr Komplettservice aus?", hakte er plötzlich nach.

"Ich stelle eine Rufnummer für Sie bereit, empfange die eingehenden Telefonate, beantworte Terminanfragen, erledige die Buchhaltung, je nachdem, was und wie viel Service Sie wollen oder brauchen."

"Schaffen Sie das alles vom Rollstuhl aus?"

"Kommen Sie, ich zeige es Ihnen", sagte Lisa und setzte sich in Bewegung. Frank folgte ihr in den Flur und als sie eine Tür geöffnet hatte, sah er ihr Büro. "Ich arbeite von hier aus. Mein Schwager hat mir das alles aufgebaut. Dank des Headsets kann ich mich frei im Haus bewegen und bin trotzdem schnell am Telefon, um einen eingehenden Anruf nicht zu verlieren."

Erst jetzt bemerkte Frank den kleinen Kopfhörer, der die ganze Zeit auf Lisas Oberschenkelstumpf gelegen hatte. "Nicht schlecht", meinte er anerkennend.

"Ich bin Bürokauffrau, und nach dem Unfall war das die einzige Möglichkeit, um wieder etwas Sinnvolles machen zu können."

"Einen Kunden haben Sie schon, wie ich am Briefkasten gesehen habe. Kommt mein Name dann auch dran?"

"Wenn Sie wollen, dann ja. Versicherungsagentur Graefe ist mein Schwager. Sie wären der erste echte Kunde, falls Sie noch wollen."

"Und ob ich will. Auf den Vertrag müssen Sie sicherlich bestehen, wenn mein Name am Briefkasten steht."

"Unter Kaufleuten gelten auch mündliche Verträge", erwiderte Lisa nur und fuhr wieder in Richtung Küche.

Nachdem Frank sich gesetzt hatte, sah er Lisa an. "Sie gefallen mir. Auch wenn es nur ein kleines Geschäft ist, sollten Sie es sich nicht entgehen lassen." Er nahm seine Brieftasche und legte sie auf den Tisch. "Kann ich das hier benutzen?" Er deutete auf den Block und den Kugelschreiber, die auf der anderen Seite des Küchentischs lagen, und begann, seine Kontaktdaten aufzuschreiben. "Reichen Ihnen Name und Telefonnummer oder brauchen Sie auch meine Anschrift?"

"Ich soll doch nichts zu Ihnen nach Hause schicken."

"Okay, dann haben Sie alles, was Sie brauchen, um anfangen zu können. Sind Sie mit den 100 Euro monatlich einverstanden?"

"Das ist zu viel", meinte Lisa.

"Ist es nicht", sagte Frank. Er reichte ihr 600 Euro und den Zettel mit seinen Kontaktdaten. "Das erste halbe Jahr im Voraus, genau wie ich es gesagt habe."

Lisa griff zögerlich zu. "Danke, Herr Koschnewski."

"Dann bin ich jetzt Ihr erster echter Kunde. Herzlichen Glückwunsch", sagte Frank und schaute in Lisas braune Augen.

"Das kann man so sagen. Morgen hängt Ihr Name am Briefkasten und ich melde mich per SMS, wenn die erste Post eingetroffen ist", wiederholte sie die Bedingungen des Deals.

"So machen wir's. Ich muss wieder los, Lisa. Dann bis demnächst." Frank erhob sich.

"Ich bringe Sie zur Tür", sagte sie und fuhr vor ihm her.

Erst im Auto fiel Frank ein, er hatte nicht erwähnt, dass ihm die Post ungeöffnet übergeben werden sollte. Zurückgehen und es Lisa sagen wollte er nicht, deshalb beschloss er, einige Testsendungen abzuschicken.

Während der Rückfahrt dachte er an die junge Frau, der das Schicksal so übel mitgespielt hatte, und einmal mehr wurde ihm klar, wie gesegnet er vom Leben war. 'Selbst so ein Unfall könnte Patricia und mir nichts Dauerhaftes anhaben', überlegte er, verdrängte den Gedanken aber sofort wieder, weil er ihn unangemessen fand.

Unterwegs hielt er noch am Baumarkt, kaufte verschiedene Verdünner und Firnisse ein, um seiner Fahrt die nötige Legitimation zu geben. Das illegale Handy brachte er zusammen mit den Materialien sofort ins Atelier und als er die Küche betrat, geschah genau das, was er vorhergesehen hatte. "Ich habe versucht, dich zu erreichen, aber du hast mal wieder dein Handy vergessen. Auf deine geliebte Guacamole wirst du heute leider verzichten müssen", sagte Patricia nicht unfreundlich, aber leicht vorwurfsvoll. Frank war sich sicher, es war ein Teil der lebenslangen Erziehungsarbeit, die seine Frau leistete. "Soll ich nochmal losfahren und Avocados kaufen?", fragte er.

"Es gibt gleich Essen."

"Wie du meinst." In solchen Momenten hatte er immer das Gefühl, Patricia ahnte, dass er etwas anderes gemacht haben könnte als das, was er vorgegeben hatte. Doch diese Empfindung hielt nie lange an.

Zwei Wochen später erhielt Frank die erste SMS. Da er wusste, Patricia hatte übermorgen einen Friseurtermin vereinbart, brauchte er keinen Grund für seine Abwesenheit zu erfinden. Er hatte den ersten Testbrief so abgeschickt, um ihren Aufenthalt im Salon für die Abholung nutzen zu können.

Während der Fahrt zu Lisa überlegte er, womit er der jungen Frau eine Freude machen könnte, aber letztlich verwarf er alles. Als er am Tor stand, fiel sein Blick auch auf den Briefkasten. "Dirk Koschnewski" stand unter "Versicherungsagentur Graefe". Lisa empfing ihn mit einem Lächeln und führte ihn wieder in die Küche. "Setzen Sie sich. Der Kaffee ist fertig", meinte sie und rollte zur Arbeitsplatte, um Franks Tasse zu füllen. Währenddessen erkundigte sie sich, wie es zu Hause lief und ob der Rosenkrieg am Abebben sei.

"Mal so, mal so", wich Frank der konkreten Antwort aus. "Ich versuche keine Anlässe zu bieten und dann geht es so einigermaßen, wenn man sich aus dem Weg geht", meinte er und war gleichzeitig verunsichert, weshalb sich Lisa danach erkundigte.

Nachdem sie ihm die Tasse gereicht hatte, sagte sie, sie hole den Brief. Eine Minute später reichte sie Frank das verschlossene Kuvert. "Danke", meinte er nur und legte den Umschlag zufrieden auf den Tisch.

"Wir hatten uns darüber zwar nicht unterhalten, aber da Sie außer der Postannahme keine weiteren Leistungen bestellt hatten, dachte ich mir, Sie möchten die Sendungen ungeöffnet."

"Genauso habe ich es mir vorgestellt", erwiderte Frank und sah auf den Absender des Briefes. Er hatte eine Reiseagentur seines Wohnortes angegeben. "Das dürften die Prospekte sein, die ich letzte Woche angefordert habe. Im Prinzip eine Nichtigkeit, aber wenn meine Noch-Frau den Brief entgegennimmt und ihn öffnet, dann wäre sie ausgeflippt und hätte mir sonst was vorgeworfen. Ich schmeiße das Geld absichtlich zum Fenster raus oder mit ihr wäre ich nie dahingefahren und ähnlicher Mist", versuchte Frank sich zu erklären.

"Wieso leben Sie noch zusammen? Ziehen Sie doch einfach aus", schlug Lisa vor.

"So einfach ist das leider nicht ", druckste Frank herum, dann rettete ihn das Telefon.

"Sorry", sagte Lisa und setzte sich rasch das Headset auf. Durch einen Knopfdruck am Hörer nahm sie das Gespräch an. "Guten Tag. Sie sprechen mit Lisas Büroservice. Was kann ich für Sie tun?", lautete ihre Standardbegrüßung. Dabei sah sie entschuldigend zu Frank, der nur verständnisvoll nickte.

Während Lisa das Gespräch führte, trank Frank den Kaffee weiter und setzt die Tasse sehr vorsichtig ab, um keine Geräusche zu verursachen. Die junge Frau hatte einen Interessenten am Telefon. Das entnahm er dem, was sie sagte. Das Gespräch dauerte recht lange. Einige Male sah Lisa zu ihm und machte eindeutige Gesten, dass es ihr leidtäte. Einen dieser Blickkontakte nutzte Frank, um stumm auf seine Uhr zu zeigen und tonlos "Ich muss los" zu sagen. Lisa nickte verständnisvoll. Leise stand er auf, griff sich das Kuvert und ging zur Haustür. Dort drehte es sich noch einmal um und winkte ihr zu. Ganz sanft zog er von außen die Tür ins Schloss und verließ das Grundstück.

Frank war nicht unzufrieden, als er im Auto saß. Das lag nicht nur daran, weil der erste Test funktioniert hatte, sondern war vor allem der Tatsache geschuldet, dass das eingehende Gespräch Lisa daran gehindert hatte, sich weiter über den angeblichen Rosenkrieg zu unterhalten. "Da muss ich richtig aufpassen, um mich nicht zu verquatschen", murmelte er und startete den Motor. Sein Blick fiel auf die Uhr an der Instrumententafel. Patricia dürfte noch beim Friseur sein und nichts sprach dagegen, dort vorbeizufahren und sie zum Essen einzuladen. Auf halber Strecke fiel ihm ein, er könnte sie anrufen und sein Erscheinen ankündigen. Noch bevor er den Friseur betrat, warf er den Brief mit den Reiseprospekten in einen Papierkorb und genoss den restlichen Tag mit seiner Frau.

Weitere drei Wochen später verschickte er den nächsten Testbrief. Diesmal handelte es sich um eine deutlich dickere und schwerere Sendung. Frank hatte sich sogar die Mühe gemacht, einige Markierungen am Kuvert anzubringen, die ein Außenstehender nicht sehen konnte, die ihm aber eine heimliche Öffnung sofort verraten würden. Es sollte der letzte Test sein, bevor er die Luxemburger Anschrift nutzen würde, um endlich die neuen Identitäten in Auftrag zu geben. Als Absender hatte er diesmal die Anschrift einer Anwaltskanzlei auf das Kuvert gedruckt, um Lisas Neugier zu wecken. Trotzdem hoffte er, die junge Frau würde sich korrekt verhalten. Das nicht nur, damit er sich die erneute Suche einer Anschrift ersparte.

Am Mittwoch ging Lisas erneute SMS auf seinem heimlichen Handy ein, am Donnerstag war Patricia in der Volkshochschule. Sie hatte einen Kurs für kreatives Schreiben belegt, der insgesamt 12 Termine umfasste. Frank wäre der Letzte gewesen, der etwas dagegen einzuwenden gehabt hätte.

"Kommen Sie rein", sagte Lisa freundlich und schon summte der Türöffner, obwohl Frank noch gar nicht geklingelt hatte. "Ich habe Sie vom Fenster aus kommen sehen", lautete die Erklärung, als er das Haus betrat.

Eine Minute später stand ein frischer Kaffee vor ihm und Lisa übergab ihm den Brief. "Ich habe Ihnen gleich gesagt, dass Sie zu viel bezahlen. Das ist gerade mal die zweite Sendung innerhalb eines Monats", meinte sie.

"Es könnte in den nächsten Monaten deutlich mehr werden. Wir fangen doch gerade erst an. Wie laufen Ihre Geschäfte?", erkundigte sich Frank und hoffte, so nichts über den Rosenkrieg erzählen zu müssen.

"Nicht so gut, aber das ist normal, wenn man anfängt. Ab und an rufen Leute an, aber wenn sie dann herkommen …" Lisa stockte.

"Sind sie geschockt und suchen nach einer Ausrede. In aller Regel sagen sie, sie müssten es sich nochmal überlegen", beendete Frank den Gedanken.

"Genau so", sagte die junge Frau resignierend.

"So sind die Menschen."

"Aber nicht alle, sonst würden Sie nicht hiersitzen."

"Das stimmt schon, aber leider die meisten. Außen hui, innen pfui. Ich bin trotzdem sicher, dass Sie das schaffen. Immerhin sind Sie schon so weit gekommen."

"Was blieb mir anderes übrig. Beim Unfall ist mein Mann verstorben und so makaber das klingt, sein Tod sichert mir wenigstens eine kleine Witwenrente, die aber auf die Invalidenrente angerechnet wird. Wenigstens war unser Haus schuldenfrei, sonst würde ich jetzt in irgendeiner kleinen Behindertenwohnung hocken. Die Auszahlung der Lebensversicherung hat auch ewig gedauert, aber immerhin kam das Geld irgendwann und so konnte ich in einige Umbauten und die Büroausstattung investieren."

"Dann hatten Sie noch Glück im Unglück", war alles, was Frank in dem Moment erwidern konnte.

"Das kann man so sagen und jetzt hoffe ich, dass es weiter

vorangeht. Auf die Werbung hin melden sich zwar Interessenten, aber naja, den Rest kennen sie."

"Haben Sie schon mal an einen ähnlichen Service gedacht, wie Sie ihn anbieten?"

Lisa sah Frank fragend an. "Was meinen Sie?"

"Sie bestellen eine adrette Dame, die die Interessenten empfängt und die Verträge für Sie vorbereitet. Ein Tag pro Woche dürfte reichen. Mit der üben Sie ein, was sie sagen soll und das war's", erklärte Frank.

"Meinen Sie das ernst?"

"Klar. Die Kunden unterschreiben einen Vertrag mit Lisas Büroservice. Dabei spielt es keine Rolle, ob sie mit Ihnen direkt oder mit einer Mitarbeiterin gesprochen haben. Wo ist das Problem?"

Lisa wirkte nachdenklich. Dann sah sie Frank an. "Das könnte tatsächlich klappen. Meine Schwester macht das bestimmt. Wieso bin ich nicht selbst darauf gekommen?"

"Weil es so einfach ist", meinte Frank und trank den letzten Schluck Kaffee aus. "Ich muss los und beim nächsten Mal berichten Sie mir, dass es funktioniert hat."

"Probieren werde ich das auf jeden Fall", erwiderte sie zuversichtlich und brachte Frank zur Haustür.

"Danke für den Kaffee und bis später."

"Ich muss mich bedanken."

"Nicht dafür", sagte Frank und ging zum Wagen.

Als er einstieg, winkte er Lisa noch einmal zu. Achtlos beförderte er das Kuvert auf den Beifahrersitz. Frank wusste, es war nicht geöffnet worden. Die beiden Markierungen waren unversehrt. Ein angenehmes Gefühl macht sich in Frank breit, und auch wenn er es nicht als Glücksgefühl beschrieben hätte, so kam die momentane Empfindung dem am nächsten. Einmal hielt er unterwegs an und entsorgte das Kuvert in einem Papierkorb. Vorher hatte er es geöffnet und den Umschlag mehrfach zerrissen. Die beiden Zeitschriften und die Pappeinlagen – sie hatten die Größe von Pässen – verrieten nichts über die Absichten des wahren Absenders.

Zu Hause empfing ihn Milli, und nachdem er den Kater gefüttert hatte, ging Frank ins Atelier und holte die Passbilder aus dem Schubladen des Zeichentischs. "Dann leg ich mal los, um euch Namen zu geben", sagte er leise zu den Bildern und betrachtete sie lange. Dabei arbeitete sein Hirn auf Hochtouren, fand unzählige Namen und verwarf die meisten davon wieder. Nach einer Stunde notierte er zwei Männer- und zwei Frauennamen. "Wie lautet unser neuer Familienname?", überlegte er laut und das Procedere begann von Neuem. Anfangs dachte er an Doppelnamen, schließlich war das eine gängige Modeerscheinung, doch am Schluss siegte seine konservative Grundeinstellung. "Es ist keine Schande, in einigen Dingen altmodisch zu sein", murmelte er und spielte einige Namensvarianten durch. Eine sagte ihm besonders zu. Er notierte sie als Favorit und wollte warten, ob seine Meinung in einigen Tagen noch dieselbe wäre. Damit beendete er seinen kreativen Teil des heutigen Tages. Patricia würde bald nach Hause kommen und Frank ahnte, sie würde eine Menge zu erzählen haben.

Mit dieser Annahme lag er völlig richtig. Und nicht nur das. Die Anregungen des Kurses setzte Patricia in den nächsten Tagen um und schrieb deutlich mehr als sonst. Damit war Frank zufrieden, denn er bekam neue Kurzgeschichten von ihr zu hören. Ein weiterer Vorteil war, seine Frau erklärte ihm sogar bei jeder Geschichte, warum sie sich genau für diesen Handlungsverlauf entschieden hatte. Das brachte ihre hypothetischen Was-wäre-eigentlich-wenn-Fragen ans Licht. Ein Umstand, den Frank sehr begrüßte. Bot er ihm doch die Möglichkeit, kleine Szenarien mit Patricia durchzuspielen, ohne dass sie fragte, warum ihn das interessierte. "Wie lässt du den Kerl an die Waffe kommen?", war so eine Frage, die er mit ihr ausführlich erörterte. Aber es ging auch um Drogen, Sex und das Verschwinden einer Leiche.

Trotzdem fand Frank genug Zeit, sich weiterhin um ihre zukünftigen Identitäten zu kümmern. Die Namensfrage hatte er entschieden und die Geburtsdaten stellten keine Herausforderung dar. Dabei hatte er sogar ihren Altersunterschied von einem Jahr, drei Monaten und sieben Tagen berücksichtigt. Er begann halt nur von seinem neuen Geburtsdatum aus zu zählen. Die Geburtsorte verlegte er nach Berlin, was den Vorteil bot, in der Anonymität der Großstadt in Vergessenheit zu geraten. Sogar an einen zukünftigen Hochzeitstermin dachte er und schlug Michel Saint-Gromé vor, ihn in Las Vegas stattfinden zu lassen. Frank war gespannt, ob sie das hinbekäme. Bei der Gelegenheit war ihm aufgefallen, dass er den neuen Geburtsnamen von Patricia vergessen hatte. Er entschied sich für Müller. Zum einen, weil es ein Allerweltsname war, aber auch, weil er Respekt vor Lisas Mut zum Leben hatte.

Nach knapp drei Tagen war er mit allen Überlegungen fertig, hatte sich unzählige Was-wäre-eigentlich-wenn-Fragen gestellt, war aber auch sicher, nichts übersehen zu haben. Falls ja, hoffte er auf diskrete Informationen aus Luxemburg. Er ließ das Szenario weitere drei Tage ruhen und schrieb dann den Brief, in welchem sein persönliches Kennwort nur dem Empfänger bekannt war. Am Freitag brachte er ihn zu einer Postfiliale, die er noch nie in seinem Leben genutzt hatte.

Frank rechnete damit, die angekündigte Rechnung würde in den nächsten Tagen bei Lisa eingehen. Daher rief er bereits am Montag bei Herrn Grünwald in Zürich an und avisierte den ersten Teilbetrag, der innerhalb von zwei Wochen zu zahlen war. Zufrieden beendete er das Gespräch. Jetzt konnte er nur noch warten, dass die Dinge ihren erwarteten Lauf nahmen.

Genau das taten sie. In der darauffolgenden Woche kam die SMS von Lisa. "Sie haben Post", lautete die Kurznachricht. Wie beim letzten Mal fuhr er am Donnerstag zu ihr. Patricia war bei ihrem Schreibkurs.

Die erste Veränderung sah Frank bereits, als er am Gartentor stand. Ein weiterer Name war am Briefkasten angebracht worden. "Wiesner Trade & Consult Ltd." las er und musste schmunzeln. Dann klingelte er und wartete ungewöhnlich lange, bis das Tor geöffnet wurde. Als er an der Haustür ankam, war sie wieder einen Spaltbreit offen, doch diesmal wartete Lisa nicht auf ihn. Er trat ein und hörte ihre Stimme. Sie kam aus dem Büro, an dem er vorbeimusste, wenn er zur Küche ging. Lisa telefonierte und schien gerade die Bestellung eines Kunden entgegenzunehmen. Das schloss er aus dem Satz, die Lieferung würde voraussichtlich in drei Tagen eintreffen. An der Bürotür stoppte er und winkte ihr zu. Sie lächelte ihn an und deutete in Richtung der Küche. Frank wusste, was das hieß. Er sollte sich einen Kaffee nehmen und auf sie warten.

Einige Minuten später kam Lisa in die Küche gerollt. Sie hatte bereits den Brief aus Luxemburg dabei. "Das ist für Sie angekommen", sagte sie und überreichte ihm das Kuvert. Es war wie immer verschlossen.

"Sie haben zu tun?", fragte Frank.

"So ist es. Ihr Tipp war goldrichtig und meine Schwester hat sofort mitgespielt. Der neue Kunde ist Handelsvertreter und ich nehme Bestellungen und Reklamationen für ihn entgegen. Nichts Aufregendes, aber der Anfang ist gemacht", sagte sie nicht ohne Stolz.

"Na sehen Sie. Ich wusste, dass Sie das schaffen. Es musste nur an einer kleinen Stellschraube gedreht werden."

"Die Sie gefunden haben."

"Da wären Sie früher oder später auch selbst draufgekommen, dessen bin ich mir sicher." Frank trank gerade den letzten Schluck Kaffee, als ein weiterer Anruf, diesmal mit einem unbekannten Klingelton, bei Lisa einging.

"Tut mir leid, aber das Telefon steht neuerdings nie länger als fünf Minuten still", entschuldigte sich Lisa und drückte den Knopf am Headset. "Wiesner Trade und Consult Limited, guten Tag. Sie sprechen mit Frau Müller. Was kann ich für Sie tun?", sagte sie und machte dabei wieder diese entschuldigende Miene in Franks Richtung.

Der hob bloß den Daumen und deutete an zu gehen. "Bis bald", murmelte er, nahm das Kuvert und verließ leise die Küche. Lisa folgte ihm bis zur Bürotür, dann hörte er, wie sie zum Kunden "einen Moment bitte" sagte. "Bis nächstes Mal. Machen Sie bitte die Tür hinter sich zu." Frank nickte, und Lisa setzte das Gespräch mit dem Anrufer fort.

Mit einem guten Gefühl stieg er in seinen Wagen und trat die Heimfahrt an. Erst zu Hause machte er den Brief auf, in welchem sich der Absender lediglich für die Anfrage bedankte. "Das ist ein völlig belangloser Geschäftsbrief, der keinerlei Verdacht erregt und trotzdem alle notwendigen Informationen enthält", murmelte Frank zufrieden, als er ihn gelesen hatte.

Er nutzte die Zeit bis zu Patricias Rückkehr, um bei Herrn Grünwald die Zahlung der ersten 100.000 Euro zu veranlassen. Mehr konnte er im Moment nicht tun, und die Wochen des Wartens überbrückte er durch eine exzessive Phase, in der drei neue Gemälde entstanden.

Es dauerte sechs Wochen bis die nächste SMS von Lisa eintraf. Es war ein Montag. 'So ein Mist', dachte Frank, der es kaum erwarten konnte, die fertigen Papiere in Augenschein zu nehmen. Er musste weitere drei Tage warten und fieberte Patricias Aufbruch zum Schreibkurs entgegen.

Sie hatte das Grundstück gerade verlassen, als er sich auf den Weg machte.

Am Briefkasten entdeckte er zwei weitere Namen. Eine Minute später betrat er das Haus. Lisa telefonierte gerade, machte eine freundliche Geste, zeigte dabei in Richtung Küche, unterbrach ihr Kundengespräch aber nicht. 'Sie macht das wirklich professionell', dachte Frank und ging nach hinten. Wie selbstverständlich goss er sich einen Kaffee ein und wartete.

Die Tasse war bereits halbleer, als Lisa zu ihm kam. "Entschuldigen Sie bitte", meinte sie und reichte ihm das dicke, in einer Plastikhülle eingesteckte Kuvert, das per UPS versandt worden war. "Ich dachte schon, es kommt nichts mehr für Sie", sagte sie und goss sich auch etwas Kaffee ein.

Die Bemerkung überhörte Frank einfach. "Wie geht es Ihnen? Wie ich sehe, haben Sie viel zu tun und zwei neue Namen sind auch am Briefkasten."

"Und ich hab wirklich gut zu tun", antwortete sie begeistert.

"Da war es ja gut, dass wir uns rechtzeitig über den Weg gelaufen sind."

"Allerdings. Am liebsten würde ich mit Ihnen etwas quatschen, aber bestimmt klingelt es gleich wieder."

"Kein Problem. Es wird schon noch der eine oder andere Brief für mich eintreffen und dann ergibt sich vielleicht eine bessere Gelegenheit." Frank hatte den Satz gerade beendet, als ein bis dahin unbekannter Klingelton erklang.

"Das ist für Firma Wagner. Ich nehme deren Termine für Wohnungsabnahmen entgegen", erklärte Lisa und setzte sich das Headset auf. "Tut mir leid", ergänzte sie und nahm das Gespräch an.

Frank nickte ihr zu, trank den letzten Schluck Kaffee aus und stand auf. "Ich bin weg", flüsterte er ihr zu und machte sich auf den Weg. Diesmal hielt er mit dem Wagen auf halber Strecke und öffnete das Kuvert. Zuoberst fand er ein

Begleitschreiben, das ohne persönliche Anrede, sondern nur aus der Floskel "Sehr geehrter Kunde" bestand. Frank las es aufmerksam. Der Absender erklärte, alles sei erledigt, bis auf die Erstellung und Registrierung der Eheschließungsurkunde aus Las Vegas. Die Begründung war so einfach wie nachvollziehbar. "Das Produkt können wir Ihnen nur zeitnah liefern, da wir die bis dahin gültigen gesetzlichen Bestimmungen derzeit noch nicht abschließend beurteilen können", hieß es. 'Klingt logisch', räumte Frank ein und las weiter. An einer späteren Stelle wurde darauf hingewiesen, die Pässe dürften keinesfalls vor dem offiziellen Ausstellungsdatum zum Einsatz kommen und müssten im Bedarfsfall aktualisiert werden, sollten sich die gesetzlichen Bestimmungen des Herausgeberlandes ändern. 'Ist auch logisch', dachte Frank. Dann wurde darauf hingewiesen, eine Prüfung der Dokumente könne telefonisch unter der bekannten Rufnummer vorgenommen werden. "Die haben wirklich an alles gedacht", murmelte Frank, dem plötzlich klar wurde, vor welche enormen Herausforderungen er die Gruppe um Michel Saint-Gromé gestellt haben musste. Laut der beiliegenden Geburtsurkunden waren er gerade zwölf und Patricia elf Jahre alt. 'Die sind Ihr Geld wirklich wert', lobte er die Dokumente, nachdem er sie genau in Augenschein genommen hatte. Die Geburtsurkunden waren in zwei unterschiedlichen Standesämtern der Hauptstadt ausgestellt worden. Das besagten die Dienstsiegel. Auch die anderen Unterlagen stammten aus Berlin. Selbst die Pässe, die erst in einigen Jahren Gültigkeit hätten.

Zufrieden packte Frank die Dokumente ins Kuvert, dann sah er sich in alle Richtungen um. Niemand hatte ihn beobachtet und nur ein Traktor mit Anhänger war in der Zwischenzeit an ihm vorbeigetuckert. Anstatt sofort nach Hause zu fahren, hing Frank seinen Gedanken nach. Ein wichtiger Schritt war gemacht, und auch wenn er ihn bisher für den wichtigsten hielt, so wurde ihm jetzt klar, die eigentliche Aufgabe stand noch bevor. Es gab zwei Möglichkeiten: Er konnte auf das Unausweichliche, den Tod, einfach nur warten oder musste die Geschicke selbst in die Hand nehmen. Die Gewissheit, die finanzielle und identitäre Zukunft gesichert zu haben, war eine Sache; seine ursprüngliche Idee, den gemeinsamen Tod nach Patricias 70. Geburtstag herbeizuführen, eine ganz andere. Frank zweifelte plötzlich am bisherigen Plan. Der heutige Schritt brachte Patricia und ihn dem beabsichtigten Finale ein Stück näher.

Er rieb sich mit beiden Händen übers Gesicht. "Ich hab es doch selbst erlebt", sagte er leise in die Stille und schweifte in Gedanken zu Purzel und Milli ab. Er schloss die Augen und sah die beiden Kater vor sich, erinnerte sich, wie sie gesund und hungrig zurückgekehrt waren. Auch Jérômes Geschichte kam ihm in den Sinn. "Woran zweifele ich überhaupt?", murmelte er nach einer Weile und war sich nur in einer Sache sicher. "Sie darf nicht leiden. Der Rest ist egal", murmelte er und bemerkte auf einmal das Reh, welches aus dem dichten Grün des Waldes hervorgetreten war und zu ihm sah. Es war nur wenige Meter entfernt und blieb abrupt stehen, als Frank sich im Auto etwas bewegte. "Du musst keine Angst haben, ich tu dir nichts", flüsterte er und schaute in die braunen Augen des Tiers. Einige Sekunden schienen sie auf telepathische Weise verbunden, doch plötzlich schnellte das Reh zurück in den Wald. Ihr Band zerriss, und trotzdem wurde Frank den Eindruck nicht los, ihm war eine Botschaft übermittelt worden. Konkret formulieren konnte er sie nicht, aber seine Gedanken fokussierten sich auf das Hier und Jetzt. "Leben wir erst mal", sagte er entschlossen und startete den Motor. Es war höchste Zeit nach Hause zu fahren und wenigstens die Konturen des neuen Bildes, das plötzlich durch seinen Kopf geisterte, aufs Papier zu bannen.

Das größte Problem

Obwohl Milli ihn an der Toreinfahrt begrüßte, fand Frank keine Zeit, sich mit dem Kater zu beschäftigen. Er fuhr direkt in die Garage, griff sich das Kuvert und eilte ins Atelier. Die Dokumente landeten achtlos im hintersten Teil des Schubfachs. Genau wie das geheime Handy. Hier war der sicherste Ort, um sie vor einer unerwarteten Entdeckung zu bewahren. Doch deswegen machte sich Frank die geringsten Sorgen. Er hatte nicht einmal mitbekommen, wie Milli ihm ins Atelier gefolgt war. Geistig abwesend zog er sich den Kittel über, griff sich Stifte sowie eine Zeichenkohle und ging an den Zeichentisch. Das Blatt, das dort lag, drehte er einfach um und begann auf der Rückseite mit raschen Bewegungen geschwungene Linien zu ziehen. "Gleich", murmelte er einige Male, obwohl er Millis Mauzen nur unterbewusst wahrgenommen hatte. Frank war völlig auf das Festhalten der Eindrücke konzentriert. Seine Augen sowie die Bewegungen der Hand gingen sehr ruckartig über das Papier. Gelegentlich brabbelte er einige Worte, die keinen Zusammenhang ergaben.

Nach einigen Minuten hielt er inne und sah sich die Skizze an. Er drehte sie einige Male nach rechts oder links, ergänzte zwei Linien, betrachtete die Zeichnung wieder und verweilte regungslos davor. Stumm stierte er mit weit aufgerissenen Augen auf das Blatt. Sein Mund war leicht geöffnet und Franks Anblick vermittelte den Eindruck, als wäre er nicht in der Lage, den ersten Ton auszustoßen. Das änderte sich schlagartig, als er heftig "Das ist es" ausstieß und hastig verschiedene Zahlen in bestimmte Bereiche der Zeichnung schrieb. "Hier zwei Komma drei, hier sieben Komma null, von eins Komma zwei bis eins Komma neun", faselte er und begann dabei laut zu lachen. "Das ist es, das ist es", wiederholte er einige Male euphorisch und ließ sich dann nach hinten in die Lehne des Stuhls fallen. Frank wirkte erschöpft aber glücklich. Endlich nahm er auch wieder Kontakt mit seiner Umwelt auf. "Ich mach ja schon", sagte er zu Milli, der das Atelier aber schon lange verlassen hatte. Doch das war Frank nicht aufgefallen und als er sich jetzt umschaute, stellte er fest, allein im Raum zu sein. Einen Moment blieb er noch sitzen und dachte über die Größe des fertigen Bildes nach. Dabei drehte er den Stuhl so, dass er die leere Wand sehen konnte, legte seinen Kopf zur Seite und sagte nach einigen Minuten: "Die Größe ist perfekt. Ich muss nachher zu Koschnewski." Dann stand er auf und ging zur Küche. Unterwegs rief er "Fresschen."

Milli wartete bereits auf ihn. "Guck nicht so böse", sagte Frank und nahm den Napf vom Boden. Während er die Dose mit dem Katzenfutter öffnete, erzählte er dem Kater von seiner Eingebung. "Es dürfte das größte Bild werden, das ich je gemalt habe. Ach was sage ich. Es wird das größte. Dürfte ein paar Monate dauern, bis es fertig wird", meinte er und füllte den Inhalt der Dose in den Napf. Milli wartete nicht, bis Frank ihn nach unten stellte, sondern angelte sich den ersten Brocken bereits auf der Arbeitsplatte. "Du weißt genau, ich kann das nicht leiden", beschwerte sich Frank und stellte den Napf auf den Boden. Der Kater sprang hinterher und machte sich über das Futter her. "Hau rein, Sportsfreund", sagte er und nahm sich eine Saftflasche aus dem Kühlschrank. Dann setzte er sich an den Küchentisch und sah Milli beim Fressen zu. "Es hat alles geklappt", meinte er, aber der Kater ließ sich nicht stören. Eine Weile sah er ihm andächtig zu. "Wie war das für dich, als du das erste Mal wiedergekehrt bist?", fragte er leise, ohne je eine Antwort zu erwarten. "Du warst bestimmt verwirrt. Hast du gleich gewusst, wo du bist? Zumindest hast du Patricia und die Kinder wiedererkannt und mich natürlich auch. Ich hatte manchmal das Gefühl, dass du gar nicht kapiert hast, tot gewesen zu sein, bis du das erste Mal auf Purzel los bist. Spätestens da ist mir klargeworden, du musst doch das eine oder andere mit deinem Katzenverstand gerafft haben."

Inzwischen war Milli fertig, putzte sich das Maul und sah Frank an. "Bestimmt hast du jedes Mal gelitten, wenn du über den Jordan gegangen bist, und im Nachhinein tut es mir auch leid, aber du musst zugeben, manchmal ein ganz übler Zeitgenosse gewesen zu sein. Sei's drum, das Kapitel haben wir hinter uns gelassen", sagte Frank ruhig und sah Milli an. "Was gäbe ich für einen Bericht aus erster Hand von dir, um zu erfahren, wie deine Wiederkehr gelaufen ist. Jérôme hat's mir zwar erzählt, aber deine Meinung würde mich viel mehr interessieren, Sportsfreund." Frank hielt kurz inne und schien nach den passenden Worten zu suchen. "Es darf ihr nicht wehtun und sie muss ein paar Minuten nach mir sterben, damit ich sie in Empfang nehmen kann", sagte er leise und es lag unglaubliche Wehmut in seiner Stimme. "Wie soll ich das machen, wenn ich vor ihr sterben muss?", fragte er den Kater. Milli war mit dem Fressen fertig und begann, sich an Franks Beinen zu reiben. Frank beugte sich nach unten und kraulte ihm den Nacken. "Manchmal bist du um dein sorgloses Lotterleben zu beneiden", sagte er und genoss das Schnurren des Katers, der sich verzückt auf den Rücken fallen ließ und die Augen schloss. Wunschgemäß strich ihm Frank über den Bauch und kraulte ihn am Hals.

"Schlaf nicht ein, Sportsfreund", sagte er nach einigen Minuten leise. Millis Schnurren hatte nachgelassen, aber das Zucken der Ohren in Franks Richtung verriet, der Kater war alles andere als abwesend, und wahrscheinlich hatte er noch nicht einmal gedöst. Ziemlich abrupt drehte sich Milli auf die Seite und sah Frank an. Dabei gab er keinen Laut von sich. "Hast wohl keine Lust mehr?", meinte Frank und setzte sich wieder hin. Doch der Kater hielt den Blickkontakt und rührte sich keinen Millimeter von der Stelle. "Was ist denn?", fragte Frank ruhig. Milli sah ihn immer noch an, hatte die Augen aber mittlerweile zu schmalen Schlitzen zusammengekniffen. "Was ist denn los mit dir?", hakte er nach. Milli mauzte zwei Mal, dann rannte er aus der Küche. Zurück blieb ein nachdenklicher Mann, der leicht mit dem Kopf schüttelte. "Was ist dem bloß wieder für 'ne Laus über die Leber gelaufen?", murmelte er und erhob sich. Er ging langsam ins Atelier. Unterwegs äffte er einige Male Millis Mauzen nach und die Wiederholung der beiden Silben brannte sich in sein Gedächtnis ein. "Mau, mau", konnte plötzlich vieles heißen, aber zu allererst "Denk nach!" Der völlig irre Gedanke ging Frank nicht mehr aus dem Kopf, und wie es irre Gedanken an sich haben, setzte sich auch dieser wie die Melodie eines Liedes, das man nicht mag, als Ohrwurm in seinem Kopf fest. 'Mau, mau – Denk nach!'

Zuerst ging er der Frage nach, warum der Kater "Mau, mau" und nicht – wie sonst üblich – "Miau" gemauzt hatte. "Mau, mau. Denk nach!", sagte er im Atelier ständig, ohne die geringste Chance zu haben, den Gedanken abschütteln zu können. Frank lief entlang der Fensterfront auf und ab, zermarterte sich das Hirn, sah zwischendurch auf die Uhr – Wo blieb Patricia heute? –, murmelte immer wieder "Denk nach!" und legte so im Laufe der nächsten Stunde eine respektable Wegstrecke zurück. Eine Lösung hatte er trotzdem nicht gefunden.

Irgendwann ließ er sich in den Stuhl fallen und es gelang ihm, an das neue Bild zu denken. Die Ablenkung kam wie gerufen. Auch wenn er es gerade nicht mitbekam, sie verdrängte Millis Ohrwurm in sein Unterbewusstsein, wo er ungehindert weiter an einer Lösung der Aufgabe "Denk nach!" suchen konnte.

Erst Wochen später fiel es Frank wie Schuppen von den Augen. Er arbeitete gerade an dem riesigen Gemälde und war ganz in die Aufgabe vertieft, als die Lösung wie ein Blitz aus heiterem Himmel in sein Hirn schoss. Völlig unkontrolliert riss er die Augen auf und starrte gegen die Leinwand. Die Bewegung der Hand stoppte und für einige Sekunden schien er der Welt entrückt zu sein. "Das ist es", stammelte er leise, drehte sich um und ging langsam durchs Atelier. "Das ist es tatsächlich. Das also wolltest du mir sagen. Wieso bin ich nicht gleich darauf gekommen?", fragte er sich und schob die Antwort hinterher. "Weil es so einfach ist", sagte er fassungslos. Im Bruchteil einer Sekunde war ein weiteres Detail gefunden, das der Umsetzung der Idee dienen könnte. 'Hat sich Milli absichtlich so verhalten und deshalb so komisch gemauzt?', überlegte er und kam wegen der Konsequenz der Antwort ins Philosophieren. Ein Ja bedeutete, der Kater hätte ihn verstanden und bewusst den Einschlafenden gemimt. "Das kann nicht sein", sagte er, räumte aber zugleich ein, dass Zeit seines Lebens alles Wissenschaftliche in der Causa Milli unzutreffend gewesen war. Bis auf einige Eckdaten. Auch der Kater fing Mäuse. "Er war satt, ich hab ihn gestreichelt und da ist er halt eingenickt", beruhigte Frank sein Gewissen, aber die Zweifel blieben, und das beschäftigte ihn mehr, als er sich eingestehen wollte. Jetzt ertappte er sich dabei, wieder daran zu denken, was geschähe, wenn er Milli doch mitnähme. 'Im siebten Leben ist er gerade zehn Jahre alt', dachte Frank, und was ihn in erster Linie antrieb, solch ein Szenario durchzuspielen, war die Dankbarkeit, die er dem Kater gegenüber empfand. Nicht dass er sich die Konflikte der ersten Jahrzehnte zurückwünschte, aber die Geschehnisse hatten einem Zweck gedient. Ohne sie wüsste Frank bis heute nicht, welch mächtiges Werkzeug er in der Hand hatte.

Frank wollte sich nicht mit Jérôme darüber beraten. Er kannte dessen Meinung. Bei allem, was der Kater getan hatte, musste er berücksichtigen, Milli war nur ein Tier. Durfte er seinetwegen alles aufs Spiel setzen? Diese Frage hatte sich Frank bereits unzählige Male gestellt. "Die Chance, etwas Großes für diese Welt zu tun, ist ihm nicht gegeben. Aber wer beurteilt, was groß ist? Jérôme und ich haben auch bloß Bilder gemalt. Wir haben nichts erfunden, keinen Impfstoff gegen Aids entwickelt und auch sonst nichts getan, was die Menschheit vorangebracht hat. Aber was nicht ist, kann ja noch werden. Auf jeden Fall haben wir den Menschen etwas Freude gebracht oder sie wenigstens zum Denken animiert, wenn sie unsere Bilder betrachtet haben. Das ist mehr als die meisten schaffen", flüsterte er gedankenversunken. Das löste Franks Konflikt zwar nicht, half ihm aber, etwas Abstand zu gewinnen. Es sah aus dem Fenster des Ateliers und sein Blick schweifte über das riesige Grundstück. Er blieb bei der großen Kastanie hängen. "Das wird sein Platz", murmelte er innerlich aufgewühlt, weil er wusste, Jérôme hatte recht. Aber er wusste auch, was Patricia sagen würde, wenn sie wieder jung und schön ihr neues Leben an seiner Seite lebte. "Sie wird es verstehen", hoffte er, war sich aber in diesem Punkt alles andere als sicher. Seine Gedanken blieben eine Weile bei ihr und plötzlich war er froh, dass sie immer noch keine Enkel hatten. "Vielleicht ist es am besten, wenn es so bleibt", murmelte er, denn eines hatte er bisher noch gar nicht bedacht. Was geschähe, wenn Patricia mit der Situation anders umginge als er. Immerhin war sie Mutter. So absurd es war, sich die Situation vorzustellen, wie sie als 20-jährige vor Patrick und Claudia stehen würde, um ihnen zu erklären, wer sie wäre, so gefährlich war es auch. 'Was sage ich ihr, wenn sie fragt, warum ich die Kinder nicht gezeichnet habe?', dachte er auf einmal. Die Antwort war einfach. "Weil wir es dann nicht geheim halten können", sagte er leise und malte sich die grausigen Konsequenzen für die Welt aus. "Krieg und Verwüstung wegen eines Stifts. Das trifft auch auf Milli zu, wenn herauskommt, wie alt er wirklich ist." Allein die Erinnerung an die Fragen der Kinder beim Grillen vor über zehn Jahren reichte, um Frank zu zeigen, die Entscheidung war richtig und unumstößlich. "Wenigstens haben sie damals nicht nachgehakt und sich mit der Ausrede zufriedengegeben, ihre Mutter wäre leicht plemplem. Das hätte auch in die Hose gehen können. Wieso hab ich nicht gleich daran gedacht", warf er sich plötzlich vor und das half ihm, die Zweifel zu verdrängen und endlich die Arbeit am Bild wieder aufzunehmen.

Alles fügt sich

Die Fertigstellung des Bildes dauerte deutlich länger als ein Jahr. Immer wieder hatte Frank neue Details hinzugefügt, Nuancen verändert, die seiner Meinung nach wichtig waren, und mit dem fertigen Werk dem Leben ein Denkmal gesetzt. Der Kater war sieben Mal darauf verewigt worden, doch das wusste nur er. Das riesige Bild mit unterschiedlichen Stilrichtungen expressionistischer, abstrakter und surrealistischer Schulen wurde zugleich seine Hommage an Milli. Ein Werk, das jeder und gleichzeitig keiner malerischen Kunstform eindeutig zugeordnet werden konnte.

Im Sommer des Folgejahres wurde es in einer international renommierten Ausstellung präsentiert. Zusammen mit Patricia reiste er für drei Tage nach Amsterdam, um an der Eröffnungsveranstaltung teilzunehmen. In der Zeit kümmerten sich Claudia und Beatrix um den Kater. Die beiden Frauen machten das gern, wollten die Abholung Millis aber auch nutzen, um mit Frank und Patricia etwas Wichtiges zu besprechen.

Milli war völlig aus dem Häuschen, als er am Freitagnachmittag abgeholt wurde. Er zitterte am ganzen Körper, rieb sich an Patricias Beinen und mauzte unentwegt. Sein Schwanz war steil nach oben gerichtet und deutlich buschiger als sonst. Die Aufregung des Katers war der Wiedersehensfreude geschuldet. Patricia hielt es ihrerseits kaum aus, ihn endlich hochzuheben und in den Armen zu halten. Trotzdem wartete sie einige Sekunden und sah zu Frank. "Er hat uns vermisst", sagte sie gerührt.

"Er hat dich vermisst", meinte er lächelnd.

"Du hast den Papa doch auch vermisst", säuselte sie und bückte sich endlich, um Milli zu streicheln und hochzunehmen. Der Kater rieb seinen Kopf hingebungsvoll an Patricias Wange und schnurrte. Er sah auch kurz zu Frank und schien ihn anzulächeln.

"Na Sportsfreund, alles klar bei dir?", fragte er und strich Milli einmal über den Kopf. Seine Frage beantwortete Claudia wie aus der Pistole geschossen. "Er war total lieb und kann jederzeit wiederkommen." Dann sah sie zu Beatrix. "Auf jeden Fall. Milli ist ein ganz Süßer", bestätigte sie und meinte dann, sie habe eine Schwarzwälder Kirschtorte gemacht. "Wollen wir sie anschneiden?", fragte sie grinsend.

"Du weißt genau, dass wir nicht nein sagen können", antwortete Frank und sah zu seiner Frau. "Oder hast du heute noch was vor?"

"Gott bewahre, nein", sagte sie und daraufhin gingen alle ins Wohnzimmer. Der Tisch war bereits gedeckt. Während Beatrix die Torte und den Kaffee holte, erkundigte sich Claudia, wie es in Amsterdam gewesen sei.

"Besser als ich dachte", schoss es aus Patricia, und in den folgenden Minuten berichtete sie über ihre Eindrücke von der Stadt, den Menschen und der Ausstellung. Gelegentlich sah sie zu Frank, der alles bestätigte, was sie sagte. In solchen

Augenblicken machte sie etwas Buttercreme vom Rand ihres Tortenstückes auf die Fingerspitze und hielt es Milli vor die Nase. Der Kater schleckte zufrieden, schloss danach die Augen und lümmelte weiter bequem auf ihrem Schoß.

"Dann hat sich die Reise also gelohnt", fasste Claudia die Eindrücke ihrer Eltern zusammen. Die Torte war inzwischen auch fast alle, nur das letzte Stück wartete darauf, noch verspeist zu werden. Beatrix machte es Frank auf den Teller. "Bei dir ist es am besten aufgehoben", meinte sie leise, aber nicht leise genug. "Er kann wirklich essen, was er will, ohne ein Gramm zuzulegen", kommentierte Patricia den Satz ihrer Schwiegertochter.

"Du doch auch", erwiderte Frank und bot ihr seinen Teller an.

"Das sieht bloß so aus", antwortete sie, stibitzte ihm aber für Milli noch eine Fingerspitze Buttercreme. Der Kater dankte es ihr mit ungeteilter Aufmerksamkeit.

"Bei uns stehen auch einige Veränderungen an, und wir werden demnächst ganz schön viel zu tun haben", meinte Claudia wie nebenbei, sah zu Beatrix und griff deren Hand.

"Was denn?", fragte Frank kauend.

"Wir werden umziehen und sehen uns in zwei Wochen die ersten Objekte an, die interessant sein könnten. Wir wollen unbedingt wieder Arbeiten und Wohnen unter einem Dach haben", meinte Beatrix.

"Das habt ihr doch alles. Warum wollte ihr dann umziehen?", hakte Patricia nach.

"Weil wir dort hinziehen, wo wir die meisten unserer Aufträge haben und inzwischen können wir uns vor Aufträgen kaum noch retten", sagte Claudia.

"Nach Berlin?", platzte es aus Patricia heraus.

Claudia und Beatrix nickten.

"Aber dann seid ihr ja ganz weit weg." Sie sah zu Frank. "Was hältst du davon?"

"Was soll ich davon halten. Es ist ihre Entscheidung und meine Unterstützung haben sie. Natürlich ist es schade, wenn sie weggehen, aber so ist das Leben. Wie lange wisst ihr es schon", fragte er die beiden Frauen.

"Ungefähr ein viertel Jahr beschäftigen wir uns schon mit dem Gedanken. Wir sind doch sowieso fast nur noch an den Wochenenden hier", sagte Beatrix.

"Ja schon, aber schön finde ich das trotzdem nicht", erwiderte Patricia, und die Enttäuschung war ihrer Stimme deutlich anzuhören. "Dann sehen wir uns ja noch weniger."

"Ihr könnt uns doch in Berlin besuchen. Außerdem werden wir uns schon ab und an sehen lassen", meinte Beatrix und erzählte dann etwas mehr über die momentanen Aufträge und die Stadtteile, die als potentielle Wohnorte in Betracht kämen.

"Neukölln? Seid ihr euch wirklich sicher. Da könnt ihr doch nachts nicht mehr auf die Straße gehen", sagte Patricia entsetzt. Dieses Entsetzen war in erster Linie ihren Geschichten geschuldet, die fast nur noch in Berlin spielten. Hauptstadt des Grauens war ihrer Meinung nach die beste Bezeichnung für diesen Ort, der zwar hervorragende Kulissen, aber wenig menschlich Anständiges hervorbrachte.

"Der Bezirk ist im Kommen. Noch kann man dort für kleines Geld kaufen, aber das wird nicht mehr lange so bleiben. Die Makler sehen das genauso", erwiderte Claudia und Beatrix stimmte ihrer Meinung zu.

"Dass die Makler das sagen, ist ja wohl klar. Die wollen euch schließlich was verkaufen", gab Patricia zu bedenken. Ihr K.-o.-Argument sorgte einige Sekunden für Stille.

"Sie werden sich schon nicht über den Tisch ziehen lassen", nahm Frank den Gesprächsfaden wieder auf. "Hast du noch Kontakt zu diesem Architekten, der damals unser Haus umgebaut hat?", fragte er Patricia.

"Was heißt Kontakt. Ich kann ihn am Montag anrufen, damit er einen Blick auf euer Projekt wirft. Wisst ihr schon, was es für ein Objekt sein wird?"

"Es gibt drei Dachgeschosse, die wir uns ansehen wollen. Die müssen aber noch ausgebaut werden. Bei zweien liegen die Baugenehmigungen schon vor. Ich hol schnell die Unterlagen, die wir schon haben", sagte Claudia und stand auf.

Eine Minute später war sie zurück und breitete sie auf dem Tisch aus. Beatrix hatte in der Zwischenzeit das Geschirr in die Küche gebracht. Gemeinsam erklärten sie Patricia und Frank, wie sie sich den Ausbau vorstellten und präsentierten sogar Computeranimationen, welche die fertig eingerichteten Räume zeigten.

"Ihr seid schon ganz schön weit", meinte Frank etwas später. Patricia war gerade auf Toilette.

"Wir haben uns schon gedacht, dass Mama so reagiert", sagte Claudia leise.

"Es ist natürlich ein Schock für sie, aber keine Sorge", antwortete Frank genauso leise. "Wenn ihr Hilfe braucht, dann sagt Bescheid", ergänzte er noch leiser.

"Finanziell haben wir das im Griff. Das Geld, das ihr uns geschenkt habt, haben wir gut angelegt und unser Auftragsbuch ist wirklich voll. Trotzdem danke, Papa", hauchte Claudia ihm noch zu, dann war die Toilettenspülung zu hören.

"Irgendwas musste ja kommen, die Woche wäre sonst einfach zu gut gewesen", sagte Patricia, als sie das Zimmer wieder betrat. Sie setzte sich und Milli legte seinen Kopf sofort auf ihren Schoß. "Wenigstens du machst dem Frauchen keinen Kummer, mein Süßer", meinte sie und kraulte seinen Kopf. "Wenn ihr einverstanden seid, rufe ich den Architekten an und gebe ihm eure Nummer. Dann könnt ihre alles Weitere direkt mit ihm besprechen. Er wird euch garantiert gut beraten und zieht euch nicht über den Tisch", meinte sie versöhnlich. Claudia und Beatrix stimmten sofort zu.

Bereits auf dem Weg nach Hause schüttete Patricia ihr Herz bei Frank aus. Ein Satz brachte ihre Angst auf den Punkt. "Irgendwann wird einer von uns allein in dem riesigen Haus zurückbleiben."

"Und auf ein erfülltes Leben zurückblicken. Mach dir nicht so viele Sorgen, mein Schatz", ergänzte Frank und lächelte sie an.

"Manchmal beneide ich meine Eltern fast um ihr schnelles und gemeinsames Ende", meinte sie.

"Bis dahin ist noch viel Zeit und wir werden es uns schön machen." Er nahm eine Hand vom Lenkrad und drückte Patricias linke. "Es gibt so viel zu tun, da ist für den Tod noch keine Zeit. Was macht dein aktuelles Buch?"

"Das ist es ja. Die Geschichte spielt in diesem Neukölln. Eine fürchterliche Gegend."

"Die demnächst besser wird, wenn Claudia und Beatrix dort wohnen."

Wenig später fuhr Frank aufs Grundstück. Den restlichen Abend war Patricia mit Milli beschäftigt. Sein Fell brauchte dringend Pflege, und Frank war froh, dass der Kater sie so hervorragend von ihrem Kummer ablenkte. Das verschaffte ihm Zeit, selbst über die aktuelle Situation nachzudenken, die trotz aller Trübsal über den Weggang Claudias auch Chancen in sich barg. Bereits während der Fahrt nach Hause war ihm ein Gedanke gekommen, den er seitdem nicht mehr abschütteln konnte. 'Wenn die Kinder in Hamburg und Berlin wohnen, gibt es nach unserem Tod keinen Grund mehr für sie, jemals wieder herzukommen', dachte er. Patricia selbst hatte ihn unbeabsichtigt darauf gestoßen und damit einen vagen Plan ins Rollen gebracht. Frank wusste, sie liebte das Haus und das Grundstück. "Was spricht dagegen, wenn wir es in ein paar Jahren als junges Paar bewohnen?", fragte er sich und die Antwort war erstaunlich kurz: Nichts! Das großflächige Areal hatte schon immer für eine gewisse Abgeschiedenheit gesorgt, und unter den wenigen Nachbarn gab es schon lange niemanden mehr, der sie als 20-jährige kannte. "Und selbst wenn es jemanden gäbe, er oder sie würde sich sogar ausreden, uns zu erkennen, weil es nicht sein kann", murmelte er und nahm sich vor, den Gedanken nicht aus den Augen zu verlieren. Schließlich kam es nur darauf an, sich eine plausible Geschichte rund um den Wechsel der Bewohner des Hauses Nummer fünf auszudenken.

In den folgenden Monaten war Frank immer wieder erstaunt, wie engagiert sich Patricia in das Projekt von Claudia und Beatrix einbrachte. Als er sie einmal darauf ansprach, meinte sie nur, sie wolle natürlich, dass es den beiden so gut wie möglich ginge. Eines Tages bekam er sogar mit, wie sie im Garten mit dem Architekten telefonierte und zu ihm sagte, die Mehrkosten für die Küche und das Bad wären in Ordnung, und er solle ihr den Differenzbetrag in Rechnung stellen. Frank reagierte nicht darauf und tat so, als hätte er es nicht gehört, trug ihre Entscheidung aber voll und ganz mit. Erst beim Abendessen erzählte sie ihm davon, und er erwiderte lediglich, er hätte sich genauso entschieden.

Die Einweihung des riesigen Apartments fand im Jahr darauf statt. Es war Mai. Frank und Patricia hatten sich entschlossen, eine Woche Urlaub in Berlin zu machen. Auch Patrick und Kerstin hatten sich für das Wochenende angekündigt. Das neue Domizil befand sich am Maybachufer, und als Patricia von der Terrasse aus über den Landwehrkanal auf die andere Seite schaute, erklärten ihr Claudia und Beatrix, dort sei bereits Kreuzberg. "Als ob das die Gegend sicherer macht. Aber eure Wohnung ist wirklich schön", meinte Patricia und sah die beiden an. "Ich mache mir halt Sorgen um euch. Das darf ich doch wohl noch?"

"Natürlich darfst du das, aber deine Sorgen sind unbegründet. Wir passen schon auf uns auf", beruhigte Beatrix sie.

"Ich hoffe ja auch, dass nichts passiert, aber Großstädte sind ein gefährliches Pflaster und in Berlin ist es halt besonders schlimm", erwiderte Patricia.

"Woher willst du das wissen?", fragte Claudia. "Wir waren schon so oft hier, und nie ist uns was passiert. Nur einmal hab ich gedacht, jetzt knallt's wirklich', meinte sie.

"Was ist da losgewesen?", hakte Patricia neugierig nach.

"Da hat meine Mama 'nem Rüpel das Bier über den Kopf geschüttet", lachte Claudia und auch Beatrix fing zu kichern an.

"Das musste sein, so frech wie der war", rechtfertigte sich Patricia kleinlaut, stimmte dann aber in das Gekicher ein.

Frank beobachtete die drei Frauen zufrieden von der Couch aus. Neben ihm hockte Milli und sah genau in dieselbe Richtung. Einmal trafen sich ihre Blicke, als Frank dem Kater über den Kopf strich. "Unseren drei Weibern geht's gut", raunte er ihm zu, aber Milli gähnte nur und machte es sich auf der Couch bequem. "Ist dir wohl zu langweilig hier, Sportsfreund?", meinte er und entdeckte zum ersten Mal einige weiße Härchen im Fell des Katers. 'Das hätte mir Patricia bestimmt erzählt', dachte er, und das hieß nur eines: sie hatte es noch nicht bemerkt.

Am Freitagabend trafen Patrick und Kerstin ein. "Na, Schwesterherz, dann präsentiere uns endlich das neue Reich!", schlug ihr Bruder nach einer herzlichen Begrüßung vor.

"Du wirst begeistert sein", raunte Patricia ihm zu.

Zu sechst gingen sie in den Arbeitsbereich, wo die kleine Führung begann und die beiden Hausherrinnen zwei Büros sowie die Atelierräume, das Labor und ein kleines Lager vorstellten. Patrick und Kerstin nickten immer wieder anerkennend, Frank hielt sich im Hintergrund bedeckt und auch Patricia gelang es, ihren Enthusiasmus im Zaum zu halten, was wahrscheinlich der Tatsache geschuldet war, sie hielt Milli im Arm und säuselte ihm ständig leise ins Ohr. Zufrieden hatte der Kater seinen Kopf auf ihre Schulter gelegt und blinzelte nur gelegentlich.

Dann gingen sie langsam in den Wohnbereich, der konsequent vom anderen getrennt war und lediglich über einen gemeinsamen, großzügig angelegten Flur, der gleichzeitig als Galerie diente, verbunden war. Der Stil der Einrichtung, aber auch die farbliche Ausgestaltung änderte sich radikal. Alles wirkte warm, manchmal schon etwas verspielt, aber nie kitschig. Das war den vielen kleinen Accessoires geschuldet, die wohldosiert in den Räumen verteilt worden waren, und die sofort erkennen ließen, hier wohnten zwei Frauen, die mit sich im Reinen waren. Der Unterschied zum Heim von Patrick und Kerstin war unverkennbar. Dort sachliche, kühle Nüchternheit, getarnt als moderner Lebensstil, hier ein Hort der Entspannung, der es trotzdem ermöglichte, modern zu leben.

Als alle Räume besichtigt waren, holte Claudia ein Tablett mit Sektgläsern aus der Küche. "Wir möchten mit euch anstoßen", meinte sie und reichte jedem ein Glas. Alle griffen zu, nur Kerstin zögerte. "Ich hätte lieber ein Glas O-Saft", sagte sie. Claudia erfüllte ihre Bitte sofort, und Kerstin meinte, momentan meide sie jeden Tropfen Alkohol. Gemeinsam stießen sie an. Patrick und Kerstin lobten das Apartment in den höchsten Tönen. "Ihr habt es euch richtig gemütlich gemacht", sagte er und sah dann zu seiner Mutter. "Auch wenn du es abstreiten wirst, aber deine Handschrift erkenne ich trotzdem", meinte er.

"Wie kommst du denn darauf?", fragte sie verwundert.

"Ich kann es nicht genau ausmachen, aber die Küche war ein Déjà-vu für mich. Obwohl sie anders aussieht, erinnert sie mich total an zu Hause", meinte er.

"Gut beobachtet. Das liegt aber nur daran, weil unser Architekt von den beiden beauftragt wurde", klärte Patricia ihren Sohn auf. Ansonsten hielt sie sich mit weiteren Kommentaren zurück und hoffte auf eine günstige Gelegenheit, um mit Kerstin ungestört reden zu können.

Eine Stunde später ergab sie sich. Patricia hatte vorgeschlagen, sich um das Abendessen zu kümmern und gar nicht damit gerechnet, Kerstin könnte anbieten, ihr dabei zu helfen. Der Gesprächsbedarf ihrer Schwiegertochter musste also hoch sein. Die kurze Frage, wieso sie den Sekt abgelehnt habe, reichte, damit Kerstin zu erzählen anfing. Sie kam bereits im ersten Satz auf den Punkt. "Ich habe mit einer Hormontherapie begonnen. Der Arzt sieht darin die größte Chance, damit ich endlich schwanger werde und deswegen verzichte ich auf jeglichen Alkohol", begann sie und erzählte weiter, bereits vor drei Jahren die Pille abgesetzt zu haben. Anfänglich hätten sie sich keine Gedanken gemacht, aber als sich nach über einem Jahr kein Resultat ihrer Bemühungen eingestellt hatte, hatten sie begonnen, ihre Liebesleben mit dem Kalender zu planen. "Gebracht hat das leider auch nichts und deswegen habe ich meinen Frauenarzt konsultiert", meinte sie und erzählte, auch Patrick hätte sich schon einer Untersuchung unterzogen, bei der festgestellt wurde, er sei zeugungsfähig. Grundsätzlich sei sie das auch, erwähnte dann aber, die Wahrscheinlichkeit, auf natürlichem Wege schwanger zu werden, schwände zusehends.

"Habt ihr einen Plan B?", fragte Patricia.

"Das ist unser Plan B. Wenn es mit der Hormontherapie nicht klappt, dann bleiben doch nur noch wenige Optionen."

"Wollt ihr ein Kind adoptieren?"

"Ich meine eine Leihmutterschaft, aber die ist in Deutschland verboten. Wir müssten dafür ins Ausland", sagte sie. Ihre Stimme klang niedergeschlagen. Patricia vermied es daher zu sagen, was sie dachte. Es hätte Kerstin nicht weitergeholfen. Stattdessen nahm sie ihre Schwiegertochter in den Arm. "Die Natur lässt sich nicht überlisten, aber noch bist du im grünen Bereich. Kommt deine Periode regelmäßig?", fragte sie leise und spürte Kerstins Kopfnicken. "Dann gebt die Hoffnung nicht auf." Wenig später löste sich die Umarmung der Frauen. "Ich muss mit dem Abendessen anfangen, wenn wir heute noch was essen wollen", meinte Patricia. Das lenkte sie von diesem traurigen Thema ab, das sie gleichzeitig an ihre dritte Schwangerschaft erinnerte. Aber davon erzählte sie Kerstin nichts, um ihr die Hoffnung nicht zu rauben. Sie vermied es sogar, mit Frank darüber zu sprechen, solange sie noch in Berlin waren. Erst auf dem Nachhauseweg schüttete sie ihm ihr Herz aus.

"So ist das heutzutage leider. Erst die Karriere, und wenn der berufliche Erfolg steht, dann merken sie erst, dass sie zu alt geworden sind. Da kannst du nichts machen", erwiderte Frank.

"Das weiß ich selbst, aber Kerstin und Patrick hilf das jetzt nicht weiter."

"Und du wirst ihnen auch nicht helfen können."

"Weil immer alles andere wichtiger war. Erst das Studium, erst die Praxiserfahrung, erst die Kanzlei", fluchte Patricia leise und sah eine Weile auf die vorbeiziehende Landschaft. Im Moment konnte sie sich am Frühsommer nicht erfreuen. "Wir haben ihnen das doch nicht so vorgelebt", sagte sie fünf Kilometer später.

"Nein, das haben wir nicht. Obwohl wir aus unseren Kindern ordentliche Menschen gemacht haben, heißt das nicht, dass sie so werden wie wir. Aber Patrick und Claudia sind noch mit ihrer ersten großen Liebe zusammen, und das soll in der heutigen Zeit schon was heißen. Genau das haben wir ihnen vorgelebt", versuchte Frank sie aufzumuntern.

"Ja schon, und trotzdem frage ich mich manchmal, für wen wir das alles gemacht haben, wenn sie selbst kinderlos bleiben."

"In erster Linie für uns, weil es unser Leben ist", lautete sein knapper Kommentar.

An der nächsten Raststätte hielt Frank und sie vertraten sich etwas die Beine. Als sie weiterfuhren setzte sich Patricia nach hinten und ließ Milli endlich aus der Transportbox. Der Kater machte es sich auf ihrem Schoß bequem, aber die Streicheleinheiten dienten mehr ihrer eigenen Entspannung. So jedenfalls sah es Frank, der während der Fahrt kein Wort mehr sagte, aber gelegentlich durch den Spiegel zu ihr nach hinten schaute.

Nach zwei gemeinsamen Weihnachtsfesten hatten Kerstin und Patrick die Hoffnung nicht nur aufgegeben, sondern damit umzugehen gelernt, kinderlos zu bleiben. Die Schnelligkeit des Lebens half ihnen darüber hinweg, und die Kanzlei lief blendend. Auch wenn Frank die Situation nicht zu seinem Vorteil nutzen wollte, es blieb trotzdem nicht aus. Es vereinfachte die weiteren Schritte ungemein, was der Tatsache geschuldet war, auf weniger Hinterbliebene Rücksicht nehmen zu müssen. Dabei dachte er jedoch zuerst an Patricia. Er hätte sie niemals als Glucke bezeichnet, war sich aber sicher, sie würde den Werdegang von Enkeln auch im neuen Leben – wenn auch aus der Entfernung – verfolgen wollen. 'Ein Risikofaktor weniger', dachte er, als er sich an die weitere Umsetzung der Pläne machte. Dazu gehörte, das Bankschließfach zu leeren, indem einige Zeichnungen, aber auch der Stift sowie etwas Bargeld, Gold und Diamanten lagerten. 'Mit der neuen Identität komme ich da nicht mehr ran', war der Gedanke, der sein Handeln nötig machte. Kurz besprach er sich mit Patricia, die nicht verstand, warum er im Haus einen Safe einbauen lassen wollte, aber der Hinweis auf die sichere Lagerung von Dokumenten, ohne jedes Mal zur Bank fahren zu müssen, reichte aus, um ihr ein "meinetwegen" zu entlocken. Frank entschied sich für eine mehrfach gesicherte Ausführung, ließ aber weiterhin etwas Geld und zwei kleine Goldbarren im Schließfach.

Als nächstes fasste er eine alte Idee erneut ins Auge. Es sprach immer noch nichts dagegen, ihr zukünftiges Dasein in der gewohnten Umgebung zu verbringen. Sicherheitshalber musste er in Erfahrung bringen, ob Patricia das genauso sah. Deshalb fragte er sie beim Abendessen etwas, was er sie noch nie gefragt hatte. "Angenommen du wärst nochmal jung und könntest dir aussuchen, wo du leben möchtest, für welchen Ort würdest du dich entscheiden?"

"Hm." Eine Weile überlegte sie und sah dabei zu Milli, der neben ihr saß und nach oben blickte. "Würdest du auch wieder hier wohnen wollen, mein Süßer?" Der Kater schnurrte, mauzte aber nicht. Trotzdem lächelte Patricia, als sie wieder zu Frank sah. "Bin ich nochmal jung mit oder ohne dem Wissen, das ich heute habe?", fragte sie.

"Macht das einen Unterschied?"

"Eigentlich nicht. Hier war es einmal schön und warum sollte es anders sein, wenn ich nochmal jung wäre. Ja, ich würde hier nochmal leben wollen", sagte sie, bohrte aber nach, warum er das wissen wollte.

"Nur so. Muss es immer einen Grund geben?"

"Du fragst nicht ohne Grund. Also raus mit der Sprache!"

Frank schob sich eine weitere Gabel mit Bratkartoffeln in den Mund und kaute bedächtig. Er musste kurz nachdenken. "Naja, du hast mal gesagt, du hättest Angst davor, allein in dem riesigen Haus zurückzubleiben, und da kam mir die Idee, ich könnte das eine mit dem anderen verbinden", begann er und erzählte davon, das Haus der Stiftung überschreiben zu wollen. "Natürlich haben wir lebenslanges Wohnrecht, aber es spricht doch nichts dagegen, wenn einer von uns nicht mehr da ist, einen Teil der Räume jungen Künstlern zur Verfügung zu stellen. Es käme wieder Leben in die Bude und um den Garten könnten sie sich auch kümmern."

"Grundsätzlich ginge das", erwiderte Patricia verhalten, begann dann aber mit einer Aufzählung an Fragen. Was sollen das für Künstler sein, und wie lange dürfen sie hier wohnen? Dachtest du an Männer oder Frauen? Wovon leben die eigentlich oder zahlt die Stiftung eine Art Stipendium? Wenn ich mit jemandem nicht klarkomme, kann ich ihn oder sie dann wieder vor die Tür setzen? Wer sucht sie eigentlich aus, kam fast wie aus der Pistole geschossen, doch ihre letzte Bemerkung hatte sie nicht als Frage formuliert. "Du stellst dir das immer alles so einfach vor."

"Weil es so einfach ist", antwortete Frank und sah Patricia an. "Denk einfach an ein junges Künstlerehepaar. Er ist Schriftsteller, sie ist Zeichnerin. Zwei Kreative, die nur kreativ sein können, weil sie nicht täglich daran denken müssen, wo sie das nötige Geld auftreiben, um Miete, Strom und Essen bezahlen zu können. Zwei Talente, die von der Stiftung gefördert werden, die aber auch etwas Abrechenbares liefern müssen. Und sollten die beiden Nachwuchs kriegen, kommt neues Leben ins Haus. Verschiedene Generationen unter einem Dach. Was gibt es Besseres?", sagte er.

"Ich habe ja nicht gesagt, dass ich dagegen bin. So ein junges Paar könnte ich mir schon vorstellen", räumte Patricia ein und vergaß nicht zu erwähnen, es sei ihr egal, ob sie verheiratet wären oder nicht.

"Ich hab nicht vor, morgen das Haus zu überschreiben, aber wenn es die Kinder erben, wird es verkauft. Sie werden nie wieder hier wohnen, und so haben wir noch zu Lebzeiten

Einfluss darauf, dass es jungen Menschen zur Verfügung gestellt wird, die es schätzen und brauchen."

Patricia lächelte, als er das sagte. "Das erinnert mich ein bisschen an uns", gestand sie und griff nach Franks Hand. "Aber überstürz es nicht gleich wieder. So alt sind wir noch nicht."

"Ich weiß." Als er Patricia anlächelte, dachte er an das junge Paar. Sie wären gerade 16 und 17, kein Grund zur Panik also. Trotzdem war es an der Zeit, sich über die weitere Geschichte ihrer Identitäten, die nicht nur aus zwei Geburtsurkunden und zwei Pässen bestehen sollte, Gedanken zu machen.

In den folgenden Tagen dachte Frank intensiv über die neue Herausforderung nach. Er kam zu einem Ergebnis, welches zwar einfach, aber nicht durch ihn selbst umzusetzen war. Virtuelle Realitäten mussten her, und dabei konnten eine Menge Fehler gemacht werden. Michel Saint-Gromé kam ihm in den Sinn. "Mit der hab ich in absehbarer Zeit sowieso Kontakt", murmelte er und dachte dabei an die Prüfung der Pässe. Fragen kostete bekanntlich nichts, und so entschloss er sich, deren Telefonnummer auswendig zu lernen, um sie demnächst von unterwegs aus anzurufen. 'Wenn Patricia ihre Karte im Portmonee sieht, fragt sie mich, warum ich sie einstecken habe.' Frank sah die Situation regelrecht vor sich, in der er ihr unbedacht seine Geldbörse reichte, damit sie im Geschäft bezahlte. Das kam zwar nur selten vor, aber die Wahrscheinlichkeit, er könnte nach dem Telefonat einfach vergessen, die Visitenkarte herauszunehmen, war sehr real. "Dann ist guter Rat teuer und so weit muss es nicht kommen."

Von nun an sagte er sich die Telefonnummer in Gedanken immer wieder auf. Als Patricia zwei Wochen später beim Abendessen meinte, sie ginge morgen zum Friseur, schlug Frank vor, sie hinzufahren, um sie anschließend zum Essen einzuladen.

"Oh", meinte sie überrascht. "Gibt es was zu feiern, von dem ich nichts gemerkt habe?"

"Wie man es nimmt, Wir sind morgen 43 Jahre … zehn Monate … und acht Tage verheiratet", antwortete er.

"Das du das so genau weißt", erwiderte sie überrascht, aber glücklich.

"Und vor 44 Jahren, zehn Monaten und einer Woche haben wir uns kennengelernt. Erinnerst du dich noch daran?"

"Natürlich. Es war doch erst gestern. Du hattest diesen blauen Rollkragenpullover an und hast mir beim Rausgehen das Portrait geschenkt, das du heimlich von mir gezeichnet hattest. Die anderen Frauen am Tisch haben ziemlich überrascht geguckt", sagte sie gerührt.

"So hast du mich am nächsten Tag wenigstens zur Kenntnis genommen und gelächelt, als du in die Mensa gekommen bist."

"Zur Kenntnis genommen hatte ich dich schon vorher. Du warst doch jeden Tag in der Mittagspause da."

"Davon hast du nie etwas gesagt."

Patricia zuckte mit den Schultern. "Das war bis heute mein kleines Geheimnis", gestand sie. "Das Bild von damals habe ich heute noch."

"Du hast es noch?" Frank war überrascht.

"Na klar. Wie könnte ich es jemals wegwerfen? Schließlich hat mit dieser Zeichnung alles angefangen. Du hattest sogar das Datum draufgeschrieben. Das war demnach vor 44 Jahren, zehn Monaten und sieben Tagen."

Frank schüttelte den Kopf. "Nein, mein Schatz. Das war vor 44 Jahren, zehn Monaten und acht Tagen. Meine Zeitrechnung beginnt erst am nächsten Tag, denn da haben wir uns zum ersten Mal unterhalten."

"Als ich mich für das Bild bedankt habe?"

"So ist es."

"Aber das war doch nur, weil du am Tag davor so schnell rausgegangen bist. Du hast mir die Zeichnung in die Hand gedrückt und nur gesagt: 'Ich hoffe, es gefällt Ihnen.' Ich hatte gar keine Zeit zu antworten", entschuldigte sie sich.

"Was sollte ich machen? Du warst die hübscheste Sekretärin der Kunsthochschule, und es hätte ja sein können, dass du nur milde lächelst und es zu den anderen Zeichnungen legst", erklärte sich Frank seinerseits.

"Welche anderen Zeichnungen?"

"Du bist von einigen Studenten gezeichnet worden."

"Aber nur einer hatte den Mut, mir sein Werk zu schenken", hauchte sie ihm zu.

"Das hast du mir noch nie gesagt."

"Weil du noch nie danach gefragt hast."

"Jetzt begreife ich endlich, warum du damals einen Tag später heiraten wolltest", sagte Frank leise. "Mann, bin ich ein Idiot."

"Ein Idiot bist du mit Sicherheit nicht, aber das heißt trotzdem, wir hätten das Rätsel spätestens vor 43 Jahren, zehn Monaten und sieben Tagen lösen können."

"Wenn ich gefragt hätte, dann ja", gestand Frank. "Aber um die Hochzeitsplanung hattest du dich gekümmert, und da wollte ich dir nicht reinreden."

Er erntete Patricias reizendstes Lächeln. "Auf den einen Tag kommt es jetzt auch nicht mehr an. Außerdem hatten wir ihn ja, halt nur mit unterschiedlichen Wahrnehmungen. Trotzdem ist es dir einmal mehr gelungen, mich zu überraschen. Natürlich nehme ich deine Einladung an und gehe mit dir essen."

Im ersten Moment lag Frank die Frage auf der Zunge, womit er sie überrascht habe, doch es war nicht auszuschließen, sie könnte diese zweideutige Bemerkung absichtlich gemacht haben. Also schluckte er sie mit den letzten Bratkartoffeln herunter und schlug vor, sie könnten wieder einmal zeitiger zu Bett gehen. Patricias Schmunzeln war Antwort genug, aber in dieser Nacht fiel Frank zum ersten Mal auf, der Kater verzog sich nicht auf die Fensterbank, wie er es seit Jahrzehnten gemacht hatte, sondern auf ein weiches Kissen, das Patricia ihm unterhalb des gewohnten Platzes zurechtgelegt haben musste, während er sich im Bad die Zähne geputzt hatte.

Nachdem er Patricia beim Friseur abgesetzt hatte, begann die Operation virtuelle Realität. Bis zum Postamt war es nicht weit, und Frank legte den Weg zu Fuß zurück. Er wollte es unbedingt vermeiden, mit Michel Saint-Gromé von seinem geheimen Handy aus zu telefonieren. Dazu hätte er es mitnehmen müssen. Die Vorstellung, Patricia könnte es zu Gesicht bekommen, bereitete ihm Magenschmerzen. Ihre vorwurfsvollen Fragen klangen in seiner Vorstellung sehr real, und jede einzelne wäre berechtigt gewesen. 'Seit wann haben wir Geheimnisse voreinander?', hätte wahrscheinlich die harmloseste gelautet. Trotzdem spürte Frank ein Déjà-vu, je näher er dem Postamt kam. Er fühlte sich auf Zeitreise, denn so ähnlich wie heute war es ihm ergangen, als er damals die Telefonnummer seines alten Klassenkameraden herausfinden musste. Das rief automatisch die Erinnerung an Thomas, den katholischen Pfarrer, in sein Bewusstsein. 'Wie lange ist das schon wieder her", fragte er sich und vermutete, es mussten wenigstens 30 Jahre sein. Doch darüber konnte er sich später Gedanken machen, denn er war am Eingang des Gebäudes angekommen. Mit dem Betreten des Postamtes verschwand der Vorsatz wieder in den Niederungen des Unbewussten. Jetzt gab es Wichtigeres zu tun und Frank registrierte sofort, die drei Telefonkabinen von damals gab es nicht mehr. An deren Stelle stand eine gläserne Telefonzelle. Trotzdem ging er zum Schalter.

"Ich muss dringend telefonieren. Früher habe ich das immer

von hier aus gemacht", sagte er zur Angestellten, einer älteren Dame.

"Das können Sie immer noch machen."

"Aber die Kabinen sind nicht mehr da."

"Die sind schon vor zig Jahren abgebaut worden. Wer ruft denn heute noch von hier aus an."

"Ich."

"Dann müssen Sie sich eine Guthabenkarte kaufen. Wie viel brauchen Sie?"

"Keine Ahnung."

"Wir haben welche mit zehn, zwanzig und fünfzig Euro Guthaben. Die können Sie an jedem öffentlichen Telefon benutzen", erklärte ihm die Angestellte.

Frank entschied sich für die Zwanzig-Euro-Variante und sein fragender Blick veranlasste die Frau, ihm zu erklären, er müsse die Karte nur mit der Seite, die den Pfeil zeige, in den Schlitz stecken. "Münztelefone gibt's kaum noch. Die sind zu oft aufgebrochen worden." Frank kam sich gerade wie ein Schuljunge vor und einmal mehr wurde ihm klar, was Patricia an Alltäglichem von ihm ferngehalten hatte. "Danke", sagte er und ging zum Glaskasten. 'Eine öffentliche Telefonzelle im Postamt, die nur während der Öffnungszeiten des Amts öffentlich ist', dachte er und betrat die Kabine. "Wenigstens schließt sie einigermaßen ab", murmelte er, kam sich aber trotzdem wie auf dem Präsentierteller vor. Die Telefonkabinen von damals hatten Holztüren mit einem kleinen Fenster darin. Doch davon ließ er sich jetzt nicht beirren und steckte die Guthabenkarte in den Schlitz des Fernsprechers. Am Display wurde das Guthaben angezeigt. "So funktioniert das", murmelte er und wählte die auswendig gelernte Rufnummer.

Sein nächstes Déjà-vu setzte ein, als er "Hieronymus" gesagt hatte. Etliche Male hörte er es in der Leitung klicken und zum ersten Mal fragte er sich, von wo aus sich seine Gesprächspartnerin gleich mit ihm unterhalten würde.

"Sie haben einen guten Standort gewählt", war alles, womit sie ihn eine Minute später begrüßte.

Frank kommentierte die Aussage nicht, sondern nannte lediglich das Kennwort aus dem Brief, den er vor Jahren geschrieben hatte.

"Augenblick. Ich bin in wenigen Sekunden im Bild", lautete die Antwort der jungen Frau. Ihre Stimme war nicht einen Tag älter geworden. Das Einzige, was sich im Moment zu bewegen schien, war die digitale Guthabenanzeige, die langsam aber stetig nach unten tickte. Deswegen warf Frank einen verstohlenen Blick nach draußen. Die Angestellte war mit der Herausgabe von Paketen beschäftigt und auch kein wartender Kunde würdigte ihn eines Blicks. Zufrieden drehte er sich wieder um und musste nicht lange warten. "Ich habe mir einen Überblick verschafft. Was kann ich für Sie tun?", hörte er Michel am anderen Ende sagen. Für Frank war sie Michel, obwohl nicht einmal das sicher war.

"Es geht mir um die beiden jungen Leute. Sie benötigen eine virtuelle Realität. Irgendetwas, was ihre Existenz beweist und was sie später fortführen können. Ich dachte an E-Mail-Adressen und solche Sachen. Es sollten auch ab und an Mails verschickt werden. Verstehen Sie, was ich meine?", erklärte Frank.

"Einen digitalen Fingerabdruck, der einen nichtssagenden aber realen Kontakt mit der Außenwelt herstellt. Kein Problem. Dieser Service ist Bestandteil unserer Leistungen. Sollen die beiden später zusammen agieren?", fragte Michel.

"Unbedingt. Sie werden schließlich ein Paar. Was kostet mich Ihr Service?"

"Nichts, denn wie ich schon sagte, dieser Service ist

Bestandteil unserer Leistungen. Das gilt für ein Jahr von heute an gerechnet."

"Und wenn ich ihn länger in Anspruch nehmen möchte?"

"Dann fallen zehn Prozent der damaligen Servicekosten pro Jahr an."

"Ist die Bankverbindung noch gültig?"

"Selbstverständlich."

"Dann veranlasse ich das rechtzeitig mit dem damaligen Verwendungszweck."

"Möchten Sie einen jährlichen Statusbericht?"

"Sie meinen an die damalige Anschrift?", fragte Frank.

"Das wäre eine Option, wenn die Anschrift noch gültig ist."

"Nein, leider nicht."

"Dann gebe ich Ihnen die Daten ihres E-Mail-Kontos. Einen Moment bitte", sagte Michel.

Frank nutzte die Unterbrechung, um wieder einen kurzen Blick ins Postamt zu werfen. Es hatte sich nichts geändert, außen die Gesichter der Kunden.

"Ihr E-Mail-Konto lautet: Vorname Punkt Nachname des damaligen Empfängers@gmail Punkt com."

"Was meinen Sie mit Empfänger?", fragte Frank irritiert.

"Den Namen des Empfängers, an den wir das Päckchen geliefert haben. Nicht den Namen dessen, der es in Empfang genommen hat. Als Zugangskennwort zum E-Mail-Konto verwenden Sie das Kennwort des Briefs."

"Okay", war alles, was Frank sagte.

"Dann haben Sie alles, was Sie brauchen. Gibt es Fakten, auf die wir Rücksicht nehmen müssen?"

"Wenn Sie die beiden meinen, ja. Sie ist Schriftstellerin und er …" Frank zögerte einen Moment. "Er auch. Aber er zeichnet auch gern."

"Gut. Nächste Woche erhalten Sie die erste Mail. Wenn Sie mit unserer Vorgehensweise einverstanden sind, dann antworten Sie nicht darauf. Ansonsten müssen Sie sich innerhalb von drei Tagen bei mir melden", sagte Michel noch, dann war die Verbindung unterbrochen.

"Die kommt immer sofort auf den Punkt", murmelte Frank und versuchte sich seine Gesprächspartnerin vorzustellen. Er sah nur eine gesichtslose, schwarzhaarige Frau in Uniform, die gertenschlank war und große Brüste hatte. Aber das Bild verschwand in dem Moment, als er den Hörer in die Gabel hing. Er steckte die Guthabenkarte in die rechte Jackentasche, um nicht zu vergessen, sie unterwegs in einen Papierkorb zu werfen. Dann verließ er das Postamt und schlenderte zum Marktplatz.

Es war noch Zeit, bis er wieder beim Friseur sein musste. Deshalb setzte Frank seine kleine Zeitreise fort. Das Internetcafé, von welchem er damals die Mails als Kaufinteressent seiner Bilder an Patricia geschickt hatte, existierte noch. Nichts sprach dagegen, das neue E-Mail-Konto einmal zu öffnen, um zu prüfen, ob er mit seiner Überlegung richtig lag.

Der erste Versuch glückte bereits. Frank lächelte zufrieden, als sich sein neuer Posteingang alias Herr Koschnewski öffnete. "Die Frau ist unglaublich", murmelte er und meldete sich sofort wieder ab.

Beim Friseur traf ihn fast der Schlag. Patricia wartete bereits auf ihn, und ihr Blick wirkte gespannt. "Wie gefällt es dir?", fragte sie erwartungsvoll.

"Die Frisur steht dir hervorragend." Das meinte er ehrlich, aber seine Zeitreise setzte sich fort. Diesmal in die Zukunft. Aber das wussten weder seine Frau noch die Frisöse, die seine Reaktion bemerkt hatte und auch zufrieden lächelte.

"Ich war mir nicht sicher, was du sagen wirst", meinte Patricia.

"Was soll ich sagen? Du hattest mich doch schon vor Jahren vorgewarnt, als wir mit Claudia die Bilder gemacht hatten."

"Daran erinnerst du dich noch?"

"So lange ist das doch nicht her. Ich hab mich schon damals gefragt, wann du dir die Haare kurz schneiden lässt."

"Jetzt habe ich es endlich gewagt. Gehst du so mit mir essen?"

"Selbstverständlich. Die Frisur macht dich zehn Jahre jünger."

"Findest du?"

Frank nickte, wobei ihm kurz der Gedanke kam, ob er das Foto in ihrem Pass austauschen lassen sollte. 'Das sehe bloß ich', gab er sich als Antwort.

Im Restaurant musterte er Patricias neuen Look ein weiteres Mal. "Die strubbeligen kurzen Haare stehen dir wirklich ausgezeichnet", meinte er und projizierte die Frisur in das Bild seiner Erinnerungen, welches er von Patricia hatte. In diesem Bild färbte er die Haare hellblond, so wie sie vor 45 Jahren gewesen waren.

An diesem Tag fuhren sie nach dem Essen nicht nach Hause, sondern gingen noch Bummeln, kehrten am Nachmittag in der Konditorei ein, die Claudias Coming-Out eingeleitet hatte, sahen sich anschließend im Kino einen Film an und entschieden dann, beim Italiener einen kleinen Abendimbiss einzunehmen. Erst dort erschrak Patricia, als sie auf die Uhr sah. "Wir haben Milli vergessen."

"Er hält es auch mal einen Abend ohne uns aus."

"Prinzipiell schon, aber er ist nicht mehr so fit wie früher. Ich glaube, seine Tage sind gezählt. Er springt schon seit Monaten nicht mehr auf die Arbeitsplatte, wenn ich ihn füttere. Erst dachte ich, das wäre nur, weil er einmal abgerutscht und runtergefallen ist, aber ich denke, er schafft es inzwischen nicht mehr. Er hat auch seinen ersten Zahn verloren", sagte sie traurig und griff nach Franks Hand.

"Das hast du bisher noch nie erwähnt", antwortete er.

"Weil ich es selbst nicht wahrhaben wollte. Wer denkt schon gern an den Tod."

"Er war immer für dich da und deshalb solltest du jetzt für ihn da sein", sagte Frank und schlug vor, sofort zu bezahlen und aufzubrechen. Die letzte Nacht kam ihm in den Sinn. "Jetzt verstehe ich, warum du das Kissen unter die Fensterbank gelegt hast."

Die letzten Vorbereitungen

Bereits auf dem Weg nach Hause setzte sich ein Satz Patricias in Franks Kopf fest. Wer denkt schon gern an den Tod. Diese Worte entfalteten in den folgenden Tagen ihre volle Wirkung, was ihn erneut dazu brachte, am eigenen Plan zu zweifeln und eine Option in Erwägung zu ziehen, die er selbst vorgeschlagen hatte. "Was passiert, wenn nur ich mir das Leben nehme und der von der Stiftung Begünstigte bin?", fragte er sich, als er allein im Atelier war. Es gab Einiges, was dafürsprach, diesen Weg zu gehen. "Sie hätte keine Angst mehr vor dem Tod, wüsste, was auf sie zukommt", war das Argument, welches er analysierte und das ihn vorübergehend all das vergessen ließ, was es unmöglich machte. Dabei ging seine Fantasie so weit, dass er sich vorstellte, wie er als junger Mann an ihrem Bett saß und sie beim Sterben begleitete. "Bis nachher", hörte er sich in Gedanken sagen, als die alte Patricia zufrieden die Augen schloss und mit dem letzten Atemzug "bis gleich" aushauchte.

Der Romantiker in ihm wurde durch eine Nachrichtensendung zum Schweigen gebracht, in der über die Verurteilung eines jungen Mannes berichtet wurde, der sich als Untermieter das Vertrauen der Vermieterin erschlichen haben sollte. Der Angeklagte hatte bis zum Schluss seine Unschuld beteuert, doch das Gericht ihn wegen Mordes aus Habgier verurteilt. Bereits beim Interview mit den Nebenklägern des Mordprozesses stellte Frank sich Patrick und Claudia vor, die ein unwiderlegbares Argument hätten. "Der Mörder wollte allein über das Haus verfügen, welches die Stiftung unseres Vaters ihm zu Wohnzwecken überlassen hatte. Unsere Mutter war ihm im Wege und deswegen hat er sie umgebracht und irgendwo verscharrt. Wahrscheinlich hat er gedacht, ohne Leiche könnte er nicht überführt werden, aber die Indizien waren eindeutig. Ich hoffe, der Mörder verrät uns irgendwann, wo unsere Mutter liegt. Fürs Erste sind wir zufrieden, dass er lebenslänglich weggesperrt wird, auch wenn uns das unsere Mutter nicht zurückbringt."

Noch während des Interviews mit den echten Nebenklägern des Prozesses wurde Frank klar, wie falsch er mit seinen Hoffnungen gelegen hatte. 'Dann wäre alles umsonst gewesen', dachte er und meinte zu Patricia, er gehe ins Atelier, um noch etwas zu arbeiten.

"Komm nicht wieder so spät ins Bett", sagte sie und verfolgte weiter die Nachrichten.

"Manchmal bin ich wirklich ein Idiot", sagte er zu sich selbst, als er im Atelier war. Aber die Sendung hatte ihm noch etwas offenbart. "Man muss unbedingt sterbliche Überreste von uns finden, und zwischen unserem Tod und dem Wiedereinzug ins Haus sollten einige Monate vergehen. Wie mach ich das am besten?", lautete die neue Aufgabe, die Frank lösen musste. Noch war genug Zeit, sich darüber Gedanken zu machen.

Im Folgejahr übertrug er das Haus an die Stiftung, versäumte es aber nicht, das lebenslange Wohnrecht für sich und Patricia im Grundbuch eintragen zu lassen. Zwar hatte er mit seiner Frau nicht mehr darüber gesprochen, aber sie nahm es gelassen hin, als die amtlichen Dokumente eintrafen. Bei der Gelegenheit hatte er Rechtsanwalt Lüthi auch beauftragt,

60.000 Euro an Michel Saint-Gromé zu überweisen. Den wahren Grund nannte er dem Anwalt nicht, änderte aber gleichzeitig mehrere Punkte der Stiftungssatzung. Einer davon war, dass er selbst zu Lebzeiten zwei Begünstigte namentlich benannte, und jeder der beiden das Recht hatte, ab dem dritten Jahr der Begünstigung über jeweils fünf Prozent des Stiftungsvermögens frei verfügen zu können. Beim aktuellen Kontostand der Stiftung waren das mehr als 300.000 Euro. Allerdings knüpfte er den Geldsegen an eine Bedingung. Die Begünstigten wurden verpflichtet, ihre Werke zu veröffentlichen, und das wenigstens im Dreijahresrhythmus. 'Nochmal kommt du mir nicht davon, mein Schatz', war die Idee, die Frank so handeln ließ.

Des Weiteren engte er den Entscheidungsspielraum von Herrn Grünwald ein. Der Banker hatte ganze Arbeit geleistet und im Laufe der Jahre das Vermögen der Stiftung mehr als verdoppelt. Aber es gab einen Wermutstropfen. Herr Grünwald hatte 90 Prozent der Ersteinlage in Wertpapieren investiert. 'Das kann auch mal in die andere Richtung gehen', hatte Frank sich überlegt und daraufhin festgelegt, es dürften maximal 30 Prozent des Vermögens in Aktien und Wertpapiere, weitere 30 Prozent in direkte Beteiligungen und der Rest zur Hälfte in Geld und Gold angelegt werden. Bei der direkten Beteiligung traf er eine weitere Entscheidung. Die Stiftung wurde verpflichtet, einen Verlag zu gründen oder einen bestehenden Verlag zu kaufen. "Der ist für dich, mein Schatz. Keine Ausreden mehr", murmelte er zufrieden und traf die letzte Entscheidung. Die beiden Begünstigten konnten ihre Nachfolger benennen, jedoch durften es keine eigenen Kinder oder andere Verwandte sein.

Zufrieden faxte er den Schriftsatz zu Rechtsanwalt Lüthi nach Zürich und erhielt in der darauffolgenden Woche die neue beurkundete Satzung. Auch Patricia las sie, hatte aber nichts dagegen einzuwenden. "Es ist dein Geld", lautete ihr Kommentar.

"Es ist unser Geld und du siehst ja selbst, was der Banker daraus gemacht hat. Hättest du das erwartet?"

"Wenn ich ehrlich sein soll, nein."

"Na siehst du. Es war doch keine so schlechte Idee, etwas Bleibendes zu hinterlassen", sagte Frank zufrieden und wandte sich in aller Stille den noch offenen Aufgaben zu.

Dazu gehörte, sich bei Michel Saint-Gromé per Mail zu melden und ihr einige Hinweise zu geben, wie die beiden neuen Identitäten sich kennenlernen könnten. Für diese Aktion nutzte er einen von Patricias Friseurterminen und vergaß nicht, zwei von ihren Kurzgeschichten mitzusenden, welche die virtuelle junge Patricia ihrem virtuellen Gesprächspartner mailen sollte. Die Kurzgeschichten hatte er im Büro auf einen USB-Stick kopiert, als Patricia in der Wanne lag. Fürs Baden ließ sie sich immer eine Stunde Zeit.

Außerdem hatte Frank die Idee, einen großen Teil seiner fertigen Bilder meistbietend zu versteigern, um die Einnahmen daraus der Stiftung und seinen Kindern zuzuführen. Auf Grund seines Rufs in der Szene wusste er, dies sollte kein Problem sein, und deshalb beauftragte er zwei Auktionshäuser, jeweils 15 Bilder zu versteigern.

Dann kam der Teil der Vorbereitungen an die Reihe, bei dem er Patricia einbeziehen musste: ihr gemeinsames Testament. Er nutzte wieder einmal das Abendessen, um sich diesem heiklen Thema zu nähern. Dabei war es ein Vorteil, dass Milli nicht mehr auf dem Fußboden saß, um seine Extraration zu ergattern. Patricia hatte bereits vor einigen Wochen einen Stuhl an die Stirnseite des Tischs gestellt und setzte den Kater während des Essens darauf. Milli konnte so auf den Tisch sehen, und Patricia ihm leichter die eine oder andere Leckerei zukommen lassen. Aber auch Frank, der bereits vor dem Essen die angefangene Packung Räucherlachs aus dem Kühlschrank geholt und Milli auf den Stuhl gehoben hatte. Normalerweise schaffte es der Kater noch selbst, doch Patricia lächelte, als sie sein Engagement sah. "Na Sportsfreund, hast du Lust auf deinen Lieblingssnack?", fragte er den Kater, zerquetschte ein Stück Lachs mit seiner Gabel und hielt es ihm auf der Fingerspitze vors Maul. Milli schnüffelte erst daran, aber das machte er immer so. Selbst bei Patricia. Dann nahm er es vorsichtig mit dem Maul herunter und leckte am Schluss Franks Fingerkuppe ab. "Du kriegst gleich noch was, keine Sorge", sagte Frank und wusste genau, das würde Patricia machen wollen. Sie hatte gerade ihre Teller mit den dampfenden Spagetti auf den Tisch gestellt und "lass es dir schmecken" gesagt.

"Na mein Süßer, nimmst du auch noch was von Frauchen?", säuselte sie und lächelte glücklich, als Milli die zweite Leckerei geschluckt hatte.

"Erinnerst du dich noch, dass wir mal vereinbart hatten, den Kindern mit warmen Händen zu geben?", begann er das Gespräch.

"Das haben wir doch schon."

"Nichts spricht dagegen, es zu wiederholen und ihnen bei der Gelegenheit von der Stiftung zu erzählen. Ich möchte nicht, dass sie erst bei der Testamentseröffnung davon erfahren."

"Bei welcher Testamentseröffnung?"

"Ich will vermeiden, dass es zu Streitereien kommt, und deswegen hab ich mir gedacht, wir sollten beim Notar ein gemeinsames Testament hinterlegen. Der Überlebende erhält alles und nach dessen Tod geht alles, und ich meine alles, an die Stiftung. Dazu gehört auch der Inhalt dieses Hauses. Einzig Erinnerungsstücke bilden eine Ausnahme und die benennen wir eindeutig. Wir könnten das zu Weihnachten besprechen, wenn die Kinder hier sind und eine Liste anfertigen, die der Notar später bekommt. Was auf der Liste steht, bekommen sie, und zu Weihnachten schenken wir ihnen noch einmal den steuerlichen Höchstbetrag. Ich möchte ihnen das Geld geben, solange wir körperlich und geistig fit sind. Bist du damit einverstanden?"

"Warum nicht. Wir haben soundso zu viel. Enkel haben wir auch nicht, aber ich dachte, du wüsstest mittlerweile, dass ich mit deiner Stiftung einverstanden bin", meinte sie nur.

"Es ist unsere Stiftung."

"Ich bin auch einverstanden, wenn es unsere Stiftung ist."

"Vereinbarst du einen Termin mit dem Notar?"

Patricia nickte.

Frank hatte mit Einwänden und Widerstand gerechnet, aber das war ausgeblieben. Deshalb beließ er es dabei und lächelte. "Danke."

Es dauerte einen Moment, bis sie doch etwas hinzufügte. "Wenn es unsere Stiftung ist, dann habe ich eine Bitte und die ist mein voller Ernst."

'Was kommt jetzt?', dachte er und bereute es, sich zu früh gefreut zu haben.

"Ich möchte, dass in der Satzung etwas ergänzt wird", sagte sie entschlossen.

"Was denn?" Sicherheitshalber schob er sich etwas mehr Spagetti in den Mund, um mehr Zeit zum Nachdenken zu haben.

"Ich möchte, dass die Begünstigten verpflichtet werden, zwei Katzen im Haus zu halten. Milli hatte hier ein schönes Leben, und wenn er nicht mehr ist, sollen zwei neue Katzen so viel Glück haben wie er und nicht nur die neuen Bewohner des Hauses."

Frank lächelte. "Darum kümmere ich mich gleich morgen, und wenn die Satzung um diese Bedingung erweitert worden ist, gehen wir zum Notar."

"Danke. Über das andere unterhalten wir uns, wenn er nicht dabei ist. Ich will nicht, dass er es mitbekommt", sagte Patricia und ihre Augen zeigten kurz in Millis Richtung.

"Alles klar, mein Schatz", sagte er, stellte sich jedoch gleichzeitig die Frage, ob Patricia wirklich glaubte, Milli verstünde, wenn sie über ihn sprächen.

Die Möglichkeit ergab sich, als sie gemeinsam einkaufen fuhren. Bereits auf dem Weg zum Einkaufszentrum schlug sie vor, an einem Café zu halten. "Wir müssen uns endlich wegen Milli unterhalten."

Frank wusste genau, wie sehr dieses Thema sie quälte. "Schieß los!", meinte er, als sie im Café Platz genommen und zwei Cappuccinos bestellt hatten.

"Ich mache mir Sorgen um ihn. Er wird zunehmend …" Einen Moment zögerte sie, dann sprach sie es endlich aus. "Klappriger. Er frisst zwar noch gut und auch die Augen scheinen noch einigermaßen in Ordnung zu sein, aber er kann nicht mehr schnell rennen, schläft sehr viel und ans Springen ist nicht mehr zu denken. Mit Ach und Krach schafft er es noch auf den Stuhl."

"Das ist mir alles nicht entgangen", leitete Frank seine Antwort ein und sah Patricia in die Augen. "Ich denke, wir sollten ihm einen schönen Lebensabend bieten. Solange er lebt, sollten wir aber keinen neuen Kater ins Haus holen. Wer weiß, wie der Neue mit ihm umspringt. Die Demütigung sollten wir ihm ersparen."

"Es wird auch keinen Nachfolger für Milli geben. Ich möchte das nicht. Er ist ungewöhnlich alt geworden, und manchmal frage ich mich, was das möglich gemacht hat?"

"Das war deine Liebe", sagte Frank leise zu ihr, und kurz keimte der Wunsch in ihm auf, sich ihr anzuvertrauen.

"Vielleicht. Aber das ist jetzt nicht so wichtig. Ich werde mit ihm nicht zum Tierarzt gehen, außer er quält sich. Ich weiß gar nicht mehr, wann ich überhaupt zum letzten Mal mit ihm dort gewesen bin. Wenn mich der Arzt fragen würde, wie alt Milli ist, dann … trau ich mich nicht, ihm das wahre Alter zu nennen", erwiderte Patricia und das half Frank, dem Wunsch zu widerstehen.

"Du sagst einfach, er ist 16 Jahre alt. Ich glaube nicht, dass ein Tierarzt an der Angabe zweifeln würde. Der Rest bleibt unser kleines Geheimnis. Milli ist der älteste Kater der Welt, und das hat er ausschließlich dir zu verdanken. Solange er noch krauchen kann und es ins Bett schafft, sollte er sein Leben genießen. Wenn es ihm gefällt, dann bekommt er auch jeden Tag seinen geliebten Räucherlachs. Das sind wir ihm schuldig, bei den unzähligen Mäusen, vor denen er dich beschützt hat", sagte Frank.

"Ich bin froh, dass du das so siehst. Und einen neuen Kater möchte ich nicht, weil die Gefahr besteht, dass er uns überlebt. Wer würde sich um den armen Kerl kümmern, wenn das passiert?"

"Hast du keine Angst mehr vor Mäusen?"

"Das kann ich dir nicht mal so genau sagen. Manchmal habe ich das Gefühl, bei uns gibt es keine Mäuse mehr", meinte sie.

"Wofür du dich bei Milli bedanken musst."

"Allerdings. Ich will noch was mit dir klären. Ich möchte, dass wir ihn auf dem Grundstück beerdigen, wenn er …" Patricia zögerte wieder.

"Von uns gegangen ist", beendete Frank den Satz und griff nach ihrer Hand. "Natürlich machen wir das so. Dort hat er gelebt und dort soll er ruhen. Was hältst du davon, wenn wir ihn unter der Kastanie beisetzen?"

"Das ginge zwar, aber ich möchte, dass über ihm ein neues Apfelbäumchen gepflanzt wird."

"Dann machen wir das so. Du suchst die Stelle für ihn aus."

"Ich habe noch eine Bitte an dich. Wenn es nicht anders geht und er doch leiden sollte, könntest du ihm helfen? Ich meine …"

"Ihn töten?"

"Aber ganz sanft. Er darf es nicht merken und soll keine Angst haben. Selbst wenn ein Tierarzt ins Haus käme, um ihn einzuschläfern, dann möchte ich, dass er es dir zeigt und du es machst. Milli soll den Fremden gar nicht erst zu Gesicht bekommen."

"Du verlangst ganz schön viel von mir", sagte Frank.

"Ich weiß, aber dich kennt er. Vor dir hat er keine Angst, und er vertraut dir. Ich kann das nicht, deswegen musst du das machen. Bitte!", flehte sie leise.

"Okay", sagte Frank bedächtig. "Aber lass uns im Internet recherchieren, was es für Möglichkeiten gibt. Vielleicht ein Schlaf- oder Narkosemittel, das er mit dem Wasser trinkt.

"Danke."

"Bedank dich lieber noch nicht. Wir müssen vorher unbedingt in Erfahrung bringen, was zu tun ist, damit es stressfrei und so leicht wie möglich für ihn wird. Wann rechnest du mit seinem Ende?"

"Wie gesagt, er ist alt aber nicht krank. Ich hoffe, er hat noch ein oder zwei Jahre vor sich. Um die Internetrecherche kümmere ich mich", sagte Patricia erleichtert und schlug vor, den Einkauf schnellstens zu erledigen, um Milli nicht so lange allein zu lassen.

Der Kater erlebte nicht nur ein, sondern noch zwei Weihnachtsfeste. Wobei Patricia es nicht versäumte, sich um die Internetrecherche zu kümmern und dabei unbeabsichtigt auch Franks Plänen zu neuen, verwertbaren Ideen verhalf. An einem dieser Tage stieß sie während ihrer Googlesuche auf K.-o.-Tropfen. Sie erkannte sofort, die Informationen waren nicht nur für ihre eigenen Geschichten von Wert. In letzter Zeit schrieb Patricia deutlich mehr, und das hatte verschiedene Gründe. Zum einen wollte sie sich ablenken, aber zum anderen war Milli meist bei ihr im Büro und döste in einem weich ausgepolsterten Korb vor sich hin. Deshalb hatte sie das Läuten des Telefons sehr leise gestellt, verrichtete ihre fast geräuschlose Arbeit und schrieb Geschichten. Sie wusste, Milli liebte es, ihr zuzuhören, und so las sie ihm fast täglich vor, streichelte dabei über seinen Rücken oder kraulte ihn am Kopf. Das zufriedene Schnurren des greisen Katers war ihr Liebeslohn.

Von den K.-o.-Tropfen erzählte sie Frank erst, als sie wieder einkaufen fuhren. Dabei gab es ein unschlagbares Argument, welches für deren Erwerb sprach. "Die Opfer bekommen sie heimlich in ihre Drinks und schmecken es dadurch nicht. Wenn sie wieder wach werden, können sie sich an nichts erinnern. Der totale Filmriss. Wir sollten ein Fläschchen besorgen und könnten es ihm ins Futter machen, wenn es so weit ist", erklärte sie ihm.

"Und wenn er nicht mehr frisst?"

"Dann machen wir die Tropfen ins Wasser. Trinken muss er in jedem Fall und wenn er das nicht mehr schafft, bekommt er es aus einer Nuckelflasche."

"Aber Katzen haben doch so einen guten Geruchssinn."

"Das war einmal. Er frisst das, was er kennt. Wir könnten ihm sonst was unterjubeln, ohne dass er es merkt."

"Und wo bekommen wir diese Tropfen her?"

"Es gibt im Internet genug Bezugsquellen", klärte Patricia ihn auf.

"Heißt das, das Zeug kommt per Post?"

"Wie denn sonst? Treffen will ich mich mit dem Verkäufer bestimmt nicht", entgegnete sie.

"Und wenn dir der Verkäufer bloß etwas Wasser schickt? Woher weißt du, ob es wirklich diese K.-o.-Tropfen sind, wenn man sie nicht schmecken kann?"

"Ich probiere sie einmal aus. Was soll passieren, wenn du dabei bist? Bei einem Erwachsenen wirkt eine kleine Menge so, als ob er Alkohol getrunken hätte. Deswegen nehmen es die Kids, um Geld für teure Drinks in der Disco zu sparen", erklärte ihm Patricia.

"Woher weißt du das alles?"

"Ich sollte doch recherchieren. Das steht alles im Internet. Wenn ich mir zwei oder drei Tropfen in ein Glas Wein mache, dann kann nichts passieren. Ich müsste eine riesige Menge nehmen, um davon zu sterben", beruhigte sie ihn.

"Würden die Tropfen dann nicht ausreichen, um … Na du weißt schon."

"Daran habe ich auch gedacht.

In den folgenden Wochen reifte in Frank der erste Teil eines Plans heran. Der zweite ergab sich mehr zufällig, denn eines Tages quälten ihn so starke Zahnschmerzen, dass er nicht mehr umhinkam, die Praxis von Doktor Leuschner aufsuchen zu müssen. Seit mittlerweile 20 Jahren war Frank bei ihm Patient und bevor Patricia ihn hinfuhr, schluckte er noch zwei Aspirin, um die Zeit einigermaßen zu überstehen.

Doktor Leuschners Befund war kurz und bündig. "Der Backenzahn muss raus", sagte er und nachdem Frank wehmütig genickt hatte, erklärte ihm der Arzt, was ihn erwartete. Währenddessen bereitete die Arzthelferin alles für die Extraktion des Zahns vor. Die Zange machte auf Frank keinen vertrauenserweckenden Eindruck und der Arzt schien seinen Blick zu verstehen. "Als erstes spritze ich Ihnen ein Betäubungsmittel. Sie werden keine Schmerzen haben. Nur zwei, drei kleine Pikser, aber die tun nicht weh. Sind Sie soweit?", fragte er und nicht nur Frank, sondern auch die Arzthelferin nickte. "Die Wirkung setzt innerhalb der nächsten Minuten ein", meinte der Zahnarzt ruhig und stach an drei verschiedenen Stellen in Franks Oberkiefer.

Nur den ersten Stich nahm Frank deutlich wahr. Der Schmerz war erträglich. Bereits der nächste Einstich tat weniger weh und den dritten spürte er kaum noch. Das Betäubungsmittel wirkte also sofort. "Wie lange hält die Wirkung an?", nuschelte er, denn auch seine Lippe fühlte sich bereits taub an.

"Sie ist ausreichend und wir könnten auch problemlos zwei oder drei Zähne entfernen", antwortete Doktor Leuschner ruhig und setzte seine Arbeit fort.

Frank lag auf dem Behandlungsstuhl und versuchte sich in Gedanken abzulenken. Es war tatsächlich kaum zu spüren, was der Arzt genau tat, nur die Krafteinwirkung seiner Hände sorgte dafür, dass sich Franks Kopf leicht hin- und herbewegte. "Der sitzt aber richtig fest", sagte Doktor Leuschner stöhnend. Das Knirschen im Kiefer hörte Frank mehr, als das er es spürte, aber Schmerzen blieben trotzdem aus.

"Hier ist der Quälgeist", sagte der Arzt erleichtert und legte die Zange mit Franks Backenzahn auf die sterile Ablage. "Jetzt haben Sie's geschafft." Die Arzthelferin begann, die Instrumente wegzuräumen.

Trotz der geschwollenen Wange und der tauben Lippe hatte Frank plötzlich eine Frage. "Wirkt das Betäubungsmittel nur bei Zähnen oder funktioniert es auch bei anderen Körperteilen?", nuschelte er.

"Chirurgen verwenden bei lokaler Anästhesie etwas anderes, aber wirken würde das Mittel auch. Wieso fragen Sie?"

"Weil mir vor Kurzem ein Bekannter einen Bären aufbinden wollte. Er erzählt immer gern von seinen Auslandseinsätzen als Ingenieur und meinte, bei einer Havarie mitten in der Pampa hätte sich ein Arbeiter die Hand zwischen zwei Walzen eingeklemmt und sie hätten ihn nur deswegen gerettet, weil sie ihm die Hand abgeschnitten haben. Sie konnten die alte

Maschine angeblich nicht ausschalten, sondern nur kurz anhalten und mussten in kürzester Zeit eine Entscheidung treffen, um dem Arbeiter das Leben zu retten. Angeblich hat er mit einem Kabelbinder zuerst oberhalb des Handgelenks die Blutzufuhr unterbrochen und dann mit so einem Mittel den Unterarm betäubt", erklärte Frank.

"Wo hat er denn mir nichts dir nichts ein Betäubungsmittel hergehabt, das Zahnärzte verwenden?", fragte Doktor Leuschner.

"Genau das hab ich ihn auch gefragt. Er meinte, bei den abgelegenen Dschungeleinsätzen wäre das im medizinischen Notfallkoffer drin, um im Falle eines Falles auch in der Wildnis einen Zahn ziehen zu können. Wie dem auch sei, er will das Mittel schnell auf die Spritze gezogen und an mehreren Stellen ins Gelenk und den Unterarm injiziert haben. Dann hätte er dem Mann mit einem großen Bolzenschneider die Hand abgeschnitten, bevor die Maschine wieder angelaufen ist. Sie hätte den Arbeiter sonst reingezogen. Der Indio hat es überlebt und soll kaum Schmerzen gespürt haben", sagte Frank.

Doktor Leuschner dachte kurz nach. "Im Prinzip ist das vorstellbar und in einer Notsituation besser als nichts, aber wie fest muss ihr Bekannter den Kabelbinder angezogen haben, um die Blutung zu stoppen? Normalerweise klemmt man die Armarterie in der Achselhöhle ab. Wenn er allerdings mit einem Hebel nachgeholfen hat, dann ginge das schon."

"Was für ein Hebel?"

"Um den Kabelbinder fester zu bekommen. Wobei das mit einem Stück Seil, das Sie mit einem Schraubenschlüssel verdrehen und spannen, besser ginge", erklärte der Zahnarzt und zeigte Frank am eigenen Arm, wie er das meinte. "Sie müssen den Widerstand der Muskulatur überwinden, um die beiden Arterien im Handgelenk abzubinden, sonst verblutet der andere."

"Also könnte es doch wahr gewesen sein", nuschelte Frank bedächtig.

"Grundsätzlich ja, aber ich möchte nicht wissen, wie der Arbeiter gelitten hat, als die Wirkung nachließ."

"Wie lange dauert das ungefähr?"

"Eine Stunde vielleicht, je nachdem wie gut er die Injektion gesetzt und wie viel er gespritzt hat. Außerdem ist das Abtrennen der Hand eine Sache, die fachgerechte Versorgung der Wunde muss auch sichergestellt sein. Die Infektionsgefahr ist enorm, gerade unter solchen Umständen. Aber das können Sie mir nächste Woche erzählen, denn dann sollten wir uns um die Schließung ihrer Lücke kümmern. Vielleicht sehen Sie Ihren Bekannten bis dahin wieder und fragen ihn."

"Das weiß ich noch nicht. Gibt es nächste Woche wieder eine Betäubung? Ich frage nur, weil meine Frau dann fährt. Sie ist der Meinung, so ein Mittel würde die Fahrtüchtigkeit einschränken."

"Fühlen Sie sich benommen?", fragte Doktor Leuschner und als Frank das verneint hatte, meinte der Arzt nur, es sei doch trotzdem gut zu wissen, wenn sich jemand Sorgen um einen mache.

"Da haben Sie recht." Frank stand auf. Wie nebenbei hatte er beobachtet, in welchen Schrank die Arzthelferin das Fläschchen mit dem Anästhetikum gestellt hatte.

Die Aussage Doktor Leuschners beschäftigte Frank in den folgenden Tagen zunehmend. Trotzdem beschloss er, das Gespräch mit dem Zahnarzt in dieser Angelegenheit nicht mehr zu suchen. "Man kann nie vorsichtig genug sein", sagte er zu sich selbst, und damit stand für ihn fest, allein zum nächsten Termin zu fahren. 'Das bin ich Milli schuldig', dachte er und fragte sich einmal mehr, wie lange der Kater noch mit ihnen leben würde. Das letzte, untrügliche Zeichen Patricias war bisher ausgeblieben, und Frank hoffte, es bliebe noch eine Weile so.

Ein Vorbote des Ereignisses traf per Post ein. Als Frank am Abend eine Flasche Wein öffnete, meinte Patricia zu ihm, es wäre ein guter Moment, um die Tropfen zu testen. "Sie sind heute eingetroffen", sagte sie und stellte das Fläschchen vor sich auf den Tisch.

"Und ich dachte, du hättest es vergessen."

"Er baut rapide ab, aber es geht ihm gut. Er schläft mehr als sonst, schnurrt aber immer noch, wenn ich ihn streichele." Dann träufelte sie drei Tropfen in ihr Glas. "Das sollte reichen", meinte sie und hielt Frank das leere Glas hin.

"Willst du das wirklich machen?"

Patricia nickte und sah ihm entschlossen in die Augen. "Wir machen es so, wie wir es abgesprochen haben."

"Wie du willst." Bedächtig füllte er ihr Glas halbvoll. Anschließend sein eigenes.

"Auf Milli", sagte Patricia, und noch bevor Frank etwas erwidern konnte, nahm sie einen kleinen Schluck und kaute ihn im Mund, bevor sie ihn trank. "Schmecken kann ich die Tropfen jedenfalls nicht. Mal sehen, wie lange es dauert", sagte sie und träufelte nach einer halben Minute drei weitere Tropfen ins Glas. Franks Hinweis, sie solle vorsichtig sein, fegte sie mit einer Handbewegung vom Tisch und leerte das Glas in einem Zug. "Von den ersten anderthalb Tropfen habe ich nichts gemerkt", sagte sie, als sie es absetzte.

"Du sollst auch nicht sofort davon umfallen."

"Jetzt bist du dran", sagte sie mit schwerer Zunge und ließ sich nach hinten gegen die Couchlehne sacken. "Das Zeug haut ja voll rein", lallte sie noch und schloss die Augen.

Frank spürte die Panik in sich aufsteigen und setzte sich sofort neben sie. "Wie geht es dir?"

"Nicht so gut", lallte sie noch und schlief ein.

Frank beruhigte sich erst wieder, als er ihre Atmung wahrnahm. Patricia schlief tatsächlich und wäre fast von der

Couch gerutscht, wenn er sie nicht rechtzeitig zu sich gezogen hätte. Er sah auf die Uhr. Es war gerade halb neun. "Hoffentlich dauert das nicht so lange", murmelte er besorgt und schlug leicht gegen ihre Wange. Patricia bekam es nicht mit.

Nach einer halben Stunde legte er sie längelang auf die Couch, blieb aber weiterhin neben ihr sitzen. Er hatte Angst, das Zimmer zu verlassen. Trotzdem packte ihn plötzlich die Neugier. Die Chance war einmalig, um etwas auszuprobieren. 'Wie reagiert sie in dem Zustand auf Schmerzen?', überlegte er und verdrängte in derselben Sekunde das schlechte Gewissen, obwohl ihm zeitgleich der Name Doktor Mengele in den Sinn kam. "Das lässt sich nun wirklich nicht miteinander vergleichen", flüsterte er und eilte in die Küche. Was er suchte, war im Medizinschränkchen untergebracht. Hier lagerten auch einige steril verpackte Spritzen und Kanülen. Rasch griff er sich eine mittelgroße Kanüle sowie etwas Mull und lief zurück ins Wohnzimmer. Patricia schlief friedlich. 'Wo steche ich sie am besten?', fragte er sich und entschied sich für den Oberarm. Doch zuvor tränkte er eine Ecke des Mulls mit hochprozentigem Rum und reinigte die Stelle. "Tut mir leid, mein Engel", sagte er leise und stach die Spitze etwa einen Zentimeter tief in ihren Muskel. Es passierte nichts. 'War vielleicht nicht tief genug', überlegte er und drückte die Nadel langsam tiefer in ihr Fleisch. Dabei beobachtete er ihr Gesicht. Einige Male zuckten ihre Mundwinkel, aber Frank war sich nicht sicher, ob diese Reaktion dem Einstich geschuldet war. Er zog die Kanüle heraus und wischte den Tropfen Blut mit dem Mull weg. Er sah wieder in Patricias Gesicht. Das Zucken der Mundwinkel war nicht mehr zu sehen. "Sorry, mein Schatz. Aber ich muss es genau wissen", murmelte er und stach die Kanüle einige Sekunden später in ihren Unterarm, nachdem er auch diese Einstichstelle zuvor desinfiziert hatte. Er setzte die Nadel nicht senkrecht an, sondern schräg. Nachdem er die oberste Hautschicht durchstoßen hatte, schob er die gesamte Länge des Metalls langsam ins Fleisch und achtete währenddessen auf Patricias Gesicht. Das Zucken an den Mundwinkeln hatte wieder eingesetzt. "Du spürst es also", sagte er leise, zog die Kanüle heraus und wischte den Bluttropfen weg. Dann legte er den Mullverband und die Nadel auf den Tisch und bewachte erneut ihren Schlaf. Einige Male streichelte er ihre Wange. "Tut mir leid, aber es musste sein", entschuldigte er sich bei der Schlafenden.

Patricia wachte recht plötzlich auf. Es dauerte nur wenige Sekunden bis sie wusste, wo sie war und weshalb sie auf der Couch lag. "Wie lange war ich weg?", fragte sie und rieb sich erst die kleine Stelle am Unterarm. Wenig später auch die andere. "Was macht die Kanüle auf dem Tisch? Hast du mich etwa gepikst?"

"Das hab ich und du scheinst es gemerkt zu haben", erklärte ihr Frank und fand dafür die beste Ausrede, die denkbar war. "Wenn du es spürst, dann spürt es Milli auch."

"Ich kann mich aber nicht erinnern, etwas gemerkt zu haben", sagte sie versöhnlich und beschrieb ihren Schlaf als etwas Unerwartetes, was sie heimgesucht und hinweggerafft, ihr aber keine Erholung verschafft hatte. "Auf jeden Fall wirkt es genauso, wie ich gehofft habe", endete sie und sah auf die Uhr. "Lass uns schlafen gehen, es ist schon kurz nach Mitternacht."

Erstaunlicherweise schlief sie im Bett sofort ein. Das wiederum veranlasste Frank, noch ein wenig über ihren Schlaf zu wachen. "Wer weiß, ob das Zeug eine Nachwirkung hat", redete er sich ein, obwohl Patricia ihm erzählt hatte, es gäbe nach ihren Recherchen keine. Während er ruhig neben ihr lag, holten ihn die vagen Gedanken wieder ein. Frank überlegte, wie sich das, was er vorhin erlebt hatte, für die Umsetzung seines Plans nutzen ließe. Die Antwort war eindeutig: 'Das passt und sicherheitshalber kümmere ich mich noch um ein Schmerzmittel', schlussfolgerte er und beließ es vorerst dabei. Noch lebte Milli und solange das der Fall war, gab es keinen Grund zur Eile.

Im Frühjahr des folgenden Jahres bat ihn Patricia in den Garten. "Er schläft gerade", sagte sie und lief schweigend mit Frank in den hinteren Teil des Grundstücks. Fast an der Stelle, wo einst der Apfelbaum stand, den Frank gefällt hatte, meinte sie, hier wäre der Ort, wo sie Milli beerdigen möchte. "Du kannst in den nächsten Tagen das Bäumchen kaufen", sagte sie leise und begann zu weinen.

Frank nahm sie in den Arm und strich ihr übers Haar. Es dauerte eine Weile, bis er etwas sagte. "Kein Tierarzt, keine Tropfen, keine Injektion. Er geht als alter, betagter Kater von uns. Besser geht es nicht und du solltest zufrieden sein, dass es so läuft. Er schläft im Kreis seiner Liebsten ein", hauchte er in Patricias Ohr.

"Ich weiß, aber trotzdem … Er wird mir fehlen", erwiderte sie traurig, aber nicht mehr weinend.

"Er wird uns allen fehlen, der alte Haudegen. Lass uns reingehen, damit du bei ihm bist, wenn er aufwacht."

Patricia nickte und langsam gingen sie zurück zum Haus. Unterwegs erzählte sie noch, dass Milli seit gestern nichts mehr gefressen und zum ersten Mal in sein Körbchen gemacht hatte. Anschließend gingen sie ins Haus und während sie sich um Milli kümmerte, fuhr er zur Baumschule.

Milli starb drei Tage später in Patricias Armen, und Frank konnte sich des Eindrucks nicht erwehren, noch ein Lächeln im Gesicht des Katers gesehen zu haben. Auch Patricia hatte während der letzten Minuten gelächelt und ihm noch kleine Episoden zugesäuselt. Die ganze Zeit über hatte Frank neben ihr gesessen und zugehört. Daher war er überrascht, als sie plötzlich leise sagte: "Er hat es geschafft."

Noch am gleichen Tag hob er das Loch aus. Die Arbeit dauerte deutlich länger als beim ersten Mal. Das war weniger dem Umstand, heute nicht mehr über die Kraft zu verfügen, sondern zuallererst dem Grund des Aushubs geschuldet. Der gehörte zu Franks Geheimnissen, und während er grub, dachte er an die Angst, die ihn vor 40 Jahren angetrieben hatte. Ein ähnliches Gefühl empfand er auch jetzt. Der Unterschied zu damals war nur, heute hob er das Loch auf Patricias Wunsch hin aus, und leitete damit zugleich den letzten Abschnitt ihres gegenwärtigen Lebens ein.

Als er mit der Arbeit fertig war, ging er ins Haus. Die Stille im Inneren vermittelte ihm ein Gefühl der Körperlichkeit. Seine Nackenhärchen richteten sich auf und leiteten eine Welle ein, die Franks gesamten Rücken und die Arme erfasste. Kurz erbebte er und stellte dann fest, die ihn umgebende Stille war von einer Klarheit, wie er sie noch nie erlebt hatte. Dieses akustische Nichts wurde von keinem Summen oder Brummen eines elektrischen Geräts, keinem Knacken oder Knarzen des Hauses gestört. Frank stand wie gelähmt da, um dieser Symphonie des ungreifbar Klanglosen zu lauschen. Es erschien ihm plötzlich angemessen, einen Moment andächtig zu verweilen. Einen Wimpernschlag lang spürte er, was diese Stille war: eine Manifestation nichtexistierender Lebenskraft. 'Patricia', schoss ihm durch den Kopf und ein vages Gefühl der Ungewissheit trieb ihn auf einmal an. "Sie wird doch wohl nicht …", murmelte er. Seine Pupillen weiteten sich und schnell setzte er sich in Bewegung, um nach ihr zu sehen. Sie war weder im Wohnzimmer noch im Büro. Etwas hinderte ihn daran, nach ihr zu rufen. Rasch begab er sich nach oben, doch noch bevor er die Schlafzimmertür öffnen konnte, trat sie heraus und lächelte ihn traurig an. "Er ist soweit", sagte sie nur und ging zurück ins Schlafzimmer. Frank folgte ihr nicht, sondern wartete an der Tür. Patricia holte Milli, den sie in ein

Tuch gewickelt hatte. Das Bündel erinnerte Frank an die altägyptischen Katzenmumien, die man in Museen besichtigen konnte. Wortlos lief er neben Patricia her und während des ganzen Wegs zum Grab sprachen sie kein Wort.

Dort angelangt drückte sie Milli noch einmal gegen ihre Brust. Dabei schloss sie die Augen und atmete tief ein. Vorsichtig legte Frank seinen Arm um sie und wartete. Er bemerkte, wie feucht ihre Augen wurden, obwohl sie geschlossen waren. Wasser fand immer seinen Weg. "Hier wird er es auch weiterhin gut haben", tröstete er sie leise.

"Ich weiß", hauchte sie, sog noch einmal tief die frische Luft in sich ein und öffnete endlich die nassen Augen. "Du wirst mir fehlen", flüsterte sie und übergab den Kater an Frank. "Legst du ihn hinein?"

Das tat er schweigend, versäumte aber am Schluss nicht, noch einmal behutsam über den eingewickelten Körper zu streichen. "Leb wohl, Sportsfreund", murmelte er, dann stieg er wieder aus dem Loch.

Patricia hatte sich inzwischen danebengehockt und ließ etwas Erde durch ihre Finger rinnen. Dann lächelte sie Frank an, auch wenn es ein gequältes Lächeln war. "Es ist der perfekte Ort für seinen endlosen Schlaf", sagte sie und schlug vor, Frank beim Einsetzen des Apfelbäumchens zu helfen.

Gemeinsam verrichteten sie schweigend die Arbeit und erst als sie zurück ins Haus gingen, schlug sie vor, noch heute Millis Sachen in einer großen Kiste zu verstauen. "Kannst du sie nachher in den Keller bringen. Vielleicht können die späteren Bewohner etwas damit anfangen", meinte sie.

Frank empfand die Leere, als er mit Patricia zu Bett ging. Zum ersten Mal waren sie allein im Schlafzimmer. Er lag auf dem Rücken und sie schmiegte sich an ihn. Beide sagten kein Wort und Frank starrte in der Dunkelheit gegen die Decke. Es dauerte lange, bis Patricia einschlief. Er spürte es nur, weil die

Finger ihrer Hand auf seinem Bauch leicht zu zucken anfingen. Das war typisch für sie, doch normalerweise dauerte es nur wenige Minuten, bis dieses untrügliche Zeichen einsetzte. Frank wusste, wie sehr sie wegen Millis Tod litt, und trotzdem fragte er sich nach all den Jahren einmal mehr, ob es besser gewesen wäre, wenn er den Kater noch einmal gezeichnet hätte. Nur Patricias Seelenheil zuliebe. Die Antwort auf diese Frage kannte er, doch auf einmal überkam ihn ein Gefühl der Ungewissheit, das seinen Puls ansteigen ließ. Er riss die Augen weit auf. 'Gibt es wirklich nur diese sechs Bilder im Wohnzimmer?', schoss ihm durch den Kopf. Er war plötzlich unsicher, ob er nicht doch eine Skizze oder gar eine siebte Zeichnung angefertigt hatte, die damals seinen Anforderungen nicht genügt hatte und deswegen zwischen den tausenden Seiten aufbewahrter Unterlagen in Vergessenheit geraten war. 'Wieso hab ich nicht schon früher daran gedacht? Das bekomme ich in den nächsten zwei Tagen niemals heraus', dachte er und malte sich die Folgen aus, falls der Kater heißhungrig in der Küche auftauchte. 'Dann ist der Plan im Eimer und ich muss sofort handeln', folgerte er und das machte die Angelegenheit nicht besser. Ganz im Gegenteil. 'Wieso hab ich nie an so ein Szenario gedacht?', warf er sich vor und wusste, dass er jetzt nichts tun konnte außer warten. Für einen Plan B war es zu spät.

Trotzdem sah Frank nach dem Frühstück ins Medizinschränkchen. Die K.-o.-Tropfen standen noch dort, wo Patricia sie vor Monaten abgestellt hatte. Er nahm das Fläschchen heraus, um es in die Hosentasche zu stecken und entdeckte ein zweites. "Was ist denn das?", murmelte er und las den Namen auf dem Etikett. "Codein. Wann hat sie das denn besorgt?", fragte er sich, und obwohl er nicht genau wusste, ob es das war, was er vermutete, steckte er es auch in die Hosentasche und ging in den Keller. Dort deponierte er sie im

Safe. 'Es wäre eine Katastrophe, wenn sie die K.-o.-Tropfen entsorgen würde', dachte er. Das war zwar kein Plan B, aber wenigstens etwas, mit dem sich im Notfall agieren ließ. Außerdem nahm er sich vor, bei Gelegenheit herauszufinden, ob im zweiten Fläschchen das war, was er hoffte. "Noch zwei Tage Ungewissheit", murmelte er und ging wieder nach oben. Vom Küchenfenster aus sah er Patricia. Sie war im Garten und goss den neuen Apfelbaum.

Als sie zurück ins Haus kam, sah Frank sofort, wie traurig sie war. "Wollen wir etwas unternehmen? Worauf hast du Lust?", fragte er, aber sie schüttelte nur mit dem Kopf und meinte, ihr sei nicht nach Unterhaltung. "Wann willst du die Kinder anrufen und es ihnen sagen?", erkundigte er sich.

"Ich weiß nicht, ob ich es ihnen überhaupt sagen möchte."

"Wieso das denn?"

"Weil ich nicht hören möchte, er war doch nur ein Kater und ich könnte mir jederzeit einen neuen anschaffen."

"Ich verstehe, aber glaubst du wirklich, dass sie das sagen? Immerhin sind sie mit ihm groß geworden", erwiderte Frank.

"Ich habe gehört, wie Claudia mal zu ihm gesagt hat, bist du noch der zweite oder schon der dritte Milli. Sie hat mich in dem Moment nicht bemerkt. Das war, als wir mit ihm in Berlin waren. Wahrscheinlich denkt sie, ich bin ein bisschen plemplem. Naja, verübeln kann ich's ihr nicht", meinte Patricia.

"Das hast du mir nie gesagt."

"Hätte das was geändert?"

"Nein, wahrscheinlich nicht", gab Frank zu. "Er ist halt ungewöhnlich alt geworden."

"Und wenn du ihr das bestätigst, denkt sie, du nimmst mich in Schutz, weil du sonst auch plemplem sein müsstest. Wir lassen es, wie es ist, und wenn sie wieder hier sind, kann ich ihnen immer noch erzählen, dass er gestorben ist."

"Okay, mein Schatz."

"Und du gibst mir bitte auch ein paar Tage. Schaffst du das?", fragte sie Frank.

Er nickte. "Muss ich mir Sorgen machen?"

"Nein, ich brauche nur etwas Zeit. Mach einfach das, was du sonst auch immer gemacht hast. Geh in dein Atelier und arbeite. Das hat unser ganzes Leben lang funktioniert."

Die Verbannung akzeptierte er kommentarlos und fragte sich, ob ihr gemeinsames Glück tatsächlich auf dieser einfachen Formel beruhte. Er hatte zwei Tage Zeit, sich darüber Gedanken zu machen. Bis zum Ablauf dieser Frist war an Arbeit nicht zu denken. Den Plan B verdrängte er, so gut es ging.

Bereits 70 Stunden nach Millis Tod stand Frank am Fenster des Ateliers und sah in den Garten. Die Zeit verging träge. Er wusste, Patricia war im Büro und schrieb. Seine Gedanken kreisten nur darum, was er tun sollte, falls Milli auftauchte. Das versetzte ihn in der Zeit zurück. Frank bekam eine Gänsehaut. "Sie darf nicht glauben, verrückt zu sein", murmelte er und beschloss, in den Garten zu gehen. Nichts sprach dagegen, mit einem Spaten in der Hand den Boden eines oder zweier Beete aufzulockern, um ihr das Irrewerden zu ersparen. "Ein Geisteskranker in der Familie reicht", sagte er sarkastisch und setzte den Entschluss in die Tat um.

Frank grub deutlich mehr um. Die 72 Stunden seit Millis Tod waren vorbei und nichts geschah. Er gestand sich zu, überreagiert zu haben. Aber sicherheitshalber wollte er wachsam bleiben und rief sich Millis verspätetes Erscheinen nach dessen feuchtem Begräbnis im Fluss in Erinnerung. 'Dann müsste ich sogar zwei Skizzen von ihm vergessen haben', dachte er und das war höchst unwahrscheinlich. Obwohl ihre letzten zwei Jahrzehnte harmonisch verlaufen waren, und Frank wusste, welches Wissen er dem Kater zu verdanken hatte, zitterten seine Hände. "Du hattest damals trotzdem einen fiesen Charakter, Sportsfreund", flüsterte er und stach den Spaten tiefer in die Scholle.

Am darauffolgenden Tag war er endlich sicher, Milli war endgültig tot. Das löste keine Begeisterungsstürme in ihm aus, half jedoch, die innere Ruhe zurückzufinden. 'Eine Sache mach ich noch', dachte er während des Frühstücks. Er registrierte genau, wie oft Patricia zu der Stelle sah, an der Milli 45 Jahre lang seine Leckereien erbettelt hatte. Zum ersten Mal fiel ihm auf, wie alt sie auf einmal wirkte. In den letzten Tagen hatte sie kaum gesprochen, sich ins Büro zurückgezogen und schreibend getrauert. Frank wusste, sie brauchte die Zeit. Deswegen ging er nach dem Frühstück zuerst in den Keller. Er musste an den Safe, um den Stift herauszuholen. Seit Jahren hatte er nichts mehr mit ihm gezeichnet, aber heute war kein normaler Tag. Es war der Tag, um den letzten Ängsten zu entsagen. Mit zitternden Händen hielt er ihn in der Hand. Die Silbermine war an der Spitze dunkel, fast schwarz geworden, aber das war nur der Beleg ihrer Unberührtheit. Ein Lächeln huschte über sein Gesicht, und plötzlich verspürte er den Drang, endlich wieder mit diesem besonderen Stift zu zeichnen.

Langsam ging er ins Atelier und legte dort einige Bögen Papier auf den Zeichentisch. Auf dem ersten Bogen kritzelte er nur wie ein Kind herum, um die Spitze zu reinigen und wieder das Gefühl für das Material zu entwickeln. Bereits nach wenigen Minuten stellte es sich ein. Er knüllte das Papier zusammen, warf es achtlos auf den Boden und zog sich den nächsten Bogen heran. Eine Weile starrte er auf das weiße Papier und rollte dabei den Stift zwischen Daumen und Zeigefinger hin und her. Frank wartete auf die Inspiration, die ihn in solchen Momenten schon oft überfallen hatte. Wenn er sie bekam, musste er das Bild seines inneren Auges nur noch abzeichnen.

Nach einigen Minuten zeichnete er erste Linien auf dem Bogen. "Time to say goodbye", summte er leise, doch plötzlich hielt er inne und betrachtete die wenigen Linien. Er lächelte zufrieden, dann ging sein Blick abrupt zur Tür. Er dachte an Patricia, die das Bild in diesem Leben nie zu sehen bekommen durfte. Auch wenn sie nur selten ins Atelier kam, er wollte auf Nummer sicher gehen, stand auf und schloss die Tür ab. Dann ging er zu den alten Skizzenmappen. Umständlich holte er einige große Bögen heraus und legte sie auf den Tisch. Sollte Patricia an der Tür klopfen, wäre genug Zeit, um die aktuelle Zeichnung noch abzudecken. Frank setzte sich wieder. Seine Lippen erbebten, aber er begann wenige Minuten später wie in Trance zu zeichnen. Das bereits begonnene Kreuz war der Schlüssel.

Zwei Tage später beendete er das Bild. Es war bereits mitten in der Nacht. Frank spürte, wie sehr ihn die Arbeit gefordert hatte. Wobei ihn bei dieser speziellen Zeichnung nicht nur die Konzentration, sondern vor allem das erneute Durchleben und Durchleiden fast eines halben Jahrhunderts alles abverlangt hatte. Erschöpft rieb er sich die Nasenwurzel zwischen den Augen. Er hatte die Schaffung des Bildes wie eine lange Séance empfunden, die nur dreimal unterbrochen wurde. Zweimal hatte er etwas gegessen und in der letzten Nacht drei Stunden geschlafen, bis ein Alptraum ihn schweißgebadet weckte.

Jetzt betrachtete er das Ergebnis. Seine Augen brannten, doch ein erschöpftes Lächeln huschte über sein Gesicht. "Danke, Sportsfreund", bibberte er. Die Übermüdung ließ ihn frieren. Stöhnend stand er auf und streckte sich. Jeder Wirbel schien zu knacken, aber Frank spürte die Erleichterung. Er nahm die Zeichnung, schlürfte zum Archiv und öffnete dort eine volle Skizzenmappe. Die Hälfte der alten Bilder legte er auf die Ablage und warf einen letzten Blick auf sein Werk. "Es ist perfekt", murmelte er.

Sieben Mal war Milli darauf zu sehen. Im Zentrum des Bildes als gekreuzigter Messias mitsamt der Dornenkrone auf dem Haupt. Aber auch die beiden Gekreuzigten rechts und links von ihm – Dismas und Gesmas - stellten den Kater dar. Auch der römische Soldat, der dem Gekreuzigten die Lanze in die Seite stieß, war Milli. Genauso wie der, der ihm den Schwamm mit Essig gereicht hatte. Selbst den Centurio der Römer sowie Nikodemus, den jüdischen Schriftgelehrten, hatte Frank als Kater gezeichnet. Nur zwei Menschen waren auf der Zeichnung auch als Menschen zu sehen. Die eine war Maria. Sie wurde verkörpert von der leidenden Patricia. Der andere war Johannes. Den Jünger hatte Frank als Bildnis seiner selbst festgehalten.

Mit zitternden Händen schloss er die Skizzenmappe und verstaute sie wieder dort, wo sie seit Jahren unbeachtet gelegen hatte. Erst jetzt war das Werk vollbracht, und Frank wollte nur noch eines: schlafen.

Diesmal blieb der Alptraum aus. Patricia weckte ihn gegen 13 Uhr. "Es wäre schön, wenn wir wieder einmal zusammen essen ", sagte sie lächelnd und strich ihm liebevoll durch sein zerzaustes Haar.

"Wenn du wüsstest, wie recht du hast. Ich habe einen Mordshunger", erwiderte er noch verschlafen und streckte sich. Dann sah er sie an und lächelte seinerseits. Die tiefe Trauer war aus ihrem Gesicht verschwunden, und die Krähenfüße an ihren Augen verrieten ihm, sie war vom schlimmsten Schmerz genesen.

Das Leben geht weiter

In den folgenden Wochen spielte sich ihr Leben neu ein. Sie kümmerten sich gemeinsam um den Garten, und Frank bekam regelmäßig Geschichten von ihr vorgelesen. Ab und an zeichnete er, doch dann kam ihm eine Idee, die er unbedingt in die Tat umsetzen musste. Er wusste, dass er einige Monate dafür bräuchte. Deshalb begann er im Atelier unbemerkt mit der Umsetzung.

Trotzdem verlor Frank den Plan nicht aus den Augen. Einmal rief er noch bei Michel Saint-Gromé an. Genau wie in den letzten Jahren konnte sie ihm helfen, und einmal mehr stellte Frank verwundert fest, ihre Stimme hatte sich im Laufe der Jahre nicht im Geringsten verändert. Er hatte immer noch das Gefühl, mit einer jungen Frau zu sprechen.

Lange grübelte Frank darüber, wo er sein Vorhaben in die Tat umsetzen sollte. Für ihn stand nur fest, es nicht im Haus oder der näheren Umgebung zu tun. Eine erste Idee lieferte ihm Patricia. An einem schönen Sommerabend saßen sie auf der Terrasse und genossen die Ruhe ihres Gartens. Wie immer saß sie auf der Hollywoodschaukel und während Frank grillte, meinte sie plötzlich, es wäre an der Zeit, wieder einmal zu verreisen.

"Wohin willst du?", fragte Frank.

"Lust hätte ich auf einiges. Wir sind ja nie viel verreist, weil es nicht ohne Weiteres möglich war. Für die Gartenpflege könnten wir jemanden beauftragen, solange wir weg sind", meinte sie.

"Jetzt weiß ich aber immer noch nicht, wo du hinmöchtest."

"Ich kann es dir nicht genau sagen. Italien, Spanien, Frankreich vielleicht. Mich würde auch Schweden und Norwegen interessieren."

"Dann lass uns das machen", sagte Frank und wendete die fast fertig gegrillten Fleischscheiben. "Was hältst du von einer ausgiebigen Tour durch Europa. Die könnten wir mit dem Auto machen."

"Wie viel Zeit hätten wir?", fragte Patricia und stieß sich mit einem Fuß leicht vom Boden ab, um die Schaukel in Gang zu setzen.

"Keine Ahnung. Niemand erwartet uns zurück. Einen Monat oder zwei, vielleicht auch länger."

"Du kannst deine Staffelei mitnehmen."

"Und du deinen Laptop. Wo es uns gefällt, bleiben wir etwas länger …"

"Und beim Fahren könnten wir uns abwechseln", unterbrach sie ihn.

"Also ändert sich nicht viel, außer dass wir mobil sind", fasste Frank alles zusammen und legte das fertige Fleisch auf ihre Teller.

Während sie aßen, hingen sie weiter diesem Traum nach. Patricia nannte einige Städte, die sie unbedingt sehen wollte. Wien. Turin. Rom. Auch Frank fielen sofort einige Namen ein. Bilbao. Sevilla. Lissabon. Bei der Gelegenheit schrieb Patricia auch noch Budapest, Helsinki und Stockholm ins Notizbuch, das sie mit in den Garten genommen hatte. Sie hatte sich angewöhnt, Ideen sofort zu notieren, wenn sie für ihre Geschichten geeignet sein könnten. Dann kam die alles entscheidende Frage von ihr. "Wann wollen wir denn so eine lange Tour machen?"

"Nächstes Jahr im Frühjahr wäre ein guter Starttermin. Bis dahin bereiten wir alles vor", meinte er und war sich sicher, die Umsetzung seiner Idee bis dahin zu schaffen.

Er arbeitete in den nächsten Monaten fieberhaft. Während er das tat, kümmerte sich Patricia um ihre Geschichten und die Reisevorbereitungen. Sie besprach die Ergebnisse regelmäßig mit ihm, aber letztlich führte ein Zeitungsartikel dazu, dass Frank die Möglichkeiten erkannte, die sich während der Reise boten. In einem Beitrag las er von unbewohnten Ortschaften in Spanien und Italien, die sogar teilweise komplett zum Verkauf anstanden. 'So ein Ort wäre bestens geeignet, um uns verschwinden zu lassen', überlegte er und wog nach und nach die Optionen ab. Der Vorteil lag klar auf der Hand: In der Abgeschiedenheit konnte man tun und lassen, was man wollte. Alles was er brauchte, waren mehr Informationen über diese Dörfer. Anfangs liebäugelte er damit, diese Aufgabe sogar an Patricia zu übergeben. Eine Ausrede wäre schnell gefunden und im Zweifelsfall könnte sogar die Stiftung am Erwerb interessiert sein, aber dann malte er sich aus, welche Diskussionen das Thema auslösen würde. "Übernimm dich mit deinem Vermächtnis nicht. Ein Ort für junge Künstler, nämlich unser Haus, sollte reichen", hörte er sie in Gedanken sagen. Natürlich hatte sie recht, aber eine Tatsache wog viel schwerer: "Du hast mich unwissentlich den Ort meiner Hinrichtung aussuchen lassen", schrie sie ihn in seiner Fantasie an. In dieser Fantasie war sie zwar wieder jung, doch das änderte nichts an der Tatsache, dass sie trotzdem recht hatte. So oder so, Frank musste die Recherche selbst vornehmen, und dank Patricias regelmäßiger Termine kam er gut damit voran.

Zwei Monate später hatte er drei geeignete Dörfer ausfindig gemacht. Eines lag in Spanien, zwei in Norditalien. Nach Patricias Tourenplan wäre es ein leichtes, ihr die kleinen Umwege unterwegs schmackhaft zu machen. Deswegen beschloss er, den Zufall entscheiden zu lassen. Bis dahin war noch genug Zeit. Trotzdem galt es, die letzten Vorbereitungen zu treffen. Seine Idee – das letzte große Projekt des jetzigen Lebens – stand kurz vor der Vollendung, und so sprach nichts dagegen, sich um die Zukunft zu kümmern. Das führte ihn einige Male in den Baumarkt.

Bei einem dieser Besuche kaufte er auch eine Axt, die sehr gut in der Hand lag und einen präzisen Schnitt versprach. 'Wie leicht lassen sich Knochen eigentlich durchtrennen?', ging ihm beim Betrachten des Werkzeuges durch den Kopf. Frank musste sich eingestehen, die Antwort nicht zu kennen, war aber auch gleichzeitig der Meinung, vor keinem unlösbaren Problem zu stehen. 'In einigen Ländern hackt man Leuten heute noch die Hand ab, wenn sie beim Stehlen erwischt werden', dachte er und überlegte, wie ein Test aussehen könnte. Noch während er die Axt inspizierte, kam ihm die rettende Idee, und er legte das Werkzeug in den Einkaufswagen. Nachdem er den Baumarkt verlassen hatte, fuhr er zu einem Fleischer. Fünf Minuten später verließ er das Geschäft wieder und dachte darüber nach, wo er seine ersten Erfahrungen sammeln sollte. Der Schuppen im Garten bot eine gute Möglichkeit, aber Patricia war zu Hause. Kurz sann er nach glaubhaften Ausreden, verwarf sie jedoch alle und fuhr aus der Stadt. Eine viertel Stunde später kam er dort an, wo er hinwollte. Er bog in den Feldweg ein, und bereits nach wenigen Metern entdeckte er eine geeignete Stelle, an der er seine Frage beantworten konnte. Ein frischer Baumstumpf bot sich als Testlabor an.

Frank sah sich noch einmal um, aber niemand war in der Nähe. Er griff sich die Axt sowie die Tüte mit den Spitzbeinen und stieg aus. Ohne lange zu zögern, griff er das erste, legte es auf das Holz und hob die Axt. Er sah genau auf die Stelle, die er durchtrennen wollte. Dann entfernte er den Schutz an der Schneide, nahm noch einmal Maß und schlug zu. Bereits das erste Resultat sah vielversprechend aus. Er hatte den Fuß lediglich einige Zentimeter zu weit rechts getroffen, aber ihn trotzdem mit einem Hieb durchtrennt. "Nicht schlecht", murmelte er und versuchte, die beiden Stücke erneut zu halbieren. Das schlug fehl. Er wusste sofort, warum das so war. Ihm hatte der Mut gefehlt, die Hälften mit der linken Hand festzuhalten. 'Ohne Fixierung geht's also nicht', schlussfolgerte er, wagte aber auch nicht, die kleinen Teile fest gegen den Baumstumpf zu drücken. Er warf sie ins Gestrüpp und wiederholte den Test mit dem zweiten Bein. Diesmal hieb er mit voller Absicht zuerst die beiden Zehen ab, um den Abstand zur eigenen Hand zu wahren. Auch der zweite Hieb auf das Testobjekt glückte und schnitt die kleinen Gelenkknochen glatt durch. Zufrieden warf Frank den Abfall ins Gestrüpp und griff sich das dritte Bein. Diesmal versuchte er, das dickste Knochenstück abzuschlagen.

Eine Minute später begutachtete er das Ergebnis. Frank hatte es zwar geschafft, den Knochen mit einem Hieb zu durchtrennen, aber dieser war gesplittert. Allerdings war der Knochen wesentlich dicker als Elle und Speiche einer menschlichen Hand. Mit dieser Erkenntnis schloss er das Experiment ab. Am Schluss reinigte er die Schneide der Axt mit einem Papiertaschentuch und betrachtete sie genau. Es waren keine Kerben zu sehen. Beim vorsichtigen Abtasten mit dem Daumen stellte er fest, wie scharf sie war. Er legte die Schutzkappe wieder an, fuhr nach Hause und brachte sie in den Schuppen. Bis zum Weihnachtsfest blieben nur noch wenige Wochen, und Patricias Frage, warum er eine Axt gekauft hatte, beantwortete er mit der Ausrede, der Fuß des Baumes müsse für den Ständer wieder passend gemacht werden.

Die ausgearbeitete Tour präsentierte Patricia während der Weihnachtsfeiertage. Sie sollte sie zuerst nach Luxemburg und Nordfrankreich führen, bevor es an der französischen Atlantikküste Richtung Spanien weiterging. Franks Wunsch, einige Tage in Bilbao zu verbringen, hatte Patricia genauso berücksichtigt, wie die Aufenthalte in Sevilla und Lissabon. Entlang der spanischen und später der französischen Mittelmeerküste ging es weiter Richtung Italien, um von dort aus nach Wien und Budapest zu gelangen. Dann wollte sie über

Prag, Berlin und Hamburg nach Dänemark, Schweden und Norwegen.

"Wie lange wollt ihr denn unterwegs sein?", fragte Patrick. Auch Claudia war überrascht wegen der extrem langen Tour.

"Wir wissen es nicht genau, deshalb brechen wir im kommenden April auf", meinte Patricia zuversichtlich.

"Ihr wollt das alles mit dem Auto machen?", hakte nun auch Kerstin nach. Das 'übernehmt ihr euch nicht' sprach sie zwar nicht aus, aber es war ihrer Stimme anzuhören.

"Warum denn nicht. Wir können uns beim Fahren abwechseln und ansonsten fühlen wir uns fit", antwortete Frank, um Patricia beizustehen.

"Und da wir nicht unter Termindruck stehen, können wir uns alle Zeit der Welt lassen", pflichtete sie ihm bei.

"Ich find das gut", meinte Beatrix und war damit die Einzige, die ihre Pläne kritiklos akzeptierte. "Ich hoffe nur, ihr legt in Berlin eine Pause ein", schob sie nach, woraufhin Patrick und Kerstin meinten, sie wären auch in Hamburg herzlich willkommen.

"Ich mache mir trotzdem Sorgen", sagte Claudia. "Ihr seid nur selten verreist, nicht mehr die Jüngsten und macht gleich so eine Mammuttour."

"Weil es endlich geht und das Mammut ist doch nur die Reiselänge. Keine Sorge, ich glaube nicht, dass wir jemals mehr als 500 Kilometer am Tag zurücklegen. Wir wollen was sehen und nicht an allem vorbeirasen", erwiderte Frank.

Das Weihnachtsfest war trotzdem schön, und Frank ertappte sich dabei, bei der Verabschiedung der Kinder sentimental zu werden. Aber er hatte seine Gefühle im Griff, und so fiel es außer Patricia niemandem auf. Auf ihre Nachfrage meinte er nur, in ihrem Alter müsse man immer davon ausgehen, es könne das letzte Mal gewesen sein. "Alter Quatschkopf", war alles, was sie dazu sagte.

Die letzten Reisevorbereitungen traf Frank in der Stille seines Ateliers. Bereits im Februar hatte er sein Projekt abgeschlossen und das Ergebnis in den Safe gelegt. Dort lagerten auch einige Dinge, die er mitnehmen musste. Patricias K.-o.-Tropfen und das Schmerzmittel gehörten dazu. Sie hatte das Verschwinden der Fläschchen nie bemerkt. Frank versteckte sie, genau wie einige andere Utensilien, Ende März in den beiden Kisten mit Zeichenmaterial. Der geräumige SUV, den er im Vorjahr gekauft hatte, bot genügend Platz. Frank hatte Patricia sogar davon überzeugt, ein kleines Zelt mitzunehmen. Sie hatten zwar nicht vor, es jemals aufzubauen, aber der Hinweis auf eine Autopanne in einer menschenleeren Gegend reichte als Argument aus. Seine letzte Vorbereitung war ein Fax an Rechtsanwalt Lüthi. Er benannte unwiderruflich die Namen der beiden Begünstigten der Stiftung.

Mitte April verließen sie das Haus. Am Vorabend war Patricia ihre Checkliste letztmalig durchgegangen und konnte hinter jeder Position einen Haken machen. Um Garten und Haus kümmerte sich eine Firma, alle Angelegenheiten waren geregelt, und für den Rest hatte sie ihr mobiles Büro, den Laptop, eingepackt.

In Bilbao kamen sie drei Wochen später an. Patricia war völlig klar, warum Frank hierher wollte. Sie verstand auch, warum er das Guggenheim-Museum nicht an einem Tag schaffen konnte. Die Zahl der Exponate war einfach zu groß. "Diese Ausstellung wollte ich unbedingt sehen", gestand er ihr. Sie lächelte. "Ich weiß", war alles, was sie darauf erwiderte und Hand in Hand ließen sie sich durch die Etagen treiben.

In Lissabon blieben sie eine Woche und genossen das Flair der Altstadt. "Warum haben wir das nicht schon früher gemacht?", fragte er sie in einem Restaurant beim Abendessen.

"Weil es nicht ging, und das weißt du", antwortete sie. "Ich hatte nicht den Eindruck, dass du zu Hause unglücklich warst", fügte sie hinzu.

"Das war ich auch nicht", erwiderte er und sah sie an. "Was würdest du machen, wenn du noch mal jung wärst?"

"Wie meinst du das?", fragte sie zurück.

"Wenn wir beide noch mal jung wären. Würdest du dich wieder für mich entscheiden?"

"Warum nicht, schließlich wüsste ich dann noch nicht, was mit dir auf mich zukommt", sagte sie schmunzelnd.

"Und wenn du jung wärst und das Wissen von heute hättest? Was würdest du dann machen?"

"Ich verstehe zwar nicht, warum du das fragst, aber ich denke, dann würde ich mich nicht anders entscheiden."

"Würdest du mich auch noch mal heiraten?", fragte Frank leise.

Sie sah ihn verwundert an. "Ja, das würde ich."

Frank lächelte. "Danke, mein Schatz." Dann aß er weiter.

Patricia sah ihn weiter fragend an. "Was hättest du eigentlich geantwortet, wenn ich dich das gefragt hätte?"

"Dasselbe. Bloß schneller", sagte er.

"Wenn du die Antwort des anderen kennst, ist das leicht gesagt", antwortete sie, aber die Krähenfüße an ihren Augen verrieten, wie zufrieden sie mit seiner Antwort war.

Einige Tage später fuhren sie von Lissabon nach Sevilla. Das jedenfalls sah Patricias Tourenplan vor. Frank nutzte die Autobahn bis Badajoz, aber anstatt von dort aus weiter Richtung Süden zu fahren, schlug er vor, einen Abstecher in die Sierra de Guadalupe zu machen.

"Was gibt es dort?", fragte sie.

"Nichts, außer einem verlassenen Dorf. Ich möchte unbedingt die Stimmung so eines unbewohnten Ortes einfangen. Es geht schließlich nicht bloß darum, die Menschen auf einem Bild wegzulassen. Der Zahn der Zeit, dieser allmähliche Verfall, der peu à peu alles zerfrisst, hinterlässt seinen eigenen Charme, und wann hatte ich jemals die Möglichkeit, so etwas mit allen Sinnen aufzusaugen. Es ist ja nicht bloß das Sehen", erwiderte er äußerlich gelassen, aber mit einer inneren Anspannung, die ihm fast die Kehle zuschnürte. Seine Hände griffen dabei fester um das Lenkrad.

"Warum nicht, genug Zeit haben wir ja", antwortete Patricia, sah ihn aber nach einigen Sekunden an. "Wieso hast du in Lissabon noch nichts gesagt?"

"Weil ich nicht daran gedacht habe. Es ist mir vorhin erst wieder eingefallen." Die Lüge kam ihm offensichtlich leicht über die Lippen, aber seine Hände wurden feucht. Patricia begnügte sich mit der Antwort.

Die Fahrt führte sie in eine trockene Gegend. Die Landschaft war nicht grün, sondern ausgedörrt und von der Sonne verbrannt. Sie fuhren durch einige kleinere Ortschaften, die verkommen aussahen. Kein Mensch würde hier seinen Urlaub verbringen wollen.

Nach zweistündiger Fahrt erreichte Frank das Dorf. Es schien tatsächlich verlassen zu sein. Nur einige vergilbte Schilder mit der Aufschrift "Se vende" waren an mehreren Häusern angebracht worden. Doch das musste schon vor Monaten oder gar Jahren passiert sein. Am Dorfplatz hielt er den Wagen. Sie stiegen aus und sahen sich um. Es herrschte eine gespenstische Stille, die nicht der Mittagshitze und der üblichen Siesta geschuldet war. Hier gab es niemanden mehr, der Siesta hielt. Nicht einmal Vögel.

Frank sah Patricia einen Moment an. "Wollen wir uns den Ort ansehen?", fragte er.

"Wenn's unbedingt sein muss. Es fühlt sich irgendwie gespenstisch an. Ich möchte schnellstens wieder weg von hier. Also lass es uns hinter uns bringen", sagte sie leise.

Sie gingen los und stellten fest, die einzigen zusammenhängenden Häuserzeilen befanden sich auf dem Marktplatz. In eine der abgehenden Straßen bogen sie ein, doch bereits nach 100 Metern machten sie kehrt. Die kleinen Häuser rechts und links machten einen verwahrlosten Eindruck. Einige schiefe oder herabhängende Fensterläden sowie eingeschlagene Scheiben verstärkten dieses Bild. Der Putz an den Fassaden war größtenteils abgefallen, die ehemaligen Gärten vertrocknet und außer einigen Sukkulenten wuchs hier nichts.

Sie liefen erneut über den Marktplatz, aber auch die beiden Straßen auf dieser Seite boten kein besseres Bild. Während sie schweigend nebeneinanderher gingen, fragte sich Frank, ob es eine vernünftige Idee gewesen war, so einen Ort in seine Planung einzubeziehen. Seine Antwort war simpel: nein. Die Abgeschiedenheit machte ihn zwar zu einem hervorragenden Tatort, aber der wichtigste Teil des Plans, das Auffinden sterblicher Überreste, war höchst unwahrscheinlich. Zumindest innerhalb von drei Tagen. 'Wenn es in der Nähe einen größeren Ort gäbe, wäre das Dorf nicht unbewohnt', dachte er und ahnte, es würde bei den Optionen in Italien genauso sein wie hier. "Wieso hast du nicht schon früher daran gedacht, du Idiot", sagte ihm eine innere Stimme, aber Selbstvorwürfe halfen jetzt nicht weiter.

"Lass uns kehrtmachen", schlug Patricia vor und riss ihn aus seinen Gedanken.

"Wie du meinst."

"Willst du hier wirklich noch malen? Ein paar Fotos dürften auch reichen. Die Stimmung kennst du jetzt, und wenn du die Fotos irgendwann abzeichnest, …" Mehr sagte sie nicht.

Eine halbe Stunde später brachen sie nach Sevilla auf und verbrachten dort drei Tage. In dieser Zeit stellte Frank seine Planung immer wieder in Frage, ohne eine bessere Lösung zu finden. Letztlich sorgte der Umstand, gerade erst einen Bruchteil der Reisedistanz zurückgelegt zu haben, für Zuversicht. Es sprach nichts dagegen, den längsten Urlaub ihres Lebens zu genießen. Bis sie die französisch-italienische Grenze passieren würden, sollten noch drei Wochen vergehen. So jedenfalls sah es Patricias Reiseplanung vor und bisher hatten sie sich daran gehalten.

In der darauffolgenden Woche überquerten sie die spanisch-französische Grenze und fuhren nach Perpignan. Die Weiterfahrt nach Marseille sollte nicht entlang der Küste verlaufen, sondern sie ins Hinterland führen. "Am Meer sind wir erst wieder, wenn wir unsere Reiseroute von damals wiederholen. Erinnerst du dich noch daran?", fragte Patricia, als sie ihn beim Abendessen in die Planung der nächsten Tage einweihte.

"Wie könnte ich das vergessen. Den Urlaub von damals wiederholen wir praktisch, nur diesmal in der anderen Richtung und in Nizza wird nicht Schluss sein", antwortete er und erntete ihr Lächeln. "Ich wollte schon immer mal ein Weingut besuchen und französischen Käse liebe ich, wie du weißt", fügte er hinzu.

"Dann werden dir die nächsten Tage sehr gefallen."

Mit diesem Teil der Reiseroute hatte Patricia tatsächlich voll ins Schwarze getroffen. Für den Abschnitt zwischen Perpignan und Marseille hatte sie eine Woche geplant. Eine Distanz, die sie bisher meist an einem Tag zurückgelegt hatten. Frank wusste, wie sehr sie Südfrankreich liebte und er liebte sie.

Am folgenden Tag bezogen sie in Béziers ihr Quartier. Es stand bereits fest, hier würden sie vier Tage bleiben. Der Ort war hervorragend als Ausgangspunkt für ihre Tagestouren geeignet, egal ob es nach Roquefort, Pézenas oder nach Carcassonne ging. Patricia hielt eine weitere Überraschung bereit. Den ersten Tagesausflug nach Roquefort machten sie nicht mit dem Auto, sondern entspannt mit der Eisenbahn. "Hier gibt es so viel zu sehen. Weinberge, weite Ländereien mit riesigen Schafherden, Schluchten, durch die sich der Zug schlängelt, da dachte ich, wir genießen das ganz entspannt vom Fenster des Abteils aus und verzichten einmal auf den Wagen", erklärte sie beim Abendessen.

Sie behielt recht, und obwohl Frank nicht bewusst daran dachte, produzierten die Bilder aus dem fahrenden Zug neue Ideen in ihm. Gerade der Abschnitt entlang des Orb, einem Fluss, brannte sich in sein Unterbewusstsein ein. Alles war nur eine Frage der Zeit.

Der zweite Tagesausflug führte sie nach Carcassonne. Diesmal fuhren sie wieder mit dem Auto, entschieden sich jedoch gegen die Benutzung der Autobahn. Der Canal du Midi schlängelte sich durch die Landschaft und verband die beiden Städte. Die Fahrt entlang des Kanals dauerte zwar doppelt so lange, doch die Landschaft entlang der Wasserstraße sollte die Entschädigung dafür sein. So war es auch, und als sie nach ihrem Stadtbummel durch Carcassonne beratschlagten, welche Route sie für die Rückfahrt wählen sollten, waren sie sich sofort einig, die Autobahn erneut zu meiden. "Lass uns unterwegs irgendwo ein Picknick machen", schlug Patricia vor.

"Warum nicht. Ich hätte Lust, ein Bild zu malen. Kein großes, vielleicht nur ein Aquarell", erwiderte Frank.

"Allez!", hauchte sie charmant, und während sie vom Bistro, in dem sie nur Kaffee getrunken hatten, zum Parkplatz bummelten, kauften sie alles ein, was sie für das Picknick brauchten. Ein riesiges frisches Baguette, Käse, Schinken sowie eine Flasche Rotwein reichten völlig aus, um glücklich zu sein.

Sie fuhren exakt denselben Weg zurück, auf dem sie hergekommen waren. Diesmal lag der Kanal zu ihrer rechten

Seite. Frank erinnerte sich, auf der Herfahrt eine einsame Bank an einer der zahlreichen Kanalbiegungen gesehen zu haben. Es gab zwar noch mehr Gelegenheiten, an denen sie rasten konnten, aber selbst beim Vorbeifahren hatte dieser Aussichtspunkt einen unverwechselbaren Eindruck in ihm hinterlassen. Er musste dort malen und erzählte Patricia davon. Sie meinte nur, dann wäre es auch der perfekte Platz für ihr Picknick. "Manchmal passt einfach alles", erwiderte er zufrieden.

"Und verfehlen können wir ihn nicht", antwortete sie und sah dann zu den Weinbergen auf der anderen Kanalseite. Trotz der hohen Temperaturen erstrahlte hier alles in sattem Grün. Ganz anders als noch vor wenigen Tagen in Spanien.

Frank fuhr gemächlich weiter und eine viertel Stunde sagten sie kein Wort. "Ich müsste mal …", meinte Patricia plötzlich und sah ihn mit wehleidigem Blick an.

"Kein Problem, ich halte da vorn neben den Bäumen." Sein Blick deutete in Fahrtrichtung.

"Dir ist aber klar, dass ich mich nicht einfach an einen Baum stellen kann wie du."

"Hier gibt's doch kaum Verkehr. Außerdem schützt dich der Wagen vor neugierigen Blicken."

"Und der Schlepper", erwiderte sie und ihr Blick deutete auf den Kahn im Kanal.

"Wie du meinst. Sag Bescheid, wenn du nicht mehr warten kannst. Ich will keine Schweinerei im Auto."

"Doofer Kerl", meinte sie nur, musste aber grinsen.

Fünf Minuten später wurde sie unruhiger. Während der Zeit hatte Frank auch nach einer Möglichkeit Ausschau gehalten. Der Graben entlang der anderen Straßenseite bot seiner Meinung nach eine gute Alternative. Er war ihm bereits auf der Hinfahrt aufgefallen, weil er sich kilometerlang neben der Straße herzog und nur gelegentlich durch kleine

Überführungen unterbrochen wurde. An der nächsten Überführung fuhr er auf die andere Straßenseite und hielt. "Eine bessere Stelle gibt es nicht", sagte er und stieg aus. Der Graben war ungefähr einen Meter tief und nur von Gras und einigem Gestrüpp bewachsen. Die Überführung wiederum war eine Erdaufschüttung, die eine große Betonröhre verbarg. Über sie rollten wahrscheinlich nur Erntemaschinen. Das vermutete er, weil außer der Reifenspur eines Traktors nichts zu sehen war. Als er den Meter hinabstieg und sich bückte, konnte er den Graben auf der anderen Seite sehen. Eine dunkle Öffnung in der Mitte der Betonröhre fiel ihm auf. Sie war auf der linken Seite und schien unter der Straße hindurchzuführen. Schlagartig war Frank klar, wozu der Graben diente. Er fing das Wasser bei Starkregen auf, das von den Hängen der Weinberge floss, und leitete es unter der Straße in den Kanal.

Mit drei großen Schritten war er wieder oben, stieg in den Wagen und fuhr ihn zehn Meter zurück. "Der Wagen ist dein Sichtschutz von der Seite, und ansonsten verbirgt dich die Überführung. Allez, mein Schatz! Oder willst du platzen?"

"Hilf mir in diesen verdammten Graben", sagte sie nur und stieg aus. Frank reichte ihr beim Abstieg seine Hand und ging, nachdem Patricia unten angelangt war, auf die andere Straßenseite. Hier sah er das Ende des Abflusses einen halben Meter aus der Kanalböschung ragen. Sein Durchmesser war fast genauso groß wie der des Betonrohrs unter der Überführung. Die Erkenntnis traf ihn schlagartig. "Hab ich alles dabei?", murmelte er und ging in Gedanken seine Liste durch.

"Hilf mir mal hoch!", hörte er Patricia rufen. Das holte ihn ins Jetzt zurück.

Eine Minute später wusch sie sich unter einem Strahl Mineralwasser die Hände. Mit einem Papiertaschentuch trocknete sie sie ab. Währenddessen stellte Frank die Flasche wieder in die Kiste zurück, die im Kofferraum stand. Dann setzten sie ihre Fahrt fort.

Bereits nach 3,7 Kilometern erreichten sie die Bank. Frank hatte den Kilometerzähler am Tacho unbemerkt auf null gestellt. "Hier ist es", sagte er und genoss bereits vom Auto aus die Aussicht, die sich von dieser Stelle aus bot.

"Es ist wirklich schön hier", stimmte Patricia ihm zu.

Zuerst baute Frank die Staffelei auf, dann räumten sie gemeinsam die Sachen aus dem Auto, die sie fürs Picknick brauchten. Ein kleiner Klapptisch gehörte dazu. Frank stellte ihn vor die Bank. Während Patricia den Tisch deckte, inspizierte er den Ort genau. Der Kanal schlug hier einen weitläufigen Bogen. Von seiner Position aus konnte er kilometerweit über die Wasserstraße hinwegsehen. Am gegenüberliegenden Ufer befand sich etwas versetzt ein kleines Gebäude, an dem er verschiedene Signalleuchten erkennen konnte. Wahrscheinlich wurde hier vor entgegenkommendem Schiffsverkehr gewarnt. Er selbst stand an einer Mauer, die fünf Meter nach unten direkt ins Wasser reichte. Nur ein schmales Geländer versperrte den Weg. Frank drehte sich um und sah zu Patricia. Sie wollte gerade die Weinflasche öffnen. "Ich helfe dir, mein Engel", sagte er und ging zu ihr. Es war kurz nach 17 Uhr.

"Essen wir gleich oder malst du erst?"

"Lass uns zuerst essen. Ich versuche später, die Abendsonne auf dem Wasser einzufangen", antwortete er, setzte sich und nahm ihr die Flasche aus der Hand. Bedächtig öffnete er sie und goss ihre Gläser halbvoll. "Auf dich und deinen Mut", sagte er grinsend.

"Wie meinst du das?"

"Nun ja, es hat über 70 Jahre gedauert, bis du dich getraut hast, im Straßengraben zu pinkeln."

580

"Im nächsten Leben möchte ich auch ein Kerl sein", erwiderte Patricia.

"Das wäre sicherlich zu viel des Guten. Der kleine anatomische Vorteil ist nicht so signifikant, wie du gerade denkst."

Genüsslich nahmen sie ihre letzte Mahlzeit ein. Der Käse und der Schinken schmeckten fabelhaft. Genau wie das Baguette und der Rotwein. Insgeheim war Frank nur unzufrieden darüber, in Carcassonne nicht mehr Schinken und zusätzlich Salami gekauft zu haben. Aber das nahm er hin, weil er dort noch nicht geahnt hatte, wie der Tag enden sollte.

Eine Stunde später begann er mit dem Bild. Währenddessen machte Patricia es sich auf der Bank bequem, las in einer Illustrierten oder sah ihm einfach nur zu. Bis dahin waren gerade einmal drei Fahrzeuge vorbeigefahren. Es waren ein Pkw und zwei Traktoren mit Anhängern gewesen. Ob es an den noch nicht begonnen Schulferien oder einfach nur daran lag, dass sich die Menschen lieber am Meer anstatt im Hinterland aufhielten, war Frank egal. Die Entscheidung, die kurvenreiche Landstraße für ihren Ausflug zu nutzen, erwies sich für sein spontanes Handeln als Segen.

Die Arbeit am Bild dauerte nur zwei Stunden. Trotzdem war es Frank gelungen, die abendliche Stimmung einzufangen. "Es ist schön geworden", sagte Patricia, als sie es betrachtete. Sie stand vor ihm und lehnte sich leicht gegen ihn.

"Dann lass uns den Sonnenuntergang genießen. Bis dahin kann es trocknen. Ich packe nur schnell meine Sachen ins Auto", schlug er vor.

"Soll ich dir helfen?"

"Auf keinen Fall", flüsterte er.

"Ich weiß. Der Fluch des Malers."

"Warte doch am Geländer auf mich. Ich bin in zwei Minuten bei dir", sagte er leise.

"Beeil dich", hauchte sie.

Rasch verstaute er seine Utensilien in der Box und legte sie in den Kofferraum. Dann sah er zu Patricia. Sie stand am Geländer und schaute aufs Wasser. Er griff ein sauberes Glas aus dem Picknickkorb, stellte es auf der Box ab und öffnete eine zweite, die nicht nur Farben und Pinsel enthielt. Er träufelte 12 Tropfen in das Glas. Die doppelte Menge wie bei ihrem Selbstversuch, der sie über drei Stunden außer Gefecht gesetzt hatte. Er schaute wieder zu ihr. Sie sah immer noch aufs Wasser. Er stellte das Fläschchen mit den K.-o.-Tropfen zurück in die Box. Leise ging er zum Tisch und füllte etwas Wein in ihre Gläser. Es war deutlich weniger als beim ersten Mal. Die Flasche stellte er so ab, dass das dritte Glas verdeckt wurde, falls sie sich zu ihm umdrehen sollte. Mit ihrem Glas in der linken Hand ging er zu ihr. Sein eigenes hielt er in der rechten. Sie drehte sich erst um, als er nur noch zwei Schritte hinter ihr war. Frank lächelte sie an und reichte ihr das Glas. "Der Sonnenuntergang ist wirklich fantastisch. Auf unser wundervolles Leben. Ich liebe dich", sagte er und küsste sie. Dann stieß er mit ihr an. Zum letzten Mal sah er die Krähenfüße an ihren Augen, die sich immer zeigten, wenn sie lächelte. 'So wie jetzt werden sie erst wieder in 50 Jahren sein', dachte er.

Bereits wenige Sekunden später stützte sie sich bei ihm ab. "Mir ist auf einmal so komisch", sagte sie kraftlos. Frank hielt sie fest und half ihr bis zur Bank. Vorsichtig setzte er sie ab und sah auf die Uhr. Doch das bekam Patricia nicht mehr mit. Es war 20:21 Uhr und noch zu hell, um mit dem zweiten Teil zu beginnen. Deshalb bereitete er alles für die Teile drei und vier vor.

Frank öffnete den Kofferraum und löste sämtliche Gurte, mit denen er die Kisten und Boxen während der Fahrt gesichert hatte. Als nächstes warf er eine Decke auf die Rücksitzbank, öffnete eine der Boxen, in denen er die Malutensilien aufbewahrte und schüttete sie aus. Dann nahm er den doppelten Boden heraus. Unter ihm befanden sich die Pässe, ausreichend Bargeld und eine alte Pistole der Wehrmacht. Franks Großvater hatte sie nach den Kriegswirren behalten und ihm später das Versteck der Waffe anvertraut. Jetzt steckte er die Sachen in einen Stoffbeutel und legte ihn ins Gepäcknetz seiner Rückenlehne. Den Rucksack, der zwei Paar Turnschuhe und einige Anziehsachen enthielt, stellte er hinter den Beifahrersitz. Genau wie die kleine Pappkiste, sie war nicht viel größer als ein Schuhkarton. Damit waren die wichtigsten Vorbereitungen fast erledigt. Frank sah auf die Uhr. Es war 20:38 Uhr. Patricia schlief tief und fest auf der Bank. Als Letztes kramte er die Axt, die derbe Schnur mit dem Holzstiel, eine Taschenlampe und das Schmerzmittel hervor. "Hoffentlich hält das Codein, was es verspricht", murmelte er und warf einen letzten Blick in den Kofferraum. Er war zufrieden. Alles lag kreuz und quer herum. Die Sachen, die er in der Hand hatte, brachte er nach vorn und legte sie auf die Mittelkonsole.

Frank entschied sich, den Tisch mit dem Geschirr und den Resten ihres Picknicks stehenzulassen. Nur das dritte Glas warf er in den Kanal. Das Geräusch war kaum von dem eines springenden Fischs zu unterschieden, aber es war sowieso niemand in der Nähe, dem das aufgefallen wäre. Im Gebäude an der anderen Uferseite brannte bereits Licht. Mittlerweile war es sehr düster geworden. Er klappte nur noch die Staffelei zusammen und warf sie in den Kofferraum. Dann brachte er Patricia vorsichtig zum Auto und legte sie auf die Rücksitzbank. Bevor er selbst einstieg, goss er den restlichen Wein in den Kanal und stellte die leere Flasche zurück auf den Tisch.

Frank stieg ein, startete den Motor und wendete. Er beschloss, die Scheinwerfer vorerst auszulassen. Der Kilometerzähler würde ihn zum Ziel führen, und das fahle

Licht des Mondes reichte, um sich zu orientieren. Seine Augen hatten sich an die Dunkelheit gewöhnt.

Langsam fuhr er die 3,7 Kilometer zurück. Kein entgegenkommendes Fahrzeug blendete ihn. Erst als er 3,6 Kilometer zurückgelegt hatte, schaltete er das Parklicht ein. Er fuhr fast nur noch im Schritttempo. Jeden Augenblick musste die Überführung kommen. Im letzten Moment bemerkte er sie und lenkte den Wagen darauf. Sofort machte er das Parklicht aus. Mit der Taschenlampe in der Hand stieg er aus und lief die wenigen Meter zum Graben. Er ging vorsichtig hinunter und beugte sich in die Öffnung des Betonrohrs. Der Durchmesser war groß genug, um bequem hindurchkriechen zu können. Erst jetzt schaltete er die Taschenlampe an. Im Inneren des Rohrs war es tiefschwarz. Frank hielt die Taschenlampe mit dem Mund fest und kroch auf allen Vieren hinein. An der Öffnung des seitlichen Abzweigs, der zum Kanal führte, hielt er an. Er musste das Rohr einmal ausleuchten. Er vermied es dabei, den Lichtstrahl der Taschenlampe direkt auf den Ausgang zu halten. Auch dieses Rohr war verdreckt und staubig, aber nicht von wilden Tieren bewohnt. Nur einige große Spinnweben verrieten ihm, hier waren seit längerer Zeit keine großen Wassermassen mehr hindurchgeflossen. Mit dieser Erkenntnis kroch er zum Ausgang am Straßengraben. Rechtzeitig schaltete er die Lampe aus und steckte sie in seine Gesäßtasche.

Der zweite Teil des modifizierten Plans begann. Zuerst breitete Frank die Decke am Eingang der Röhre aus. Er wollte seine Frau darauflegen, um sie besser ziehen zu können. Dann machte er sich an den schwersten Teil: Patricia. Obwohl sie narkotisiert war, bemühte er sich, sie sanft aus dem Wagen zu holen und in den Graben zu tragen. Sie war schwerer, als er vermutet hatte. Als er sie nach den paar Metern auf der Decke ablegte, klopfte sein Herz bis zum Hals und der Schweiß lief von seiner Stirn. Er ruhte sich einige Sekunden aus, atmete tief durch, kroch in die Röhre und drehte sich umständlich auf allen Vieren um. Dann griff er die Ecken der Decke und zog sie Stück für Stück mitsamt der wertvollen Last unter die Erde. Die ersten zwei Meter waren fast geschafft, als die Kraft in seinen Händen nachließ. Frank machte erneut eine Pause. Sein Herz raste, der Schweiß tropfte am Kinn herab. 'Ich muss es schaffen', ermahnte er sich und griff erneut an den Ecken der Decke zu. Er zog Patricia mit aller Kraft zu sich. Stück für Stück. Meter für Meter. Nach weiteren dreien war er am ersten Etappenziel angelangt, dem seitlich abgehenden Rohr. Frank verschnaufte und sah auf die Uhr. Das lumineszierende Ziffernblatt zeigte ihm, es war bereits 21:37 Uhr. "Das dauert zu lange", keuchte er und kroch rückwärts in das Rohr. Diesmal fasste er Patricia von hinten unter die Arme und zog sie so zu sich. Es war einfacher als mit der Decke, aber fürs Über-sich-selbst-Ärgern gerade keine Zeit. Als er der Meinung war, tief genug zu sein, holte er die Taschenlampe aus der Gesäßtasche und leuchtete in Richtung des Hauptrohrs. Kurz lächelte er. Der schwerste Teil war erledigt und die Zeiger standen auf 21:41 Uhr. "Na geht doch", japste er und machte sich auf den Rückweg zum Auto.

Als nächstes brachte er den Rucksack und den Karton – in ihm befanden sich einige Lebensmittelkonserven – nach unten. Beides legte er an Patricias Füßen ab und kroch wieder nach draußen. Zuletzt war der Stoffbeutel an der Reihe. Einmal beleuchtete er das Ergebnis für einige Sekunden, wagte es aber nicht, die Lampe länger anzulassen. 'Vom Wasser aus könnte es komisch aussehen, wenn aus 'nem Rohr Licht austritt', war der Gedanke, der aus seiner Vorsicht eine reale Gefahr machte. Auch wenn es unwahrscheinlich war, dass gerade jetzt ein Boot vorbeifuhr und ein Besatzungsmitglied just in dieser Sekunde zufällig zum Rohr in der Uferböschung schaute, gänzlich ausschließen wollte er es nicht. Kommissar Zufall hatte Patricia es in einer ihrer Geschichten genannt. Am Schluss steckte er die Taschenlampe in den Stoffbeutel.

Er sah auf die Uhr. "Fünf vor zehn", murmelte er und überlegte, ob er etwas vergessen hatte. "Ach du Scheiße", fluchte er, als es ihm auffiel. Im Dunkeln tastete er Patricia ab und steckte das Gesuchte zufrieden in die Hosentasche, nachdem er es gefunden hatte. Anschließend beugte er sich über sie und kontrollierte ihren Atem. Er spürte ihn deutlich. "Bis gleich", murmelte er, dann kroch er ein letztes Mal zum Ausgang der Röhre. Bevor er wieder zum Picknickplatz fuhr, öffnete er den Kofferraum und holte die angefangene Flasche Mineralwasser heraus. Gierig trank er und warf die leere Flasche achtlos zurück. Dabei fiel sein Blick auf den Verbandskasten. "Den brauch ich noch", sagte er und nahm ihn mit nach vorn.

Er startete den Motor und wendete den Wagen. Nach der Schwärze im Rohr kam ihm die Nacht hell vor. Trotzdem fuhr er nur langsam mit ungefähr 20 km/h. Selbst bei diesem Tempo dauerte es keine zehn Minuten, um wieder dorthin zu gelangen, wo er hinwollte. Unterwegs kam ihm eine Idee, über die er kurz nachdenken musste. "Was soll's. Sicher ist sicher und bei dem Tempo kann nichts passieren", sagte er auf einmal und lenkte den Wagen frontal gegen einen Baum. Die Airbags gingen mit einem lauten Knall auf, aber das kam Frank vielleicht nur so vor. "Das hätte doch ins Auge gehen können." Der Schmerz im Gesicht war sehr real. Trotzdem war er zufrieden und tastete suchend nach dem Taschenmesser, das immer in der Mittelkonsole lag. Er öffnete es und stach erst in seinen, dann in den Airbag auf der Beifahrerseite. Anschließend legte er den Leerlauf ein und startete den Motor. Der Wagen sprang sofort an und ließ sich rückwärts bewegen. "Klappt doch", murmelte er zufrieden, stellte den Ganghebel auf D und fuhr die letzten beiden Kilometer. Die Anzeige stand wieder bei 3,6 Kilometer, als Frank das Tempo auf Schrittgeschwindigkeit drosselte. Er sah rechtzeitig die erleuchteten Fenster des Gebäudes am anderen Ufer. Er hielt den Wagen neben der Bank und schaute auf die Uhr. Es war 22:19 Uhr. Kurz dachte er über das letzte Problem nach. Wie sollte der Wagen ohne ihn am Steuer das Geländer durchbrechen und in den Kanal stürzen. Um 22:21 Uhr hatte er die Lösung. Er holte eine schmale Box aus dem Kofferraum und klemmte sie so in den Fußraum, dass sie das Gaspedal nach unten drückte. Dann brach er den Ständer der Staffelei auseinander, ließ das Fenster auf der Beifahrerseite herunter und testete, ob die Länge des Holzes, aber auch der Winkel ausreichte, um den Ganghebel des Automatikgetriebes nach vorn zu bewegen, wenn der Sicherungsknopf gedrückt wäre. Die stabile Holzleiste war lang genug. Das größte Problem bereitete ihm der Sicherungsknopf des Ganghebels. Er war auf der Fahrerseite und musste gleichzeitig gedrückt werden, wenn der Hebel betätigt wurde. Nur so ließ sich die Blockierung lösen. "Wie drücke ich diesen Knopf nach innen, wenn ich nicht im Auto sitze?", murmelte er zwar, öffnete aber gleichzeitig die Werkzeugkiste im Kofferraum, um das Objekt seiner Eingebung zu suchen. Nach einigen Sekunden hielt er es in der Hand. Es war ein simpler Kabelbinder. Frank hatte verschiedene Exemplare erworben und sie zwischen den Werkzeugen verstaut. "Gleich wissen wir, ob's klappt", sagte er zuversichtlich und setzt sich nach vorn. Er legte den Kabelbinder um den Knauf des Ganghebels und zog ihn vorsichtig zusammen. Er wollte damit gleichzeitig den Knopf nach innen drücken. Grundsätzlich funktionierte die Idee, aber der Sicherungsknopf war glattpoliert und bot wegen seiner abgerundeten Kanten dem Kabelbinder keinen ausreichenden Halt. Das schmale Plastikband rutschte immer wieder ab. "Scheiße", fluchte er leise. Frank ärgerte sich darüber, dieses grundsätzliche Problem in seiner Planung nicht berücksichtigt zu haben. Aber fast alles, was er in dieser Nacht tat, war jenseits des ursprünglichen Plans, der so ein Szenario auch nicht vorgesehen hatte. "Reiß dich zusammen. Es gibt kein Zurück mehr und Patricia wartet", flüsterte er erregt, schloss kurz die Augen und atmete einige Male tief durch. Plötzlich lächelte er. "Das könnte klappen." Hastig stieg er aus und ging wieder zum Kofferraum. Das von ihm selbst geschaffene Chaos darin sorgte dafür, dass er jetzt etwas länger suchen musste. Trotzdem fand er, was er suchte. Frank schloss den Kofferraum und eilte nach vorn. Er drückte den weichen Radiergummi sofort gegen den Sicherungsknopf und rieb ihn hin und her. Es fühlte sich stumpf genug an, um einen weiteren Versuch zu wagen. Es war erst 22:32 Uhr. Er lag im Zeitplan. Mit sicherem Griff legte er einen neuen Kabelbinder am Ganghebel an. Der Radiergummi war fest genug, um das schmale Plastikband sicher zu fixieren und gleichzeitig den nötigen Druck auf den Sicherungsknopf auszuüben. Die Konstruktion war nicht preisverdächtig, aber als Frank drei Minuten später den Ganghebel vorsichtig nach vorn schob, rastete er bei D ein. "Ich muss es einmal testen", sagte er, brachte den Hebel wieder in die neutrale Position N und stieg aus. Er ging zum Fenster auf der Beifahrerseite und positionierte die Holzleiste so, dass er mit ihr den Ganghebel nach vorn drücken konnte. Das weiche Polster des Beifahrersitzes half ihm dabei, nicht abzurutschen. Als der Hebel wieder auf D stand, versuchte Frank mit der Kante der Holzleiste den Kabelbinder nach oben zu schieben, damit der Schaltknopf nicht mehr gedrückt wurde. Es klappte tatsächlich. "Es gibt nur den einen Versuch", murmelte er. Jetzt galt es, in den nächsten Minuten Teil drei seines provisorischen Plans abzuschließen. Es war bereits 22:44 Uhr.

Zuerst suchte er den Radiergummi, der zwischen seinen Sitz und die Mittelkonsole gefallen war, als der Kabelbinder sich gelöst hatte. Kurz spürte er Panik in sich aufsteigen, aber dann fand er ihn endlich und wurde wieder ruhiger. Der Neuaufbau der Konstruktion war schnell erledigt, aber vorher hatte Frank das Fach der Mittelkonsole geleert. Die kleine Axt, das Schmerzmittel sowie die derbe Leine lagen jetzt auf dem Beifahrersitz.

Als die Kabelbinder-Radiergummi-Konstruktion den Schaltknopf wieder gedrückt hielt, stieg Frank aus und platzierte die Box im Fußraum, damit sie das Gaspedal betätigte. Einmal startete er den Wagen und überzeugte sich davon, dass es funktionierte. Der Motor heulte im Leerlauf auf und Frank machte ihn sofort wieder aus. "Okay." Er wischte sich den Schweiß von der Stirn. Auch wenn es nicht mehr nötig war, seine Hand abzuhacken, der Gedanke an die Finger, die er wenigstens opfern wollte, reichte aus, damit sein Magen sich zusammenzog. Deshalb ging er zur Beifahrerseite, zog das Schmerzmittel auf die Spritze und injizierte es sich an mehreren Stellen der linken Hand, aber auch oberhalb des Handgelenks. Das betäubende Gefühl stellte sich rasch ein. Dann legte Frank die Schnur um seinen Unterarm und spannte sie mit dem Holzstiel so fest es ging. Die derbe Leine drang tief ins Fleisch ein, aber der Schmerz blieb erträglich. Er griff bereits nach der Axt, als ihm einfiel, was er vergessen hatte: Den Beweis von Patricias Anwesenheit. Er griff in die rechte Hosentasche und holte die Armbanduhr heraus, die er ihr vor Jahren aus der Schweiz mitgebracht hatte. Patricia liebte diese Uhr von Piaget und trug sie fast täglich. Das wussten viele Leute, mit denen sie zu tun hatte. Und die Uhr bot neben dem extravaganten Preis auch einen extravaganten Vorteil. Sie war Teil einer streng limitierten Auflage gewesen. Bereits beim Kauf hatte sie Frank deshalb auf ihren Namen registrieren lassen. Die im Uhrenboden eingravierte Nummer würde bald das bestätigen, was ohnehin offensichtlich war. Sie musste während des Unfalls im Auto gesessen haben.

Frank warf sie in den Fußraum der Beifahrerseite, um endlich den Rest des dritten Teils erledigen zu können: seine Verstümmelung. Jetzt war er froh, sich für diesen Weg entschieden zu haben. Er war sich noch nie sicher gewesen, ob er es übers Herz gebracht hätte, Patricia die Hand abzuschlagen. Spitzbeine waren eine Sache, ihre Hand eine ganz andere. "Eine Astschere hätte für die Finger auch gereicht", murmelte er, aber jetzt half kein Klagen mehr. Bevor er zuschlug, nahm er sich eine Kompresse und Mull aus dem Verbandskasten. Zwar rechnete er nicht mit starken Blutungen – immerhin war die linke Hand abgeschnürt –, aber er wollte vorbereitet sein. Sicherheitshalber kniff er sich in das betäubte Fleisch. Der Schmerz blieb aus. Nur ein dumpfer Druck war spürbar. Frank sah sich nach einer geeigneten Unterlage um. Bei der Gelegenheit fiel ihm sein Sicherheitsgurt auf. 'Den schneide ich noch durch, damit es authentischer aussieht', dachte er und ging auf die Fahrerseite. Er schloss den Gurt und schnitt den unteren Abschnitt mit dem Taschenmesser durch. Die Automatik zog den Rest schnurrend in die Gurttrommel. Es war 22:57 Uhr und damit höchste Zeit, diesen Teil des Plans abzuschließen. "Scheiß auf die Unterlage", sagte er entschlossen, griff wieder nach der Axt und legte die Hand auf den Boden im Fußraum.

Bereits der erste Schlag genügte, um drei Finger abzutrennen. Wobei er den Mittelfinger fast komplett, den Ringfinger am ersten Gelenk und vom kleinen Finger lediglich die Kuppe abtrennte. Frank gelang es, das Ergebnis zu betrachten. Er brachte es auch fertig, den Mittelfinger endgültig von der Hand zu lösen. Er hatte die Axt etwas zu steil angesetzt, so dass zwar der dünne Fingerknochen, aber nicht der Muskel und die Haut vollständig durchtrennt worden waren. Den Mittelfinger warf er auf die Mittelkonsole, die anderen beiden ließ er im Fußraum liegen. 'Soll sich die Polizei überlegen, wie das passiert ist', dachte er und stand auf. Dann drückte er den Verbandsmull gegen die Fingerstummel, um zu vermeiden, dass außerhalb des Autos Blut auf den Boden tropfte. Wobei die Gefahr kaum bestand. Der Tipp seines Zahnarztes mit der Schnur und dem Holz funktionierte hervorragend. Trotzdem hielt Frank die Hand vorsichtshalber nach oben, als er die Axt in den Kofferraum brachte. In dem Moment dachte er auch wieder an die K.-o.-Tropfen. Er nahm das Fläschchen aus der Box und steckte es in die Hosentasche. Es war exakt 23 Uhr.

Frank schloss den Kofferraum, ging zur Fahrerseite und begutachtete sein bisheriges Werk. Die Scheibe der Beifahrertür war heruntergelassen, der Ganghebel sowie das Gaspedal präpariert. "Das war's dann', sagte er, startete den Wagen und machte die Scheinwerfer an. Der Motor heulte laut auf, doch das störte ihn nicht. Er schloss die Fahrertür und ging hinten herum auf die andere Seite. Die Holzleiste lag auf dem Boden und wartete auf ihren letzten Einsatz. Frank fixierte sie an der Lehne des Sitzes und wiederholte das, was vor 20 Minuten hervorragend funktioniert hatte. Er drückte den Ganghebel auf Position D und als 15 Sekunden später der Kabelbinder abging, schnellte der Wagen auf den Kanal zu, durchbrach problemlos das Geländer und stürzte ins Wasser. Der Lärm war ohrenbetäubend. Vor allem das kurze Knirschen des Metalls, als die Bodenplatte des SUVs über die Mauerkante geschliffen war. Alles dauerte nur wenige Sekunden. Frank lief sofort zu der Stelle und warf die Holzleiste hinterher.

Einen Moment verfolgte er das langsame Sinken des Wagens. Es dauerte länger, als er vermutet hatte. Wie ein altersschwacher Kahn trieb das Auto ein Stück auf dem Wasser und versank dabei allmählich. Aber vielleicht kam ihm das nur so vor.

Nervös wurde er, als im Gebäude auf der anderen Seite mehrere Lichter angingen. Er hörte jemanden rufen, verstand aber nichts. Sicherheitshalber trat er hinter einen großen Strauch, der einige Meter abseitsstand und verfolgte von dort aus das weitere Geschehen. Jemand rief einen Namen, aber die Entfernung war zu groß, als dass er sich sicher sein konnte. Doch dann wurde ein Suchscheinwerfer eingeschaltet, der wenige Sekunden später über die Wasseroberfläche huschte und schnell die Stelle in der Mauer fand, die der Wagen durchbrochen hatte. Dort verweilte der Lichtstrahl nicht lange, sondern wurde auf das sinkende Auto gerichtet. Es war fast nicht mehr zu sehen und verschwand einige Sekunden später ganz im Wasser. Genau an dieser Stelle verharrte der Lichtkegel des Suchscheinwerfers. 'Vielleicht soll die Stelle auf diese Weise markiert werden', dachte Frank und nutzte die Gelegenheit, um sich im Schutz der Dunkelheit aus dem Staub zu machen. Er musste 3,7 Kilometer zurücklegen und hatte nicht die ganze Nacht Zeit. Immerhin war es bereits 23:09 Uhr und er nicht mehr der Jüngste. Aber Frank war zu allem entschlossen, und da er es bereits soweit geschafft hatte, wollte er auch den vierten und letzten Teil hinter sich bringen.

Für sein Alter war er erstaunlich fit und so strebte er der Stelle entgegen, an der sein und Patricias Leben neu beginnen sollte. Die Wunde zwickte, aber dank des Adrenalins ließ sich der Schmerz in der Hand aushalten. Selbst ohne das Codein dürfte es nicht viel schlimmer sein, vermutete er, und lief so schnell er konnte. Sein Herz raste, er schwitzte und keuchte. 'Warum hab ich nicht trainiert, um besser vorbereitet zu sein?', dachte er zwischendurch, als er eine kurze Pause einlegen musste. Er hatte Durst und sein trockener Mund fühlte sich pelzig an. "Zum Jammern ist keine Zeit", japste er und eilte weiter dem Ziel entgegen.

Er brauchte 32 Minuten bis zur Überführung. Er war die ganze Zeit auf der rechten Straßenseite gelaufen, was ihm auch die Möglichkeit gegeben hätte, sich im Straßengraben zu verstecken, falls ihm ein Fahrzeug entgegengekommen wäre. Doch die Straße war menschenleer geblieben. Zwischendurch hatte er immer wieder auf die Uhr gesehen. Der letzte Akt war mit jeder Minute unweigerlich näher gerückt.

Um 23:41 Uhr stieg er in den Straßengraben und horchte am Eingang der Betonröhre auf verdächtige Geräusche. Es gab keine. "Schatz, bist du da?", rief er leise. Die Antwort blieb aus. 'Hoffentlich lebt sie', dachte er und das motivierte ihn, schnellstmöglich zu ihr zu kriechen.

Als er sie erreicht hatte, fühlte er ihren Puls. 'Wieso rast der so?', fragte er sich und bemerkte erst jetzt, es war sein eigener. Er legte seinen Kopf auf ihre Brust. Sie atmete. Er spürte deutlich, wie ihr Brustkorb sich langsam hob und wieder senkte. "Okay", flüsterte er und schob sich zurück zu ihren Füßen. Er tastete nach dem Stoffbeutel und holte die Pistole heraus. Die Kraft von Daumen und Zeigefinger der linken Hand reichte nicht aus, um den Schlitten fürs Durchladen nach hinten zu ziehen. Deswegen klemmte er die Waffe zwischen seine Knie und zog den Schlitten mit der rechten Hand zurück. Obwohl es klappte, ärgerte er sich, nicht vorher daran gedacht zu haben. Doch wenigstens vergaß er nicht, die Pistole zu sichern. "Hoffentlich funktioniert es so, wie du mir vorgelesen hast", sagte er leise und dachte an den Detektiv, der durch einen Bauchschuss getötet worden war. Aber Patricias Recherchen waren stets gründlich gewesen und darauf musste er jetzt vertrauen.

Mit letzter Kraft schob er sich wieder nach oben. Frank war total erschöpft, aber einen letzten Dienst musste er Patricia noch erweisen, bevor er auf sie feuerte. Er legte die Waffe über Patricias Kopf auf den Betonboden und fingerte das Fläschchen mit den K.-o.-Tropfen aus seiner Hosentasche. Mit den Zähnen hielt er den Verschluss und drehte ihn ein Stück auf. Den Rest schaffte er mit dem Daumen. Achtlos ließ er die

Verschlusskappe zu Boden fallen. Dann führte er die Öffnung zu Patricias Mund und schob sie zwischen ihre Zähne. Er wusste, die Pipette ließ jetzt im Sekundentakt die Tropfen in ihren Mund fließen. Es war nur eine Frage der Zeit, bis sie im Rachen landeten und ihr Wirkstoff von dort aus seinen weiteren Weg zum Gehirn antrat. Frank wartete und einmal glaubte er, ein Schlucken Patricias wahrgenommen zu haben. "Das muss reichen", flüsterte er, denn jetzt musste alles sehr schnell gehen, damit sie nicht versehentlich durch die Überdosis vor ihm starb.

Er warf das Fläschchen zur Seite, griff die Pistole und kroch einen halben Meter nach unten. Auf Höhe ihres Nabels positionierte er die Mündung der Waffe und drückte sie leicht gegen ihren Bauch. Sie hatte ihm damals selbst gesagt, dass man hier auf jeden Fall die Bauchaorta oder die große Hohlvene traf, was unweigerlich zum inneren Verbluten führte. Beim Detektiv in ihrer Geschichte hatte es so funktioniert und jetzt sollte es genauso sein. Doch dann ließ sich der Abzug nicht betätigten. "Ich Idiot", fluchte Frank leise und legte den kleinen Sicherungshebel um. Seine Hand zitterte, aber es gelang. Als er die Pistole zum zweiten Mal ansetzte, kniff er die Augen zusammen und drückte ab. Der Knall war ohrenbetäubend und die Luft in der Röhre roch sofort verbrannt. Der Schuss hatte Patricias gesamten Körper zucken lassen. Trotzdem schob er sich innerhalb von Sekunden wieder nach oben und legte sich mit gespreizten Beinen auf sie. Ein letzter Blick in ihr Gesicht. "Bis später. Du bist die Liebe meiner Leben", sagte er sanft und lächelte. Dann legte er seinen Kopf auf ihre Brust und steckte sich den Lauf der Pistole in den Mund. Er richtete ihn gegen den Gaumen. Frank konzentrierte sich auf das Letzte, das noch getan werden musste. Dabei spürte er Patricias schwächer gewordenen Herzschlag. Doch plötzlich riss er die Augen weit auf. 'Wir haben die Ringe noch an den Fingern', dachte er. Irgendwann würde sie irgendjemand

in dieser Röhre finden. Doch dann fiel ihm wieder ein, wozu
die Konstruktion diente. "Das nächste Unwetter spült sie in den
Kanal", beruhigte ihn seine innere Stimme. Zufrieden schloss
er die Augen und atmete ein letztes Mal tief durch. Voller
Dankbarkeit und mit Vorfreude im Herzen zog er den Abzug.

ENDE

Danksagung

Keine Sorge, ich will Sie jetzt nicht mit einer langen Liste irgendwelcher Namen langweilen, wie das bei Danksagungen sonst üblich ist. Wenn ich ehrlich sein soll: Ich halte das in den meisten Fällen sogar für verlogen, denn fast alle, die üblicherweise in solche Lobeshymnen einbezogen werden, sind selbst Nutznießer des Erfolgs. Denken Sie einfach nur an die letzte Bambi-Verleihung. Aber Sie können die Anlässe auch beliebig austauschen – schnarch! Dabei sind Sie es, bei denen ich mich bedanken muss. Sie haben das Buch schließlich gekauft und damit Ihr sauer verdientes Geld in meine Biografie gesteckt. Zugegeben: Es ist nicht nur meine, sondern auch Bettinas, aber vor allem die von Milli. Ich hätte nie gedacht, dass ich das einmal sage: Der alte Haudegen fehlt mir. Vielleicht geht es Ihnen genauso. Ich hoffe trotzdem, Sie hatten Spaß beim Lesen, denn Biografien sind leider zu oft eine sehr trockene Lektüre. Wobei ich zugeben muss, mit der Veröffentlichung anfangs gezögert zu haben. Doch der Verleger meinte, so wie bisher ginge es nicht weiter. Er meinte damit unser zurückgezogenes Leben, verbunden mit dem Wunsch, nie in der Öffentlichkeit auftreten zu wollen. Darin sind sich Bettina und ich nämlich einig. Also haben wir mit unserem Verleger eine Vereinbarung getroffen. Er bekommt die Biografie – die als solche von mir gar nicht beabsichtigt war. Na klar musste ich mich nach dem ganzen Kuddelmuddel gegenüber Bettina erklären. Das verstehen sie doch?!

Vielleicht haben Sie sich während des Lesens gewundert, dass ich an keiner Stelle der Geschichte unseren früheren Familiennamen verwendet habe und genauso wenig unseren Wohnort. Das ist unserem Wunsch nach Privatsphäre geschuldet. Außerdem ist der Baum neben unserer Terrasse keine Kastanie. Wobei Bettina lange mit mir darüber diskutiert hat, ob es klug sei, die ganze Wahrheit aufzuschreiben oder ob es nicht besser wäre, dass eine oder andere Detail wegzulassen. Ich habe ihr entgegengehalten, halbe Wahrheiten sind oft ganze Lügen. Das hätte ich besser gelassen, denn Bettina meinte daraufhin, dann müsse ich die Geschichte auch zu Ende erzählen. Anfangs ließ ich mich nicht umstimmen, aber dann schlug sie vor, mir die Arbeit abzunehmen. Doch genau das wollte ich nicht, habe aber letztlich des lieben Friedens willen das Zugeständnis gemacht, ihr Ende zu veröffentlichen. Ich hatte nur eine Bedingung. Er musste auf eine A4-Seite passen. Ich hätte wissen müssen, dass sie das hinbekommt. Bettina schrieb sie, als wir nach Vegas unterwegs waren.

Doch zurück zur Danksagung. Sie gebührt Ihnen. Ausschließlich! Das gilt ohne Wenn und Aber. Auch dann, wenn Sie zu den Menschen gehören, die zu wissen glauben, so einen Silberstift gäbe es nicht. Dabei war es nicht der Stift allein, die Zutat war entscheidend. Es gibt so vieles zwischen Himmel und Erde, das sich unserer Rationalität entzieht. Die Liebe ist eines dieser Mysterien. Wenn Sie an etwas Glaubhafterem als der Wahrheit interessiert sind, dann lesen Sie Bettinas Version der Geschehnisse nicht und schlagen das Buch jetzt zu.

Drei Monate später
(von Bettina Müller)

Ein warmer Sommerabend. Unter einer großen Buche, die unterhalb des ersten Astes mit einer dornenbewehrten Manschette versehen ist, steht eine Hollywoodschaukel. Eine junge Frau sitzt darauf. Sie liest konzentriert. Neben ihr liegen bereits die Bögen, mit denen sie fertig ist. Auf ihrem Schoß schlummert ein junges Kätzchen. Ein zweites liegt eng an ihren Schenkel geschmiegt. Vor der Schaukel steht ein gedeckter Tisch. Neben dem Tisch steht ein junger Mann und grillt. Gelegentlich sieht er zu ihr. Die junge Frau legt den letzten Bogen behutsam auf den Stapel.

Thomas: Und, was meinst du?

Bettina: Warum hast du nie etwas gesagt? Ich konnte doch nicht ahnen … *(Sie schüttelt bedächtig den Kopf.)*

Thomas: Hättest du mir geglaubt?

Bettina: Wahrscheinlich nicht. Nein, ganz sicher nicht. Du musst furchtbar gelitten haben.

Thomas: Anfangs ja. *(Er massiert leicht die Finger seiner linken Hand.)*

Bettina: Spürst du's noch?

Thomas: *(Er schüttelt den Kopf.)* Ist mehr so 'ne Psychosache.

Bettina: Wann hast du das alles geschrieben?

Thomas: Das Meiste zwischen seiner Beerdigung und dem Beginn der Reise. Den Schluss kannte ich ja selbst noch nicht.

Bettina: Schon klar. *(Behutsam streichelt sie die beiden Kätzchen. Dann lächelt sie ihn an.)* Ich muss schon sagen, du überraschst mich immer wieder.

Thomas: Ich hab noch 'ne Überraschung für dich, wenn wir
           nächsten Monat nach Vegas fliegen. *(Er greift in
           seine Hosentasche und geht zu ihr.)* Ich hoffe, du
           bist mit denen einverstanden. *(Er öffnet die Hand.)*
Bettina: Wo hast du die auf einmal her? *(Vor Rührung hält
           sie sich die Hände an den Mund.)*
Thomas: Ich wusste doch, wo sie sind. Gott sei Dank hat es
           an den drei Tagen nicht geregnet. Beim nächsten
           Mal legen wir sie vorher in den Safe.
Bettina: *(Sie nickt nur.)*

Inhalt